BRIDIE CLARK

Mit Herz und High Heels

W0408825

Buch

Lucy Jo Ellis ist nach New York gekommen, um ihren Traum zu verwirklichen, Modedesignerin zu werden. Doch mittlerweile ist die etwas unsichere junge Frau weiter von ihrem Ziel entfernt denn je. Sie konnte zwar einen Job bei einer angesehenen Designerin ergattern, doch mehr als Ausbeutung rund um die Uhr hat sie dort nicht zu erwarten. Als ihr dann auch noch in aller Öffentlichkeit ein peinlicher Ausrutscher passiert, ist sie nicht nur gefeuert, sondern auch kurz davor, New York und ihren Ambitionen den Rücken zu kehren. Doch dann trifft sie zufällig auf Wyatt Hayes, einen der begehrtesten Junggesellen der feinen Gesellschaft: attraktiv, klug, charmant und etwas gelangweilt. Dieser hatte gerade mit seinem besten Freund gewettet, dass er aus dem erstbesten grauen Mäuschen, das ihm über den Weg läuft, eine echte Prinzessin der New Yorker High Society machen kann. Just in diesem Moment begegnet er Lucy. Für sie ist Wyatts Pygmalion-Experiment die letzte Chance, es in New York noch einmal zu versuchen. Und sie lässt sich darauf ein. Leider ahnt sie nicht, dass Wyatt ihr nicht die ganze Wahrheit über sein Vorhaben gesagt hat…

Autorin

Bridie Clark hat in Harvard studiert und für »Vanity Fair«, das »New York Magazine« und andere Zeitschriften sowie Verlage gearbeitet. Ihre Erfahrungen inspirierten sie zu ihrem Debütroman und internationalen Bestseller »Teufel in High Heels«. »Mit Herz und High Heels« ist ihr zweiter Roman und erneut eine romantische Komödie zum Verlieben. Bridie Clark lebt mit ihrem Mann und ihrer Tochter in New York.

Mehr zur Autorin und ihren Büchern finden Sie unter:
www.bridieclark.com

Von Bridie Clark bereits erschienen:

Teufel in High Heels. Roman (54250)

Bridie Clark

Mit Herz und High Heels

Roman

Aus dem Amerikanischen
von Stefanie Retterbush

GOLDMANN

Die Originalausgabe erschien 2009
unter dem Titel »The Overnight Socialite«
bei Weinstein Books, New York

FSC
www.fsc.org
MIX
Papier aus verantwortungsvollen Quellen
FSC® C014496

Verlagsgruppe Random House FSC-DEU-0100
Das FSC®-zertifizierte Papier *München Super* für dieses Buch
liefert Arctic Paper Mochenwangen GmbH.

1. Auflage
Deutsche Erstveröffentlichung Januar 2011
Copyright © der Originalausgabe 2009
by Bridie Clark
Copyright © der deutschsprachigen Ausgabe 2011
by Wilhelm Goldmann Verlag, München,
in der Verlagsgruppe Random House GmbH
Umschlaggestaltung: UNO Werbeagentur, München
Umschlagfoto: Fine Pic
Redaktion: Gerhard Seidl
Satz: Uhl + Massopust, Aalen
Druck und Bindung: GGP Media GmbH, Pößneck
AB · Herstellung: Str.
Made in Germany
ISBN: 978-3-442-54288-8

www.goldmann-verlag.de

1

MALLORY KEELER,
CHEFREDAKTEURIN,
MÖCHTE SIE EINLADEN ZUR FEIER
DER ERSTEN AUSGABE VON
Townhouse,
DEM MAGAZIN
2. DEZEMBER, 19 UHR
DOUBLES
783 FIFTH AVENUE
FOTOGENE KLEIDUNG ERBETEN

»Wyatt, Schätzchen, bitte! Ich kann nicht atmen, wenn du böse auf mich bist!«

Wyatt Hayes IV. zündete sich eine Dunhill an und musste sich große Mühe geben, um nicht angewidert das Gesicht zu verziehen. Die junge Frau vor ihm – umwerfend schön, schlank, geschmeidig wie eine junge Katze und acht Jahre jünger als er – schien sich beinahe so unwohl in ihrer Haut zu fühlen, wie sie es verdient hatte. Und tatsächlich, während um sie herum die Beats wummerten und die extravagante Schickimicki-Meute sich um sie drängte, schnappte das Mädchen sichtbar nach Luft.

Sie hieß Cornelia Rockman. Dunkelblonde Haare, grüne Augen mit dunklen Wimpern umkränzt, und das süßeste Stupsnäschen, das man für Geld kaufen konnte. Womöglich haben Sie schon von ihr gehört. Sollte jemand Sie zur Einführungsparty von *Townhouse* mitgeschleppt haben, so wie es Wyatt an diesem Abend ergangen war, Sie hätten das Foto der jungen Dame unmöglich übersehen können. Selbstzufrieden strahlte sie vom allerersten Titelblatt der frisch aus der Taufe gehobenen Zeitschrift, das in dem vornehmen Privatklub unübersehbar und omnipräsent an Wänden und auf Aufstellern prangte – und allüberall in der ganzen Stadt – und zwar in Reklametafelgröße, wie das Porträt einer holdseligen Renaissance-Schutzheiligen. Was nur beweist, wie trügerisch der Schein doch sein kann.

»Es tut mir leid, Wy! Ich habe dir doch gesagt, dass es mir leidtut.« Cornelia senkte die Stimme zu einem leisen Flüstern. »Ich kenne Theo Galt doch kaum. Daphne – meine Presseagentin – meinte, ich soll mich mit ihm ablichten lassen. Ich muss mein Image ein bisschen puschen, wenn ich die Badgley-Mischka-Kampagne haben will. Da reicht es nicht, in einem hübschen Kleidchen bei einer Party aufzulaufen!«

Ihr Image puschen? Ganz Manhattan war gepflastert mit ihrer Visage, dieses magersüchtige kleine …

Wyatt atmete ganz langsam aus. Dann zog er das Revers seines festlichen Samtblazers gerade. Mit jeder Sekunde, die er schwieg, verzogen sich Cornelias feine Gesichtszüge noch etwas mehr vor Sorge. Wyatt betrachtete angestrengt die Spitze seiner brennenden Zigarette. Er konnte es sich erlauben, drinnen zu rauchen – eigentlich der einzige Grund, weshalb er überhaupt noch qualmte.

»Bitte sag doch was!«, flehte sie ihn an.

Was gab es da noch zu sagen? Allmählich ließ es sich nicht mehr leugnen, dass seine Freundin sich langsam, aber sicher in ein minderbemitteltes spatzenhirniges It-Girl verwandelte. Wenn Cornelia sich bloß um der Publicity willen öffentlich derart zum Affen machen und wie ein menschlicher Kastenteufel mal am Arm dieses und dann an der Hand jenes Mannes auf dem roten Teppich auftauchen wollte, bitte schön, nur zu, aber er würde ganz sicher nicht brav hinter der Absperrung stehen und auf sie warten.

»Alles halb so schlimm, Corny«, entgegnete Wyatt schließlich, wobei er mit voller Absicht den Spitznamen benutzte, den sie abgrundtief hasste. Er hatte es so satt, Cornelias gehetzten Blick durch den Raum schweifen zu sehen, aus Sorge, irgendwem könnte die Spannung zwischen ihnen auffallen. Ihr ständiges Bedürfnis nach Aufmerksamkeit schlauchte ihn. »Ich muss morgen früh raus. Das Bett ruft.«

»Das Bett ruft? Aber du bist doch gerade erst aus Simbabwe zurückgekommen, und ich habe dich noch gar nicht richtig zu sehen bekommen …«

»Tansania«, fiel er ihr ins Wort.

»Tansania! *Meinte* ich doch! Und was ist morgen?« Mit gesenktem Kinn und großen Rehaugen schaute sie ihn schmachtend an. »Ich könnte vorbeikommen und …«

»Lieber nicht«, bürstete er sie ab. Dann hauchte er ihr einen beiläufigen Kuss auf die zartrosa Wange und bahnte sich den Weg nach draußen, wobei er geflissentlich die völlig überdrehten Vertreter der besseren Gesellschaft und die Möchtegern-Promis ringsum ignorierte, die ihm zunickten oder ihm winkten, während er sich an ihnen vorbeischlängelte.

Mochte die Wirtschaft auch schwächeln, das Land sich im Krieg befinden, die Welt am Rande des Abgrunds stehen, die Damen im Doubles ließen sich jedenfalls nichts anmerken, dachte Wyatt. Der Klub glich an diesem Abend einem wimmelnden Garten bunter Cocktailkleider: rote Valentino-Roben, grüne Schmuckstücke von Prada, Oscar de la Rentas in Rosarot und Gold, und an den etwas exotischeren Blumen das eine oder andere Kleid von Cavalli in wirbelndem Blau und Violett. Strahlende junge Dinger, die nur darauf warteten, gepflückt zu werden, wenn man so will, von einem Mann wie Wyatt Hayes IV. Sie alle waren aufgelaufen mit den Juwelen ihrer Urgroßmütter behängt und in der Hoffnung, ihre Anwesenheit bei der richtigen Party würde am nächsten Tag auf Parkavenueroyalty.com dokumentiert – oder noch besser, auf den Seiten von *Townhouse*, *dem* hochgejubelten neuen Lifestyle-Magazin. Allesamt wunderhübsche Mädchen. Nicht bloß modisch und chic – nein, auch richtig sexy. Aber heute Abend würdigte Wyatt sie keines Blicks.

Wie er so durch das güldene Foyer marschierte, an dem völlig deplatziert wirkenden eineinhalb Meter hohen Glas mit Gelee-Böhnchen vorbei, hatte Wyatt immer noch Cornelias schockierten Gesichtsausdruck vor Augen und ihren tränenumflorten Blick, als er gegangen war. Gut so. Wenigstens etwas.

Ein Stockwerk höher, draußen vor der Tür, war die Luft schwer vom drohenden Regen. Als er unter der goldfarbenen Markise stand und sich gegen die Kälte in seinen Regenmantel duckte, hörte Wyatt seinen eigenen Pulsschlag in den Ohren dröhnen. Wäre er nicht so gut erzogen, dann wäre eine kleine Kneipenschlägerei jetzt genau das Richtige. Am liebsten hätte er jemanden geschubst. Oder noch besser, mit voller Wucht zugeschlagen.

Cornelia hatte sich zwar zerknirscht gegeben, aber auch nur, weil er sich aufgeregt hatte. Und ihre Reue konnte nicht von der Tatsache ablenken, dass sie bloß einen Augenblick, bevor sie von Patrick McMullan und der ganzen

Horde fotografiert worden war, aus Wyatts Arm geschlüpft und gleich darauf neben Theo Galt wieder aufgetaucht war, dem Überflieger-Sohn des milliardenschweren Bankers Howard Galt. Wobei Wyatt die Kameras nicht für sich allein haben wollte – er mied sie, wo immer möglich. Es missfiel ihm bloß, dass seine Freundin sich darum riss, mit einem anderen Mann geknipst zu werden.

Als er an der wie immer leicht esoterisch angehauchten Weihnachtsdekoration im Schaufenster von Barneys vorbeiging, versuchte Wyatt Cornelias Ausrutscher auf ihre unersättliche Gier nach Aufmerksamkeit zu schieben, wie es wohl nicht anders zu erwarten war von einer Frau, die verzweifelt danach strebte, die Oberhenne im Hühnerstall der Upper East Side zu werden. Es hielt ihn eigentlich nichts bei Cornelia, sagte er sich, auch wenn sie seit einigen Monaten locker miteinander liiert waren. Zugegeben, sie hatte Wyatts Mutter, die Königin der Hochnäsigkeit, für sich gewonnen, eine Hürde, die nicht viele seiner Exfreundinnen so problemlos genommen hatten. Obwohl Mrs. Hayes auch für Cornelia keine besonders herzlichen Gefühle hegte. Aber sie kannte deren Eltern aus Palm Beach und konnte ruhig schlafen in dem Wissen, dass eine Rockman-Erbin es ganz sicher nicht auf das Vermögen ihres Sohnes abgesehen hatte.

Gut, optisch war Cornelia der Hammer – das lohfarbene Haar, die makellose Haut, die vollen Lippen, die gertenschlanke Figur. Nach Aussehen und Haltung erinnerte sie an eine rassige Vollblutstute, und Wyatt aalte sich genüsslich in der Vorstellung, wie gut sie zusammen aussahen. Wenn sie einen Raum betraten, waren sie das unangefochtene Alpha-Pärchen. Zumindest hatte er das immer so gesehen. Sie schien da allerdings anderer Meinung zu sein.

Dabei hatte er am selben Tag schon bei Harry Winston

vorbeigeschaut und ein verfrühtes Weihnachtsgeschenk für sie abgeholt: ein klassisches Tennisarmband mit in Platin eingefassten Diamanten. Das würde er gleich morgen zurückschicken.

Wyatt Hayes IV. hatte allerdings nicht das Gefühl, dass ihm das Herz im Leibe brach. Was er fühlte, war schlimmer als ein gebrochenes Herz. Nie würde er so tief sinken, das zuzugeben, nicht mal im tiefsten Dunkel der schwärzesten Nacht, aber Wyatt fühlte sich *gedemütigt*.

In sämtlichen siebenunddreißig Jahren seines Lebens war er immer der dickere, der begehrenswertere Fisch gewesen. Der geschmeidigste Löwe des ganzen Rudels, der Mann, für den jede Frau – ob It-Girl, Erbin, Model, Schauspielerin oder irgendein Bindestrich-Hybrid – ihre Verabredung sang- und klanglos im Regen stehen gelassen hätte. Was zahllose Male auch tatsächlich passiert war, wenn irgendeine junge Frau ihn quer durch einen überfüllten Raum ins Visier genommen hatte und sich anpirschte, und das gänzlich ungeachtet des Mannes an ihrer Seite. Solange er zurückdenken konnte, hatten Frauen nicht anders gekonnt, als ihm gebannt in die Augen zu schauen, ihm zu Füßen zu liegen und ihm restlos zu verfallen.

Und das mit gutem Grund. Er war groß, gut aussehend aristokratisch, war ein Ass in Tennis und Squash, Mitglied der besten Klubs der ganzen Stadt, stolzer Nachfahr blaublütiger *Mayflower*-Reisender, halsabschneiderischer Gummibarone und nicht nur eines toten Präsidenten. Außerdem war er – wie man außerhalb seiner Kreise wohl sagen würde – stinkreich.

Aber viel wichtiger noch: Er war ein anerkannter Wissenschaftler, ein Harvard-Mann … ein Denker! Gut, womöglich war seine Karriere in den letzten fünf Jahren ein wenig ins

Stocken geraten, aber er hatte immer noch die prestigeträchtigen Buchstaben – DR – die seinem guten Namen das gewisse Etwas verliehen. Hatte die Zeitschrift *Quest* ihn nicht als »weltberühmten biologischen Anthropologen und New Yorks begehrtesten Junggesellen« betitelt? O ja, das hatten sie – schließlich hatte er den ausgeschnittenen Artikel als Beweis.

Was machte es da schon, dass er ein bisschen grau um die Schläfen wurde? Er war Wyatt Hayes; da sollte das Alter doch eigentlich keine Rolle spielen.

Aber irgendwie machte ihm die Sache jetzt doch zu schaffen. Seit wann bitte schön ließ sich seine Freundin lieber mit anderen Männern ablichten? Sie war so erpicht darauf gewesen, sich mit diesem Milchbubi Theo knipsen zu lassen; dieser neureiche Schnösel mit den nach hinten gegelten Haaren und dem strahlenden, überkronten Zahnpasta-Lächeln. Eine erschreckende Erschütterung der natürlichen Ordnung. Und mit der natürlichen Ordnung kannte Wyatt sich bestens aus: Er hatte sein ganzes Erwachsenenleben damit zugebracht, sie zu studieren. Junge Löwinnen wussten instinktiv, wann es an der Zeit war, vom alternden Rudelführer zu einem neuen, aufstrebenden Männchen überzulaufen. Ob Cornelia das gerade eben getan hatte?

Der Wind drehte sich; es ließ sich nicht leugnen. Man musste sich doch bloß Southampton anschauen mit den Whopper-Villen überall, die wie Pilze aus dem Boden schossen, den brandneuen Bentleys und all den gesellschaftlichen Aufsteigern, die ihren Reichtum zur Schau stellten wie gehisste Schiffsflaggen – dort schien sich seit seiner Jugend alles von Grund auf verändert zu haben. Die Wirtschaftskrise hatte die Bullen von den Ochsen getrennt, und die Bullen, die überlebt hatten, waren zäher, kämpferischer, schwerer zu ignorieren. Die Schickeria war noch viel schlimmer. Im Gegensatz zu ihren Vorgängerinnen – wohlerzogene junge Damen aus gutem Hause – waren die gegenwärtigen »Society-Ladys« selbstsüchtige, berechnende, pressegierige Parasiten. Ihr Verantwortungsgefühl war zusammen mit den gebotoxten Fältchen auf ihrer Stirn restlos ausgemerzt worden – und einem unersättlichen Hunger nach Ruhm und Anerkennung gewichen. Verloren gegangen war auch jeder Gedanke daran, zum Gemeinwohl beizutragen, die eigene privilegierte Stellung für etwas Hehreres zu nutzen, als Schuhe zu kaufen oder Handtaschen zu verkaufen. Die Schickimicki-Tussi von heute drängte sich ins Rampenlicht, wo sie nur konnte. Sie nahm und nahm und nahm. Und jetzt, wo ihr Gesicht auf dem Titel von *Townhouse* prangte, war Cornelia unversehens zum Covergirl einer verirrten neuen Welt geworden.

Wyatt starrte durch das Schaufenster des Hermès-Ladens, und die Verbitterung stand ihm ins Gesicht geschrieben. Er wünschte, alles könnte wieder so sein wie früher. Vielleicht war sein Kumpel Trip ja in der Nähe. Wyatt brauchte dringend einen Drink, oder auch mehrere.

Nachdem er Cornelia im Doubles stehen gelassen hatte, fühlte er sich irgendwie leer und allein. Etwas ganz tief in seinem Inneren – und gleichzeitig etwas sehr Oberflächliches – verlangte, dass er die Welt wieder ins Lot rückte.

2

Sie sind eingeladen
zur Präsentation von
Nola Sinclairs
Holiday / Resort Collection
Mittwoch, 2. Dezember
The Armory
643 Park Avenue
Die Show beginnt um Punkt 19 Uhr.
Diese Einladung ist nicht übertragbar.

Um Punkt 19 Uhr hastete Lucy Jo Ellis leicht außer Puste aus der U-Bahn-Station East Sixty-Eight Street. Es wäre wohl besser gewesen, mit einer kleinen Verspätung anzutanzen, aber sie hatte es einfach keinen Augenblick mehr zu Hause ausgehalten. Nicht gerade heute, am wichtigsten Abend ihres ganzen Lebens, der ihr in glänzendes Geschenkpapier gewickelt wie das großartigste Präsent aller Zeiten in den Schoß gefallen war.

Ihre große Chance hatte sich unverhofft an diesem Nachmittag ergeben, als eine von Nolas Assistentinnen – Clarissa, die Rothaarige, die man nie ohne einen doppelten Starbucks-Espresso sah, den sie mit weißen Knöcheln und eisernem Griff umklammert hielt – in die Schneiderei gestürmt war und mit einer Einladung herumgefuchtelt hatte. Lucy hatte sich darauf gestürzt wie eine Tigerin, ehe irgendjemand die Gelegenheit dazu hatte, ihr zuvorzukommen. »Gemach, gemach«, hatte Clarissa gebrummt. »Sieh bloß zu, dass du pünktlich bist, okay?«

Nola Sinclair – im Grunde genommen ihre Chefin, aber Lucy Jo war so eine unwichtige kleine Arbeitsbiene, dass die Designerin einfach durch die hindurchsah – war auf die Idee gekommen, eine große Show zu inszenieren, um eine Kollektion zu lancieren, die sie der Presse und den Einkäufern bereits im vergangenen Frühjahr präsentiert hatte, und dazu einige neue Stücke vorzuführen sowie die festliche Stimmung in der weihnachtlich herausgeputzten Stadt zu nutzen, um ein bisschen mediale Aufmerksamkeit zu erregen. Die Kollektion wurde gerade an die hippsten, edelsten Boutiquen des Landes ausgeliefert, und die Modeschöpferin wollte noch ein krönendes kleines Sahnehäubchen obendrauf setzen. Man hatte weder Kosten noch Mühen gescheut, um das Innere der Park Avenue Armory in das weltgrößte Indoor-Iglu zu verwandeln, mit einem durchsichtigen Laufsteg, der eigens angefertigt worden war und aussah wie aus glasklarem Eis. Nola hatte eigentlich einen Laufsteg aus echtem Eis haben wollen und wochenlang geschmollt, als ihr Vater – der größte und einzige Investor ihres Unternehmens – sein Veto eingelegt hatte, weil er das für zu gefährlich für die Models hielt. Silbrige Cocktail-Tabletts standen für die Glitzer-Gesellschaft bereit, und auf jedem dick gepolsterten weißen Ledersitz erwartete die illustren Gäste ein Nerzmuff – den sie natürlich anschließend mit nach Hause nehmen durften.

Das alles hatte Lucy Jo aus den Branchen-Blättchen, den Klatschkolumnen und am Wasserspender der Schneiderei erfahren. Und nun sollte sie das Spektakel hautnah miterleben.

Schade, dass sie die Einladung nicht wenigstens einen

Tag früher bekommen hatte – dann hätte sie eine wirklich einmalige Kreation aus dem Ärmel zaubern können, die ihr Design-Talent ins richtige Licht gerückt hätte. So hatte sie kaum Zeit gehabt, im Eiltempo ein flamingorosa Chiffon-Hängerchen in ein frisches, freches Minikleid umzuschneidern, wobei sie mit dem abgeschnittenen Stoff eine kleine verspielte Rüsche an den Saum genäht hatte. Die Farbe war zwar etwas greller, als sie sie aus dem Laden in Erinnerung hatte – aber schließlich wollte sie ja einen bleibenden Eindruck hinterlassen und nicht im Meer der Kleinen Schwarzen untergehen.

Entschlossen straffte sie die Schultern und marschierte auf das massige Backsteingebäude des Zeughauses auf der Sixty-Seventh zu. Lucy Jo war groß gewachsen und neigte dazu, vornübergebeugt zu gehen, weshalb sie nicht selten als grobknochig oder auch vollschlank bezeichnet wurde. Hübsch oder gar eine Schönheit wurde sie eher selten genannt, was allerdings mehr mit den Menschen in ihrem Bekanntenkreis zu tun hatte als mit ihrem Äußeren.

Du schaffst das, versuchte sie, sich selbst Mut zu machen. Dann holte sie tief Luft, bis sie spürte, wie der Chiffon über ihrem Brustkorb spannte.

Aber wie sollte sie auch nicht nervös werden? Madonna wurde eigens für diesen Abend eingeflogen. Margaux Irving, die schon fast zwanghaft modische Herausgeberin, berüchtigt für ihren vernichtenden Blick und ihren Einfluss bis in die höchsten Etagen des Modebiz, hatte ihr Kommen und Roger Federer als ihre Begleitung angekündigt. Die ganze Hochglanz-Truppe, bestehend aus den stylischsten Mädels der stylischsten Zeitschriften, würde da sein und alle Blicke auf sich ziehen, ebenso wie jeder, der in Hollywood Rang und Namen hatte, von Uma bis zu den Olsens. Und jetzt sollte Lucy Jo

Ellis – die siebenundzwanzigjährige Tochter einer Maniküre aus Dayville, Minnesota, Hilfsmodellschneiderin in einer kleinen, engen Werkstatt im New Yorker Garment District, in der es rund um die Uhr nach Schweiß und Zwiebelringen roch; und aufstrebende Designerin – auch dabei sein. Und mit der Crème de la Crème abfeiern. Und mit ein wenig Glück würde sie endlich den lang ersehnten Job im Kreativbereich ergattern … den Job, den die sture, engstirnige Nola Sinclair ihr nie im Leben geben würde.

Wie haben Sie es ganz nach oben geschafft, Miss Ellis? Lucy Jo konnte sich schon lebhaft vorstellen, wie ein Modejournalist sie in späteren Jahren mal ehrfürchtig nach ihren frühen Anfängen fragen würde. *Wie haben Sie es geschafft, sich von einer anonymen Arbeitsbiene hochzuarbeiten zu einer der einflussreichsten Designerinnen in der Geschichte der Modeindustrie?*

Und Lucy Jo würde sich in ihrem Sessel zurücklehnen bei dem Gedanken an ihre bescheidenen Anfänge. Sie würde sich an die alten Zeiten erinnern, als sie über einen überfüllten Arbeitstisch gebeugt stand und kaum einmal aufschaute, bis sie irgendwann merkte, dass ihre Kolleginnen längst nach Hause gegangen waren. Dann erst hatte sie ihr Skizzenheft herausgekramt und sich in die Entwürfe vertieft, die sie eines Tages auf den Laufsteg und ins Zentrum der amerikanischen Modewelt katapultieren sollten. Und dann würde sie dem Reporter erzählen, dass sie an manchen Abenden geradezu spüren konnte, wie ihr die schimmernde Seide in schweren Falten durch die Finger glitt, so echt wirkten die Zeichnungen, die sie in akribischer Kleinarbeit angefertigt hatte.

Woraufhin sie dann natürlich in frohwehmütiger Erinnerung an diesen bevorstehenden Abend schwelgen würde, den Wendepunkt ihrer Karriere. »Ich habe immer gewusst«, würde sie dem Reporter anvertrauen, der sie anhimmelte,

»dass es nur eine Frage der Zeit sein konnte, bis meine Träume in Erfüllung gehen.«

Und dessen war sie sich wirklich schon ganz sicher gewesen, solange sie denken konnte. Lucy Jo Ellis war in einer Kleinstadt zwei Stunden von Minneapolis entfernt aufgewachsen und hatte insgeheim immer schon fest daran geglaubt, dass das Leben eines Tages sein großes Versprechen einlösen würde. Mode war von Kindesbeinen an ihre große Leidenschaft gewesen – schon im zarten Alter von vier Jahren hatte sie mit ihrem kleinen Zeigefinger auf eine der Roben in einer Glamour-Zeitschrift ihrer Mutter gezeigt und selbstbewusst verkündet: »Zu viele Rüschen.« Mit gerade mal zwölf Jahren hatte sie angefangen, ihre eigenen Kleider zu nähen und die Modetrends nachzuahmen, die sie sich sonst nie hätte leisten können. Als Teenager hatte sie zerlesene alte Ausgaben der *Vogue* praktisch auswendig gelernt und begierig aufgesogen, wie die Kult-Designer der Neunzigerjahre wie Gianni Versace und Azzedine Alaïa die weiblichen Formen feierten, und im schnörkellosen Glamour der Fotografien von Herb Ritts geschwelgt. An den Wänden rings um ihr Bett hatte sie Modeanzeigen aus alten *Ws* gepinnt, die dort wie mondäne, rechteckige Engel schwebten und über ihren Schlaf wachten.

Als nach der Highschool das Geld nicht fürs College gereicht hatte, musste sie sich etwas einfallen lassen, und so hatte sie bei Annie Druitt angeheuert, der örtlichen Schneiderin. Annie war eine nette, liebenswerte Frau, die Lucy Jos Gesellschaft in ihrem kleinen Laden sehr genoss – aber Hosen zu kürzen und geerbte Tanzkleider der großen Schwester für den Abschlussball enger zu nähen, reichte kaum für *ein* Gehalt, geschweige denn für zwei, und so blieben Lucy Jos große Träume fürs Erste unerfüllt.

An ihrem sechsundzwanzigsten Geburtstag nahm sie ihr Sparbuch mit den schwer verdienten, vom Mund abgesparten zweitausend Dollar darauf, packte eine Tasche, überhörte geflissentlich die tränenfeuchten Entmutigungsversuche ihrer Mutter, verabschiedete sich von einigen wenigen lieben Menschen und reiste mit einem Greyhound-Bus quer durchs Land nach New York. Mittels eines Online-Netzwerks fand sie ein Miniapartment in Murray Hill mit derart schiefem Fußboden, dass sie dauernd über ihre eigenen Füße stolperte, und hatte dann das Riesenglück, einen Einsteigerjob bei Nola Sinclair zu ergattern. Der war zwar nur unwesentlich anregender als die Arbeit bei Annie Druitt – aber zumindest war sie in New York, dem Epizentrum allen Modegeschehens, und arbeitete immerhin für einen echten Szeneliebling.

Ein Jahr später hatte sie allerdings noch keine nennenswerten Fortschritte gemacht. Auf lange Sicht betrachtet mochte ein Jahr zwar nicht viel sein, aber Lucy Jo dauerte das alles zu lange. Ihre Lernkurve war inzwischen flacher als Kate Moss' Busen, und Nola weigerte sich hartnäckig, irgendwen mit einem Kreativposten zu betrauen, der nicht in den geheiligten Hallen des FIT oder von Parsons geprüft und für gut befunden worden war.

Aber egal. Nola war die Eintrittskarte, und heute Abend war Lucy Jos große Gelegenheit, ihren zukünftigen Mentor kennenzulernen – jemanden, der erkannte, dass ihr Talent und ihr Ehrgeiz für mehr reichten als bloß zur Fließbandarbeit.

Endlich tut sich was, dachte Lucy Jo. Schnell öffnete sie den Reißverschluss ihres voluminösen blauen Daunenparkas, während sie die Lexington Avenue entlanghastete, ihr Skizzenportfolio fest unter einen Arm geklemmt, und sich insgeheim wünschte, sie hätte einen hübscheren Mantel zu ihrem Kleid gehabt. Mit dem ersten Gehalt ihres neuen Jobs würde sie sich als Allererstes einen Kaschmirmantel kaufen, den man zu eleganten Abendveranstaltungen tragen konnte. Und sie würde schnurstracks in Saks Fifth Avenue marschieren und sich ein paar goldene Riemchen-Louboutins kaufen. Sie hoffte inständig, dass an diesem Abend niemand die Kratzer an ihren Pumps bemerkte.

Von den Schuhen und dem Mantel mal abgesehen war Lucy Jo auf alle Eventualitäten gefasst. Sie hatte *Das Geheimnis* gelesen. Ihr Händedruck war markant und kräftig. Sie hatte geübt, immer Blickkontakt zu halten. Und sie wusste genau, was sie wollte – die Gelegenheit, für einen Modeschöpfer zu arbeiten, der sie nicht dazu verdonnerte, Reißverschlüsse einzunähen. Obwohl sie doch ein bisschen Bammel davor hatte, den Stardesignern, die heute Abend da sein würden, ihre Mappe zu zeigen – von ihren Visitenkarten ganz zu schweigen, die sie günstig im Kopierladen hatte drucken lassen und heute Abend unters Volk zu bringen gedachte wie Partypräsente – sie wusste, sie musste den Leuten klarmachen, dass Lucy Jo Ellis eine fabelhafte Assistentin abgeben würde für Thakoon oder Brian Reyes oder Rachel Roy. Nur eine wie Nola hatte die Chuzpe, massenweise Konkurrenz im Publikum zu platzieren, und nur eine Nola brachte die Konkurrenz dazu, auch wirklich aufzulaufen – vermutlich, weil die alle wussten, was für einen Medienrummel es um die Show geben würde. Lucy hatte sich sogar ein paar Sätze auf Karteikarten gekritzelt mit kleinen Gedächtnisstützen für mögliche Gesprächsthemen, die sie für den Fall der Fälle in ihrer Handtasche verstaut hatte. Sollte sie also unversehens plötzlich neben Margaux Irving stehen, bräuchte sie keine Angst zu haben, dass es ihr die Sprache verschlug.

Genauso viel Mühe hatte sie sich beim Zurechtmachen

gegeben. Sie hatte ihr allererstes figurformendes Miederhöschen von Spanx gekauft und an der Kasse den Atem angehalten und gehofft, dass ihre Kreditkarte keine Zicken machte, als sie die vierzig Dollar dafür blechen musste. Sie hatte Selbstbräuner besorgt und sich die giftig-chemisch stinkende Pampe auf den ganzen Körper geschmiert. Nun sah sie aus, als hätte sie das Thanksgiving-Wochenende auf St. Barths verbracht, statt mit einer Pad-Thai-Box auf dem Schoß jeden Abend einsam zu Hause auf ihrem Futon zu hocken. Sie hatte sich Locken in die Haare gedreht. Sich in einen Wonderbra gezwängt. Drei Schichten Wimperntusche aufgetragen und sich die Fußnägel passend zum Kleid knallig rosa lackiert. Und dann das Kleid selbst – eine wandelnde Reklame dafür, so hoffte sie zumindest, was sie mit Nadel, Faden und zwanzig Dollar alles anstellen konnte.

Du schaffst das, hämmerte sie sich ein und stieg die Stufen der Armory hinauf zu dem Samtseil am Eingang. Die übrigen ankommenden Gäste rauschten an ihr vorbei; die Damen mit Gänsehaut an den nackten Beinen unter den wallenden Designerroben, die Männer sexy und ernst im schwarzen Smoking mit schmaler Schleife. Ganz kurz blieb Lucy Jo stehen, um ihren Lippenstift nachzuziehen, schnell noch ihre Haare aufzuschütteln und sich mit dem Chanel-Pröbchen einzusprühen, das sie eigens für besondere Gelegenheiten gehortet hatte. Dann stolzierte sie entschlossen auf das Absperrseil zu.

»Name?«, kommandierte die PR-Tante mit dem Klemmbrett und beäugte sie streng.

»Lucy Jo Ellis«, entgegnete sie und setzte ihr strahlendstes Lächeln auf.

Das Mädel warf einen Blick auf seine Liste und schaute dann wieder auf. »Ellis, sagten Sie?«

»E-L-L-I-S. Ja, genau.«

»Tut mir leid, steht hier nicht drauf.«

Lucy Jo verspürte den beinahe unwiderstehlichen Drang, einfach laut loszubrüllen. Den bekämpfte sie heroisch. Die ausdruckslosen Augen des PR-Mädels wanderten weiter zum nächsten Gast in der Warteschlange.

»Moment bitte!«, sagte Lucy Jo laut, wühlte in ihrer Handtasche herum und kramte die inzwischen verknitterte Einladung hervor. »Ich habe die Einladung dabei! Die habe ich von Nolas Assistentin Clarissa. Ich arbeite für Nola – das muss ein Missverständnis sein!«

»Was soll ich Ihnen sagen? Sie stehen nicht auf meiner Liste. Der einzige Ellis hier ist Bret Easton Ellis. Warum rufen Sie Clarissa nicht einfach an?«

»Würde ich ja, aber ich habe mein Handy zu Hause vergessen. Bitte.« Lucy Jo verfluchte sich insgeheim dafür, dass sie lieber Lebensmittel gekauft hatte, statt ihre Handyrechnung zu bezahlen. Letzte Woche war es abgestellt worden.

»Tut mir leid, aber ich kann Sie nicht reinlassen, wenn Sie nicht auf …«

»… der Liste stehen. Schon kapiert. Könnten *Sie* nicht vielleicht Clarissa anrufen?«, fragte sie flehentlich, aber das Mädel schüttelte nur ungerührt den Kopf.

Doch ehe Lucy Jo so tief sinken musste, vor dem Türdrachen auf den kalten Steinstufen der Armory auf die Knie zu sinken und um Gnade zu betteln, öffnete sich die Tür, und sie erhaschte einen Blick auf eine wallende rote Mähne.

»*Clarissa*«, rief sie so laut sie konnte. Der rote Schopf fuhr herum – und tatsächlich, es war Nolas Assistentin, die aussah, als würde sie von den Strängen der schwarzen Perlenkette, die sie um den Hals trug, stranguliert. Eine Welle der Erleichterung erfasste Lucy Jos ganzen Körper. »Gott sei

Dank! Aus irgendwelchen unerfindlichen Gründen steht mein Name nicht …«

»Du bist die Kleine aus der Schneiderei, stimmt's? Du bist so was von zu spät!«, zischte Clarissa. Ungeduldig winkte sie Lucy Jo, ihr zu folgen, schob sie hastig durch die Flügeltür und packte sie am Handgelenk. »Habe ich dir nicht gesagt, du sollst um sechs hier sein und beim Vorbereiten helfen?«

»Was? Nein, ich bin mir ganz sicher, auf der Einladung stand sieben Uhr …«

Aber da wurden sie auch schon von der Hauptperson des Abends unterbrochen, Nola Sinclair höchstpersönlich, die sich mit ihrem bekannten Ausdruck grimmiger Entschlossenheit einen Weg durch die Menge bahnte wie ein heißes Messer durch ein Stück Butter. Lucy Jo überlief es eiskalt.

»Clarissa!«, zischte Nola und wies mit dem Kopf herrisch auf einen leeren Raum. Clarissa, die Lucy Jos Arm noch immer fest umklammert hielt, folgte ihr mit nackter Angst in den Augen. Lucy Jo konnte das nur zu gut verstehen. Mit einem Meter sechzig Körpergröße und einem dichten Schopf frühzeitig ergrauter wirrer Haare war Nola eine weitaus imposantere Gestalt, als ihre Größe zunächst vermuten ließ. Obwohl ihr Look sich in den vergangenen zehn Jahren nicht im Geringsten verändert hatte – stachelig abstehende Haare, bleicher Teint, kohlschwarz umrandete Augen, schwarzes, langärmeliges fließendes Kleid und Domina-Plateauschuhe – hatte sie etwas, das nie seine Wirkung verfehlte und ihre Umwelt immer wieder in Angst und Schrecken versetzte. Nola war eine launenhafte Persönlichkeit, die mit dem größten Vergnügen alles auf eine Karte setzte und unerwartete Wege ging, und ihre Unberechenbarkeit wurde bisweilen mehr gelobt als ihr Talent an sich. Lucy Jo war klar, auch wenn sie Nolas Stil nicht immer verstand, so konnte sie sich doch zumindest von ihrem modischen Mumm eine Scheibe abschneiden.

»Die Sitzordnung ist eine einzige Katastrophe«, zeterte Nola aufgebracht, sobald sie außer Hörweite waren. »Du hast Margaux Irving nur vier Plätze von Menon Whittemore platziert! Einmaleins der Mode: Die beiden können sich auf den Tod nicht ausstehen! Ich habe dir doch ausdrücklich gesagt, du sollst ihnen Plätze an entgegengesetzten Enden des Laufstegs geben.« Dann fiel ihr Blick auf Lucy Jo, und sie verzog das Gesicht zu einer Grimasse. »Wer ist das denn?«

Clarissa wurde kreidebleich. »Eins der Mädchen aus der Schneiderei – sie ist hier, um zu helfen.«

»Sie trägt *Farbe*«, bemerkte Nola angeekelt. Dann wanderte ihr Blick über Lucy Jos Gesicht, ihren Hals und ihr Dekolleté. »Und warum sieht sie aus wie eine wandelnde Karotte?«

»Ich, ähm …« Lucy Jo spürte, wie sie puterrot anlief.

»Auch egal. Eine Katastrophe nach der anderen. Du musst dich auf der Stelle um die Sitzordnung kümmern.« Und damit rauschte sie von dannen. Clarissa folgte in ihrem Kielwasser, und Lucy Jo hetzte hinter Clarissa her, in den Hauptsaal, der sich im Handumdrehen zu füllen schien. Nolas harsche Kritik hatte sie empfindlich getroffen, und ihr Gesicht brannte vor Scham. Vielleicht sah der Selbstbräuner ja doch nicht nach St. Barth aus; vielleicht war ihr Kleid nicht ganz das Wahre für eine ganzseitige Aufnahme in der *Vogue*. Zum Glück war die überfüllte Halle mit hohen Kerzen erleuchtet, die ein dramatisches, aber eher dämmriges Licht warfen, sodass niemand ihren hochroten Kopf sehen konnte.

Unter einer prunkvollen Gewölbedecke und bunten Glasfenstern, entworfen von Louis Comfort Tiffany, nippte das *Who is Who* der Modeszene Cocktails und drückte zur Begrüßung Bussis in die Luft. Lucy Jo beobachtete, wie Carla Bruni und Naomi Campbell in einer Ecke standen und tratschten, und wie Naomi ihre Zigarette an einer der abstrakten Eisskulpturen ausdrückte. Dort drüben, keine fünf Schritte entfernt, stand Patrick Demarchelier; Graydon Carter begrüßte Natalie Portman mit einem Kuss auf die Wange; Jennifer Lopez zeigte Kelly Ripa Fotos ihrer Zwillinge; Caroline Kennedy wartete hinter Ian Schrager auf ihren Martini. Es war, als würde man durch einen bizarren, märchenhaften Zoo laufen, mit exotischen, sehr teuer gekleideten Tieren.

»Hör auf, die Leute anzustarren«, flüsterte Clarissa streng, nachdem Lucy Jo sich fast den Hals verrenkt hätte, um einen Blick auf Sting zu erhaschen, der an der Martini-Bar mit Julianne Moore plauderte. »Und beeil dich. Du hast Nola ja gehört – ich habe gerade alle Hände voll zu tun.«

Warum bitte trieb Clarissa sie wie ein widerborstiges Rindvieh durch den Saal? Die Frage schoss Lucy Jo unvermittelt durch den Kopf, als sie in die gewaltige »Drill Hall« stolperten, die Haupthalle der altehrwürdigen Armory. Es war, als betrete man einen blendend weißen, schillernden Gletscher, in dem sich eine Spalte aufgetan hatte, die nun eine verborgene Eishöhle freigab. Cocktailtischchen, in jungfräuliche weiße Tischtücher gehüllt, und Teelichte aus Kristallglas standen versprengt zu beiden Seiten des elegant schimmernden Laufstegs. Riesige weiße Pfingstrosen, die aussahen wie übergroße Schneebälle, waren wild und ungeordnet rings um den Laufsteg verteilt, und tief hängende Art-déco-Lüster warfen ein glitzerndes Licht auf die Szenerie. Jetzt fehlten nur noch die Models, die Kleider und das Publikum – und Lucy Jo, wie sie den Laufsteg hinunterflanierte, die Designerin, die nach der Show mit bescheidener Geste den tosenden Applaus des Publikums entgegennahm.

»Das ist ja unglaublich!« Lucy Jo erstarrte in Ehrfurcht.

Clarissa schaute kurz auf und sah sich flüchtig um. »Na, das will ich doch schwer hoffen. Schließlich steht einiges auf dem Spiel. Nola ist total gestresst.« Und damit packte sie Lucy Jo an ihrem daunenmantelumhüllten Ellbogen und zerrte sie mit sich. Sie liefen durch den Bereich hinter der Bühne, wo ein Dutzend ausgezehrter, leichenblasser Models sich in ihre Kleider zwängten, und dann durch die Schwingtüren in den …

Küchen- und Service-Bereich?

»Da hinten sind noch ein paar Uniformen, glaube ich. Sieh zu, dass du fertig wirst, okay? Marco – da drüben – gibt dann die Order aus und sagt dir dann, was du zu tun hast.«

»Order? Ich verstehe nicht ganz …«

»Was gibt's denn da zu verstehen?« Clarissas Augen wurden groß und rund, so entnervt war sie mit einem Mal. »Du trägst ein Tablett herum und bietest den Gästen Kaviar-Blinis und Champagner an. Du sollst ja keinen Hirntumor entfernen.«

Hä? Auf einmal war es in der Küche eng und stickig wie in einem Sarg. Lucy Jo blinzelte. »Ich soll hier arbeiten?«

»Was denkst du denn? Wir sind alle nicht zum Spaß hier. Die Hälfte der Kellnermannschaft liegt mit irgendeinem fiesen Virus im Bett, und sie suchen händeringend Leute. Aus der Buchhaltung sind einige hier zum Aushelfen, dann ein paar Praktikanten, und du. Warum schaust du mich denn so an?«

Lucy Jo hatte es die Sprache verschlagen, sie war so perplex, dass sie kein einziges Wort herausbrachte, und hatte Angst, würde sie sich dazu zwingen, etwas zu sagen, dann könnte sie womöglich laut losschluchzen.

Auf einmal verzog Clarissa mitleidig das Gesicht, als ihr

bewusst wurde, in welcher irrigen Annahme Lucy Jo hergekommen war. Doch dann kniff sie die Lippen schnell wieder zusammen wie den Schnappverschluss einer Judith-Leiber-Clutch. »Okay, tja … dann bis später.« Womit Clarissa auf Fünfzehnzentimeterabsätzen herumwirbelte und durch die Tür ins Getümmel verschwand.

»Könnte ein bisschen eng sein.« Marco, der Oberkellner mit dem Ziegenbärtchen, musterte Lucy Jo eindringlich von Kopf bis Fuß und warf ihr dann ein äußerst knappes schwarzes Lederkleidchen zu, in das sie mit viel Glück vielleicht einen Oberschenkel zwängen könnte. An einer Schulter war ein Stoffknubbel, der aussah wie ein Abszess – ein unverkennbares Zeichen dafür, dass Nola bei dem Entwurf die Hände im Spiel gehabt hatte. »Was für eine Schuhgröße hast du? Hoffentlich 39, das ist die einzige Größe, die noch da ist.« Und damit warf er ihr zwei Domina-Stiefel vor die Füße. Die Dinger sahen gemeingefährlich aus.

Die Wirklichkeit traf sie wie ein Schlag in die Magengrube. Wie naiv und geradezu lächerlich, dass sie tatsächlich angenommen hatte, man hätte sie eingeladen, sich unter die Hautevolee zu mischen. Sie war nichts weiter als eine bezahlte Servierhilfe. Lucy Jo stellte ihre Mappe ab und hielt sich das Minikleid in Größe 34 vor ihre Hüften in Konfektionsgröße 40. »Gibt es nicht vielleicht noch was Größeres?«, fragte sie und musste schlucken.

Aus dem hinteren Teil der Küche war ein lautes Scheppern zu vernehmen. »Ach was, das passt schon«, rief Marco über die Schulter zurück, während er loshastete, um zu retten, was noch zu retten war. »Auf dich achtet heute Abend sowieso keiner.«

3

Die gestrige Auktion *Important Watches* bei Sotheby's in Genf enttäuschte die Mitbieter nicht, die sich im vollen Auktionssaal drängten; auch weil eine Patek Philippe Chronograf Armbanduhr – zum ersten Mal seit fünfzig Jahren wieder auf dem Markt – für den historischen Betrag von 1,2 Millionen Dollar den Besitzer wechselte und an einen unbekannten US-amerikanischen Sammler ging.

Hans Depardieu, www.antiquewatchwatch.com

»Das Übliche«, sagte Wyatt zu dem Barkeeper – ein etwas älterer Mann, dessen Vornamen er sich eigentlich im Laufe der letzten Jahre irgendwann mal hätte merken sollen. Als er in seinen dämmrigen, intimen kleinen Lieblingsklub kam, eine der letzten Raucherbastionen der Stadt, war ihm gleich viel wohler. Und als dann auch noch ein kühles Glas Scotch Single Malt wie von Zauberhand vor ihm auf dem Mahagoni-Tresen erschien, atmete Wyatt zum ersten Mal, seit er Cornelia vorhin einfach stehen gelassen hatte, wieder auf.

»Was ist denn mit dir los, Mann? Du siehst ja aus wie ausgespuckt!« Trip Peters packte ihn mit festem Griff an der Schulter, und Wyatt drehte sich um, um seinen Freund zu begrüßen. Trip war untersetzt, hatte eine beginnende Glatze, gut fünfzehn Kilo Übergewicht und schien sich all dieser Unzulänglichkeiten nicht im Geringsten bewusst zu sein. »Einen doppelten Martini, bitte, Saul.«

»Ja, ich weiß«, jammerte Wyatt. Eigentlich sah er eher aus wie ein gerade aus dem Bett gefallener Aristokrat, der versuchte, sich in kürzester Zeit in die Besinnungslosigkeit zu saufen, aber das war wohl Ansichtssache.

Mit den Gläsern in der Hand suchten sie sich einen Tisch im hinteren Bereich des Klubs. »Schöne Uhr«, bemerkte Wyatt, als er die Graf Trossi Patek am Handgelenk seines Freundes entdeckte.

»Ich konnte einfach nicht widerstehen«, entgegnete Trip mit einem Blick auf den Zeitmesser und einem unverkennbaren Leuchten in den Augen. »Eine der ersten Armband-Chronografen mit nur einer Krone, den die Firma hergestellt hat. Und auch eine der ersten mit horizontalem Register. Hab dafür einen siebenstelligen Betrag bei Sotheby's hingeblättert.« Trip war ein Uhrensammler. Und ein Autosammler. Und eigentlich auch ein Flugzeugsammler und ein Weinsammler.

Das ist in New York City Gesetz: Ganz egal, wie viel Geld man scheffelt, überall gibt es Leute, die noch mehr verdienen als man selbst. Trip allerdings war da wohl die Ausnahme, welche die Regel bestätigte. Selbst als die See der internationalen Finanzwelt allmählich so rau wurde, dass viele Banker über der Reling hingen und die Fische fütterten, hatte die *SS Trip Peters* sich als etwas größerer, robusterer und sichererer Ozeandampfer erwiesen denn beinahe alle anderen Kähne, denen er auf dem offenen Meer begegnete. Nachdem er einen Teil seines beträchtlichen, aber auch nicht ungeheuer großen Erbes darauf verwendet hatte, mit gerade mal dreißig seinen eigenen Hedgefonds zu gründen, hatte Trip gleich im ersten Jahr begonnen, fette Gewinne einzufahren. Wyatt konnte nicht anders, er musste seinen Freund einfach bewundern für sein feines Gespür, selbst da noch Gold zu schürfen, wo andere auf nichts als Blei stießen. Niemand schien eine größere Rendite abzuwerfen, und niemand spielte das Spiel besser als er. »Hätte nie gedacht, dass er das Zeug dazu hat«, gestanden sich Trips alte Freunde hinter vorgehaltener Hand. Trip war zwar ganz clever, munkelte man, aber bitte – seine Eltern hatten einen baseballgroßen Diamanten springen lassen, damit ihr Sohn an der Pepperdine University aufgenommen wurde.

Er und Wyatt, der Ältere von beiden, kannten sich schon seit Kindertagen. In St. Bernard's waren sie ein Schuljahr auseinander gewesen, und den Winter verbrachten ihre Familien stets gemeinsam in Palm Beach. Von klein auf hatten ihre Mütter mit aller Macht darauf gedrängt, dass ihre Jungs beste Freunde werden. Drei Jahrzehnte später hatten die beiden so viel zusammen erlebt, dass es inzwischen mehr oder weniger auch so war.

»Also, welcher Bus hat dich denn überfahren?«, wollte Trip wissen. »Wo kommst du eigentlich her?«

»Von einer Launch-Party im Doubles für eine Zeitschrift mit dem schönen Namen *Townhouse*. Ich bin etwas früher gegangen. Nachdem ich Cornelia den Laufpass gegeben habe, um genau zu sein.«

»Im Ernst?« Trip wirkte verblüfft.

»Höchste Zeit, ich weiß.«

»Na ja, eigentlich fanden Eloise und ich immer, dass ihr beiden ein ganz nettes Paar abgebt. Ihr schient so, na ja, gut zusammenzupassen. Warum hast du es denn jetzt plötzlich hingeschmissen?«

»Ist das dein Ernst, Mann?« Wyatt war eigentlich nicht danach, über Cornelias kränkenden Kamera-Seitensprung zu reden, nicht mal mit seinem engsten Freund. »Diese ganze Promi-Geschichte steigt Cornelia langsam zu Kopf. Das

Mädel schmeißt sich an alles ran, was einen Blitz hat. Sie glaubt doch allen Ernstes, sie hätte eine *Karriere* zu managen. Anscheinend hat ihr noch niemand gesagt, dass es kein Beruf ist, auf den Party-Seiten der Klatschpresse zu erscheinen.«

»Dann gehört sie eben zur Schickeria, na und?«, meinte Trip. »Das ist doch wohl ziemlich harmlos.«

»Harmlos? Gertrude Vanderbilt hat das Whitney Museum gegründet. Jackie Onassis hat dem Grand Central zu neuem Glanz verholfen.« Die Muskeln in Wyatts Nacken spannten sich. »Cornelias einziges Lebensziel ist es, bis an die Spitze von Parkavenueroyalty.com aufzusteigen.«

»Was bitte ist Parkavenueroyalty.com?«, fragte Trip. Er stopfte sich ein paar Erdnüsse in den Mund und schaute dann auf die Uhr, mit einem liebevollen Blick, der einem frischgebackenen Vater alle Ehre gemacht hätte. »Eloise erwartet sicher, dass ich bald nach Hause komme.«

»Eine vollkommen hirnrissige Website, die sämtliche Society-Größen *bewertet* und in eine Hitliste einordnet und über alles berichtet, was sie so tun und von sich geben.« Wyatt trank einen großen Schluck Scotch. »Männer werden da übrigens auch bewertet. Du stehst als Nummer sechs der begehrenswertesten Junggesellen auf der Liste. Meine Wenigkeit ist auf Platz drei. Letzte Woche war ich noch auf der zwei, bis dieser Milchbubi Theo …«

»Hört sich fast danach an, als sei Cornelia nicht die Einzige, die zwanghaft diesen Quatsch liest«, bemerkte Trip sarkastisch. »Nicht dass der Esel ein Langohr wäre oder so.«

Wyatt funkelte seinen Freund empört an. »Ständig treibt sie sich auf dieser Website rum. Und ich klicke bloß hin und wieder mal rein, um meine morbide Neugier zu befriedigen.«

»Ganz wie du meinst.«

»Diese Mädels sind doch alle gleich. Ich sage dir, Peters, von allen Tieren, die ich je in freier Wildbahn beobachtet habe – und meine Feldforschung hat mich schon auf alle Kontinente geführt –, sind die bizarrsten Geschöpfe unseres Planeten zweifellos die It-Girls der Upper East Side.«

Draußen durchzuckte ein winterlicher Blitz den Himmel.

4

»Viele Kritiker behaupten, meine Arbeit – und insbesondere diese Kollektion – führe den kollektiven Diskurs über Mode in eine revolutionär neue Richtung. Sie behaupten, ich hielte mich nicht an die Spielregeln. Dass es mir nicht bloß um Schönheit ginge – sondern um etwas weit weniger Prosaisches, etwas Weltveränderndes. Womöglich ist das so.«

Nola Sinclair, zitiert von *The Daily Fashion*

»Champagner?«, fragte Lucy Jo eine Posh-Spice-Doppelgängerin in einem aktuellen Couture-Kleid. Die Dame nahm einen der Kelche und setzte ungerührt ihre Unterhaltung fort, ohne auch nur ein Dankeschön über die Lippen zu bringen.

Zuerst war Lucy Jo richtiggehend schockiert, wie unsichtbar man sich als Kellnerin fühlte. Angesichts der Tatsache, dass sie sich in ihrem absurden Outfit vorkam wie ein übergewichtiges Mitglied der Jetsons, kam es ihr geradezu bizarr vor, vollkommen unbeachtet durch den Saal zu laufen und von den Gästen nicht im Geringsten zur Kenntnis genommen zu werden, die sich nur für die marinierten Jakobsmuscheln und die Risotto-Bällchen auf ihrem Tablett interessierten. Das war nicht der triumphale Abend ihrer Träume, so viel stand schon mal fest. Ständig musste sie wieder in die Küche hetzen, wenn ihr Tablett wieder zu leicht wurde, und den Gästen leere Gläser und benutzte Servietten abnehmen – Kellnern statt Kontakten war angesagt. Aber irgendwie schaffte sie es, dem schmerzhaften Stachel der Enttäuschung zum Trotz ein Lächeln aufzusetzen. Als sie sich in das Kellnerinnenkostüm gezwängt hatte, da hatte sie die Hoffnung noch nicht ganz aufgeben wollen und sich noch schnell ein paar Visitenkarten in den Wonderbra gestopft. Aber wenigstens konnte sie die unglaubliche Kulisse ringsum aufsaugen wie ein Schwamm.

Und die Kulisse war wirklich atemberaubend. Die Models – die allesamt aussahen wie frisch aus der Krypta exhumiert und zu Nolas tintenschwarzer Farbpalette androgyne Stoppelfrisuren trugen – stolzierten im Stechschritt zum primitiven Beat einer Basstrommel über den Laufsteg. Sie sahen aus, als seien sie aus einer futuristischen Tuberkulose-Station entlaufen. Innovation statt Schönheit – das war genau Nolas Stil. Ihre Kleider erinnerten mehr an geometrische Konstellationen, geschaffen von einem Mondrian auf Acid. Eins der Models sah aus, als hätte es eine schlimm deformierte linke Hüfte. Genau die Mode, wie Kritiker sie liebten und echte Frauen sie verabscheuten, dachte Lucy Jo, und sie konnte den echten Frauen nur aus ganzem Herzen zustimmen.

Das Publikum starrte wie gebannt auf den Laufsteg. Lucy Jo konnte die beinahe greifbare Spannung spüren, die in der Luft lag. Manche kritzelten Notizen; andere folgten den Models nur mit den Augen, als beobachteten sie ein ungeheuer langsames Tennisspiel in Wimbledon. Die Blitzlichter der hektisch knipsenden Phalanx von Fotografen am Ende des Laufstegs tauchten den Saal in ein unruhig tanzendes Stroboskoplicht, das an das legendäre Studio 54 gemahnte.

Lucy Jo rückte ihr Tablett zurecht und wischte sich eine feuchte Haarsträhne aus der Stirn. *Eines Tages werde ich in Nolas Fußstapfen treten*, dachte sie. Natürlich nur bildlich gesprochen – diese SM-inspirierten Plateau-Treter wirkten genauso unbequem wie die Stiefel, in die Lucy Jo gezwungen worden war, ihre Füße zu quetschen.

Ein Model in einem langen anthrazitgrauen Kleid blieb des dramatischen Effekts wegen kurz am Ende des Laufstegs stehen, auf dessen glänzender Oberfläche ihr Spiegelbild schimmerte. Lucy Jo stockte der Atem. Dieses Kleid war in der Schneiderei ihr Baby gewesen – als einziges auch nur annähernd »schönes« Stück der gesamten Kollektion war es ihr als Glücksfall und Geschenk zugleich erschienen. Für den heutigen Abend hatte Nola dem grimmig guckenden Model eine Kette aus Patronenhülsen um den Hals geschlungen, aber das tat der Schönheit des Kleids keinen Abbruch. Mit weit mehr Liebe und Detailversessenheit als eigentlich verlangt, hatte Lucy Jo den Schnitt mit akribischer Sorgfalt angefertigt und tagelang Überstunden gemacht, damit es auch wirklich perfekt wurde. Und nun wurde es von den hellsten Sternen am Modehimmel bewundert.

»Machst du deine Arbeit oder guckst du dir die Show an?« Urplötzlich war Clarissa hinter Lucy Jo aufgetaucht. Noch ehe die irgendetwas zu ihrer Verteidigung vorbringen konnte, brach im ganzen Saal tosender Applaus los, und als die beiden jungen Frauen aufschauten, sahen sie gerade noch, wie das letzte Model den Laufsteg verließ. Nur einen Wimpernschlag später fiel ein einzelner, gleißend heller Scheinwerferstrahl auf die strahlende Nola Sinclair.

»Ach du lieber Himmel«, hörte Lucy Jo Clarissa neben ihr stöhnen. »*Champagner.* Sie hat mir gesagt, ich soll welchen besorgen, aber gleichzeitig hat sie mir noch zehn andere Sachen diktiert …«

Mit erhobenen Händen bat Nola um Ruhe. Nicht gerade üblich, dass ein Designer nach der Show eine Rede hielt – aber Nola, dachte Lucy Jo, nahm jede Gelegenheit wahr, sich in den Mittelpunkt zu stellen. »Danke. Danke euch allen, dass ihr heute Abend gekommen seid, um mit mir auf die kommenden Feiertage und meine Kollektion anzustoßen.« Womit Nola ein, zwei Schritte zur Seite machte und in die sie umgebende Dunkelheit lächelte.

»Sie bringt mich um«, zischte Clarissa entsetzt.

Und damit begannen die schlimmsten zwei Minuten in Lucy Jos Leben. Alles fing damit an, dass ihr Clarissa einen energischen Schubs gab und die Order: »Champagner. Nola. *Jetzt!*«

Sich im Dunkeln den Weg bis zu dem Scheinwerferlicht zu bahnen, war gar nicht so einfach, vor allem, wenn man dabei auch noch ein volles Tablett balancieren musste, aber Lucy Jo hastete tapfer zum Rand des Laufstegs – Nola stierte schon mit ärgerlich zusammengekniffenen Augen in ihre Richtung, dann dirigierte irgend so ein fieser Mensch Lucy Jo zu einem leeren Stuhl, auf den sie steigen sollte, und dann …

Sie stand am Ende des Laufstegs, geblendet von dem gleißend hellen Scheinwerferlicht, und ging so schnell sie konnte ein paar unsichere Schritte auf Nola zu, um ihr den Champagner zu reichen – im vollen Bewusstsein ihres viel zu engen Röckchens und des verschwitzten hochroten Gesichts.

Lucy Jo merkte mit Entsetzen, wie die Sohle ihres linken Stiefels all zu schnell über den glänzenden, glatten Kunststoffboden rutschte …

… und dann purzelte sie auch schon Tablett über Hals über Kopf hin, mit rudernden Gliedmaßen.

Hinfallen ist eine Sache. Models fallen ständig hin und sind schon wieder anmutig auf die Füße gesprungen, ehe die Zuschauer überhaupt gemerkt haben, was passiert ist. Aber als Lucy Jos ausladendes Hinterteil mit voller Wucht auf den Laufsteg prallte, spürte sie, wie das Plastik unter ihr mit einem schrillen Kreischen zersplitterte wie dünnes Eis, das unter einer Last nachgab – ein ohrenzerfetzendes Geräusch, das durch den weitläufigen Saal gellte. Das Letzte, was sie noch sah, ehe sie durch den Laufsteg krachte, waren Nolas Plateauschuhe, und dann zerschellten rechts und links von ihr mit lautem Klirren Dutzende von Champagnerkelchen.

Nicht unbedingt der Durchbruch, den sie sich erhofft hatte.

Blinzelnd schaute sie nach oben und sah ihre Beine durch das Loch ragen, die im Licht des Scheinwerfers einen dramatischen Schatten warfen. Sie konnte sich nicht rühren.

»Sie steckt fest!«, hörte sie einen bekannten australischen Akzent nur ein paar Schritte entfernt entsetzt ausrufen.

Nicole Kidman. Lucy Jo hoffte auf einen schnellen, schmerzlosen Tod.

Es war einfach entsetzlich. Nicht genug, dass sie durch den Laufsteg gekracht war, nein, sie klemmte auch noch fest, ihr ganzer Körper war zusammengefaltet wie ein Klappmesser, und ganz gleich, wie fieberhaft sie sich auch bemühte, wie sie sich drehte und wendete, sie konnte sich einfach nicht befreien. Ihre Haare waren klebrig und nass vom Champagner. Sie hörte die Zuschauer kichern, und im gleißenden Scheinwerferlicht konnte sie gerade so die Fotografen ausmachen, die die Hälse reckten und eifrig auf die Auslöser drückten. Lucy Jo hielt sich die Arme vors Gesicht wie ein Verbrecher beim Gang zum Gerichtssaal.

»Gib mir die Hand!«, befahl einer der etwas kräftigeren Helfer, der über ihr auf dem Laufsteg kauerte. Unter heftigem Ächzen und Stöhnen gelang es ihm schließlich, Lucy aus dem Loch zu zerren und wieder auf festen Boden zu stellen. Das Publikum applaudierte – sogar noch lauter als vorhin für Nola. Ihr Retter blieb stehen und schnappte nach

Luft, woraufhin Lucy Jo, das Gesicht noch immer hinter beiden Händen versteckt, schleunigst vom Laufsteg sprang und Richtung Küche flüchtete.

»Wie ist denn das passiert?«, hörte sie Nola noch fragen, die sich große Mühe geben musste, besorgt und nicht stinksauer zu klingen.

»Für so ein Gewicht ist der Laufsteg nicht ausgelegt«, murmelte der Kerl. Und irgendwie nahm Nolas Mikrofon diese Bemerkung auf und ließ sie hundertfach verstärkt durch den Saal dröhnen.

Lucy Jo schob sich an den anderen Kellnern, die sie mit mitfühlend entsetzten Gesichtern anschauten, vorbei in die Küche. Ihr Steißbein pochte, aber in diesem Moment spürte sie den Schmerz überhaupt nicht. Hinter ein paar Schränke geduckt wand sie sich aus ihrer Uniform und schlüpfte in das rosa Kleid, das ihr plötzlich wie die grässlich grell bunteste Monstrosität erschien, die sie je zu Gesicht bekommen hatte. Dann übergab sie sich in einen neben ihr stehenden Mülleimer.

Gerade wischte sie sich mit dem Handrücken über das Gesicht, als Nola um die Ecke fegte, das Gesicht tiefrot vor Zorn. Clarissa, die ihr auf dem Fuß folgte, wirkte wie versteinert vor Schreck.

»*Wie konntest du nur?*«, belferte Nola.

»Das war ein Unfall!« Heiße Tränen stiegen Lucy Jo in die Augen. *Nein!* Bloß nicht heulen. Sie hatte sich schon genug blamiert für drei Leben. »Glauben Sie allen Ernstes, ich hätte das mit Absicht gemacht …«

»*Wage es ja nicht* zu heulen! Ist dir klar, dass du im Alleingang meine komplette Show ruiniert hast? Hast du auch nur die geringste Ahnung, wie viel Arbeit in diesem Abend steckt? Wie viel Geld? Und Zeit? Und dass sich jetzt alle bloß das Maul darüber zerreißen werden, dass so eine fettarschige Kellnerin durch den gottverdammten *Laufsteg* gekracht ist und vor versammeltem Publikum ihr Miederhöschen entblößt hat!«

Lieber Gott. Lucy Jo fing schon wieder an zu würgen.

»*Denk nicht mal im Traum daran*, morgen wieder zur Arbeit anzutanzen; morgen nicht und überhaupt nie mehr«, wütete Nola weiter. »Du bist entlassen! Du bist fertig!«

Lucy Jo schnappte sich ihren Parka und die Tasche, vollgepackt mit Skizzenblock und Visitenkarten, und rannte zum Ausgang.

5

»Mein Lieber, vom Affen abstammen! Hoffen wir, dass es nicht stimmt. Und wenn doch, dann lass uns beten, dass es sich nicht herumspricht.«

Angeblicher Ausspruch der Ehefrau des Bischofs von Worcester, als sie von Darwins Evolutionstheorie hörte.

Auch wenn Wyatts unerwartet überstürzter Abgang ihr erst mal die Laune verhagelt hatte, wollte sie sich von dieser kleinen Unstimmigkeit nicht die tolle Party vermiesen lassen – ganz besonders, wo sie doch Mittelpunkt und Krönung des Abends war. Drei Stunden hatte sie allein für Haare und Make-up gebraucht, und ihr Outfit – ein asymmetrisches grünes Minikleid von Zac Posen, das eine Schulter freiließ und erst in Monaten in die Geschäfte kommen würde – verlangte nach einem bewundernden Publikum. Und sie genauso. Entschlossen schluckte sie die Kränkung herunter, wie herab-lassend Wyatt sie behandelt hatte. Er verstand einfach nicht, wie anstrengend es war, eine prominente Societygröße zu sein, und das musste sie ihm nachsehen. Wyatt war einer von der alten Schule; wenn es nach ihm ginge, würden sie das ganze Jahr mit den immer gleichen Pärchen rumhängen und genauso ein langweilig-biederes Leben führen wie seine Eltern. Sie würde ihn schon noch rumkriegen, wenn er erst mal merkte, wie viel Spaß es machte, im Rampenlicht zu stehen.

»Huhu, Cornelia!« Binkie Howe, eine der alten Schachteln – eine Freundin ihrer Eltern –, warf ihr eine Kusshand zu. »Das Titelfoto mit dir ist einfach göttlich.«

Cornelia lächelte. Jetzt, wo sie mit sämtlichen Manhattaner Medienfuzzis geflirtet und ihre Freunde und Lieblingsfeinde begrüßt hatte, musste sie unbedingt Theo Galt suchen.

Theo, der einzige Sohn eines Private-Equity-Milliardärs, hatte in L. A. ein eigenes Plattenlabel aufgezogen. Sie waren sich schon ein paar Mal begegnet, hatten aber nie mehr als einige wenige Worte miteinander gewechselt – womöglich wegen der kleinen, aber nicht unbedeutenden Nebenrolle, die Cornelia bei der letzten Scheidung seines Vaters vor vier Jahren gespielt hatte. Während einer Cocktailstunde im Park-Avenue-Penthouse von Galt Senior, am Saison-Eröffnungsabend der Met, hatte Ehefrau Nummer drei Cornelia, damals gerade süße dreiundzwanzig, und ihren Ehemann Howard Galt, damals gute zweiundfünfzig, in flagranti in ihrem Schlafzimmer erwischt; bei einem kleinen Techtelmechtel, von dem sich nicht leugnen ließ, dass es genau das war, wonach es aussah. Eigentlich konnte man es nicht mal einen Seitensprung nennen – über ein bisschen Gefummel waren sie nicht hinausgekommen – aber es reichte. Zunächst nahm Nummer drei die Sache erstaunlich gelassen – sie ging einfach völlig ungerührt um die beiden herum und zog vor dem Spiegel ihren Lippenstift nach, und später saßen sie in der Oper in derselben Loge, ohne dass sie sich irgendwas hätte anmerken lassen. Sie hatte Cornelia sogar zum Abschied ein Küsschen auf die Wange gegeben. Aber gleich am nächsten Tag hatte sie eine Horde blutrünstiger Anwälte engagiert, die Howard ausnahmen wie eine Weihnachtsgans. Cornelias Mutter hatte einige Anrufe getätigt, um den guten Namen der Rockmans aus den Klatschspalten rauszuhalten, aber Theo wusste, was damals wirklich passiert war – und ob er nun diese eine seiner zahlreichen Stiefmütter besonders gemocht hatte oder ob es ihn als einzigen Erben geschmerzt hatte, die Hälfte des gigantischen Vermögens seines Vaters den Bach runtergehen zu sehen, jedenfalls war er seither ihr gegenüber recht unterkühlt.

Ehe sie es sich in den Kopf gesetzt hatte, ein Album aufzunehmen, hatte Cornelia eigentlich nie einen Gedanken an Theo Galt und dessen kalte Schulter verschwendet. Aber im vergangenen Jahr war Cornelia aufgegangen, dass sie mehr vom Leben erwartete als Kinder, Küche, Kirche. Mit Schrecken musste sie mit ansehen, wie Leute in ihrem Alter sich klaglos gemütlich in diesem öden häuslichen Leben einrichteten. Cornelia sträubten sich die Nackenhaare. Wieso musste das Leben als Erwachsener zwangsläufig todsterbenslangweilig sein? Warum nicht einfach einen endlosen rauschenden Debütantinnenball daraus machen? Allerdings mit nur einer Debütantin und sehr viel aufreizenderen Kleidern. Sie konnte alles haben, genau wie die kleine alte Dame, die immer die *Cosmo* geleitet hatte, so gerne behauptete. Sie konnte ein Markenname werden und das Erbe der Rockmans ins einundzwanzigste Jahrhundert katapultieren. Sie konnte *Big in Japan* sein.

Karriere als Sängerin zu machen, war ein zentraler Bestandteil von Cornelias Fünfjahresplan zum Aufbau eines gewaltigen Multimedia-Imperiums: Hit-Album, Buchvertrag, eine Fernsehserie, eines Tages vielleicht sogar eine eigene Zeitschrift. Und wenn die Stevens – Spielberg und Soderbergh – riefen, dann würde sie bestimmt nicht Nein sagen. Sie konnte die Promis nicht verstehen, die behaupteten, von den Paparazzi gehetzt zu werden; sie selbst empfand es als durchaus angemessene Würdigung ihrer Person, unter ständiger Beobachtung der Presse zu stehen. Dafür hielt sie gerne die Wangenknochen hin. Während ihrer Schulzeit war sie in Brearley und Groton immer zur »Beliebtesten Schülerin« gewählt worden, und sie schien einfach dazu bestimmt zu sein, über die Stadtgrenzen hinaus berühmt zu werden.

Auch wenn Wyatt strikt dagegen war. Natürlich war er das – noch. Als Cornelia ihm im vorigen Jahr in Monaco von ihren Ambitionen berichtet hatte, da hatte er bloß die Stirn gerunzelt und gemeint: »Warum noch eine Schuttschicht auf die Müllhalde des Kulturschrotts häufen?« Aber sie würde ihn schon noch überzeugen. Wenn sie eins von ihrer Mutter gelernt hatte – was in etwa hinkommen mochte, in Anbetracht ihres eher durch Abwesenheit glänzenden Erziehungsstils –, dann, wie man einen Mann so um den Finger wickelte, dass er genau das wollte, was *sie* wollte. Sie würde Wyatt heiraten *und* ihr Stück vom Kuchen abbekommen.

Als Daphne ihr steckte, dass Theo Galt eigens zu diesem Abend einfliegen wollte, um Mallory Keeler moralisch zu unterstützen, eine alte Freundin und der Kopf hinter *Townhouse*, da wusste Cornelia, dass sie sich diese Gelegenheit nicht entgehen lassen durfte. Daphne, Mitte vierzig und Cornelias Presseagentin, hatte Semiotik an der Brown University studiert, und nun verbrachte sie ihre Zeit damit, Feuchtigkeitscremes für fünfhundert Dollar, Jogginganzüge für dreihundert Dollar, protzigen Glitzerschmuck in Übergröße und ihre Klienten, unter deren Namen der ganze Krimskrams vermarktet wurde, an den Mann zu bringen.

Vielleicht ist es ja sogar besser, dass Wyatt einfach abgezwitschert ist, dachte Cornelia, als sie beobachtete, wie Theo sich den Weg zur Bar bahnte. Sie folgte ihm unauffällig. *Man kann einen Mann viel leichter in die Ecke drängen, wenn einem dabei nicht ein anderer über die Schulter guckt.* Was Wyatts Reaktion auf ein einziges blödes kleines Foto zur Genüge unter Beweis gestellt hatte.

»Nur eine Nacht in der Stadt, Theo?« Mit einem ihrer schlanken Finger klopfte sie leicht gegen ihr Glas und schob es über den Tresen, als Aufforderung an den Barkeeper, es aufzufüllen.

Theo wirkte etwas erstaunt, dass sie ihn ansprach. »Nicht mal. Ich fliege gleich nach der Party wieder zurück. Ich habe morgen ein paar wichtige Termine in L. A., die ich nicht verpassen darf, aber ich wollte Mallory heute Abend den Rücken stärken.«

»Das ist aber süß. Bestimmt freut sie sich.« Cornelia fragte sich, was der *wahre* Grund für all diese Mühen war. Eigentlich ähnelte er viel zu sehr seinem Vater – bauernschlau, ehrgeizig, egoistisch –, um seine Vielfliegermeilen auf eine trutschige Chefredakteurin zu verplempern. »Sicher, dass du nicht hergekommen bist, weil du mich auf dem Titel gesehen hast?«, fragte sie neckisch.

»Dad wollte mir seine neueste Ehefrau vorstellen«, entgegnete er und überging ihre Frage einfach. »Seine alljährliche Hochzeit habe ich leider verpasst.« Theo grinste schief, wobei er zwei Reihen strahlend weißer Zähne entblößte. »Und außerdem hat Mallory mir einen ganzen Saal rattenscharfer Mädels versprochen.«

Was Cornelia vor Ärger einen kleinen Stich versetzte; sie konnte es nicht ausstehen, wenn andere Frauen in ihrem Beisein gelobt wurden. Auch wenn Theos Meinung ihr völlig schnuppe war. Obwohl er trotz seiner Dauerbräune und des etwas spießigen schwarzen Hemds eigentlich ganz gut aussah, aber ihre Großmutter hatte sie immer gewarnt: »Trau keinem Mann, der zu viel Zeit vor dem Spiegel verbringt«, und mit den kunstvoll verstrubbelten Haaren und den Kleine-Jungen-Ponyfransen sah Theo aus wie einer Vorabendserie entsprungen. Trotzdem schaute sie ihn mit großen Rehaugen an. Ihre Meinung über Theo tat nichts zur Sache; sie musste ihn auf ihre Seite ziehen. »Aber dafür brauchst du doch Los Angeles sicher nicht zu verlassen.«

»Die New Yorker Mädels sind immer eine Reise wert.« Theo war nicht besonders groß, er war gerade so auf Augenhöhe mit ihr, aber sein durchdringender Blick beeindruckte sie irgendwie. »Du bist also Mallorys erstes Covergirl.«

»Ich fand es echt schmeichelhaft, dass sie ausgerechnet mich gefragt hat.« Tatsächlich hatte Daphne Mallory wochenlang erbarmungslos verfolgt und ihr keine ruhige Minute gelassen, bis Cornelia das Cover bekommen hatte – aber das brauchte Theo ja nicht zu wissen. »Supi übrigens, dass du hier bist. Ich wollte dich schon längst mal angerufen haben. Ich würde so gerne deinen professionellen Rat hören.«

»Lass mich raten: Du willst eine Platte aufnehmen.« Und damit schnaubte er leise. »Eine Frau mit vielen Talenten.«

»Ja«, sagte Cornelia. Theo gefiel sich offensichtlich in seiner kühlen Überlegenheit. Da waren doch alle Männer gleich. »Also, würdest du mir empfehlen, erst ein Demo aufzunehmen? Vielleicht könnte ich ja mal für dich singen, ein kleines privates Vorsingen, und du sagst mir, was du davon hältst.«

Mit einem großen Schluck stürzte Theo den Rest seines Martinis hinunter. »Du bist mir eine. Hat dein Ururgroßvater damals nicht auch ganz klein angefangen, als diese ganze Eisenbahn-Geschichte ins Rollen kam?«

»Na, du kennst dich aber aus in amerikanischer Geschichte«, meinte Cornelia kokett und insgeheim sehr geschmeichelt. »Warum?«

»Das Musikbusiness ist knallhart. Und abgesehen davon, dass man dazu *Talent* braucht, kann so was auch die ehrgeizigsten Mädels schaffen. Du weißt schon, Mädels, bei denen Plan B ein Haarnetz oder eine Stange zum Tanzen vorsieht. Auf welches College bist du gegangen?«

Die Richtung, die dieses Gespräch plötzlich nahm, gefiel ihr überhaupt nicht. »Yale.«

»Yale. Reiche Mädels, die in Yale waren, werden keine Popstars. Kauf dir ein Haus mit zwanzig Duschen, unter denen du singen kannst. Das ist mein professioneller Rat an dich, Herzchen.«

Theo machte Anstalten zu gehen, aber Cornelia packte ihn wild entschlossen am Arm. »Herzchen, die Firma deines Vaters ist für *fünf Milliarden Dollar* an die Börse gegangen.« Sie redete ganz ruhig und leise, um keine Szene zu machen, aber sie war stinksauer. Niemand redete so herablassend mit Cornelia, und ganz bestimmt kein mickriger Zwerg im Armani-Anzug, der mal was mit Jennifer Love Hewitt hatte. »Gerade *du* müsstest doch verstehen, dass Ehrgeiz nichts damit zu tun hat, wie viel Geld man auf dem Konto hat. Ich werde als Sängerin Karriere machen. Ich wollte dich um Hilfe bitten, nicht um Erlaubnis.«

Im ersten Augenblick sagte Theo überhaupt nichts. Dann griff er in seine Jackentasche und fischte eine glänzende Visitenkarte heraus. »Jetzt verstehe ich, was meinem Dad an dir gefallen hat. Ihr seid beide aus demselben Holz geschnitzt.«

»Ich melde mich«, rief Cornelia triumphierend und ließ seine Karte in ihrem winzigen perlenbestickten Täschchen verschwinden.

Mission erfüllt, dachte sie zufrieden und verabschiedete sich schnell, aber überschwänglich bei Mallory und einigen anderen wichtigen Leuten, um dann gleich nach draußen auf die Fifth Avenue zu laufen. Sie hatte noch zwei weitere Veranstaltungen auf ihrer Liste: eine Buch-Party irgendwo am Ende der Welt, *schnarch*, und Parker Lewis' Feiertagssause in Tribeca, die kaum spannender zu werden verhieß. Nachdem sie eben im Mittelpunkt des allgemeinen Interesses gestanden hatte, konnte der Rest des Abends einfach nicht mehr dagegen anstinken – aber zumindest wussten die Leute, die sie noch treffen würde, dass sie von der Titelseite von *Townhouse* strahlte. Was den anderen Partys wenigstens ein bisschen Glanz und Glamour verleihen würde.

Als sie auf die Straße trat, spürte Cornelia zwei Dinge: Regen, stetig und eiskalt, und einen kleinen wehmütigen Stich. Wie schade, dass Wyatt sich nicht mit ihr über ihren Erfolg freuen konnte. Das hätte die Sache erst richtig rundgemacht.

Aber was soll's, Erfolg war Erfolg. Sie würde ihn gleich am nächsten Morgen anrufen.

Schnell schaute sie sich nach ihrer tiefschwarzen Lincoln-Limousine um. Da die nirgendwo zu sehen war, rief sie den Fahrer an. »Wo sind Sie?«, raunzte sie ins Telefon, als ihr Chauffeur dranging.

»Gerade mal zehn Häuserblocks entfernt, aber der Verkehr ist mörderisch«, erwiderte er.

Wutschnaubend und ohne ein weiteres Wort legte Cornelia auf. Diesen unfähigen Kerl würde sie gleich morgen hochkant rauswerfen. Es gehörte zu ihren strikten Grundsätzen, niemals in der Öffentlichkeit einem ihrer Angestellten die Leviten zu lesen. Das machte einfach keinen guten Eindruck. Cornelia trat auf die Straße und hob die Hand, um ein Taxi heranzuwinken. Eins war sie nämlich: findig, wenn sich mal wieder alles gegen sie verschworen hatte.

Lucy Jo war wild entschlossen, nicht loszuheulen, ehe sie zu Hause war. Das hatte sie sich fest vorgenommen. Hals über Kopf rannte sie auf die 68th Street zu und biss sich heftig auf die Innenseite der Wange, um sich von dem eigentlichen Schmerz abzulenken. Die Blamage bei Nolas Show war schon schlimm genug gewesen – da brauchte sie dem Ganzen nicht noch die Krone aufzusetzen und in der U-Bahn loszuheulen wie ein Kleinkind.

Als sie an die Haltestelle kam, wurde sie von den Menschenmassen, die in einem Schwall aus der Station strömten, beinahe wieder auf die Straße gespült. »Alles geflutet«, erklärte ihr ein alter Mann mit einer Baseballkappe der Mets auf dem Kopf. »Die Züge fahren nicht. Sie brauchen erst gar nicht runterzugehen.«

Lucy Jo hatte nicht mal gemerkt, dass es inzwischen in Strömen regnete – irgendwie kam es ihr vor wie eine natürliche Verlängerung der seelischen Höllenqualen, die sie gerade durchlitt. *Gedemütigt, arbeitslos, und nun muss ich mich auch noch um ein Taxi prügeln.* Das mit den verschiedenen Buslinien hatte sie bis heute noch nicht verstanden, und ausgerechnet während eines sintflutartigen Wolkenbruchs herausfinden zu wollen, welcher Bus eigentlich wohin genau fuhr, schien nicht unbedingt die beste Idee. Auf der Straße drängten sich schon unzählige Konkurrenten um die wenigen Taxis, weshalb Lucy Jo beschloss, es lieber ein bisschen weiter nördlich zu versuchen, drüben in Richtung Fifth Avenue, die ohnehin auf ihrem Heimweg nach Murray Hill lag. Da standen die Chancen sicher besser, ein Taxi zu ergattern. Entschlossen zog sie sich die Kapuze ihres Parkas über den Kopf und marschierte los.

Als sie schließlich an der Ecke Fifth und 60th Street angekommen war, sah sie aus, als sei sie voll bekleidet in einen

Swimmingpool gesprungen, und noch immer war kein Taxi in Sicht. Sie hatte sie Hoffnung schon beinahe aufgegeben, als sie in der Ferne ein schwaches Licht aufleuchten sah, das die Fifth Avenue entlang auf sie zukam. Das Leuchtschild auf dem Autodach strahlte hell wie eine Broadway-Reklame und verhieß verlockend *Trautes Heim*. Wie eine auf einer einsamen Insel gestrandete Schiffbrüchige sprintete Lucy Jo auf die Straße und ruderte mit der Kraft der Verzweiflung heftig mit beiden Armen, um den Taxifahrer auf sich aufmerksam zu machen. Nur einige wenige Schritte vor ihr hielt er an.

Doch noch ehe sie nach dem Türgriff fassen konnte, lief ein anderes Mädel an ihr vorbei – unsichtbar hinter einem großen Regenschirm – riss die Tür auf und glitt geschmeidig wie eine Katze auf den Rücksitz.

»Entschuldigen Sie?« Lucy Jo war schockiert und beinahe sprachlos angesichts dieser Frechheit. »Das ist mein Taxi! Ich warte schon so lange …«

»Eben. Sie sind ja schon ganz nass.« Womit der Regenschirm rasch zusammengeklappt wurde, hinter dem dann seine Besitzerin zum Vorschein kam, eine glamouröse Blondine mit grünen Katzenaugen. Sie wirkte elegant und vornehm und kam Lucy Jo irgendwie bekannt vor, und mit einem leisen Lachen knallte sie Lucy Jo die Autotür vor der Nase zu. Dann wischte sie einen kleinen Kreis im beschlagenen Rückfenster frei, sodass Lucy Jo ihr triumphierendes Lächeln sehen konnte, als das Taxi losfuhr.

Lucy Jo schaute hinterher, wie das Fahrzeug im Regen verschwand. *Vielleicht hole ich mir ja eine tödliche Lungenentzündung*, dachte sie in dem Bemühen, dem Ganzen doch noch etwas Gutes abzugewinnen. Dann blickte sie zu der Bushaltestelle hinüber, nur um geradewegs in das hübsche Gesicht der schamlosen Taxidiebin zu schauen, das sie selbstzufrieden von einem riesigen Werbeplakat für eine Zeitschrift namens *Townhouse* angrinste.

IT-GIRL CORNELIA ROCKMAN EROBERT MANHATTAN, lautete der Titel.

Lucy Jo suchte unter einer Markise ganz in der Nähe Schutz. Wem wollte sie was vormachen? MANHATTAN KAUT LUCY JO ELLIS DURCH UND SPUCKT SIE WIEDER AUS, so würde ihre Überschrift lauten – gleich neben einem Foto von einer kleinen ertrunkenen Ratte in grellbuntem Rüschenkleid mit altem Ski-Parka.

6

An: trip@alliancecapital.com
Gesendet: 12. Dezember, 9.22 Uhr
Von: elcarlton@mycingular.blackberry.net
Betreff: in 20 min bei dir – essen bestellen?

In Trip Peters' Hosentasche vibrierte das Blackberry. Er zog das Gerät heraus und schaute auf die blaue Anzeige. »Eloise. Ich sollte wohl lieber nach Hause fahren.«

Wyatt verdrehte die Augen. »Nur um das mal gesagt zu haben, ich verstehe einfach nicht, worauf du noch wartest. Ihr beiden seid doch ohnehin so gut wie verheiratet. Steck dem Mädel doch endlich einen Ring an den Finger.«

»Entweder man ist verheiratet, oder man ist es eben nicht.« Möglich, dass Trip vom Alkohol ein wenig nuschelte, aber seine Verteidigung stand wie eine Eins.

»Wunder Punkt, was?« Wyatt lachte. Aber irgendwie war er doch ein bisschen beeindruckt. Wer hätte schon gedacht, dass von all seinen Freunden ausgerechnet der pummelige Trip Peters sich am heftigsten dagegen sträuben würde zu heiraten? Andererseits, wer hätte schon gedacht, dass der an seinem fünfunddreißigsten Geburtstag fünfhundert Millionen Euro auf dem Konto haben würde?

»Eloise ist die Beste. Ich liebe sie heiß und innig. Ich will damit bloß sagen, die Ehe ist nun mal nicht für jeden was. Für uns ist sie jedenfalls nichts.«

»Was du nicht sagst.« Wyatt prostete ihm zu und genoss den letzten Schluck seines Scotchs. Dann winkte er dem Kellner, die Rechnung zu bringen. Wie beruhigend, wenigstens einen Kumpel zu haben, der noch nicht zum Feind übergelaufen war. Die meisten ihrer gemeinsamen Freunde waren inzwischen häuslich geworden und fest ins Familienleben eingebunden, mit Frau und Kindern, Haus und Hund; streng bewacht von Gefängniswärterinnen, die früher mal im Bungalow 8 oder im Moomba auf den Tischen getanzt hatten. Viele waren raus in die Vorstadt gezogen, nach Greenwich oder Locust Valley, und hatten damit auch den letzten Rest Spontaneität und Eigenständigkeit aufgegeben. Wyatt beneidete sie nicht im Geringsten. Und Trip offensichtlich auch nicht.

Gemeinsam stolperten sie aus der Bar hinaus in den Platzregen. »Wo ist denn Raoul?«, wollte Wyatt wissen. Er schaute die Straße hinunter in der Erwartung, jeden Augenblick den mitternachtsblauen Mercedes auszumachen, der Trip verfolgte, wo immer er ging und stand.

»Dem habe ich heute Abend freigegeben. Seine Tochter hat eine Ballettaufführung. Mieses Timing. Wir kriegen nie ein Taxi.« Trip zog sich die Barbour-Jacke über den Kopf.

»Wir laufen. Sind doch nur vier Blocks bis zu dir, und sechs zu mir«, meinte Wyatt. Trips Wunsch nach größtmöglicher Bequemlichkeit grenzte schon fast ans Skurrile, dachte er. Inzwischen packte und verschickte seine Haushälterin vor jeder Reise das gesamte Gepäck, um es ihm zu ersparen, ein lästiges kleines Rollköfferchen hinter sich her in den Privatjet zu ziehen.

Also machten sie sich gemeinsam auf den Weg, wobei sie immer wieder um die bereits recht tiefen Pfützen herumnavigieren mussten. »Lust auf ein paar Tage Turks & Caicos?«, fragte Trip und stolperte über einen Hydranten, der plötzlich vor ihm aus dem Bürgersteig ragte. »Morgen früh um elf heben wir ab, wenn das Wetter mitspielt. Wir hätten noch ein Plätzchen frei.«

»Aha.« Wyatt überlegte kurz, aber er war viel zu trübsinnig, um sich zu einer Reise aufzurappeln. »Nächstes Mal vielleicht. Jetzt, wo ich wieder ein freier Mann bin, fliege ich vielleicht für ein paar Tage nach London. Dauernd verspreche ich Freunden, sie mal zu besuchen, aber immer habe ich zu viel um die Ohren.«

Wobei er »viel um die Ohren« ganz bewusst im weitesten Wortsinne benutzte. Und zwar ganz einfach, weil er der unbequemen Wahrheit, dass seine Karriere als biologischer Anthropologe ihm inzwischen genauso kräftezehrend erschien wie sein Herren-Sportprogramm – fünf Minuten Schwimmen, danach fünfzehn Minuten Dampfbad – im Racquet Club, nicht ins Auge schauen wollte. Obwohl er hin und wieder mal einen kleinen Artikel veröffentlichte – zu derart obskuren Themen wie das Paarungsverhalten männlicher Bonobos oder die Auswirkungen von Beutegreifern auf ein bestehendes Ökosystem –, hatte Wyatt schon seit Ewigkeiten keine intellektuellen Anstrengungen mehr unternommen. Trotzdem hielt er die Fassade aufrecht und behauptete standhaft, die Safaris, die er alljährlich in die entlegensten Winkel der Erde unternahm, dienten allesamt seiner »Feldforschung«.

Eigentlich eine Schande. Damals, als er in Harvard gerade seinen Doktor machte, war Wyatt noch als aufgehender Stern am Akademikerhimmel gehandelt worden. Seine Professoren und Mentoren hatten erwartet, seiner Dissertation »Unterordnungsverhalten bei Schimpansen« – er hatte schon als kleiner Junge eine Schwäche für Jane Goodall gehabt – würde eine steile, illustre Karriere folgen. Doch die blieb aus.

Stattdessen geschah Folgendes: Nachdem er Tag und Nacht geschuftet hatte, um seine Doktorarbeit abzuschließen, fand Wyatt, er habe sich eine kleine Auszeit verdient. Es war ein herrliches Gefühl, dem akademischen Betrieb endlich entflohen zu sein, den staubigen Bücherstapeln in der Widener Library, in der er unzählige sonnenlose Arbeitsstunden zugebracht hatte. Um die verlorene Zeit wiederaufzuholen, verbrachte er den ersten Winter in St. John und ließ zur Gesellschaft Freunde und Models einfliegen, windsurfte vor Cinnamon Bay und hielt sein Mittagsschläfchen auf einem Katamaran vor Trunk Bay. Anschließend richtete er sich häuslich im Gästehaus seiner Mutter in Southampton ein, wo er mit drei üppigen Mahlzeiten am Tag verwöhnt wurde, zubereitet von ihrem bei Cordon Bleu ausgebildeten Chefkoch und aufgetragen von einer zwölfköpfigen Kellnermannschaft. Dazu jeden Tag mehr Einladungen frei Haus, als ein Mann je in einem einzigen Leben annehmen könnte. Doch Wyatt nahm sie alle an. Es war ein schillerndes, märchenhaftes Leben; Müßiggang, hier und da ein kleiner Zeitvertreib, und dazu Jetset-Wochenenden, die zu ganzen Wochen wurden, wenn ihm gerade der Sinn danach stand. Wyatt landete mit einem großen Knall in den internationalen Societykreisen und flatterte in der glitzernden Gegenwelt der Reichen und Schönen schwerelos von Blume zu Blume. Die Zeit verging wie im Flug, und aus Monaten wurden unversehens erst ein Jahr, dann zwei.

Sich seinen Lebensunterhalt nicht selbst verdienen zu müssen, kann eine beinahe unüberwindbare Herausforderung darstellen für den Charakter eines Menschen. Der Pfad zu einer Professur in Harvard war zu steil; dazu brauchte es viele Jahre harter Arbeit – nicht gerade eine verlockende Aussicht. Und Wyatt war auch nicht unbedingt darauf erpicht, an irgendeiner Popel-Uni zu versauern – in seinen Augen alle Universitäten außer Harvard – und in irgendeinem Kuhkaff zu wohnen, wo sich nicht mal ein ordentlicher Scotch auftreiben ließ und Sushi genauso exotisch war wie Weltraumreisen. Und außerdem war es ja auch nicht so, als hätte er dieses Taschengeld nötig, das ihm eine derartige Lehrtätigkeit eingebracht hätte.

Er hatte die Idee also bereits mehr oder minder begraben – was einzugestehen er sich allerdings standhaft weigerte, auch und gerade vor sich selbst.

»Viel um die Ohren, hm? Woran arbeitest du denn gerade Interessantes?«, erkundigte sich Trip.

»Ich überlege, ein Buch zu schreiben.« Ein schamloser Bluff mit einem winzigen Körnchen Wahrheit: Dr. Alfred Kipling, der Herausgeber von Harvard University Press, drängte Wyatt bereits seit Jahren, endlich ein Buch zu schreiben. Kipling – ein dickköpfiger alter Herr, den Wyatt durch seinen Doktorvater kennengelernt hatte – wollte die Hoffnung nicht aufgeben, dass dieser junge Akademiker doch noch etwas Eigenständiges, Provokantes und Nützliches schaffen könnte – etwas, das zumindest mehr wert wäre als Lehman-Papiere. Wyatt hatte eine Doktorarbeit geschrieben, argumentierte Kipling – warum also nicht auch ein Buch? Bisher hatte Wyatt die in ihn gesetzten Hoffnungen allerdings bitter enttäuscht.

»Ein Buch? Worüber denn?«, hakte Trip nach. Dann blieb sein Blick an etwas hängen, und er stoppte ab und blieb für einen Wimpernschlag vor einer Bushaltestelle stehen. Wyatt bremste ebenfalls und vergaß den Regen völlig. Denn dort an der Bushaltestelle war Cornelia und starrte ihn überlebensgroß an. Makellos und beinahe überirdisch schön wirkte Cornelia auf diesem Foto, mit dem tief ausgeschnittenen mintfarbenen Cocktailkleid, zu dem sie eine Diamantenkette trug, die ihr Dekolleté umschmeichelte. Von ihren Charakterschwächen mal abgesehen musste Wyatt zugeben, dass sie zwölf von zehn möglichen Punkten absahnte. Die Schlagzeile: IT-GIRL CORNELIA ROCKMAN EROBERT MANHATTAN sprang ihm regelrecht ins Auge.

Es war zum Kotzen.

»Hey«, meinte Trip und boxte Wyatt ganz leicht gegen den Arm. »Das ist ein tolles Foto, und sie ist ein scharfer Feger, aber es war die richtige Entscheidung. Sie hat dich in den Wahnsinn getrieben, stimmt's?«

»Stimmt«, wiederholte Wyatt und starrte das Plakat weiter unverwandt an. Sie wirkte so selbstzufrieden. So selbstbewusst. So widerlich … *hochnäsig*. Warum war ihm eigentlich nicht aufgefallen, dass er sie nicht ausstehen konnte, während er noch mit ihr zusammen war? »Ich brauche eine Zigarette«, brummte er und wies auf eine ausladende Markise vor einer Boutique.

»Hey, bitte, Mann, wir sind doch nicht mal einen Block weit gekommen«, protestierte Trip. Aber auch er schlüpfte schnell unter das schützende Stoffdach. »Ist alles okay?«

Wyatt schwirrte der Kopf. Und das lag nicht bloß an dem ganzen Alkohol, den er intus hatte. Und es lag auch nicht nur an Cornelia – nein, es ging viel mehr um all das, wofür Cornelia stand. Und dann, wie in einem schlechten Film, kam ihm ein genialer Geistesblitz, just in dem Augenblick, als über ihren Köpfen von dramatischem Donnergrollen begleitet ein echter Blitz über den Abendhimmel zuckte. »Ich habe eine Idee«, verkündete er langsam und gedehnt. Diese vier kleinen Worte klangen gefährlich und aufregend, wie sie so aus seinem Mund kamen.

»Ach ja?« Trip vergrub die Hände noch tiefer in den Manteltaschen und trat von einem Fuß auf den anderen. Er schien die Bedeutung dieses Augenblicks nicht ganz zu erfassen. »Und die wäre?«

»Eine Idee, aus der ich ein Buch machen könnte!« Wyatt spürte förmlich, wie er Feuer fing und für seine eigene Idee entflammte. Was seine Arbeit betreffend schon lange nicht mehr passiert war. »Und wenn das funktioniert – wenn ich das schaffe –, dann würde ich Cornelia ein oder zwei Zacken aus dem Krönchen brechen. Ich würde nämlich enthüllen, was für eine Farce diese sogenannte Society eigentlich ist!«

Was nun wiederum Trips Interesse weckte. Er schaute seinen Freund im gelblichen Licht der Straßenlaterne neugierig an. »Okay, raus mit der Sprache.«

»Kann sein, dass die Idee erst mal ziemlich ungewöhnlich klingt…«

»Das habe ich nicht anders erwartet.«

Wyatt ignorierte ihn einfach. »Societymädels in Manhattan haben einfach alles: Geld, Privilegien, Schönheit und Jugend, alles arbeitet für sie. Modeschöpfer schleimen sich bei ihnen ein und schicken ihnen kostenlose Kleidchen; die Klatschzeitschriften bringen nette kleine Artikel über ihre sogenannten »Unternehmen«; jede PR-Tante in der Stadt fleht sie an, doch auf dieser oder jener Party ihr hübsches Näschen zu zeigen. Ob es einem gefällt oder nicht, sie sind Alpha-Tiere – ganz oben in der sozialen Rangordnung.«

»Okay«, murmelte Trip. »Und deine Idee lautet?«

»Ich werde ein gesellschaftliches Experiment durchführen, um die Frage zu beantworten: Könnte jedes Mädel ein

It-Girl werden, wenn es nur wollte? Oder ist da etwas in ihrem Stammbaum, ihrer Persönlichkeit oder ihrem Erbgut, etwas Angeborenes, Inhärentes, das ihren gesellschaftlichen Status bestimmt? Meine These lautet, das ist nicht der Fall.«

»Ungewohnt demokratisch für deine Verhältnisse«, merkte Trip an.

»Und um diese Hypothese zu überprüfen«, fuhr Wyatt fort, »möchte ich wahllos irgendein Mädel von der Straße auflesen und aus ihr das begehrteste Society-Mädel der ganzen Stadt machen. Ich möchte alle davon überzeugen, dass sie echt und authentisch ist – das It-Girl Number one, das Titelgesicht von *Townhouse* – und das alles in nicht mehr als zwei, drei Monaten. Ich würde aus ihr die neue Cornelia Rockman machen, sozusagen, nur besser. Würde allen unter die Nase reiben, wie hohl dieses ganze System ist, und was für ein Witze die »Society-Größen« von heute eigentlich sind. Ihnen vor Augen führen, dass jede Frau – ganz gleich, aus welchen Verhältnissen sie stammt, woher sie kommt, ganz gleich, wie viel oder wenig sie auf dem Sparkonto hat – als amtierende Society-Queen durchgehen kann.«

»Ist das dein Ernst? Ich weiß gerade ehrlich nicht, ob du mich auf den Arm nehmen willst, Mann.«

»Das ist mein voller Ernst! Ich bin ein aufmerksamer Beobachter menschlichen Verhaltens, Peters, und in New York spiele ich jetzt schon seit gut zwanzig Jahren ganz oben mit. Und dann denk an meine wissenschaftlichen Fachkenntnisse. Im Tierreich wimmelt es nur so von allen möglichen Tricks zum Erreichen sozialer Dominanz. Man muss bloß ein paar davon auf diesen ganzen Gesellschaftszirkus anwenden. Kipling liegt mir ständig in den Ohren, ich soll mir ein Thema suchen, mit dem ich mich auskenne. Das ist die perfekte Mischung aus den beiden Welten, die ich am besten kenne.« Wyatt spürte ein Kribbeln, wie er es seit Jahren nicht mehr erlebt hatte. Endlich konnte er ein Buch schreiben – und zwar ohne zwischen den Bücherregalen einer Unibibliothek herumsitzen oder durch die Savanne der Serengeti kriechen zu müssen. »Und stell dir mal vor, was Cornelia für ein Gesicht macht…«

Erst jetzt merkten die beiden Männer, dass sie nicht allein unter der Markise standen. Hätte das arme Mädchen in der Ecke nicht einen ziemlich feuchten Nieser von sich gegeben, die zwei hätten sie womöglich überhaupt nicht gesehen. Sie war nass bis auf die Knochen und klapperte vor Kälte zitternd mit den Zähnen. Als Trip sich zu ihr umdrehte, versuchte sie, sich ein bisschen zurechtzuzupfen, aber es nützte herzlich wenig.

»Gesundheit«, sagte Trip und bot ihr sein Stofftaschentuch an.

»Danke« murmelte sie und nahm es an. »Das ist sehr nett von Ihnen.«

Wyatt senkte die Stimme. »Wenn ich einem gewöhnlichen dahergelaufenen Allerweltsmädchen… einem Mädchen, das man auf der Straße keines Blickes würdigen würde, beibringen könnte…« Das Mädchen nieste noch einmal, lauter diesmal, und instinktiv machte Wyatt einen Schritt von ihr fort. Wieder nieste sie. Und noch mal. Nach dem sechsten Niesen schaute er sie schließlich doch wieder an.

Die dunklen Haare hingen schlaff um ein offenes, freundliches Gesicht. *Eindeutig Mittlerer Westen*, dachte er, *und wohnt noch kein Jahr in New York*. Sie war ziemlich groß, mindestens eins fünfundsiebzig, und nicht gerade dünn. Auch wenn sie in einem Michelin-Männchen-Daunenparka steckte, konnte

Wyatt auf den ersten Blick erkennen, dass sie Fleisch auf den Knochen hatte. Aber ihre Gesichtszüge – ganz besonders die dunklen, großen Augen – waren nicht übel. Alles in allem ganz gutes Ausgangsmaterial, wie er fand; ein unbehauener Block, der nur auf Pygmalions Meißel wartete. »Wie heißen Sie?«, fragte er.

»Wie ich heiße?«

»Ja, ganz recht. Ihr Name.« Wyatt reichte ihr eine Visitenkarte, handgeprägt auf Büttenpapier, so dick, man hätte damit Butter schneiden können.

»Ich … ähm, ich heiße Lucy Jo Ellis«, stammelte sie zögerlich und nahm die dargebotene Karte.

Wyatt kratzte sich am Kinn. »Kein besonders klingender Name, aber das lässt sich ändern.«

»Wie bitte?«

Aufmerksam musterte er sie von Kopf bis Fuß. Sie war der personifizierte, wandelnde Durchschnitt. Bis auf ihre Aufmachung, die aus einem durchweichten neonpinkfarbenen Cocktailkleid unter ihrem Daunenparka bestand, hatte sie rein gar nichts Außergewöhnliches an sich.

»Wyatt, du machst dem armen Mädchen ja Angst«, rügte Trip ihn leise.

»So ein Quatsch.« Er nahm an, sie wohnte in Murray Hill, oder vielleicht in den 90s in der Nähe des FDR Drive, womöglich mit einer Mitbewohnerin. Kein Ehering – er vermutete, es gab keinen Freund oder Ehemann. Irgendwas an ihr sagte einfach *ganz allein auf der Welt*. »Bitte, Peters, ich biete diesem Mädchen an, ihren gesellschaftlichen Status, ja, ihr gesamtes Leben aufzuwerten.«

»Meinen *gesellschaftlichen Status*?«, wiederholte Lucy Jo, und ihre Stimme wurde plötzlich hoch und schrill.

»Ich brauche bloß ein paar Monate Zeit«, fuhr Wyatt an

Trip gewandt fort und überhörte ihren Einwurf einfach, »um aus ihr einen neuen Stern am New Yorker Society-Himmel zu machen. Neben ihr würde der Rest dieser Meute aussehen wie ein Haufen trüber Teelichter.«

»Sind Sie irre?« Die Frau sah ihn entgeistert an. »Sie kennen mich doch nicht mal!«

»Tut mir aufrichtig leid«, entschuldigte Trip sich. »Mein Freund hat ein bisschen zu viel getrunken.« Sie schüttelte bloß den Kopf. Die Lippen hatte sie zu einem schmalen Strich zusammengekniffen, und auf ihren runden Wangen prangte je ein knallroter kreisrunder Fleck. »Bitte, ignorieren Sie ihn einfach. Wyatt, wir gehen.«

Aber so leicht ließ Wyatt sich nicht aus dem Konzept bringen. Dass er ausgerechnet heute Abend dieses Mädchen kennenlernte – das kam ihm nun vor wie eine Fügung des Schicksals. Und sie als Versuchsobjekt zu nehmen, wäre wirklich eine *vollkommen* willkürliche Auswahl und der perfekte Aufhänger für sein Buch. »Ich könnte aus ihr *das* Gesprächsthema von Manhattan machen. All die Erbinnen mit dem Silberlöffel im Schnütchen würden vor Neid erblassen. Ich würde ihr eine nette Wohnung mieten. Und mit der richtigen Garderobe, mit etwas Bildung und Manieren …«

Klatsch! Mit der rechten Hand hatte die junge Frau ausgeholt und ihm eine schallende Ohrfeige verpasst, die auf seiner Wange brannte. »Was sollte das denn bitte schön?«, empörte sich Wyatt und rieb sich das Gesicht, auf dem ein grellrosa Abdruck von Lucy Jos Hand prangte. »Sie blöde …«

»Sehe ich aus wie ein Flittchen? Oder ein Sozialfall? Ich weiß ja nicht, was Sie für ein Problem haben, aber so eine bin ich nicht!«, fauchte Lucy Jo. Ungehalten trat sie hinaus in den Regen, der so unerbittlich auf sie herunterprasselte, dass sie kaum die Augen aufhalten konnte.

»Beruhigen Sie sich.« Wyatt packte sie am Arm, um sie aus dem Wasserfall zu zerren. Mit einer entschiedenen Bewegung riss sie sich los, und er tat verdattert einen Schritt zurück, überrascht, wie stark sie war. »Glauben Sie etwa, ich wollte Sie abschleppen oder so was? Sie haben überhaupt nicht verstanden, worum es geht!«

»Na ja, und Sie – Sie haben nicht mehr alle Tassen im Schrank!«, schimpfte Lucy Jo und übertönte nur mühsam einen Donnerschlag. Aber dann schlüpfte sie doch wieder unter das Stoffdach. Weit und breit war kein Taxi zu sehen.

Wyatt, der sich noch immer die brennende Wange hielt, geriet in Rage. »Unglaublich, dass jemand sich so aufregt, wenn man ihm eine derart einmalige Gelegenheit bietet!«

»Unglaublich, dass jemand die Nase so hoch trägt, dass er glaubt, wildfremde Menschen beleidigen zu können!«, gab Lucy Jo schnippisch zurück.

Stumm standen die beiden unter dem kleinen Vordach und schmollten wie ein altes Ehepaar, das sich zum x-ten Mal über die immer gleiche Nichtigkeit in die Haare geriet. Dann, als fiele ihr plötzlich ein, dass sie ja auch einfach gehen konnte, trat sie wieder hinaus auf die Straße. »Ihr Taschentuch …« Lucy Jo schaute auf das feuchte Stückchen Stoff, das Trip ihr gegeben hatte.

»Behalten Sie's. Und hier, nehmen Sie doch bitte meinen Schirm.«

»Nein, nein, das geht schon …«

»Das ist das Mindeste, was ich tun kann«, entgegnete Trip beharrlich. »Tut mir leid, wenn er Ihnen zu nahe getreten ist. Er ist ein Idiot …«

»Hey!«, rief Wyatt. »Ich stehe hier neben dir.«

»Aber ich kann Ihnen garantieren, dass er keine unlauteren Absichten hatte.«

»Das mit dem Idioten glaube ich Ihnen«, brummte Lucy Jo, aber sie guckte schon nicht mehr ganz so grimmig. Mit einem Nicken als Dankeschön nahm sie Trips Schirm entgegen und lief dann eilig die Straße entlang davon.

7

BITTE FEIERN SIE MIT
PARKER LEWIS
EINE FESTTÄGLICHE
Wohnungseinweihung
86 LAIGHT STREET, SECHSTER STOCK
TRIBECA
SAMSTAG, 2. DEZEMBER
22 UHR

»Genau darum brauchen wir einen Fahrer«, jammerte Fernanda Fairchild, einunddreißig, Tendenz steigend, und schaute ihre Mutter vorwurfsvoll an. Verdrießlich guckten die beiden aus der Tür des Nello. Der absolute Albtraum! Der Regen hatte während des Endiviensalats eingesetzt. Und jetzt schüttete es wie aus Eimern.

»Und das immer ausgerechnet, wenn ich Samt trage«, echauffierte sich Martha Fairchild und strich vorsorglich mit der Hand über den Ärmel ihres Chanel-Jäckchens. Maximilian, Fernandas Bruder, war nach draußen gegangen, um ein Taxi anzuhalten. Seit über fünf Minuten mühte er sich nun schon erfolglos ab, und die Damen gerieten langsam in Panik.

»Ich wusste doch, der Abend wird eine Katastrophe!«, rief Fernanda. Unheil vorherzusehen, das hatte sie zur Perfektion gebracht. »Geht Max denn, ich weiß nicht, entschieden genug ran? An so einem Abend kann man gar nicht aggressiv genug sein, wenn man ein Taxi haben will. Man muss sich vor den Wagen werfen und den Fahrer zwingen anzuhalten, weil er einen sonst überfährt!«

»Du kennst doch deinen Bruder«, murrte Mrs. Fairchild pessimistisch.

Max Fairchild war vierunddreißig und sah umwerfend gut aus; ein Sportlertyp, der gerne an der frischen Luft war, blond und gutmütig. Das Einzige, was ihm fehlte, war ein nennenswertes Rückgrat, worüber seine vielen weiblichen Verehrerinnen allerdings großzügig hinwegsahen. Man würde ihn nicht unbedingt als Schnelldenker bezeichnen, aber im Finanzunternehmen seines Onkels schlug er sich wacker.

Fernanda, die mehr nach ihrem blassen, eher spitzgesichtigen verstorbenen Vater kam, zerrte verzweifelt an den Spitzen ihrer rabenschwarzen Haare. »Ich wusste doch, wir hätten nicht versuchen sollen, nach der *Townhouse*-Party auch noch ein Abendessen reinzuquetschen. Bis wir bei Parker sind, bin ich pudelnass und habe krisselige Haare!« Fernandas Haare waren ihr ganzer und einziger Stolz. Wunderschön und dick, wie sie waren, dauerte es eine ganze Stunde, sie trocken zu föhnen, wenn sie einen ihrer beiden wöchentlichen Termine bei Garren im Salon hatte. Und an diesem Nachmittag hatte sie endlich – nach einem ganzen Monat auf der Warteliste, ganz zu schweigen von dem kompletten Wochengehalt von Christie's, das es sie gekostet hatte – ihren ersten Schneiden-Färben-Föhnen-Termin bei dem exklusiven Privatfriseur an der Lower East Side bekommen, von dem Cornelia und die anderen Mädchen alle in den höchsten Tönen schwärmten. In der Wohnung dieses Typen war die Luft so stickig gewesen, dass Fernanda beinahe schlecht geworden wäre, aber Cornelia hatte glaubhaft versichert, er sei der

Beste. Und recht hatte sie. Cornelia hatte bloß das Glück, dass ihre astronomischen Kreditkartenabrechnungen von einem Buchhalter ihrer Familie beglichen – und nie infrage gestellt – wurden. Es war aber auch wirklich zum Mäusemelken: All die Mühe war jetzt umsonst gewesen.

Triefend nass kam Max von der Straße herein, die blonden Engelslöckchen klebten ihm an der Stirn, sein zerfetzter schwarzer Regenschirm sah aus wie ein Origami-Schwan. »Es ist wirklich fies da draußen …«

»Hast du eins bekommen?«, fiel Fernanda ihm ins Wort und spähte durch die trübe Fensterscheibe nach draußen.

»Ich hab's versucht«, stammelte Max. »Ich bin sogar rüber bis zur Park Avenue gelaufen, und dann noch ein paar Blocks weiter – nichts!«

»Was schlägst du also vor, was wir jetzt tun sollen, Max? Den Bus nehmen?« Was Mrs. Fairchild natürlich nicht ernst meinte, und sie war ganz und gar nicht entzückt, als Max eine gelbe MetroCard aus der Tasche seines Trenchcoats angelte. »Mach dich nicht lächerlich! Besorg uns auf der Stelle ein Taxi, *toute de suite*!«

»Hey, da ist eins!«, rief Fernanda aufgeregt und schubste ihren pitschnassen Bruder zur Tür hinaus und auf ein schwach leuchtendes Taxi-Schild weit weg auf der Madison zu.

»Da ist uns schon jemand zuvorgekommen …«, rief Max über seine Schulter und wies auf eine junge Frau, die schon verzweifelt versucht hatte, ein Taxi anzuhalten, als er vorhin hinausgegangen war. »Das Mädchen wartet schon …«

»*Das Mädchen* trägt nicht Caroline Herrera und Schlangenleder-Manolos!«, kreischte Fernanda. Und das Mädchen war auch bestimmt nicht auf dem Weg zu einem Mann, dem es seit Monaten hartnäckig nachstellte. Fernanda durfte einfach nicht zu spät zu Parker Lewis' Party kommen. Er war der perfekte potenzielle Ehemann: fünfundvierzig, frisch geschieden, angesehen, sozial engagiert, wohlhabend. Nicht gerade ein Adonis, aber wen interessierte das? Wenn Fernanda zu spät kam – tja, dann konnte sie sich darauf verlassen, dass die Hyänen, die ihn bereits gierig umkreisten, ihr zuvorkommen und ihn ohne viel Federlesens zur Strecke bringen würden. Es war der alles entscheidende Abend. Viertausend hatte sie allein in das Kleid investiert, das musste sich doch rentieren.

»Nun geh schon, Max«, befahl Mrs. Fairchild streng; zwar leise, aber nicht minder nachdrücklich.

Gehorsam rannte Max zur Tür hinaus und auf das Taxi zu. Auch das Mädchen hatte den Wagen ins Visier genommen und marschierte zielstrebig darauf zu, und als sie Max kommen sah, verzog sie zunächst ungläubig und dann richtiggehend angewidert das Gesicht.

Er schluckte; das war kein Moment, auf den er später einmal stolz sein würde. Aber was war schon der flüchtige Zorn einer Fremden verglichen mit den endlosen Stunden verbaler Prügel, die ihn sonst vonseiten seiner Mutter und Schwester erwarteten? Max stürzte los und war nicht mal einen halben Schritt vor dem Mädchen an der Tür des Taxis.

»Was haben *Sie* denn für ein Problem?«, rief die Frau empört, als Max die Tür aufriss und entschlossen auf den Rücksitz hechtete. Sie versuchte noch, sich an ihm vorbeizuquetschen, aber Max' Abwehr stand unerschütterlich.

»Tut mir wirklich aufrichtig leid«, murmelte er. Himmel, sie war tatsächlich klatschnass. Krampfhaft hielt sie ihren Schirm umklammert, aber sie sah aus, als stünde sie seit Tagen im strömenden Regen. So sanft es unter den gegebenen Umständen möglich war, knallte Max ihr die Tür vor der

Nase zu, woraufhin die Frau voller Wut mit der flachen Hand gegen das Fenster schlug.

»Meine Mutter und Schwester stehen gleich … da … drüben, unter der Markise«, erklärte Max dem Fahrer, und wäre am liebsten im Boden versunken beim Gedanken daran, was der Mann von ihm halten musste.

Sehr zu Max' Leidwesen lief das Mädchen dem Wagen den ganzen Block lang hinterher, weil es sich einfach nicht geschlagen geben wollte.

»Der hat mir gerade das Taxi geklaut!«, hörte Max sie vorwurfsvoll hecheln, als Martha und Fernanda unter geliehenen Regenschirmen aus dem Restaurant huschten, die Tür aufmachten und schnell hineinschlüpften. »Das war mein …«

»Tut mir leid, Herzchen«, rief die ältere der beiden Frauen und schlug die Tür zu.

Sicher drinnen angekommen, wandte Martha sich mit scharfem Ton an ihre schmollende Tochter. »Meinst du, ich *wüsste* nicht ganz genau, dass wir einen Fahrer brauchen, Fernanda? Glaubst du, ich habe es mir *ausgesucht*, so zu leben?«

Fernanda seufzte tief. Max rutschte unbehaglich auf seinem Platz herum und tat, als schaute er durch das beschlagene Fenster nach draußen.

Die finanzielle Lage der Fairchilds war zwar alles andere als rosig, aber ein offenes Geheimnis. Henry Fairchild – Max' und Ferns Vater –, seines Zeichens ein Verschwender in vierter Generation, war es gelungen, einen erschreckend großen Teil des einst unerschöpflich scheinenden Stahlvermögens seiner Familie zu verprassen. Ganz im Gegensatz zu seinen cleveren Vorvätern hatte Henry ein Näschen für Pläne à la »Wie werde ich über Nacht mein Geld los« und Dot-Com-Desaster. Und dann hatte er tatsächlich auch noch die

Frechheit, mit gerade mal dreiundfünfzig den Löffel abzugeben und seine Familie in einem klassischen Acht-Zimmer-Haus an der Ecke 82nd und Park Avenue sitzen zu lassen.

Nicht, dass sie jeden Penny einzeln umdrehen mussten. Tatsächlich gaben die Fairchilds in einem Jahr mehr Geld aus, als die meisten normalen Menschen in ihrem ganzen Leben verdienten. Keiner von ihnen hatte je mit eigenen Händen eine Toilette geputzt, eine Hose umgenäht oder den Familiendackel im Regen oder zu einer ungelegenen Uhrzeit spazieren geführt. Sie hatten noch immer Macht und Einfluss ihres guten Namens. Es war also nicht alles verloren.

Aber die Reichen haben eine ganz eigene gleitende Skala Komfort und Lebensqualität betreffend. Und dank Henrys Unfähigkeit waren die Fairchilds abgeglitten. Auf Max konnte man nicht zählen, wenn es darum ging, das verloren gegangene Familienvermögen in alter Pracht und Herrlichkeit wiederauferstehen zu lassen. Fernanda wohnte noch zu Hause, was ihr schrecklich gegen den Strich ging. Gerade vor ein paar Tagen hatte sie ihren Chef noch um eine Gehaltserhöhung gebeten. Die sie *dringend brauchte*. Das fiel ihr beileibe nicht leicht. Und dass sie inzwischen über dreißig und immer noch Single war, machte das Ganze nur noch schlimmer.

»Laight Street, zwischen Hudson und Varick«, sagte Max dem Taxifahrer. Seine Schwester und Mutter saßen in grimmigem Schweigen neben ihm.

Langer Rede kurzer Sinn: Fernanda brauchte auf der Stelle einen Ehemann, wenn nicht noch schneller, aber sie hatte bereits ganze Heerscharen infrage kommender Kandidaten ausprobiert. Mutter und Tochter waren bloß heilfroh, dass es Scheidungen gab. Die bloße Aussicht auf eine mögliche Hochzeit in naher Zukunft hob die Stimmung der beiden bereits beträchtlich. Weshalb sie geradezu entzückt gewesen waren, als sie hörten, dass Parkers Frau ihn für ihren vedischen Astrologen verlassen hat, um mit ihm gemeinsam in Arizona ein »ganz einfaches Leben« zu beginnen. *Bon voyage*, dachte Fernanda, blutdürstig wie ein Aasgeier, der ein überfahrenes Tier am Straßenrand entdeckt.

Jetzt musste sie bloß noch als Erste am Kadaver sein.

Wie sie so dem zweiten gestohlenen Taxi des Abends hinterherschaute, das in der Ferne verschwand, konnte Lucy Jo die Tränen einfach nicht mehr herunterschlucken. Sie war todmüde von der erfolglosen Taxisuche im strömenden Regen, die Haut an ihren nackten Beinen war klamm und glitschig wie Gummi, und ihre Lippen hatten sich lila-blau verfärbt. Nur ein paar Minuten später hielt ein anderes Taxi an und sammelte sie auf, aber der seelische Knacks ließ sich jetzt nicht mehr so einfach kitten. Während die roten und gelben Lichter der Stadt langsam an Lucy Jos nassem Rückfenster herunterliefen, ließ sie sich in den Sitz sinken, und die Ereignisse des Abends standen ihr wieder lebhaft vor Augen wie eine albtraumhafte Diashow. Die ganze Welt war auf dem Laufsteg um sie herum zusammengebrochen. Sie hatte sich vor einem Saal ihrer großen Idole lächerlich gemacht und bis auf die Knochen blamiert. Sie war aus einem Job geflogen, den sie eigentlich nicht ausstehen konnte, um den sie aber jetzt betteln musste. Dann hatte diese reiche Schlampe Cornelia So-und-so ihr das Taxi vor der Nase weggeschnappt. Anschließend hatte ein wildfremder Kerl sie beleidigt und ihr ein unverschämtes Angebot gemacht, und danach hatte ihr so ein herzloser reicher Schnösel ein zweites Taxi abspenstig gemacht.

Matt lehnte sie den Kopf gegen den grauen Kunstledersitz.

Der war schmierig von den vielen anderen Fahrgästen, aber das war ihr egal. Ein dumpfer Kopfschmerz hatte sich in ihr eingenistet, und sie war völlig durchgefroren. Außerdem war ihr ein wenig schwindelig – wie damals, als sie gerade nach New York gezogen war und alles so neu und verwirrend war und sie Schwierigkeiten hatte, sich zurechtzufinden.

»Neun Dollar«, sagte der Taxifahrer, als sie vor dem weiß verputzten Altbau standen, in dem sie wohnte. Sie reichte ihm zehn Dollar und sah mit Entsetzen, wie wenig sie danach noch im Portemonnaie hatte.

Als sie in die Manteltasche griff, um den Schlüssel herauszuholen, streifte Lucys Hand die Visitenkarte, die Wyatt Hayes ihr gegeben hatte. *Da müsste ich doch völlig irre sein*, dachte sie und schloss die Tür auf.

8

»Turks & Caicos? Na, wenn das mal nicht *ungeheuer* romantisch klingt!«

»Soll wunderschön sein«, murmelte Eloise Carlton in den Telefonhörer, weil sie sich nicht ganz sicher war, wie sie die Begeisterung ihrer Mutter in geregelte Bahnen lenken sollte. Geschäftig spähte sie in ihren vollgestopften Kleiderschrank und musste sich auf die Zehenspitzen stellen, um den Koffer aus dem obersten Regalfach zu angeln. »Trip meinte, das Hotel liegt direkt am Strand …«

»Ach ja? Meinst du, diesmal macht er endlich Nägel mit Köpfen?«, quietschte Ruth Carlton hoffnungsvoll.

Eloise hielt den Hörer von sich fort. Man sollte doch annehmen, ihre Mutter müsste endlich begreifen, dass ein fantastischer Inselurlaub manchmal nichts anderes war als ein fantastischer Inselurlaub, Ringe nicht inbegriffen.

»Mom«, sagte sie mit mahnendem Tonfall und warf einen Kaftan von Alegra Hicks in Violett und Indigoblau in den Koffer.

Eloise Carlton war inzwischen seit acht Jahren mit Trip Peters liiert – seit sie achtundzwanzig war, um genau zu sein, und damit schon zwei Jahre bevor er irgendwelche Anzeichen eines besonders guten Händchens für Hedgefonds aller Art gezeigt hatte. Damals hatte er noch in der Zweitwohnung seiner Mutter gehaust, die so praktisch zwischen Dorrian's Bar und Mimma's Pizza & Pasta lag. Inzwischen war Trip stolzer Besitzer eines Stadthauses mit sechs Schlafzimmern, nur einen Katzensprung von der Madison Avenue entfernt, das nebenbei auch noch über einen Weinkeller und ein eigenes Privatkino verfügte. »Na ja, du hast doch gesagt, das Ganze sei als Überraschung für dich gedacht. Als Teil deines Weihnachtsgeschenks. Also dachten dein Vater und ich, er würde vielleicht …«

»Stellt Dad jetzt auch schon Spekulationen über mein Liebesleben an?« Ungehalten pustete Eloise ihre Ponyfransen, die momentan tizianrot leuchteten, aus der Stirn. *Konzentrier dich.* Trip hatte sie gerade erst heute Nachmittag mit seinen vorweihnachtlichen Urlaubsplänen überfallen, ausgerechnet mitten in einem chaotischen und ziemlich schlecht vorbereiteten Mode-Shooting – »Farm-Chic«, was im Grunde genommen nichts anderes hieß, als dass Models in Designer-Overalls und Schottenkaro-Überwürfen von Galliano Trecker fuhren und sich mit Schweinen im Schlamm suhlten. Und nun blieb ihr nicht mal mehr eine Stunde Zeit zum Packen, ehe sie zu Trip fahren musste und dort vor Erschöpfung einfach nur wie ein kleines Häufchen Elend aufs Bett sinken würde. Nach Dutzenden und Aberdutzenden spontaner Trip-geplanter Mini-Urlaube hatte Eloise eine regelrechte Hassliebe zu ihrer Goyard-Reisetasche entwickelt. Manchmal wünschte sie sich nichts sehnlicher, als einfach mal zu bleiben, wo sie war, auf der Couch die Beine hochzulegen und sich eine ganze Woche lang nicht vom Fleck zu rühren. Sie liebte ihre süße kleine Dreizimmerwohnung in der baumbestandenen 73rd Street heiß und innig; das war die beste Investition ihres Lebens gewesen, aber sie kam so selten dazu, sie zu genießen.

»Dein Vater und ich möchten doch bloß, dass du glücklich bist«, meinte Ruth.

Packen, befahl Eloise sich. Das Geheimnis bei Diskussionen mit ihrer Mutter die Beziehung zu Trip betreffend – übrigens in letzter Zeit das einzige Thema, das ihre Mutter zu interessieren schien – war Multitasking. Sonnenlotion mit Lichtschutzfaktor 30. Kaschmir-Schlafmaske und Slipper von Malo. Der türkisfarbene String-Bikini von Eres, bei dessen Anblick Trip während ihres letzten Urlaubs auf Mykonos zu sabbern angefangen hatte. Ihr Lieblings-Stroh-Schlapphut. Die Vivier-Sonnenbrille.

»Deine Schwestern sind alle schon verheiratet«, glaubte ihre Mutter ihr in Erinnerung rufen zu müssen.

»Na, die Glücklichen!«, flötete Eloise. Übergroßes Kosmetik-Case, auch wenn sie selten mehr als Wimperntusche und Lipgloss trug, weil alles andere ihren Porzellanteint unnötig verdeckte. Ihr Jennifer-Aniston-Reiselook: goldene Ledersandalen von Miu Miu, bequeme, aber super-figurbetonende Superfine-Jeans sowie zwei weiße Tops mit ultradünnen Spaghettiträgern. Und ein H&M-Kleid, in das sie zum Mittagessen schlüpfen konnte. Zwei federleichte Wildseidensarongs. Ihre weiße Genetic-Jeans sowie ein weich fließendes bronzefarbenes Top, das sie in einem Secondhandladen erbeutet hatte, dazu Riemchenpumps von Jimmy Choo. Die *Harper's Bazar* vom nächsten Monat, die erst in zwei Wochen in die Läden kam. Das gehörte zu den Vorteilen ihres Jobs als Stylistin: Überall bekam man kostenlose Zeitschriften und unschlagbare Klamotten nachgeworfen.

»Und deine Freundinnen, meine Süße? Wie oft warst du schon Brautjungfer bei anderen Hochzeiten?«

»Ähm … vierzehnmal, glaube ich?« Eloise weigerte sich standhaft, sich darüber zu ärgern, statt sich mit den glücklichen Bräuten zu freuen.

»Vier Babypartys hast du allein im letzten Jahr für deine

schwangeren Freundinnen ausgerichtet«, fuhr Ruth unbeirrt fort. »Ich sage das ja nur ungern, meine Süße, aber es ist gar nicht so leicht, mit sechsunddreißig noch schwanger zu werden …«

Eloise' Nacken verspannte sich. Sie rieb sich mit einer Hand die steifen Muskeln und warf mit der anderen ein Fläschchen Bulgari-Parfum in ihren Koffer. Sie verspürte zwar keinerlei Drang, ihrer Mutter zu widersprechen, aber es waren allein im vergangenen Jahr sechs Babypartys gewesen. Eloise hätte ein riesiges Schwimmbecken füllen können mit all der rosaroten Buttercreme und dem zartblauen Zuckerguss, die sie bei Magnolia bestellt hatte. Es machte ihr großen Spaß, diese Partys auszurichten, und sie meldete sich immer freiwillig, alles zu organisieren – aber manchmal versetzte es ihrem Herz einen kleinen Stich, die vielen Babys zu sehen.

»Und sag mir jetzt nicht, dass du dir nichts aus Heiraten machst, denn das kaufe ich dir nicht ab.« Ruth Carlton konnte ihre Enttäuschung einfach nicht mehr verbergen.

»Auf jeden Fall liegt mir nicht so viel daran wie dir«, entgegnete Eloise leise. »Trip und ich sind nicht wie du und Dad.«

Nicht wie ihre Eltern zu sein, war mit dreißig ein gutes Argument gewesen. Sie und Trip hatten für ihre köstlichen kleinen Saufgelage im Marquee gelebt, ihre spontanen Reisen nach Marokko oder Ibiza oder Tokio oder wo auch immer es Trip als Nächstes hinzog. Immer waren ihre vielen Freunde mit von der Partie – drängten sich um überfüllte Tische in Nobelrestaurants, bestellten noch eine und dann noch eine Flasche Cristal, nur damit der Abend nicht vorbeiging. Die Nächte endeten meist um vier Uhr früh, und der Morgen danach begann mit einem fettigen Spiegelei-mit-Käse-Sandwich vom kleinen Lebensmittelladen an der

Ecke. Sie liebten ihr gemeinsames »wildes« Leben. Immer schien es, als seien sie genau auf derselben Wellenlänge; beste Freunde, bei denen es rein zufällig auch noch gefunkt hatte und die beide eine Vorliebe für türkisches Essen hatten. Was konnte es Besseres geben?

»Glaub mir, ich *weiß*, dass ihr nicht so seid wie wir«, entgegnete Ruth abschätzig. »Ich hätte Dad im hohen Bogen rausgeworfen …«

»Mom, das reicht!«, unterbrach Eloise sie. »Ich will damit bloß sagen, nur weil Trip mit mir in Urlaub fahren will, heißt das noch lange nicht, dass er mir einen Antrag macht.«

»Man weiß ja nie«, erwiderte Ruth beharrlich.

Schmuck! Aus ihrem Etui holte Eloise eine zarte Goldkette von Cartier und Ohrringe mit Süßwasserperlen, die Trip ihr im letzten Jahr zum Geburtstag geschenkt hatte.

»Kannst du ihn nicht einfach mal fragen, wie er sich die Zukunft so vorstellt?«, wollte Ruth zum millionsten Mal wissen. »Frag ihn doch einfach, ob er vorhat, dich irgendwann zu heiraten. Du brauchst ihm ja nicht gleich die Pistole auf die Brust zu setzen. Aber fragen kostet nichts.«

»Ich habe momentan viel um die Ohren, Mom«, antwortete Eloise, um der Frage auszuweichen. »Ich komme kaum zum Nachdenken. Letzte Woche hatte ich ein Shooting in Palm Springs und eins in Telluride. Heute war ich für ein Shooting hier in der Stadt gebucht. Übernächste Woche bin ich für die italienische *Vogue* in Rom. Ich sitze nicht rum und zerbreche mir Tag und Nacht den Kopf, wann wir endlich heiraten.«

»Ich sage ja auch nicht, dass du dir *Tag und Nacht den Kopf zerbrechen* sollst. Ich meine bloß, das alles müsste doch nicht so kompliziert sein. Läge ihm was an dir, dann würde er dich nicht so hinhalten.«

Eloise und Trip hatten sich an einem schwülen Juliabend kennengelernt, in Bridgehampton, im Garten eines Hauses, in dem gemeinsame Freunde den Sommer verbrachten. Trip hatte sich um den Grill gekümmert, aber auf der Stelle die Grillzange fallen gelassen und sich auf Eloise gestürzt, kaum hatte er sie gesehen. Als ihn wenig später ein paar seiner Kumpel wegen der verbrannten Burger aufzogen, hatte Trip nur verlegen gegrinst. »Beschwert euch bei dem, der *sie* mitgebracht hat«, hatte er gesagt und mit dem Kinn auf Eloise gezeigt. Er war nicht gerade der bestaussehende Kerl der Welt, oder auch bloß in diesem Bridgehamptoner Garten. Selbst wenn sie keine hohen Schuhe trug, war er satte zehn Zentimeter kleiner als sie, wodurch Eloise immer einen guten Ausblick auf die kahle Stelle ganz oben auf seinem Kopf hatte. Aber er hatte irgendwas. Oder sie beide hatten irgendwas, und sie konnte sich einfach nicht vorstellen, das bei einem anderen Mann zu finden. An diesem Sommerabend waren sie zusammen nach Hause gegangen, und seither waren sie ein Paar.

»Ich muss Schluss machen, Mom«, erklärte Eloise mit einem Blick auf die Uhr.

»Geht Wyatt immer noch mit deiner Freundin aus?«, erkundigte sich Ruth. Dass sie immer auf dem Laufenden war, wer gerade mit wem was hatte oder nicht, darauf war sie ein bisschen stolz. Und dank der neuen Blogs, die über jeden Schritt der Reichen und Schönen berichteten, war sie auch draußen in Duxbury stets auf dem neuesten Stand.

»Ich würde Cornelia nicht unbedingt als Freundin bezeichnen. Wir kennen uns bloß über Freunde von Freunden«, erklärte Eloise. »Ich muss wirklich los …«

»Tja, dann will ich mal hoffen, dass alles gut wird. Meine Freundin Donna dachte, wenn Trips Freunde nach und nach alle heiraten, dann würde er vielleicht auch auf den Geschmack kommen und einsehen, dass eine Verlobung der logische nächste Schritt wäre …«

»Mutter!« Eloise hatte endgültig die Nase voll. »Das reicht, ja? Ich komme sonst noch zu spät.«

»Also gut, Süße. Ich wünsche dir viel Vergnügen bei deiner Reise. Ruf uns an, falls irgendwas Aufregendes passiert«, gab Ruth mit säuselnder Stimme zurück.

»Danke. Aber mach dir keine Hoffnungen«, antwortete Eloise und gab sich Mühe, völlig unbeschwert zu klingen. Nachdem sie aufgelegt hatte, ließ sie sich rückwärts aufs Bett plumpsen. Die ganze Woche hatte sie kaum Zeit gehabt, mal durchzuatmen. Ein paar Tage mit ihrem Liebsten am Strand zu liegen, war jetzt genau das Richtige. Warum war sie bloß so eine Spaßbremse? Es war doch wirklich sehr nett von Trip, das alles zu planen und sie damit zu überraschen …

Warum eigentlich nicht?, überlegte Eloise plötzlich, sprang auf und marschierte entschlossen zum Kleiderschrank. Dort zog sie das fließende, zarte Alberta-Ferretti-Kleid heraus, das sie für eine besondere Gelegenheit aufgespart hatte, und dazu ihre umwerfenden Manolos aus Eidechsenleder.

Als Frau sollte man schließlich nicht unvorbereitet in einen Heiratsantrag stolpern, den man überhaupt nicht erwartete.

9

Ach, Schätzchen, *nein.* Als wir von dem inzwischen berühmt-berüchtigten Zwischenfall mit der Kellnerin bei Nola Sinclairs Show letzten Samstag erfuhren, hätten wir uns in den Hintern treten können, dass wir nicht zum erlauchten Kreis der Gäste gehörten und es mit eigenen Augen gesehen haben. Doch dann hat sich einer unserer Leser erbarmt und uns in seiner unendlichen Großzügigkeit dieses Foto zur Verfügung gestellt. Nicht scharf genug, um eine eindeutige Identifizierung vorzunehmen, aber hey, besser als nichts.

www.fash-addict.com

23.56 Uhr.

Das Kirsch-Wick-MediNait brachte gar nichts.

Lucy Jo richtete ihre Taschenlampe auf den Fleck an der Decke, der aussah wie Idaho. Selbst der billige Wein aus dem Karton, den ihre Mutter literweise wegsoff und der roch, als könnte man damit auch ein Auto betanken, sprengte augenblicklich ihr Budget. Als sie ganz hinten in ihrem Badezimmerschränkchen eine alte, angebrochene Flasche Erkältungssaft gefunden hatte, war das das unumstrittene Highlight der vergangenen zwei Wochen seit Nolas Show gewesen. Aber obwohl sie schon über die Hälfte des Fläschchens geleert hatte, war ihres Erachtens weder ihre Fahrtüchtigkeit noch ihre Fähigkeit zur Bedienung schweren Geräts in irgendeiner Weise beeinträchtigt worden. Die Anzeige ihres Siebzigerjahre-Weckers wechselte in Zeitlupentempo von 23.56

auf 23.57 Uhr. Es nützte alles nichts. Die bösen Gedanken, die sie schon den ganzen Tag quälten und verfolgten, wollten sich einfach nicht vertreiben lassen. Normalerweise war Lucy Jo wirklich gerne allein – dann hatte sie Zeit zum Skizzenzeichnen –, aber heute Abend konnte sie sich selbst kaum ertragen. Weil sie die überfällige Stromrechnung nicht bezahlt hatte, konnte sie sich nicht mal mit Fernsehen ablenken und saß im Dunklen, mal abgesehen von der Mega-Taschenlampe, die sie sich von den alternden Studenten am anderen Ende des Gangs ausgeliehen hatte. Schon vor dem öffentlichen Debakel bei Nolas Show war Lucy Jos finanzielle Situation alles andere als rosig gewesen, und sie hatte tagtäglich auf den großen Durchbruch und eine dicke Gehaltserhöhung gehofft. Bis dahin hatte sie sich mehr schlecht als recht durchgeschlagen und die Bezahlung offener Rechnungen immer wieder aufgeschoben, um sich die Miete für das überteuerte, armselige Studio leisten zu können, das sie sich ausgesucht hatte, weil sie unbedingt mitten im Trubel wohnen wollte.

Ihr Handy klingelte – die einzige Rechnung, die sie seit dem Nola-Debakel bezahlt hatte –, und sie hechtete quer über den Futon in der idiotischen, naiven Hoffnung, es könne ein potenzieller Arbeitgeber sein. Der sie mitten in der Nacht anrief.

»Hier ist ein R-Gespräch von Rita Ellis. Möchten Sie es annehmen?«, fragte die Dame von der Vermittlung.

Lucy Jo stöhnte innerlich auf. Ihre Mutter. »Ja, klar«, murmelte sie. »Hi, Rita. Wie geht's?«

Am anderen Ende der Leitung war zunächst nur Schweigen. Dann seufzte ihre Mutter mit rauer Stimme: »Ich will dir nichts vormachen. Es ging mir schon besser. Vor ein paar Tagen musste ich Faye Dunaway operieren lassen.« *Jetzt kommt wieder* die *alte Leier*, dachte Lucy Jo. Faye war eine von Ritas sechs abgöttisch geliebten Katzen, die allesamt nach ihrer anderen großen Leidenschaft benannt waren: Filmstars. »Ich wusste gleich, dass da was nicht stimmt, als sie nicht mal das teure Futter anrühren wollte«, plapperte Rita weiter. »Das sieht Faye sonst gar nicht ähnlich.«

Ein Mal, nur ein einziges Mal, würde ich mir wünschen, dass sie einfach bloß anruft, um sich zu erkundigen, wie es mir geht, oder um mir zum Geburtstag zu gratulieren. Egal was, nur nicht, weil sie mich mal wieder anpumpen will.

»Du kannst froh sein, dass du in New York das süße Leben genießen kannst, Lucy Jo, und nicht in Dayville mit ehrlicher, harter Arbeit deinen Lebensunterhalt verdienen musst.«

»Glaub mir, Rita«, entgegnete Lucy Jo und stellte die Flasche MediNait auf den Kopf, um noch das letzte Tröpfchen rauszuholen. Sie hatte Rita nie davon überzeugen können, dass sie mit ihrem Gehalt in New York keine großen Sprünge machen konnte, »ich lebe nicht das süße Leben.«

»Tja, aber immer noch besser als tagein, tagaus Nagelkleberdämpfe einzuatmen.«

Soweit Lucy Jo zurückdenken konnte, war die Arbeit ihrer Mutter als Maniküre mehr Zeitvertreib als Broterwerb gewesen. Rita arbeitete nur, wenn ihr gerade danach war und sie gerade nichts Besseres zu tun hatte. Außerdem wusste Lucy Jo, dass ihre Mutter jeden Cent, den sie verdiente, für kitschige Gartendekorationen, »Körperkunst« und ihre halbjährliche Pilgerfahrt nach Los Angeles verpulverte, bei der sie ihre Lieblingsstars auszuspähen versuchte. Und ganz nebenbei bemerkt, hatte sie bereits zweimal eine OP für Faye als Vorwand benutzt. Entweder lag diese Katze öfter unter dem Messer als ihre berühmte Namenspatin oder ihre Mutter belog sie nach Strich und Faden.

»Und dann kommt aus heiterem Himmel diese Operation – tja, da musste ich das ganze Geld opfern, das ich für meine Prototypen gespart hatte.«

»Deine Prototypen?«

»Ich habe dir doch von meinen Acrylnägeln erzählt! Meiner Kunst am Nagel, Schätzchen! Ich habe einen Satz mit Brangelina und den Kids und einen mit der ganzen Besetzung von *Dallas*. Ich schicke dir mal eine Handvoll«, sie kicherte über ihren schlechten Wortwitz, »sobald sie fertig sind. Dann kommen wir zwei sicher schnell ins Geschäft.«

»*Wir zwei?*« Lucy Jo müsste schon in den Müllcontainern hinter irgendwelchen Restaurants nach Essen suchen, ehe sie mit ihrer Mutter Geschäfte machte. Wobei Rita es allerdings, all ihren Fehlern zum Trotz, in Lucy Jos Kindheit ganz allein geschafft hatte, dass sie beide ein Dach über dem Kopf hatten. Ihren Vater hatte Lucy Jo nie kennengelernt, da Rita ihn nicht einmal bei einer Gegenüberstellung zweifelsfrei hätte identifizieren können. »Wie viel brauchst du?«, fragte Lucy Jo, der bei der Aussicht, ihr ohnehin mageres Sparbuch noch weiter zu plündern, ein bisschen flau wurde.

»Zweihundert sollten reichen, Liebes.«

Womit Lucy Jo noch genau einhundert Dollar zum Leben blieben. Bis sie wieder einen Job hatte, würde sie dann wohl eine Suppendiät machen, weil sie ja auch noch ein bisschen Geld brauchte, um Bewerbungen und Lebensläufe auszudrucken, ihre Handyrechnung zu bezahlen … So Gott wollte, würde sie irgendwas auftun, ehe die Miete fällig war.

»Wären hundertfünfzig auch in Ordnung?«, fragte Lucy Jo zaghaft und biss sich auf die Unterlippe. Kurz überlegte sie sogar, ihrer Mutter zu erzählen, dass sie gefeuert worden war, aber dann würde Rita sie bloß überreden wollen, wieder nach Dayville zurückzukommen. Das konnte sie gerade gar nicht brauchen.

»Ich will ganz ehrlich sein«, entgegnete Rita. »Zweihundert würden mir wesentlich mehr helfen.«

Lucy Jo seufzte. »Ich schicke es dir gleich morgen früh.«

»Braves Mädchen. Am besten schickst du den Scheck per Übernacht-Express, wenn's keine Umstände macht.«

11.59 Uhr ... Mitternacht.

Wie sie so dalag und an die Decke starrte, überlegte Lucy Jo, eine Liste zu machen mit allem, was noch schlimmer sein könnte. Die Nachwirkungen ihrer öffentlichen Blamage bei Nolas Show waren wesentlich glimpflicher ausgefallen als erwartet. Ein paar Fotos – auf denen allerdings, o Wunder, ihr Gesicht nirgends ganz zu erkennen war – waren in diversen Blogs aufgetaucht, aber bisher war sie unerkannt geblieben. Selbst das Nachspiel mit Nola Sinclair war zu ihrem Erstaunen eher undramatisch verlaufen – am nächsten Morgen hatte ein Bote einige wenige persönliche Dinge vorbeigebracht, die noch an ihrem Arbeitsplatz gewesen waren. Ein paar ihrer ehemaligen Kolleginnen hatten angerufen und sich nach ihr erkundigt: Ihre Freundin Doreen, eine alleinerziehende Mutter und versierte Schneiderin, hatte ihr sogar ein paar Kontaktadressen gegeben. Aber schon am zweiten Tag ihres Arbeitslosendaseins hatte das Telefon aufgehört zu klingeln.

In den letzten beiden Wochen war sie jeden Tag zwischen der FedEx-Annahmestelle, der Post und der öffentlichen Bibliothek mit kostenlosem Internetzugang hin und her gependelt – ein graues Bermudadreieck mit Neonbeleuchtung und missgelaunten Angestellten – und hatte versucht, irgendwo eine Arbeitsstelle aufzutun. Bisher hatte sich rein gar nichts ergeben. Es war die ungünstigste Zeit des ganzen Jahres, um auf Jobsuche zu gehen, wie ihr unablässig immer wieder klargemacht wurde. Und die prekäre Wirtschaftslage tat ihr Übriges: Die meisten Firmen hatten einen Einstellungsstopp verhängt oder entließen sogar Mitarbeiter. Von Nola hatte sie natürlich keinen Penny Abfindung bekommen, und obwohl sie sich arbeitslos gemeldet hatte, war der erste Scheck – mit dem sie zumindest ihre Miete bezahlen könnte – bisher noch nicht eingetrudelt.

Die Uhr gab eine weitere Minute frei, die sie in Geiselhaft gehalten hatte. *Vielleicht ist es ja einfach völlig irrwitzig zu glauben, ich könnte etwas aus mir machen.* Lange konnte sie sich jedenfalls nicht mehr selbst was in die Tasche lügen. *Vielleicht sollte ich ja einfach wieder nach Hause zu meiner Mutter ziehen und zusehen, dass ich es hinter mich bringe.* Der Gedanke traf Lucy Jo wie ein Schlag in die Magengrube.

Eine andere Möglichkeit gab es noch, eine, die sich in den vergangenen Tagen immer häufiger in ihren Kopf geschlichen und sich immer beharrlicher dort eingenistet hatte. *Wyatt Hayes IV.*

Schnee war angekündigt; die Luft war klar und kalt und schrie geradezu nach Nerz. Genau so einen Tag hätte Lillian Edgell sich für ihre Beerdigung ausgesucht, sagte Dorothea Hayes zu ihrem Sohn Wyatt, als sie gemeinsam die St. James Church betraten. Dottie, wie sie genannt wurde, war eigens aus Palm Beach eingeflogen, um Lillian die letzte Ehre zu erweisen, und hatte darauf bestanden, dass der widerstrebende Wyatt sie begleitete.

Lillian Edgell, eine Grand Dame, die bis zu ihrem Tod im stolzen Alter von dreiundneunzig Jahren körperlich und geistig in Bestform gewesen war, hatte bereits Jahre zuvor alles für ihre eigene Beerdigung arrangiert – von den aufwendigen Blumenarrangements – weißer Flieder, Ranunkeln, Schneeball, Frauenschuh-Orchideen, Wicken und gefranste holländische Tulpen – bis hin zur Gästeliste – zweihundert handverlesene Freunde, keine Nase mehr. In den letzten Jahren ihres Lebens hatte sie die Vorstellung, einem ihrer linkischen Söhne oder, schlimmer noch, einer ihrer übereifrigen Schwiegertöchter könne die Planung ihrer Beerdigung zufallen, zunehmend gestört, weshalb sie die Angelegenheit kurzerhand selbst in die Hand genommen hatte.

Es war der 16. Dezember, und obwohl viele von Lillians Freunden bereits zum Skifahren oder in die Sonne geflogen waren, war die Kirche doch gedrängt voll mit jenen, die in New York geblieben waren, um das glitzernde Karussell der Feiertagspartys nicht zu verpassen. Nach so viel Champagner und Völlerei war es regelrecht erfrischend, mal an einer eher ernsten Veranstaltung teilzunehmen.

»Da ist Courtney Lennert«, flüsterte Dottie Hayes Wyatt zu. Sie saßen wie üblich in der sechsten Reihe. »Eigentlich müsste sie ein Namensschild tragen. Nach den vielen Eingriffen ist sie ja kaum wiederzuerkennen.«

»Mhm«, murmelte ihr Sohn.

»Du hörst mir nicht zu.«

»Nein«, pflichtete Wyatt ihr bei. Er dachte an Lillian Edgell, womit er, wie er annahm, unter den Anwesenden eher die Ausnahme war. Sie hatte ein Leben geführt, das mit einem ganzseitigen Nachruf in der *New York Times* endete, und sie war wie ein Rückverweis auf längst vergangene Zeiten, die langsam, aber sicher auf Nimmerwiedersehen verschwanden – als die sogenannten oberen »Vierhundert« noch über die New Yorker Society herrschten und nicht mit Spenden zugunsten wohltätiger Zwecke geizten. Nach dem frühen Tod ihres Ehemanns hatte Lillian kein zweites Mal geheiratet, sondern sich ganz der Wohltätigkeitsarbeit gewidmet. Sie hatte dem Met einen Flügel gestiftet und etliche Organisationen unterstützt, die maßgeblich zur Vielfalt der New Yorker Kulturlandschaft beitrugen. Das war doch mal ein sinnerfülltes Leben, hatte Wyatt immer gedacht. Er war ebenfalls bekennender Wohltäter und tat seinen Teil dazu, die eine oder andere gute Sache zu unterstützen – jedes Jahr stellte er dem Vanderbilt und dem Museum of American Heritage einen großzügigen Scheck aus – aber irgendwas fehlte. Vielleicht das Gefühl, gebraucht zu werden, eine Aufgabe zu haben. Einen Millionen-Dollar-Scheck konnte jeder ausstellen – na ja, fast jeder –, aber manchmal sehnte Wyatt sich nach dem Gefühl, etwas erreicht zu haben, was er ganz allein geschafft hatte und niemand anderer gekonnt hätte.

»Was ist denn mit dir los?«, wisperte seine Mutter. »Du bist schon den ganzen Tag so miesepetrig. Es ist wegen Cornelia, stimmt's?«

»Wir sind bei einer Beerdigung, Mutter.«

In seinem Leben gab es rein gar nichts zum Unglücklichsein, aber in den zwei Wochen, seit er Cornelia den Laufpass gegeben hatte, fiel es ihm jeden Morgen schwerer, aus dem Bett zu kommen. Eine der unangenehmen Nebenwirkungen, ein tiefgründiger Denker zu sein, überlegte Wyatt, war wohl die Anfälligkeit für existenzielle Krisen.

»Du solltest mitkommen, wenn ich zurück nach Florida fliege, Herzchen«, schlug Dottie vor. Sie streifte sich ein paar nicht vorhandene Fussel von der makellosen maßgeschneiderten schwarzen Bill-Bass-Kostümjacke. »Ein bisschen Sonne würde dir ganz gut tun. Ich verstehe einfach nicht, warum du bei dieser Eiseskälte unbedingt in Manhattan bleiben willst.«

Wie so viele Damen der Gesellschaft mit ihrem Kontostand und ihrer Abstammung war Wyatts Mutter eine stramme Konformistin, die nur jene Kunsthändler, Inneneinrichter, Restaurants, Friseursalons, Klubs, Maniküren und

Designer frequentierte, die ihr Freundeskreis ebenfalls für gut befunden hatte. Winter bedeutete unweigerlich drei Monate Palm Beach und eine Woche Skifahren in der Schweiz. Frühling und Herbst verbrachte man in Manhattan, unterbrochen von einwöchigen Reisen nach London im Herbst und Paris im Frühjahr. Am Memorial Day im Mai reiste Dottie mit ihrer ganzen Clique zwei Stunden gen Osten, wo ihre Cottages mit den acht Schlafzimmern am Strand von Southampton sie erwarteten und man sich jeden Tag zum Tennisspielen im Meadow Club traf. In Dotties Leben änderte sich höchstens mal die Farbe ihrer Chintz-Vorhänge. Diese Lebensart war über viele Generationen überliefert und vervollkommnet worden.

»Ich komme nächste Woche über die Weihnachtstage.« Ungeduldig strich Wyatt sich mit einer Hand durch die Haare. Er wusste ganz genau, dass seine Mutter niedere Beweggründe trieben.

Die sie auch gar nicht erst zu verschleiern versuchte. »Ich habe gehört, Cornelia war gestern im Beach & Tennis Club und hat mal wieder alle überstrahlt. Willst du ihr nicht doch eine zweite Chance geben, Herzchen? Ich verstehe wirklich nicht …«

»Bitte, Mutter, das hatten wir doch alles schon mal. Sie ist eine unerträgliche …«

»Schon gut, schon gut.« Dottie winkte ab. »Du brauchst dich ja nicht gleich so aufzuregen.«

»Mich aufregen? Du hast doch sicher diesen ziemlich unverhohlenen Artikel in der Klatschkolumne gelesen.« Er hatte mindestens zwanzig E-Mails bekommen bezüglich der unverblümten Andeutungen in diesem Boulevard-Magazin: *»WIE WIR GEHÖRT HABEN … soll die Societyfreundin eines gewissen wohlhabenden Anthropologen selbigem auf dem* *roten Teppich den Laufpass gegeben haben. Bei besagter Freundin handelt es sich Angaben zufolge um eine umwerfende Blondine, deren Stern gerade ziemlich steil am New Yorker Societyhimmel aufgeht …«*

»Ach, das ist doch albern. Dafür kannst du doch Cornelia nicht verantwortlich machen …«

»Ihre Pressetante hat vermutlich nicht viel getan, um den Artikel zu verhindern. Er war ja auch ziemlich schmeichelhaft für Cornelia. ›Steil aufgehender Stern‹, so eine Kinderkacke.«

»Wyatt, diese Ausdrucksweise.« Dann ging Dottie erst auf, was Wyatt gesagt hatte. »Ihre *was?*«

»Du hast ganz recht gehört. Ihre Presseagentin.«

Entgeistert drehte Dottie sich in der Kirchenbank zu ihm um. Es war beinahe, als hätte Wyatt gerade verkündet, seine Ex habe einen Drogendealer in der Ninth Avenue. »Warum bitte braucht Cornelia Rockman denn eine … eine *Presseagentin?*«, fragte sie.

»Was für eine altmodische Frage.« Wyatt lehnte sich zurück und genoss diesen Augenblick. »Cornelia hat eine Presseagentin, eine Stylistin und einen Imageberater. Sie will Karriere machen als It-Girl.«

Schockiert schaute Dottie Hayes wieder nach vorn zum Altar. »Wo soll das nur alles noch hinführen?«, murmelte sie. »Eine *Presseagentin*! In meiner Jugend erschien der Name einer anständigen jungen Dame nur zu drei Gelegenheiten in der Zeitung …«

»Nämlich anlässlich ihrer Geburt, ihrer Heirat und ihres Todes.« Wyatt lächelte. Das war eine der Lieblingssentenzen seiner Mutter. »Die Zeiten ändern sich. Heutzutage tun die Societydamen alles, um ihren Namen mindestens dreimal die Woche in der Zeitung zu lesen. Darum erscheint Cornelia auch bei der Eröffnung eines Briefumschlags, wenn es sein muss, solange die Presse dabei ist.«

»Was sagen denn ihre Eltern dazu?«

»Wer weiß.« Wyatt beschloss, dem Thema Cornelia sozusagen ein für alle Mal den Todesstoß zu verpassen. »Wie ich hörte, gibt es Gerüchte, Cornelia soll eine eigene Realityshow im Fernsehen bekommen. Sie will die Musikindustrie erobern, sämtliche Medien, Hollywood …«

»Du hattest ganz recht, dich von ihr zu trennen«, erklärte Dottie bestimmt. Sie schüttelte den Kopf. »Ich hatte ja keine Ahnung. Das ist *nicht* das richtige Mädchen für dich, Wyatt.«

»Das war doch die ganze Zeit meine Rede.« Manchmal war es wirklich praktisch, wie berechenbar seine Mutter in ihrer Ablehnung bestimmter Dinge war, und dass es sie genauso entsetzte, wie die ganze Welt sich so rasend schnell zu verändern schien, wie ihn. Schweigend saßen sie eine Weile nebeneinander, den Blick auf den verschlossenen Sarg gerichtet.

»Courtney Lennerts Tochter ist wirklich hübsch.«

Entnervt verdrehte Wyatt die Augen. »Die ist zum Schnarchen; die redet über nichts weiter als Pferde.«

»Serena Dimmons?«

»Der halbe Racquet Club hat sie mir empfohlen.«

»Fernanda Fairchild?«

»Mitgiftjägerin. So gar nicht süß. Und zur Krönung auch noch Cornelias Busenfreundin.«

»Gibt es denn in New York überhaupt keine netten Mädels mehr?«, fragte Dottie ungläubig. »Keine wie Trips entzückende Eloise?«

»Soweit ich das überschauen kann, nein.«

»Du bist zu wählerisch, das ist das Problem. Kein Mädchen kann je deinen unmöglichen Ansprüchen gerecht werden.«

Wyatt schaute sie an. So nervtötend ihre ständigen Einmischungen und Kuppelversuche auch sein mochten, so merkte er doch sehr wohl, dass seine Mutter sich ernsthaft um sein Lebensglück sorgte. Sie hatte in der Ehe die große Erfüllung gefunden, und sie konnte sich einfach nicht vorstellen, dass es ihrem Sohn anders ergehen sollte. Der legte ihr die Hand auf den Arm und tätschelte sie sanft. »Vielleicht hast du recht. Aber Dad war auch wählerisch, und ihm hat es nicht geschadet.«

»Also, du überraschst mich doch immer wieder.« Dottie lächelte. Dann faltete sie die Hände anmutig in ihrem Schoß und schaute zum Altar, wo gerade der Pfarrer erschienen war. »Ich wünschte bloß, du würdest mich mal damit überraschen, dass du dir ein nettes Mädel suchst und eine Familie gründest.«

10

Lucy Jo spähte durch die verschnörkelten schmiedeeisernen Blätterranken, die sich über die Vordertür zu Wyatt Hayes' Wohnhaus in der Fifth Avenue schlängelten. Sie konnte sich gar nicht entscheiden, was sie furchteinflößender fand – die Fratzen der Wasserspeier, die von der grauen Steinfassade auf sie herabstarrten, oder den weiß behandschuhten Portier, der die in sanftes Licht getauchte marmorne Eingangshalle bewachte. Mit heftig pochendem Herzen und dem Mut wilder Verzweiflung drückte sie auf die Klingel.

»Ich möchte zu Wyatt Hayes, bitte«, erklärte sie dem Portier, der ihr die Tür öffnete. Wobei sie inständig hoffte, er möge ihre Angst nicht riechen. *Atme*, sagte sie sich. *Was kann dir schlimmstenfalls schon passieren?*

Worauf ihr Gehirn höchst ungebeten prompt eine Antwort gab: *Dass er genauso arrogant ist, wie er damals wirkte, und du dich bis auf die Knochen blamierst und wieder zu deiner Mutter und ihren sechs Katzen ziehen musst. Und dann verbringst du den Rest deines Lebens damit, anderen Leuten Plastiknägel auf die Finger zu kleben und mit Rita zu »Pärchen-Verabredungen« mit durchreisenden Truckern zu gehen. Oder Wyatt entpuppte sich als irrer Perverser, der Frauen unter Drogen setzte, sie betäubte und dann in die Sklaverei verkaufte …*

Lucy Jo versuchte, sich zusammenzureißen. *Okay, einfach weiteratmen. Gar nicht nachdenken. Denken erschwert nur unnötig das Atmen.*

»Werden Sie erwartet?«, erkundigte sich der Portier.

»Nein, eigentlich nicht«, entgegnete sie. »Aber er hat mir seine Karte gegeben.« Das Stückchen Papier war schon ganz weich geworden vom vielen In-die-Hand-Nehmen. Lucy Jo hielt sie dem Portier unter die Nase wie eine Dienstmarke.

Atme, Lucy Jo. Es ist ganz leicht. Du warst doch immer ein tapferes Mädel und hast dich irgendwie durchgeschlagen.

Nach New York zu ziehen war schon nicht ohne gewesen, gar keine Frage. Aber mit der U-Bahn die dreißig Blocks nach Downtown zu fahren und zu der Adresse auf Wyatts Karte zu gehen, hatte ihr einen derartigen Heldenmut abverlangt, dass sie es kaum für möglich gehalten hatte, das zu schaffen.

»Ich rufe gleich oben an. Wie ist Ihr Name, bitte?«

»Lucy Jo Ellis. Danke.«

»Wyatt?« Margaret, die stämmige Irin, die sich schon um Wyatt gekümmert hatte, als der noch in den Windeln lag, steckte den Kopf ins Esszimmer, wo er und Trip gerade gemeinsam zu Abend gegessen hatten. »Unten in der Lobby ist eine junge Dame, die dich sprechen möchte.«

Wyatt stöhnte gequält, um Trip zu demonstrieren, wie entnervt er war. »Cornelia! Die schreckt auch wirklich vor nichts zurück. Anrufe, E-Mails – und seit Neuestem kommt sie ständig ›rein zufällig‹ hier vorbei.«

»Und? Gibst du ihr noch eine Chance?«

»Warum sollte ich? Es hat sich doch nichts geändert.«

»Es ist nicht Cornelia«, unterbrach Margaret ihn. »Es ist eine junge Dame namens Lucy Jo Ellis.«

Wyatt legte die Stirn in Falten und versuchte, den Namen irgendwie einzuordnen. Aber Trip war schneller als er. »Hey, ist das nicht das Mädel, das wir während dieses Wolkenbruchs unter der Markise kennengelernt haben? Die dir dann eine gescheuert hat? Hätte nicht gedacht, dass die auf dein bescheuertes Angebot eingeht …«

»Dieses schreckliche Balg?« Wyatt schoss hoch. »Also kommt sie doch noch mit eingekniffenem Schwanz angekrochen. Tja, womöglich ist sie klüger, als man denkt.«

»Sie hat dir eine Ohrfeige gegeben?« Margaret fragte nicht, warum. »Und was für ein Angebot hast du ihr gemacht, Wyatt Hayes? Möchtest du sie wirklich …«

»Ja! Auf jeden Fall, sie sollen sie nach oben schicken«, sagte Wyatt. Zum ersten Mal, seit er zurückdenken konnte, war er gespannt wie ein Flitzebogen, was wohl als Nächstes passieren würde.

Aufmerksam schaute Wyatt zu, wie Margaret die nervöse, hochrote junge Frau ins Esszimmer führte und dann widerwillig hinausging. Blickkontakt konnte diese Lucy Jo Ellis höchstens mit dem Porträt von Alex Katz haben, das in der Ecke des Zimmers hing. Wyatt trat ein paar Schritte auf sie zu. Selbst im gnädigen Licht des Kristalllüsters war sie ein schlimmerer Fall, als Wyatt anfangs gedacht hatte. Vielleicht war er ein wenig vermessen gewesen: Er hatte an dem fraglichen Abend ein bisschen zu tief ins Glas geschaut, und das eine hatte bekanntermaßen häufig das andere zur Folge.

»Was führt Sie denn hierher?«, fragte er, nachdem Trip aufgestanden war, um ihr die Hand zu geben.

Diese simple Frage schien sie umso mehr in Angst und Schrecken zu versetzen. Angespannt stand Lucy Jo im Türrahmen und sah dabei aus, als wappnete sie sich für ein Erdbeben. Er konnte zusehen, wie ihr die Schweißperlen auf die Oberlippe traten. »Sie sagten, Sie könnten mein ganzes Leben verändern«, brachte sie mit Mühe hervor. »Ich … ich wollte wissen, wie Sie das gemeint haben.«

Ohne es zu wollen, fühlte Wyatt sich tatsächlich ein bisschen geschmeichelt, sowohl von ihrem Interesse als auch von ihrer offensichtlichen Nervosität. Fast hätte er ihr die anfängliche Unhöflichkeit an jenem verregneten Abend vor zwei Wochen auf der Stelle verziehen, aber nicht ganz. Wenn sie nun wegen eben jenes Angebots gekommen war, das sie damals als unglaubliche Frechheit abgetan hatte, dann sah er keinerlei Veranlassung, ihr durch ein Entgegenkommen seinerseits aus der Patsche zu helfen. »Setzen Sie sich doch«, sagte er zu ihr und wies auf einen leeren Stuhl.

Lucy Jo tat wie ihr geheißen und trampelte ungelenk durch das lange Esszimmer. Sie bewegte sich, wie Wyatt auffiel, ohne den geringsten Anflug von Anmut oder Eleganz, sie wackelte mit den Hüften und ruderte übertrieben heftig mit den Armen. *Das lässt sich ändern.* Schließlich war er mit genügend Models ausgegangen, um zu wissen, dass ein anmutiger Gang wesentlich mehr mit Übung zu tun hatte als mit einem angeborenen Talent. Als sie sich dann unelegant auf einen Stuhl plumpsen ließ, schien sich das Mädchen noch immer nicht recht wohlzufühlen in seiner Haut. Vor ihr auf dem Tisch stand eine dreistöckige Etagere mit Schokoladen und Makrönchen von Ladurée, im Hintergrund spielte leise klassische Musik – aber ihrer Miene nach hätte man annehmen können, sie säße in einem Vernehmungszimmer vor einer grellen Lampe und einem entschieden unfreundlichen Bullen.

»Sie möchten also, dass ich Sie in die feine Gesellschaft einführe?«, setzte Wyatt an und brach damit das Schweigen.

»Na ja … so würde ich das nicht sagen.«

Wyatt hielt in seinem Umhertigern inne. »Das verstehe ich nicht. Warum sind Sie denn dann hier?«

»Ich möchte in einem Modeunternehmen arbeiten. Darum bin ich überhaupt nach New York gekommen …«

»Mode?« Wyatt schaute sie ungläubig an. Gut die Hälfte der Mädels, die er kannte, arbeiteten in der Modebranche, und er konnte sich beim besten Willen nicht vorstellen, dass sich eine von ihnen in einem Aufzug wie dem von Lucy Jo vor die Tür wagen würde. Ihre Perlen waren groß wie Golfbälle und wirkten noch billiger. Ihr Kleid war nicht unbedingt scheußlich – ein klassisches Blusenkleid mit feinen Streifen, das sie in der Taille mit einem breiten Ledergürtel gerafft hatte – aber dazu trug sie College-Slipper, einen Shetlandpulli um die Schultern und auf den heruntergeknabberten Fingernägeln rosa Nagellack. Sie sah aus, als sei ihr *Das offizielle Handbuch für College-Mädchen* aus den frühen Achtzigerjahren in die Hände gefallen, und sie habe den Look so billig wie möglich nachgeahmt. »Darauf wäre ich jetzt nicht gekommen.«

»Alter, lass den Quatsch!« Trip funkelte Wyatt warnend an.

Lucy runzelte die Stirn, rührte sich aber nicht vom Fleck. »Es ist nicht so einfach, einen Job in den Kreativ-Abteilungen zu bekommen. Dazu braucht man mehr als bloß Talent. Man braucht Beziehungen.«

»Aha«, murmelte Wyatt. Die junge Dame hatte offensichtlich eigene Pläne. »Sie meinen also, das Talent hätten Sie? Und Sie glauben, ich hätte die Beziehungen?«

»Tja, na ja, ich habe Sie gegoogelt…«

»Sie hat mich gegoogelt, Trip. – Und?« Dabei wusste er ganz genau, worauf sie bei ihrer Recherche gestoßen war. Fotos von diversen Partys. Hinweise auf sein Harvard-Studium und die Doktorarbeit. Uralte Urkunden, die zurückreichten bis in die Zeit der Schlacht von Hastings. Wyatt googelte sich alle zwei Wochen.

Lucy Jo wirkte wieder völlig verunsichert. »Und, na ja, Sie

haben offensichtlich ganz gute Kontakte. Ich möchte Karriere machen. Und um Karriere zu machen, brauche ich Kontakte. Sehen und gesehen werden.«

»Weißt du was, sie klingt schon genau wie eine Karriere-Societylady. Opportunistisch! Ehrgeizig! Sehr vielversprechend.« *Vielleicht steckt ja tatsächlich eine Cornelia Rockman unter diesem wenig ansprechenden Äußeren*, überlegte er, während er zu erkennen versuchte, ob sich mit ihrem Knochenbau arbeiten ließ. War er womöglich an diesem regnerischen Abend auf das perfekte Fallbeispiel gestoßen? Und war das womöglich das Buch, das er immer schreiben wollte? Er dachte an seine letzte Unterhaltung mit Kipling, als sie darüber gesprochen hatten, dass er Bücher verlegen wollte, die nicht bloß ein wissenschaftlich interessiertes Publikum ansprachen, sondern die breite Masse. Wenn Wyatt Lucys Aufstieg aus dem Nichts zum Alpha-Weibchen dokumentierte, könnte das genau in Kiplings Konzept passen.

»Wenn Sie mich in die Gesellschaft einführen«, sagte sie, »dann brauche ich bloß noch die Gelegenheit nutzen.«

»*Brauch ich bloß noch die Gelegenheit* zu *nutzen*«, korrigierte er sie. Na? Das war doch gar nicht so schwer.

»Es wäre so viel einfacher, an einen guten Job zu kommen. Ich meine, schauen Sie sich mal all die It-Girls an, die inzwischen in der Modewelt Karriere gemacht haben. Ich behaupte ja nicht, die nächste Tory Burch werden zu wollen – aber ich dachte, vielleicht könnte ich einen Job bei einem der großen Designer bekommen, wissen Sie, wenn ich erst mal dazugehöre.«

Wyatt schlug die Hände zusammen und fing dann wieder an, im Esszimmer auf und ab zu laufen. »Sie wären also willens und bereit, in den nächsten Monaten alles zu tun, was ich von Ihnen verlange? Nach meinen Regeln zu leben?« Er sah, wie Lucy sich unbehaglich wand. »Seien Sie versichert, dass ich nichts Unanständiges von Ihnen verlangen werde. Bloß jede Menge harte Arbeit.«

»Harte Arbeit bin ich gewöhnt.«

»Worüber *redet* ihr hier bitte?« Margaret schaute aus der Küche herein, wohl weil sie beim Lauschen an der Tür nicht alles Wissenswerte in Erfahrung bringen konnte.

»Wyatt hat sich mal wieder so eine verrückte fixe Idee in den Kopf gesetzt, Margaret«, erwiderte Trip. »Er möchte aus diesem netten Mädchen hier eine Dame der Gesellschaft machen. Sie müssen ihn wieder zur Vernunft bringen!«

Wyatt war heilfroh, dass sein Freund vor Lucy Jo kein Wort über das anvisierte Buch verloren hatte. Denn sie wäre sicher befangen, wenn sie wüsste, dass sie als Studienobjekt herhalten sollte – und außerdem wäre sie sicher nicht allzu erpicht darauf, sich als reiche Erbin auszugeben, wenn sie wüsste, dass er in seinem Buch enthüllen wollte, aus welch einfachen Verhältnissen sie stammte. Bei dem Gedanken zwickten Wyatt ganz kurz ein paar Gewissensbisse, aber die verdrängte er rasch. Das Mädchen wollte für einen Modeschöpfer arbeiten. Was er noch heute möglich machen könnte, wenn er wollte. Er bräuchte bloß zum Telefonhörer zu greifen – aber das brauchte sie ja nicht zu wissen. Im Grunde genommen war es doch so, dass sie nach dem Ablauf ihrer gemeinsamen Zeit besser dastehen würde als heute. Und er ebenfalls.

»Du kannst doch nicht einfach so über das Leben eines wildfremden Menschen bestimmen, Wyatt«, meldete Margaret sich zu Wort.

»Wenn sie nichts dagegen hat, warum denn nicht? Lucy Jo, ich will aus dir das glamouröseste It-Girl machen, das die New Yorker Society je gesehen hat.« Er unterbrach sich, weil ihm ein weiterer Geistesblitz gekommen war. »Und das alles bis zum Fashion Forum Ball im März! Das ist das perfekte Ziel – das größte gesellschaftliche Ereignis des ganzen Jahres. Damit bleiben uns nur noch drei Monate Zeit, aber das kriegen wir schon hin.«

»Sagten Sie, der *Fashion Forum Ball*?« Man konnte förmlich sehen, wie Lucy Jo mit weit aufgerissenen Augen das Wasser im Mund zusammenlief.

»Immer langsam mit den jungen Pferden«, mischte Margaret sich ein und stemmte die Hände in die ausladenden Hüften. »Sagtest du gerade ›wir‹?«

Wyatt fing wieder an, rastlos im Zimmer auf und ab zu laufen. »Ich brauche deine Hilfe, Margaret. Und die Hilfe der besten Trainer, Ernährungsberater, Kosmetiker und so weiter, und so fort. Die beste Stylistin im ganzen Business haben wir ja jetzt schon, wenn wir Eloise an Bord holen …«

»Moment!«, rief Lucy Jo dazwischen, die noch aufgeregter wirkte als vorher. »Ähm, kleine Auszeit. Vielleicht sollten wir erst mal darüber reden, was das Ganze kosten soll …«

»Ich übernehme sämtliche Ihrer Auslagen. In dieser Hinsicht brauchen Sie sich keine Sorgen zu machen.«

»Mr. Hayes.« Lucy Jo setzte sich kerzengerade auf ihren Stuhl. »Mein ganzes Leben lang habe ich für mich selbst gesorgt, und ich möchte bestimmt keine Almosen. Aber ich dachte, wenn Sie vielleicht einen gewissen Prozentsatz meiner zukünftigen Einnahmen bekämen – sozusagen Anteile an Lucy Jo Ellis Designs – dann wäre das doch eine Art *Investition*.«

»Eine Investition!« Amüsiert schaute Wyatt über den Tisch zu Trip, der sein Lächeln allerdings nicht erwiderte. Nein, sein Freund schien ihn eher mit bitterbösen Blicken zu durchbohren. »Das ist eine prima Idee, finde ich. Ich erwerbe ein paar Anteile an Ihrem zukünftigen Modeimperium. So, nun dazu, wo Sie wohnen werden – Sie könnten hier wohnen…« Sowohl Lucy Jo als auch Margaret schienen von dieser Idee gar nichts zu halten. »Wie wäre es dann mit Eloise' Wohnung in der Seventy-third? Die würde doch lieber heute als morgen bei dir einziehen, Trip, und wenn auch nur vorübergehend.«

»Eloise ist Ihre Freundin?« Entsetzt schaute Lucy Jo rüber zu Trip. »Ich kann doch nicht einfach ihre Wohnung besetzen!«

»Auf ein Wort in der Küche, ja, Wyatt?«, bat Trip ihn streng, stand auf und verließ zügig das Esszimmer. Achselzuckend folgte Wyatt ihm und ließ Margaret und Lucy Jo zurück, die sich angestrengt anschwiegen. Als Wyatt in die Küche kam, kramte Trip in sämtlichen Schränken nach etwas Süßem. »Was zum Teufel hast du dir dabei gedacht?«, blaffte er Wyatt an und riss aufgebracht ein Stückchen Toblerone aus der Verpackung. Er aß immer, wenn er sich aufregte. »Erstens, dieses arme kleine Mädchen glaubt allen Ernstes, du könnest ihr ganzes Leben wie von Zauberhand verwandeln wie die gute Fee aus dem Märchen, und plötzlich ist alles so, wie sie es sich immer gewünscht hat… aber was, wenn du damit grandios vor die Hunde gehst?«

Um ehrlich zu sein, war Wyatt dieser Gedanke noch gar nicht gekommen. »Das ist ihre freie Entscheidung. Sie ist hergekommen, weil sie was aus sich machen will. Und ich werde mein Bestes tun, sie dabei zu unterstützen.«

»Und du glaubst wirklich allen Ernstes, sie könnte die nächste Cornelia werden? Das Mädchen ist ein echter Mensch mit echten Gefühlen. Du darfst ihr keine falschen Hoffnungen machen. Ich meine, sehen wir den Tatsachen ins Gesicht, das Aussehen spielt in diesem ganzen Society-Zirkus eine nicht unerhebliche Rolle…«

»An ihrem Aussehen wird es nicht scheitern.« Trips Zweifel hatten Wyatt nur in seinem Entschluss bestärkt. »Glaub mir, ich weiß, was ich tue, und ich bin felsenfest davon überzeugt, dass es klappt.«

»Du bist vollkommen verrückt. Wirklich, bist du.« Trip atmete tief aus und steckte sich noch ein Stückchen Toblerone in den Mund. Dann schaute er Wyatt stirnrunzelnd von unten an. »Wenn du erwartest, dass dieses Mädel sich vertrauensvoll in deine Hände begibt, sollte für dich dabei vielleicht auch irgendwas auf dem Spiel stehen.«

»Willst du etwa mit mir wetten?«

»Warum denn nicht? Solltest du scheitern, dann gehört deine Uhr – die 1927er Platin-Repetieruhr, die Henry Graves jr. bei Patek Philippe in Auftrag gegeben und die dein Großvater bei einer Auktion gekauft hat und die du von ihm geerbt hast, du Glücksschwein, du –, die gehört dann mir.«

»Wieso zum Kuckuck weißt du so viel über *meine* Armbanduhr?«

»Auf die habe ich schon vor Jahren ein Auge geworfen. Solltest du gewinnen, dann übernehme ich die Rechnung für das ganze Unternehmen.«

»*Und?*« Wyatt hatte zumindest eine vage Vermutung, wie viel sein Chronometer wert sein musste.

»Und du kannst dir fünf Flaschen aus meinem Weinkeller aussuchen.«

»Einverstanden«, meinte Wyatt mit breitem Grinsen und schlug in Trips dargebotene Rechte ein. Dann gingen die beiden zurück ins Esszimmer. »Also, Lucy Jo, wenn wir den Versuch tatsächlich wagen wollen, dann werden Sie mit großem Ernst an die Aufgabe herangehen müssen. Sie müssen die Zähne zusammenbeißen und hart arbeiten. Ihr Stundenplan wird mörderisch.«

Sie nickte. »Hart gearbeitet habe ich immer schon.«

»Gut«, murmelte Wyatt und räusperte sich. »Wir müssen Sie runderneuern und Ihnen eine frische neue Identität verpassen. Jane Gatsby, wenn man so will. Jeden Abend werden Sie zu mehreren Partys eingeladen sein – zwanzig, dreißig die Woche. Die Essenseinladungen noch nicht mitgerechnet. Während der Fashion Week werden wir zu den besten Shows eingeladen. Und wir bringen Sie in einigen der wichtigsten Komitees unter. Gleich morgen früh geht's los. Wir haben keine Minute zu verlieren.«

Ein kleines Lächeln mogelte sich auf Lucy Jos geschürzte Lippen. »Das viele Feiern klingt wirklich mörderisch.«

»Noch lachen Sie«, gab er zurück. »Sie unterschätzen, wie viel Arbeit es ist, zur feinen Gesellschaft zu gehören.«

11

Die vornehmste Voraussetzung, über die eine junge Dame kurz vor ihrer Einführung in die Gesellschaft verfügen sollte, ist eine kluge und verständige Mutter, die selbst bewandert ist in den Sitten und Gebräuchen der Zivilisation, und die ihr unschuldiges Kind sicher durch deren gefährliche Untiefen zu geleiten vermag. Fehlt eine solche mütterliche Gestalt, bleibt nur zu hoffen, dass die Novizin eine andere feste Hand findet, die sie leitet, und eine resolute Stimme, die ihr den Weg weist.

Sarah Birmingham Astor,
Der Gesellschaftsführer:
Ein Leitfaden für junge Damen und all jene,
die gute Gesellschaft suchen, 1889.

Erster Tag, 7 Uhr 11.

Als das erste schwache Licht der Morgendämmerung durch das große Fenster seines Arbeitszimmers schimmerte, konsultierte Wyatt die lange Liste, die er aufgestellt hatte, mit allem, was es zu tun galt. Zu seiner größten Zufriedenheit konnte er den ersten Punkt gleich abhaken: Kipling das Buchkonzept vorzustellen. Der war von der Idee noch begeisterter gewesen, als Wyatt zu hoffen gewagt hatte, und hatte kaum eine Stunde später zurückgerufen und ihm einen – lächerlich geringen – Vorschuss angeboten. Wyatt hatte das Angebot sofort angenommen – Harvard University Press war genau die richtige Adresse für sein erstes Buch –, und Kipling hatte ihm gleich die Verträge zuschicken lassen.

Nun trennte ihn nur noch eins von seiner ersten erfolgreichen Veröffentlichung und Trips besten Jahrgängen ... das Mädchen ihm gegenüber, das gerade krampfhaft versuchte, ein Gähnen zu unterdrücken, und den ungekämmten Kopf auf die Armlehne seines Sofas gelegt hatte. Keine Kleinigkeit, wie ihm nun aufging, als er sie so anschaute. »Es gibt viel zu tun«, sagte er voller Elan, wenn auch mit gehörigem Respekt vor der anstehenden Aufgabe.

»Ich sollte Sie warnen, ich bin ein ziemlicher Morgenmuffel«, grummelte Lucy Jo.

Was er geflissentlich überhörte. »Zunächst wäre da das Problem mit Ihrem Namen.«

»Wieso, was ist denn mit meinem Namen?«, fragte sie, wobei sie mit weit aufgerissenem Mund herzhaft gähnte, sodass sie kaum zu verstehen war.

»Lucy Jo?« Wyatt verzog das Gesicht zu einer Grimasse. »Das schreit doch geradezu ›Mittlerer Westen‹. Genauso gut könnten Sie sich eine Tätowierung mit einer Disneyfigur stechen lassen oder ein Fußkettchen tragen.«

»Sind Sie immer so unhöflich?« Wobei sie verstohlen am Saum ihres Kleids zog, was seinen Blick umso mehr auf den winzigen Tweety an ihrem Oberschenkel lenkte. »Und was haben Sie eigentlich gegen den Mittleren Westen? Lassen Sie sich gesagt sein ...«

»Wir haben drei Möglichkeiten«, unterbrach er sie. »Initialen, wie C. Z. Guest ...«

»L. J.? Ich weiß nicht ...«

»Oder wir könnten uns einen Spitznamen ausdenken. Wie Happy oder Fizzy ...«

»Fizzy?« Sie schnaubte verächtlich. »Also, mal ehrlich, glauben Sie wirklich, Fizzy sei besser als *Lucy Jo*?«

»Für unsere Zwecke, ja. Oder wir könnten das Jo einfach

unter den Tisch fallen lassen. Ihr voller Vorname wäre dann Lucia. Das ist hübsch. Jetzt brauchen wir nur noch einen zweiten Namen, um das Ganze ein bisschen abzurunden. Wie lautet der Mädchenname Ihrer Mutter?«

»Ellis.«

»Und wie heißt Ihr Vater mit Nachnamen – vielleicht können wir den ja nehmen.«

»Keine Ahnung«, entgegnete sie geradeheraus. »Und fragen Sie mich auch bitte nicht nach seinem Vornamen, den kenne ich nämlich auch nicht.«

Wyatt zog die Stirn kraus und griff dann nach seinem schwarzen *Who is Who*. »Mal sehen.« Willkürlich schlug er das Büchlein irgendwo auf. »Wären Sie lieber Lucia Montgomery Ellis? Lucia Haverford Ellis? Lucia Bancroft Ellis?«

»Lucia, ähm, Haverford klingt doch ganz nett, finde ich«, erklärte Lucy.

»Also gut. Und alle nennen Sie einfach bloß Lucy.«

Und so einfach war eine neue Identität geboren. Mehr oder weniger jedenfalls.

Zweiter Tag, 14 Uhr 54.

»Hilfe!«, schrie Lucy, als sie Wyatt an der Tür seines hauseigenen Fitnessstudios vorbeigehen sah, wo sie gegenwärtig mit Derrick eingesperrt war, ihrem Ex-Spezialeinheits-Fitnesstrainer. Wyatt steckte den Kopf zur Tür herein. Noch nie in ihrem ganzen Leben hatte sie dermaßen geschwitzt. Als hätte der Dauerlauf im Morgengrauen durch den Central Park mit Derrick nicht schon gereicht, jetzt hetzte der Kerl sie auch noch durch einen ganzen Satz Gewichtstrainingseinheiten. »Wie lange soll diese Folter denn noch dauern?«, keuchte Lucy, wofür sie das letzte bisschen Sauerstoff aus ihren Lungen quetschen musste.

»Bloß, bis Sie Modelmaße haben«, entgegnete Wyatt ungerührt. Er hatte ein Buch in der Hand – *Soziale Dominanz bei Primaten* stand auf dem Rücken. Was für ein Spinner.

Derrick schob ihr eine fast einen Meter hohe Kiste zu. »Draufspringen«, kommandierte er mit einem fiesen Grinsen. »Und los!«

»Reicht es denn nicht, dass ich mir heute Morgen den Arsch abgefroren habe bei den Zwischensprints?« Lucy sprang und schaffte es gerade so über den Rand der Kiste, musste aber wild mit den Armen rudern, um nicht das Gleichgewicht zu verlieren.

Wyatt ging quer durch den Raum und begutachtete mit Kennermiene ihre Kehrseite. »Nein, der ist eindeutig noch da.« Er und Derrick lachten.

»Das ist überhaupt nicht komisch!«, protestierte sie indigniert und wäre beinahe zum zweiten Mal von der Kiste gefallen. »Und Sie wollen mir Manieren beibringen?«

Wyatt zog die Stirn in Falten. »Vielleicht habe ich mir das falsche Mädchen ausgesucht«, erklärte er schroff. »Wir können die ganze Sache auf der Stelle abbrechen; ich würde es Ihnen nicht übel nehmen.«

Lucy Jo landete mit einem gewaltigen Sprung wieder auf der Erde. »Ich habe doch gar nicht gesagt, dass ich hinschmeißen will. Ich will mich bloß nicht zu Tode schuften.«

»Ach, nun seien Sie doch nicht so melodramatisch! Eins sage ich Ihnen, wenn ich noch einmal Klagen höre – nur ein einziges ›Muss ich wirklich?‹ – dann sind Sie draußen, und dann *nehme ich es Ihnen übel.* Verstanden?«

Sie hielt die Luft an und sagte sich immer wieder, dass ihr Traum auf dem Spiel stand. Wyatt war bloß das Mittel zum Zweck. Wenn sie sich ein paar Monate mit ihm arrangieren konnte, dann würde er ihr helfen, einen Job bei einem

Designer zu bekommen, und ihre Karriere würde losgehen wie eine Rakete, und eines Tages hätte sie dann ihre eigene Modelinie. »Also gut«, knurrte sie mit grimmiger Entschlossenheit.

»Spring!«, kläffte Derrick.

Als Wyatt zur Tür ging, konnte Lucy es sich nicht verkneifen, ihm die Zunge rauszustrecken – auf die sie sich dann prompt biss, und zwar so fest, dass sie Blut schmeckte. »Autsch!«, jaulte sie und gab Wyatt die Schuld für ihren Schmerz.

»Geschieht Ihnen recht«, bemerkte der, ohne sich umzudrehen.

Dritter Tag, 0 Uhr 24

»Tut mir leid«, sagte Margaret, als sie Lucy Jo eine schlammgrüne Pampe vor die Nase stellte. »Was glaubst du eigentlich, wie das arme Mädchen dieses Zeug trinken soll, Wyatt? Wirklich, das ist ja grausam.«

»Ist doch nur eine Sieben-Tage-Reinigungskur, Margaret«, entgegnete Wyatt ungeduldig, legte sich die Serviette in den Schoß und stürzte sich ungerührt auf sein Steak mit Pommes. Dann warf er den beiden eine Broschüre mit einem hageren Yogi auf dem Titel quer über den Tisch hin. »Sämtliche Models schwören darauf.«

»Das heutige Mittagessen besteht aus einer verjüngenden Mischung aus Grünkohl, Brokkoli und Seetang – mit ein paar Spritzern Weizengras«, las Lucy Jo mit verschreckter Stimme. »Wenn ihr mich fragt, eine andere Umschreibung für *Sumpfgrütze.*« Selbst auf der anderen Seite des Tischs konnte Wyatt ihren Magen aus Protest grummeln hören. Aber sie packte tapfer den Shake, hielt sich die Nase zu und schluckte.

»Gar nicht so schlecht, oder?«, meinte er leichthin und

übersah geflissentlich die Grimasse, die Lucy zog, als müsse sie sich gleich übergeben. Ungerührt tunkte er eine Fritte in die Sauce Bérnaise und stopfte sie sich in den Mund. »Also, wir haben noch viel zu tun. Da wäre beispielsweise die Frage nach deiner Schulzeit. Brearley oder Exeter würde ich nicht mal im Traum vorzugeben wagen. Da würden wir, ehe wir's uns versehen, bloßgestellt. Wir sagen einfach, du warst auf Miss Dillard's School in New Hampshire. Sämtliche meiner weiblichen Verwandten waren da.«

»Und wenn jemand ein bisschen rumschnüffelt? Und herausfindet, dass wir geschwindelt haben?«

»Ich habe vorgesorgt. Das haut schon hin.« Wyatt hatte bei dem Schulleiter, rein zufällig ein alter Kumpel aus Harvard, mit dem er zusammen in der Theatergruppe gewesen war, noch einen kleinen Gefallen gutgehabt, und er hatte eingewilligt, Lucy Jo als ehemalige Schülerin auszugeben.

»Vorgesorgt?« Lucy wirkte völlig verdattert.

Manchmal ist ihre Naivität doch verblüffend, dachte Wyatt und machte sich im Geiste eine Notiz für sein Buch. Was glaubte sie denn, wie der Hase lief?

»Wenn wir die Geschichte erst mal zusammenhaben«, fuhr er fort, »dachte ich, es wäre gut, wenn wir Rex Newhouse dazu bringen, ein kurzes Profil von dir in seinem Blog zu posten. Wenn die ›Fakten‹ erst ein paarmal irgendwo geschrieben stehen, macht sich ohnehin niemand mehr die Mühe, genauer nachzuforschen.«

»Ich war also auf Miss Dillar's Highschool …«

»Miss Dillard's School. Eine reine Mädchenschule, natürlich. Selbst als man dich in Andover angenommen hat, wollte Mutter nichts davon wissen. Wobei mir gerade einfällt – lass die Pronomen weg. Es heißt Mutter, Vater, Grandmère, und so weiter.«

»Grandmère?«, kicherte Lucy. »Klingt wie ein Walfisch.«

»Kein College, sagtest du?«, hakte Wyatt mit einem Blick in sein Notizbüchlein nach.

»Ich musste arbeiten«, gab Lucy mit gerecktem Kinn zurück.

Wyatt überlegte kurz. »Na ja, das College ist auch nicht so wichtig. Wir sagen einfach, du seist auf die New School hier in New York gegangen, hättest aber keinen Abschluss gemacht, weil du lieber reisen wolltest.«

»Das ist ja wirklich unglaublich.« Abwesend wischte Lucy sich ein paar Tröpfchen des ekligen Safts ab, die ihr übers Kinn gelaufen waren.

Ich habe schon Schimpansen mit besseren Tischmanieren gesehen. »Was denn?«

»In gerade mal drei Tagen ist aus mir Lucia Haverford Ellis geworden, blaublütige Privatschülerin und Tochter reicher Eltern.«

Wyatt schaute von seiner Liste auf und guckte sie über den Esstisch hinweg an. »Das ist nicht ganz so einfach wie das Richtige zu sagen oder die richtigen Sachen zu tragen. Es geht um deine Haltung, dein Gebaren, deine Manieren, deine … Aura. Wir stecken bloß ein bisschen den Rahmen ab, den du dann ausfüllen musst, und das ist keine leichte Aufgabe. Du musst dich von Grund auf verändern, wenn das funktionieren soll.«

»Tolle Ansprache, Trainer«, brummte Lucy. »Hey, und was sage ich, wenn mich jemand nach uns beiden fragt?«

»Uns?«, wiederholte Wyatt. Margaret schaute ihn neugierig an.

»Ja, *uns*. Ich meine, ich nehme an, wir werden dauernd gemeinsam unterwegs sein. In was für einem Verhältnis stehen wir beide?«

Gute Frage. Wyatt war hin und her gerissen, was riskanter wäre – Lucy als eine Verwandte auszugeben oder als seine Freundin. »Wir sagen den Leuten einfach, wir sind Sandkastenfreunde. Unsere Familien sind befreundet, und wir kennen uns schon seit Kindertagen. Sind quasi wie Cousins.«

Mit einem Seitenblick murmelte Lucy: »Geht klar, Vetter Wyatt.«

»Ja, aber bitte nenn mich nicht so. Ich bin einfach bloß dein etwas lebenserfahrenerer, älterer Freund, der dich ein bisschen in der Stadt rumführt und dich den Leuten vorstellt, damit du dich zurechtfindest.«

»Lebenserfahrener, hm?« Ohne nachzudenken, griff sie nach dem Glas und trank einen großen Schluck von dem Saft, wobei sie vergaß, sich die Nase zuzuhalten. Der Shake hinterließ auf ihrer Oberlippe einen fiesen, ekligen algengrünen Schmodderbart.

Was habe ich mir da bloß eingebrockt?, fragte Wyatt sich, als sie sich mit dem Handrücken über den Mund fuhr.

Vierter Tag, 16 Uhr 52.

»Bitte, lassen Sie mich die Tür öffnen, Miss Ellis«, bat der Fahrer hartnäckig und flitzte um den Wagen herum, noch ehe Harold, der Portier, aus der Eingangshalle von Wyatts Wohnhaus stürzen konnte. Ihm auf den Fersen kam auch Wyatt zur Tür heraus.

»Danke, Mark«, sagte Lucy und kam sich vor wie eine königliche Hoheit. Angetan war sie mit einem marineblauen Minikleid von Tory Burch, in dem ihre Beine erstaunlich lang und wohlgeformt wirkten. Wie sie so vom Rücksitz glitt, erhaschte sie einen Blick auf ihr Spiegelbild in dem auf Hochglanz gebrachten Fenster des Lincoln und musste sich zusammenreißen, um sich nicht selbst anzustarren. *Aber hallo*. Kreuzte man Eloise' *Who is Who* der Beauty-Gurus mit Wyatts schwarzer American-Express-Karte, konnte sich das Ergebnis wirklich sehen lassen.

An diesem Morgen waren Lucys Haare zu einem weich fallenden Bob geschnitten worden, der ihr bis knapp oberhalb der Schulter reichte. Genau wie Katie Holmes, hatte ihr Friseur behauptet, nachdem er zuvor Lucys Billighaarschnitt von Supercuts als ein Verbrechen gegen die Menschlichkeit deklariert hatte. Ihre Augenbrauen waren perfekt in Form gebracht und von einer sogenannten Brauen-Spezialistin zurechtgezupft worden. Ihr Lächeln wurde aufgefrischt. Und ihre Haut, mit Sauerstoff und jeder Menge Aufmerksamkeit bedacht, war strahlend wie nie zuvor. Hände und Füße waren mit warmer Mandel-Honig-Butter verwöhnt worden. Sie war gewachst, poliert und auf Vordermann gebracht worden wie ein BMW nach einem langen, harten Winter.

»Ta-da!« Sie machte einen kleinen Knicks vor Harold.

»Nicht so schnell«, tadelte Wyatt streng. »Zurück ins Auto.«

»Habe ich noch irgendwelche Verschönerungstermine?« Inzwischen war doch jeder Quadratzentimeter ihres Körpers auf Hochglanz poliert worden. Was gab es denn da noch zu tun?

»Du bist nicht Britney Spears. Du musst lernen, aus dem Auto zu steigen, ohne sämtlichen Umstehenden ungewollt tiefe Einblicke zu gewähren. Versuch's noch mal.«

Lucy errötete. Nicht, dass sie ein Kompliment erwartet hätte oder etwas ähnlich Irrwitziges – aber plötzlich ging ihrem Gute-Laune-Luftballon die Luft aus. War ja klar, dass Wyatt irgendwas zum Herumkritteln finden musste. »Immerhin trage *ich* Unterwäsche.«

»Ich weiß. In Lila.«

»Und ich weiß, wie man aus dem Auto steigt.«

»Offensichtlich nicht.«

Widerstrebend stieg sie wieder in den Wagen und verfluchte ihn im Stillen. Dann ließ sie sich – *ein zweites Mal* – vom Sitz gleiten, wobei sie diesmal ziemlich ungelenk und eher ruckartig über den Rücksitz rutschte.

»Noch mal«, befahl er.

»Okay, diesmal hat man aber nichts gesehen. Harold, haben Sie was gesehen?«

Harold schüttelte nur stumm den Kopf. Er wirkte etwas enttäuscht.

»Das sieht völlig lächerlich aus«, erklärte Wyatt mit entnervtem Unterton. »Diesmal presst du die Knie fest zusammen, und zappel nicht so rum. Das Ganze sollte in einer einzigen weichen, fließenden Bewegung ablaufen.«

Sie versuchte es erneut.

»Nein«, sagte er.

Wieder und wieder faltete sie sich in den Wagen und stieg aus. Etliche Taxen hupten die geparkte Limousine an, aber Wyatt winkte bloß ab. »Ich scheuere mir den Rücken wund!«, beschwerte Lucy sich nach dem fünften Mal.

»Nicht perfekt, aber besser«, verkündete Wyatt schließlich, als sie es geschafft hatte, mit geschlossenen Knöcheln auszusteigen. »Komm rein. Jetzt sind wir spät dran.«

Geht's auch noch herablassender? »Danke fürs Fahren, Mark«, rief Lucy dem Chauffeur zu, der sich zu ihr umdrehte.

»Gern geschehen. Sie sehen toll aus, Lucy, wie ein echter Filmstar.«

»Sie sind echt ein Schatz!« Und dann warf sie Wyatt beim Hineingehen einen vielsagenden Blick zu, den der allerdings nicht zu bemerken schien.

Fünfter Tag, 10 Uhr 43.

»Rechte Hüfte vor, linkes Bein zurück.« Angelique, das deutsche Model, das Wyatt rekrutiert hatte, um an Lucys Haltung und ihrem Gang zu arbeiten, demonstrierte die Pose vor einem deckenhohen Spiegel, der eine ganze Wand von Wyatts Ankleideraum einnahm. Dann bedeutete sie Lucy, es ihr nachzumachen.

»Sieht aus, als wolltest du beim Baseball die zweite Base stehlen«, gluckste Wyatt aus seinem Sessel in der Zimmerecke.

»Ich geb mir alle Mühe!«, zickte sie zurück. Krampfhaft versuchte sie, das linke Bein anders hinzustellen, aber es sah noch immer seltsam aus. Es war einfach überhaupt nicht natürlich, so zu stehen, selbst wenn es »den Hüftumfang dramatisch reduziert«, wie Angelique behauptete. Ganz kurz hatte sie überlegt, ob Wyatt und Angelique wohl mal was miteinander hatten. Den aufreizenden Blicken nach zu urteilen, die das Model ständig in seine Richtung warf, vermutlich ja – oder es war nur noch eine Frage der Zeit.

»Versuchen wir es doch einfach mal mit Laufen, ja?« Angelique verlor langsam die Geduld.

»So leicht darfst du sie nicht vom Haken lassen, Angie. Lucy kann nicht gehen lernen, ehe sie mindestens eine kamerafreundliche Pose draufhat.«

»Aber das könnte ja Stunden dauern.« Angeliques volle Lippen verzogen sich zu einer schmollenden Schnute.

Lucy ging beinahe der Hut hoch. Als ein Meter achtzig große Schönheit mit wallenden blonden Locken und Wangenknochen, die zum Diamantenschneiden taugten, konnte Angelique vermutlich gar nicht nachvollziehen, dass es Menschen gab, die nicht aus dem Bett fielen und aussahen, als gingen sie zu einem Fotoshooting. Etwas angestunken streckte sie die Hüfte raus und reckte das Kinn trotzig in die Höhe.

»Ja!«, rief Wyatt entzückt. »Schon viel besser.«

»*Na endlich*«, brummte Angelique. »Und jetzt probieren wir was anderes.« Womit sie sich vor der imaginären Kamera so drehte, dass diese ihren gertenschlanken, geschmeidigen Körper seitlich und von hinten erwischt hätte und ein Stückchen von ihrem Rücken zu sehen gewesen wäre. Dann legte sie kokett den Kopf schief, neigte das Kinn zur Schulter und lächelte.

Lucy machte es ihr nach und warf Wyatt im Spiegel ein unbekümmertes Lächeln zu.

Der blinzelte zurück, begutachtete sie kritisch und nickte dann. »Nicht schlecht«, verkündete er. »Gut gemacht.«

»Hey, danke!« Verblüfft wirbelte Lucy auf dem Absatz herum und schaute ihn an, geradezu schockiert, dass ihm ein Lob über die Lippen gekommen war.

»Gut gemacht, *Angelique*. So, Lucy, und jetzt darfst du Gehen üben.«

Sechster Tag, 15 Uhr 12.

»Füll die Leerstelle aus«, befahl Wyatt. Als Lucy in einem schwarzen Satinkleid von Dolce & Gabbana aus dem Umkleideraum bei Bergdorf trat, schüttelte er prompt den Kopf. Das Kleid war viel zu aufreizend für ihre Zwecke. Energisch schickte er sie zurück hinter den schwarzen Samtvorhang, damit sie das nächste Outfit anprobierte. »Schwule männliche Begleiter gehören als Bestandteil *Leerstelle* zum Arsenal jeder Dame der besseren Gesellschaft.«

»Keine Ahnung.« Ihre Stimme klang gedämpft durch den Stoff, den sie sich gerade über den Kopf zog. »Überholt?«

»*Unverzichtbar*. Charmante, stilsichere, gebildete Männer

kommen nie aus der Mode. Ich habe ein paar Verabredungen zum Mittagessen für dich arrangiert mit den Besten ihrer Zunft, sozusagen. Denn ich werde dich nicht zu jedem Termin begleiten können. Schließlich muss ich irgendwann auch noch meine Arbeit machen.«

Mit hochrotem Gesicht von der Anstrengung, in Rekordzeit drei ganze Kleiderständer voller verschiedener Outfits durchprobiert zu haben, schob Lucy den Vorhang beiseite. Diesmal trug sie ein raffiniertes Cocktailkleid von Rodarte aus zartrosa Chiffon, das ihre Figur sehr hübsch betonte, die dank Derrick bereits erheblich schlanker geworden war. Das fand auch Wyatts Zustimmung.

»Ich will drei *Wie Mutter immer sagt* von dir«, befahl er.

In der Kabine mühte Lucy sich in einen langen Kaschmir-Cardigan und eine schmal geschnittene schwarze Hose. »*Mutter sagt immer*, lieber zu gut angezogen als zu schlecht. *Mutter sagt immer*, sieh dir an, wie ein Mann die Suppe isst, das sagt eine Menge über seinen Charakter.« Dann zog sie den Vorhang zur Seite, damit Wyatt das letzte Ensemble begutachten konnte.

Der nickte wohlwollend. »Perfekt fürs Wochenende, weißt du, wenn du mal zu Hause bleibst.«

»Wenn ich zu Hause bleibe?« Mit einem ungläubigen Blick auf das Preisschild zog sie eine Grimasse. »Findest du allen Ernstes, achthundert Dollar für einen Pullover sei ein angemessener Preis für das Gammeloutfit für einen gemütlichen Sonntag auf der Couch?«

»Natürlich. Du musst immer damit rechnen, fotografiert zu werden. Was sagt Mutter sonst noch so?«

Mit einem Seufzen leierte Lucy herunter: »Qualität hat ihren Preis.«

Wyatt musste lächeln. Sie lernte schnell. Und er bekam

alles, was er für sein Buch brauchte, an dem er nach einem Vierzehnstundentag mit Lucy nun spätabends fieberhaft arbeitete. *Mit Herz und High Heels* hatten Kipling und er überlegt, es zu nennen. Das Experiment würde ein Meilenstein der Anthropologie – und würde seiner Karriere den entscheidenden Schub verpassen.

Siebter Tag, 1 Uhr 54.

»Wie oft soll ich dir das denn noch sagen? Das G in Gstaad wird nur angedeutet!« Ungeduldig tigerte Wyatt um die Couch, auf der Lucy zusammengesunken wie eine verwelkte Tulpe hockte. Obwohl sie unermüdlich an ihrer Aussprache feilten, klangen Lucys *A*s immer noch so breit wie die Great Plains ihrer Heimat, und ihre ständig eingestreuten »Weißt du's« und die Neigung, ohne Luft zu holen durch den Satz zu galoppieren, widersetzten sich standhaft ihrer Austreibung.

»Der Schnee in Gstaad stellt Aspen in den Schatten«, wiederholte Lucy freudlos.

»Nimm die Tennisbälle aus dem Mund! Du nuschelst immer noch.« Langsam riss ihm der Geduldsfaden, und Wyatt trommelte ungehalten mit dem Bleistift auf seinem Notizbuch herum. »Noch mal von vorn.«

Doch stattdessen hob Lucy den Zeigefinger und trank einige hastige, viel zu große Schlucke aus ihrem Wasserglas. *Noch so eine unschöne Angewohnheit.* Musste er dem Mädchen denn wirklich alles beibringen?

»Können wir nicht lieber morgen weitermachen?«, jammerte sie. »Ich bin echt platt. Und es ist Heiligabend.«

»Wir sind fertig, wenn es sitzt!«, kläffte Wyatt. Glaubte sie denn, es machte ihm Spaß, ihr sechs Stunden lang dabei zuzuhören, wie sie ihre gemeinsame Muttersprache verhackstückte? Dass er nicht lieber bei seiner Mutter auf der

Terrasse sitzen und einen Southside trinken würde, während hinter ihm die Lichter am vier Meter hohen Weihnachtsbaum funkelten? »Noch mal von vorn, Lucy. Und um Himmels willen, setz dich gerade hin.«

Gehorsam räusperte sie sich, rappelte sich auf und setzte sich ganz gerade vorne auf die Sofakante. »Haben wir uns nicht im letzten Mai auf Capri kennengelernt?«, fuhr sie fort, wobei sie jedes Wort mit äußerster Sorgfalt aussprach.

»Jawohl!« Wyatt blieb wie angewurzelt stehen. »Jawohl!« Zum ersten Mal klang die Insel aus ihrem Mund nicht wie eine dieser wenig vorteilhaften Hochwasser-Hosen. »Weiter, weiter!«

»Ich möchte nicht bloß als *die Ellis-Erbin* bekannt sein«, las Lucy weiter und schien selbst ganz verblüfft. »Lieber möchte ich nach meinen eigenen Leistungen beurteilt werden.«

»Jawohl! Das war richtig gut.«

»Ich bin in Chicago aufgewachsen, aber den Sommer verbringt meine Familie in Nantucket.« Lucy schien ebenso schockiert wie er über den hochgestochenen Akzent, der ihr plötzlich über die Lippen kam. »Sie erinnern mich an meine Zimmergenossen aus dem Internat.« Ungläubig schauten sie sich an, während sie weiterredete: »Wer setzt denn nach dem Memorial Day noch einen Fuß nach Manhattan?«

»Das ist es!« Wyatt musste sich beherrschen, um nicht herumzuhüpfen wie ein kleiner Junge. Andächtig schloss er die Augen. »Noch mal!«

»Der Schnee in Gstaad stellt Aspen in den Schatten!«, trompetete Lucy.

»Ich glaub, jetzt hast du's!«, rief Wyatt. Sechs ganze Sätze lang hatte sie durch und durch wie eine junge Dame der Gesellschaft geklungen, in deren Adern blaues Blut floss. Hocherfreut nahm er ihre Hände und zog sie überschwänglich von der Couch.

»Eine Woche Ibiza, dann will ich das ganze Jahr keinen Klub mehr von innen sehen!«, verkündete sie und sprach das *z* dabei wie ein »th«.

»Donnerwetter!« Wyatt war völlig aus dem Häuschen und fasste Lucy um die Taille – die merklich schmaler geworden war, wie er feststellte – und fing an, mit ihr durchs ganze Zimmer zu tanzen.

»Haben wir uns nicht im letzten Mai auf Capri kennengelernt?«, fragte sie mit einem strahlenden Lächeln.

»Jetzt hast du's!«, rief er und wirbelte das Mädchen in seinen Armen durch den Raum.

12

Wyatts Aufzeichnungen:
Dominanz unter männlichen Buntbarschen steht in Zusammenhang mit deren auffälliger Körperfärbung. Als Forscher zu Versuchszwecken rangniedrigere männliche Buntbarsche so manipulierten, dass sie eine auffälligere Färbung zeigten, konnten sie feststellen, dass die Fische binnen weniger Minuten begannen, ein dominantes Verhalten an den Tag zu legen. Ähnliches lässt sich bei L. beobachten: Eine schlichte Typveränderung und neue Garderobe zeigten eine phänomenale Wirkung auf ihre Psyche. Obwohl wir mit unserer Arbeit noch ganz am Anfang stehen, gibt es keinen Zweifel, dass Designer-Kleider und die Regel, kein Outfit zweimal zu tragen, in der Tat Leute – oder vielmehr feine Damen – machen.

»Wie kann man sich angemessen bei jemandem bedanken, der dir bei der Vermittlung eines Küchenchefs für eine Privatparty bei dir zu Hause behilflich ist, für den es normalerweise eine Warteliste von mindestens sechs Monaten gibt?«

»Handschriftlicher Dankesbrief, den man gleich am nächsten Tag per Eilboten hinschickt?«, mutmaßte Lucy und versuchte, sich nicht anmerken zu lassen, dass ihr die Puste ausging, während sie hinter Wyatt herlief, der federleicht die Stufen des Heritage Museums hinaufflog. Ihr Experiment war inzwischen in die zweite Woche gegangen, und Wyatt hatte es sich zur Gewohnheit gemacht, Lucy, wo er ging und stand, mit seinen Frage-und-Antwort-Spielchen zu triezen. Seit ihrem großen Durchbruch hasste sie ihn nicht mehr ganz so glühend. Wenn sie die richtigen Antworten gab, konnte es sogar richtig Spaß machen – und das war immer häufiger der Fall.

Wyatt machte ein Geräusch wie eine verstimmte Hupe. »Falsch!«

»Ein riesengroßes, aufwendiges Blumenbouquet von Plaza Flowers?«, keuchte sie. Nach einer doppelten Trainingseinheit mit Derrick, dem ehemaligen Spezialeinheitsausbilder, sollte sie sich eigentlich an der Außenwand des Museumsgebäudes hochhangeln können, ohne ins Schwitzen zu geraten. Aber sie schnappte ja schon nach Luft, wenn sie bloß versuchte, mit Wyatts strammem Marschtempo Schritt zu halten. Sie wollten sich die neue Pierre-Bonnard-Ausstellung anschauen, und Lucy war am Abend zuvor lange aufgeblieben und hatte sich über die Nabis schlaugemacht, eine Gruppe spätimpressionistischer avantgardistischer Künstler, zu der Bonnard gehört hatte. Pflichtlektüre für sie, aber eigentlich ziemlich spannend, und Bonnards Verwendung intensiver, leuchtender Farben sprach sie als Modeschöpferin sehr an.

»Versuch's noch mal«, sagte er.

»Ein Platz an meinem Tisch bei der nächsten Benefizgala?«

Wyatt verdrehte die Augen. »Nicht mal lauwarm.«

»Jetzt weiß ich's! Ein Dutzend Louboutins. Hat Jessica Seinfeld sich nicht genauso bei Oprah Winfrey bedankt?« Lucy war felsenfest davon überzeugt, diesmal die richtige Antwort gefunden zu haben. Den ganzen letzten Nachmittag hatte Wyatt darauf verwendet, ihr das Prinzip des »Gebens und Nehmens« zu erläutern, durch das man irgendwann mit allen irgendwie »verbandelt« war. Er nannte es »Eine Hand wäscht die andere« und erzählte ihr, wie Schimpansen – und

Menschen auch – sich früher gegenseitig den Rücken kratzten, um neue Allianzen zu schmieden und bestehende zu festigen. Gegenseitiges Geben und Nehmen war der Leim, der soziale Gruppen und Gemeinschaften zusammenhielt. Und welche Frau würde sich nicht über ein Paar Louboutins als kleines Dankeschön freuen?

»Es sei denn, bei dem Koch handelt es sich um Thomas Keller, wäre das maßlos übertrieben. Die korrekte Antwort lautet: Lade sie für ein paar Tage in dein Wochenendhäuschen in Millbrook ein.«

»Wyatt, ich habe kein Wochenendhäuschen in Millbrook!«

Nachdenklich blieb er vor dem Eingang des Museums stehen und ließ sich ihren Einwurf durch den Kopf gehen. »Schön, also gut, dann eben die Blumen.«

Am Ticketschalter wedelte er kurz mit seiner Dauerkarte, die ihn als Förderer des Museums auswies, und rauschte mit Lucy im Schlepptau vorbei. Dann tippte er rasch etwas in sein Blackberry und drückte auf Senden, bevor er das Ding wieder in der Innentasche seines Kaschmirmantels verschwinden ließ.

> Cornelia – habe deine Nachrichten bekommen. Danke für den Wein. Stecke gerade mitten in einem neuen Projekt und bin sehr beschäftigt. Mach's gut, W.

Mach's gut? Mach's gut?, schäumte Cornelia und begutachtete erbost ihre knallroten Fingernägel. Gerade lag sie träge an einem Pool in Palm Beach. *Genauso gut hätte er schreiben können: »Fick dich und fall tot um.«* Und wer bitte verschickte so eine halbherzige SMS als Antwort auf eine Flasche 82er Château Mouton Rothschild? Wie unhöflich. Empört legte sie die rechte Hand auf ihren flachen Bauch, der ganz warm war von der Morgensonne, und hielt ihrer Maniküre die linke unlackierte Hand unter die Nase.

Auch wenn Cornelia die letzten Wochen im Haus ihrer Eltern verbracht hatte – diese waren gerade in London, die ideale Gelegenheit also für einen kurzen Abstecher nach Palm Beach –, setzte sie ihren inzwischen Monate andauernden demonstrativen Zerknirschtheitsfeldzug unbeirrt fort, als Wiedergutmachung sozusagen, dass sie Wyatt gesellschaftliches Moralempfinden verletzt hatte, indem sie mit Theo Galt für ein Foto posiert hatte. Ein paar Tage nach der *Townhouse*-Party, als er sich trotz mehrerer Anrufe nicht bei ihr meldete, hatte sie Wyatt einen Schnappschuss von ihnen beiden geschickt, den Patrick McMullan gemacht hatte, nur um ihm noch mal bildlich vor Augen zu führen, was für ein hübsches Paar sie abgaben. Keine Reaktion. Dann, ehe sie nach Florida geflogen war, hatte sie Margaret aufgelauert, als die aus seiner Wohnung gekommen war, und ihr ein kleines Päckchen für Wyatt in die Hand gedrückt, darin das Stofftaschentuch, das er an dem Abend bei ihr vergessen hatte, als sie sich das erste Mal im Socialista geküsst hatten. Sie hatte gehofft, süße Erinnerungen an ihre anschließende kleine Privat-Party wecken zu können. Was allerdings offensichtlich nicht der Fall gewesen war. Irgendwann, nach viel zu vielen unbeantworteten Anrufen und E-Mails, hatte sie sich schließlich nicht mehr anders zu helfen gewusst, als den Weinkeller ihres Vaters zu plündern. Und was hatte ihr das gebracht? Nichts als eine lumpige kleine SMS!

»Immer noch ganz wellig«, zeterte sie und hielt der Maniküre die Finger direkt vors Gesicht. Die junge Latina war ihr von der Agentur geschickt worden, die Cornelia regelmäßig Maniküren, Masseure, Akupunkteure und Yoga-Lehrer nach

Hause vermittelte, was es ihr ersparte, sich unters gemeine Volk mischen zu müssen.

»Ich kann da keine Wellen erkennen, Miss Rockman«, entgegnete die Frau. »Ich habe die Nägel schon dreimal neu lackiert. Ich finde sie perfekt.«

»Wie bitte?« Cornelia schnaubte erbost, sprang ungeduldig von der Chaiselongue auf und streckte die Beine, wobei sie einen Schatten auf das flache Ende des Swimmingpools warf. »Ich bezahle doch nicht für Maniküre und Pediküre, die aussehen, als wäre ein blinder Schimpanse am Werk gewesen.« Wobei sie bei dem Wort Schimpanse an ihren Exfreund, den Anthropologen, denken musste, was sie natürlich nur noch mehr in Rage brachte.

»Also gut, ich kann es gerne noch mal …«

»Und ich habe auch keine Zeit, hier rumzusitzen und zuzusehen, wie Sie daran herumdoktern!«

Die Maniküre seufzte ergeben. »Wie Sie meinen, Miss Rockman. Nächste Woche zur selben Zeit?«

»Ich denke ja. Aber sagen Sie Esmeralda, Trinkgeld gibt es keins. Ich habe kein Geld zu verschenken.« Ergeben schlurfte die junge Frau mit ihrem schweren Köfferchen zur Haustür. »Bloß weil ich Rockman heiße, bin ich noch lange kein Goldesel!«, rief Cornelia hinter ihr her. Ihre Mutter Verena hatte ihr immer eingebläut, die meisten Menschen – von Männern bis zu Maniküren – versuchten ohnehin nur, sie »über den Tisch zu ziehen«. Alles Geldgeier, Goldgräber, Schmarotzer. Verena musste es wissen: Schließlich hatte sie sich als dreiundzwanzigjähriges skandinavisches Bademoden-Model Cornelias Vater geangelt, damals ein zweiundsechzigjähriger Senator mit einer Herzschwäche. Allen Voraussagen zum Trotz war Cornelias Vater inzwischen über neunzig Jahre alt, und Verena war zweiundfünfzig, noch immer ein heißes

Gerät, und hatte Gerüchten zufolge Männer in vielen Häfen.

Schamlos, würde Verena sagen, wenn sie wüsste, in welche Lage Cornelia sich manövriert hatte. Niemals durfte eine Frau einem Mann hinterherlaufen, würde sie schimpfen. Männer – selbst wohlhabende, einflussreiche, intelligente Männer – waren leichte Beute, man musste bloß wissen, wie man sie um den Finger wickelte. Dieses Wissen gehörte einfach dazu, es war Bestandteil der Kunst, eine Frau zu sein, und Cornelias stümperhafte Bemühungen waren nicht mehr als Fingerfarben-Schmierereien auf Kindergartenniveau.

Andererseits hätte sie nie gedacht, dass Wyatt sich so hartnäckig widersetzen würde! Die meisten anderen Männer hätten bei Cornelias kleinem Party-Ausrutscher ein Auge zugedrückt, und *jeder* Mann, den sie kannte – wohl mit Ausnahme von Wyatt, wie es schien, den sie gerade deshalb unbedingt wiederhaben wollte –, hätte sie beim ersten Anflug von Zerknirschung und einer Entschuldigung ihrerseits mit Kusshand wieder zurückgenommen.

Noch immer angesäuert drapierte Cornelia sich wieder auf den Liegestuhl und zupfte das winzige Oberteil ihres weißen Bikinis zurecht. Der Blick auf das Wasser, das einen hübschen Kontrast zur kühlen rosa Fassade ihres Elternhauses bildete, und die sich sanft im Wind wiegenden Palmen, die überall verstreut auf dem Grundstück ihrer Eltern standen, verströmten ein derart wohliges Gefühl von Reichtum und Ruhe, dass es Tage gab, an denen Cornelia nicht öfter als zweimal zu ihren Beruhigungstabletten greifen musste. Heute war allerdings leider keiner dieser Tage.

Wyatt zu heiraten, ist einfach unumgänglich, dachte Cornelia, griff nach ihrem Glas und nippte an dem herrlich minzigen Eistee. Zu diesem Schluss war sie schon im letzten

Winter gekommen, als sie auf genau derselben marineblauen Chaiselongue gelegen hatte, am Morgen, nachdem sie und Wyatt sich bei einer Cocktailparty auf der Jacht der Morgans kennengelernt hatten, die hier im Hafen vor Anker gelegen hatte. Alles an Wyatt schrie geradezu alter Adel, obwohl er bloß eine Jeans trug und ein weißes Hemd mit hochgekrempelten Ärmeln, und als sie ihn gesehen hatte, war ihr erster Gedanke: »Wir beide würden das perfekte Paar abgeben.« Den ganzen Abend hatte sie mit seinem besten Freund geflirtet, Trip Peters, und gespürt, wie Wyatt sie keinen Moment aus den Augen ließ. Einen Monat später – es wäre sicher viel schneller gegangen, wären seine diversen Safaris ihr nicht in die Quere gekommen –, hatte er sie zum Dinner im Per Se eingeladen, und anschließend waren sie auf ein paar Drinks im Socialista gelandet. Von da an waren sie ein Paar.

Am Morgen der *Townhouse*-Party hatte ein Informant bei Harry Winston angerufen und ihr gesteckt, dass Wyatt da gewesen war und ein paar Weihnachtsgeschenke gekauft hatte und dass er, ehe er sich das Tennisarmband anschaute, das sie eigens zu diesem Zweck hatte zurücklegen lassen, einen Blick auf die Verlobungsringe geworfen hatte. Was Cornelia zwar gefreut, aber keinesfalls erstaunt hatte. Es lief alles nach Plan. Im Frühjahr würde Wyatt ihr einen Heiratsantrag machen, womit sie ein ganzes Jahr Zeit hätte, die Hochzeit im Juni des darauffolgenden Jahres auf dem Stammsitz *seiner* Familie in Northeast Harbour vorzubereiten. Die *Vogue* würde mit einem vierseitigen Artikel über die Hayes-Rockman-Hochzeit berichten – mindestens.

Ihre kleine Meinungsverschiedenheit war ein unangenehmer Stolperstein auf dem Weg zu ihrer Traumhochzeit, aber das würde sie schon richten. Wenn Cornelia mit ihren siebenundzwanzig Jahren eine Lektion im Leben wirklich gelernt hatte, dann die, dass sie immer bekam, was sie wollte. Sie hatte das Hochgefühl genossen, eine Krokoleder-Birkin abgestaubt, bei Marc Jacobs einen Platz in der ersten Reihe ergattert und nicht bloß eine, sondern gleich drei Karten für die Oscar-Party von *Vanity Fair* abgegriffen zu haben – und Wyatt wiederzugewinnen würde ihr bislang größter Triumph werden.

»Reicht es denn nicht, dass sie in meine Wohnung eingezogen ist?« Eloise streckte den Finger aus und zog damit Trips *Wall Street Journal* herunter, damit er sie anschauen musste. Sie waren auf zwanzigtausend Fuß und noch im Steigflug auf ihrem Weg von Aspen, wo sie die Feiertage verbracht hatten, zurück nach Hause. »Und jetzt willst du, dass ich meinen ganzen freien Freitag mit ihr verbringe und in so einem blöden Spa herumsitze?«

»Bei dir klingt das ja wie die reinste Folter«, meinte Trip, faltete die Zeitung und verstaute sie ordentlich in seiner Aktentasche. Dann lächelte er sie an. »Außerdem brauchst du gar nicht so zu tun, als hättest du dich nicht gefreut wie eine Schneekönigin, bei mir einzuziehen.«

Eloise verpasste ihm einen leichten Klaps. »Ich würde mich noch viel mehr freuen, wenn ich einen eigenen Kleiderschrank hätte.«

»Du hast einfach zu viele Klamotten. Hat dir das noch niemand gesagt?«

»Ich bin Stylistin. Das ist eine Berufskrankheit.« Womit sie sich zu ihm unter die dicke Kaschmirdecke kuschelte und die Beine unter sich zog. »Warum kann Wyatt denn nicht den Tag mit ihr verbringen? Das Letzte, was ich brauche, ist eine aufgezwungene Freundschaft mit einem wildfremden Landei. Die Kleine ist sein Forschungsprojekt, nicht meins.«

»Wie schon gesagt, er ist geschäftlich in Boston.«

»Ach, ich bitte dich. Wann hört Wyatt endlich auf zu tun, als würde er *arbeiten!*« Eloise wusste auch nicht, warum sie so herumzickte. Wobei sie vermutete, dass es eigentlich weniger mit Wyatt und dieser ominösen Lucy zu tun hatte als vielmehr damit, dass Trip in letzter Minute darauf bestanden hatte, über die Feiertage zum Skilaufen in die Berge zu fahren, statt Weihnachten mit ihrer Familie in Duxbury zu verbringen. Die ersten vierundzwanzig Stunden ihres Urlaubs hatte sie nichts weiter getan, als sich bei ihrer Mutter um Schadensbegrenzung zu bemühen. Und noch viel schlimmer war, dass Trip einfach nicht verstehen wollte, worüber sie sich so aufregte. »Es kommt mir vor, als wollte er die perfekte Frau erschaffen. Gestern hat er angerufen und mich gefragt, ob ich eher für helle Strähnchen wäre oder für dunkle!«

Worauf Trip nur lachte. »Glaub mir, Lucy ist ungefähr so nah daran, Wyatt Hayes perfekte Frau zu sein, wie die Chicago Cubs, die World Series zu gewinnen.«

Was Eloise allerdings nicht im Geringsten überzeugte. Noch hatte sie Lucy nicht kennengelernt – Lucy war nie zu Hause, wenn Eloise mal kurz in ihrer Wohnung vorbeischaute, um die Post abzuholen oder irgendwelche Kleider mitzunehmen. Es schien, als sei sie Tag und Nacht bei Wyatt und lasse sich im It-Girl-Trainingslager drillen. Wyatt hatte sich ebenfalls völlig eingeigelt und war nicht mal über die Feiertage zu seiner Mutter gefahren, weil er den »Unterricht« nicht unterbrechen wollte. »Mal im Ernst, das ist bis jetzt sein mit Abstand skurrilster Zeitvertreib.«

Spielerisch strich ihr Trip eine Locke – momentan rotblond – aus dem Gesicht. »Keine Ahnung, ich weiß nur, dass er mir dauernd in den Ohren liegt, ich soll dich bitten, dass du dich ein wenig um sie kümmerst. Sei einfach ein bisschen nett zu dem Mädchen. Ihr lasst euch massieren, lasst euch die Nägel machen, quatscht ein bisschen. Wie schlimm kann das schon sein?«

Eloise rutschte ganz tief in ihren Sitz und wusste dabei doch ganz genau, dass sie sich aufführte wie ein trotziges kleines Kind. Seit ihrer Kurzreise nach Turks & Caicos Anfang des Monats – wo es wirklich genauso schön gewesen war wie in Trips Schilderungen – war sie aus unerfindlichen Gründen ständig angesäuert. »Wenn du so viel Wert darauf legst, dann verbringe ich den Tag mit ihr. Aber das war's dann, okay?«

Die ersten Takte von »Rich Girl« blökten aus Cornelias Blackberry, als sie gerade die Worth Avenue entlangschlenderte. Kurz blieb sie stehen und schaute auf die Anzeige: *Daphne Convers: Büro.*

»Sitzt du gerade?«, platzte Daphne heraus. »Ich habe Wahnsinnsneuigkeiten! Dafinco hat gerade angerufen, und nun rate mal, mit wem sie ihren neuen Duft kreieren möchten?«

»Wer bitte ist Dafinco?«, fragte Cornelia und linste in ein Schaufenster von Cartier. Sie musste sich dringend mal wieder eine Kleinigkeit gönnen, am besten was aus Gold. Ein paar Armreifen oder so. Entschlossen drückte sie die schwere rote Tür auf, und sofort schaute die Dame hinter dem Tresen eilfertig auf und ging in Habtachtstellung. Cornelia liebte es, erkannt zu werden.

»Bloß der größte Kosmetik- und Parfum-Vertreiber der gesamten USA, Dummchen!«, flötete Daphne. »Und die wollen, dass du das Werbegesicht für ihr nächstes Parfum wirst, Cornelia. Du! Wir reden hier von einem siebenstelligen Betrag …«

Cornelia blieb wie angewurzelt stehen. Das waren *wirklich*

Wahnsinnsneuigkeiten. »Dann wären also mein Name und mein Gesicht überall ganz groß auf Plakaten und Anzeigentafeln und so?« Cornelia mahnte die vor Gier bereits sabbernde Verkäuferin mit erhobenem Zeigefinger zur Geduld.

»Das ganze Programm, Schätzchen. Wir gehen alles ganz genau durch. Kannst du nächste Woche zu den Meetings nach New York kommen?«

»Bis Donnerstag bin ich auf St. Barths. Danach jederzeit.«

»Das kriegen wir schon hin! Du bist der Star. Jetzt geht es richtig los für dich, Süße«, prophezeite Daphne. »Sie sind schon dabei, zur Auswahl ein paar Proben für dich zu mischen. Ihrer Meinung nach sollte ›Socialite‹ Maiglöckchen, Jasmin und Zitrus mit einer leichten Unternote von Zedernholz verbinden. Klassisch, zeitlos, klar …«

»Ich weiß nicht«, meinte Cornelia. Mit einer Geste wies sie die Verkäuferin an, ihr ein achtzehnkarätiges, mit Diamanten besetztes Armband zu zeigen, das diese mit erstaunlichem Diensteifer aus der Vitrine zog. »Mir wäre es ein bisschen mysteriöser lieber. Mit mehr Sex-Appeal.«

Als Daphne ihr eilfertig zustimmte, spürte Cornelia, wie sich ihre Nackenmuskeln langsam entspannten. Entschlossen schob sie sich die übergroße Sonnenbrille in die Haare, reichte der Verkäuferin ihre schwarze American Express und war zum ersten Mal seit der *Townhouse*-Party wieder rundum zufrieden.

Sie hatte einen Parfum-Vertrag. Und würde sie Wyatt erst einen ihrer mit »Cornelia« bedufteten Strapse schicken, wäre der Kerl Wachs in ihren Händen.

13

»Parfum?«, wiederholte Dottie Hayes und zog kritisch eine Augenbraue nach oben.

»Sie ist eben ein echter Tausendsassa«, meinte Binkie Howe.

Während zweitausendfünfhundert Meilen nördlich die Partys weiter tobten, war ein großer Teil der Manhattaner Jetset-Karawane nach Palm Beach gezogen, um an den großen Benefizveranstaltungen der Saison teilzunehmen. Auf Binkies Veranda, von einer gewaltigen Bengalischen Feige gegen die Mittagssonne abgeschirmt, drängten sich die Mitglieder des Planungskomitees für das Flagler Museum; eine bunte Mischung von Frauen und Mädchen zwischen fünfundzwanzig und fünfundsiebzig, die ihres Alters ungeachtet erstaunlich uniform gekleidet waren.

Cornelia Rockman war die Einzige, die gegen die inoffizielle Kleiderordnung verstieß: Sie trug ein figurbetontes Kleid, das kaum etwas von ihren langen, schlanken Fohlenbeinen verhüllte, und hielt unter den jüngeren Komiteemitgliedern Hof.

»Tausendsassa«, wiederholte Dottie und beäugte sie misstrauisch. »So könnte man es wohl auch nennen.«

Binkie beugte sich zu ihr vor. »Weißt du, ich finde es fabelhaft, dass so viele junge Frauen heutzutage Karriere machen. Als junge Braut habe ich mich damals unermüdlich für den Kinderbaseball in der Little League eingesetzt. Aber irgendein Produkt unter dem eigenen Namen zu vermarkten, wirkt so …«

»Ich weiß, was du meinst«, unterbrach Dottie sie mit erhobener Hand. Wo war bloß die Mutter dieses Mädchens, musste man sich doch fragen? Verena Rockman war zwar ein bisschen schrill, aber Dottie hätte doch gedacht, die Frau würde ihren mütterlichen Pflichten ein wenig besser nachkommen. Ihre Tochter auf dem Titel der aktuellen Ausgabe von *Palm Beach Scene*, du lieber Himmel! Andererseits war Verena selbst ja auch ein Bademoden-Modell gewesen. Vielleicht war durch sie ein bisschen zu viel Chlor in die Blutlinie der Rockmans gespült worden.

»Bitte geh mir jetzt nicht an die Gurgel, Dot.« Kleinlaut zog Binkie den Kopf ein. »Cornelia hat mich bedrängt, einen Platz neben dir am Tisch zu bekommen. Unglaublich, wie forsch dieses Mädchen war; sie hat mich völlig überrumpelt …«

»Aber das macht doch nichts«, entgegnete Dottie, der sich plötzlich beim Gedanken an das Essen mit den anderen Damen, auf das sie sich die ganze Woche gefreut hatte, der Magen umdrehte. Es ärgerte sie, dass Cornelia sich in das Planungsgremium gemogelt hatte, und das ausgerechnet bei einer Sache, die ihr so am Herzen lag. Seit zwei Jahrzehnten saß Dottie nun schon im Vorstand des Flagler-Museums, genau wie ihre Mutter vor ihr. Seit ihrer frühen Teenagerzeit war das Museum für sie immer eine Zuflucht gewesen, ein Hort des Schönen und der Kultur im Trubel der Society-Hochsaison in Palm Beach. Von Carrère und Hastings entworfen – den berühmten Architekten, die auch die Public Library in New York gestaltet hatten – vermittelte das Flagler Dottie immer das Gefühl, in das Goldene Zeitalter zurückversetzt zu sein, als ihre Familie, die Familie ihres Mannes und die der meisten ihrer Freunde und Bekannten den enormen Reichtum angehäuft hatten, von dem sie bis heute zehrten.

»Das Essen ist aufgetragen«, verkündete eins der Dienstmädchen in frisch gestärkter Uniform, und die Damen setzten sich gemächlich in Bewegung und schlenderten über die Steinfliesen der Veranda zu ihren Plätzen.

»Verzeih mir«, flüsterte Binkie und drückte Dottie mitfühlend den Arm, ehe sie sich umdrehte und zu ihrem Tisch ging.

Dottie fand ihren Platz auf Anhieb und betrachtete bewundernd den hübschen narzissengelben Dekorrand der Salatteller, während die übrigen Damen langsam zu ihren Tischen strömten. Solange es nicht darum ging, einer forschen jungen Dame ein deutliches *Nein* zu sagen, konnte man Binkie wirklich nichts vormachen. Sechs Porzellanservice hortete sie allein in ihrem Anwesen in Palm Beach, nur um ihren Gästen nicht zweimal dieselben Teller vorzusetzen. Die eleganten, kalligrafisch aufgemalten Namen der Tischkärtchen hatte Binkies langjährige Assistentin auf das Papier gezaubert. Mary Sue, eine drahtige Frau, die ihre Arbeitgeberin auf Schritt und Tritt begleitete, und die, wenn man den Gerüchten Glauben schenken wollte – wogegen Dottie sich allerdings entschieden verwahrte –, auch gelegentlich das Bett mit ihr teilte. Wie viele ihrer Freundinnen hatten Binkie und ihr Mann bereits seit langen Jahren getrennte Schlafzimmer an entgegengesetzten Enden des Flurs. Warum sich zu zweit in einen Raum quetschen, wenn man die freie Auswahl unter unzähligen Zimmern hatte?

»Sitzen wir beide nebeneinander?«, flötete Cornelia und drückte Dottie etwas zu überschwänglich zwei Küsschen auf die Wangen. »So eine schöne Überraschung!«

»Ja, nicht wahr?«, gab Dottie zurück.

Das Mittagessen verging wie im Flug, jeder plauderte munter mit jedem, während die Damen an ihrem Caesar Salad knabberten und im chilenischen Wolfsbarsch herumstocherten und über die aktuellen Bemühungen des Museums debattierten, Spendengelder zu sammeln, ehe sie sich schließlich in die neuesten Klatsch- und Tratschgeschichten gemeinsamer Freunde stürzten. Sehr zu Dotties Missfallen versuchte Cornelia unablässig, jeden Gesprächsfaden irgendwie mit Wyatt zu verknüpfen. Als Susannah Gray, deren Familie kürzlich die Jacht der Morgans gekauft hatte, sich darüber ausließ, welchen Inneneinrichter sie wohl engagieren sollte, um dem Schmuckstück einen frischen neuen Look zu verpassen, schwärmte Cornelia von Tikki Morris und wie er sich bei der geradezu brillanten Umgestaltung von Wyatts Wohnung selbst übertroffen habe. Als Jacqueline Griffin die Sprache auf die kürzlich stattgefundene Wahl brachte, klärte Cornelia ihre Tischnachbarinnen über Wyatts Ansichten zu den einzelnen Kandidaten auf. Zum Nachtisch gab es Zitronenbaiser-Torte? Die mochte Wyatt am liebsten, merkte Cornelia an, was rein gar niemanden interessierte.

Anfangs gelang es Dottie, die Bemühungen, ihr ein Gespräch über ihren Sohn aufzuzwingen, erfolgreich zu überhören, aber nur, bis die Dessertteller abgeräumt waren und der durchdringende Blick aus Cornelias Katzenaugen sich direkt auf sie richtete.

»Vermutlich wissen Sie schon, dass Wyatt und ich nicht mehr zusammen sind«, sagte das Mädchen ein wenig zu dramatisch.

»Wie schade«, entgegnete Dottie. »Wobei eine hübsche junge Frau wie Sie sicher nicht über einen Mangel an Verehrern klagen kann.«

»Andere Männer interessieren mich nicht«, erklärte Cornelia, und ihr ernster Tonfall ließ Dottie aufhorchen. »Ich weiß, dass Wyatt und ich füreinander bestimmt sind. Wir haben dieselben Ziele im Leben. Wir leben beide für unsere Arbeit – Wyatt für sein Studium von Primaten und Menschen, und ich für meine Wohltätigkeitsarbeit und meine … Geschäftsvorhaben. Wir teilen dieselben *Werte.*«

Dottie, die versuchte, sich nicht anmerken zu lassen, wie beleidigend sie diese Unterstellung fand, wusste nichts anderes zu tun, als nervös an ihrer Serviette herumzunesteln. Man stelle sich nur vor, dass sie ihren Sohn sogar gedrängt hatte, diesem Mädchen eine zweite Chance zu geben!

»Vielleicht würde er es sich ja noch mal überlegen, wenn Sie ein gutes Wort für mich einlegen. Er hält große Stücke auf Sie, Dottie – ich bin mir sicher, auf Sie würde er hören.«

»Wyatt kann so stur sein wie ein Esel«, erwiderte Dottie. Ihren Sohn schlechtzumachen, war die einzige diplomatische Art und Weise, die ihr gerade einfiel, mit dieser unangenehmen Situation umzugehen. »Und schwierig. Immer muss es nach seiner Nase gehen. Er ist ein unverbesserlich unhöflicher Rüpel. So gar nicht wie sein verstorbener Vater, muss ich leider sagen, was den Charakter angeht. Sein Vater war ein wahrer Gentleman durch und durch.«

»Wyatt ist auch ein Gentleman«, meinte Cornelia beharrlich. »Er hat tadellose Manieren – bloß lässt er sich das oft nicht anmerken.«

»Und dann diese dauernden Reisen«, fuhr Dottie fort. »Nie weiß ich, wo mein Herr Sohn gerade mal wieder steckt. Wie er da eine ernste Beziehung führen will, ist mir schleierhaft.«

Das Flackern in Cornelias Augen, als sie merkte, dass Dottie nicht willens war, ihr zu helfen, ging ihrem Gegenüber durch Mark und Bein. Nervös wechselte Dottie das Thema. »Ich finde es ganz wunderbar, dass Sie sich entschlossen haben, sich für das Museum zu engagieren, meine Liebe. Wir brauchen viel mehr junge Leute, die ihren Pflichten zum Wohl der Allgemeinheit nachkommen.«

»Oh, ich bin sehr pflichtbewusst.« Cornelia lehnte sich in ihrem schmiedeeisernen Stuhl zurück und verschränkte die Arme vor der Brust. »Ich bin Mitglied in siebenunddreißig Komitees.«

Dottie war völlig baff. »Siebenunddreißig sagen Sie? Aber wie um alles auf der Welt finden Sie denn genug Zeit dafür?«

»Ach, die meisten wollen bloß meinen Namen auf die Einladungen drucken. Sie wissen schon, damit die Leute zu den Veranstaltungen kommen. Da helfe ich gerne.«

»Verstehe«, murmelte Dottie. Die Hochnäsigkeit dieser Person war ja geradezu erschreckend. Sollte *das* etwa die Zukunft des Flagler-Fördervereins sein? »Nun ja, heutzutage geht es ganz anders zu als damals zu meiner Zeit, als ich in Ihrem Alter war. Ihr Mädchen von heute habt viel mehr … Energie.« Schnell warf sie einen Blick auf ihre Armbanduhr. »Oh, ich muss los. Tennis um drei. War nett, Sie mal wieder zu sehen, Cornelia. Bitte grüßen Sie Ihre Eltern von mir.«

»Mache ich«, brummte Cornelia, die sich keinerlei Mühe mehr gab, ihren Ärger zu verbergen. »Ist Wyatt demnächst mal wieder im Lande?«

»Sieht leider nicht danach aus. Die Arbeit hält ihn in New York.« Dottie sah zu, wie Cornelia diesen Brocken schluckte. Dann standen beide Frauen auf und verabschiedeten sich mit einem unfreundlichen Bussi.

Lucy ließ ihre Birkin – eine Leihgabe von Bag Borrow or Steal, einem Kult-Taschenladen – auf den Boden fallen und schloss die Tür von Eloise' Wohnung hinter sich. Komisch, wie sehr sie sich hier schon zu Hause fühlte. Genau so eine Wohnung hatte sie sich immer erträumt, hatte gehofft, eines Tages so ein Zuhause zu haben, mit zarten femininen Farben und heimeligen, gemütlichen Möbeln.

Schnell angelte sie ihr klingelndes Blackberry aus der Tasche – der Ersatz für ihr steinzeitliches Handy, den Wyatt ihr freundlicherweise zur Verfügung gestellt hatte – und ließ sich auf die Couch sinken. Jeder Muskel ihres Körpers tat ihr weh, was sie mal wieder Derrick zu verdanken hatte, und ihr Kopf dröhnte, was mal wieder Wyatts Schuld war. *Unbekannter Anrufer*. Sie ging ran. »Hallo?«

»Du wolltest deiner Mutter doch bestimmt irgendwann Bescheid sagen, dass du umgezogen bist, stimmt's?«

Mist. Rita. Lucy hörte das allzu vertraute ohrenbetäubende Stimmengewirr von O'Shaughnessy im Hintergrund.

»Fünf Nachrichten habe ich dir diese Woche hinterlassen«, redete Rita weiter. »Die Nägel, die ich dir geschickt habe, sind zurückgekommen! Dein Vermieter hat einen Zettel an das Päckchen geklebt, du hättest deine Post seit Wochen nicht mehr abgeholt, und er hätte keine Ahnung, wo du steckst. Netter Kerl, übrigens. Single?«

»Verheiratet«, murmelte Lucy. Seit geraumer Zeit drückte sie sich davor, ihrer Mutter zu erzählen, was sich bei ihr alles getan hatte, weil sie nicht so recht wusste, wie sie ihr erklären sollte, was sie gerade trieb. Sollte Rita auch nur einen Hauch von Geld wittern, würde sie postwendend auf der Matte stehen. »Ich passe auf die Wohnung einer Freundin auf. Nur vorübergehend.« *Was nicht mal richtig gelogen war, sondern allenfalls Ansichtssache*.

»Dann gibst du mir mal lieber schnell die Adresse. Ich bringe die Nägel gleich zur Post. Die sind klasse geworden.

Am besten finde ich die, auf denen Oprah Winfrey mal als Bohnenstange und mal als kleines Tönnchen zu sehen ist – von wegen Jo-Jo-Effekt. Deine Chefin fällt tot um, wenn sie die sieht.«

»Mhm.« Widerstrebend nannte Lucy Rita die Adresse von Eloise' Wohnung.

»Dann bietest du Nola Sinclair die Nägel also an, ja? Das ist eine echte Goldgrube, lass dir das gesagt sein…«

»Nola? Ich glaube, das wäre keine gute Idee.« *Was noch eine schamlose Untertreibung ist, wenn man bedenkt, dass sie mich aus tiefster Seele hasst und mich vor einem Monat vor die Tür gesetzt hat.* Warum musste ihre Mutter auch immer so penetrant sein? »Nola knabbert Fingernägel.«

Entsetzt schnappte Rita nach Luft. Nägelkauen stand für sie auf einer Stufe mit Bücherverbrennungen. Nein, abgeknabberte Nägel waren in ihren Augen sogar das weitaus schlimmere Vergehen. Aber sie erholte sich rasch von dem Schreck. »Na ja, in der Stadt wimmelt es doch nur so vor potenziellen Investoren. Vielleicht könnte ich ja eine Weile bei dir einziehen, und dann gehen wir gemeinsam Klinkenputzen. Ich könnte dir fünfzehn Prozent anbieten. Oder sagen wir zehn. Also, was sagst du, Schätzchen? Zehn Prozent von einem Millionengeschäft ist immer noch… ähm, viel Geld.«

Lucy biss sich auf die Zunge. Genau das hatte sie die ganze Zeit befürchtet – dass Rita reinplatzte und ihr die beste Gelegenheit vermasselte, die sie je im Leben bekommen hatte. Wüsste sie über Wyatt Bescheid, sie würde über ihn herfallen wie eine Meute hungriger Wölfe. »Ich rede mit ein paar Leuten«, versprach sie. »Mal sehen, was sich machen lässt. Fürs Erste solltest du bleiben, wo du bist.« Zu ihrer großen Erleichterung schien ihre Mutter sich damit zufriedenzugeben. Jetzt brauchte sie sich Rita nur noch für die nächsten zweieinhalb Monate bis zum Ball vom Hals zu halten. Danach würde sie die Chance bekommen, für einen großartigen Designer zu arbeiten, wieder ihren eigenen Lebensunterhalt verdienen und Rita besser unter die Arme greifen können. Es war bloß eine Frage der Zeit.

Sobald Fernanda Fairchild sich in den ungewohnten hässlichen braunen Leih-Schlittschuhen vom Rand der Eislaufbahn abstieß, fingen ihre Knöchel an zu zittern wie Wackelpudding. – Förmlich *angefleht* hatte sie den Kerl hinter dem Tresen, ihr ein paar weiße Schlittschuhe zu geben, die viel besser zu ihrer dicken Jacke mit den gerafften Ärmeln und dem kecken Kaschmir-Hütchen gepasst hätten, worauf sie allerdings nur lapidar zu hören bekommen hatte, sie solle die braunen nehmen oder es lassen. – »*Parker!*«, japste sie und vergaß völlig, ganz cool zu tun, weil sie mit den Armen rudern und sich anstrengen musste, nicht das Gleichgewicht zu verlieren. Parker, der eine dicke Daunenweste und Ohrenschützer trug, eilte zu ihrer Rettung herbei. »Ach, danke«, seufzte sie, als sie wieder sicher auf beiden Füßen stand. »Du bist ganz gut auf diesen Dingern.« So verdattert sie war, dass Parker ausgerechnet die Schlittschuhbahn vor dem Trump Tower, diese Touristenfalle par excellence, für ihre dritte Verabredung vorgeschlagen hatte, so schockiert war sie nun zugeben zu müssen, dass sie sich doch tatsächlich köstlich amüsierte. Parker hatte eine riesige Thermoskanne mit heißer Schokolade dabei – in der jede Menge Marshmallows schwammen –, und es machte ihm offensichtlich einen Heidenspaß, Fernanda bei ihren ersten Schritten auf diesem fremden, glatten Terrain zu beobachten.

»Meinst du, ich hätte dich zum Schlittschuhlaufen mitgenommen, wenn ich nicht wenigstens ein bisschen angeben könnte? Ich habe in der Highschool Eishockey gespielt«, erklärte Parker, ohne ihren Arm loszulassen. Beinahe schwerelos schwebten sie über das Eis und wichen dem Zusammenprall mit einem kleinen achtjährigen Angeber aus, der ihnen den Weg abschnitt und rasant an ihnen vorbeiflitzte. »Was allerdings auch schon dreißig Jahre her ist.« Er lachte, und um die Augen bildeten sich viele kleine Fältchen. Fernanda wäre entsetzt gewesen, hätte sie derartige Krähenfüße in ihrem eigenen Gesicht entdeckt, aber bei Parker wirkten sie irgendwie sehr liebenswert.

»Das letzte Mal habe ich mit fünf auf Schlittschuhen gestanden«, erinnerte Fernanda sich plötzlich nicht ohne Wehmut. »Auf unserem alten Landsitz in Bedford gab es einen Teich hinter dem Haus, und wenn Mutter am Wochenende mal nicht da war, hat mein Vater Max und mir erlaubt, da Schlittschuh zu laufen. Ich fand es wunderbar. So schön, dass ich gar nicht mehr aufhören wollte. Manchmal hatte ich so kalte Füße, dass Dad mich ins Haus tragen musste.«

»Ihr hattet eure eigene Schlittschuhbahn?«

»Ja, na ja, und das hat einen Heidenspaß gemacht. Aber Mutter war eine ziemliche Glucke.«

»Kann ich ihr nicht verdenken«, gab Parker zurück und drückte ihren Arm ganz leicht, während sie geschmeidig um eine Kurve glitten. »Aber jetzt kannst du das alles nachholen. Lebe gefährlich!« Ohne Vorwarnung ließ Parker Fernandas Arm los und lief in einem kleinen Kreis um sie herum.

Dann tauchte unvermittelt die achtjährige kleine Höllenmaschine aus dem Hinterhalt auf und schnitt ihr den Weg ab, weshalb sie wieder gewaltig ins Wanken geriet. »Hey!«, rief sie empört. Schnell fasste Parker sie am Arm.

Fernanda betrachtete Verabredungen mit Männern sonst

eigentlich als harte Arbeit, so wie eine Schauspielerin, die zu einem Vorsprechen geht. Aber dieser Nachmittag mit Parker fühlte sich so gar nicht nach Arbeit an. »Heute Abend schon was vor?«, erkundigte er sich, während sie gemeinsam über die Bahn glitten.

»Ich bin mit Mutter zum Essen verabredet.« Normalerweise hätte sie sich etwas auf den Fingern gesaugt, das ein bisschen glamouröser klang, aber bei Parker hatte sie das dringende Bedürfnis, einfach bloß die Wahrheit zu sagen. »Aber das kann ich verschieben.«

»Oder wir gehen alle drei zusammen essen?«

Fernanda musste sich zusammenreißen, um sich nicht zu kneifen. »Wirklich? Bestimmt würde sie sich sehr freuen!«

»Na prima«, rief Parker und klatschte in die behandschuhten Hände, wobei er doch tatsächlich ehrlich begeistert wirkte. »Wie wär's bei mir? Ich koche uns was.«

»Kochen kannst du auch?«

Er lächelte. »Nach dem College habe ich ein Jahr am Cordon Bleu gelernt. Bevor die internationale Finanzwelt mich mit ihrem Sirenengesang gelockt hat.«

Fernanda blieb wie angewurzelt stehen. »Okay, Parker, wo ist der Haken?«

»Wie meinst du das?«

»Kein Mann ist so perfekt. Gehst du heimlich zu Hannah-Montana-Konzerten? Sammelst du deine abgeschnittenen Zehennägel?«

»Der Haken?« Nachdenklich strich Parker sich über das Kinn, als sei er tief in Gedanken versunken. »Ich weiß nicht. Na ja, da wäre zunächst mal Mr. Fursnickety …«

O Gott.

»Klingt schlimmer, als es ist. Er ist ein Frettchen.«

Das ist schlimmer, als es klingt, dachte sie. Fernanda konnte kleine Pelztiere nicht ausstehen. Wenn sie nicht zu schnuckeligen Pelzmänteln verarbeitet waren, konnten die Viecher ihr gestohlen bleiben. Selbst die beiden Familiendackel George und Barbara mochte sie nur in Maßen.

»Mr. Fursnickety gehörte eigentlich meiner Exfrau – die hat ihm auch diesen schrecklichen Namen verpasst. Aber sie wollte ihn nicht mehr und hat ihn einfach dagelassen. Also habe ich ihn adoptiert. Eigentlich ist er ein ganz süßer Kerl, wenn man sich – na ja, erst mal an ihn gewöhnt hat.«

Fernanda nickte höflich, aber im Geiste hatte sie ihr Stieffrettchen bereits eingepackt und in ein Internat geschickt. Kein mageres kleines Nagetier sollte ihr Glück stören. Parker war alles, was sie sich je erträumt hatte. Sie konnte sich schon ihr gemeinsames Leben vorstellen – zwei entzückende Kinder, ein großzügiges Zuhause in der Park Avenue und ein Haus am Hobe Sound, sodass sie endlich bei ihrer Mutter ausziehen konnte. Natürlich würde sie ihren Job aufgeben, damit sie sich voll und ganz der Arbeit an ihrer perfekten Figur, der Einrichtung von Wohnung und Haus und der Auswahl der richtigen Schulen für die Kinder widmen konnte. Gerade schwelgte sie schon ganz versunken in ihren Tagträumen, als ihr Schlittschuh in einer tiefen Rille hängen blieb. Fernanda kippte vornüber. Nur Nanosekunden, bevor sie auf dem Eis aufschlug, fing Parker sie in seinen Armen auf. Hätte man vom Rand der Schlittschuhbahn aus zugeschaut, man hätte glauben können, Fernanda sei vor Entzücken in Ohnmacht gefallen.

Eloise hatte keine Ahnung, was sie mit dem hübschen jungen Mädchen machen sollte, das da neben ihr auf dem Rücksitz des Mercedes saß. Trip hatte sie so lange bearbeitet, etwas mit Lucy Ellis zu unternehmen, bis sie eingeknickt war, und nun chauffierte Raoul die beiden zu einem rosenduftenden Verwöhn-Spa auf der Fifth Avenue. Sie erwartete zwar kein Mitleid, aber freiwillig hätte Eloise ihren Freitag sicher nicht so verbracht.

»Du musst ja einen ziemlich seltsamen Eindruck von mir haben«, meinte Lucy und brach damit das tiefe Schweigen. Etwas fahrig spielte sie am Ärmelbündchen ihres butterweichen Kaschmirpullovers herum und strich dann ihre Hose glatt, die einen warmen taubengrauen Farbton hatte. Irgendwie wirkte sie ein bisschen steif, als fühlte sie sich nicht ganz wohl in ihren Sachen, wie ein kleines Mädchen im frisch gestärkten Sonntagskleidchen.

»Wie? Aber nein, gar nicht! Du wirkst sehr, ähm, nett.« Verlegen schaute Eloise aus dem Fenster, während draußen Bergdorf Goldman an ihnen vorbeiflog, und wusste nicht so recht, was sie sagen sollte. Wer würde sich nicht fragen, was für ein Mensch das sein musste, der sich auf Wyatts bizarres Gesellschaftsexperiment einließ? Oder wäre skeptisch, was für eine Frau es darauf anlegen würde, ein It-Girl zu werden, die schwachsinnigste aller denkbaren Möglichkeiten? Die Modebranche war zwar nicht gerade Ärzte ohne Grenzen, aber Eloise war stolz auf ihre Unabhängigkeit.

»Noch mal danke, dass ich bei dir wohnen darf«, sagte Lucy, nachdem sie sich von Raoul verabschiedet hatten und gemeinsam auf die goldfarbenen Eingangstüren des Spas zusteuerten. »Ich fühle mich richtig mies, dich aus deiner eigenen Wohnung vertrieben zu haben …«

»Nein, nicht doch! Ehrlich, es wurde langsam höchste Zeit, dass Trip und ich zusammenziehen. Es ist ganz prima.« Sie lächelte und versuchte zu überspielen, wie sehr sie Lucys Wunsch nach Bestätigung irritierte. Denn mal ehrlich, toll fand sie es nicht, dass eine wildfremde dahergelaufene Person sich in ihrem Gästezimmer breitmachte und in ihrer Löwenfuß-Wanne badete. Aber da Lucys Auftauchen Trip endlich dazu bewegt hatte, Eloise bei sich einziehen zu lassen, wollte sie nicht klagen. Und Lucy würde ja auch bloß drei Monate bleiben. Danach sollte sie, Trip zufolge, wieder in die Wildnis entlassen werden – und Eloise könnte ihre Wohnung vermutlich zum Verkauf annoncieren.

»Also, noch mal danke.« Lucy schien zu merken, dass sie das Thema lieber ruhen lassen sollte. »Wyatt hat mir erzählt, du bist Stylistin.«

Eloise nickte. »Ja, ich bin schon seit dem College dabei. Das viele Reisen ist manchmal ganz schön anstrengend, aber ich mag meine Arbeit sehr.« Gemeinsam gingen sie zu der streng wirkenden Rezeptionistin. »Ich glaube, die Reservierung müsste auf Peters lauten. Gesichtsbehandlung und Massagen.«

»Hat Wyatt erwähnt, dass ich Designerin werden möchte?«, fragte Lucy, als die Dame sie in einen luxuriösen Umkleideraum führte, wo schon zwei Garderobenschränke mit ihren Namen auf sie warteten.

Eloise konnte es sich nicht verkneifen, die Stirn zu runzeln. Wenn es eins gab, was sie noch weniger ausstehen konnte als geistlose Society-Junkies, dann waren es geistlose Society-Junkies, die glaubten, sie bräuchten bloß ein Schild an die Tür zu hängen und schon seien sie die nächste Diane von Fürstenberg. Als wäre das alles ein Kinderspiel. Denen war überhaupt nicht klar, dass es dafür Talent, einer Vision, Ausdauer und jeder Menge harter Arbeit bedurfte. »Wie schön!«, flötete sie mit geheuchelter Begeisterung in der Hoffnung, sie möge jetzt nicht gebeten werden, ihr Adressbüchlein zu öffnen.

»Na ja, mal sehen. Ist einfach mein kleiner verrückter

Traum. Seit ich laufen kann, schneidere ich schon Kleider, und ich habe ein ganzes Portfolio mit eigenen Entwürfen – lauter Couture-Stücke, die ich mir nie leisten konnte zu verwirklichen. Ich weiß, ich bin bloß ein Mädel aus Minnesota, und die Chancen, dass ich es tatsächlich schaffe, gehen gegen null, aber ich kann und will diesen Traum nicht einfach so aufgeben.«

Eloise schlüpfte in den flauschigen weißen Bademantel, der an dem Haken in ihrem Garderobenschrank hing. Dann entschloss sie sich, einfach ehrlich ihre Meinung zu sagen. »Und Wyatt soll also dein Goldenes Ticket sein? Man braucht ein bisschen mehr als gute Kontakte, um es im Mode-Business ganz nach oben zu schaffen.«

Lucy wurde rot, nickte aber heftig. »Ich weiß. Aber bei Nola Sinclair habe ich es ohne Kontakte bloß bis zur Fließband-Arbeitsbiene geschafft.«

»Du hast für Nola gearbeitet?«

Lucy zögerte. »Ja, um ehrlich zu sein … Erinnerst du dich an die Kellnerin, die letzten Monat bei der Show durch den Laufsteg gekracht ist?«

»Wie könnte ich das vergessen?«

»Das, ähm, also …« Lucy beendete den Satz, indem sie betreten mit dem Finger auf sich selbst zeigte.

Eloise hätte das Mädchen am liebsten fest in den Arm genommen. »Das warst *du*? Ach, du Ärmste! Das hat mir damals so leidgetan – es hat ausgesehen, als hätte es richtig fies wehgetan. Und Nola war bestimmt nicht gerade die Verständnisvollste …«

»Sie hat mich postwendend vor die Tür gesetzt. Ich hatte vorher schon das Gefühl, nicht vom Fleck zu kommen, aber danach steckte ich wirklich in einer Sackgasse. Also habe ich angefangen, über Wyatts Vorschlag nachzudenken, aus mir ein It-Girl zu machen. Wenn das Experiment vorbei ist, dann werde ich hoffentlich einen Job bei einem der kommenden Designer ergattern können, weißt du, wie Thakoon oder Isabel Toledo – jemand, bei dem ich echt was lernen kann. Anscheinend kommt man leichter an diese Jobs, wenn man gute Kontakte hat. Mein großes Ziel ist es, selbst als Designerin zu arbeiten – irgendwann mal.«

Nicht vollkommen abwegig, wie Eloise zugeben musste. »Wenn du als Modeschöpferin arbeiten möchtest, musst du dein Handwerk aus dem Effeff beherrschen. Du brauchst Talent, Können und einen eigenen Stil.«

»Ich weiß«, meinte Lucy. »Es ist eigentlich beinahe unmöglich, aber ich wünsche es mir so sehr.«

Gemeinsam wurden sie für ihre Gesichtsbehandlung in den Kosmetikbereich geführt, wo die Luft nach Eukalyptus duftete und ein Wasserfall eine Kieselsteinwand herunterlief. Eloise ertappte sich dabei, dass sie Lucy netter fand als erwartet. »Wie wär's mit einem kleinen Spiel? Nenne die Mode-Ikone, von der der jeweilige Ausspruch stammt. ›Ich trage meinen Pullover immer hinten vorn. Das schmeichelt der Figur‹.«

»Diana Vreeland. Die nächste bitte!«

Eloise nickte. »›Eine Frau ohne Parfum ist eine Frau ohne Zukunft.‹«

»Coco Chanel.«

»›In schweren Zeiten ist Mode immer unerhört.‹«

Lucy wirkte etwas ratlos. »Okay, ich glaube, ich brauche einen kleinen Tipp.«

»Italienerin, arbeitete mit Dalí zusammen, Mutter von Marisa Berenson …«

»Elsa Schiaparelli, natürlich. Das wusste ich …«

»Wer hat angeblich den Minirock erfunden?«

»Ähm, Mary Quant? Zumindest hat sie ihn für die breite Masse von Londons Straßen geholt.«

Eloise war ziemlich beeindruckt. »Und was ist dein Stil, deine Moderichtung? Als Designerin, meine ich.«

Lucy seufzte, während die Kosmetikerin ihr Gesicht dick mit Creme einschmierte. »Das kommt wohl drauf an. Immer wieder bekomme ich neue Anregungen und schlage eine völlig andere Richtung ein. Mal entwerfe ich eine Neu-Interpretation von Hervé Légers Bandage-Kleidern, dann wieder kommt mir eine Idee für einen Alternativ-Entwurf für ein Zwanzigerjahre-Kleid von Chanel. Nicht unbedingt vorhersehbar, wenn du verstehst.«

Das ist die erste falsche Antwort, die sie mir gegeben hat, dachte Eloise, *dabei ist das mit Abstand die wichtigste.* Nie im Leben wird sie eine erfolgreiche Modedesignerin, wenn sie ständig von einem Stil zum nächsten flattert und sich nicht festlegen will. Natürlich durfte es hin und wieder Brüche oder Sprünge geben, aber keine vollkommen neuen Spielregeln. Nein, so funktionierte das nicht. Entweder Lucy Ellis würde selbst dahinterkommen oder sie würde scheitern. Aber Eloise verkniff sich einen Kommentar. Schließlich hatte sie das Mädchen gerade erst kennengelernt, und sie hatte schon eine ganze Menge für sie getan.

»Und bei den Townsends war er auch nicht?«, fragte Cornelia und riss das Steuer ihres silbergrauen Jaguars herum, um gerade so eben einer Frau auszuweichen, die mit einem Kinderwagen von Bugaboo die Worth Avenue überquerte. Schnell klemmte sie sich das Telefon unters Kinn und drückte auf die Hupe.

»Keine Spur von ihm«, berichtete Fernanda. »Seit zwei Wochen ist er nirgendwo gesichtet worden. Wirklich sehr seltsam, das Ganze. Bist du dir ganz sicher, dass seine Mutter gesagt hat, er sei in New York?«

»Ganz sicher. Sie hat mir quasi vorgejammert, er habe sie über Weihnachten einfach ›mutterseelenallein sitzen lassen‹. Obwohl es ihm vermutlich niemand verdenken kann, wenn er seine Zeit nicht mit dieser alten Schabracke verschwenden will.«

Fernanda senkte die Stimme, da sie sich das Büro bei Christie's mit zwei weiteren Assistentinnen teilte und nicht so laut reden konnte, was Cornelia immer auf die Palme brachte. »Aber Channing hat mir erzählt, ihr Hausmädchen ist mit einem Hilfskellner von Sant Ambroeus befreundet, und die hätten in letzter Zeit jede Menge Essen an Wyatts Adresse geliefert. Angeblich hat er sich mit Trip zu Hause eingeigelt.«

»Bloß die beiden?«, fragte Cornelia und wappnete sich schon mal im Geiste für den Namen ihrer – vorübergehenden – Nachfolgerin. Obwohl es natürlich eigentlich völlig unwichtig war, wollte sie doch auf der Stelle sämtliche schmutzigen Details hören.

»Habe ich zumindest gehört. Ehrlich, ich weiß einfach nicht, wie Eloise das aushält. Es ist ja schon schlimm genug, dass Trip nicht endlich Nägel mit Köpfen macht …«

»Die Ärmste«, flötete Cornelia. Aber im Grunde genommen war ihr das schnurzegal. Eloise und Fernanda waren zwei, die aus demselben armseligen Ei geschlüpft waren – sie ließen es zu, dass die Männer die Regeln bestimmten, und jammerten dann, weil ihnen diese Regeln nicht in den Kram passten. Cornelia rauschte um die Ecke und brachte den Wagen in der Auffahrt vor dem Anwesen der Rockmans zum Stehen, wobei sie den Schalthebel gewaltsam in die Park-Position rammte. Sie war da ganz anders: Sie nahm die Dinge selbst in die Hand.

»Wenigstens sind sie und Trip jetzt endlich zusammengezogen«, erzählte Fernanda. »Sie verbringt inzwischen die meiste Zeit bei ihm – hat sogar ihre ganze Wintergarderobe rübergeschleppt.«

»Hör zu, Süße, ich muss los. Ich bin gerade vorgefahren …«

»Moment, warte!«, rief Fernanda ganz hektisch. »Ich wollte dir unbedingt noch was ganz Tolles erzählen. Erinnerst du dich noch an Parker?«

»Natürlich erinnere ich mich noch an Parker.« Cornelia verdrehte die Augen, knallte die Autotür zu und marschierte zielstrebig auf das Haus zu. Fernanda dackelte schließlich seit Monaten wie ein Hündchen hinter dem Kerl her. »Fast fünfzig, riesiger Riechkolben, geschieden. Wieso, was ist denn mit ihm?«

»Er ist fünfundvierzig, um genau zu sein«, korrigierte Fernanda sie. In ihrer Stimme schwang unverhohlener Stolz mit. »Wir gehen heute Abend zusammen essen. Das ist schon unsere fünfte Verabredung! Gestern Abend war er mit mir in der Oper …«

»In der *Oper*? Himmel, der Kerl ist echt *ein Opa.*«

»Nein, es war ganz großartig. *Candide*. Und Park hat die besten Plätze für uns …«

»Hat er sein Frettchen auch mitgenommen?«, quietschte Cornelia. »Tamsin hat mir von diesem Viech erzählt. Tut mir leid, aber das ist ja wohl das ekligste Haustier aller Zeiten.«

»Das brauchst du mir nicht zu sagen, aber …«

»Hat er das Frettchen unter dem Sitz versteckt? In einem kleinen Käfig?«

»Cornelia, bitte. Parker ist wirklich ein ganz wunderbarer Mann. Ich meine, er hat für Mutter und mich gekocht, wie süß ist das denn? Sie findet ihn natürlich hinreißend. Ich weiß, es ist noch ein bisschen früh dafür, aber es läuft wirklich prima.«

»Das ist ja toll. Nein, wirklich, finde ich spitze. Du klingst sehr begeistert, und darauf kommt es doch an.« Cornelia hielt das Handy von ihrem Mund fort. »Hey, Pablo! Ich bin sofort da – Fern, entschuldige, das ist mein neuer Pilates-Lehrer. Er wartet schon auf mich…«

»Dann lauf! Wollte dir das nur schnell erzählen. Wir sehen uns am Wochenende. Ich rufe dich an, sobald Mutter und ich angekommen sind.«

Aber da hatte Cornelia bereits aufgelegt. Als sie das Haus ihrer Eltern betrat, überlief es sie eiskalt und sie bekam an beiden Armen Gänsehaut von der frostigen klimatisierten Luft. Schnell schnappte sie sich die Post, die auf einem Tablett aus Sterlingsilber für sie bereitlag, streifte die Schuhe ab und ging in den Multimedia-Raum.

Dort zog sie die neueste Ausgabe von *Townhouse* aus dem Poststapel, und dass sie nicht mehr den Titel zierte, versetzte ihr einen kleinen Stich. Diese Woche war das Titelmodel Theo Galt, der breit grinsend mit einer Pobacke auf seinem Dordoni-Schreibtisch saß, darunter die Schlagzeile GALT GREIFT NACH GOTHAM CITY. Hinter ihm konnte Cornelia gerade so ein großes gerahmtes Bild ausmachen, auf dem Theo zwischen Jay-Z und Beyonce zu sehen war. Sie musste ihn unbedingt anrufen und ihm gratulieren. Und ihm natürlich verklickern, dass sie die nächste große Nummer im Music-Biz sein würde.

Lässig ließ sie sich in einen Sessel sinken und blätterte gierig durch die Hochglanzseiten des Magazins. Dort war sie beim Philharmonic in diesem heißen Kleid von Derek Lamb, das den Kontrast zwischen ihren dünnen Oberarmen und ihrem C-Körbchen-Busen besonders gut zur Geltung brachte.

Und da, gleich neben ihr, stand Wyatt, bei der *Townhouse*-Party; er – groß, dunkelhaarig und gut aussehend – war das perfekte Gegenstück zu ihr – zierlich, blond und bildhübsch. Aber er machte ein Gesicht wie sieben Tage Regenwetter und schaute nicht in die Kamera, aber eine Hand hatte er auf ihren Rücken gelegt. Der Anblick dieses Schnappschusses beruhigte sie merklich. Sie musste daran denken, dass alle, die dieses Foto sahen, denken mussten, ihr Leben sei absolut perfekt – zumindest von außen betrachtet.

Und es bestärkte sie nur in ihrem Entschluss, Wyatt zurückzuerobern. Dann konnte Fernanda von ihr aus mit ihrem altersschwachen, geschiedenen Waldschrat in den Sonnenuntergang reiten, ohne dass Cornelia auch nur mit der Wimper zucken würde. Denn sie wäre nicht allein.

14

Bitte kommen Sie zum Dinner zu
Dorothea Hayes
800 Park Avenue, PH A
Mittwoch, 13. Januar
Cocktails ab 19 Uhr

In einem karmesinroten Kleid und mit Diamant-Ohrsteckern, so groß wie Weintrauben, genoss Dottie Hayes die Ruhe vor dem Sturm eine Stunde vor dem Eintreffen ihrer Gäste bei einem starken Wodka-Gimlet, als sie ihren Sohn zur Haustür hereinschneien hörte.

»Mutter! *Muuuuuutter!*«

Dottie schauderte es, aber sie sagte keinen Ton. Erwartete er allen Ernstes, dass sie in derselben Lautstärke antwortete, als spielten sie hier Blinde Kuh? Dottie schloss die Augen und nippte zur Nervenberuhigung an ihrem Drink.

»Ich glaube, sie ist in der Bibliothek, Sir«, hörte Dottie Graciela sagen.

»Da bist du ja!«, trompetete Wyatt, als er zur Tür hereingepoltert kam und auf der Stelle jeglichem Anflug von Ruhe und Frieden den Garaus machte. »Der Schuppen hier hat einfach viel zu viele Zimmer.« Von der Winterluft hatte er hochrote Wangen, und wie so oft war Dottie wie vor den Kopf gestoßen angesichts der Ähnlichkeit zwischen Wyatt und ihrem verstorbenen Mann. Sie hatten beide dichte dunkle Haare, waren groß gewachsen, hatten einen athletischen Körperbau und durchdringend graublaue Augen. Doch da endete die Ähnlichkeit auch schon. Sosehr sie ihren Sohn liebte, Dottie hatte nicht übertrieben, als sie Cornelia von seinen Schwächen und Fehlern erzählt hatte. Seit Jahren trieb Wyatt bereits ziellos durchs Leben, vergeudete sein nicht unerhebliches Talent auf der Jagd nach dem nächsten Abenteuer und hatte einen enormen Verschleiß an Freundinnen. Wenn sie zu lange darüber nachdachte, tat es ihr richtig weh. Also zwang sie sich, nicht über ihren Sohn ins Grübeln zu geraten. Sie versuchte zu akzeptieren, dass ihr Sohn – ihr kluger, gut aussehender, vor Potenzial nur so strotzender Sohn – mehr oder weniger ein Windei war. Vielleicht hatte sie als Mutter versagt. Aber wie dem auch sei, jetzt war es zu spät. Immerhin war er beinahe vierzig und ziemlich eingefahren in seinem Trott.

»Du hast mich gefunden«, seufzte Dottie. »Du kommst zu früh. Scotch?«

»Hole ich mir gleich selbst. Ich wollte gern mit dir sprechen.«

»Wie schön«, entgegnete Dottie. »Dein Fernbleiben zu Weihnachten machte eher den gegenteiligen Eindruck.« Es hatte sie gekränkt, dass er nicht nach Florida gekommen war, obwohl sie ihm sogar angeboten hatte, ihn mit ihrer Privatmaschine einfliegen zu lassen. Wyatt war alles, was ihr an Familie geblieben war, von ihrer spitznasigen Schwester Lydia mal abgesehen, einer vertrockneten alten Jungfer, die ihr Leben der Zucht Englischer Springerspaniels verschrieben hatte und sich strikt weigerte zu verreisen. »Nun ja, aber schön, dass du jetzt hier bist. Vielleicht kann ich dich ja überzeugen, dass du dich heute Abend ausnahmsweise anständig benimmst. Mir ist nicht danach, mich blamieren zu lassen.«

»Was lässt dich denn annehmen, ich könnte dich blamieren?«

»Siebenunddreißig Jahre Erfahrung. Du weißt selbst, dass deine Manieren ein Graus sind, und das fällt nun mal auf die Frau zurück, die dich großgezogen hat.«

»Aber du kannst doch Margaret nicht die Schuld dafür in die Schuhe schieben.«

Dottie verdrehte die Augen.

Ihr Sohn setzte sich auf das Sofa und legte seine Füße in den handgenähten John-Lobb-Schuhen auf den Couchtisch. »Also, ich habe Neuigkeiten. Große Neuigkeiten. Harvard University Press verlegt mein erstes Buch. Alfred Kipling will es höchstpersönlich lektorieren. Ich habe gerade den Vertrag unterschrieben.«

Verblüfft schnappte Dottie nach Luft. »Wyatt, Herz, das ist ja wunderbar!« Konnte das wirklich wahr sein? Dottie hoffte inständig, dass es ihm diesmal wirklich ernst war und er Ziel und Zweck für sein Leben entdeckt hatte. Da erschien ihr plötzlich sogar ein einsames Weihnachtsessen nur halb so schlimm. »Also, dann erzähl mal, worum geht es denn?«

»Es ist ein anthropologisches Experiment, eins, bei dem die Auswirkungen von Veranlagung und Umwelteinflüssen auf den gesellschaftlichen Status untersucht werden sollen. Ich beschreibe den Aufstieg eines neuen Alpha-Weibchens. Momentan dreht sich bei mir alles nur noch um dieses Projekt. Und sollte mein Experiment Erfolg haben, dann wird das ein wirklich bahnbrechendes Buch.«

»Beobachtest du wieder Schimpansen? Menschenaffen?«

»Menschen. Du weißt doch, dass es mich schon immer fasziniert hat, wie sehr unser eigenes Verhalten das unserer nächsten Verwandten unter den Menschenaffen spiegelt. Aber du wirst sie auch gleich selbst kennenlernen«, antwortete Wyatt. »Sie kommt mit Trip und Eloise.«

»*Sie?*« Dotties Interesse verwandelte sich schlagartig in Beunruhigung. »Und sie kommt zu meiner Dinnerparty? Das muss ich auf der Stelle Graciela sagen.«

»Das habe ich schon gemacht. Ich glaube, Lucy wird dir gefallen. Sie ist zwar nicht mit einem goldenen Löffel im Mund geboren worden, aber welche goldene Gabel sie wann benutzen soll, hat sie recht schnell begriffen, wenn man so will. Sie hat, wie soll ich sagen … Verve.«

»Verve« – aus dem Mund ihres Sohns konnte das alles bedeuten, unter anderem auch eine breite Palette eigenartigen Verhaltens, das so gar nicht zu einer Dinnerparty passte. »Das sieht dir mal wieder ähnlich, Wyatt. Bitte sag mir, dass sie nicht von Wölfen großgezogen wurde.«

»Nein, nein. Aber von einer alleinerziehenden Mutter aus dem Arbeitermilieu in Minnesota. Du brauchst dir wirklich keinerlei Sorgen zu machen. Ich feile schon seit Wochen an ihrem Benehmen, und so langsam scheint es zu fruchten. Wobei wir natürlich nicht mit Gewissheit sagen können, wie gut sie in ihrer neuen Rolle zurechtkommt, bis wir sie ins kalte Wasser werfen.«

Dottie spürte eine Migräne heraufziehen. »Ich verstehe überhaupt nicht, was du da redest, aber du solltest wissen, dass du dir den ungünstigsten Abend ausgesucht hast, den du nur konntest. Ein anthropologisches Experiment bei meiner Dinnerparty – also ehrlich, Wyatt! Zunächst mal, wo bitte soll ich sie denn hinsetzen?«

»Gleich neben mich«, schlug Wyatt vor. »So kann ich sie im Auge behalten. Verhindern, dass sie aus der Fingerschale trinkt oder versucht, ihr Geschirr selbst abzuräumen.«

Schnell ging Dottie im Geiste die neue Sitzordnung durch. Sie hatte eine Gabe für die richtige Platzierung ihrer Gäste, die schon beinahe an mathematisches Genie grenzte. »Also gut. Und wie heißt sie?«, fragte sie.

»Lucy Ellis. Es wird bestimmt alles halb so schlimm, versprochen. Ich habe ihr gesellschaftliche Umgangsformen beigebracht …«

»Wie will ein Mann ohne jegliche Umgangsformen jemand anderem so etwas vermitteln? Du, der du gerade erst kürzlich meiner Freundin Millicent gesagt hast, sie sehe aus wie ein Mops?«

Worauf Wyatt bloß laut lachte. »Ich muss gestehen, das war nicht unbedingt eins meiner persönlichen Glanzlichter, aber etliche Studien belegen, dass Menschen und ihre Haustiere, wenn sie über einen längeren Zeitraum eng zusammenleben, einander immer ähnlicher …«

Ein Dienstmädchen in blauer Uniform erschien an der Tür. »Gäste, Mrs. Hayes.«

»Danke, Graciela. Würden Sie Pammy bitte sagen, sie soll eine Tischkarte mit dem Namen Lucy Ellis schreiben? Sie sitzt rechts neben Wyatt. Dafür müssen wir Mimi Rutherford zwischen Bancroft Stevens und Roger Rosenthal platzieren. Gott sei Dank habe ich heute Abend einen Herrn zu viel am Tisch.«

Wyatt rappelte sich ebenfalls auf, als seine Mutter aufstand. »Lucy weiß noch nichts von dem Buch. Und es ist wichtig, dass niemand die Wahrheit über sie erfährt. Meine Karriere hängt davon ab.«

»Natürlich werde ich kein Wort über dein seltsames Experiment verlieren. Das arme Ding. Meinst du, du müsstest mir wirklich einbläuen, keinen meiner Gäste bloßzustellen?«

»Ich weiß deine Unterstützung zu schätzen, Mutter.«

»Ich weiß gar nicht, ob du darauf zählen kannst, Herzchen.« Und dann seufzte Dottie tief. Sie hatte ihrem Sohn noch nie etwas abschlagen können – was wohl so einiges erklärte.

»Martha, hallo!«, rief Wyatt und beugte sich durch eine Amarige-Duftwolke hinunter, um der mürrischen Matrone einen Kuss auf die Wange zu geben. Martha Fairchild wirkte zunächst etwas verblüfft, ihn zu sehen – er ließ sich nur äußerst selten bei den Dinnerpartys seiner Mutter blicken –, verzog das Gesicht aber dann rasch wieder zum gewohnt desinteressierten, teilnahmslosen Flunsch. Hinter ihr standen ihre beiden Sprösslinge, Fernanda und Max, die in Wyatts Augen mehr wie zu groß geratene Kinder aussahen denn wie erwachsene Menschen. Max war Beweisstück A für die These, dass jahrhundertelange Inzucht unter Blaublütern zwangsläufig zu Sauerstoffmangel in der Blutbahn führte. Und wenn man sich die dunkeläugige Fernanda mit dem unsteten Blick so anschaute, dann war Wyatt sofort auf der Hut. Fernanda gehörte, wie er wusste, zu Cornelias Hofstaat. Cornelia verfügte nämlich über Kohle, Eleganz und Elan, die Fernanda leider allesamt gänzlich abgingen. Wenn er nicht aufpasste, würde sie Cornelia brühwarm sämtliche Details des Abends berichten, inklusive der brandheißen Nachrichten über eine große, attraktive und bislang unbekannte junge Dame, die an Wyatts Seite aufgetaucht war. Wyatt wollte, dass der Auftritt am heutigen Abend im kleinen Kreis blieb. Lucys Debüt sollte möglichst ohne Aufsehen zu erregen über die Bühne gehen, so wie man mit einem neuen Segelboot erst mal einen kleinen Törn um den Hafen machte, ehe man damit ein Rennen segelte.

»Du bist also wieder zurück aus … wo warst du noch mal?«, fragte Fernanda.

»Ich war hier.« Er wusste genau, dass sie ihn aus der Reserve locken wollte, aber da spielte er nicht mit.

»Tja, wir haben dich auf dem Rotkreuz-Ball vermisst. Der war dieses Jahr einfach fantastisch.«

»Das glaube ich«, entgegnete Wyatt. Wobei er über Fernandas knochige Schulter zur Tür lugte, ob Trip, Eloise und Lucy inzwischen angekommen waren. Jetzt, wo die Hohenpriester und -priesterinnen der feinen Gesellschaft sich im Salon seiner Mutter drängten, wurde Wyatt doch ein bisschen mulmig beim Gedanken daran, ob sein Schützling in diesen rauen Gewässern wohl schwimmen oder untergehen würde. Denn Lucy war immer noch ziemlich unberechenbar.

Da der Großteil der New Yorker Society über die Feiertage verreist war, hatte Wyatt es riskiert, Lucy gelegentlich zum Essen in das eine oder andere Restaurant auszuführen, wo die beiden unentdeckt diniert hatten. Vor zwei Tagen waren sie mit Trip und Eloise im Amaranth gewesen. Verblüfft hatte Wyatt sich die kultivierte, elegante, entzückende junge Dame angeschaut, die ihm da gegenübersaß, und sich in dem Gespräch über die Rembrandtausstellung im Metropolitan Museum of Art, die sie an diesem Tag besucht hatten, mühelos behauptete. Das stundenlange Üben mit dem *Who is Who* auf dem Kopf hatte sich ausgezahlt und Lucy den schwerfälligen Bauerntrampelgang ausgetrieben. Inzwischen bewegte sie sich selbstsicher, ohne sich für ihre Größe zu schämen, und beugte sich nicht vornüber wie eine bucklige alte Kräuterhexe, um sich mit Trip zu unterhalten, der ihr gerade mal bis zum Kinn reichte. Die endlosen, nervenaufreibenden Sprechübungen hatten die gedankenlosen *Ähms* und *Öhms* ausgerottet und das breite, gedehnte A, das Wyatt zu dem

Entschluss getrieben hatte, niemals einen Fuß in die Tundra Minnesotas zu setzen.

Dank der täglichen doppelten Sporteinheiten war sie inzwischen wesentlich schlanker geworden und hatte einen straffen, aber unverkennbar weiblichen Körper bekommen. Ein spindeldürrer Hungerhaken würde nie aus ihr werden, aber sie wirkte gazellenhaft und durchtrainiert und sah aus, als spielte sie samstags Feldhockey in Wellesley. Inzwischen hatte sie auch eine Taille bekommen, und als Wyatt kürzlich einmal bei einer ihrer Trainingseinheiten den Kopf zur Tür hereingestreckt hatte, musste er verblüfft ihre langen, gertenschlanken Beine bewundern. Aufgrund ihrer gesunden Ernährung, ihres Sportprogramms und der wöchentlichen kosmetischen Gesichtsbehandlungen war ihre Haut taufrisch und strahlend. Sie wusste, worüber man sich bei Dinnerpartys unterhielt, nämlich im Grunde genommen über gar nichts, und sie wusste, *wie* man darüber redete, nämlich mit betont zurückhaltendem Desinteresse. Ebenso wichtig war, dass sie wusste, woher sie vorgeblich kam: Jedes Detail ihrer Geschichte waren sie wieder und wieder durchgegangen, so gründlich, dass sie inzwischen fast ein bisschen stolz war auf das imaginäre Holzhändlervermögen ihrer Familie.

Trotzdem war das Mädchen noch immer ein unberechenbarer Risikofaktor. Just, wenn er sich langsam ein bisschen entspannte – *zack!* – war die alte Lucy Jo wieder da, verhackstückte eins der französischen Sprichwörter, die er ihr zum zwanglosen Einstreuen in die Konversation eingebläut hatte, putzte sich am Tisch die Nase oder redete darüber, was wie viel gekostet hatte. Sie lächelte immer noch viel zu viel und viel zu wahllos für seinen Geschmack, trug Yoga-Hosen und Turnschuhe, auch wenn sie gar nicht zum Sport wollte, und benutzte Wörter wie »krass« und »cool«. Und an jenem

Abend im Amaranth, als er sie doch tatsächlich dabei ertappt hatte, wie sie in einem auf Hochglanz polierten Buttermesser prüfte, ob sie auch keine Essensreste zwischen den Schneidezähnen hatte, da sah Wyatt sein Buchprojekt bereits den Bach runtergehen. Ohne das triumphale Ende, das war Wyatt klar, würde das Buch beim Publikum durchfallen. Ganz zu schweigen davon, dass er die Wette mit Trip verlieren würde – und mit ihr seine Uhr und seinen Stolz. Der heutige Abend könnte der erste Sieg in seinem Lucy-Experiment sein oder die kriegsentscheidende Niederlage.

»Wyatt?«, fragte Fernanda leicht angesäuert. »Ich sagte, kommst du auch zu Tamsins und Henrys Hochzeit?«

»Entschuldige«, murmelte er. »Ich war gerade etwas abgelenkt.«

Mitfühlend legte Fernanda ihm die Hand auf den Arm. »Nein, schon gut, das kann ich gut verstehen. Du bist sicher nervös, weil du Cornelia heute zum ersten Mal wiedersiehst seit…«

Das laute Geplapper um sie herum schien schlagartig zu verstummen. »Wovon redest du, bitte?«, platzte Wyatt heraus, woraufhin Fernanda erschrocken einen Schritt zurücktrat. »Cornelia ist doch heute Abend nicht hier!«

»Wie, hatte deine Mutter dir das nicht erzählt?«

»Würdest du mich bitte einen Augenblick entschuldigen?« Wyatt fixierte seine Mutter mit einem tödlichen Blick. Sie wusste doch, dass er und Cornelia sich getrennt hatten; sie hatte die Trennung ja sogar selbst gutgeheißen. Was um alles auf der Welt hatte sie sich bloß dabei gedacht? Dass Cornelia an diesem Abend zu den Gästen gehören würde, war mehr als eine kleine Unannehmlichkeit; es war eine potenzielle Katastrophe. Auf Schüsse aus dem Hinterhalt und Querschläger war Lucy noch nicht vorbereitet. Wyatt hatte es so eilig, zu seiner Mutter zu kommen, dass er sich auf dem Absatz umdrehte und dabei Max' Zehen beinahe zermalmte, der unglücklicherweise gleich hinter ihm stand. Dann stürmte er quer durch den Salon und unterbrach seine Mutter in einem Gespräch mit dem Delfter-Porzellan-Sammler Lars van Sever und dessen Frau.

»Wie konntest du bloß Cornelia zu dir nach Hause einladen, ohne mir auch nur einen Ton davon zu sagen?«, fauchte er aufgebracht. »Ich dachte, wir beide wären uns, was sie betrifft, einig.«

»Sind wir auch. Sind wir auch. Das Mädchen ist eine gesellschaftliche Dampfwalze. Martha Fairchild rief mich an und fragte, ob Cornelia ebenfalls kommen dürfe, und wollte auch dann nicht lockerlassen, als ich ihr sagte, der Tisch sei bereits bis auf den letzten Platz besetzt. Martha hat sogar angeboten, selbst zu Hause zu bleiben, damit Cornelia kommen könne! Das ist das letzte Mal, dass ich die Fairchilds einlade – man lernt doch nie aus. Aber ich wusste einfach nicht, wie ich bei diesem Ersuchen taktvoll Nein sagen sollte.«

»Probier's doch einfach mal mit: *Nein.*«

Dottie legte ihrem Sohn eine Hand auf den Arm und schaute Wyatt mit mütterlich besorgtem Gesicht an. »So nervös kenne ich dich ja gar nicht. Liegt dir so viel an dieser Lucy?«

Gerade in dem Moment schaute Wyatt auf und sah Trip und Eloise in der Tür stehen, mit Lucy im Schlepptau, deren dunkle Haare vor den Eichenbalken schimmerten. »Sie sind gerade gekommen!«, rief er aufgeregt und musste gegen die aufsteigende Panik ankämpfen. »Zu spät. Jetzt muss ich sie einfach so gut es geht auseinanderhalten.« Hastig nippte er an seinem Scotch. »Und um deine Frage zu beantworten, es liegt mir viel an *meinem Buch.* Ein verfrühtes Zusammentreffen mit Cornelia könnte das Ziel gefährden, auf das Lucy und ich die ganze Zeit hinarbeiten.«

Dottie sah ihrem Sohn hinterher. Zwei Schritte hinter Trip und Eloise stand eine junge Frau wie eine Statue und schaute sich mit großen dunklen Augen aufmerksam um. Sie trug ein auberginefarbenes Kleid, dessen Taille durch einen Gürtel betont wurde, was dem Ganzen eine sehr feminine Silhouette verlieh. Die dunklen Haare waren glatt und glänzend wie schimmernde Seide, und Süßwasserperlen baumelten an ihren Ohrläppchen. In den schmeichelnden, märchenhaft schönen Roger-Vivier-Schuhen wirkten ihre Beine endlos lang.

Das war zweifellos die hübscheste junge Dame, die Dottie Hayes je gesehen hatte.

»Das Buch, natürlich«, murmelte sie noch, aber da war ihr Sohn schon entschwunden.

Die Ahnengalerie mit den strengen Gesichtern in Dotties großem Salon stierten sie finster an, als wollten sie Lucy daran erinnern, dass sie hier völlig fehl am Platze war. Wüssten diese feinen Pinkel, wer sie wirklich war, würde sie, ehe sie sich's versah, dazu degradiert, Champagnergläser herumzureichen. Wäre ja nicht das erste Mal.

Schaudernd und ganz verunsichert schaute sie sich die anderen Gäste an. Nicht bloß, dass die hier alle tadellos gekleidet waren – was natürlich der Fall war. Die Männer wirkten alle, als kämen sie schnurstracks aus der Saville Row, die Anzüge maßgeschneidert, an den Schultern perfekt geschnitten, sodass sie nicht knitterten, und tailliert, dazu dezente, seidig schimmernde Krawatten. Die Hauptattraktion des Abends waren allerdings eindeutig die Damen, die in traumschönen Cocktailroben und eigens für sie angefertigten, edelsteinbesetzten Schuhen gekommen waren. Angesichts dieser schwindelerregenden Aura von Opulenz und Reichtum wirkten die fünfkarätigen Diamanten, die an den meisten Ohrhängern baumelten, beinahe wie ein elegantes Understatement. Lucys Blick fiel auf eine ältere Dame, deren silbergraue Haare und dreireihige Perlenkette einen schönen Kontrast zu ihrem dunklen Samtjäckchen bildeten, und die neben einer jungen Brünetten mit Wangenknochen wie Maria Shriver stand. Die beiden kamen ihr irgendwie bekannt vor, aber andererseits waren die Reichen und Mächtigen ja auch New Yorks ureigenes Promi-Volk.

Diese Leute brauchen niemandem mehr irgendwas zu beweisen, dachte Lucy. Und in diesem Moment, nach wochenlangem unablässigem Üben, hatte sie endlich den grundlegenden Unterschied zwischen altem Geldadel und neureichen Aufsteigern begriffen.

Wie ein kleines Kind, das ängstlich an Mutters Rockzipfel hängt, blieb Lucy stets abwartend einen Schritt hinter Eloise, als sie sich unter »Hallos« und Küsschen den Weg in Dotties Salon bahnten. Ein Glück, dass sie Eloise hatte – seit ihrem Tag im Spa war die mit ihrer unprätentiösen Liebenswürdigkeit für Lucy ein sicherer Hafen gegen die Stürme und Böen von Wyatts ständigen strengen Anforderungen geworden. Die beiden Frauen hatten sich rasch angefreundet. Eloise verfügte über eine ordentliche Portion gesunden Menschenverstand und war äußerst stilsicher, aber sehr viel offener und herzlicher als Lucy zunächst angenommen hatte. Lucy hatte ihr längst ihre wahre Lebensgeschichte anvertraut: dass sie, sehr zu ihrem Leidwesen, als Tochter von Rita, der promiverrückten Fingernagelstylistin, aufgewachsen war, bis hin zu ihrem Versuch, in Manhattan den großen Durchbruch zu schaffen, und Eloise ihrerseits hatte ihr anvertraut, wie sehr ihre Beziehung zu Trip sie frustrierte, den sie zwar vergötterte, der aber ungefähr genauso wahrscheinlich um ihre Hand anhalten würde wie seine Eminenz, der Kardinal von New York. Wäre Eloise an diesem Abend nicht dabei, wäre Lucy, davon war sie fest überzeugt, zu einem kleinen armseligen Häufchen violetter Seide zusammengeschrumpft – vor allem, nachdem sie Wyatts Mutter entdeckt hatte, die so hoheitlich wirkte, dass Queen Elizabeth neben ihr ausgesehen hätte wie Sharon Ozbourne. Lucy hatte sie anhand der Familienfotos erkannt, die in Wyatts Arbeitszimmer an den Wänden hingen.

»Bleib ganz locker«, flüsterte Eloise und lächelte Lucy aufmunternd zu. »Die werden dich alle mögen, versprochen. Du brauchst dir überhaupt keine Sorgen zu machen.«

Wyatts Mutter steuerte direkt auf sie zu, um sie zu begrüßen. »Eloise, Ihr Kleid ist ein Traum.« Sie sprach sehr deutlich und etwas gedehnt. »Sie wissen einfach, was Ihnen steht.«

Eloise lächelte freundlich. »Danke, Dottie. Dies ist unsere Freundin Lucy.«

»Wie nett, Sie kennenzulernen«, sagte Dottie und reichte ihr die Hand. Ihre schneeweißen Haare trug sie in einem eleganten, betont schlichten Bob, der Lucy an ein fluffiges Baiser erinnerte. »Ich bin Wyatts Mutter.«

»Sehr freundlich, dass ich kommen durfte, Mrs. Hayes«, gab Lucy zurück und schüttelte steif die dargebotene Rechte. Wie sehr sie sich wünschte, sie wäre so locker und entspannt wie Eloise; stattdessen klang sie, als läse sie ihren Text von einem Teleprompter ab. »Ihr Haus ist wirklich, ähm, beeindruckend.« Da war es wieder, dieses *ähm*. Sie war heilfroh, dass Wyatt außer Hörweite war.

»Bitte, nennen Sie mich doch Dottie. Danke für das Kompliment. Es wird gerade umgestaltet, also ist es momentan ein bisschen, wie soll ich sagen, unordentlich.«

Lucy ließ den Blick durch den Raum schweifen. Nicht mal ein kleiner Hermès-Aschenbecher war irgendwo verrückt. »Wenn Sie das als Unordnung bezeichnen, dann möchte ich nicht wissen, was Sie zu meinem Kleiderschrank sagen würden!«

Dottie lachte höflich. »Was möchten Sie trinken, meine Liebe?«

»Oh, etwas, das keine Umstände macht.«

»Nichts macht irgendwelche Umstände«, entgegnete Dottie.

In Anbetracht der Kellner, die den Raum rechts und links flankierten und nur auf ihren Einsatz warteten, stimmte das wohl tatsächlich. »Ähm, na ja, dann vielleicht einen Singapore Sling?« Ohne nachzudenken, hatte sie den ersten bunten, schirmchengeschmückten Cocktail herausposaunt, der ihr in den Kopf gekommen war, aber angesichts des offensichtlichen Unbehagens ihrer Gastgeberin hatte sie wohl etwas Falsches in den Raum trompetet.

»Einen Singapore Sling?« Ratlos verzog Dottie das Gesicht. »Tut mir leid, ich weiß nicht …«

»Oder vielleicht ein Glas Champagner?«, schlug Eloise vor.

»Oh, ja, das wäre perfekt.« Lucy seufzte erleichtert auf. »Ich trinke liebend gerne einen Champagner, wenn Sie einen dahätten.« Sie war so nervös, dass sie dumme Anfängerfehler machte. *Champagner* war das offizielle Getränk der besseren Gesellschaft, Dummchen! Hatte sie denn bei Nolas Party gar nichts gelernt? Aber Wyatt hatte ihr nicht gesagt, was für einen Cocktail sie vor dem Essen trinken sollte. Was er wohl noch vergessen hatte zu erwähnen?

»Natürlich. Der Kellner kommt sofort. Entschuldigen Sie mich bitte einen Moment – ich sehe gerade den Bürgermeister und seine Verlobte.« Und damit rauschte Dottie von dannen.

»Ich gehöre nicht hierher.« Lucy war das Ganze plötzlich zu viel. »Alle gucken mich dauernd so komisch an. Und die sehen alle so perfekt aus. So teuer. So …«

»Und du etwa nicht?« Dezent wies Eloise auf den großen antiken Spiegel, der an der Wand gleich neben ihnen hing. »Die Leute gucken dich an, weil du bildhübsch bist. Aber hör zu, ich weiß genau, wie du dich fühlst. Wenn man der ganzen Meute plötzlich so gegenübersteht, kann einem angst und bange werden. Aber es sind wirklich sehr nette Leute darunter. Ach, da ist ja Mimi Rutherford-Shaw. Die wird dir gefallen, ganz bestimmt.« Und damit winkte sie einer vollbusigen, üppigen Blondine in einem rosa Gucci-Kleid fröhlich zu. Jeder schien Mimi zu mögen, wie Lucy auf Anhieb merkte, und das nicht nur, weil man neben ihr gleich viel schlanker aussah. Selbst in dieser muffigen, steifen Gesellschaft schien sie sich köstlich zu amüsieren.

»El!«, rief Mimi und kam zu ihnen.

»Mimi, du musst meine Freundin Lucy kennenlernen.«

»Na, du bist aber ein entzückendes Ding!«, zirpte Mimi und küsste Lucy zur Begrüßung auf die Wange. Wyatt hatte Lucy alles über Mimi erzählt, wie über viele andere der üblichen Verdächtigen. Sie kam aus den Südstaaten, worauf sie sehr stolz war, und je länger sie in New York lebte, desto ausgeprägter wurde ihr breiter, gedehnter Südstaatenakzent. Inzwischen hatten die meisten Mühe, sie überhaupt noch zu verstehen. »Sehr erfreut, dich kennenzulernen. Und wo kommst du her, Herzchen?«

»Chicago«, entgegnete Lucy und wand sich innerlich. Lügen konnte sie nicht ausstehen, vor allem bei jemandem, der so nett zu ihr war, aber sie musste sich nun mal an das Skript halten. Das gehörte zur Abmachung. »Und Sie sind sicher aus dem Süden, stimmt's?«

»In Atlanta geboren und aufgewachsen. Aber ich bin mit einem Yankee verheiratet, und er kriegt die Motten, sobald er weiter südlich muss als nach Virginia.«

»Unser Glück«, warf Eloise ein. »Lucy, Mimi hat eine wunderbare Hilfsorganisation gegründet namens Baby Love. Vielleicht hättest du ja Interesse, dich dort zu engagieren …«

Noch ehe Lucy antworten konnte, stürzte sich Wyatt auf sie wie ein Geier. Er trug einen klassischen grauen Anzug, den sie noch nie an ihm gesehen hatte, und der ihm passte, als sei er nur dazu geboren worden, diesen Anzug zu tragen. »Ich versuche die ganze Zeit, dir Zeichen zu geben!«, brummte er.

»Wyatt, hi. Kennst du Mimi schon?«, fragte Lucy höflich.

Wyatt schaute kurz rüber. »Hey, Mims. Jack auch da?«

»Nein, der ist bei einem Geschäftsessen. Schon das zweite diese Woche! Mal ehrlich, ich *hoffe*, der Kerl betrügt mich. Sonst arbeitet er einfach viel zu viel.« Mimi unterbrach sich, als hätte sie gespürt, wie die Atmosphäre im Raum plötzlich umschlug. Auch Lucy merkte es und drehte sich um.

Cornelia Rockman, die es sich nie nehmen ließ, einen großen Auftritt hinzulegen, war in den Salon gerauscht. Als die Menge sich vor ihr teilte, blieb sie stehen und lächelte, als erwartete sie, von einem Paparazzo abgelichtet zu werden. Was angesichts ihrer Allgegenwart in den Klatschblättchen, die Wyatt abonniert und zu Lucys täglicher Pflichtlektüre deklariert hatte, durchaus im Bereich des Möglichen lag.

»Cornelia Rockman, stimmt's?«, flüsterte sie Eloise zu. Sie erkannte die junge Frau wieder, die ihr an dem verregneten

Abend nach der verunglückten Nola-Sinclair-Show so dreist das Taxi vor der Nase weggeschnappt hatte. Und natürlich hatte Wyatt ihr alles über die amtierende Bienenkönigin erzählt.

»Ja. Wyatt und sie haben sich letzten Monat getrennt. Wundert mich, dass Dottie sie heute Abend eingeladen hat.«

Wyatts Ex? Dieses unbedeutende Detail hatte er ihr bisher wohlweislich verschwiegen! Lucy beäugte Cornelia mit einer Mischung aus Neugier, Neid und fachlichem Interesse. Natürlich sah sie umwerfend aus. Sie sah aus wie die Reinkarnation einer Fünfzigerjahre-Hausfrau – einer sehr teuren, sehr sexy Fünfzigerjahre-Hausfrau – in ihrem Cocktailkleid, das sich um jede Kurve ihres Körpers zu schmiegen schien. Es war, als sei Christian Dior gerade lange genug aus dem Grab erstanden, um sie einzukleiden, nur um der ganzen Welt wahre weibliche Schönheit vor Augen zu führen. Als Modedesignerin musste Lucy einfach bewundern, wie gut Cornelia in ihrer Garderobe aussah, und wie genau sie offenkundig wusste, welche Schnitte ihrer schlanken, aber kurvenreichen Figur am meisten schmeichelten. Sie vermied es, irgendeinen der Gäste direkt anzusehen, obwohl sicher die Hälfte der Anwesenden sich nach ihr umgedreht hatte. Schaute man sich an, wie Cornelia dastand, hätte man annehmen können, das Dinner fände eigens zu ihren Ehren statt.

Wyatts Gesicht war inzwischen zartrosa angelaufen. Lucy merkte, wie steif er wurde, als Cornelia, nachdem sie sich dazu herabgelassen hatte, einige der anderen Gäste zu begrüßen, auf ihr Grüppchen zusteuerte. »Wyatt!«, flötete sie und drückte ihm sanft zwei Küsschen auf die Wangen. Aufmerksam beobachtete Lucy das Wiedersehen zwischen den beiden. Noch nie hatte sie ein hinreißenderes Traumpaar gesehen. Und diese Frau hatte Wyatt allen Ernstes sitzen gelassen? Gut, womöglich war sie nicht die netteste Person auf Gottes Erden – aber das war er schließlich auch nicht. Cornelia schien jene körperliche Makellosigkeit und unerschütterliche Selbstsicherheit zu vereinen, die Wyatt Lucy mit aller Gewalt einhämmern wollte. »Wie schön, dich zu sehen«, wisperte sie.

»Warum musstest du heute Abend unbedingt kommen?«, knurrte Wyatt mit zusammengebissenen Zähnen.

»Nun, weil deine Mutter mich eingeladen hat, natürlich«, entgegnete Cornelia, ohne mit der Wimper zu zucken. Dabei spielte sie an einem riesigen Smaragd, den sie an einer langen Goldkette um den Hals trug. »Aber wenn es dir unangenehm ist, kann ich auch wieder gehen.«

»Bilde dir bloß nichts ein. Mir macht das überhaupt nichts aus.« Er schien sich wieder im Griff zu haben. »Lucy, das ist Cornelia Rockman. Cornelia, Lucy Ellis.«

»Mir ein Vergnügen«, säuselte Cornelia und musterte Lucy, wie ein Gepard eine Gazelle beäugt. Sollte sie Lucy von jenem regnerischen Abend wiedererkannt haben, so ließ sie sich zumindest nichts anmerken.

»Sehr nett, Sie kennenzulernen!«, entgegnete Lucy und streckte ihr die Hand hin. »Ihr Kleid ist hinreißend.«

Cornelia schaute so verächtlich auf Lucys dargebotene Hand, als hielte die ihr eine tote Taube hin. Dann beugte sie sich vor und küsste Lucy einmal neben jedes Ohrläppchen in die Luft.

»Wollen wir mal schauen, was meine Mutter wollte?«, fragte Wyatt, packte Lucy am Ellbogen und schob sie vor sich her durch den Raum.

15

WYATTS AUFZEICHNUNGEN:
Im frühen zwanzigsten Jahrhundert beschrieb der norwegische Zoologe Thorleif Schjelderup-Ebbe ein System sozialer Dominanz zwischen Geflügel, das als »Hackordnung« bekannt wurde. Er beobachtete, dass rangniedere Vögel erst dann fraßen, wenn die ranghöheren Tiere fertig waren. So ähnlich ist es auch in unserer modernen Gesellschaft, wo es die Höflichkeit gebietet, dass die Gäste warten, bis der Gastgeber den ersten Bissen zum Mund führt, ehe sie selbst anfangen zu essen. Leider hatte ich es versäumt, L. diese Information mit auf den Weg zu geben.

Cornelia musste neidlos anerkennen, dass Dotties Esszimmer noch nie so elegant ausgesehen hatte wie an diesem Abend, vor allem der Tisch, der von hohen, schlanken Silberkandelabern sanft beschienen wurde und in zinnoberrotes Leinen gehüllt war. Diese Augenweide wurde abgerundet von dem Porzellan, einem Erbstück, bei dessen Anblick Martin Matheson von Christie's – Fernandas Chef – das Wasser im Mund zusammenlief. Alles in allem die perfekte Kulisse für ihre längst überfällige Versöhnung mit Wyatt.

»Deine Mutter führt wohl etwas im Schilde«, bemerkte Cornelia kokett, als sie ihren Platz am Tisch neben Wyatt einnahm. Dabei hatte sie sich eben klammheimlich ins Esszimmer geschlichen, ehe die anderen Gäste hineingeströmt waren, und höchstpersönlich schnell noch die Tischkarten vertauscht. Jetzt saß diese komische Lucy neben dem König der Langweiler persönlich, Max Fairchild, und Cornelia hatte Wyatt ganz für sich allein. Sie würde sich doch nicht von einer dahergelaufenen Vordränglerin von ihren Bemühungen abhalten lassen, ihn zurückzuerobern.

»Du hast die Tischkarten vertauscht«, stellte Wyatt fest. Und wirkte so gar nicht erfreut darüber.

»Und wenn es so wäre?«, gurrte Cornelia, etwas irritiert, dass er sie so leicht durchschaut hatte. »Wir müssen miteinander reden. Menschen trennen sich doch nicht wegen eines kleinen Missverständnisses.«

»Das ist hier weder die Zeit noch der Ort«, entgegnete Wyatt. Und wendete sich dann Esther Michaels zu seiner Rechten zu, einer alten Freundin der Familie, die mit einigen anderen zusammen in den Siebzigerjahren maßgeblich an der Instandsetzung des Central Park beteiligt gewesen war. Womit Cornelia kein anderer Gesprächspartner mehr blieb als der knochentrockene intellektuelle Morgan Ware, ein ehemaliges Vorstandsmitglied der US-Notenbank oder irgendwas ähnlich Sterbenslangweiliges. Während Morgan ohne Punkt und Komma über seine düsteren Zukunftsprognosen für die amerikanische Wirtschaft schwadronierte – anscheinend hatte ihm niemand klargemacht, dass dies hier eine *Dinnerparty* war – spürte Cornelia Wyatts warmen Körper dicht neben sich. Ein Schauer lief ihr bis hinunter in die silbergrauen Stilettos. Es ließ sich nicht leugnen – der Kerl war heiß, wenn er ihr die kalte Schulter zeigte. Geziert schlug sie die Beine über und streifte dabei mit einem Fuß – scheinbar ganz unabsichtlich – sein Bein. Es kribbelte noch mehr. Dann zog Wyatt das Bein weg.

Ich soll mich wohl ins Zeug legen, dachte Cornelia mit einem durchtriebenen kleinen Lächeln. Und wandte sich dann wieder Morgan zu und tat, als lauschte sie ihm gebannt.

Allein und verlassen saß Lucy auf der anderen Seite des Tischs, schaute Hilfe suchend zu Wyatt hinüber und wünschte sich inständig, er wäre bei ihr, würde sie sicher durch das Gespräch dirigieren und ihr mit leisen Stichwörtern und mimischen Hinweisen, die sie eigens für diesen Abend einstudiert hatten, ein wenig unter die Arme greifen. Es kam ihr vor, als sei sie mutterseelenallein in einem fremden Land gestrandet, in dem alle außer ihr ein absonderliches Kauderwelsch redeten.

»Sie kommen mir so bekannt vor!«, tönte Martha Fairchild, die auf der anderen Seite neben ihrem Sohn saß. Sie legte den Kopf schief und drückte Max dann ohne große Umschweife einfach nach hinten gegen die Stuhllehne, um das neue Mädchen genauestens unter die Lupe nehmen zu können. »Ich bin mir ganz sicher, dass wir uns schon mal irgendwo begegnet sind, aber ich weiß einfach nicht wo.«

»Sie kommen mir auch sehr bekannt vor. Und Max – Sie ebenfalls.« Den Kerl hatte sie schon mal gesehen, ganz sicher sogar. Vielleicht irgendwo in einem dieser Klatschblätter. Ja, ganz bestimmt, das musste es sein.

Max schaute sie aus himmelblauen Augen durchdringend an. »Tatsächlich? Aber ich bin mir sicher, dass ich mich an Sie erinnern würde, wenn wir uns schon mal begegnet wären …«

Moment mal, flirtet dieses Sahneschnittchen etwa mit mir? Lucy hatte schon vorhin bei der Cocktailrunde gemerkt, dass Max ihr immer wieder lange Blicke zugeworfen hatte, und er schien entzückt, neben ihr am Tisch zu sitzen. Wobei Lucy nicht so recht wusste, was ihr mehr Angst machte – dass Max sie womöglich durchschaut oder dass er ein Auge auf sie geworfen hatte. Wyatt hatte sie ausdrücklich davor gewarnt, sich heute Abend nicht zu lange mit alleinstehenden Männern zu unterhalten, die sie eventuell näher kennenlernen wollten. »Die tun, als interessierten sie sich für dich und dein Leben«, hatte er ihr eingeschärft, »und ehe du dich's versiehst, erklärst du ihnen den Weg nach Dayville. Weniger ist mehr.«

»Ihr Familienname war Ellis?«, erkundigte sich Martha und beugte sich wieder zu ihr herüber. »Wer sind denn Ihre Eltern, meine Liebe?«

»Meine Familie kommt aus Chicago. Womöglich kennen Sie meinen Vater, Raymond Ellis.« Lucy wiederholte wortwörtlich, was Wyatt ihr eingetrichtert hatte. Er wusste, dass der Name niemandem etwas sagen würde, aber er wusste genauso gut, dass niemand das zugeben würde. Es reichte, hatte er ihr erklärt, wenn Lucy den Anschein gab, dass Raymond Ellis jemand war, den man kennen *musste*.

»Aber natürlich«, flötete Martha. »Wie geht es ihm denn?«

»Ach, wie immer«, entgegnete Lucy. Vielleicht hatte Wyatt ja tatsächlich recht. »Und wo kommt ihr so her?« Hoppla. *Das* war ja nun mal wieder typisch Lucy-Jo-Sprech. Aber den Fairchilds schien das nicht weiter aufzufallen.

»Die Fairchild-Seite der Familie stammt aus New York. Aber meine Mutter war eine geborene Edgell.«

Lucy entging der Stolz in Marthas Stimme nicht. Man schien sich etwas darauf einbilden zu können, eine Edgell zu sein. Vielleicht mussten einige der Superreichen sich ja doch ein bisschen produzieren. »Der größte Teil meiner Familie lebt immer noch in Boston, obwohl ein Zweig in Paris beheimatet ist.«

»Paris, wie herrlich!« Wie lange hatte Lucy davon geträumt, die berühmte Modemetropole zu besuchen. »Haben Sie Ihre Verwandten dort schon einmal besucht?«

»Aber natürlich. Sehr oft sogar.«

»Ist die Stadt wirklich so schön wie in den Filmen? Ich würde so gerne mal hinfahren.«

»Paris?«, fragte Martha ungläubig und scheinbar etwas verdutzt angesichts dieser Frage. »Waren Sie denn noch nie dort?«

Dummchen. Lucys Magen schien sich zu einem Knoten zusammenzuballen. »Ähm, doch, natürlich war ich schon mal in Paris. Aber damals war ich noch ein kleines Mädchen, und heute kann ich mich kaum noch daran erinnern.« Mit dieser Antwort schien Martha sich zufriedenzugeben, und sie vertiefte sich in ein Gespräch mit Lars van Sever, als der erste Gang serviert wurde.

»Ist das, ähm, roher Fisch?«, erkundigte sie sich im Flüsterton bei Max, während sie starr vor Schreck auf ihren Teller guckte.

»Ja. Das ist Thunfischtatar.« Max grinste. »Nicht so dein Ding?«

»Habe ich noch nie gegessen«, gestand Lucy. »Roh liegt mir eigentlich nicht. Nicht, nachdem meine Freundin Doreen sich einmal im Sushi-Laden um die Ecke so eine fiese Fischvergiftung geholt hat, dass sie über zehn Kilo abgenommen hat.«

»Über zehn Kilo?«, wiederholte Max ungläubig.

»Eigentlich noch mehr. Und das nur beim ersten Mal.«

»Sie hat öfter als einmal eine Fischvergiftung bekommen? In ein und demselben Restaurant? Warum ist sie denn da noch mal hingegangen?«

»Ach, Doreen. Sie wollte für die Hochzeit ihrer Schwester unbedingt vierzig Kilo abnehmen.«

»Du machst Witze.« Max riskierte ein kleines Lächeln. »Ich meine, das hat sie doch nicht im Ernst gemacht.«

»Aber ja doch hat sie das gemacht!«

Ihm schienen die Worte zu fehlen, aber dann nickte er. »Verstehe, warum du Bedenken hast.« Was Martha anging, die hatte ihrerseits ebenfalls den letzten Teil der Unterhaltung mitgehört und betrachtete den rohen Fisch nun, wie es schien, dank Lucy mit völlig neuen Augen. »Hier, nimm ein Stückchen Brot«, bot Max Lucy an. »Ich glaube, damit kann man nichts falsch machen.«

»Aber ich sollte doch wenigstens mal probieren, meinst du nicht? Schließlich möchte ich die Gastgeberin nicht brüskieren.« Todesmutig stach Lucy mit der Gabel in den glibberigen Berg rosaroten Fischfleischs. Dann führte sie eine Portion davon zum Mund, hielt die Luft an und ließ ein paar der schleimigen Bröckchen über ihre Zunge gleiten.

Der Fisch schien in ihrem Mund wieder zum Leben zu erwachen. Tapfer mühte sie sich zu schlucken, aber der Hals schnürte sich ihr zu. Ihr Körper wehrte sich mit unüberhörbaren, kehligen Protestlauten.

»Erstickst du etwa?« Entsetzt sprang Max auf und riss Lucy vom Stuhl, um dann kurz entschlossen ihren Brustkorb mit beiden Armen zu umklammern bei dem Versuch, den Heimlich-Griff anzuwenden. »Ganz ruhig bleiben!«, rief er viel zu laut. Inzwischen war Lucy der Fisch tatsächlich im Hals stecken geblieben, und zwar dank seiner Rettungsaktion, und nach zwei entschiedenen Pumpbewegungen von Max wurden zwei Fischstückchen wie Geschosse aus ihrem Mund katapultiert, flogen quer über den traumhaft schön gedeckten Tisch und landeten mitten in Cornelia Rockmans Dekolleté.

Lucy wünschte, unter ihr würde sich ein Laufsteg auftun, in dem sie versinken könnte. Im ganzen Raum war es grabesstill, während langsam alle Augen von Lucy zu Cornelia wanderten.

»So, jetzt kannst du wieder durchatmen«, erklärte Max mit stolzgeschwellter Brust.

»Ach, tatsächlich?« Verstohlen schaute sie zu Wyatt, der ihrem Blick auszuweichen schien und tat, als kenne er sie gar nicht, um dann entschuldigend zum Kopf der Tafel zu gucken. Dottie gab sich redlich Mühe, aber schaffte es nicht, ihr Entsetzen zu verbergen. »Es tut mir so unendlich leid, Dottie – Mrs. Hayes. Dottie. Und Cornelia! Moment, ich wisch das schnell weg…« Und damit stürzte sie mit gezückter Serviette auf Cornelia zu, die ihrerseits abwehrend beide Hände hob, um sich Lucy vom Leib zu halten.

»Was Ekligeres gibt es ja wohl nicht«, zischte sie, woraufhin Lucy, die nicht wusste, was sie nun tun sollte, sich mit eingezogenem Kopf wieder auf ihren Platz verkrümelte.

Als sie sich setzte, legte Max ihr tröstend eine Hand auf die Schulter. »Du hast es versucht. Ich kann hiermit offiziell bezeugen, dass du wirklich versucht hast, diesen Fisch zu essen.«

Ängstlich schaute sie zum anderen Ende des Tischs, aber Wyatt stierte stur geradeaus auf sein Tatar. Einzig Trip und Eloise warfen ihr mitfühlende Blicke zu.

»Binkie«, sagte Dottie zwischen zwei Gängen, als die beiden Damen sich für einen Augenblick entschuldigt hatten, um ihre Frisur zu richten und schnell heimlich eine Zigarette zu rauchen, ehe gleich der Hauptgang serviert wurde. »Was um Himmels willen ist ein Singapore Sling?«

Als die Teller mit dem gebratenen Fasan abgeräumt wurden, beobachtete Wyatt, wie Lucy sich mit Morgan Ware unterhielt und ehrlich interessiert nickte, während ihr Gesprächspartner sich darüber erging, warum eine so bezaubernde junge

Dame wie sie unbedingt inflationsangepasste Rentenpapiere oder Kommunalanleihen haben sollte. Beruhigt, dass sie vorerst keine Schwierigkeiten machen konnte, da Wares Gegenüber normalerweise eher selten zu Wort kam, schlich sich Wyatt klammheimlich aus dem Esszimmer und lief durch den Korridor zu seinem alten Schlafzimmer. Es war ein typisches Jungenzimmer mit einer Sammlung präparierter Frösche, einem ausgestopften Rhesusaffen mit glühend roten Augen und einem kunstvoll verzierten, echt indianischen Redestab, den sein Vater ihm aus Alaska mitgebracht hatte, als er von einem Geschäftsabschluss mit den Eskimos zurückkam, denen er Bohrrechte für Erdöl abgekauft hatte. Wyatt setzte sich auf das breite Doppelbett, in dem er die ersten achtzehn Jahre seines Lebens geschlafen hatte, und zündete sich eine Zigarette an – die erste des Abends. Er mochte zwar vollkommen illegal an öffentlichen Orten rauchen, aber sich vor seiner Mutter eine anzuzünden, traute er sich nicht.

Er atmete tief aus und seufzte. Lucy zu trainieren, war wirklich Schwerstarbeit. Und an einem Abend wie diesem auch noch nervenaufreibend dazu. Schließlich hatte er seinen Schützling nicht nur der Crème de la Crème der besseren Gesellschaft vorgestellt, sondern hatte ihr versehentlich auch noch Cornelia auf den Hals gehetzt, was ungefähr so war, als würde man ein nichts ahnendes kleines Schnupperhäschen mit einem ausgehungerten Fuchs bekannt machen.

Alles in allem hatte Lucy sich wacker geschlagen. Sogar seine Mutter hatte sich beeindruckt gezeigt, wie Wyatt annahm. Dieser Bauerntrampel Max Fairchild hatte einen Narren an ihr gefressen, und Morgan Ware hatte ihr Staatsanleihen aufschwatzen wollen.

Wobei Wyatt natürlich noch einiges zu tun hatte. Wurde Lucy nervös, dann redete sie viel zu viel, fuchtelte beim

Sprechen mit den Händen und aß doch tatsächlich Dinge von ihrem Teller. Und sie ließ sich viel zu leicht zum Lachen hinreißen. Max Fairchild hatte noch nie in seinem Leben irgendwas auch nur ansatzweise Komisches oder Geistreiches gesagt, zumindest nicht, soweit Wyatt wusste, und trotzdem hatte sich Lucy während des Abendessens immer wieder halb totgelacht. Er musste ihr unbedingt einschärfen, bei gesellschaftlichen Anlässen nicht so überfreundlich zu allen zu sein.

Trotzdem, dachte er, während er den Rauch über die ausgestopfte Elch-Trophäe an der Wand über seinem Bett pustete, sie hatte das gewisse Etwas. Und das hieß, *er* hatte das gewisse Etwas, das er für sein Buch brauchte. Schnell drückte er die Zigarette in dem alten Saftflaschendeckel aus, den er seit seinen Internatszeiten in der obersten Schreibtischschublade versteckte, zog dann den kleinen Plastik-Frischhaltebeutel heraus, den er eigens zu diesem Zweck mitgebracht hatte, und ließ Asche und Zigarettenstummel darin verschwinden. *Sein Buch*. Ganz gleich, was seine Mutter auch denken musste, *das* war das Einzige, an dem ihm wirklich etwas lag.

»Erinnerst du dich noch an Camp Wokonoba?«

»Na klar.« Fernanda grinste. Als Mädchen hatte sie sich das ganze Jahr darauf gefreut, in den großen Ferien ins Sommercamp zu fahren. Dort hatten sie und Cornelia dann auch Freundschaft geschlossen, trotz ihres Altersunterschieds. »Jeden Abend haben wir uns aus unserer Gemeinschaftshütte geschlichen ...«

»Und erinnerst du dich auch noch an den kleinen Streich, den wir dieser Kuh Penelope gespielt haben?«

Nachdenklich klopfte Fernanda sich mit dem Finger gegen

die Lippen und durchforstete ihr Gedächtnis. In dem Sommer hatten sie eine Menge Mädels terrorisiert. »Als wir ihr im Schlaf diese schreckliche Vokuhila-Frisur geschnitten haben?«

»Nein, nein, nein. Weißt du nicht mehr, wie du ihr den gedeckten Apfelkuchen mit Eiscreme unter den Hintern geschoben hast, als sie sich im Speisesaal gerade hinsetzen wollte?«

»Ach ja, stimmt.« Fernanda grinste übers ganze Gesicht. »Ein echter Klassiker.«

Cornelia drückte ihr aufgeregt den Arm. »Pass auf – Dottie serviert heute Abend Crème brulée zum Dessert.«

»Lecker.« Fernanda schaute rüber ins Esszimmer. Wie es schien, hatte Lucy sich gerade entschuldigt, um sich das Näschen zu pudern, und hatte so ihren Stuhl unbewacht gelassen. Ohne ein weiteres Wort marschierte Fernanda zielstrebig auf ihren Bruder zu und setzte sich neben ihn, wobei sie ganz unauffällig einen großen Löffel Crème brulée aus dem Schälchen kratzte. »Na, amüsierst du dich gut, Max? Deine Tischdame scheint es dir ja richtig angetan zu haben.« Vorsichtig und ganz leise klatschte sie den klebrigen Schaum auf den Stuhl hinter sich. Der altbekannte Adrenalinschub, der sich immer dann einstellte, wenn Cornelia sie mal wieder zu irgendwelchen Bösartigkeiten anstiftete, ließ Fernanda wohlig erschaudern.

»Ach, hallo!« Lucy war an den Tisch zurückgekommen und strahlte sie fröhlich an. »Sie sind Max' Schwester, stimmt's?«

Schnell stand Fernanda auf. »Entschuldigen Sie, ich habe Ihnen den Platz weggenommen!«, zwitscherte sie mit geheuchelter Fröhlichkeit und dirigierte Lucy so auf den Stuhl, dass die sich ohne hinzuschauen einfach setzte. »Fernanda. Genau. Nett, Sie kennenzulernen.«

Auf dem Weg zurück zu ihrem Platz warf Fernanda Cornelia einen siegesgewissen Blick zu. Dottie hatte sie zwischen zwei weiblichen Tischnachbarn platziert statt neben einem der Junggesellen, was Fernandas schlechtes Gewissen ein bisschen beruhigte, absichtlich einen ihrer Scalamandrè-gepolsterten Stühle ruiniert zu haben.

Als die Gäste nach draußen gingen, um die Mäntel anzuziehen, warf Cornelia mit einem schneidenden kleinen Lächeln einen Blick in Lucys Richtung. »Ach, du lieber Himmel! Ich glaube, Sie müssen sich wohl in irgendwas reingesetzt haben!«, rief sie unüberhörbar, sodass sämtliche anderen Gäste sich auf der Stelle umdrehten und Lucy anstarrten.

Entsetzt wirbelte diese herum, um ihre Kehrseite in Augenschein zu nehmen. Und tatsächlich, ein gigantischer Fleck prangte auf der Rückseite ihres wunderschönen Kleids. Ihr stockte der Atem. »Mein Kleid!«, kreischte sie. »Das hat, weiß nicht, bestimmt tausend Dollar gekostet! Und ich trage es heute zum ersten Mal! Ich schwöre, gleich muss ich mich übergeben.« Wobei sie sich unablässig um die eigene Achse drehte wie ein Hund, der seinem eigenen Schwanz hinterherjagte.

Sofort war Wyatt bei ihr. »Beruhige dich«, redete er auf sie ein. »Danke für den wunderbaren Abend, Mutter.« Und damit half er Lucy in den Mantel und schob sie vor sich her zum Aufzug.

Jetzt hasst er mich, dachte Lucy kläglich. Sie war ganz erschöpft vor Anspannung. *Nie im Leben werde ich in diese Welt passen. Ich sollte uns beiden die Enttäuschung ersparen und es einfach gut sein lassen.*

Während sie mit hängendem Kopf zum Aufzug trottete, sprach Max sie freundlich an: »Hey, das mit deinem Kleid tut mir leid.«

»Danke«, entgegnete Lucy leise. »Ich weiß, ich soll nicht darüber reden, was Sachen kosten …«

»Lucy …«, hörte sie Wyatts mahnende Stimme hinter sich.

»Wie meinst du das? Ich finde es toll, wenn jemand den Wert der Dinge zu schätzen weiß. Meine Schwester und Cornelia, die tragen alles bloß ein Mal, und danach landet es in der Altkleidersammlung.«

»Im Ernst? Ich schneidere viele meiner Sachen selbst, deshalb hänge ich sehr an ihnen.« Unvermittelt griff Wyatt nach ihrem Ellbogen, und sie unterbrach sich. »Es war wirklich nett, dich kennenzulernen«, sagte sie, als sie und Wyatt sich zu Trip und Eloise in den Aufzug quetschten. Ihre und Max' Blicke trafen sich kurz, dann ging die Tür vor ihrer Nase zu.

»Da hat wohl jemand einen Verehrer!«, neckte Eloise sie.

Trotz ihres mehrfachen Versagens, nicht zu reden von Wyatts versteinerter Miene und dem undurchdringlichen Schweigen, konnte Lucy sich des kleinen Glücksgefühls nicht erwehren, das sich in ihr ausbreitete, als der Aufzug sich nach unten bewegte. Zumindest bei einem Gast hatte sie es geschafft, an diesem Abend einen guten Eindruck zu hinterlassen. Und dazu noch bei einem ziemlich gut aussehenden.

16

Bildhübsch, blitzgescheit und die Erbin eines beachtlichen Holzhandelsvermögens ... Kennen Sie sie schon? Falls nicht, Sie werden sie bald kennenlernen – und lassen Sie sich gesagt sein, es wird ein Vergnügen. Lucia Haverford Ellis, Schülerin von Miss Dillard's und eine alte Freundin von Wyatt Hayes – und sie sind wirklich bloß Freunde, wenn man ihnen Glauben schenken möchte – ist in die New Yorker Szene geweht wie ein lang ersehnter frischer Hauch lauer Frühlingsluft.

Rex Newhouse, www.rexnewhouse.com

»Ich verstehe das einfach nicht.« Wütend spießte Cornelia einen Happen Kalbfleisch mit der Gabel auf und steckte es in den Mund. Dann schnappte sie sich eins der Baguettebrötchen, riss ein ordentliches Stück davon ab und tauchte es in Olivenöl. »Hast du gesehen, wie er ihr die Hand auf den Rücken gelegt und sie quasi durch den ganzen Raum geführt hat? Ich meine, das war doch nicht zu übersehen.«

O *je*, dachte Fernanda. *Wenn Cornelia Kohlehydrate in sich hineinschaufelt, als gäbe es kein Morgen, ist das kein gutes Zeichen.* Verstohlen schaute sie sich im Fred's um, ob irgendjemand sie beobachtete. Cornelia war inzwischen fast eine kleine Berühmtheit, und Fernanda wollte auf keinen Fall, dass irgendwelche Gerüchte über das Frustfressen ihrer Freundin vom Restaurant bei Barney's in den Rest der zivilisierten Welt vordrangen.

»Warum isst du denn nichts?« Cornelia stocherte so erbost in ihrem Kalbfleisch herum, dass ihre Freundin erschauderte.

»Das mit der Hand auf dem Rücken ist mir gar nicht aufgefallen«, gab Fernanda zurück und stopfte sich ein bisschen von ihrem gemischten Salat in den Mund. Blieb nur zu hoffen, dass der Nebentisch außer Hörweite war.

»Auch egal. Er hat sie mit zu seiner Mutter genommen. Was sollte das denn?«

»Max hat sie erzählt, sie gehört praktisch zur Familie. Sandkastenfreunde. Zwischen den beiden läuft nichts.«

»Praktisch wie seine Schwester, ja?« Wütend biss Cornelia von ihrem Brötchen ab und senkte die Stimme, bis nur noch ein aufgebrachtes Zischen zu hören war. »Dass ich nicht lache! Ich habe meine Jungfräulichkeit an meinen ›Cousin‹ Sheldon verloren. Sei doch nicht so naiv. Diese Tussi hat schon längst ihre geldgierigen Klauen nach ihm ausgestreckt.«

»Nun ja, dir kann sie jedenfalls nicht das Perrier reichen«, meinte Fernanda. »Sicher wird er bald wieder zur Vernunft kommen.« *Nur gut, dass Cornelia offensichtlich Rex Newhouse' Blog noch nicht gelesen hat*, dachte Fernanda, *sonst würde sie schon im Dreieck springen vor Wut*. Ihre persönliche Assistentin musste in weiser Voraussicht beschlossen haben, den Artikel nicht auszudrucken und zu ihrer übrigen Morgenlektüre zu legen – seit ein Pariser Dermatologe Cornelia gewarnt hatte, zu lange vor dem Bildschirm zu sitzen führe zu vorzeitiger Hautalterung, hatte Cornelia eigens ein Mädel angeheuert, das für sie im Netz surfte. Rex hatte Lucy Haverford Ellis einen ganzen Eintrag gewidmet. Unschwer zu erkennen, dass er ebenso bezaubert war von der Debütantin wie Max und Wyatt Hayes. In der kurzen Zeit seit Dotties Dinnerparty war Lucy zu drei verschiedenen Anlässen an Wyatts Seite erschienen. Und was die ganze Sache noch schlimmer machte, sie hatte dabei jedes Mal makellos schön ausgesehen, und die Fotografen hatten sich um sie gerissen. Sie hatte etwas von der jungen Katherine Hepburn – diese fast jungenhafte, markante Schönheit, wie sie nur gute Gene zustande brachten.

»Ähm, Kellner!«, raunzte Cornelia mit einem ärgerlichen Grunzen und hielt das leere Brotkörbchen hoch, um Nachschub zu verlangen. »Das weiß ich selbst, aber wann bitte? Immerhin ist es jetzt schon sechs Wochen her.«

Fernanda gab ein paar nichts sagende Geräusche von sich und aß noch ein Häppchen Salat. Langsam gingen ihr die tröstlichen Worte aus. Wie nicht anders zu erwarten, hatte Cornelia gar nicht erst nach ihrer aufkeimenden Romanze mit Parker Lewis gefragt, und selbst das Thema auf den Tisch zu bringen, wäre taktlos angesichts der gegenwärtigen Kopfschmerzattacke ihrer Freundin. Schnell schob sie diese Gedanken von sich. »Wie war denn Tamsins Junggesellinnenabschied?«

»Grässlich. Ihre Freundin Trinity hat so eine schreckliche Tour organisiert – wir mussten doch tatsächlich in einem ›Party-Bus‹ durch die Stadt gurken und Sombreros tragen und gute Miene zum bösen Spiel machen und so tun, als amüsierten wir uns ganz köstlich.«

Fernanda hakte noch mal nach. »Ist Tamsin schon ganz aufgeregt wegen der Hochzeit?«

»Ausgemergelt wäre das richtige Wort. Sie sieht aus wie ein blonder Dauerlutscher. Wenn du mich fragst, hat sie es mit den Aufputschmitteln etwas übertrieben. Echt tragisch.«

Fernanda nickte. »Meinst du, es wäre furchtbar verfrüht, wenn ich Parker zur Hochzeit mitbringen würde?« Hoppla. Ihre Gedanken drehten sich ständig um Parker, und jetzt war ihr die Frage, die sie seit Tagen beschäftigte, einfach so herausgerutscht. »Ich weiß nicht, aber ich fände es so nett, wenn er mitkäme …«

»Bist du des Wahnsinns?«, fragte Cornelia entgeistert. »Total und absolut zu früh.«

»Wahrscheinlich hast du recht.« Fernanda war zwar etwas enttäuscht, sah aber ein, dass dieser Rat wohl ein weiser war. »Außerdem würde ich Tamsin ungern zwei Wochen vor der Hochzeit anrufen und sie bitten, noch einen zusätzlichen Gast mit einzuplanen.«

»Und bestimmt sind jede Menge schnuckliger Jungs da – die ganze New Yorker Meute, und die Gang aus Palm Beach, und Henry Bakers Freunde aus San Fran. Du brauchst doch keine Eulen nach Athen zu tragen, Fern. Und außerdem ist Parker gerade frisch geschieden. Da kann ich mir beim besten Willen nicht vorstellen, dass er gleich wieder eine feste Beziehung sucht. Ich will nicht, dass dir schon wieder ein Mann das Herz bricht.«

Fernanda musste schlucken. Eigentlich wusste sie ja, dass Cornelia es nur gut meinte, aber manchmal hatte ihre Freundin ein Talent dafür, genau das zu sagen, was Fernanda am allerwenigsten hören wollte. »Vermutlich hast du recht. Aber irgendwie habe ich diesmal ein richtig gutes Gefühl bei der Sache.«

Entnervt verdrehte Cornelia die Augen. »Das sagst du jedes Mal, kurz bevor du völlig abdrehst und überhaupt nicht mehr wiederzuerkennen bist. Erinnerst du dich noch an die Geschichte mit Brice, diesem Lacrosse-Spieler? Du hast deine Gucci-Sachen im Schrank eingemottet und bist plötzlich jeden Abend mit den Jungs ein Bier trinken gegangen. Und für Mark hast du dich in eine, ich weiß nicht, stumme Geisha verwandelt, bis er dich für seine Praktikantin abserviert hat. Und dann Armstrong, dieser Klub-Animateur – Himmel, das war das Allerschlimmste. Einen ganzen Monat musstest du danach zum Entzug ins Promises, um ihn – und alles, was er so mitgebracht hatte – ein für alle Mal loszuwerden.«

»Meine Beziehungen waren eigentlich allesamt die reinste Katastrophe, das weiß ich selbst.« Fernanda fand Cornelias kleine Reise in die Vergangenheit alles andere als erfreulich. »Aber genau das ist so anders bei Parker. Weil er so locker und entspannt ist, habe ich das Gefühl, in seiner Nähe kann ich einfach ich selbst sein. Aber du hast natürlich recht, ich weiß, dass du recht hast. Warum es überstürzen?«

»Ganz genau«, stimmte Cornelia ihr zu und lehnte sich zurück. »Du glaubst doch nicht, dass Wyatt diese Schlampine mitbringt, oder?«

»Nein, bestimmt nicht!«

»Das will ich doch hoffen.« Hastig schluckte Cornelia den letzten Rest ihres Brötchens hinunter. »Schlimm genug, dass er mich in diesem grässlichen Brautjungfernfummel sehen wird. Das werde ich Tamsin nie verzeihen, dass sie diese grausigen Dinger ausgesucht hat. Keinen Funken Sex-Appeal. Aber vielleicht hält es zumindest ihren aufdringlichen Vater davon ab, mich nachher beim Empfang zu betatschen.« Auf dem Tisch vibrierte Cornelias Blackberry. »Hi, Daph«, zirpte sie und wies Fernanda mit erhobenem manikürten Zeigefinger an zu schweigen. »Was soll das heißen, *seine Frau will mich nicht sehen*. Ich muss da hin. Seit Wochen reden die Leute über nichts anderes als über Howard Galts sechzigsten Geburtstag. Den darf ich unter gar keinen Umständen verpassen.« Dann legte sie den Kopf schief. Fernanda konnte Daphnes hohe, schrille Stimme hören, die am anderen Ende in den Hörer lamentierte. »Also gut, lass dir was einfallen. Wir sehen uns dann morgen um zwei. Sag deiner Assistentin, sie soll mir die Adresse von Dafinco schicken.«

»Ich kann es immer noch nicht fassen, dass du deinen eigenen Duft bekommst«, schwärmte Fernanda, als sie aufgelegt hatte. »Wie Sarah Jessica Parker oder J-Lo…«

»Also bitte, ›Socialite‹ wird nur bei Bergdorf, Barney's und Saks Fifth Avenue zu haben sein – ein Flakon kostet mindestens zweihundertfünfzig Dollar, das Glas wird in Italien mundgeblasen.«

»Mundgeblasen. Der Wahnsinn. Ich bin schon so gespannt.«

Entschlossen langte Cornelia über den Tisch und spießte Fernandas letzte beiden Croutons auf. »Also, Howard Galts Geburtstagsparty soll *das* Ereignis des Jahres werden. Aber dieses Miststück von einer Ehefrau will mich nicht dabeihaben. Als würde dieser Dinosaurier mich interessieren – meine Altherrenphase ist so was von vorbei. Aber egal. Können wir ein bisschen shoppen gehen? In letzter Zeit kommt meine Stylistin dauernd mit total fiesen Lappen an. Sogar die Sachen, für die ich Geld bezahle, sind das Letzte. Du musst mir einfach helfen.«

»Aber gerne!«, rief Fernanda. Barney's in all seiner Pracht und Herrlichkeit lag ihnen im wahrsten Sinne des Wortes zu Füßen, und bei Christie's hatte sie sich ohnehin krankgemeldet. »Ich brauche auch ein paar neue Klamotten. Parker möchte gerne essen gehen mit mir und einigen seiner alten Freunde aus…«

»Du bist die Beste!«, jubelte Cornelia. »Übernimmst du das Mittagessen, Süße?«

Fernanda tat ihr Bestes, ihr das nicht übel zu nehmen. »Aber klar doch«, murmelte sie und winkte dem Kellner.

Nur mit einem Handtuch bekleidet tappte Wyatt über den weiß gefliesten Flur des Racquet Club. Nach einem ganzen

Morgen vor dem Rechner, den er damit zugebracht hatte, die ersten Kapitel seines Buchs zu konzipieren, freute er sich auf sein kleines Dampfbad-Sauna-Pool-Programm. Endlich arbeitete er wieder so *richtig*; sein Vertrag mit Harvard University Press war in der vergangenen Woche unterzeichnet worden. Sollte *Mit Herz und High Heels* der populärwissenschaftliche Bestseller werden, den er und Kipling sich erhofften, dann wäre das jede Mühe wert.

Max Fairchild, ebenfalls nur in ein Handtuch gehüllt, störte ihn in seinen Tagträumen. »Wyatt! Ich hatte schon gehofft, dich hier zu treffen, Mann.«

Wyatt verzog das Gesicht. Die fitnessstudiogestählte Statur seines Gegenübers war einfach nicht zu übersehen, und der schien darauf auch noch stolz zu sein. »Max, wie geht's?« Wyatt hoffte inständig, Max würde nicht versuchen, ihn in ein Gespräch zu verwickeln. Er musste sich dringend ein bisschen entspannen und die Seele baumeln lassen.

Aber von wegen. »Na ja, eigentlich geht's mir gut. Ich meine, ganz gut, eigentlich. Aber mir geht die ganze Zeit etwas nicht mehr aus dem Kopf. Oder vielmehr, *jemand*. Sag mal, hast du was mit Lucy? Das Mädchen, mit dem du kürzlich bei deiner Mutter warst?«

»Lucy? Nein, die ist bloß eine alte Freundin«, deklamierte Wyatt seinen auswendig gelernten Text, auch wenn er am liebsten laut und deutlich seine Gebietsansprüche geltend gemacht hätte.

»Du hättest also kein Problem damit, wenn ich mal mit ihr ausginge?« Max schien ganz aus dem Häuschen.

»Ich hätte nichts dagegen, wenn du sie *fragst*, ob sie mit dir ausgehen möchte«, entgegnete Wyatt. »Aber nimm es bitte nicht persönlich, falls sie dich abblitzen lässt. Sie arbeitet viel und hat kaum Zeit für ihr Privatleben.«

»Tja, ich muss es zumindest versuchen. Sie ist eins der wenigen cooleren Mädels, die ich in der letzten Zeit kennengelernt habe. Gehst du auch ins Dampfbad?«

»Sauna«, entschied Wyatt sich kurzfristig um. Er hatte die Nase voll von Max Fairchild. »Wir sehen uns.«

»Das sollte sie *Unfall in Gang drei* nennen«, brummte Lucy und betrachtete eins der Ausstellungsstücke mit unverhohlener Befremdung. Gerade hatten sie ihren Rundgang durch eine Kunstausstellung mit neuen Werken von Libet Vance begonnen. Im Ausstellungsraum drängte sich schon das übliche New Yorker Schickimicki-Galerie-Publikum und posierte gedankenverloren vor den Objekten.

»Himmel, das ist ja noch schlimmer, als ich befürchtet hatte«, murmelte Wyatt.

Libet, die Tochter eines berühmten Avantgardekünstlers mit Bad-Boy-Image, hatte als Ausdrucksmittel ihrer Wahl ganze Früchte – Ananas, Mangos, Nashi-Birnen – zu Skulpturen zusammengesetzt. Manche der Bananen wiesen erste kleine braune Stellen auf – ein verräterisches Zeichen, dass die Künstlerin die gesamte Ausstellung erst vor ein paar Tagen zusammengewürfelt hatte. Für Libet mochte das vielleicht Kunst sein, dachte Lucy, aber die meisten Menschen, die sie kannte, würden bei diesem Anblick eher an den Obstsalat vom vorgestrigen Frühstück denken.

Wyatt schaute sie kritisch an. »Kaust du etwa Kaugummi? Spuck den sofort aus! Du siehst aus wie eine wiederkäuende Kuh.«

Lucy seufzte. In dieser Woche waren sie und Wyatt bereits mehrfach zusammen ausgegangen, und jedes Mal hatte er sich an irgendeiner Kleinigkeit gestört, wegen der er dann unerbittlich auf ihr herumgehackt hatte. Widerstrebend spukte sie den neonfarbenen Hubbabubba in ihre Handfläche. »Bist du heute Abend besonders schlecht gelaunt oder bilde ich mir das bloß ein?«

»Schmeiß das Ding weg! Stell dir vor, jemand will dir die Hand geben!«

Worauf Lucy bloß lachte und den Kaugummi in den Mülleimer hinter der Bar warf. »Das ist doch nur ein Kaugummi, Wyatt. Meinst du wirklich, die Leute achten auf solche Kleinigkeiten?«

»Natürlich, was denkst du denn? Du bist gerade mit mir bei einer Vernissage aufgetaucht.« Und damit wies er auf zwei Fotografen, die gegenwärtig gerade Libet und ihren Vater vor einem Kranz aus Mangos und Kiwis ablichteten. »Gleich stürzen sie sich auf uns, pass auf.« Schnell strich Lucy ihr Kleid glatt, ein bronzefarbenes Etuikleid, das Eloise für sie organisiert hatte. Es brachte ihren olivbraunen Teint und die dunklen Haare perfekt zur Geltung. »Und jetzt komm mit, ich möchte dir Rex Newhouse vorstellen«, sagte Wyatt. »Du musst dich bei ihm für dein kleines Profil im Netz bedanken.«

»Nun, wie steht es denn bei Wyatt und seiner neuen kleinen Freundin?«, erkundigte sich Binkie Howe. Sie und Dottie tauschten bei ein paar Cocktails im Colony Club die neuesten Neuigkeiten aus.

»Die beiden sind bloß Freunde«, erklärte Dottie. Zumindest hatte Wyatt sie doch gebeten, das zu sagen, oder?

»Freunde, dass ich nicht lache. Er hat dieses Strahlen in den Augen, Dot. Dieses Strahlen, das du und dein Mann auch immer hattet. Das kenne ich!«

Dass Binkie ihren verstorbenen Mann erwähnte, versetzte Dottie wie immer einen kleinen Stich, weil sich ihr Herz schmerzlich zusammenzog. Wie sie sich wünschte, ihr Sohn würde jemanden finden, den er genauso innig lieben könnte. Aber nein, stattdessen nutzte er dieses arme Mädchen nur aus, das weder Familie noch Freunde hatte, die auf es aufpassten. Am Tag nach der Party hatte sie ihn in seiner Wohnung zur Rede gestellt und ihn förmlich angefleht, sich das Ganze noch einmal gründlich durch den Kopf gehen zu lassen. Was sollte denn aus Lucy werden, wenn Wyatts kleines Experiment beendet war? Wie würde Lucy sich fühlen, wenn sie vor aller Welt als Hochstaplerin bloßgestellt wurde, als Betrügerin? Woraufhin Wyatt irgendeinen Blödsinn geschwafelt hatte, er würde sich darum kümmern, dass Lucy eine gute Stelle bei einem Modedesigner bekam. Als könne sie das dafür entschädigen, dass er ihr ganzes Leben auf den Kopf stellte. Sie hatte einen Mann großgezogen, der unfähig war, über den eigenen Tellerrand hinauszuschauen.

»Ich sage es dir«, fuhr Binkie fort. »Die ist es!«

Dottie lächelte matt. »Ja, sie ist wirklich entzückend, nicht? Hoffen wir nur, dass sie es mit meinem Sohn aushält.«

»Du übertreibst es! Das hat doch kein Mensch gemerkt!« Schnell flitzte Lucy hinter Wyatt her, der vorausgestürmt war, um ihren Wagen auf der Little West 12th heranzuwinken, aber es war schwierig, mit hohen Hacken auf dem Kopfsteinpflaster zu laufen. Sie waren kaum auf Libets Vernissage angekommen, da hatte Wyatt auch schon die Reißleine gezogen.

»*Dank mir* hat es keiner gemerkt«, gab er zurück, ohne sie anzusehen. Ungeduldig klopfte er gegen das Seitenfenster, damit Mark, der Fahrer, die Türen entriegelte. »Ich habe dich aus dem Raum gezerrt …«

»Das war Bono! Der ist es gewohnt, dauernd fotografiert zu werden.«

»Du hast dich mit deinem Kamera-Handy auf ihn gestürzt wie eine Touristin, die in Malibu gerade aus dem Bus gehüpft ist. Du kannst dich doch nicht wie eine promiverrückte Irre aufführen! Was habe ich dir darüber gesagt, sich Freude oder Erregung in irgendeiner Form anmerken zu lassen?«

Lucy stöhnte. »Ich weiß. Aber meine Freundin Doreen ist ein Riesenfan …«

»Du bist offensichtlich noch nicht bereit für die Zivilisation. Wir müssen weiterüben.« Wyatt zog eine Zigarette heraus und merkte erst beim Anzünden, dass ihm die Hände zitterten. Wenn sie so weitermachte, würde sein Buch ein einziges Desaster.

»Brauche ich gar nicht! Ehrlich, Wyatt, ich hab's kapiert …«

»Dann erklär mir doch bitte, warum du mich gebeten hast, dein Handtäschchen festzuhalten, damit du dein – ich weiß nicht – deinen Unterrock hochziehen konntest? Oder warum du dir so zwanghaft mindestens zehnmal in der Minute an die Ohrläppchen fassen musstest, um dich zu vergewissern, dass deine Ohrringe noch da waren?«

»Es macht mich fertig, wenn Hunderttausende von Dollar an meinen Ohren baumeln!«

»Das war nicht zu übersehen.«

»Okay, tut mir leid!« Erschöpft ließ sie sich auf den Rücksitz des Wagens sinken. »Aber ich finde, Rex und ich haben uns sehr nett unterhalten. Ich habe alles gesagt, was wir besprochen haben …«

Wyatt atmete tief durch. »Mit Rex, das war in Ordnung. Das stimmt. Aber wir haben noch viel zu tun. Ich glaube, dir ist nicht klar, wie viel dabei für uns beide auf dem Spiel steht.«

Lucy schaute zu ihm rüber, und in ihren Augen blitzte

plötzlich tiefes Mitgefühl auf. »Die Uhr ist schon seit Generationen im Besitz deiner Familie. Du hängst sicher sehr daran, ist schließlich ein Erinnerungsstück, hm?« Sanft legte sie ihm die Hand auf den Arm. »Ich möchte nicht, dass du die Wette verlierst. Von jetzt an strenge ich mich noch mehr an. Versprochen.«

Er nickte, und ganz kurz piksten ihn ein paar Gewissensbisse, weil er ihr sein wahres Motiv verheimlichte. »Wir haben diese Woche noch ein paar Partys vor uns. Das reicht gerade noch, um dich für die Hochzeit nächstes Wochenende fit zu machen. Die erste *echte* Herausforderung für dich.«

17

MR. UND MRS. MORTIMER WINTHROP
BITTEN UM DIE EHRE IHRER ANWESENHEIT
BEI DER HOCHZEIT IHRER TOCHTER

Tamsin Dean Winthrop

MIT

Mr. Henry Baker

SAMSTAG, DEN 24. JANUAR
18 UHR
BETHESDA-BY-THE-SEA
PALM BEACH
FÖRMLICHE ABENDKLEIDUNG ERBETEN.

Wyatt zündete sich eine neue Zigarette an und ließ den Blick über die weitläufige Rasenfläche hinter dem Anwesen der Hayes schweifen, das vor tropischer Üppigkeit nur so strotzte. Er wusste nicht so recht, ob es an der Hitze in Florida lag oder an der gespannten Erwartung, was der Abend bringen würde, dass ihm die Schweißperlen auf die Stirn traten. An diesem Abend sollte die Hochzeit des Jahres steigen: die Verbindung zweier altehrwürdiger, mächtiger Familienclans, Ost- und Westküste, zwei schillernde junge Jetsetter, ein eisenharter Ehevertrag. Wyatt wischte sich die Handfläche an seiner Smokinghose von Turnbull & Asser ab. Er war fast so nervös, als sei er selbst der Bräutigam. Die laue Luft schien zu knistern vor Spannung, ja gar von drohender Gefahr zu künden – wie oft konnte man das an einem Samstagabend in Palm Beach schon behaupten?

Weil Dottie das Wochenende in Lyford Cay verbrachte, ein kleiner Urlaub von ihrem anstrengenden müßiggängerischen Leben, hatten Lucy und Wyatt ihr palastartiges Anwesen im spanischen Hazienda-Stil ganz für sich allein. Kurz hatte Wyatt befürchtet, es könne für sie beide irgendwie eigenartig sein, allein zu zweit in dem Haus zu wohnen – aber nachdem sie seit über einem Monat beinahe Tag und Nacht zusammen gewesen waren, wäre es irgendwie noch eigenartiger, wäre Lucy mehr als einen Katzensprung von ihm entfernt untergebracht. Also wurde sie im gelben Zimmer einquartiert, während er selbst das blaue Zimmer bezog. – In Dotties Haus gab es außerdem noch ein violettes Zimmer, ein apricotfarbenes Zimmer, ein creme- und türkisfarbenes Zimmer und ein Zimmer in Lindgrün und Lavendelblau – bei den vielen Zimmern waren Dottie die Primärfarben rasch ausgegangen, weshalb sie das Farbenspektrum auf die Palette eines Kinder-Wachsmalkastens ausgeweitet hatte, inklusive diverser Farbkombinationen.

Wyatt wusste, wenn die Leute sahen, dass er und Lucy gemeinsam zu der Hochzeit kamen, dann würde sofort das Gerücht umgehen, die Hazienda seiner Mutter sei neuerdings das Liebesnest der beiden Turteltäubchen. Die sorgfältig zurechtgelegte Geschichte, er und Lucy seien bloß Sandkastenfreunde aus alten Kindertagen, quasi wie Geschwister, war bei beinahe jedem außer Max Fairchild auf ein stillschweigendes, aber tief sitzendes Misstrauen gestoßen. Dieses störende kleine Detail übersahen die Leute wohl auch deshalb so gerne, weil sie wirklich ein hübsches Paar abgaben. Wyatt hatte beschlossen, die Gerüchte einfach nicht mehr zu dementieren. Wenn die feine Gesellschaft sie beide unbedingt als das neue Traumpaar sehen wollte, dann bitte sehr, warum nicht? Sie hatte sich so gut gemacht – und so hübsch herausgemacht, wo er gerade dabei war –, dass er nicht mehr um seinen Ruf fürchten musste. Außerdem verstärkte der Klatsch nur den Eindruck, dass Lucy ihren rechtmäßigen Platz ganz oben in der Ostküstensociety eingenommen hatte.

Der heutige Abend würde die schwerste und bisher riskanteste Prüfung für Lucy werden. Dotties Dinnerparty hatte sie mehr schlecht als recht durchgestanden, dann Libets Vernissage, eine Spendengala für Mimi Rutherford-Shaws gemeinnützige Baby-Stiftung – der derzeit angesagteste gute Zweck – sowie diverse Cocktailpartys, bei denen sie sich irgendwie durchlaviert hatte, indem sie einfach nickte und lächelte und nicht allzu viel sagte. Aber die Winthrops gehörten wirklich und wahrhaftig zu den oberen Zehntausend; sie waren eine der ältesten Familien von ganz New York City. Ihre Vorfahren waren dabei gewesen, als 1665 die Holländer aus New Amsterdam vertrieben wurden. Und die Bakers gehörten zu den alteingesessenen Familien von San Francisco. Beide Clans besaßen Luxus-Anwesen in Palm Beach, die perfekte Kulisse für ein derartiges Ereignis. Die heutige Feier brachte alles zusammen, was Rang und Namen hatte. Sollte an diesem Abend zufälligerweise ein Meteorit im Bath & Tennis Club einschlagen und die gesammelte Winthrop-Baker-Hochzeitsgesellschaft auf einen Schlag auslöschen, wäre Paris Hilton und Donald Trump mit einem Mal die einzigen verbliebenen Societygrößen.

Würde es Lucy tatsächlich gelingen, die Winthrops, die Bakers und ihre Freunde – die allesamt mit einem kompletten Goldbesteck im Mund zur Welt gekommen waren – so zu täuschen, dass sie Lucy für ihresgleichen hielten, und nicht für ein hundsgewöhnliches Mädchen aus Minnesota, das gleich über einer Cocktailbar aufgewachsen war, dann wäre Wyatt auf dem besten Wege, seine Wette mit Trip zu gewinnen, und, wichtiger noch, ein Erfolg versprechendes Buch zu schreiben. Er hatte vor, Lucys Verhalten bei der heutigen Hochzeit ein eigenes Kapitel zu widmen. Aber was, wenn sie mit Pauken und Trompeten unterging? Was, wenn sie sich als Edelstahl unter all dem Sterlingsilber entpuppte? Dann wäre die Sache gestorben. Sein Buch wäre gestorben. Das Ziel, das seinem Leben wieder Sinn und Richtung gegeben hatte – ganz zu schweigen von dem Spaß, den er neuerdings mit Lucy hatte –, würden verlöschen wie eine Kerze in einem Hurrikan.

Auf einer der handbemalten spanischen Fliesen drückte er seine Zigarette aus, blieb aber noch einen Augenblick auf der Terrasse stehen, bis der Rauchgeruch sich verflüchtigt hatte. Lucy lag ihm wegen seiner Qualmerei ohnehin ständig in den Ohren, weshalb er schon viel weniger rauchte, nur um ihr ewiges Genörgel nicht mit anhören zu müssen. Aber heute Abend war er ein derartiges Nervenbündel, dass er es sich einfach nicht verkneifen konnte.

Ausreichend gelüftet rückte er schließlich seine Krawatte zurecht und spazierte in den Schlafzimmerflügel des Hauses. »Fertig?«, rief er und klopfte an Lucys Tür. Dahinter hörte er sie durch das Zimmer wuseln und leise vor sich hin summen.

»Fast!« Schnell ließ sie ihn herein, während sie sich einen mit Diamanten und Perlen besetzten Ohrhänger ansteckte. Sie trug eine mitternachtsblaue Seidenrobe, die ihr ein Designer zur Verfügung gestellt hatte, der Wyatt überhaupt nichts sagte – den Eloise ihr aber wärmstens empfohlen hatte. Eine gute Empfehlung. Lucys schimmernde Haare waren zu einer Grace-Kelly-Frisur hochgesteckt, sodass ihr unerwartet zarter Nacken bloß lag. Ihre Augen sprühten vor

Aufregung, und ihre zart geröteten Wangen verliehen ihrem Gesicht ein sehr lebendiges Strahlen. Wyatt, der sein ganzes Leben lang immer ganz genau gewusst hatte, was Frauen hören wollten, musste nun auf einmal zu seinem eigenen Entsetzen feststellen, dass ihm die Worte fehlten.

Er trat einen Schritt zurück, um sie gründlich in Augenschein zu nehmen. Das war jetzt nicht der richtige Moment, seinen kritischen Blick über Bord zu werfen, sein Auge fürs Detail, das auch den kleinsten Makel entdeckte …

»Ich hatte erst Angst, das Kleid könnte an den Hüften auftragen und nicht richtig sitzen. Aber es ist okay, oder?«, meinte Lucy. Sie ging an ihm vorbei zum Schminktisch und tupfte sich hinter jedes Ohrläppchen einen kleinen Tropfen Rosenöl. Einmal hatte sie ihm erzählt, dass sie dieses Parfum schon benutzte, solange sie sich erinnern konnte. Ein zauberhafter, zarter Duft und eins der wenigen Dinge, die schon Lucy Jo richtig gemacht hatte.

»Ein Schmuckstück solltest du ausziehen.« Nicht unbedingt nötig, aber es kam ihm so unnatürlich vor, sie anzuschauen und nichts auszusetzen zu haben.

»Wirklich? Aber es ist alles so …«

»Eine gut angezogene Frau legt immer ein Accessoire ab, bevor sie das Haus verlässt.«

»Das weiß ich: Coco Chanel – aber können wir heute nicht mal eine Ausnahme machen? Das ist alles so unglaublich schön«, sagte sie mit einem wehmütigen Blick auf das Art-déco-Diamantenarmband, das sich um ihr Handgelenk schlang. Eine wirklich atemberaubend schöne Ergänzung zu ihren Chandelier-Ohrringen.

»Meine Mutter hält sich auch an diese Regel, und sie hat immer recht. Du willst doch nicht aussehen, als hätte Harry Winston mit seiner Schaufensterauslage nach dir geworfen.«

»Ich glaube kaum …«

»Zieh ein Teil aus.«

Lucy schaute ihn an und zog einen Ohrring aus.

»Wie neckisch. Zieh das Armband aus. Die Ohrringe reichen. Alles andere lenkt bloß ab von deiner … Gesamterscheinung.«

Lucy schaute ihn fragend an und ließ das Armband von ihrem Handgelenk gleiten.

»So, schon viel besser!« Wyatt trat noch mal einen Schritt zurück und ließ ihre ganze Erscheinung auf sich wirken. Sie sah zum Dahinschmelzen aus. Perfekt eigentlich, von den schimmernden braunen Haaren bis zu den rosenroten Zehen. Ein seltsames Gefühl machte sich in ihm breit, das er als Stolz auslegte. »Auf geht's. Der Wagen steht in der Auffahrt.«

»Meine erste Hochzeit«, rief Lucy und lief ganz aufgeregt vor ihm die Treppe hinunter. »Eloise hat gesagt, sie haben bloß für den Empfang Tausende Orchideen aus Thailand einfliegen lassen. Wie verrückt ist das denn?«

»Von deinen alten Freunden ist niemand verheiratet?« Seit zehn Jahren tanzte Wyatt schon auf Hochzeiten, meist waren es mindestens zehn im Jahr.

»Manche schon, aber entweder ich konnte nicht nach Hause fahren oder es war eine völlig überstürzte, nicht ganz freiwillige Blitzhochzeit. Meinst du, Tamsins Schleppe ist so lang wie die von Prinzessin Di?«

»Kann man nie wissen. Ich bin mir sicher, sie zieht sämtliche Register.« Und damit traten sie in den Säulengang vor dem Haus, just in dem Augenblick, als die Abendsonne den Fischteich rotgolden aufleuchten ließ. Wieder schaute Wyatt sie an und lächelte, dann hielt er ihr die Tür des 1963er Mercedes seiner Mutter auf. »Du siehst übrigens bildhübsch aus.«

So, jetzt war es raus. War doch kein Grund nervös zu werden. Schließlich machte er Mädels schon Komplimente, seit er, ach, vielleicht sieben Jahre alt gewesen war.

Lucy guckte ihn mit einem Seitenblick an, als wüsste sie nicht so recht, was sie davon halten sollte.

»Das war ein Kompliment, Lucy. Sag: Danke schön!«

»Danke schön«, sagte Lucy. Vorsichtig schlüpfte sie auf den Beifahrersitz und schaute dann zu ihm auf. Ihre Augen leuchteten. »Tut mir leid, es … Du bist heute Abend bloß so ganz anders als sonst.«

Er wartete, bis sie ihr Kleid geordnet hatte, damit er es nicht in der Tür einklemmte.

»Das war ein Kompliment, Wyatt«, kicherte sie. »Sag: Danke schön!« Wyatt musste lachen und schloss dann die Autotür. Als sie an Palmen vorbei der untergehenden Sonne entgegenfuhren, spürte Wyatt auf einmal eine unbekannte, wohlige Ruhe. Das Mädchen neben ihm war entzückend, bildschön, gebildet, kultiviert und sprühte nur so vor Charme und Selbstvertrauen. Dabei konnte man leicht vergessen, dass er selbst sie zu dem gemacht hatte, was sie war.

»Ich würde sagen fünfzehn, zwanzig allerhöchstens«, murmelte Wyatt mit einem Blick auf die Uhr.

Auch Trip beäugte die Uhr lüstern. »Höchstens fünfzehn. Willst du tausend drauf setzen?«

»Wartet mal, ihr glaubt, die ganze *Trauung* dauert bloß fünfzehn Minuten?«, flüsterte Lucy. »Wie denn das?« Sie war ehrlich erstaunt und ziemlich enttäuscht. »Dann werden die beiden also nicht stundenlang Gelübde sprechen und die Mitgift überreichen und so? Ich dachte, reiche Leute stehen auf Glanz und Gloria.«

»Nicht so sehr wie auf Gin und Tonic.« Wyatt fächelte

sich mit dem kalligrafierten Programmheft Luft zu, das jeder der Gäste beim Hereinkommen in die Hand gedrückt bekommen hatte. Die vier saßen zusammen in einer der hinteren Bänke von Bethesda-by-the-Sea, einer wunderschönen neugotischen Kirche, prächtig herausgeputzt mit Orchideen, weißen Rosen und Lilien.

»Für eine Viertelstunde eine ganz schöne Blumenverschwendung, finde ich. Hoffentlich verschenken sie die ganzen Gestecke nachher an das örtliche Krankenhaus oder so.« Lucy ließ den Blick durch das Kirchenschiff schweifen. In den Schatten drückte sich etwa ein Dutzend schwarz gekleideter Männer herum. »Das mit den ganzen Security-Typen fasse ich immer noch nicht.«

Wyatt folgte ihrem Blick. »Heute Abend sind beinahe mehr Expräsidenten, Vizepräsidenten und Staatsoberhäupter anwesend als Brautjungfern.«

»Ooh! Ooh! Jetzt geht's los!« Aufgeregt drückte Lucy Wyatts Arm, als die Orgel die ersten Noten von Mendelssohns Hochzeitsmarsch anstimmte und sich sieben blonde Brautjungfern in lavendellila Seidentaftkleidern in Bewegung setzten und gemessenen Schrittes den Gang entlangschwebten. Lucy, die in einem ihrer vielen Skizzenbücher eine ganze Kollektion von Brautkleidern gezeichnet hatte, sträubten sich die Nackenhaare beim Anblick dieser Modelle. Die Farbe war nicht schlecht, aber die Kleider ertranken fast in den vielen Rüschen und Raffungen und Schleifen, in denen selbst die hagere ältere Schwester der Braut aussah, als habe sie ein Hinterteil wie ein Brauereipferd.

Cornelia, die Hübscheste der Gänseschar, war die vierte in der Reihe – die Rudelchefin, dachte Lucy. Wie eine wärmegesteuerte Rakete hatte Cornelia Wyatt und Lucy sofort ins Visier genommen, und als sie an ihrem Platz vorbeistolzierte, versteifte sie sich merklich. Schnell nahm Lucy ihre Hand von Wyatts Arm.

»Wie lange warst du mit Cornelia zusammen?«, fragte sie ihn, als auch die letzte Brautjungfer an ihnen vorbeigeschlichen war.

»Weiß nicht. Sechs Monate? Acht vielleicht?« Wyatt wandte den Blick nicht von der Hochzeitsgesellschaft, die sich um den Altar scharte.

»Warum habt ihr euch getrennt?«

»Was? Ach, weiß nicht – das Übliche.«

»Nein, im Ernst. Ich kapier das einfach nicht. Sie sieht aus wie eine sagenhafte Schönheit aus einem alten Heldenepos. Und ihr beiden passt prima zusammen, wie Ken und Barbie Rockefeller.«

»Lange Geschichte«, murmelte er nur, wobei er kaum die Lippen bewegte. Ihre Bemerkung schien ihn zu verärgern. »Das ist jetzt weder der richtige Ort noch die richtige Zeit dafür.«

Lucy legte den Kopf schief. »Weißt du was, das sagst du immer, wenn ich dir eine persönliche Frage stelle.«

»Bloß dann, wenn du sie mitten in einer Trauung stellst und wir von Hunderten von Menschen umgeben sind.«

Als die San Francisco Philharmoniker – die Bakers, die zu deren wichtigsten Förderern gehörten, hatten darauf bestanden, sie einfliegen zu lassen – Pachelbels Kanon in D anstimmten, um die Ankunft der Braut musikalisch zu untermalen, öffneten sich die übergroßen Flügeltüren der Kirche, und die Gemeinde erhob sich von ihren Plätzen. Tamsin betrat den Gang und ging mit feierlichem Schritt auf den Altar zu. Lucy fiel ihr Schmuck auf, eine einreihige, eher schlichte Perlenkette und passende Ohrringe – wobei die Perlen so gigantisch groß waren, als hätten die Austern Steroide geschluckt. Ihr bauschiges Brautkleid von Oscar de la Renta, das Lucys Schätzung zufolge aus mindestens fünfzig Metern schwerer Seide bestehen musste, streifte die Kirchenbänke zu beiden Seiten des Mittelgangs und ließ kaum Platz für ihren Vater. Er musste sich ziemlich verrenken, um seine Tochter am Arm zum Altar zu führen.

»Zu viel Kleid für sie«, flüsterte Lucy Eloise zu, als die Braut weit genug von ihnen weg war. Aber dann ruderte sie schnell zurück. »Ich meine, nicht, dass du mich falsch verstehst, sie sieht wunderschön aus …«

»Ja, sieht sie. Sieht sie wirklich. Aber wäre dieses leicht durchschimmernde Kleid von Angel Sanchez, das Libet bei New Yorkers For Children getragen hat – in Weiß meine ich – nicht perfekt für sie gewesen?«

»*Genau das* habe ich auch gedacht.«

Der Bräutigam und sein Trauzeuge, beide im Cutaway, traten aus der Sakristei in den Altarraum, als Tamsin und ihr Vater nach vorn kamen. »Henry sieht aus, als hätte er einen im Tee«, bemerkte Trip. Und tatsächlich, der Bräutigam schien leicht zu schwanken. Max Fairchild, der als weiterer Traubeistand gleich neben ihm stand, hielt ihn diskret fest und stützte ihn unauffällig.

Während Tamsin und Henry im Schweinsgalopp durch ihr Ehegelübde preschten und anschließend gleich die Platinringe tauschten, versuchte Lucy die tödlichen Blicke zu ignorieren, die Cornelia ihr aus der Reihe ansonsten strahlender Brautjungfern zuwarf. Aber es war auch nicht zu übersehen, dass Max Fairchild, der während der gesamten Zeremonie mit einer Hand den angetrunkenen Bräutigam aufrecht hielt, ebenfalls kaum den Blick von ihr ließ.

»Du armes Ding. Es muss schrecklich sein, Wyatt mit einer anderen Frau zu sehen!« Leslie Reynolds, die drallste unter den Brautjungfern, rempelte sich in dem chintzüberladenen Vorraum zur Damentoilette des B&T, in dem die Hochzeitsfeier stattfand, mit den Ellbogen einen Platz vor dem Spiegel gleich neben Cornelia frei. Leslie und Cornelia hatten sich im zweiten Studienjahr ein Zimmer im Wohnheim von Groton geteilt – das Jahr, in dem alle merkten, dass Leslie in ihren Algebra-Lektor verknallt war, eine Vorliebe für Oma-Schlüpfer mit aufgestickten Wochentagen hatte und dichte schwarze Haarbüschel an eher ungünstigen Stellen.

»Und warum bitte sollte das so schlimm sein?«, entgegnete Cornelia ungerührt. Leslie aalte sich ebenso wie einige der anderen Brautjungfern in Cornelias Unbehagen, und sie würde sich lieber die Zunge abbeißen, als diesen schadenfrohen Weibern auch nur den kleinsten Brocken zum Fraß vorzuwerfen. »Wyatt und ich haben bloß eine kleine Auszeit genommen. Er trifft sich mit anderen Leuten, und ich genauso. Wir stoßen uns ein bisschen die Hörner ab, ehe wir eine feste Bindung eingehen.« Eins der anderen Mädels bedachte sie mit einem mitleidigen Lächeln. *Neider*, dachte Cornelia. *Glaubt bloß nicht, dass ich euch zu meiner Hochzeit einlade, ihr Miststücke.*

»Und wer ist heute Abend dein Date?« Leslie zog ihren Lippenstift nach und tupfte sich dann mit einem Taschentuch den Mund ab.

»Bis jetzt habe ich mich noch nicht entschieden«, gab Cornelia zurück.

Leslie wirkte gänzlich unbeeindruckt. »Ich würde tot umfallen, wenn ich Jackson mit einer anderen Frau sehen würde – vor allem, wenn sie so aussähe wie diese Lucy.« Jackson war ihr Freund, ein blondschopfiger Versager.

»Du findest sie wirklich hübsch?« Cornelia schnaubte verächtlich und fuhr sich mit der Hand durch die goldblonden Locken. »Wyatt hat es nicht eilig. Wir wissen, was wir aneinander haben. Wir brauchen uns nicht verzweifelt aneinanderzuklammern.« Die anderen Brautjungfern verzogen keine Miene, wohl zum Zeichen, dass sie ihr die Geschichte nicht abkauften.

»Zeit für die Fotos!« Tamsins Schwester steckte den Kopf zur Tür herein. Schnell schnappten sich die Mädels ihre lavendellila Täschchen, und nach einigen verzweifelten, aber gänzlich erfolglosen Versuchen, ihre schlecht sitzenden Kleider zurechtzuzupfen, schwärmten sie schnatternd nach draußen.

»Les, warte mal«, sagte Cornelia und betrachtete weiter unbeirrt ihr Spiegelbild. Dann drehte sie sich mit großen Augen zu ihrer Busenfeindin um. »Ich muss dir gratulieren. Wie weit bist du jetzt – im dritten Monat? Oder im vierten?«

Leslie klappte den Mund auf, um entschieden zu protestieren. Hektisch hielt sie sich eine Hand vor den Bauch. »Was redest du denn da? Ich bin nicht …«

»Ach, bitte, Schätzchen, ich habe dein Bäuchlein gleich auf den ersten Blick entdeckt, als ich dich gesehen habe! Sehr geschickt eingefädelt. Jetzt wird Jackson dich doch sicher endlich heiraten, oder?« Woraufhin sie ihr fiesestes Lächeln aufsetzte. »Keine Sorge, von mir erfährt keiner *ein Sterbenswort*. Du weißt doch, ich kann schweigen wie ein Grab.«

»Wir sind gerade erst reingekommen, Max«, sagte Wyatt gedehnt. Max hatte sich sofort an Lucys Fersen geheftet, als sie an Wyatts Arm den Hochzeitssaal betreten hatte. Was ihr zwar einerseits schmeichelte, aber andererseits wünschte sie sich nichts sehnlicher, als kurz durchzuatmen. »Vielleicht möchte Lucy etwas trinken? Also, ich könnte auf jeden Fall was vertragen.«

»Danke, Mann!«, entgegnete Max mit einem aufrichtigen Lächeln. »Ich nehme einen Ketel One mit Soda, wenn du schon dabei bist.«

Wyatts säuerlichem Gesicht nach zu urteilen hatte er sich das etwas anders vorgestellt. Dann wurden sie von Binkie Howe unterbrochen, Dotties Freundin, die Wyatt zur Begrüßung einen herzlichen Kuss auf die Wange drückte. »Ich muss schon sagen, ihr beide seid wirklich ein schönes Paar«, sagte sie an Lucy und Wyatt gewandt. »Es freut mich, dich so glücklich zu sehen, Wyatt!«

»Aber die beiden sind doch gar kein Paar!«, fiel Max ihr ins Wort. »Die beiden sind bloß alte Freunde. Sandkastenfreunde. Lucy ist für ihn – wie sagtest du so schön, Wyatt – wie eine kleine Schwester.«

»Stimmt genau«, entgegnete Wyatt. Irgendwie guckte er ganz komisch.

»Würdet ihr mich bitte einen Augenblick entschuldigen?« Lucy drehte sich um und schlängelte sich durch das lavendelfarbene Rüschenmeer vor der Damentoilette. Dann sah sie Cornelia mit einer der Brautjungfern plappern und geriet augenblicklich in Panik. So zu tun, als hätte sie sie nicht gesehen, würde das Ganze bloß noch schlimmer machen, also schwenkte Lucy zur Begrüßung ihr Glas Veuve Cliquot. »Hey, Cornelia!«, rief sie und steuerte anschließend schleunigst auf eine der Kabinen zu.

Als Cornelia zunächst nichts erwiderte, streckte die andere Brautjungfer, ein weizenblondes Mädel mit Pferdegesicht, ihre Hand aus. »Ich bin Leslie.« Jetzt musste Lucy notgedrungen doch hingehen, um Leslie die Hand zu geben. »Leslie Reynolds. Ich glaube, wir kennen uns noch nicht.«

»Lucia Ellis … Lucy.«

Cornelia starrte noch immer unbewegt in den Spiegel und würdigte Lucy keines Blickes, was – sogar für Dayviller Verhältnisse – ein unmögliches Benehmen war. »Hallo, Cornelia.« Lucy übernahm einfach die Initiative. »Wir haben uns bei Dottie Hayes Dinnerparty kennengelernt.«

»Ach, tatsächlich? Ich kann mir einfach keine Namen merken. Und Gesichter erst recht nicht. Und an dem Abend waren so viele neue Leute da.« So, wie Cornelia *neu* sagte, klang es, als meinte sie eigentlich, *abstoßend und entstellt*. »Ich mag Dottie sehr, aber sie lädt Hinz und Kunz zu sich nach Hause ein.«

Lucy schnappte tatsächlich nach Luft, als dieser Tiefschlag sie mit voller Wucht traf. Irgendwie hatte sie das ungute Gefühl, dass Cornelia ihre kleine Scharade durchschaute, von der sich alle anderen hinters Licht führen ließen. Irgendwas an Cornelias herablassendem Ton versetzte sie unversehens zurück an den Abend, als sie bei Nola Sinclairs Show Tabletts herumtragen musste. Doch dann sah sie sich aus dem Augenwinkel im Spiegel – dass ihr Spiegelbild einmal unerwartet ihr Verbündeter werden sollte, hätte sie auch nie gedacht. Es dauerte einen Moment, bis sie die elegante, selbstsichere junge Dame erkannte, die sie aus dem Spiegel anschaute.

Eigentlich bin ich gar nicht mehr dasselbe Mädel, das ich noch vor ein paar Wochen war, oder? Und solche Unverschämtheiten muss ich mir von niemandem bieten lassen. Mühsam beherrschte sie sich, Cornelia nicht in ihre lavendelblaue Tournüre zu treten, und lächelte sie stattdessen liebenswürdig an. »Verstehe«, flötete sie. »Wahrscheinlich lernst du jede Menge Leute kennen, so viel wie du immer unterwegs bist.«

»*Ich*? Wie kommst du denn darauf, dass ich dauernd unterwegs bin?« Cornelia wirkte zutiefst verstimmt.

Volltreffer. Wyatt hatte ihr beigebracht, wenn es eins gab, was die Schickeria nicht ausstehen konnte, dann, dass man ihr nachsagte, zur Schickeria zu gehören. »Na ja, es vergeht kaum ein Tag, an dem kein Foto von dir in der Zeitung ist. Man könnte denken, du machst Wahlkampf!« Und dann lachte sie, was ihrer Bemerkung die Spitze, nicht aber die Schärfe nahm. Auch Leslie lachte, allerdings eher nervös, und verdrückte sich unauffällig in Richtung Tür.

»Du bist wirklich witzig«, meinte Cornelia. »Aber eigentlich bin ich ein eher häuslicher Typ. Mir geht nichts über ein gemütliches Essen mit Freunden zu Hause in meinem Esszimmer!«

»Tja, dann muss das Waverly Inn wohl dein Esszimmer sein!«

Leslie guckte, als sei sie unfreiwillig Augenzeugin eines Hundekampfs geworden und winkte halbherzig, ehe sie hastig das Weite suchte. »War nett, dich kennenzulernen, Lucy.«

»Gleichfalls. Wir sehen uns sicher später noch.«

Endlich drehte Cornelia sich zu ihr um und schaute sie an. »Und woher kennst du Tamsin?«

»Durch Wyatt. Ehrlich gesagt, habe ich sie heute Abend zum ersten Mal gesehen, weshalb ich es wirklich sehr großzügig finde, dass sie und Henry mich eingeladen haben. Woher kennt ihr euch denn?«

»Wir sind zusammen in Northeast Harbour aufgewachsen.«

Lucy lächelte. »Ich liebe die Hamptons.«

»Northeast Harbour liegt nicht in den Hamptons. Versuch's mal mit Maine. Wundert mich eigentlich, dass du das nicht weißt, wo die Familie Hayes doch schon seit Generationen dorthin fährt. Ich dachte, du und Wyatt, ihr seid zusammen aufgewachsen?«

Lucys Magen schien sich zu verknoten, aber sie wusste,

dass Cornelia ihre Angst riechen konnte und sich sofort unbarmherzig auf sie stürzen würde. »Unsere Familien sind eng befreundet, aber ich würde nicht unbedingt behaupten, dass wir zusammen aufgewachsen sind. Ich meine, er ist schließlich ein gutes Stück älter als ich. Ihr beiden seid da näher beieinander als er und ich.«

»Ich muss los«, presste Cornelia mit zusammengekniffenen Lippen heraus. »Tamsin will allen Ernstes, dass wir uns in diesem fiesen Fummel knipsen lassen.«

»Ohne die Tournüre wären sie nur halb so schlimm. Wenn du nach Hause kommst, schneide sie einfach ...«

»Glaubst du etwa, ich ziehe diesen Lappen noch mal an? Wenn ich nach Hause komme, werde ich das Ding abfackeln.« Wutentbrannt griff Cornelia nach ihrer Handtasche. »Viel Spaß heute Abend, Lily.«

»Lucy«, entgegnete die. Aber da war Cornelia längst zur Tür hinausgerauscht.

Wyatt zwang sich, am Tisch sitzen zu bleiben und aus der Ferne zuzusehen, wie Lucy ihre Runden machte. Auf den ersten Blick war klar, dass irgendwas an ihr anders war, dachte er, etwas, das sie von den anderen anwesenden Frauen unterschied. Während sie leicht wie eine Feder von einem Gespräch zum nächsten schwebte, musste er sich zusammenreißen, um den dringenden Wunsch zu unterdrücken, sie zu beschützen, an ihrer Seite zu sein und dafür zu sorgen, dass niemand ihr zu nahe kam.

»Die Wette habe ich so gut wie verloren, was?« Trip setzte sich mit einem Drink in der Hand neben Wyatt.

»Sieht ganz danach aus.«

»Eloise findet sie umwerfend.« Er überlegte. »Denkst du das auch?«

Wyatt wusste genau, worauf sein Freund hinauswollte. »Ich denke, du wirst deine Wette verlieren.«

»Tanz mit mir.« Cornelia schnurrte wie ein Kätzchen und zog Wyatt hinter sich her zur Tanzfläche, auf der sich Wange an Wange tanzende Paare drängten. Von Lucy Ellis war weit und breit nichts zu sehen. Das Starlight Orchestra spielte gerade die ersten Takte von »It Had to Be You«. Cornelia hatte sich umgezogen und trug nun statt des verhassten Brautjungfern-Aufzugs ein Seidenkleid von Halston. Nach ihrem Zusammenstoß mit Lucy hatte sie ihren Fahrer losgeschickt, damit der ihr das Kleid von zu Hause holte. Das war jetzt nicht die Zeit, um nur mit halbem Einsatz zu spielen. Nun fühlte sie sich endlich wieder sexy – und es war ihr piepegal, dass Tamsin jetzt schmollte, weil das den anderen Brautjungfern gegenüber angeblich eine Gemeinheit war. Was sie anging, war Wyatt Hayes IV. die Hauptattraktion des Abends. Wenn es nach ihr ginge, könnte Tamsin auch auf der Stelle mit ihrem Wodka-Schwamm von einem Ehemann durchbrennen.

»Das ist unser Lied«, zwitscherte sie Wyatt über die Schulter zu und führte ihn zu einem freien Platz auf der Tanzfläche.

»Wir haben gar kein Lied, Cornelia.«

»Nein? Sollten wir aber. Wie wäre es mit ›Komm zu mir zurück‹?« Und dann lachte sie perlend und schmiegte sich an ihn, während sie zwischen den anderen Tanzenden verschwanden.

»Zurückhaltung war noch nie deine Stärke.« Wyatt streckte den Arm aus, um Cornelia ein wenig auf Distanz zu halten.

»Zurückhaltung wird völlig überbewertet. Oder was hältst du von ›Ewige Liebe‹?« Sie zog ihn enger an sich heran.

»Das wäre unzutreffend«, gab Wyatt ungerührt zurück, »angesichts der Tatsache, dass unsere Beziehung *beendet* ist.«

»*Voulez-vous coucher avec moi ce soir?*« Lasziv hauchte sie ihm die Worte mit perfektem französischen Akzent ins Ohr. Wyatt seufzte leise. *Jetzt gehört er mir,* dachte Cornelia zufrieden. Er hatte dieses unverkennbare, hungrige Flackern in den Augen, sosehr er sich auch dagegen wehrte. Cornelia liebte diesen Blick. Angefangen bei ihrem Cousin Sheldon über ihren Geschichtsprofessor am College bis hin zu der langen Reihe von Männern, die sie in New York vernascht hatte – manche verheiratet, andere nicht –, dieser Blick hatte ihr immer das Gefühl der Überlegenheit gegeben. Sie hatte sich stark gefühlt. Begehrenswert. Ganz die Tochter ihrer Mutter. Wyatt war zwar der Anthropologe, aber Cornelia wusste nur zu gut, wie hilflos das Männchen ihrer Spezies sein konnte, wenn ein attraktives Weibchen eindeutiges Interesse bekundete. Als Wyatt mit den Lippen zu ihrem Ohr wanderte, überlief Cornelia ein köstlicher Schauer. Der Sieg war ihr gewiss.

»Cornelia, das kannst du dir aus dem Kopf schlagen«, flüsterte er. Empört zuckte sie zurück und sah, dass der Glanz aus seinen Augen verschwunden war.

»Das meinst du doch nicht ernst.« Unbeirrt bewegte sie sich weiter zum Takt der Musik, aber innerlich war sie in Aufruhr. Es war nicht leicht, sich verführerisch und begehrenswert zu fühlen, wenn der andere einen einfach abblitzen ließ. Was würde ihre Mutter an ihrer Stelle tun?

»Todernst«, entgegnete er, diesmal noch viel entschiedener. »Und es wäre gut, wenn du dich einfach damit abfindest. Du hast doch an jedem Finger zehn Männer …«

»Ist das wegen dieser Tussi, die du mitgebracht hast? Deiner Sandkastenfreundin? Irgendwas stimmt doch da nicht, Wyatt. Ich weiß zwar noch nicht was, aber…«

»Cornelia, schrei hier nicht so rum.« Wyatt versuchte, sie von der Tanzfläche zu dirigieren. Entschlossen stemmte sie die Absätze ihrer High Heels in den Boden, sodass die beiden sich auf der Stelle im Kreis drehten.

»Wenn du auch nur im Traum daran denkst, diesen Niemand mit dem gebärfreudigen Becken mir vorzuziehen…«

»Mit Lucy hat das nichts zu tun«, knurrte Wyatt mit zusammengebissenen Zähnen.

Cornelia, die sich über seine Schulter umschaute, beobachtete eine Szene, die sie hoch erfreute. »Das will ich doch hoffen, denn gerade lecken sie und Max Fairchild sich an der Bar fast schon gegenseitig ab.« Und damit packte sie Wyatts Kinn und drehte seinen Kopf in die Richtung – gerade noch rechtzeitig, dass er sehen konnte, wie Lucy und Max erst einen Schnaps kippten und dann in hysterisches Gelächter ausbrachen, das beinahe das Trompetensolo übertönte. Cornelia merkte, wie Wyatts Bizeps sich spannte.

»Entschuldige mich«, murmelte er. Dann riss er sich von Cornelia los und marschierte schnurstracks zur Bar.

Cornelia erstarrte wie zur Salzsäule. Noch nie war sie einfach so mitten auf der Tanzfläche stehen gelassen worden. Und ganz sicher nicht wegen einer anderen Frau. Falls das Orchester noch spielte, Cornelia hörte keinen Ton von der Musik – ihr ohrenbetäubender stummer Schrei ließ alles andere verstummen. Mit ungläubigem Ekel musste sie mit ansehen, wie Wyatt Lucy von Max loseiste und sie vor sich her nach draußen bugsierte. Dann merkte sie plötzlich, wie sämtliche Paare auf der Tanzfläche sie anstarrten, weil sie ganz allein dastand, ein unbewegter Punkt in einem sich drehenden Universum.

»Genau wie du es dir vorgestellt hast?«, fragte Leslie Reynolds schnippisch, die zufälligerweise ein paar Schritte entfernt mit Jackson tanzte.

Cornelia wurde stocksteif vor Zorn. »Gibt's in deiner Familie öfter Zwillinge?«, schnaubte sie, um dann, schäumend vor Wut angesichts dieser Demütigung, von der Tanzfläche zu stapfen.

»Ich finde, wir sollten tanzen!«, gurrte Lucy und stützte sich etwas auf Wyatt, während der sie an den Tischen vorbei zum Ausgang dirigierte. Unwillig wand sie sich aus Wyatts Klammergriff und legte mitten im überfüllten Festsaal ein paar ihrer besten Disco-Tanzschritte aufs Parkett.

»Wir gehen jetzt erst mal ein bisschen an die frische Luft«, erklärte Wyatt entschieden.

»Ach, komm schon, Wyatt, du musst mit mir tanzen!«

Ohne ein weiteres Wort schob er sie vor sich her aus dem Saal und die Treppe hinunter in die feuchte Abendluft und dann vorbei am Parkservice, wo einige der älteren Gäste Schlange standen, die sich bereits auf den Nachhauseweg machten.

»O je, Wyatt ist *nicht erfreut*!«, zirpte sie mit Zwitscherstimme und kicherte – verstummte aber schlagartig, als sie den harten Zug um Wyatts Mund sah. »Was ist denn los? Ich amüsiere mich doch bloß ein bisschen.« So ein Spielverderber. Gut möglich, dass ihm eine Laus über die Leber gelaufen war, aber für sie war es eindeutig der schönste Abend ihres Lebens! Fünf Gläser Champagner hatten den üblen Nachgeschmack von Cornelias fiesen Bemerkungen restlos weggespült, und plötzlich wimmelte die ganze Hochzeitsfeier nur so vor neuen Freunden. Wie hatte sie bloß jemals glauben können, diese ganzen netten Leute seien hochnäsige, arrogante Snobs? Und nicht zu vergessen Max, der gleich nach dem Essen wieder aufgetaucht war, als Wyatt nur kurz nach draußen verschwunden war, um eine Zigarette zu rauchen. Seitdem standen sie zusammen an der Bar, kippten Tequila und amüsierten sich köstlich. Max hatte ihr gerade erzählt, wie die Braut ihn noch vor ein paar Wochen in einen begehbaren Kleiderschrank zerren wollte, um ihn zu vernaschen. Was im Nachhinein irgendwie schon fast wieder tragisch war – aber so, wie Max die Geschichte erzählte, hätte sie sich fast in die Hose gemacht vor Lachen. Und außerdem freute sie sich schrecklich, noch einen neuen Freund gefunden zu haben. Erst Eloise, dann Trip und nun Max. Ihr Freundeskreis wuchs mit schwindelerregender Geschwindigkeit!

»Hörst du jetzt bitte endlich auf, hier rumzuwackeln wie eine Hula-Tänzerin? Du machst dich ja lächerlich!«

»Ich bin beschwipst. Es gab ja kaum was zu essen, die Portionen waren wirklich sehr übersichtlich!« Lucy legte die Hände wie ein Sprachrohr um den Mund und drückte sie dann an sein Ohr. »Vermutlich mussten sie irgendwo ein bisschen sparen …«

»Daniel Boulud hat das Catering gemacht. Was hast du denn erwartet, ein All-you-can-eat-Büfett wie beim Imbiss an der Ecke?«

Das war nun doch ein bisschen gemein, aber von dem alten Miesmacher würde sie sich die Laune ganz bestimmt nicht verderben lassen. »Tja, dann habe ich es eben ein bisschen übertrieben. Max hat dauernd …«

»Ja, genau, du hast es mit Max Fairchild ein bisschen übertrieben.«

»Was? Max ist ein netter Kerl. Hoppla …« Fast wäre sie über den Bordstein gestolpert, hätte Wyatt sie nicht gerade noch rechtzeitig aufgefangen.

»Ihr beide passt nicht zueinander.« Wyatt holte eine Zigarette aus der Brusttasche seines Smokings.

»Du hast gesagt, du hörst auf damit!« Dann erst durchdrang seine spitze Bemerkung den Nebel in ihrem Hirn. »Warum sollten Max und ich nicht zusammenpassen? Weil er aus einer vornehmen Familie kommt und ich nicht? Nicht alle unterteilen die Welt in Arm und Reich.«

Und ohne Vorwarnung stiegen ihr plötzlich Tränen in die Augen. Warum hatte Wyatt Wochen darauf verwendet, sie aufzubauen, sie glauben zu machen, sie könne in seiner Welt bestehen – nur um ihr dann, als sie die Feuerprobe bestanden hatte, das Gefühl zu geben, sie sei der letzte Abschaum?

»Ganz ruhig! Ganz ruhig!« Einen Wimpernschlag lang schaute Wyatt sie an, um dann den Blick gleich wieder abzuwenden. »Ich meine damit bloß, *du* hast was Besseres verdient. Max ist ganz nett, aber ich finde, du brauchst einen etwas dynamischeren Kerl.«

Lucys Laune hellte sich so schnell wieder auf, wie sich eben ein Schatten darübergelegt hatte. Wyatt lag etwas daran, mit welchem Mann sie anbandelte? Das war der erste Hoffnungsschimmer, dass er in ihr mehr sah als bloß eine Erfüllungsgehilfin, um seine Wette mit Trip zu gewinnen. »Bist du etwa eifersüchtig?«, neckte sie ihn.

»Mach dich nicht lächerlich!« Woraufhin sich kurz ein betretenes Schweigen ausbreitete, bis Wyatt die Sprache wiederfand. »Wir sollten lieber reingehen, damit ich dich ein paar Leuten vorstellen kann. Nicht das Ziel des heutigen Abends aus den Augen verlieren: Das ist deine Chance, Kontakte zu den oberen Zehntausend zu knüpfen. Wer weiß, vielleicht kaufen die irgendwann ihre Kleider bei dir. Na, wie sieht's aus? Der Kopf wieder ein bisschen klarer?«

»Alles bestens«, entgegnete Lucy und strich sich das Kleid glatt. »Wie sehe ich aus?«

Wyatt schob ihr eine widerspenstige Haarsträhne aus dem Gesicht und streifte dabei leicht ihre Wange.

Sie schnappte nach Luft bei der unerwarteten Berührung, und er zog die Hand weg, als hätte er sich verbrannt. »Wunderbar«, antwortete er knapp.

18

WYATTS AUFZEICHNUNGEN:
Es gibt ein ritualisiertes Verhalten, das Primatologen als »Lippenschnalzen« bezeichnen. Affen und Menschenaffen benutzen das »Lippenschnalzen« gegenüber potenziellen Rivalen zur Deeskalation und wiegen damit ihr Gegenüber in Sicherheit, um ihm dann unerwartet in den Rücken zu fallen. Nicht unähnlich den Societydamen, die ihre Rivalinnen mit Bussis und geheuchelter Freundlichkeit begrüßen, um dann gegen ihre Aufnahme im Colony Club zu stimmen.

Ungeduldig wartete Cornelia darauf, dass ihr Powerbook hochfuhr. Sie hatte die Tür ihres vom alten Hollywoodstil inspirierten Arbeitszimmers, ganz in Puderrosa und hochglänzendem Weiß gehalten, hinter sich abgeschlossen, damit keiner ihrer neugierigen Angestellten hereinplatzte und sie dabei ertappte, wie sie all ihren gegenteiligen Beteuerungen zum Trotz vor dem Monitor saß. Irgendwelchen Dreck zu finden, mit dem sie ihre Konkurrentin bewerfen könnte, wäre ein paar zusätzliche Botox-Spritzen wert. Langsam und mit spitzen Fingern tippte sie »Google« ein. Und dann »Lucia Haverford Ellis«. Die Suchergebnisse erschienen so schnell, dass Cornelia entsetzt nach Luft schnappte. Zwölftausendvierhundert Einträge. Sie klickte auf Rex Newhouse und überflog das schmeichelhafte Profil, das er einen Monat zuvor gepostet hatte. *Holzerbin. Miss Dillard's School. Aufstrebende Modeschöpferin.* Nichts, was sie nicht schon vorher gewusst hatte. Da war Lucy bei Save Venice, Lucy im Explorers Club anlässlich einer Buchveröffentlichung, Lucy bei einer Dinnerparty von Leslie Reynolds im vorigen Monat – die beiden hatten wohl bei der Hochzeit ihre Telefonnummern ausgetauscht. Sämtliche Einträge stammten aus dem Januar, was Cornelias nagende Ungewissheit nur noch mehr anheizte: Wo war diese Person gewesen, ehe sie plötzlich *überall* war? Frustriert klickte sie sich zu Parkavenueroyalty.com durch, nur um dort weitere empörend glamouröse Fotos von Lucy bei diversen Partys zu entdecken. Als die Seite vollständig geladen war, verschlug es Cornelia vollends den Atem. Lucy, in einem weißen Kleid von Prada, von dem Cornelias Stylistin behauptet hatte, es in frühestens einem Monat bekommen zu können, hatte es doch tatsächlich als It-Girl Nummer eins an die Spitze der Hitliste geschafft! Und Cornelia damit auf Rang zwei verdrängt. Schnell überflog sie die zahlreichen Kommentare, die allesamt von der Anmut und Schönheit der Newcomerin schwärmten. »Lucy und Wyatt sind Zucker!«, schrieb irgendeine blöde Kuh mit dem Nickname 10021diva. »Freut mich, dass er Cornelia abserviert und sich endlich eine Frau mit Klasse gesucht hat!«

Wütend knallte Cornelia ihr Laptop zu. Es war ja schon schlimm genug, dass Lucy ihr allem Anschein nach den Kerl ausgespannt hatte. Aber ihre Krone würde sie diesem Weib bestimmt nicht kampflos überlassen. Entschlossen griff sie zum Telefon und wählte Anna Santiagos Nummer.

»Hallo, Schätzchen!«, rief Anna atemlos. Cornelia konnte im Hintergrund das Surren ihres Trimmrads hören.

»Süße, ein klitzekleiner Gefallen. Sind die Einladungen für die Vanderbilt-Gala schon im Druck?«

»Ich habe gerade die Vorlagen zur Druckerei geschickt. Warum?«

Cornelia biss sich auf die Unterlippe. »Wäre es vielleicht irgendwie möglich, sie zurückzurufen und noch einen Namen auf die Liste des Organisationskomitees zu setzen? Es läge mir wirklich viel daran, sonst würde ich dir keine solchen Umstände machen.«

»Lucy! Lucy!« Verdutzt guckte Lucy sich um, wer da nach ihr rief. Zu ihrem Erstaunen und ebenso großen Vergnügen war es einer der zahllosen Fotografen, die sich zur Premiere von Gus Van Sants neuem Film am roten Teppich drängten. »Wen tragen Sie heute?«, rief er, während er ihre atemberaubende Robe bereits fleißig ablichtete.

»Balenciaga!«, rief sie, wobei ihr wieder einfiel, was Angelique ihr beigebracht hatte, also warf sie sich in Positur und reckte aufreizend keck das Kinn. Wie sie sich wünschte, sie hätte für diesen Abend ein eigenes Kleid entwerfen und anfertigen können, aber irgendwie war sie ständig unterwegs, weshalb ihr kaum Zeit blieb für ihre Entwürfe. Aber das machte gar nichts, versuchte sie sich zu beruhigen – das Balenciaga-Kleid, das Eloise für sie organisiert hatte, war wirklich märchenhaft, und das Wichtigste, zumindest im Moment, war, gesehen zu werden und aufzufallen. Während der Fotograf munter weiterknipste, taten es ihm andere nach. Manche schienen keinen Schimmer zu haben, wer Lucy war, aber es war nicht zu übersehen, dass sie *jemand* war.

Nachdem sie kurz stehen bleiben musste, um ihren Namen zu buchstabieren, hatte sie den Spießrutenlauf durch die diversen Medienvertreter hinter sich und gesellte sich wieder zu Wyatt, der in der schwach beleuchteten Lobby des Soho House auf sie wartete.

»Es wird, langsam, aber sicher«, sagte er und nahm ihre Hand, als sie gemeinsam in den Aufzug stiegen.

Freunde halten manchmal Händchen, sagte sie sich. Seit der Reise nach Palm Beach war er irgendwie anders. Vielleicht bildete sie sich das bloß ein, aber Wyatt wirkte nicht mehr ganz so kritisch wie früher. Ja, er schien die Zeit richtiggehend zu genießen, die sie gemeinsam verbrachten. Als sie in dem abgedunkelten Kinosaal ihre Plätze einnahmen und er in dem engen Sessel ihren Arm streifte, spürte Lucy, wie ein kleiner wohliger Schauer sie durchlief. »Wyatt, vielen Dank«, flüsterte sie.

Er schaute sie an und lächelte. »Ist mir ein Vergnügen.«

»Ich bin dir so dankbar für alles, was du für mich getan hast. Ich …«, stammelte sie und rang um die richtigen Worte. Vielleicht war das hier nicht der richtige Ort dafür. »Haben wir morgen Abend irgendwelche Termine?«

»Cocktails für die School of American Ballet, danach Essen mit Mimi und Jack.«

»Müssen wir da unbedingt hin?«

Besorgt schaute er sie an. »Eigentlich ja. Schließlich sitzt du im Komitee des Fördervereins – das würde keinen guten Eindruck machen, wenn wir schwänzen. Wieso, was ist denn los?«

»Ich, ähm« – auf einmal war Lucy ganz schüchtern – »ich würde dich gerne zu mir zum Essen einladen. Dauernd führst du mich aus. Das ist das Mindeste, was ich tun kann.«

»Du kannst kochen?«

»Natürlich kann ich kochen.« *Ein winzig kleiner Bluff*, dachte sie, *aber wie schwer kann das schon sein?*

»Also gut.« Wyatt schien sichtlich gerührt. »Wie wäre es denn statt morgen Abend mit nächster Woche? Dienstag vielleicht? Dann haben wir auch Howard Galts Geburtstagsparty hinter uns.«

»Perfekt. Und bring ordentlich Hunger mit.«

»Dann haben wir ein Date«, sagte er. Eine unglückliche Formulierung. Allein bei der Erwähnung des bösen D-Worts guckten sowohl Lucy als auch Wyatt plötzlich stur geradeaus auf die Leinwand und redeten kein Wort mehr miteinander, bis die Lichter wieder angingen.

»Was soll das heißen, du hast es ihr noch nicht gesagt?« Bedächtig richtete Trip seinen Callaway Driver aus und spähte mit zusammengekniffenen Augen vom Dach in die Ferne. Es war ein für die Jahreszeit ungewöhnlich warmer Tag. Er hatte dieses Penthouse allein der riesigen Dachterrasse wegen gemietet, um unter der Woche seinen Abschlag zu trainieren, indem er Bälle in den East River drosch. In der luxuriösen Fünfzimmerwohnung hatte er zwei seiner Hausmädchen einquartiert. »Und was passiert, wenn das Buch veröffentlicht und Lucy als Betrügerin entlarvt wird? Du kannst ihr doch nicht ewig verheimlichen, was du vorhast.«

»Das weiß ich auch«, gab Wyatt schnippisch zurück. Dann zog er einen Schläger aus seiner Golftasche. Die Sache ging ihm in letzter Zeit kaum mehr aus dem Kopf, aber einer Lösung des Dilemmas war er bisher noch keinen Schritt näher gekommen. Im Geiste war er immer wieder sämtliche Möglichkeiten durchgegangen, wie er Lucy die Geschichte beichten könnte, aber wie er es auch drehte oder wendete, immer war sie am Ende wütend, verletzt oder beides zusammen. »*Jetzt* kann ich es ihr unmöglich sagen. Das würde den wissenschaftlichen Ansatz des Experiments vollkommen zunichtemachen …«

»Blödsinn«, gab Trip zurück. Er hielt mitten im Abschlag inne und schaute seinen Freund an. »Sei ein Mann und gib zu, dass du die Hosen voll hast. Du magst dieses Mädchen. Du hättest ihr von Anfang an reinen Wein einschenken sollen, aber das hast du nicht, und jetzt weißt du nicht, wie du ihr beibringen sollst, dass du vorhast, sie auffliegen zu lassen.«

»Ich *mag* dieses Mädchen?«, wiederholte Wyatt ungläubig. Nun, zugegeben – er genoss ihre Gesellschaft. Zwischen ihnen hatte sich eine Freundschaft entwickelt – dank der unzähligen Stunden, in denen sie an ihrem gemeinsamen Projekt gearbeitet hatten. Aber wenn Trip damit andeuten wollte, zwischen ihm und Lucy sei irgendwas Romantisches im Gange …

»Gut, von mir aus, leugne es ruhig. Aber tu bloß nicht, als würdest du auf ihre Gefühle pfeifen.« Trip holte aus und schlug den Ball, der im hohen Bogen vom Dach segelte und auf eine Boje zuhielt, die den Bootsweg der Fähre markierte. »Ich sehe doch, wie du sie anschaust. Du willst es vielleicht nicht wahrhaben, aber jedem anderen fällt es wie Schuppen von den Augen.«

Schlagartig war Wyatts Interesse am Golfen verflogen. Was eigentlich als entspannende Ablenkung gedacht war, erinnerte ihn bloß wieder an die Grübeleien, die ihm in der vergangenen Nacht den Schlaf geraubt hatten. Hastig packte er seine Schläger ein und marschierte in Richtung Tür. »Bis heute Abend«, rief er über die Schulter zurück, während Trip einen weiteren Ball drosch.

Cornelia riss das Baby aus der Wiege und nahm es in den Arm. Es war ein spindeldürres Ding, nicht besonders hübsch, aber andererseits war sie immer schon der Meinung, der Niedlichkeitsfaktor von Kleinkindern im Allgemeinen – ganz zu schweigen von diesen unterernährten rumänischen Waisenkindern – werde maßlos überschätzt, ganz wie diese geschwungenen kleinen Audrey-Hepburn-Absätze. »Kotz mir bloß nicht auf meinen Valentino«, zischte sie mit einem glückseligen Lächeln auf den Lippen, aber das kleine rotgesichtige Etwas wollte sich zu keinem Zugeständnis durchringen.

»Cornelia, dürfen wir ein paar Fotos schießen?«, fragte einer der Fotografen, die da waren, um über das intime Dinner mit Kinderkuscheln von Baby Love im Tribeca Grand Hotel zu berichten. Während sie das erstaunlich schwere Kind in ihrem Arm zurechtrückte, kam Cornelia zu dem Schluss, dass diese Wohltätigkeitsgeschichte, Mimi Rutherford-Shaws Geisteskind – als sei die nicht selbst schon vermehrungsfreudig genug mit ihren beiden eigenen Bälgern –, vermutlich die nervigste gute Sache der Stadt war. Die meisten karitativen Organisationen erwarteten nicht, dass man sich persönlich mit den Nutznießern seiner Großzügigkeit abgab. Cornelia saß auch im Beirat von Save Our Children, die sich um Kinder mit Rachitis kümmerten, aber da erwartete niemand von ihr, dass sie den ganzen Tag Kinder mit krummen Knien herumführte. Baby Love war da ganz anders. Mimis erst kürzlich ins Leben gerufene Wohltätigkeitsorganisation kümmerte sich um sozial schwache und verwaiste Kinder im Großraum Manhattan, und sie war der felsenfesten Überzeugung, diese kleine Bande rumänischer Waisenkinder, die augenblicklich noch auf ihre Adoption wartete, würde bleibende Schäden davontragen, wenn sie nicht regelmäßig von wildfremden Menschen wie Cornelia abgebusselt und durchgeknuddelt würde. Also bitte. Als sie noch ein kleines Mädchen war, hatten die Liebesbezeugungen ihrer Mutter sich auf kurze Umarmungen beschränkt, wenn gerade zufällig eine Kamera auf sie gerichtet war. Ihre Kindermädchen waren allesamt steife britische Nannys gewesen, für die Nestwärme schon ein anerkennendes Tätscheln des Kinderkopfs war. Wenn das so schlimm sein sollte, wo bitte war dann die Hilfsorganisation für kuscheltechnisch benachteiligte höhere Töchter?

Allerdings hatte Mimi für die Cocktailstunde vor dem Essen ein ganzes Bataillon an Fotografen bestellt, weshalb Cornelia unbeirrt weiterlächelte, während die Fotografen knipsten, was das Zeug hielt.

»Wie lange müssen wir denn hierbleiben?«, erkundigte sie sich bei Fernanda, als die Pressemeute abgezogen war.

»Eine Stunde? Zwei vielleicht?« Fernanda schien es überhaupt nicht eilig zu haben. Ihr Baby, ein rundlicher kleiner Wonneproppen von einem Mädel, war wirklich zuckersüß, während das kleine Ding auf Cornelias Schoß nur griesgrämig aus der Wäsche guckte.

»Eine *Stunde*? Nein, tut mir leid. Ich treffe mich gleich mit meinem Imageberater zum Dinner im La Grenouille. Was zum Teufel sollen wir denn *eine ganze Stunde lang* mit diesen Zwergen anstellen?«

»Weiß nicht... ich glaube, wir sollen ihnen was vorlesen.«

»Ihnen was vorlesen? Können die überhaupt Englisch?«

»Das soll die Sprachentwicklung bei Kleinkindern anregen«, erklärte Fernanda. Sie hatte sehr genau zugehört, als Mimi Rutherford-Shaw ihnen ihre Aufgabe erklärt hatte, wohingegen Cornelia währenddessen in ihr Blackberry vertieft gewesen war. Die aktuelle Krise: Daphne versuchte immer noch, eine Einladung für die Party zur Feier von Howard Galts sechzigstem Geburtstag am kommenden Abend zu ergattern; ein Ereignis, das sie einfach nicht verpassen durfte.

»Das Ding hasst mich«, knurrte sie, als ihr Baby wieder losheulte. »Er klingt wie eine Sirene.«

»Der ganze Krach hier drin macht ihm Angst. Und wahrscheinlich will er gar nicht im Arm gehalten werden. Keine Sorge, er beruhigt sich schon wieder.«

»Ehe ich mich erschieße oder hinterher?« Lieblos wuchtete Cornelia das kleine Bündel auf ihren linken Arm, kramte in ihrer Bottega-Veneta-Tasche herum und zog eine sorgfältig gefaltete *WWD* heraus. Dann klappte sie die Zeitschrift auf und fing an, daraus vorzulesen, als sei es eine Märchengeschichte. »Die Siebziger kommen in diesem Frühjahr zurück auf die Bühne, mit Jeans in helleren Waschungen und Retro-Schnitten.« Das Baby hörte auf zu weinen. Cornelia runzelte verdutzt die Stirn und las weiter. »Bei Halston liegt was in der Luft …«

»Er hat dich angelächelt! Gibst du mir mal den Beauty-Teil?«

»Den haben wir noch nicht gelesen.« Cornelia hielt die Seiten fest umklammert. Dann senkte sie die Stimme. »Hast du schon mit Lucy geredet?«

Unauffällig schaute sie zum anderen Ende des Raums, wo Lucy und Eloise saßen. Wenn sie Lucy so da sitzen sah in ihrer Röhrenjeans und der Chloé-Bluse, mit den rockigen Lederbändchen am Handgelenk, kam sie sich in ihrem Tweed-Kostüm vor wie eine spießige altmodische Tante. Sosehr sie es hasste, sich das eingestehen zu müssen, aber Wyatts neue Flamme hatte tatsächlich einen halbwegs ordentlichen Modegeschmack. Sie fragte sich, wer ihre Stylistin war und ob sie die eventuell abwerben könnte. Womöglich war es Eloise, die ein einmalig tolles Downtown-Flair hatte. Mit je zwei Babys auf dem Arm wechselte das Duo sich dabei ab, laut aus einem Märchenbuch vorzulesen. *Angeber.*

Die Hochzeit von Tamsin und Henry am Wochenende zuvor hatte bei Cornelia den schalen Nachgeschmack einer Niederlage hinterlassen. Sie konnte es einfach nicht verwinden, wie Wyatt sie eiskalt vor allen Hochzeitsgästen auf der Tanzfläche hatte abblitzen lassen, um Lucy von Max wegzuzerren. Auf einmal ging ihr auf, dass er vielleicht nicht bloß so tat, als interessierte sie ihn nicht mehr. Cornelia hatte gesehen, wie er Lucy nach draußen geführt hatte. Viel zu lange waren sie daraufhin verschwunden geblieben – länger als es dauerte, drei Zigaretten Kette zu rauchen, wie sie ausgerechnet hatte –, und Cornelia hatte sich schon gefragt, ob sie womöglich vorzeitig nach Hause gegangen waren. Aber dann waren sie wieder aufgetaucht – beide mit unübersehbar hochroten Wangen – und hatten Cornelia ihre Zweisamkeit quasi unter die Nase gerieben und sie vor allen Leuten bis auf die Knochen blamiert.

»Ich hatte noch keine Gelegenheit, aber ich verspreche, ich kümmere mich darum.« Fernanda zog *Guter Mond* aus dem Korb, legte es auf den Tisch und klappte es auf.

»Worauf zum Teufel wartest du denn noch? Anna hält die Einladungen zurück! Wir müssen Lucy festnageln, und zwar sofort!«

»Es kommt mir bloß so komisch vor, wenn Eloise danebensitzt.«

»Was *hast* du bloß?«, giftete Cornelia. Fernanda war irgendwie so weichlich und unbrauchbar geworden, seit sie mit diesem Waldschrat und seinem zahmen Frettchen ausging. »Vergiss es. Ich frage sie selbst.« Und damit deponierte sie ihr kleines Waisenkind in seiner Wiege und marschierte entschlossen durch den Raum. Als Eloise und Lucy sie kommen sahen, nahmen sie ihre Babys noch fester in den Arm, sodass Cornelia sich fast vorkam wie die böse Knusperhexe aus dem Märchen. *Was glauben die, was ich vorhabe, die kleinen Biester aufzufressen?*

»Ihr Mädels seid Naturtalente«, flötete sie.

»Sind sie nicht süß?«, entgegnete Eloise. »Ich weiß gar nicht, wie ich mich je wieder von ihnen losreißen soll!«

»Geht mir genauso.« Nur mit Mühe konnte Cornelia es sich verkneifen, die Augen zu verdrehen. »Hör mal, Lucy, vielleicht könntest du mir helfen. Man hat mich dieses Jahr gebeten, den Vorsitz bei den jungen Förderern der Vanderbilt-Stiftung zu übernehmen. Ich bin dafür zuständig, möglichst viele potenzielle Unterstützer zusammenzutrommeln und dafür zu sorgen, dass wir regen Zulauf bekommen. Hättest du vielleicht Interesse, im Benefizkomitee zu sitzen?«

Lucy wirkte etwas verdattert. »Ich? Wirklich?«

»Da sitzen immer bloß die üblichen Verdächtigen, und ich würde gerne ein bisschen frischen Wind reinbringen. Bitte! Keine Sorge, du brauchst eigentlich nichts zu tun. Du lädst einfach ein paar deiner Freunde ein, trägst ein Kleid des Modedesigners, der den jeweiligen Abend sponsert – dieses Jahr ist es Roland Philippe, es wird also unter Garantie eine fabelhafte Party –, und du kommst und lässt dich knipsen. Bitte, sag ja!«

Lucy überlegte. Dann lächelte sie, als hätte sie sich entschlossen, Cornelia einfach zu trauen. *Idiotin.* »Okay, klar. Danke.«

»Prima! Du bist klasse. Eloise, du kommst doch auch, oder?«

»Das lasse ich mir nicht entgehen«, gab Eloise trocken zurück.

»Vielleicht könnte El ja auch im Komitee sitzen?«, schlug Lucy vor.

»Oh, ähm – aber klar doch!« Himmel, dieses Weib war ja wirklich zum Kotzen nett. Auf dem Spielplatz hatte sie früher bestimmt alle anderen Kinder in der Schlange für die Schaukel vorgelassen. »Tja, dann gehe ich mal lieber wieder zu meinem kleinen Schätzchen. Noch mal danke.«

Cornelia musste sich beherrschen, nicht wild durch den Raum zu hüpfen. Das war beinahe zu einfach gewesen. Lucy hatte ja keine Ahnung, mit wem sie es zu tun hatte … aber das würde sie sehr bald erfahren.

19

Meredith Galt
möchte Sie einladen zu
Essen & Tanz
zur Feier von Howards Sechzigstem
Samstag, 31. Januar
19 Uhr
Windsong
Oyster Bay, Long Island
Kleidung: Bärenmarkt

»Und das alles bloß für eine *Geburtstagsfeier?*«, murmelte Lucy, als Wyatt sie einen mit goldenem Blattwerk geschmückten Gang entlangführte. Sechs Konzertviolinisten waren zu beiden Seiten aufgestellt und spielten ihnen ein Ständchen. Sie zog sich die Nerzstola fester um die Schultern, obwohl es gar nicht kalt war. »Dieses Zelt ist größer als ganz Dayville. Howard muss ja einen Arsch voll Kohle haben!«

»Eine Dame benutzt das Wort ›Kohle‹ nicht«, erklärte Wyatt, wobei sich seine Mundwinkel leicht nach oben kräuselten. »Und das andere Wort auch nicht.«

Lucy musste zugeben, es hatte schon was, am Arm eines Mannes wie Wyatt auf einer Party zu erscheinen. Ohne ihn wäre sie das reinste Nervenbündel gewesen, obwohl sie es mittlerweile gewohnt war, jeden Abend auf drei verschiedenen Feiern zu tanzen und mit der High Society auf Du und Du zu sein. Dutzende Male hatte sie ihn schon im Smoking gesehen – in seinen diversen Smokings, genauer gesagt, obwohl sie kaum voneinander zu unterscheiden waren –, aber er schindete immer noch ordentlich Eindruck. Wie sich herausstellte, konnte man einen Mann für einen arroganten Mistkerl halten, und trotzdem verschlug es einem gelegentlich den Atem, wenn er einen zum Ausgehen abholte oder mit einem Drink in der Hand quer durch den Raum auf einen zusteuerte oder ganz einfach von der Toilette zurückkam. Wyatt betreffend hatte sie keinerlei romantische Ambitionen, aber das hieß noch lange nicht, dass sie immun gewesen wäre gegen seine umwerfende Wirkung, wenn er den Raum betrat.

»Fünf Jahre alt, maximal«, murmelte Wyatt und wies mit dem Kopf auf das Familienwappen der Galts, das unübersehbar auf dem Zelt prangte. Es wurde von einem Scheinwerfer angestrahlt, der derart hell und gleißend war, dass man sicher von einem Schiff in der Oyster Bay nicht nur den springenden Tiger erkennen konnte, sondern auch die Pfeile und das Schild. Der Tiger war im Begriff, sich auf einen verwunderten Fuchs zu stürzen – rein zufällig der Name von Howards schärfstem Konkurrenten, Fox Equity Partners.

»Du kannst es dir einfach nicht verkneifen, oder?« Lucy musste laut lachen.

Die Geburtstagsfete fand in Windsong statt, Howards atemberaubenden Zwanzigzimmeranwesen mit Blick auf den Hafen, wobei das Haus selbst für die Feier eher ungeeignet war, weil im offiziellen Speisesaal nur zweihundert der achthundert geladenen Gäste Platz gefunden hätten. Stattdessen hatte man also einen gigantischen achteckigen Pavillon auf dem weitläufigen Gelände errichtet.

Das Zelt – wenn man eine derart ausladende und stabile Konstruktion überhaupt so bezeichnen konnte – bestand aus fünf riesigen Räumen, jeweils eine perfekte Nachbildung eines von Howards »Lieblingsorten«: die Metropolitan Opera – wo Renée Fleming live und in Farbe von einem dreißigköpfigen Orchester begleitet ihre Arien schmetterte; sein Anwesen in St. Moritz; die spektakuläre Dachterrasse des Hotel Russie in Rom, mit Fresken der Sieben Hügel der Stadt an den Wänden; die Umkleidekabine eines NFL-Teams, das ihm gehörte; und der gewaltige Bug seiner Jacht, die den größten Teil des Jahres in Südfrankreich vor Anker lag.

»Hot Toddie?«, bot eine Kellnerin, die im Nebenberuf Model sein musste, ihnen einen heißen Drink an, als Wyatt und Lucy den St.-Moritz-Bereich betraten. Lucys Kinnlade klappte nach unten. Der Raum war eine Nachbildung von Howards Schweizer Chalet, und die Partyplaner hatten passend dazu eine Indoor-Skipiste entworfen, auf der augenblicklich Mitglieder der amerikanischen Ski-Olympia-Mannschaft unterwegs waren. Die Dekoration war der reinste PETA-Albtraum: Echte Pelze waren über Sofas und auf dem Boden drapiert, und auf der einen Seite des Minihügels funkelte ein Sessellift, der etwas irritiert wirkende Gäste zum höchsten Punkt des kleinen Bergs beförderte. Statt eines Gipfelkreuzes erwartete sie dort ein ganzer Trog Beluga-Kaviar.

»Was glaubst du, ist das Ziel, oder sagen wir, Sinn und Zweck dieses ganzen Spektakels?«, flüsterte Wyatt ihr ins Ohr. Genauso gut hätte er es laut sagen können. Es war niemand in der Nähe, der sie hätte belauschen können; in der riesigen Weite des Partyraums wirkten die Gäste etwas verloren, wie sie so steif aneinander vorbeistaksten.

»Keine Ahnung, ich hätte ganz naiv gesagt, einen Geburtstag zu feiern? Das neue Lebensjahr einzuläuten, wie es sich für einen Multimilliardär gehört? Damit alle anderen sich fragen müssen, was sie bloß falsch gemacht haben?«

»Gut gedacht. Aber die richtige Antwort lautet, um der Welt in aller Deutlichkeit und ohne die Spur eines Zweifels unter die Nase zu reiben, dass man es geschafft hat. Was bei Howard ganz zweifellos der Fall ist, zumindest in finanzieller Hinsicht – seine Fonds waren in null-vier über fünf Milliarden an der Börse wert.« Wyatt schaufelte etwas von dem Basislager-Kaviar auf ein Perlmutttellerchen. »In meiner Welt würde man Howard wohl als Wichtigtuer bezeichnen; jetzt, wo er seine Schäfchen im Trockenen hat, kämpft er auf höchster gesellschaftlicher Ebene um Anerkennung. Daher diese Party. Wenn du so ein Großereignis auf die Beine stellst, sehen sich alle auf der Gästeliste verpflichtet, sich in irgendeiner Art und Weise zu revanchieren – ob sie dich jemandem vorstellen, der dir irgendwie nützlich sein könnte, ob sie dich für eine Klubmitgliedschaft empfehlen oder zu den exklusivsten Ereignissen einladen. Eine Party kann ein sehr hilfreiches Mittel sein, Allianzen zu schmieden und letztendlich gesellschaftliche Dominanz zu erreichen.«

Lucy ließ sich das durch den Kopf gehen. Langsam fand sie Gefallen an Wyatts Theorien. »Und warum sind wir beide dann hier, wenn Howard mit dieser Party bloß bezweckt, dass andere in seiner Schuld stehen?«

»Wenn du die amtierende Miss New York werden möchtest, dann brauchst du Verbündete auf allen Ebenen. Die Howard Galts dieser Welt verfügen über eine gewisse Macht. Ich bin nicht so naiv anzunehmen, das alte Ostküsten-Establishment sei das Einzige, was heutzutage zählt.«

»Gib's doch zu, du bist bloß wegen des Kaviars hier«, neckte Lucy ihn und schaute zu, wie er noch mehr davon auf seinen Teller löffelte.

»Wyatt! Lucy!« Meredith Galt, eine zierliche, chirurgisch hübsche Brünette, scharwenzelte auf sie zu wie ein übereifriges Silberfischchen. Dann drückte sie beide an ihre glitzernde Robe, wobei ihre hervorstechenden Rippen gemein durch den Stoff piksten. »Ich freue mich so, dass ihr kommen konntet. Howard ist ganz gerührt, dass heute Abend so viele seiner engsten Freunde da sind.«

»Das lassen wir uns doch nicht entgehen, Meredith«, entgegnete Wyatt mit einem Lächeln.

»Ja, herzlichen Dank für die Einladung«, sagte Lucy. »Die Vorbereitungen für die Party müssen ja Monate gedauert haben …«

»Ein ganzes Jahr, Darling, selbst mit einem Dutzend sogenannter ›Partyplaner‹, die mich eigentlich dabei unterstützen sollten. Aber letzten Endes habe ich das meiste selbst in die Hand genommen. Wenn man eine *Vision* hat und weiß, was man will, dann ist es einfacher, man macht es selbst.« Was bei ihr klang, als sei ihre Inspiration auf einer Ebene mit der von Michelangelo beim Malen der Fresken in der Sixtinischen Kapelle. »Einer der Planerinnen habe ich gesagt, ich möchte um Mitternacht weiße Turteltäubchen in den Himmel aufsteigen lassen, und da kommt sie mit diesem grau gesprenkelten Geflügel an – ich sage euch, das waren ordinäre Stadttauben! Ist das zu fassen? Aber jetzt ist es vollbracht. Nur das Beste für Howard, wisst ihr?« Worauf sie mit geheuchelter Bescheidenheit lächelte.

»Und es ist wirklich fantastisch geworden«, lobte Wyatt. Er holte Luft und atmete so tief durch, dass es auch für zwei Atemzüge gereicht hätte.

»Findet ihr die Luft nicht auch fantastisch?«, fragte die Gastgeberin.

»Die Luft?« Lucy und Wyatt schauten sie verständnislos an. Der Kaviar, die Monogramme überall, der Skihügel – *fantastisch*. Aber die Luft? Bitte, was denn noch?

»Aus der Schweiz importiert. Hat ein kleines Vermögen gekostet. Aber es verleiht dem Ganzen eine gewisse Authentizität, findet ihr nicht auch?« Dann schien ihr wieder einzufallen, dass es Wichtigeres zu tun gab, weshalb sie Wyatt mit ihren durchdringenden dunklen Augen vielsagend anschaute und sagte: »Schaust du gleich mal, ob du Howard findest, ja? Du kennst ja meinen Mann. Wenn er erst mal angefangen hat, sich mit einem Kurator zu unterhalten – es sind heute Abend natürlich einige da –, dann bekommt er nichts mehr mit und vergisst völlig die Zeit. Wenn es um Kunst geht, ist er einfach nicht zu bremsen!«

»Wir halten die Augen nach ihm auf«, versprach Wyatt.

»Howard interessiert sich für Kunst?«, fragte Lucy, während sie weiter durch das gigantische Zeltungetüm wanderten. Das wunderte sie – obwohl sie ihn erst einmal gesehen hatte, beim Dinner der Gesellschaft für den Schutz und Erhalt des Central Park. So, wie er da sein Steak verhackstückt und das Gespräch darauf beschränkt hatte, sich lautstark über die Spitzensteuersätze für Topverdiener zu empören, konnte man sich nur schwer vorstellen, dass er sich für die schönen Künste erwärmen konnte.

»Wohl kaum. Meredith schleimt sich schon seit Wochen bei mir ein. Sie möchte Howards Namen auf einem Flügel des Vanderbilt sehen, und sie weiß, dass ich im Vorstand sitze. Aber die wollen nichts davon wissen, ganz egal, wie groß der Scheck ist.«

Was irgendwie noch verwunderlicher war. »Aber im Museum stehen doch überall irgendwelche Namen an den Wänden. Sogar die Toilettenkabinen wurden in Gedenken an Hinz oder Kunz aufgestellt.«

»Howard ist reicher als Krösus, aber er hat sich mit etlichen Vorstandsmitgliedern angelegt. Wobei Meredith eine ehrgeizige Frau ist, also schafft sie es vielleicht doch noch irgendwie.«

Lucy traf plötzlich ein eisigkalter Hauch schneidender Bergluft. »Ich hatte ja keine Ahnung, dass die bessere Gesellschaft so ein berechnender Haufen ist. Macht denn keiner von euch mal was ohne Hintergedanken?«

»Selten bis nie. Aber man gewöhnt sich dran.«

Lucy schauderte. »Ich hoffe, in dem Punkt irrst du.«

Theo Galt hielt sich still im Hintergrund, wartete ab und beobachtete. Über die Schulter eines Geschäftspartners seines Vaters hatte er den Blick auf eine atemberaubende Gazelle im safrangelben Abendkleid geheftet. Lucia Haverford Ellis. Das Mädchen war der Hammer, keine dieser Im-Dutzend-billiger-Schönheiten, die man in L. A. an jeder Straßenecke fand. Nein, dieses Mädel hatte Klasse, das sah man auf den ersten Blick. Und bei Frauen mit Klasse konnte Theo Galt einfach nicht widerstehen.

Er sah sie nicht zum ersten Mal; Theo hatte seine Hausaufgaben gemacht und über Lucia – oder Lucy, wie sie ganz bescheiden lieber genannt wurde – recherchiert, nachdem er sie vor ein paar Wochen bei einer Vernissage in einer überfüllten Galerie in Downtown Manhattan gesehen hatte, bei der irgend so ein It-Girl den Inhalt seines Kühlschranks an die Wand genagelt hatte. Er war auf der Stelle hin und weg gewesen, als er gesehen hatte, wie Lucy durch die Galerie geschwebt war, Freunden zur Begrüßung ein Küsschen gegeben und sich die Kunstwerke nicht länger als unbedingt nötig angeschaut hatte. Der Kerl, der allem Anschein nach ihr Freund war – so ein verklemmter Typ namens Wyatt Hayes, den seine Stiefmutter allem Anschein nach vergötterte –, hatte sie keinen Moment aus den Augen gelassen und sie irgendwann einfach unvermittelt aus der Galerie bugsiert. Theo konnte gut verstehen, warum er so eifersüchtig über seine Eroberung wachte; er würde es an seiner Stelle auch nicht anders machen.

»Ihr Vater gehörte zu den wenigen genialen Köpfen, die das Platzen der Immobilienblase vorhergesagt haben«, schwärmte Theos Gegenüber, der anscheinend so viele Komplimente pro Minute einzuflechten versuchte wie irgend möglich. Rex Newhouse zufolge – *die* Koryphäe auf diesem Gebiet, wie seine Stiefmutter ihm erklärt hatte – kam Lucy aus einer alteingesessenen Chicagoer Familie, die durch Holzhandel ein Vermögen gemacht hatte. Sie widmete sich mit Leidenschaft der Wohltätigkeitsarbeit und dem Modedesign, wie Rex schrieb. Und Dutzende Fotos belegten eindeutig, dass ihre Beine die von Elle Macpherson glatt in den Schatten stellten.

Als Wyatt kurz von ihrer Seite wich, um ihre Platzkarten abzuholen, nickte Theo einer groß gewachsenen blonden Sexbombe im Minikleidchen, das kaum größer war als ein Haftnotizzettel, dezent zu. Woraufhin diese rasch aus ihrer Loge im Metropolitan-Opera-Zelt schlüpfte und sich quer durch den Raum schlängelte, um Wyatt abzupassen.

Jetzt, wo Lucy derart unbewacht war, konnte Theo einen Annäherungsversuch starten. Er machte sich nicht mal die Mühe, sich bei dem Lakaien seines Vaters zu entschuldigen, sondern drehte sich einfach mitten im Gespräch um und verschwand. Er wusste, der Mann würde ihm das nicht nachtragen. Die Gazelle schaute auf, als er kaum noch drei Meter von ihr entfernt war, als spürte sie, dass er es auf sie abgesehen hatte. Aus der Nähe betrachtet war Lucys Hals lang und anmutig. Man sah gleich, dass sie jahrelang Ballett getanzt hatte.

»Theo Galt. Ich bin Howards Sohn«, stellte er sich vor und reichte ihr die Hand. Eine bessere Einleitung gab es nicht, solange die Frau wusste, wer sein Vater war – und noch viel wichtiger, dass sein Vermögen dem Bruttoinlandsprodukt von Zypern entsprach. Und jeder der heute Abend Anwesenden wusste natürlich sowohl das eine als auch das andere.

Doch Lucy blinzelte bloß, als wunderte sie sich, dass irgendwer auch nur im Traum daran dachte, sie einfach so anzusprechen. Äußerst reizvoll. *Eine Herausforderung*. Als sie dann doch etwas sagte, wunderte Theo sich, was für eine kraftvolle Stimme sie hatte. »Lucy Ellis. Nett, Sie kennenzulernen.«

»Ich weiß, wer Sie sind.« Er lächelte selbstbewusst. »Ich habe Sie bei dieser Vernissage gesehen, der mit dem faulen Obst, aber Sie waren weg, ehe ich Sie ansprechen konnte.«

Was sie zum Lachen brachte. »Da haben Sie sich wohl keine große Mühe gegeben.«

Dann versteckte sich unter der Schneeköniginnenfassade wohl doch ein flirtfreudiges Mädchen! »Da haben Sie recht, und ich nehme die volle Schuld auf mich. Aber ich habe nicht gleich nach dem ersten Rückschlag aufgegeben. Ich habe meine Stiefmutter gebeten, uns heute Abend nebeneinanderzusetzen.«

»Wie schmeichelhaft. Und ich darf annehmen, dass sie Ihrer Bitte nachgekommen ist?«

Und ich darf annehmen, dass sie Ihrer Bitte nachgekommen

ist, wiederholte Theo im Geiste. Die Mädels in L. A. hätten darauf wohl bloß gekichert. Diese Lucy gefiel ihm wirklich. Sehr zurückhaltend, aber irgendwas in ihren ungewöhnlichen Augen ließ vermuten, dass sie für jede Menge Unfug zu haben war. »Leider nein, sie wollte wohl Ihren Begleiter nicht vergrätzen, irgend so einen Etepetete-Kerl, von dem ich wohl schon mal gehört haben sollte?«

Lucy musste wieder lachen. Das lief ja wie am Schnürchen. »Sie meinen sicher Wyatt«, sagte sie.

»Also musste ich ohne ihr Wissen die Tischkarten vertauschen. Jetzt sitzt Ihr Wyatt neben meiner Tischdame. Sehen Sie, die beiden haben sich schon gefunden.«

Lucy blickte in die Richtung, in die Theo gedeutet hatte. Eine Blondine hing an Wyatts Arm und lachte aus vollem Hals über eine Geschichte, die er gerade erzählte. Lucy drehte sich wieder zu Theo um. »Wollen Sie damit etwa sagen, Sie haben Irina Natrolova abblitzen lassen, um neben mir zu sitzen? Falls Sie das noch nicht wussten, sie ist das Gesicht von Prada. Und ich bin das Gesicht von *nada*.« Sie prustete los, wobei ihr ein leises Grunzen entfuhr. Errötend schlug sie die Hand vor den Mund.

»Geistlos«, erklärte Theo, der sie zum Anbeißen fand.

»Nein, ganz ehrlich, ich sage es Ihnen wirklich nur ungern, aber das war ein schlechter Tausch. Das Mädel hat echt Holz vor der …« Schnell unterbrach Lucy sich. »Ich meine, sie ist bildhübsch.«

Theo lachte. »Und da dachte ich immer, ihr Societymädels wärt alle so reserviert.«

Lucy wirkte fast geknickt, als fasse sie es als Kritik auf, dass er behauptete, sie habe Persönlichkeit. Als sie dann noch mal etwas sagte, klang sie etwas kleinlaut. »Und Sie arbeiten auch in der Finanzwelt wie Ihr Vater?«

»Nö. Ich bin sozusagen das schwarze Schaf der Familie. Mit zwanzig habe ich das College abgebrochen – mein alter Herr hätte fast einen Herzkasper bekommen, was einer der Gründe für mich war, es überhaupt zu tun – und habe mich nach Los Angeles abgesetzt. Ich habe es nie bereut. Ich musste einfach selbst was aus meinem Leben machen, ohne seine Hilfe.«

»Verstehe«, entgegnete Lucy. »Und was, wenn ich fragen darf, haben Sie daraus gemacht?«

Theo nippte an seinem Drink. Lucy verschwendete keine Zeit auf Small Talk, was er sehr einnehmend fand. »Na ja, eine Zeit lang habe ich mich treiben lassen, habe Partys organisiert und getan, als würde ich Filme produzieren. Bescheuerte Hollywood-Fließband-Billigware. Bis ich dann eines Nachts in einem Klub in Compton stand und einen fies guten Rapper hörte, der sich Sweet T. nannte. Irgendwie habe ich ihn so lange bequatscht, bis ich ihn überredet hatte, dass er sich von mir managen lässt. Und von da an lief eigentlich alles wie von selbst; inzwischen arbeite ich mit einigen Dutzend Künstlern zusammen und habe ein eigenes Label aufgezogen. Klingt leicht abgeschmackt, aber irgendwie hatte ich Schwein und bin rückwärts in meine Berufung gestolpert.«

»Sie haben wirklich Sweet T. entdeckt?«

»Sie kennen ihn?« Bildete Theo sich das bloß ein oder wirkte sie ehrlich beeindruckt? Fast erschreckend, dass sie ihn kannte. Sweet T.s Texte waren so krass, dass er es noch nicht auf den Mainstream-Musikmarkt geschafft hatte – ganz zu schweigen vom Reiche-New-Yorker-Erbinnen-Markt.

»Ähm, na ja«, Lucy schien zu zögern, »mein, ähm, Personal hört ihn gelegentlich. Ich bin kein großer Rap-Fan. Klassische Musik und Oper sind *viel eher* mein Fall. Aber talentierte Künstler sind immer etwas Großartiges, ganz gleich, was sie machen.«

Hinter dieser Lucy Haverford Ellis steckte ganz offensichtlich mehr, als man auf den ersten Blick vermutete. Theo war fasziniert. »Ich bin froh, dass ich die Platzkarten vertauscht habe«, sagte er und führte Lucy zum Tisch, wobei er merkte, wie sie unauffällig über die Schulter zurückschaute, vermutlich, um nachzusehen, wo ihr Begleiter abgeblieben war. Aber Wyatt war zu sehr mit Irina beschäftigt, die ihm mit großen Rehaugen interessiert zuhörte, um das zu bemerken.

»Ich auch«, stimmte Lucy zu und nahm Theos angebotenen Arm.

Lucy versuchte, nicht in Panik zu geraten.

Sie würde dieses Dinner genauso gut ohne Wyatt an ihrer Seite überstehen, der ihr immer gegen das Schienbein trat, wenn sie wieder zu viel redete. Theos druckvolles Mann-gegen-Mann-Spiel war kein Grund zur Sorge. Und genauso wenig die Tatsache, dass Mallory Keeler, die Chefredakteurin von *Townhouse*, ihr gleich gegenüber am Tisch saß und sie durch ihre Hornbrille genauestens beobachtete. Wyatt hatte sie gewarnt, Mallory habe es sich zur Aufgabe gemacht, immer ganz genau zu wissen, wer wer war, wer mit wem ins Bett ging, wer gerade eine Fettabsaugung hatte vornehmen lassen, wer viel zu viel für seine neue Wohnung bezahlt hatte und wer seine Kinder auf die Warteliste welcher Schule hatte setzen lassen. Es war ein offenes Geheimnis, dass Mallory bereits versucht hatte, Informationen über Lucia Haverford Ellis auszugraben, diese geheimnisvolle, schillernde Neuentdeckung, die plötzlich allen den Kopf verdrehte.

Ich schaffe das schon, dachte Lucy, bemüht, Ruhe zu bewahren und ein inneres Gleichgewicht zu finden.

Die ersten fünf Gänge überstand sie leidlich gut – neun gab es insgesamt, jeder davon serviert von einem dem jeweiligen Gast zugeteilten persönlichen Kellner. Doch als sie gerade den ersten Bissen der sautierten Foie gras probierte, zog Meredith Galt – erstaunlich kräftig angesichts ihrer Chihuahuastatur – ihren Stiefsohn energisch vom Tisch fort, um ihn mit einigen anderen Gästen bekannt zu machen. Woraufhin Mallory die Gelegenheit beim Schopf ergriff und auf der Stelle den frei gewordenen Platz besetzte.

Lucy legte ihre Gabel beiseite. Unwillkürlich setzte sie sich kerzengerade hin. Sie hatte Mallory vor einiger Zeit bei Topsy Matthews kennengelernt, die bei sich zu Hause eine kleine Verkaufsparty organisiert hatte, um den vielen Nippes an den Mann zu bringen, den sie aus Indien mitgebracht hatte, aber da hatten sie und die Redakteurin sich kaum unterhalten.

»Tolles Kleid, Lucia«, rief Mallory und beäugte Lucy neugierig vom Kopf bis zu den bleistiftdünnen Absätzen. Irgendwie klang das nicht wie ein Kompliment, jedenfalls nicht so, wie sie es sagte.

»Bitte, Mallory, nennen Sie mich doch Lucy.« Wild entschlossen versuchte sie, ihre flatternden Nerven zu beruhigen. »Sie sehen auch ganz wunderbar aus.« Mallory trug ein schwarzes Armanikleid, in dem sie streng wie eine Oberlehrerin wirkte.

»Fendi, stimmt's?«

Lucy wunderte sich, dass Mallory auf Anhieb ins Schwarze traf. »Stimmt genau. Auf der Einladung stand, die Kleiderordnung sei ›Bärenmarkt‹, und ich hatte nicht die geringste Ahnung, was ich da anziehen sollte. Ich wäre vermutlich in einem Pelzmantel aufgetaucht, mit einer Einkaufstasche am Arm, hätte meine Freundin Eloise nicht ein Machtwort gesprochen!«

Mallory lächelte. *Sie sollte öfter lächeln*, dachte Lucy. *Ihr ganzes Gesicht wirkt plötzlich viel weicher.* »Was dagegen, wenn ich das in meinem Artikel über die Party drucke?«, fragte Mallory.

»Sie berichten für *Townhouse* über die Party?«

»Nur eine kleine Notiz im Gesellschaftsteil. Bisher haben wir bloß ein rudimentäres Reporterteam, also muss ich selbst schreiben, was zu schreiben ist. Wo wir gerade dabei sind: Wie ich hörte, hat Galts Frau ihr Veto eingelegt und Cornelia Rockman von der Gästeliste gestrichen. Ist irgendwas dran an den Gerüchten, dass Sie beide sich nicht riechen können? Cornelia scheint nicht gerade Ihr größter Fan zu sein.«

»Ach, tatsächlich?« Lucy war auf der Hut und tat ahnungslos. Auf keinen Fall würde sie sich dazu hinreißen lassen, in aller Öffentlichkeit schmutzige Wäsche zu waschen. Da brauchte sie keinen Wyatt, der ihr sagte, dass das keine gute Idee war. »Also, ich finde Cornelia wirklich ganz entzückend, und sie engagiert sich sehr für den guten Zweck.«

Inzwischen hatte Theo sich von seiner Stiefmutter losgeeist und war an den Tisch zurückgekommen. Unschlüssig stand er hinter Mallory und wollte sich offensichtlich gerne wieder auf seinen Platz setzen.

»Was ich Ihnen noch sagen wollte, Mallory, der Artikel über die Geschichte des Smokings, den Sie geschrieben haben, war wirklich hochinteressant«, lobte Lucy. »Diese Ausgabe habe ich von vorn bis hinten durchgelesen.«

»Wirklich? Schön, dass zumindest einer die Storys tatsächlich liest. Wir sind so was wie der *Playboy* der Upper East Side – alle kaufen *Townhouse* bloß wegen der Fotos, auch wenn sie gerne was anderes behaupten.«

Jetzt musste Lucy wiederum lächeln. Vielleicht war Mallory gar nicht so Furcht einflößend, wie sie auf den ersten Blick wirkte. Bloß eine hart arbeitende Frau, genau wie Lucy selbst – oder wie Lucy, wenn dieser Societyblödsinn erst seinen Zweck erfüllt hatte und sie für einen Modeschöpfer arbeitete und endlich wieder an ihrer Karriere als Modeschöpferin strickte, diesmal allerdings ihrem Ziel bereits ein gutes Stückchen näher. »Zumindest kaufen die Leute Ihre Zeitschrift. Das ist doch schon mal ein erster Schritt.«

»Mallory, du solltest Lucy überreden, dein nächstes Titelmodell zu werden. Ich würde sofort ein paar Tausend Exemplare kaufen«, grinste Theo. »Und jetzt steh von meinem Stuhl auf. Ich habe nicht mehr viel Zeit, sie zu bequatschen, dass sie ihren verklemmten Freund für mich sitzen lässt.«

Lucy sträubten sich die Nackenhaare bei so viel Dreistigkeit, aber Mallory schien es ihm nicht übel zu nehmen. »Also, demnächst haben wir tatsächlich ein großes Mode-Shooting im Central Park Zoo – wir wollen die bekanntesten, stylischsten Mädels der Stadt vorstellen. Cornelia, Libet Vance, Anna Santiago und einige andere haben schon zugesagt, und wir haben zehn Seiten der nächsten Ausgabe dafür reserviert. Gleichzeitig möchten wir damit die Umweltstiftung der Wildlife Conversation Society etwas bekannter machen. Es wäre toll, wenn Sie dabei sein könnten.«

»Wirklich?« Konnte es tatsächlich so einfach sein? Konnte sie so schnell ganz oben in der sozialen Hackordnung angekommen sein? Lucy warf einen Blick zum anderen Ende des Raums, wo Wyatt saß – aber mit Irina an seiner Seite, die ihm ins Ohr gurrte, schien er ganz vergessen zu haben, dass Lucy auch auf dieser Party war. Es ärgerte sie, dass er sich so leicht um den Finger wickeln ließ. »Ich überleg's mir mal, Mallory. Danke.«

Als ob sie sich diese einmalige Gelegenheit entgehen lassen würde. Zum Glück war Lucy gerade noch rechtzeitig eingefallen, was Wyatt ihr eingetrichtert hatte. *Tu immer, als seist du es gewohnt, dass sich alles um dich dreht und sich alle um dich reißen, als hättest du Geburtstag. Du darfst nie den Anschein erwecken, dich bei der Presse einschmeicheln zu wollen.*

»Ich hoffe, Sie sagen zu. Es wird eine sehr elegante Fotostrecke, versprochen.« Und damit stand Mallory auf. »Theo, du bist ein Arsch«, sagte sie liebevoll, woraufhin er laut lachte und ihr zwei gereckte Daumen entgegenstreckte. Dann ließ Theo sich auf den Platz neben Lucy sinken und legte einen Arm auf ihre Stuhllehne.

Wyatt unterdrückte ein Gähnen. Es wunderte ihn immer wieder, wie schnell sich der anfängliche Reiz perfekter Schönheit abnutzte. Selbst mitten in seinem Schöpferrausch war ihm stets bewusst gewesen, dass eine Frau noch etwas mehr brauchte als bloß Perfektion – etwas Neues, Unerwartetes –, damit keine Langeweile aufkam. Inzwischen gingen Irinas langatmige Schilderungen der lächerlichen Streitigkeiten langbeiniger Laufstegschönheiten im Backstagebereich hinter der Bühne bereits in die dritte Stunde; wobei sie einen derartig verwirrenden Wust unterschiedlicher Namen aufgezählt hatte, dass Wyatt sich an einen Tolstoi-Roman erinnert fühlte, allerdings minus irgendeinen erkennbaren Handlungsstrang.

Zumindest konnte er in der Zwischenzeit das römische Panorama ringsum bewundern. Eins musste man Meredith Galt lassen – der Künstler hatte den Ausblick auf die Stadt mit atemberaubender Genauigkeit eingefangen und den Zauber der Trinità dei Monti, des Petersdoms und der Piazza Venezia lebensecht auf die Wände gebannt. Im Zelt nebenan sang Renée Fleming, ihr lebhafter Sopran klang glockenhell herüber und tanzte leicht durch die Luft, unterstützt von einem dreißigköpfigen Orchester. Hätte er den Abend mit Lucy verbringen können statt mit dieser hirnlosen Blondine, er hätte ihn wirklich genossen.

»Du wirkst so abwesend«, maulte Irina und stemmte die Hände in ihre puppenschmale Wespentaille.

Irgendwie sagten alle Frauen ihm immer wieder das Gleiche, wie Wyatt in diesem Augenblick aufging. Er schaute Lucy an, die rechts neben Theo Galt im Metropolitan-Opera-Zelt saß. *Lächerlich, dieses ganze Spektakel – wir hätten gar nicht kommen sollen. Wer veranstaltet denn zu seinem eigenen Geburtstag so ein pompöses Spektakel, außer er ist Louis XIV.?*
»Nein, gar nicht«, versicherte er Irina. Er zwang sich, seine Tischdame wieder anzuschauen, was ihm eigentlich doch gar nicht so schwer fallen sollte. Es gab eine Zeit in seinem Leben, da hätte er mit Freuden zugehört, wie Irina das Telefonbuch herunterleierte, wenn sie dafür anschließend mit ihm nach Hause gegangen wäre. »Du hast gerade erzählt, wie Daniella Dasha beklaut hat und sich ihre, ähm … Federn unter den Nagel gerissen hat?«

Mit zunehmendem Unbehagen beobachtete Wyatt, wie Theo und Lucy vom Tisch aufstanden und auf die leere Tanzfläche in der Mitte des achteckigen Zeltgebildes zusteuerten.

»Ihre Pfauenfedern! *Genau*«, zirpte Irina. »Sie musste bei Dior auf den Laufsteg, obwohl ihr zwei Federpuschel fehlten. Es war entsetzlich …« Während Irina mit ihrer herzzerreißenden Geschichte fortfuhr, drehte Wyatt sich unauffällig zur Tanzfläche um und musste mit ansehen, wie Theo sich an Lucy ranschmiss und sie so eng an sich zog, dass es schon beinahe unanständig war. Hielt der *das* etwa für einen Walzer? Hatte der Kerl denn überhaupt kein Schamgefühl? Der führte sich ja auf wie ein liebestoller Köter. Und was noch schlimmer war, Lucy hatte ihm noch immer keine gescheuert.

»Der Kellner sollte bei einigen unserer Gäste besser mal den Puls fühlen!« Theo packte Lucy und zog sie noch enger an sich. Die schaute sich um und musste zugeben, dass er nicht übertrieben hatte – an allen Tischen sah sie zwar Gäste ein wenig mitwippen oder im Takt mit den Köpfen nicken, aber alles in allem steppte hier nicht gerade der Bär. Sie waren ganz allein auf der Tanzfläche. Wobei sie, ehrlich gesagt, lieber wieder auf ihren Platz zurückgehen und ihr Bananen-Karamell-Dessert verspeisen würde.

»Du bist ganz anders, als ich dachte«, murmelte Theo.

»Was hattest du denn erwartet?« Sie merkte, wie ihr die Schweißperlen auf die Stirn traten.

»Du weißt schon – die typische Park-Avenue-Prinzessin, die sich ins Höschen macht vor Angst, weil sie ständig unter Beobachtung steht und keinen falschen Schritt machen darf …« Er packte ihre Hand und zog sie noch näher heran. »Fahr mit mir nach Spanien.«

»Was?« Sie musste ihn falsch verstanden haben.

»Ich fliege morgen nach Barcelona. Komm mit!«

Lucy ließ sich nun nicht mehr widerstandslos von Theo in kleinen Dreiecken über die Tanzfläche schieben. Barcelona aus einer Laune heraus, mit einem Mann, den sie gerade mal ein paar Stunden kannte? Sie hatte ja nicht mal einen Pass. Als sie zu der Hochzeit nach Palm Beach geflogen waren, hatte sie zum ersten Mal in ihrem Leben in einem Flugzeug gesessen – eine Tatsache, die sie selbst Wyatt verschwiegen hatte. Lebten die Superreichen wirklich so, Theo und Trip und all die anderen ichbezogenen, verwöhnten Kindsköpfe? Anbaggern und abschleppen und jederzeit überallhin fliegen, wo es einen gerade hinzog? Und einfach irgendwelche dahergelaufenen wildfremden Leute einladen mitzukommen?

»Melde dich doch einfach, wenn du das nächste Mal in New York bist«, schlug sie vor. Keine Frage, Theo Galt sah wirklich umwerfend aus, aber sie war einfach nicht der Typ Frau, der sich einem Mann an den Hals warf und sich gleich Knall auf Fall entführen ließ. Außerdem, was sollte denn Wyatt von ihr denken? Unauffällig warf sie einen Blick in seine Richtung, und zum ersten Mal an diesem Abend ertappte sie ihn dabei, wie er sie direkt anstarrte. Mit einer unmissverständlichen Geste fuhr er sich mit dem Finger über den Hals, als Zeichen, dass sie schleunigst Schluss machen sollte. Schnell guckte sie wieder weg.

»Also gut«, gab Theo zurück. »Dann muss ich mir bloß einen guten Grund ausdenken, um möglichst bald wieder nach New York zu kommen.«

Inzwischen waren zwar einige andere mutige Tänzer zu ihnen gestoßen, aber Lucy wünschte sich nichts sehnlicher, als sich endlich wieder an den Tisch setzen zu dürfen. Entschieden drehte sie Wyatt und seinen anmaßenden Handzeichen den Rücken zu. Wie konnte er es wagen, ihr Vorschriften zu machen, nachdem er sie einfach so ihrem Schicksal überlassen und sie den ganzen Abend keines Blicks gewürdigt hatte? Kurz überlegte sie, ob sie für den Nachhauseweg wohl ein Taxi nehmen müsste. Immer noch besser, als sich der Peinlichkeit auszusetzen, zwischen ihm und Irina auf dem Rücksitz zu hocken.

Plötzlich schepperte es keine drei Meter von ihnen entfernt ohrenbetäubend – eine der Deckenleuchten trudelte in einer großen Spirale zum Boden und versprühte dabei einen elektrischen Funkenregen. »Feuer!«, kreischte es entsetzt.

Lucy wirbelte auf dem Absatz herum. Die junge Frau neben ihr zeigte mit zitterndem Finger auf einen Tisch ganz in der Nähe. Die Flammen züngelten schon daran empor, Rauchschwaden stiegen auf, und die eben noch so kühle, reservierte Menge verwandelte sich unversehens in eine panische Horde kopfloser Fluchttiere, die überstürzt aufsprangen, Stühle umwarfen, die Ballkleider rafften und wie eine wild gewordene Büffelherde zum Ausgang stürmten.

Als Lucy sich umschaute, war Theo verschwunden, weggefegt vom um sich greifenden allgemeinen Tumult. Angestrengt hielt sie nach Wyatt Ausschau, doch auch der war nirgendwo zu sehen. So schnell sie konnte lief sie auf einen der Ausgänge zu, angerempelt und weggeschubst von den Größen der Finanzwelt, den giftigen Gestank der brennenden Plastik-Piazza in der Nase. Ihre Absätze – diese verfluchten Zehn-Zentimeter-Stöckel – gaben plötzlich unter ihr nach, und sie merkte mit Entsetzen, wie sie zu Boden ging, erbarmungslos mitgerissen im Kielwasser der flüchtenden Finanzmagnaten.

»Hab dich«, rief Wyatt und fing sie in seinen Armen auf. Er hielt sie fest und lief mit ihr zielstrebig in Richtung Ausgang. Über seine Schulter warf Lucy einen ungläubigen Blick auf die Verwüstung. Eine der Wände mit den handgemalten Fresken war zusammengebrochen und lag auf dem Boden wie ein missglücktes Soufflé. Rom stand in Flammen. Und Wyatt hatte sie aus dem Inferno gerettet.

20

Hin und wieder kann es vorkommen, dass die Köchin einen freien Abend hat und das Paar nicht die Absicht, außer Haus zu dinieren. Daher sollte die junge Dame erfahren in der Zubereitung sättigender und doch raffinierter Mahlzeiten sein, die ihrem Ehemann sein gutes Urteil bei der Wahl der Gattin anschaulich vor Augen führen.

Sarah Birmingham Astor, Der Gesellschaftsführer

»Lucy! Hey, Lucy!«

Verdutzt schaute die Angesprochene sich auf der Lexington Avenue um und sah Max Fairchild auf sich zukommen, der ihr hektisch zuwinkte. Leider trug Max denselben karamellbraunen Trenchcoat wie an jenem verregneten Abend im Dezember, was Lucy augenblicklich an den feigen, rückgratlosen Menschen erinnerte, der ihr damals das Taxi vor der Nase weggeschnappt und sie im Regen stehen gelassen hatte. Als Max über die Straße sprintete und ihr zur Begrüßung ein Küsschen auf die Wange gab, gelang es ihr aller Anstrengung zum Trotz nicht, den Ausdruck des Missfallens auf ihrem Gesicht ganz zu verbergen.

»Alles in Ordnung?«, fragte er. »Stimmt was nicht?«

»Alles bestens!«, rief sie und riss sich zusammen. Schließlich wollte sie ihre Tarnung nicht auffliegen lassen. »Entschuldige, dass ich noch nicht zurückgerufen habe. Ich hatte bloß alle Hände voll zu tun mit den Vorbereitungen für das

Foto-Shooting.« *Schade, dass du so ein ungalanter Taxidieb bist*, dachte Lucy, *denn eigentlich finde ich dich ganz süß*. Er trug einen moosgrünen Cordblazer und verwaschene Jeans, und seine goldblonden Locken waren gerade unordentlich genug, um den Eindruck zu vermeiden, er sei allzu eitel und selbstverliebt. »Wie geht es dir?«

»Ein Glück, dass ich dich hier treffe«, sagte Max. »Ich darf dich nicht zufälligerweise heute Abend zum Essen einladen?«

Essen! Panisch schaute Lucy auf die Uhr. In zwanzig Minuten sollte Wyatt bei ihr zu Hause antanzen, und sie hatte noch so viel zu tun. »Wyatt kommt heute Abend zum Essen zu mir. Ein kleines Dankeschön für seine Unterstützung, weil er mich all seinen Freunden vorgestellt und mir New York gezeigt hat.« Womit sie eine schwarz-goldene Tüte von Spirituosen hochhielt, in der die Flaschen aneinanderklirrten. »Vielleicht ein anderes Mal? Darf ich dich morgen anrufen?«

»Natürlich. Dann wünsche ich euch einen schönen Abend.« Max wirkte so enttäuscht, dass Lucy ihm den Zwischenfall mit dem Taxi auf der Stelle verzieh. Er war kein schlechter Mensch, das merkte man sofort – bloß ein ziemlicher Waschlappen. Weil ihr dann allerdings die Ente à l'orange wieder einfiel, die bei ihr im Ofen brutzelte, spurtete sie im Eiltempo die Straße hinunter.

»Würdest du dich bitte entspannen?«, brummte Trip mit enervierend ruhiger Stimme. »Du regst dich vollkommen unnötig auf.«

Wie unter Schock sah Eloise zu, wie er durch sein modernes, spärlich möbliertes Wohnzimmer ging und das halb ausgefüllte Kreuzworträtsel der *Times* von letzter Woche vom Wohnzimmertisch nahm. Dann setzte er sich gemütlich in seinen Eames-Sessel und schraubte seinen Füllfederhalter auf. Alles in allem, dachte Eloise, tat er, als hätte er nicht gerade eine Atombombe gezündet.

»*Unnötig?*«, wiederholte sie. Alles in Trips schwarz-grau eingerichtetem Wohnzimmer schien sich vor ihren Augen flammend rot zu färben. Die alte Eloise – das nette Mädchen, das ihren Freund nicht unter Druck, ihm nicht die Pistole auf die Brust setzen wollte – hatte offiziell die Fliege gemacht. Das Mädel hatte sich mit einem solchen Affenzahn aus dem Staub gemacht, als hätte es einen brennenden Feuerwerkskörper in den Boxershorts.

»Ich finde bloß, es ist völlig überflüssig, meinen Schrank umzuräumen, damit du deine Schuhe reinstellen kannst; schließlich ziehst du doch sowieso bald wieder in deine eigene Wohnung.« Trip sprach ganz langsam, als nähme es seiner Aussage die Spitze, wenn er sie ein wenig dehnte. »Ich sehe die Sache von der praktischen Seite …«

Sie schüttelte heftig den Kopf.

»Wenn du deine Freundin, mit der du nebenbei bemerkt seit acht Jahren zusammen bist, bittest, bei dir einzuziehen, Trip, dann bedeutet das nicht *automatisch*, dass sie nach ein paar Monaten wieder in ihre alte Wohnung zurückgeht!«

Trip wirkte wie vor den Kopf gestoßen. »Was? Ich bin nur davon ausgegangen …« Er unterbrach sich und sagte stattdessen: »Du hast recht, El, über dieses Thema haben wir noch gar nicht gesprochen.« Er legte sein Kreuzworträtsel beiseite und fuhr sich über das stoppelige Kinn. »Du möchtest also hierbleiben? Deine Wohnung verkaufen? Willst du das damit sagen?«

»Ich möchte wissen, ob wir eine gemeinsame Zukunft haben.« Sie verbarg das Gesicht in den Händen und rieb über die tiefe Falte, die sich zwischen ihren Augen eingegraben hatte. Irgendwie schien ihr Ärger zu verrauchen – sie konnte förmlich spüren, wie er sich in Luft auflöste, und an seiner Stelle machte sich eine tiefe Traurigkeit breit.

Trip zog ihre Hände von ihrem Gesicht fort und gab ihr einen sanften Kuss. »Klar haben wir die, El. Das weißt du doch. Das stand doch nie infrage, jedenfalls nicht für mich.« In seinen Augen lag echte, aufrichtige Sorge, wie sie erleichtert feststellte.

»Du kannst dir also vorstellen, dass wir eines Tages heiraten und Kinder haben?« So, jetzt hatte sie es gesagt. Sie hatte die große, böse, gefürchtete Frage aller Fragen ausgesprochen. Die Frage, die sie jahrelang nicht zu stellen gewagt hatte, hing jetzt plötzlich fast greifbar zwischen ihnen in der Luft. Ihr war, als müsse sie sich gleich übergeben.

»Kinder, klar. Ich meine, nicht jetzt sofort, aber eines Tages vielleicht.«

Eines Tages vielleicht. Eloise zwang sich weiterzubohren. »Und heiraten?«

»Ich dachte, wir wären uns einig, dass heiraten nichts für uns ist. Dass wir mehr so ein Kurt-Russell-Goldie-Hawn-Ding abziehen.«

Eloise musste sich wirklich beherrschen. »Und wann haben *wir* uns darauf geeinigt?«

»Keine Ahnung, ich dachte bloß, in dem Punkt sind wir uns einig. Ich möchte mal wissen, was sich für uns ändern würde, wenn wir heirateten. Das ist doch bloß ein Stück Papier.«

»Dann verstehe ich nicht, warum das so ein Problem ist. Dann könnten wir doch einfach heute noch ins Rathaus marschieren und es hinter uns bringen.«

»Und du meinst wirklich, deine Mutter würde sich damit zufriedengeben?«

»Glaub mir, meine Mutter würde sogar Freudensprünge

machen, wenn sie eine Ansichtskarte aus einer Hochzeitskapelle in Vegas bekäme.«

Trip streckte die Hand aus, und zögernd legte Eloise ihre Hand hinein. Dann zog er sie zu sich. Sein Kaschmirpullover roch nach Zigarrenrauch. »Ich hatte ja keine Ahnung, dass dir das so wichtig ist, Babe.«

»Ist es aber«, flüsterte sie und wischte sich die Nase mit dem Ärmel ihres Pyjamaoberteils. Jetzt erst merkte sie, wie sehr sie sich ein unübersehbares Zeichen von ihm erhoffte – nicht wegen ihrer Mutter oder irgendwem sonst, sondern um des Gefühls von Sicherheit willen. »Ist es wirklich.«

Trip war merklich blasser geworden, aber noch rannte er nicht schreiend Richtung Tür. »Lass mich mal nachdenken, ja? Das ist eine ganze Menge Holz auf einmal.«

Eloise nickte und vergrub das Gesicht in seiner Armbeuge. Wie im Märchen lief das hier jedenfalls nicht, so viel stand schon mal fest, aber zumindest hatte sie das Thema angesprochen. Jetzt hieß es abwarten und Tee trinken. Und darin hatte sie ja schließlich Übung.

Als es an der Tür klingelte, riss Lucy die Auflaufform aus dem Ofen und stürzte ins Schlafzimmer, um sich hektisch umzuziehen. Warum nur musste Wyatt immer so schrecklich pünktlich sein? *Die* escargots *waren der erste Fehler.* Schnell fuhr sie sich mit der Bürste durch die Haare und legte ein bisschen Lipgloss auf. Diese Beurre-blanc-Sauce, die in Julia Childs Kochbuch über die französische Küche – *Mastering the Art of French Cooking* – so kinderleicht ausgesehen hatte, entpuppte sich in Lucys nachgekochter Version als schleimiges Desaster, und die Schnecken wirkten widerlich glibberig. Anstelle dieser Vorspeise hatte sie sich notgedrungen für einen einfachen grünen Salat entschieden, dessen Zutaten sie glücklicherweise im Kühlschrank gefunden hatte. Dann, als sie gerade aus der Weinhandlung nach Hause gekommen war, hatte der Rauchmelder losgekreischt, und sie hatte die Ofentür aufgerissen und mit Entsetzen feststellen müssen, dass ihre Ente à l'orange bis zur Unkenntlichkeit verkokelt war. Kurz und gut: Um Viertel vor acht, genau eine Viertelstunde, ehe Wyatt zum Essen kommen sollte, war das »selbst gekochte Gourmet-Menü«, das sie ihm versprochen hatte, als verkohltes schwarzes Brikett im Mülleimer gelandet. Wenigstens hatte sie die Bude nicht abgefackelt.

Wo sie gerade beim Thema war: Seit Howards Sechzigster in Flammen aufgegangen war, hatten sie und Wyatt kaum ein Wort miteinander geredet. Bei dem Brand war niemand verletzt worden, was das Wichtigste war und eigentlich schon fast an ein Wunder grenzte, und Howard hatte es mit einiger Mühe geschafft, seine Frau davon abzuhalten, sich vor einen der anrückenden Löschzüge zu werfen. Und nun war schon Dienstag, der Tag ihrer sogenannten Verabredung. Lucy wünschte sich, Wyatt hätte es nicht Date genannt. Tausendmal hatten sie schon zusammen gegessen, allerdings waren sie dabei kaum einmal allein zu zweit gewesen – und nie hatten sie sich einzig und allein zu dem Zweck getroffen, Zeit miteinander zu verbringen.

»Ich komme!«, trompetete sie und rannte zur Tür, während sie sich das Kleid zuknöpfte – eins von Wyatts Lieblingskleidern, für das er ihr damals ein Kompliment gemacht hatte, als sie es zum Sitzungslunch des Komitees der Vanderbilt-Gala getragen hatte. Lucy riss die Tür auf, und da stand Wyatt vor ihr mit einer Geschenkschachtel in der Hand. Er trug den weichen Kaschmirpulli mit dem V-Ausschnitt, den sie so mochte, und sie schnupperte einen Hauch Aftershave, als er an ihr vorbei in die Wohnung ging.

Plötzlich schlug ihr das Herz bis zum Hals. *Das ist doch bloß Wyatt, du dumme Gans*, dachte Lucy. *Mit dem bist du jede Woche Hunderte von Stunden zusammen. Und mindestens dreiviertel der Zeit würdest du ihn am liebsten hauen.*

»Danke für die Einladung.« Unauffällig wischte er sich die Hände an der Hose ab. Schien fast, als sei er auch ein bisschen nervös. Die kleine Geste hatte ihn verraten.

»Danke, dass du gekommen bist!«, zwitscherte sie. »Wein?«

Er nickte etwas zu begeistert. »Roten, wenn du hast.« Dann setzte er sich in Eloises Klubsessel von Brunschwig & Fils, während sie in der Küche verschwand, um den Wein einzuschenken. »Das riecht ja ganz köstlich. Ich muss zugeben, ich bin völlig ausgehungert. Ich habe den ganzen Tag gearbeitet. Als ich auf die Uhr geguckt habe, war es schon fünf. Und seit dem Frühstück habe ich nichts mehr gegessen.«

Lucy nahm den Wein und zwei Gläser und warf einen zweifelnden Blick auf das jämmerliche Machwerk, das sie eben aus dem Ofen geholt hatte. Letztendlich hatte sie nämlich beim Hauptgericht improvisieren müssen … und zwar mit einem Fertig-Mix für Hackfleischauflauf. Sie selbst könnte sich in das Zeug reinlegen, und sie hatte immer was davon im Haus, um an den seltenen Abenden, an denen sie nicht irgendwo zum Essen eingeladen war, schnell was zaubern zu können. Aber auf keinen Fall würde sie damit Wyatts Genießergaumen erfreuen können. Wenigstens hatte sie noch den Salat und fürs Dessert schokoladenüberzogene Erdbeeren. Trotzdem, als kleines Dankeschön machte dieses Essen wirklich nicht viel her.

»Woran arbeitest du denn gerade?«, erkundigte sie sich und führte ihn zu dem kleinen Esstisch, auf dem der Salat bereits auf sie wartete. Wyatt beklagte sich immer, wenn er zu lange auf die Vorspeise warten musste.

»Ach, das Übliche …« Weiter führte er das nicht aus. Er redete eigentlich nie über seine Arbeit. Vielleicht dachte er, das sei zu hoch für sie, oder er ließ die Arbeit nach Feierabend gerne Arbeit sein.

»Irgendwann möchte ich gerne mal was von dir lesen.« Lucy zog den Korken aus der Flasche und goss den Wein ein.

»Klar. Warum nicht. Obwohl das meiste ziemlich öde ist.« Er trank einen großen Schluck Wein. »Der ist gut. Hast du den selbst ausgesucht?«

Sie nickte stolz. Sein zwanzigstündiges Wein-Tutorium war also nicht spurlos an ihr vorübergegangen. »Wo wir gerade von der Arbeit reden, gestern habe ich Mallory im Büro angerufen und ihr gesagt, dass ich bei dieser mehrseitigen *Townhouse*-Geschichte dabei bin. Und was noch toller ist, ich habe ihr gesagt, dass ich eine aufstrebende Jung-Designerin bin, und da hat sie vorgeschlagen, ich soll doch ein paar meiner eigenen Kleider mitbringen zum Anziehen! Kannst du das glauben?«

Wyatt fing augenblicklich an zu strahlen. »Das sind doch großartige Neuigkeiten! Natürlich kann ich das glauben. Ich habe deine Entwürfe gesehen – die sind ganz große Klasse.« Er steckte sich etwas Salat in den Mund. »Jetzt brauchst du bloß noch einen eigenen Stil zu finden, mehr nicht.«

Abrupt stellte sie ihr Weinglas ab. »Wie meinst du das?« Sie hatte sogar mehr als einen Stil.

»Ach, bloß … denk doch mal an die Pflastermaler, an denen man auf dem Weg ins Met vorbeikommt. Manche von denen können die großen Meister mit größter Akkuratesse kopieren – es bräuchte ein geschultes Auge, um einen echten Rembrandt von dem zu unterscheiden, den wir auf dem

Bürgersteig gesehen haben. Man braucht Talent, um etwas so makellos nachzuahmen. Aber um etwas Neues, Eigenständiges hervorzubringen, braucht es echtes Schöpfergenie.«

Empört schob Lucy ihren Teller beiseite. »Meine Arbeit *ist* neu und eigenständig, Wyatt. Du hast ja keine Ahnung, wovon du redest.«

Ihre Reaktion schien ihn zu verblüffen. »Nimm das bitte nicht persönlich. Ich will damit bloß sagen – und du musst zugeben, dass es stimmt –, jede Seite in deinem Skizzenbuch ist deutlich sichtbar vom Stil eines anderen Designers beeinflusst.«

»Na und? Willst du damit sagen, es sei falsch, sich von dem inspirieren zu lassen, was andere geschaffen haben?«

»Tut mir leid, dass ich was gesagt habe. Ich wollte dich nicht kränken.«

»Warum sollte mich das wohl kränken? Schließlich hast du mich gerade als Trittbrettfahrerin und Nachäfferin bezeichnet.« Aber noch während sie die Worte aussprach, überkam Lucy die schreckliche Gewissheit, dass er recht hatte. Sie hatte sich als Autodidaktin alles selbst beigebracht, indem sie die Großen ihrer Branche studiert hatte – Dior, Lagerfeld, Valentino – aber hatte sie je etwas entworfen, das einzigartig und ganz *ihrs* war? Wie würde so etwas überhaupt aussehen?

»Bloß, weil man etwas noch nie gemacht hat, heißt es ja noch lange nicht, dass man es nicht kann oder nicht irgendwann tun wird. Ich glaube fest daran, dass etwas Großes in dir steckt. Denk dran, schließlich bin ich Aktionär von Lucy Ellis Designs.«

Sie fing wieder an zu atmen. Es war eine Sache, wenn Wyatt an ihrer Frisur oder ihrer Haltung herummeckerte, aber es war etwas ganz anderes, wenn er an ihrer Arbeit –

die ihre ganze Leidenschaft war – herummäkelte. »Dann muss ich es wohl schleunigst rausfinden, und zwar bis zu dem *Townhouse*-Shooting.«

»Du brauchst auf jeden Fall Geld, um alles anfertigen zu lassen. Sag mir einfach, wie viel du brauchst.«

»Ich … nein, ich meine, das kriege ich schon hin. Ich habe schon genug von dir bekommen. Ich meine, herrje, du hast mir am Samstagabend das Leben gerettet!«

Was er mit einer abwehrenden Handbewegung beschied. »Wenigstens bin ich dabei Irinas Klauen entkommen. Himmel, die war wirklich todsterbenslangweilig. Aber ziemlich flink auf den Füßchen.«

Lucy räumte die Teller ab und holte den Hauptgang aus der Küche. Vor diesem Augenblick graute es ihr schon die ganze Zeit. Mit Schrecken sah sie zu, wie er den ersten Bissen des Hackfleischauflaufs mit der Gabel in den Mund beförderte. Gleich darauf sank Wyatt mit geschlossenen Augen auf seinem Stuhl zurück, und Lucy spürte, wie ihr Magen sich zu verknoten schien. Was hatte sie sich bloß dabei gedacht? Wer servierte denn einem Feinschmecker wie Wyatt ein Fertiggericht?

»Nicht zu fassen.« Verdattert schlug er die Augen auf und guckte ganz perplex. »Du hast ihr Rezept perfekt nachgekocht! Hat sie dir verraten, wie es geht?«

»Wovon redest du bitte?«

»Bœuf à la Margaret! Als Kind war das mein allerliebstes Lieblingsgericht. Jeden Abend habe ich gebettelt, dass Margaret es für mich kocht, und es schmeckt genauso gut, wie ich es in Erinnerung hatte. Du hast nicht übertrieben, als du behauptet hast, du könntest kochen.«

Meinte er das wirklich ernst? So, wie er den Hackfleischauflauf gabelweise verschlang, sah es ganz danach aus.

»Na ja, dann lass es dir schmecken, es ist noch jede Menge da«, ermunterte sie ihn strahlend. Sie sah keinerlei Veranlassung, Margarets kleines Geheimnis zu verraten. Wie sie Wyatt so zusah, als er seinen Teller leer putzte, konnte sie sich lebhaft vorstellen, wie er als kleiner Junge gewesen sein musste, ehe man ihm Tischsitten und Manieren eingebläut hatte.

»Theo Galt hat sich noch nicht bei dir gemeldet, oder?«, fragte er zwischen zwei Gabelladungen.

»Oh, er hat gestern angerufen. Um nachzufragen, ob ich der Flammenhölle lebend entkommen bin, wenn du verstehst?«

Wyatt schüttelte den Kopf. »Wie nett. Und wo war er, als es drauf ankam?«

»Er hat behauptet, er sei in einem ganzen Schwarm von Leuten quasi zur Tür hinausgespült worden, und als er zurückkam, um mich zu holen, war ich schon weg.«

Wyatt schnaubte abfällig. »Das hätte ich fast vergessen. Du musst dein Geschenk noch aufmachen.« Und damit hob er das Päckchen neben sich vom Boden auf und schob es ihr über den Tisch zu.

Sie öffnete die große Geschenkschachtel, und darin lag eine wunderschöne Mappe aus Leder für ihre Entwürfe und Skizzen, zum Niederknien schön, eine wirkliche Steigerung verglichen mit dem alten Plastikteil, das sie schon seit der Highschool mit sich herumschleppte. Allein vom Ansehen schien es ihr, als würden ihr die Ideen nur so zufliegen. »Wyatt, das ist traumhaft«, flüsterte sie. »Ich bin wirklich gerührt.«

»Damit du deinen Stil einfangen kannst«, sagte er.

21

Man sollte nichts tragen, das Katzen erschreckt.
P. J. O'Rourke

Ganzkörperwindel. Das war das Wort, das Lucy als Erstes in den Sinn kam, als sie die Monstrosität von einem Kleid sah, das gerade mal drei Stunden vor der Vanderbilt-Gala per Bote zu ihr nach Hause geliefert worden war. Ein senfgelbes Etwas mit sackartiger Korsage, in dem man garantiert aussah, als hätte man einen akuten Malaria-Schub, das sich um die Hüften gewaltig bauschte, um dann hinten in eine gigantische Tournüre zu münden und nach unten hin zu einer engen Meerjungfrauenschleppe zuzulaufen. In dem Ding sah sie garantiert aus, als stecke sie in einer vollen Pampers.

»Dieses monströse Ungetüm kannst du auf keinen Fall in der Öffentlichkeit tragen!«, erklärte Eloise ebenso entsetzt wie entschieden – was angesichts der gegebenen Umstände noch diplomatisch ausgedrückt war –, während sie das Kleid entsetzt von allen Seiten betrachtete. »Ich versteh das einfach nicht. Rolands Kollektion ist sonst so glamourös – schau mal, selbst das Etikett sieht aus, als sei es von einem Zweijährigen eingenäht worden.« Das Kleid, das Philippe Eloise für diesen Abend geschickt hatte, war kein Vergleich dazu: ein asymmetrisch geschnittenes, griechisch angehauchtes schwarzes Seidenkleid, das eine Schulter freiließ. Es war traumhaft schön und brachte Eloise' schlanke Figur, ihre beinahe überirdische Schönheit und ihre derzeit goldblonden Locken perfekt zur Geltung.

»Ist es wirklich so schlimm?« Lucy nahm den Kleiderbügel vom Türrahmen und hielt sich das Kleid unters Kinn, in der Hoffnung, es aus diesem Blickwinkel vielleicht plötzlich mit ganz anderen Augen zu sehen. Sie und Eloise wollten sich für die Gala gemeinsam in Schale werfen, weshalb die Kosmetikerinnen und Friseurinnen jeden Augenblick vor der Tür stehen würden – Wyatt hatte für dieses gesellschaftliche Großereignis auf das volle Verschönerungsprogramm bestanden. Lucys Kleid war viel zu spät gebracht worden, und jetzt waren ihr die Hände gebunden. Eloise hatte versucht, in Rolands Büro anzurufen, aber natürlich niemanden mehr erreicht. Sicher steckte er gerade selbst mitten in den Vorbereitungen für die Vanderbilt-Gala.

»Das ist das Fieseste, was ich je im Leben gesehen habe.«

Entsetzt stöhnte Lucy auf. »Was soll ich denn jetzt machen? Wir sollen doch alle seine Kleider tragen, stimmt's? Und ich will keine Spielverderberin sein.«

»Wir tauschen einfach«, bot Eloise heldenhaft an. »Ich gehe schon so lange zu diesen blöden Schaulaufen, bei mir guckt keiner mehr hin, was ich eigentlich anhabe. Nicht mal Trip merkt mehr, wenn ich nur in La Perla vor ihm stehe. Ich drücke mich einfach um den roten Teppich und schlüpfe durch den Hintereingang rein.«

»Auf gar keinen Fall, das kannst du dir gleich aus dem Kopf schlagen.« Lucy war zwar gerührt angesichts dieses selbstlosen Angebots, aber entschlossen, es auszuschlagen. »Du bist Stylistin. So ein Kleid könnte dein gesamtes Renommee ruinieren.« Mit zusammengekniffenen Augen beguckte sie das Kleid und schickte ein stummes Stoßgebet gen Himmel, ihr möge doch bitte ein Geistesblitz kommen.

»Und wenn ich einfach ein paar kleine Änderungen mache? Meinst du, Roland hätte was dagegen?«

»Herzchen, du würdest ihm einen großen Gefallen tun. Wenn du in *dem Teil* auftauchst«, mit spitzen Fingern zeigte sie auf das Kleid und schüttelte sich unwillkürlich, »dann ist sein guter Ruf genauso ruiniert wie deiner.«

Schnell schnappte Lucy sich also ihren Nähkorb und zog eine Schere heraus. Aber wo nur anfangen? Der schwere gelbe Stoff war mit Glitzerfäden zusammengenäht und hatte zur Krönung eine kohlkopfgroße Mammut-Magenta-Explosion auf dem Hinterteil. *Auf Nimmerwiedersehen, Tournüre, falls du denn eine sein solltest.* Mit der Präzision eines Hirnchirurgen, der einen Tumor entfernt, schnippelte sie das Ungetüm kurzerhand ab. *Und du, Meerjungfrauenschleppe, zieh dich warm an; dich knöpfe ich mir gleich vor.*

»Meinst du, die Zeit reicht, um es an den Hüften ein bisschen abzunähen?«, fragte Eloise, nachdem Lucy die Schleppe amputiert und das Kleid neu gesäumt hatte. »Das würde schon einiges ausmachen, glaube ich. Komm her, ich stecke es schnell ab.« Womit sie sich ohne weitere Umstände an die Arbeit machte.

Vierzig Minuten später klingelte es an der Tür – Henri und Elizabeth, das Schönheitsteam, waren da. Eloise schaute von dem Kleid auf. »Ich glaube, jetzt gefällt es mir richtig gut. Kann das sein? Das war gerade eine erfolgreiche Notoperation!«

»Jetzt ist es tragbar, oder?«

Rasch schlüpfte Lucy in das aufgemöbelte Kleid. Den größten Teil der wilden Wucherungen hatte sie entfernt. Die Farbe war dadurch zwar nicht besser geworden, und sollte irgendwer sich das Ganze aus der Nähe betrachten, könnte ihm auffallen, dass die Nähte etwas hingehuscht waren und alles mit heißer Nadel genäht war, aber auf Fotos würde es nicht weiter auffallen. Zufrieden drehte sie sich vor dem Spiegel und begutachtete ihr Werk. Gar nicht mal so übel. Sie hoffte bloß, Roland Philippe würde ihr da zustimmen.

Fernanda steckte ihre glänzenden Haare zurück, überlegte es sich noch mal anders und ließ sie offen auf die Schultern fallen. Ihre Mutter beobachtete sie im Spiegel. Sie schaute immer zu, wenn ihre Tochter sich zum Ausgehen zurechtmachte, und dieser Abend war bedeutend wichtiger als die meisten anderen gesellschaftlichen Ereignisse des Jahres. »Sag ihm noch mal danke für das Abendessen, ja? Lass es offen. Offen sieht es ganz entzückend aus.«

»Du hast ihm ein Kärtchen geschrieben, *und* du hast dich zweimal persönlich bei ihm bedankt. Ich glaube, Parker hat inzwischen mitbekommen, wie sehr du dich über das Essen gefreut hast.« Fernanda lächelte ihre Mutter nachsichtig an. Aber insgeheim freute sie sich, dass ihre Mutter ihre Wahl, wie es schien, aus ganzem Herzen guthieß. Sie und Parker waren sich innerhalb weniger Wochen sehr nahe gekommen, und sie hatte Rolands Assistentin ausdrücklich gebeten, ihr ein elfenbeinfarbenes Kleid zu schicken – als dezenten Hinweis, sozusagen.

»Fernanda?«, sagte ihre Mutter und richtete einen der zarten Träger des Kleides, der etwas verdreht war. »Das habe ich mir immer für dich gewünscht, Liebes.«

Als Fernanda fünfzehn Jahre alt gewesen war, hatte ihre Mutter sie während der Ferien im Frühjahr beiseitegenommen und ihr verklickert – ganz unverblümt, wie es nur Mütter bei ihren Töchtern können, und auch das nur nach einigen Cocktails –, dass sie einen reichen Mann heiraten müsse. Genauer gesagt: stinkreich. Diese Vorgabe war im Laufe der darauffolgenden fünfzehn Jahre immer wieder nachdrücklich untermauert worden, wenn auch nicht mehr so eindringlich wie beim allerersten Mal. Fernanda hatte das nie infrage gestellt, jedenfalls nicht ernsthaft. Denn schließlich wollte sie das angenehme Leben, das ihre Mutter sich für sie wünschte, ja selbst auch. Und trotz ihrer guten Noten vom St. Paul's und ihrem Abschluss aus Dartmouth wäre es keiner der beiden Frauen je in den Sinn gekommen, Fernanda könne sich diesen Lebensstandard durch ihre Arbeit selbst finanzieren. Und nun sah es ganz danach aus, als sei sie endlich auf eine Goldader gestoßen. Und nicht bloß das – nein, sie *mochte* Parker auch noch. Bei ihm konnte sie ganz sie selbst sein. *Um ehrlich zu sein,* dachte Fernanda, als sie sich im Spiegel betrachtete, *könnte es sogar sein, dass ich gerade dabei bin, mich in ihn zu verlieben.*

»Lucy! Eloise! Hierher bitte!«, riefen die Fotografen durcheinander.

Schultern zurück, Brust raus, Bauch rein. Arme ganz leicht vom Körper weg, um unschöne Fettpolsterquetschungen zu vermeiden. Kinn leicht gereckt. Lucy ging die Checkliste durch, die Wyatt ihr fürs Posieren vor den Kameras mit auf den Weg gegeben hatte, und kam sich mehr wie eine Ballerina vor den gestrengen Augen eines Ballettmeisters vor als wie eine junge Frau, die auf dem roten Teppich abgelichtet wird. Lippen leicht geöffnet. Und nicht »Cheese« sagen – dabei verzog man die Wangen so unvorteilhaft.

Gerade als sie sich in Positur gestellt hatte, klopfte jemand Lucy auf die Schulter. Sie drehte sich um, und hinter ihr stand eine hübsche, aber offenkundig empörte Blondine. »Ich bin Laurel, Rolands Assistentin?« Sie hatte eine leicht säuselnde, nasale Stimme, sodass alles, was sie sagte, wie eine

Frage klang. »Gibt es einen bestimmten Grund, warum Sie nicht das Kleid von Roland tragen?«

Lucy zog den Kopf ein. So viel zu der irrigen Annahme, es würde keiner merken. »Ich kann das erklären …«, setzte sie an, obwohl sie nicht die geringste Ahnung hatte, wie diese Erklärung aussehen sollte. »Ich habe bloß ein paar kleine Änderungen vorgenommen.«

»Was reden Sie denn da? Das ist doch nicht das silberne Kleid, das wir Ihnen gestern geschickt haben.«

»Gestern?« Langsam beschlich Lucy ein seltsamer Verdacht. »Ich habe dieses Kleid erst vor ein paar Stunden bekommen. Es hat nicht richtig gepasst, also habe ich es ein bisschen geändert …«

»Geändert? Das Kleid, das wir Ihnen geschickt haben, hat rein gar nichts mit dem Ding gemein, das Sie da anhaben.« Mit spitzen Fingern ergriff Laurel den Stoff. »Ist das Polyester? Roland ist allergisch gegen Polyester – er bekommt Quaddeln am ganzen Körper, wenn er nur mit dem Zeugs im selben Raum ist.«

»Ich hab's doch gewusst!«, rief Eloise. »Ich habe gewusst, dass Roland nichts mit diesem Kleid zu tun hat! Sie hätten es sehen müssen, Laurel, es war zum Weglaufen. Lucy hat wirklich gezaubert, um es einigermaßen tragbar zu machen.«

»Und was ist mit dem Kleid, das ich Ihnen geschickt habe?« Laurel schien einer Panikattacke nahe.

Unter den Fotografen entstand plötzlich ein kleiner Tumult. Die Mädels reckten die Hälse, um zu sehen, wer den roten Teppich vereinnahmt und das Blitzlichtgewitter der Fotografen auf sich gezogen hatte – und es war niemand Geringeres als Cornelia Rockman, in einem silbernen Kleid mit Smaragdohrringen.

»*Das* ist Ihr Kleid!« Laurel schäumte vor Wut. »Ich habe

es selbst geschickt, damit es keine Missverständnisse gibt? Der Bote sagte, Ihr Portier habe die Annahme quittiert? Wie ist *sie* denn jetzt da drangekommen?«

Lucy gab darauf keine Antwort. Sie hatte schon so einige Geschichten gehört, dass man sich auf der Upper East Side gegenseitig die Ehemänner abspenstig machte und Kindermädchen abwarb, aber Kleider-Entführungen? Das war etwas ganz Neues. Cornelia setzte mal wieder Maßstäbe.

»Hören Sie, Lucy, es tut mir leid, was da passiert ist? Ich hoffe, es ergibt sich bald eine weitere Gelegenheit? So viele Teile aus seiner neuen Kollektion sähen hinreißend aus an Ihnen.«

»Aber gerne«, entgegnete Lucy. »Tut mir auch leid, dass es diesmal nicht geklappt hat.«

Nachdem Laurel verschwunden war, um Roland zu suchen, drehte sich Eloise mit besorgtem Blick zu Lucy um. »Ich weiß, es ist bloß ein Kleid, aber es ist trotzdem irgendwie unheimlich. Was willst du denn jetzt machen?«

»Was ich machen muss«, gab Lucy zurück. Wenn sie eins von Rita gelernt hatte, dann das: Man zettelte keinen Krieg an, aber wenn jemand anderer einen Streit vom Zaun brach, dann stand man ihn durch, bis zum bitteren Ende.

Ganz beiläufig stellte sie sich neben Cornelia, die sie und das senffarbene Kleid verdutzt musterte. Geschickt warf Lucy sich in Positur, stellte den rechten Fuß ein wenig nach vorn und drehte sich so, dass ihre Hüften im schmeichelhaftesten Winkel standen, und schon merkte sie, wie sich die Aufmerksamkeit der Fotografen nun auf sie richtete.

»Was tragen Sie heute, Lucy?«, rief einer der Reporter.

»Ach, das habe ich zu Hause schnell zusammengeflickt.«

»Hat Roland dir für heute Abend kein Kleid geschickt?« Cornelia heuchelte Mitgefühl.

»Spar dir den Bockmist, Cornelia.« Lucy senkte die Stimme, sodass nur ihre Nemesis auf dem roten Teppich sie hören konnte, und verzog dabei keine Miene, sondern lächelte unbeirrt weiter. »Ich weiß genau, was passiert ist. Wenn du einen Zickenkrieg haben willst, bitte sehr, den kannst du haben.«

Etliche Stunden später kuschelte Fernanda sich auf dem Rücksitz der Limousine an Parker. »Zu mir?«, fragte er und sagte dem Chauffeur, wohin er fahren sollte, nachdem Fernanda schläfrig zugestimmt hatte. Sie waren unter den allerletzten Gästen der Gala gewesen, hatten den ganzen Abend getanzt und ein Glas Champagner nach dem anderen geschlürft. Nun war es beinahe drei Uhr, und sie konnte kaum noch die Augen offenhalten. Ja, vermutlich wäre sie auf dem Weg nach Hause sogar eingenickt und sanft ins Traumland weggedämmert, hätte Parker ihr nicht drei elektrisierende Worte ins Ohr geflüstert.

22

Lucy Ellis, wie üblich in Begleitung von Wyatt Hayes IV., hat am gestrigen Abend auf dem roten Teppich allen die Schau gestohlen, und zwar in einer Eigenkreation, die sie »schnell zu Hause zusammengeflickt« hat. Das Mädel erstaunt uns immer wieder aufs Neue.

www.rexnewhouse.com

Hastig nahm Theo die Füße vom Schreibtisch und schaute sich den Computerbildschirm etwas genauer an. Die Seite war gerade aktualisiert worden, und erschienen waren frisch gepostete Fotos von Lucy bei der Vanderbilt-Gala. Sie sah noch atemberaubender aus, als er sie in Erinnerung hatte, in einem goldfarbenen Kleidchen, das ihre leicht gebräunte Haut und die dunklen Haare besonders gut zur Geltung brachte. Aber leider war auch Wyatt überall mit abgelichtet; gleich auf mehreren Schnappschüssen stand er hinter ihr, rauchte und grinste selbstzufrieden in die Kamera. Theo hätte sich seit dem Großbrand bei der Geburtstagsfeier seines Vaters ununterbrochen in den Allerwertesten treten können. Wie er sich wünschte, er wäre nicht gleich, als er Rauch gerochen hatte, panisch zum nächsten Ausgang gestürzt; hätte er sich bloß wie ein Gentleman benommen, dann hätte er seine Ostküsten-Konkurrenz womöglich ausstechen können.

Sein Blick fiel auf das Foto von Cornelia, die, wie er zugeben musste, in ihrem silbernen Kleid ebenfalls umwerfend aussah. Vielleicht sollte er ihr doch ein bisschen unter die Arme greifen. Eine Probeaufnahme, nur um zu sehen, ob sie überhaupt singen konnte, wäre womöglich keine schlechte Idee. Sein Vater würde an die Decke gehen, wenn er das erfuhr – das kleine Badezimmer-Gefummel hatte ihn mehr gekostet als der Crash an der Wall Street – aber dadurch gewann diese Vorstellung für Theo nur noch mehr an Reiz.

Doch dann wanderten seine Gedanken gleich wieder zurück zu Lucy. Wie konnte er das bloß wiedergutmachen?

Als Lucy am nächsten Morgen mit Gurkenscheiben auf den Augen in ihrem Lavendel-Honig-Schaumbad lag, fühlte sie sich … na ja, so angespannt wie ein Gummiband kurz vorm Zerreißen. In letzter Zeit fiel es ihr selbst in den seltenen Augenblicken der Muße schwer, richtig loszulassen – sie kam einfach nicht zur Ruhe. Sie atmete tief durch und spürte, wie das wohltuend warme Wasser ihre Muskeln weich werden ließ, die noch ganz steif waren von der anstrengenden Trainingseinheit mit Derrick tags zuvor. Sie legte den Kopf auf ein aufgerolltes Handtuch aus ägyptischer Baumwolle, hob dann den pedikürten linken Fuß aus dem Wasser, platzierte ihn auf den Porzellanrand der Wanne und sah zu, wie der Dampf von ihrem nackten Bein aufstieg. Vor ein paar Minuten hatte sie noch von ihrem Platz am Fenster zugeschaut, wie draußen die Schneeflöckchen langsam herabgerieselt waren. *Entspann dich*, sagte sie sich. Aber es ging nicht. Es war ihr schier unmöglich, im Hier und Jetzt zu bleiben.

In den vergangenen zwei Monaten hatte sie sich von Wyatts namenloser Begleitung in ein waschechtes It-Girl verwandelt. Zuerst kamen die Einladungen zu Geschäfts-, Restaurant- und Klub-Eröffnungen. Buchpräsentationen. Mehr Wohltätigkeitsveranstaltungen, als ein Mensch je besuchen könnte. Lady's Lunchs für die Damen der besseren Gesellschaft. Filmvorstellungen und die eine oder andere Premiere. Geburtstagsfeiern von Menschen, die sie vielleicht ein- oder zweimal gesehen hatte. Dann hatte eine wahre Flut von Esseneinladungen ihr Blackberry überschwemmt, mindestens zwei pro Abend: die Hendersons im Elio, die Martins bei ihnen zu Hause in Central Park West, die van Severs im Swifty. Der Krokoleder-Terminplaner von Smythson, den Wyatt ihr geschenkt hatte, quoll beinahe über. Und ihr Kleiderschrank genauso – da eine der goldenen Regeln für die oberen Zehntausend anscheinend lautete, dass man sich unter keinen Umständen zweimal in demselben Outfit blicken lassen konnte.

Und das Trommelfeuer der Presse war einfach unfassbar. An diesem Morgen hatte sie die *New York Times* aufgeschlagen, und siehe da, das erste Partyfoto von ihr aus Bill Cunninghams Rubrik *Sunday Styles* – wenn es einen Initiationsritus gab, dann das. Sie hatte es ausgeschnitten und fein säuberlich in die Schachtel gelegt, in der sie ihre ersten Manolos bekommen hatte, zusammen mit einem Foto von ihr bei der Hochzeit von Tamsin und Henry, das *Quest* in seiner Berichterstattung über dieses gesellschaftliche Großereignis gedruckt hatte. Sogar in der aktuellen *Vogue* war ein winzig kleines Foto von Lucy, aufgenommen bei Libets Ausstellungseröffnung! Lucy Jo Ellis – na ja, vielmehr Lucia Haverford Ellis, aber da brauchte man nicht so kleinlich zu sein – war in der *Vogue*!

Und nun in nicht mal zwei Wochen das doppelseitige Feature in *Townhouse*. Und natürlich der legendäre Ball des Fashion Forums – der aufregende, wenn auch etwas Furcht einflößende, krönende Abschluss ihres Experiments. Sie konnte es noch immer kaum glauben, dass sie tatsächlich dabei sein sollte.

Das Läuten der Türklingel riss sie aus ihren Gedanken. *Sicher der Bote mit dem Kleid für das Essen heute Abend.* Widerstrebend stieg sie aus dem Seifenschaum und warf sich einen flauschigen weißen Bademantel über. Max hatte Anfang der Woche angerufen und abermals einen Anlauf gestartet, sie zum Essen auszuführen – aber sie hatte dankend ablehnen müssen. So langsam sollte er den Wink mit dem Zaunpfahl verstehen, wie sie hoffte. Selbst wenn sie an ihm interessiert gewesen wäre – was sie eigentlich nicht glaubte –, ihr Kalender war augenblicklich einfach zu voll. An diesem Abend waren Wyatt und sie zu einem kleinen Dinner für acht Personen im Waverly Inn eingeladen. Die illustre Gesellschaft – hauptsächlich ultracoole Downtown-Szeneleute, die sich selbst als Künstler bezeichneten, aber irgendwie nicht besonders viel Kunst zu produzieren schienen – hatte genauso wenig zu sagen wie ihre zugeknöpften Pendants von der Upper East Side, aber Wyatt beharrte darauf, sie in jede »Szene« einzuführen, die die New Yorker Society zu bieten hatte. Lucy versuchte immer, einen Platz neben Wyatt zu ergattern, dem es nie an unerwarteten Anmerkungen zu jedem beliebigen Thema zu mangeln schien – er war beispielsweise der Ansicht, Handels- und Anlagebanken sollten ähnlich strikt reguliert werden wie Energieversorger; dass die Mets besser seien als die Yankees, weil sie sich die Meisterschaft nicht erkauften; dass das Wahlmänner-Gremium bei den Präsidentschaftswahlen zugunsten einer Direktwahl abgeschafft werden sollte; dass er bereits mit dem Gedanken gespielt hatte, ein Kind zu adoptieren, und sich vorstellen konnte, dies eines Tages auch tatsächlich zu tun.

»Komme!« rief sie, zog den Gürtel zu und hinterließ auf

ihrem Weg durch das Wohnzimmer mit jedem Schritt kleine Pfützen. Rasch schloss sie die Tür auf und schnappte verblüfft nach Luft.

»Lucy Jo!«

»Rita! Was machst du denn hier?« In Lucys Stimme schwang Panik mit.

Rita – eine kleine, stämmige Frau mit messingfarbenen Strähnchen, die sie sich selbst ins kupferrote Haar färbte – hielt ihrer Tochter eine Ausgabe der *Vogue*, auf der Seite mit dem Foto von Lucy aufgeschlagen, unter die Nase. »Begrüßt man so seine Mutter? Du rufst nicht zurück, du meldest dich nicht, da blieb mir doch gar nichts anderes übrig, als selbst herzukommen.« Entschieden schob sie sich an Lucy vorbei in die Wohnung, wobei sie ihr einen beunruhigend großen Koffer in die Hacken rammte und die Wohnung mit kritischem Rundumblick musterte. »Hier wohnt deine Freundin? Hübsch.« Dann grinste sie von einem Ohr zum anderen und ließ den Koffer auf Lucys linken Fuß fallen.

»Was machst du hier?«, wiederholte Lucy, der ganz flau geworden war.

»Ich nehme an, du wolltest es mir irgendwann sagen, oder?«

»Wovon redest du?«, fragte Lucy.

»Von deinem neuen Leben, Kind!« Und damit wedelte sie wieder mit der *Vogue* vor Lucys Nase herum. »Meine Freundin Brenda hat sie mit ins Studio gebracht. Zuerst war ich mir nicht ganz sicher, ob du es wirklich bist. Du hast so anders ausgesehen, so *fein*. Die Stadt scheint dir gut zu bekommen. So oder so, die haben deinen Namen falsch geschrieben – wo haben die bloß dieses *Haverford* her? – aber mein kleines Mädchen erkenne ich doch unter Hunderten.«

Mein kleines Mädchen? Derartige Worte hatte sie noch

nie aus dem Mund ihrer Mutter gehört. Lucy wurde etwas schwummerig, und sie setzte sich auf die Armlehne der Couch. Das konnte doch alles nicht wahr sein.

»Du hast gar nicht gesagt, dass du jetzt berühmt bist!«

»Bin ich ja auch nicht. Was ist schon ein Foto, Rita?«

»Aber dann solltest du mal sehen, wie viele Fotos es im World Wide Web von dir gibt!«

Rita hatte gelernt, mit dem Internet umzugehen? Jetzt würde ihr jeden Augenblick der Himmel auf den Kopf fallen.

»Brens Freund hat den Namen in seinen Computer eingegeben. Er hat eine Website gefunden, da sind hunderttausend Fotos von dir, aufgebrezelt bis zum Anschlag, wie du jede Nacht die Stadt unsicher machst und mit einem Haufen reicher Schnösel einen draufmachst.« Anerkennend pfiff Rita durch die Schneidezähne.

Lucy wurde plötzlich heiß, weshalb sie eins der Wohnzimmerfenster aufriss. »Hättest du mich nicht anrufen und mich vorwarnen können?«

»Ich wollte dich überraschen!« Rita spielte an Eloise' Gardinen herum. »Brenda hat sich gefreut wie eine Schneekönigin, auf die Katzen aufzupassen, also habe ich einfach meinen Koffer gepackt und bin in den Bus gestiegen!«

»Wie lange kannst du denn bleiben?«, erkundigte Lucy sich halbherzig.

»Ich hab keine Eile!« Rita schien hoch erfreut. »Und da dachte ich, du schuftest dir bei einem Modeschöpfer den Buckel krumm. Hast wohl eine kleine Gehaltserhöhung bekommen, was?«

»Um ehrlich zu sein, kurz vor Weihnachten bin ich rausgeflogen. Ich hätte es dir schon viel eher sagen sollen.«

»Und wo kommt dann das ganze Geld her?«, wollte Rita wissen und schaute sie mit gerunzelter Stirn an. »Tanzt du jetzt? Ich habe dir immer gesagt, damit ist gutes Geld zu verdienen, und du siehst gut aus, viel besser als früher …«

Lucy schüttelte sich. Das sah ihrer Mutter wieder ähnlich, Striptease als Karrierechance zu sehen. »Nein, nichts dergleichen. Es ist ein, ähm, gesellschaftliches Experiment. Mein Freund Wyatt ist biologischer Anthropologe – ein Wissenschaftler, der Beziehungen untersucht zwischen Menschen und zwischen Menschenaffen – und er hat mich unterrichtet, um aus mir eine, ähm, Societylady zu machen.« Das Experiment kam Lucy inzwischen vollkommen normal vor, aber nur, solange sie nicht laut darüber reden musste. »Wenn alles vorbei ist, hilft er mir, einen Job bei einem fantastischen Designer zu bekommen; einen Job, den ich allein einfach niemals ergattern könnte.«

Rita nickte. »Diesen Wyatt habe ich auch gesehen. Ein richtiges Schnuckelchen. Und ist er auch dein Liebhaber?«

»Nein! Nein, nicht mein Liebhaber! Nein.« Lucy konnte regelrecht sehen, wie es in Ritas Hirn arbeitete. »Das ist eine reine Geschäftsbeziehung, mehr nicht.«

»Und was springt dabei für ihn raus? Du kriegst einen Fuß ins Modegeschäft, aber was ist die Sahne auf seinem Kuchen?«

Lucy stöhnte entnervt. »Er hat mit einem seiner Freunde gewettet. Diese Jungs, Rita, die sind nicht wie die Jungs bei uns zu Hause. Wyatt hat viel zu viel Zeit, die er irgendwie totschlagen muss.«

»Und viel zu viel Geld, wie es aussieht. Er benutzt dich also als Versuchskaninchen – und finanziert dir dein schickes neues Leben.«

Lucy konnte es nicht ausstehen, als käufliche Frau dazustehen, die sich aushalten ließ, und außerdem konnte sie schon die Dollarzeichen in Ritas Augen aufblitzen sehen. »Na ja, mehr oder weniger. Vieles davon ist auch bloß ausgeliehen. Das Kleid, das ich auf dem Foto in der *Vogue* anhatte, hat mir ein aufstrebender Jungdesigner geborgt.«

»Weißt du, ich habe nichts dagegen, sich Sachen zu leihen«, erklärte Rita großmütig. »Reichtum soll man teilen, sage ich immer. Wo wir gerade dabei sind, ich habe meinen letzten Penny hinblättern müssen, um herzukommen. Ich musste mir ja auch eine neue Garderobe kaufen für New York, als ich gesehen habe, wie schnieke du neuerdings rumläufst.« Und damit zog sie am Reißverschluss ihres Koffers und holte etliche winzig kleine Minikleidchen heraus, jedes mit einem anderen Tierfelldruck versehen. »Aber ich habe meine Nagelkollektion dabei, sobald wir also ein paar Geldgeber aufgetan haben, bin ich schnell wieder liquide.«

Die entspannende Wirkung des Schaumbads schien Jahre zurückzuliegen. »Ich habe kein Geld, Rita. Ich bin so blank wie eh und je.«

Was Rita allerdings nicht im Geringsten zu schrecken schien. »Aber dein Freund Wyatt hat doch sicher jede Menge Kröten, oder?«

»Den kann ich doch nicht um Geld bitten. Er hat sowieso schon viel zu viel für mich getan. Aber hör zu, in ein paar Monaten, wenn ich beruflich erst mal richtig Fuß gefasst habe, dann kann ich dir ein bisschen unter die Arme greifen ...«

»Nur keine falsche Bescheidenheit.« Rita Ellis senkte die Stimme. »Du kannst diesen Knilch doch bestimmt irgendwie rumkriegen, dass er ein paar Mäuse für dich ausspuckt. Nicht mit Reizen geizen, dann klappt das schon, Schätzchen ...«

In Lucy stieg die Wut hoch. »In ein paar Monaten, Rita, wenn ich mein eigenes Geld verdiene. Mehr kann ich dir im Moment nicht anbieten.«

Unzufrieden legte Rita die Stirn in Falten und schüttelte den Kopf. »Da komme ich den ganzen weiten Weg hierher, gebe mein ganzes Leben auf…«

»Hättest du vorher angerufen, hätte ich dir gesagt, du sollst zu Hause bleiben!«, schoss Lucy zurück. Kaum ausgesprochen, hätte sie die Worte am liebsten zurückgenommen, weil sie sah, wie tief sie Rita getroffen hatten. Noch nie hatte sie derart respektlos mit ihrer Mutter geredet. Völlig vor den Kopf geschlagen zog Rita die nachgemalten Augenbrauen hoch, die gleich darauf wie wütende Pfeile wieder nach unten schnellten.

»Oh, das wusste ich ja nicht!«, erklärte Rita gekränkt, schnappte sich ihren Koffer und marschierte zur Tür. »Ich bleibe jedenfalls nicht, wo ich nicht erwünscht bin!« Und dann wartete sie einen kurzen Augenblick, damit Lucy sie zurückhalten konnte, ehe sie aus der Wohnung stürmte.

Lucy ließ sie gehen. Untätig sah sie zu, wie die Tür hinter ihrer Mutter ins Schloss fiel.

Mit zitternden Händen schlurfte sie zurück ins Badezimmer und zog den Stöpsel aus der Wanne. Dann schaute sie den schillernden Seifenblasen nach, die in einem Strudel dem Abfluss entgegenwirbelten wie von einer unsichtbaren Hand nach unten gezogen. *Die beste Mutter der Welt war sie nie*. Lucy vergrub das Gesicht in den Händen. *Sie könnte einfach alles kaputt machen.*

Sie ging zur Wohnungstür, überlegte es sich dann wieder anders. *Nein. Es steht zu viel auf dem Spiel.* Lucy warf einen flüchtigen Blick in den vergoldeten Spiegel in der Diele. An dessen reich verzierten Rahmen steckte sie immer die Einladungen, die täglich hier eintrudelten. Die waren einfach viel zu schön – die handgeschriebenen Kalligrafien, das teure Büttenpapier von Mrs. John L. Strong –, um sie irgendwo aufgestapelt herumliegen zu lassen. Inzwischen wirkte der Spiegel völlig überladen, fast wie wild überwuchert. Lucy konnte sich kaum noch im Spiegel sehen.

Hastig sprang sie in ihre Schneestiefel und rannte zur Tür hinaus hinter ihrer Mutter her.

Trip hatte Abendessen gemacht, einen kleinen Tisch vor dem Kamin gedeckt und eine Flasche Wein entkorkt, die sie von ihrer letzten Reise in die Toskana mitgebracht hatten. Da brauchte Eloise ihre Mutter nicht, die ihr die Frage ins Ohr raunte, ob er wohl etwas Besonderes vorhatte. Seit dem Krach wegen des Schranks in der Woche zuvor war er stiller gewesen als sonst. Nach dem Essen tauchte Trip einen frischen Biscotto in den Vin Santo und hielt ihn ihr an die Lippen.

»Du machst mich so glücklich, El.« Seine Stimme klang tiefer als gewöhnlich. Eloise schaute ihn über die Flamme der flackernden Kerze an, und plötzlich schlug ihr das Herz bis zum Hals. *Jetzt kommt's*. Und da merkte sie erst, wie sehr sie es sich wünschte. »Wir beide sind füreinander bestimmt.« Trip nahm über den Tisch hinweg ihre Hand.

Einen Moment war alles still. Und dann noch einen.

Greif schon in die Tasche. Geh auf die Knie. Bitte!

Als könnte sie ihn durch ihre Gedanken lenken, glitt Trips Hand langsam zur Tasche seines Blazers, und heraus kam eine kleine, mitternachtsblaue Samtschachtel. Sie schloss die Augen. Sie konnte sich kaum beherrschen vor Freude. Doch als sie nun erst die Augen aufmachte und dann die kleine Schatulle, fand sie darin nicht etwa ihren Verlobungsring, sondern einen schlichten, schmucklosen Messingschlüssel.

»Alles Liebe zum Valentinstag. Da wir nun höchst offiziell zusammenwohnen«, sagte er, »dachte ich, es wird Zeit, dass du einen eigenen Schlüssel bekommst.« Und dann lächelte er, als sei er der süßeste, aufmerksamste Mann der ganzen Welt. Eloise wäre ihm am liebsten quer über den Tisch ins Gesicht gesprungen.

»Aber Trip, Schatz, den Schlüssel habe ich doch schon seit vier Jahren«, merkte sie mühsam beherrscht an.

»Wirklich? Na ja, aber das ist ja auch mehr ein *symbolischer* Schlüssel. Als Zeichen für den nächsten großen Schritt in unserer Beziehung.«

Sie wünschte wirklich, sie könnte sich darüber freuen. »Schließt aber dieselbe Tür auf, oder?«

»Na ja, schon, aber – komm schon, El, das ist ein Symbol unserer neuen, engeren Bindung.«

Sie merkte, wie ihr Herz kalt und hart wurde gegen ihn. Sie war sechsunddreißig Jahre alt. Wie konnte Trip da erwarten, dass es ein angemessenes »Symbol ihrer Bindung« war, wenn er seine Haushälterin mal eben zum Schlüsseldienst schickte? Energisch schob sie ihren Stuhl vom Tisch weg.

»Wo willst du hin?«

»Ich möchte heute zu Hause übernachten. Ich meine, in meiner Wohnung. Allein.« Ihre Stimme klang, als hätte sie einen Frosch verschluckt. Es blieb ihr nicht mehr viel Zeit, bis aus dieser Situation unversehens noch eine viel schlimmere, schrecklichere Geschichte wurde, als sie es ohnehin schon war. So schnell sie konnte machte Eloise sich aus dem Staub, schnappte sich ihren Mantel und tat, als hörte sie nicht, wie Trip hinter ihr her rief.

Grundregeln. Lucy musste Rita nur erklären, dass sie nicht ohne Rücksicht auf Verluste einfach in ihrem Leben herumtrampeln konnte. Nichts da mit Ohrringen, Kreditkarten oder Abschlussballtanzpartnern ausleihen. Sie würde

Grenzen ziehen. Lucy stellte ihren vollen Einkaufskorb auf das Kassenband im Supermarkt. Widerstrebend hatte Rita eingewilligt, Lucys alte Wohnung in Murray Hill zu beziehen – Wyatt bezahlte weiterhin die Miete, wohl, damit sie nach dem Forum-Ball gleich wieder dort einziehen konnte; ein Gedanke, den sie sonst gerne weit von sich wegschob. Drinnen sah es noch genauso aus, wie Lucy die Wohnung hinterlassen hatte – kahl und nicht gerade einladend –, also machte sie gerade einen Großeinkauf, um wenigstens die Vorratsschränke zu füllen. Aber das musste dann auch reichen. Auf keinen Fall würde sie sich breitschlagen lassen, Rita jeden ihrer zahlreichen Wünsche von den Augen abzulesen.

Als sie die schweren Tüten schließlich in Eloise' Wohnung geschleppt hatte, ging es ihr besser. Eigentlich sogar richtig gut. Womöglich hatte Rita ja eine zweite Chance verdient. Gerade, als sie die Tür aufschloss, hörte sie von drinnen Ritas schallendes Gelächter. Und dann …

»Ich hätte ihm gesagt, wo er sich den Schlüssel hinstecken kann!« *Eloise. Mist.* Die musste nichts ahnend hergekommen und in ihrer Wohnung auf Rita gestoßen sein.

»Ich weiß, wir haben uns gerade erst kennengelernt, Schätzchen, aber darf ich Ihnen ganz ehrlich sagen, was ich von der Sache halte?«, fragte Rita. Lucy kam um die Ecke und sah gerade noch, wie ihre Mutter der tränenüberströmten Eloise fürsorglich ein Taschentuch in die Hand drückte. Die beiden saßen so vertraut zusammen auf der Couch wie zwei Busenfreundinnen einer etwas eigenartigen Studentenverbindung. Sofort wurde Lucys Herz weich, weil Eloise ihr so leidtat; Trip musste sich diesmal wirklich was Schlimmes geleistet haben. »Lassen Sie sich von ihm einen Braten in die Röhre schieben. Nennen Sie mich ruhig altmodisch, aber für mich hört es sich an, als würde er in so einer Situation das einzig Richtige tun.«

»*Rita!*«

»Nicht wie *ihr* Erzeuger«, murmelte Rita abfällig und wies mit dem Daumen auf ihre Tochter. »Als der den Schwangerschaftstest auf dem Waschbeckenrand gesehen hat, ist er so schnell zur Tür raus, dass er ein windei-förmiges Loch in der Haustür hinterlassen hat.«

»Herzallerliebst«, merkte Lucy an und stellte die Tüten ab. »El, was ist denn passiert? Gestern sahst du noch so glücklich aus ...«

»Gestern dachte ich ja auch noch, ich wäre heute schon verlobt!« Mühsam unterdrückte sie ein Schluchzen. »Rita war so nett zu mir, Lucy. Ich habe ihr gesagt, sie kann gerne hierbleiben«, angestrengt schnappte sie nach Luft, »so lange sie möchte.«

Rita tätschelte weiter Eloise' platinblonde Stachelfrisur, schaute kurz auf und lächelte. »Lucy hat Angst, dass ich sie blamiere«, säuselte sie und kostete ihre Märtyrerrolle bis zuletzt aus. »Ich weiß, dass sie allen vormacht, sie käme aus einer hochwohlgeborenen Familie, aber ich lasse sie schon nicht auffliegen. Ich kann mich benehmen. Habe schließlich *The Real Housewives* gesehen. Ich weiß, wie reiche Schlampen ticken.«

»Das glaube ich dir aufs Wort«, murmelte Lucy und verdrehte die Augen. »Aber diese Chance darfst du mir nicht vermasseln. Das lasse ich nicht zu. Entweder du hältst dich bis zum Fashion Forum Ball bedeckt und bleibst brav in meiner Wohnung in Murray Hill oder ich setze dich ohne einen Penny in der Tasche in den nächsten Bus nach Dayville.« Geflissentlich übersah sie Eloise' entsetztes Gesicht. Ihre Freundin konnte das nicht verstehen.

»Also gut.« Rita schmollte kurz, drehte sich aber gleich wieder strahlend zu Eloise um. »Habe ich Ihnen schon meine Nagelkollektion gezeigt, Herzchen?«

23

WYATTS AUFZEICHNUNGEN:
L. begegnet neuen Situationen eher furchtsam und scheint von den vorhandenen Alphas übermäßig beeindruckt, was zu einer Häufung von Fehltritten führt. So hat L. beispielsweise, nachdem sie einmal Rotwein auf der hellen Couch der Gastgeberin verschüttet hatte, entsetzt losgequietscht und sich darangemacht, den Schaden mit großer Hektik eindämmen zu wollen, wodurch sie ihren untergeordneten Status überdeutlich zeigte. Ich erklärte ihr anschließend, sie hätte sich kurz entschuldigen und dann nach dem Dienstmädchen rufen sollen – wie ich es erst vor einigen Monaten bei C. erlebt hatte.

Im holzgetäfelten Grill Room des Harvard Club zog Dr. Kipling eine buschige Augenbraue hoch, während er ein fluffiges Brötchen dick mit Butter bestrich. »Definieren Sie ›nicht ganz sicher‹.«

Wyatt faltete die Hände über dem Teller. »Wegen des Endes, meine ich.«

»Wegen des Endes? Die Versuchsperson besucht den Ball und gibt sich vor den anspruchsvollsten Kritikern als Societydame aus. Der krönende Abschluss ihrer Verwandlung in ein Alpha-Weibchen. Sie sind nervös, das kann ich gut verstehen. Aber ich habe Ihre Untersuchungsergebnisse gelesen, Wyatt, und die ersten Kapitel des Buchs. Vielleicht sind *Sie* sich bei dem Buch nicht ganz sicher, *ich* bin es schon.«

Wyatt runzelte die Stirn. Er wünschte, Kipling würde Lucy

nicht als »Versuchsperson« bezeichnen. Wie sollte er ihm bloß erklären, dass das Problem nicht ein Mangel an Mumm war, sondern eher ein Zuviel an Gewissen? Würde er tatsächlich das Buch veröffentlichen und alles, was sie in den letzten Monaten gemacht hatten, en détail enthüllen, würde man auf der Stelle mit den Fingern auf Lucy zeigen, selbst wenn er ihren Namen ausließ oder änderte. Sie würde als Schwindlerin entlarvt, und Wyatt wusste, dass viele Menschen, die sie als ihre Freunde betrachtete – die sie abends zum Essen einluden, sie in irgendwelche Komitees beriefen –, sie fallen lassen würden wie eine heiße Kartoffel; schneller als man »Keine von uns« sagen konnte. Anfangs hatte er kaum einen Gedanken daran verschwendet, aber je näher das Ende ihres kleinen Experiments rückte, desto mehr beschlich ihn das Gefühl, Lucy so im Regen stehen zu lassen, sei doch ziemlich …

»Eiskalt«, brummte Kipling. »Das Brot hat höchstens Zimmertemperatur, verdammt. Der Laden hier geht langsam den Bach runter.«

Vielleicht sollte er Lucy das Manuskript lesen lassen. Dann konnte sie selbst entscheiden, ob sie sich vorstellen konnte, mit den Folgen zu leben. Aber ihm wurde schon ganz anders beim Gedanken daran, wie sie auf gewisse Beobachtungen in *Mit Herz und High Heels* reagieren würde. Konnte man sich unschwer vorstellen: Sie würde ihn für einen Dreckskerl halten. Und wer könnte ihr das verübeln? Er ganz sicher nicht.

»Dieses Buch wird Ihre Karriere wieder richtig ankurbeln«, meinte Kipling und griff nach dem zweiten Brötchen, da Wyatt augenscheinlich keinen rechten Appetit hatte. »Ich wusste gleich, dass ich Ihr Potenzial nicht überschätzt habe.«

»Glauben Sie mir«, erklärte Cornelia entschieden und schob die unansehnliche schwarze Plastikbrille zurück, die diese Parfum-Heinis ihr aufgezwungen hatten. »Das ist ›Socialite‹. Es ist perfekt. Riechen Sie nicht das unverwechselbare Aroma von altem Geld?«

Einer der Heinis räusperte sich. »Aber unsere Zielgruppe ...«

Doch Cornelia ließ sich nicht dreinreden. Entschlossen zog sie die Schutzbrille aus, streifte den Laborkittel ab und marschierte zur Tür. »Ihre Zielgruppe ist mir schnuppe«, rief sie abfällig über die Schulter. »Das ist *mein* Parfum.«

»Sie haben gehört, was die Dame gesagt hat«, erklärte Daphne und rauschte hinter Cornelia her zur Tür hinaus.

»Ich fasse es nicht, wie lässig du das aufgenommen hast.« Lucy saß auf der Couch und blätterte in alten Fotoalben, die Wyatt für sie angeschleppt hatte, damit sie sich einige der Namen und Gesichter einprägen konnte, die sie ja angeblich von Kindesbeinen an kannte.

»Sie ist deine Mutter, Lucy.« Er aß einen Happen Bœuf à la Margaret. Seit sie vor zwei Wochen das erste Mal für ihn gekocht hatte, trafen sie sich sonntagabends immer zum Abendessen bei ihr. Eine kleine Auszeit, die sie sich gönnten, um durchzuschnaufen und den Fortgang ihres Experiments zu besprechen. »Ich finde, das hört sich an, als hättest du ihr klipp und klar erklärt, was hier vor sich geht, und dass sie sich bis zum Ball unbedingt bedeckt halten muss. Aber eigentlich bin ich sogar froh, dass sie in New York ist. Wenn alles vorbei ist, kannst du ein bisschen familiären Rückhalt sicher gut gebrauchen.«

Lucy blätterte eine Albumseite um. Irgendwie sehnte sie das Ende des Experiments nicht mehr so dringend herbei wie anfangs vermutet – abgesehen von den Doppelstunden bei Derrick; auf die würde sie liebend gerne verzichten. Obwohl sie dann insgesamt gesehen hoffentlich in einer besseren Ausgangslage wäre – angestellt bei einem namhaften Modeschöpfer, unabhängig und ohne die anstrengenden Verpflichtungen, die der Umgang in den Kreisen der besseren Gesellschaft mit sich brachte – insgeheim fragte sie sich, ob es ihr wohl fehlen würde, so viel Zeit mit Wyatt zu verbringen, und musste davon ausgehen, dass dem so sein würde. »Wie war es für dich als Kind mit so eleganten Eltern aufzuwachsen?«, fragte sie in die Betrachtung eines Schwarz-Weiß-Fotos seiner Eltern im Salon ihrer Fifth-Avenue-Wohnung versunken. Es musste vor Dutzenden von Jahren am Silvesterabend aufgenommen worden sein, den glitzernden Partyhütchen nach zu urteilen, die sie aufgesetzt hatten, und den Tröten und dem eisgekühlten Champagner im Kübel vor ihnen. Wyatts Vater hatte den Arm um die Schulter seiner Frau gelegt; sie hatte den Kopf leicht in den Nacken gelegt und lachte. Beide wirkten nicht nur glamourös und ordentlich in Schale geschmissen, sondern richtig glücklich. Ein Glück, wie man es nicht für ein Foto stellen kann.

»So habe ich das nie gesehen«, meinte Wyatt und lehnte sich zu ihr rüber, weil er sehen wollte, welches Foto sie sich gerade anschaute, wobei er ohne es zu wollen die Pose seines Vaters nachahmte. »Wie bist du diese Woche mit der Arbeit vorangekommen? Irgendwelche guten Ideen?«

Lucy schüttelte den Kopf. Den ganzen Nachmittag hatte sie in ihrem Portfolio herumgeblättert, bis sie schließlich zu dem Schluss gekommen war, dass keiner ihrer Entwürfe – weder der Overall auf Metallgewebe mit dem Kettengürtel noch das Sechzigerjahre-Minikleid und auch nicht das Korsagenkleid mit dem tiefen Rückenausschnitt – so aufsehenerregend waren, dass sie für ihr Debüt als Designerin auf den Seiten von *Townhouse* getaugt hätten. Inzwischen rückte der Fototermin in der nächsten Woche bedrohlich nahe. »Ich wünschte es. Aber ich bin leer.« Überall dabei zu sein, hatte bei Lucy den Sinn dafür geschärft, welche geheimen Kleiderträume die bestangezogenen Frauen der Stadt hegten. Es war, als hätten ihre Entwürfe sich vor ihren Augen ebenso sehr verwandelt wie sie selbst. Und Wyatt hatte recht: Alles war wild zusammengewürfelt, und ein einheitlicher Stil war nicht erkennbar, den man als ihre eigene, unverwechselbare Handschrift bezeichnen könnte. Sie war stolz darauf, dass sie es schaffte, Narciso Rodriguez' strukturierte, sinnliche Entwürfe perfekt nachzuahmen, aber was hatte sie selbst zu bieten, das frisch und innovativ war?

»Du schaffst das schon«, meinte er aufmunternd.

Lucy wünschte, sie wäre sich da genauso sicher wie er.

Fröhlich schaufelte Wyatt gerade noch mehr Bœuf à la Margaret in sich hinein, als das Telefon klingelte. Die Anruferkennung blökte metallisch scheppernd *Theo Galt* durch die Wohnung. Wyatt guckte etwas verdutzt aus der Wäsche. »Der Typ telefoniert dir immer noch hinterher? Man müsste doch meinen, inzwischen hätte er endlich verstanden.«

Sie schaute von dem Foto auf, das Wyatts Mutter für ein Damen-Lunch zeigte. »Wie meinst du das?«

»Na ja, nachdem er dich bei der Geburtstagsfeier seines Vaters deinem Schicksal und den Flammen überlassen hat, dachte ich, du hättest ihn abgesägt.«

Lucy lachte. »Bist du da nicht ein bisschen melodramatisch? Aber egal, wir haben uns letzte Woche vor der Party im Museum of the City of New York rasch auf einen kleinen Drink getroffen.« Sie legte das Album beiseite und nahm die Form mit dem Hackfleischauflauf vom Couchtisch. Ehrlich gesagt, schmeckte der nach all den fabelhaften Menüs, die sie in letzter Zeit aufgetischt bekommen hatte, ziemlich widerlich. Aber Wyatt konnte davon einfach nicht genug bekommen.

»Das hast du mir gar nicht erzählt.« Er wirkte gekränkt.

»Entschuldige, hätte ich tun sollen«, lenkte sie schnell ein. »Aber es war bloß ein Drink – ganz ehrlich, ich hatte es schon völlig vergessen. Ich kann an nichts anderes mehr denken als an das Foto-Shooting, und daran, dass ich womöglich die dickste Chance, die ich je bekommen werde, in den Sand setze.«

Das Telefon hörte auf zu klingeln, und stattdessen trompetete nun der Anrufbeantworter: *Lucy, Babe, hier ist Theo. War toll, dich letzte Woche zu sehen. Ende des Monats bin ich wieder in der Stadt, und diesmal müssen wir unbedingt so viel Zeit wie möglich zusammen verbringen. Ruf mich an, Babe.*

»*Unbedingt?*« Wyatt tat, als schüttelte es ihn vor Ekel. »Bei dem Kerl krieg ich eine Gänsehaut.«

»Der ist doch harmlos.« Lucy mochte Theo und fühlte sich geschmeichelt angesichts seines offenkundigen Interesses, aber seit ihrer letzten Begegnung hatte sie kaum mehr an ihn gedacht. »Aber egal. Ich glaube, jemand, der mit Cornelia zusammen war, sollte sich wohl nicht so weit aus dem Fenster lehnen. Je besser ich sie kennenlerne, desto weniger will mir das in den Kopf. Ich meine, klar sieht sie umwerfend aus – aber du hast doch eine Menge Zeit mit ihr verbracht. Was hast du dir bloß dabei gedacht?«

Wyatt schwenkte den Wein im Glas und nippte dann nachdenklich daran. »Na ja, mir gefallen starke Frauen mit Persönlichkeit, die kein Blatt vor den Mund nehmen und offen ihre Meinung sagen.«

»Aber ich bitte dich. Cornelia hätte Jackson Pollock bestimmt gesagt, er soll nicht so eine Schweinerei machen. Die Frau hat die Persönlichkeit einer Giftnatter.«

Wyatt musste lachen. »Sie und dein Theo wären ein perfektes Paar, wie füreinander geschaffen.«

»Er ist nicht *mein* Theo. Okay, dann magst du also starke Frauen. Und was sonst noch?« Das war doch schon ein Fortschritt, dachte Lucy. Endlich hatte sie Wyatt so weit, dass er ausnahmsweise mal was über sich erzählte. Normalerweise wechselte er immer das Thema, wenn es ihm zu persönlich wurde. Bei so viel Zeit, die sie miteinander verbrachten, interessierte es Lucy natürlich, wie Wyatt eigentlich tickte.

»Keine Ahnung … Intelligenz ist natürlich von Vorteil. Das Aussehen, klar, eine gewisse Anmut. Brünett gefällt mir besser als blond, keine Ahnung warum. Jemand, der nicht bloß als Societyschmetterling herumflattert, sondern was aus seinem Leben machen will.«

Lucy setzte sich aufrecht hin und hörte ganz genau zu. Vielleicht bildete sie sich das ja bloß ein, aber irgendwie klang es fast, als beschriebe er …

»Eine Frau, die sich selbst nicht so wichtig nimmt«, fuhr er fort. »Aber ihre Ziele dafür umso wichtiger.«

Redet er etwa über mich? Vergangene Woche hatte sie ihn bei einer Party dabei ertappt, wie er ihr quer durch den ganzen Raum einen langen Blick zugeworfen hatte, und einen flüchtigen Moment hatte sie geglaubt, in seinen Augen etwas aufleuchten zu sehen. Ob Wyatt womöglich im Begriff war, sich in sie zu verlieben? »Nicht zu verliebt in ihr Äußeres. Eitelkeit ist der Todesstoß«, erklärte Wyatt weiter.

Unauffällig schaute Lucy an sich herunter. Levi's und ein Vikings-T-Shirt. Vintage-Lucy-Jo-Stil. Ihr Herz klopfte ein bisschen schneller. Ob er womöglich versuchen würde, sie zu küssen? Ohne nachzudenken, zog sie den Bleistift aus ihren hochgesteckten Haaren, die ihr nun in langen Wellen auf die Schultern fielen. »Und was noch?«, hakte sie nach, wobei ein Schmetterling in ihrem Bauch plötzlich zaghaft die Flügel spreizte. Als Wyatt daraufhin bedächtig an seinem Wein nippte und ihr dann tief in die Augen schaute, zitterte sie leicht.

»Na ja, gut ist es auch, wenn man aus ähnlichen Verhältnissen kommt«, sagte er dann nach einigem Nachdenken. »Cornelias Großeltern lebten in Maine gleich neben meinen. Man hat das Gefühl, die gemeinsame Geschichte verbindet enorm.«

Lucy biss sich auf die Lippen. Hmm. »Aber das ist doch sicher nicht, ähm, das *Allerwichtigste*, oder?«

»Nicht unbedingt, aber Beziehungen sind einfacher, wenn man mit ähnlichen Erwartungen, Ansprüchen und Wertevorstellungen aufgewachsen ist.« Das sagte er ganz beiläufig, ohne zu merken, wie rot sie geworden war. »Aber wie dem auch sei, genug von mir. Schließlich bist du diejenige, die eine kleine Verehrersammlung angefangen hat. Max Fairchild. Theo Galt. Societydame und Femme fatale in einer Person. Ich hoffe bloß, du lässt dich dadurch nicht von unserem eigentlichen Ziel ablenken.«

»Wieso, wirke ich so abgelenkt?« Lucy konnte sich den schnippischen Tonfall nicht verkneifen. Ganz kurz hatte es in ihrem Bauch gekribbelt bei der Vorstellung, aus dieser Beziehungsscharade könnte sich tatsächlich eine echte Liebesgeschichte entwickeln. Aber jetzt hätte sie ihm am liebsten mit einer schallenden Ohrfeige das selbstzufriedene Grinsen aus dem Gesicht gefegt. Der erste Eindruck hatte eben doch nicht getäuscht: Wyatt Hayes war nichts weiter als ein arroganter Snob. Wie konnte er es wagen, Schmetterlinge in ihrem Bauch flattern zu lassen?

»Na ja, ich würde bei den Typen jedenfalls lieber auf Abstand gehen, wenn ich du wäre. Denk dran, die halten dich für ein It-Girl mit dickem Treuhand-Vermögen und blaublütiger Abstammung.« Wyatt gluckste, was Lucy nur noch wütender machte.

»Also sind die beiden bloß Mitgiftjäger? Wollen sich nach oben schlafen?« Lucys Herz pochte wieder heftiger, diesmal allerdings vor Empörung. Abrupt stand sie auf und verschränkte die Arme vor der Brust. »Auf keinen Fall interessieren sie sich für mich als Menschen.«

Wyatt stellte sein Glas ab und schaute sie leicht belustigt an. »Nimm das nicht persönlich. Es ist bloß allgemein bekannt, dass Max' Familie finanziell auf dem Zahnfleisch geht und die Fairchilds eins ihrer Kinder reich verheiraten müssen, und Theo giert danach, endlich in gewisse Kreise der Gesellschaft aufgenommen zu werden. Womöglich ist es also kein Zufall, dass beide sich gleich wie die Aasgeier auf dich gestürzt haben.«

»Und es ist vollkommen undenkbar, dass die beiden mich ganz einfach mögen könnten?«, konterte sie. »*Mich* attraktiv finden? Ist für dich vermutlich unvorstellbar, nehme ich an.«

»Was?« Ihre Reaktion schien ihn zu befremden. »Nein, so habe ich das doch gar nicht gemeint …«

»Ich weiß ganz genau, was du gemeint hast«, schnaubte sie. »Weißt du was, Wyatt? Du solltest lieber gehen.«

Er verdrehte leicht die Augen. »Ich will dich doch nur schützen.«

»Tja, das kannst du dir sparen. Max und Theo mögen vielleicht nicht deinen sogenannten Ansprüchen entsprechen, aber zumindest behandeln sie mich wie ihresgleichen!«

Nun stand auch Wyatt auf. »Womit du sagen willst, ich tue das nicht? Ich habe dich immer fair …«

»Wenn du mich anschaust, siehst du jemanden, den du deiner hochnäsigen Clique als eine von ihnen *verkaufen* willst. Verstehst du den Unterschied?«

»Du hast recht. Ich sollte lieber gehen.« Wyatt griff nach Mantel und Schal, die an der Garderobe hingen. »Danke fürs Essen. Ach ja, und das Charakter-Schlachtfest. Sollten wir bei Gelegenheit unbedingt mal wieder machen.«

Nachdem er die Tür hinter sich zugeknallt hatte, schnappte Lucy sich die beinahe leere Weinflasche und ließ sich auf dem dicken flauschigen Flokati nieder. Sie war ganz zittrig vom Herumbrüllen und weil sie sich hatte hinreißen lassen, ihrer Wut freien Lauf zu lassen. Sie musste diese Hassliebe im Keim ersticken. Aus mehreren Gründen – aber hauptsächlich, weil dieses Gefühl so erbärmlich einseitig war. Außerdem würde es mit ihnen beiden sowieso nicht funktionieren, ermahnte sie sich, und goss den letzten Rest aus der Flasche ein. Sie wollte einen Kerl, der sie in schlabberiger Trainingshose genauso liebte wie in einem Couture-Kleid. Einen Kerl, der Bier aus der Flasche trank, und nicht immer dieses grotesk überteuerte Import-Gesöff süffelte. Einen Kerl, dem die Rangers wichtiger waren als eine Auktion asiatischer Kunst bei Sotheby's. Wyatt hatte vollkommen recht, wenn sie mit klarem Kopf darüber nachdachte – aus ähnlichen Verhältnissen zu kommen, machte die Sache doch erheblich einfacher.

Und es war ohnehin besser, sich das Leben im Augenblick nicht unnötig mit romantischen Verwicklungen zu verkomplizieren. Sie hatte zu tun. Sie durfte das jetzt nicht vermasseln. Eigentlich hatte sie vorgehabt, den Abend frei zu machen, aber nun, wo Wyatt weg war – musste sie sich wieder an die Arbeit setzen, die ihre Fahrkarte in ein selbstbestimmtes, erfolgreiches Leben sein sollte. Darum hatte sie sich doch die letzten zwei Monate als jemand ausgegeben, der sie nicht war.

Als sie sich bückte, um die Fotoalben einzusammeln, die Wyatt bei seinem überstürzten Abgang liegen gelassen hatte, hielt Lucy plötzlich mitten in der Bewegung inne und schaute auf das Foto seiner Eltern. Und guckte und starrte und stierte.

Man kann nie wissen, wann einen die Inspiration trifft wie ein Schlag mit der Keule. Hektisch stürzte sie mit dem Album in der Hand zu ihrem Skizzenblock. Schnell nahm sie einen Bleistift, und während sie ihre Idee auf das Blatt zu bannen begann, verflog augenblicklich jeder Gedanke an Wyatt.

24

WYATTS AUFZEICHNUNGEN:
Kampffische spreizen die Kiemendeckel – Opercula, so die wissenschaftliche Bezeichnung –, um Konkurrenten zu beeindrucken und Weibchen anzulocken. Park-Avenue-Prinzessinnen verhalten sich ähnlich eigenartig wie Kampffische; jede Woche verbringen sie Stunden vor dem Spiegel und geben Hunderte von Dollar dafür aus, sich die Haare möglichst voluminös frisieren zu lassen. Sie zwängen die Füße in Zwölf-Zentimeter-Stilettos. Und das alles zu dem Zweck, so scheint es, Konkurrentinnen auszustechen und potenzielle Partner anzulocken. Ich habe L. nahegelegt, ihre langen Haare so hochtoupiert wie möglich zu tragen und flache Schuhe zu vermeiden, um sich ihren Mitbewerberinnen um die Societykrone möglichst Respekt einflößend, um nicht zu sagen einschüchternd zu präsentieren. Die Absicht dahinter war, dass sie diese Frauen nicht als ihre Freundinnen ansieht, sondern als Rivalinnen.

In dem luxuriösen Wohnwagen, der für die Vorbereitung des Foto-Shootings von *Townhouse* auf der Fifth Avenue stand, nahm Mallory Keeler ungläubig Lucys grünes Samtkleid vom Kleiderständer. »Und das hast du wirklich selbst gemacht?«, erkundigte sie sich und drehte den Bügel in der Hand, um das Kleid auch von hinten zu begutachten.

»Ja, aber ich… ich habe auch noch ein paar andere Sachen zur Auswahl dabei…« Leicht panisch schob Lucy auf dem Ständer ein Kleid aus ihrer selbst geschneiderten Kollektion nach dem anderen beiseite. *Mist.* Das rote Kleid, ihr Lieblingsstück mit den handgenähten Rosen, die den dramatisch tiefen Rückenausschnitt säumten, hatte sie allem Anschein nach bei ihrem überstürzten Aufbruch zu Hause liegen gelassen, als sie hektisch alles zusammengesucht hatte, um noch pünktlich zum Fototermin zu kommen. Tagelang hatte Doreen daran gesessen und ihren Entwurf eins zu eins umgesetzt. Wenigstens hatte sie noch das fuchsienfarbene Kleid mit dem tropfenförmigen Lochmuster am Ausschnitt – der Entwurf lehnte sich leicht an ein Kleid an, das Mrs. Hayes auf einem der Bilder in den Fotoalben getragen hatte – und die Twill-Hose mit dem hohen Bund zu der Bluse mit dem U-Boot-Ausschnitt. Zwei Nächte hintereinander hatte sie in der vergangenen Woche durchgearbeitet und zusätzlich Rita zum Helfen verdonnert, um noch rechtzeitig fertig zu werden. Was den beiden sogar einen selten innigen Mutter-Tochter-Moment beschert hatte, als sie beide auf der Suche nach Stoffen den Garment District, New Yorks Modeviertel, durchkämmt hatten: leuchtende Seidenstoffe, schwerer Tweed mit Hahnentrittmuster, cremig-fließender Chiffon, so durchscheinend und schwerelos, dass er schon flatterte, wenn sich bloß die Aufzugtüren schlossen. Sie hatte befürchtet, das hektische Treiben im Garment District würde ihre Mutter heillos überfordern, aber Rita schien in dem Trubel mitzuschwimmen wie ein Fisch im Wasser.

»Vergiss alles andere«, erklärte Mallory entschlossen, »du trägst dieses Kleid.« Woraufhin sie sich an ihre Assistentin Emiku wandte, die ein Headset trug wie Britney Spears und dazu einen Gesichtsausdruck, der klar besagte, dass sie nicht zum Spaß da war. »Gib ihr die Diamantohrringe von H. Stern.« Dann drehte sie sich wieder zu Lucy um und guckte sie unbewegt aus großen Augen hinter ihrer Hornbrille an. »Was hast du dir für Schuhe dazu vorgestellt? Emiku, zeig Lucy doch mal, was wir bekommen haben.«

Lucy fiel ein Stein vom Herzen, und sie spürte die Erleichterung bis in die Knochen. Dass Mallory ihre Entwürfe für gut befunden hatte, hieß, dass sie eine weitere Hürde genommen hatte. Endlich hatte sie ihren Stil gefunden: durch und durch moderne Klassiker, inspiriert von den alten Fotografien, die sie in Wyatts Fotoalben entdeckt hatte, aber schnörkellos in die heutige Zeit übertragen, und dazu sexy *und* praktisch genug für ein ganz normales Mädel aus Dayville. Ihr Bleistift war nur so über das Blatt getanzt. Als sie die Augen zumachte, hatte sie eine umwerfend elegante Frau gesehen, die in einem erbsengrünen Hosenanzug mit breitem Gürtel und Samtkragen die Fifth Avenue entlangschlenderte. Die Gardenie im hochgesteckten Haar der Societylady konnte sie regelrecht riechen, die in ihrer Vorstellung in einer weißgoldenen Organza-Robe übers Parkett schwebte.

»Wie finden Sie diese Peeptoes?«, fragte Emiku und hielt ihr ein umwerfendes Paar Louboutins vor die Nase.

»Ich glaube, ich habe mich gerade verliebt«, entgegnete Lucy verzückt.

Vergangene Nacht hatte sie kaum geschlafen, weil sie so aufgeregt gewesen war und noch die letzten Änderungen an ihren Entwürfen vornehmen musste. Aber um ganz ehrlich zu sein, wusste sie, dass sie in der letzten Woche auch ohne die viele Arbeit kaum ein Auge zugetan hätte. Seit ihrem Streit hatte Wyatt sich nicht mehr gemeldet, was ihr ziemlich zu schaffen machte. Aus beruflichen Gründen hätte sie einen Mann im Haus gebrauchen können. Öfter, als sie noch zählen konnte, hatte sie sich gewünscht, ihn nach seiner Meinung fragen zu können, aber ihre Finger sträubten sich vehement dagegen, seine Nummer zu wählen.

»Vielleicht ziehst du dich schon mal an?«, schlug Emiku vor, ebenso nüchtern und tüchtig wie ihre Chefin. »Am besten fangen wir einfach ohne die anderen an, wer weiß, wann die hier auftauchen.«

Von den vier Societymädels, die für die Fotostrecke abgelichtet werden sollten, war Lucy die einzige, die pünktlich erschienen war. Bei dem Shooting sollten sie sich im Central Park Zoo unter Eisbären und Lemuren mischen. Lucy würde wetten, den anderen Mädels war es vermutlich überhaupt nicht in den Sinn gekommen, dass *Townhouse* ein knapp bemessenes Budget hatte und dass jede Stunde, die Friseure, Visagisten, Fotografen und Fotoassistenten warten mussten, die Zeitschrift bares Geld kostete. Kein Wunder, dass Mallory Kaffee inhalierte wie ein Trucker, der noch achthundert Meilen Landstraße vor sich hatte.

Folgsam verschwand Lucy hinter dem Vorhang des improvisierten Umkleidebereichs und streifte das grüne Kleid über, ganz vorsichtig, um den knallroten Lippenstift nicht zu verschmieren, den die Visagistin ihr so kunstvoll auf den Mund gepinselt hatte. Aufmerksam betrachtete sie die Frau in dem raumhohen Spiegel, der an der Wand lehnte. Würde sie dieser Frau auf der Straße begegnen, sie würde womöglich zweimal hinschauen, weil ihr das Gesicht irgendwie bekannt vorkam – aber nie würde sie sich trauen, einfach hinzugehen und sie anzusprechen. Sie hatte volles, schimmerndes Haar, das ihr in perfekten, lockigen Wellen auf die Schultern fiel. Ihr feiner, makelloser Teint schien im Kerzenlicht zu strahlen. Sie war schlanker geworden, obwohl sie immer noch appetitliche, gesunde Kurven hatte.

Sie hörte eine Tür zuschlagen, und gleich darauf tönte Libets nasale Stimme durch den Wohnwagen. »Die hat sie *selbst gemacht?* Hört doch auf!«

Vorsichtig steckte Lucy den Kopf durch den Vorhang und sah die langbeinige blonde »Künstlerin« neugierig ihre mitgebrachten Kleider durchgehen. Bond-Girl-Bewerberin Anna Santiago, Libets schmolllippige Busenfreundin seit ihrem gemeinsamen Debüt beim Le Bal Crillon, schaute ihr über die Schulter und beäugte Lucys Kreationen genauso begeistert wie Libet. Annas Papi, ein venezolanischer Öl-Milliardär, verwöhnte das liebe Töchterlein gerne nach Strich und Faden. Schmuck, Autos, ein Haus in den Hamptons für zweihundertfünfzigtausend Dollar Monatsmiete – bisher hatte Anna sich einiges einfallen lassen, um Papas Geld unter die Leute zu bringen. Lucy traf die beiden regelmäßig bei irgendwelchen gesellschaftlichen Anlässen, aber bisher hatten sie sich bloß flüchtig unterhalten.

»Gefällt's euch?« Lucy versuchte, ganz lässig und souverän zu klingen, aber es war beängstigend, aus nächster Nähe die Reaktion zwei der modebewusstesten Mädels mitzuerleben, die sie je kennengelernt hatte.

»Und wie! Ich hatte ja keine Ahnung, dass du so begabt bist!« Anna ließ sich im Schneidersitz auf einem Stuhl nieder, um sich schminken zu lassen. Sie zündete sich eine Zigarette an, während die Visagistin mehrere Grundierungen ausprobierte, um zu sehen, welche am besten zu ihrem goldbraunen Teint passte. »Du musst unbedingt ein Kleid für mich machen! Dieses fuchsienfarbene wäre perfekt für die Hochzeit meiner Cousine nächsten Monat in Bogotá.«

»Die Hose ist der Hammer«, fügte Libet hinzu und hielt eine anthrazitfarbene Hose mit ausgestelltem Bein und goldfarben abgenähtem Saum in die Höhe. Um den Kopf trug sie etwas, das aussah wie ein Schnürsenkel, den sie sich um die Stirn gebunden hatte. »Die erinnert mich an diese rattenscharfe Hose, die meine Mutter damals in den Siebzigern getragen hat. Kannst du mir auch so eine machen?«

»Aber klar!« In Lucys Bauch kribbelte es vor Freude. Diese

Mädels sahen zum Anbeißen aus, waren berühmt-berüchtigt für ihren Chic und wurden auf Schritt und Tritt fotografiert. Würden diese beiden ihre Modelle tragen – und dann auch noch jedes Mal ihren Namen erwähnen, wenn sie von Reportern nach dem Designer gefragt wurden –, dann wäre das genau die richtige Werbung, um ihr eigenes Modelabel auf die Beine zu stellen. Besser konnte es eigentlich gar nicht laufen. Sie konnte es kaum erwarten, Wyatt davon zu erzählen.

»Lucy, was hältst du davon, wenn wir eine Aufnahme von dir inmitten der Pinguine machen?«, schlug Giles, der Fotograf, vor, dessen französischer Akzent kam und ging wie ein Radiosender auf einem billigen Empfänger. »Eine Hommage an Marilyn Monroe in *Blondinen bevorzugt.*«

Gerade wollte sie mit ihm nach draußen gehen, als die Tür aufgerissen wurde und Cornelia ihnen völlig außer Atem den Weg verstellte.

Sie trug einen flauschigen Pelz – eine eher fragwürdige Entscheidung für einen Ausflug in den Zoo – und eine Sonnenbrille, hinter der ihr zierliches Gesicht beinahe völlig verschwand. Zwei Schritte hinter ihr wie immer ihre treu ergebene Leibeigene Fernanda. Mit ihr im Rücken musterte Cornelia kühl die Anwesenden und den ganzen Wohnwagen, als sei sie gerade auf dem Stammsitz ihrer Familie eingetroffen und im Foyer über dreckige, verlauste Hausbesetzer gestolpert. Als ihr Blick auf Lucy fiel, verfinsterte sich ihre ohnehin eisige Miene schlagartig noch mehr. »Was zum Geier macht die mit diesem Kleid?«, kommandierte sie, und ihre schrille Stimme hallte scheppernd durch den inzwischen totenstillen Wohnwagen. »Das weiß doch jeder, dass Grün *meine* Farbe ist!«

Meinte sie das wirklich ernst? Lucy musste ein nervöses Kichern unterdrücken. Ansonsten gab niemand einen Mucks von sich.

»Wir können euch gerne beide in Grün fotografieren«, meinte Mallory. »Lucy hat dieses hinreißende Kleid selbst geschneidert, und ich bestehe darauf, dass sie es auch selbst trägt.«

»Was, du hast *dir selbst* ein *grünes* Kleid geschneidert?« Cornelias Oberlippe verzog sich zu einem hässlichen Grinsen, und dann baute sie sich auf und trat zwei Schritte auf Lucy zu, bis sie direkt vor ihr stand. Lucys nervöses Gekicher ließ sich nicht mehr unterdrücken, es schlüpfte ihr durch die zusammengepressten Lippen und schien Cornelia wie ein Schlag ins Gesicht zu treffen. »Das ist nicht komisch«, zischte Cornelia.

»Du hast die Farbe nicht gepachtet, Cornelia.« Lucy wollte sich nicht ins Boxhorn jagen lassen. »Gras ist auch grün, Dollarscheine genauso …«

»Verstehe«, fauchte Cornelia. Libet und Anna warfen sich über den Make-up-Spiegel mit weit aufgerissenen Augen bedeutungsvolle Blicke zu. »Tut mir leid, Mallory, aber ich weigere mich, an diesem Foto-Shooting teilzunehmen, solange *diese Person* auch dabei ist.«

»Das kann nicht dein Ernst sein«, sagte Mallory. Mit kalkweißen Fingerknöcheln umklammerte sie die Rückenlehne des Make-up-Stuhls. »Ich weiß ja, dass es da gewisse Spannungen zwischen euch gibt, aber du kannst doch jetzt nicht einfach einen Rückzieher machen …«

»Das kann ich – und das werde ich«, erklärte Cornelia und bedachte Mallory mit einem eiskalten Killerblick. »Also kannst du dich entweder für mich entscheiden oder für diesen dahergelaufenen Frischling, nach dem vor zwei Monaten noch kein Hahn gekräht hat.«

Lucy schnappte nach Luft. All die harte Arbeit, die langen Nächte, die sie vor der Nähmaschine gehockt hatte – und jetzt stahl Cornelia ihr die eine große Chance, ihre Stücke vorzuführen.

»Tut mir leid, Cornelia. Aber wenn du mich dazu zwingst, mich für eine von euch beiden zu entscheiden, dann entscheide ich mich für Lucy.« Sollte Mallory diese Entscheidung schwergefallen sein, so ließ sie es sich jedenfalls nicht anmerken.

Und damit wurde, einfach so, Manhattans amtierende Königin der besseren Gesellschaft entthront. Cornelia rührte sich zunächst gar nicht. Sie blieb einfach in der Tür stehen und schnappte nach Luft über den Schlag in die Magengrube, den Mallorys Entscheidung ihr versetzt hatte. »Also gut, dann bleibe ich eben. Aber ich stelle mich ganz bestimmt nicht neben die.« Naserümpfend stolzierte sie zu der Visagistin. Doch statt sich über ihren Sieg zu freuen, wurde Lucy plötzlich ganz mulmig.

»Und die Pinguine, bitte!«, rief Giles.

Lucy nahm ihre Position ein, während ein Tierpfleger aus dem Zoo die komischen kleinen Vögel hereinführte, die mit den Stummelflügelchen wackelten und lustig um sie herumwatschelten. Sie gab sich große Mühe, sich ganz normal zu geben trotz dieser leicht seltsamen Situation – das Kamerateam, die Friseure und Visagisten, die sie von überallher anstarrten, der silbrige Reflektor, der auch die letzten Schatten in ihrem Gesicht ausleuchtete, die gleißenden Strahler ringsherum, und natürlich nicht zu vergessen die merkwürdigen kleinen Kerlchen im Smoking zu ihren Füßen. Einer von Giles' Assistenten eilte herbei, um den Kragen ihres Kleides zu richten, ein anderer wuselte mit einem Belichtungsmesser um ihren Kopf herum. »Mach ein ganz entspanntes Gesicht, Lucy«, kommandierte Giles.

»Etwa so?« Lucy hob ganz leicht das Kinn und stellte sich ein wenig schräg zur Kamera, genauso wie sie es bei Angelique gelernt hatte.

»Perfekt. Du bist ein Naturtalent. Genau so.« Giles knipste wie wild, während Lucy ruhig in dieser Pose verharrte. »Und jetzt versuchen wir was anderes ...«

»Entschuldigung!« Cornelia, die gleich nach Lucy an die Reihe kommen sollte, stampfte aufgebracht mit dem Fuß. »Warum wird Lucy mit diesen drolligen kleinen Pinguinen fotografiert, und ich soll mit diesem ekelhaften Faultier kuscheln? Ist das nicht gefährlich? Ich meine, dieses Vieh hat fünfzehn Zentimeter lange Krallen!«

»Vielleicht wären ihr die Pfeilgiftfrösche lieber«, brummte einer der Tierpfleger hinter ihr.

»Das wird schon klappen«, versuchte Mallory, sie etwas matt zu beruhigen. »So, und wärst du jetzt so nett und bist still?«

»Lu-u-u-c-y!«

Lucy erstarrte vor Schreck, als sie die unverkennbare Stimme ihrer Mutter hörte. Aufgeregt kam Rita durch den Zooeingang gelaufen und schwenkte das vergessene rote Kleid wie ein Matador. »Das wunderschöne Kleid! Du hast es liegen lassen ...«

Noch ehe sie wusste, was sie eigentlich tat, hatte Lucy sich schon durch die kleine Pinguin-Ansammlung gedrängelt, um ihre Mutter abzufangen. »Danke, Rita, aber du hättest dir nicht die Mühe machen müssen ...«

»Ach was, Herzchen, das ist doch dein Lieblingsstück.« Strahlend schaute Rita in die versammelte Runde und erwartete wohl, den Anwesenden vorgestellt zu werden. Lucy sagte jedoch keinen Ton. »Tja, ich muss dann mal wieder los. Will euch ja nicht von der Arbeit abhalten! Viel Glück, Lucy, bis später!«

Aber ehe sie wieder verschwinden konnte, hatte Cornelia sich schon auf sie gestürzt. »Sind Sie ihre PA?« Aufmerksam musterte sie Ritas Gesicht. Lucy spürte, wie sich ihre Eingeweide zusammenzogen.

»Bin ich ihre *was bitte?*«, wiederholte Rita irritiert. Dann kicherte sie. »Nein, ich bin ihre MA ...«

»Sie ist meine, ähm, Maniküre.« Lucy schaffte es nicht, ihrer Mutter dabei in die Augen zu schauen. Noch nie in ihrem Leben hatte sie sich so schäbig gefühlt. Als Giles sie dann anschnauzte, sie müssten weitermachen, schaute sie ihre Mutter mit einem Schulterzucken und flehendem Blick an und verschwand dann mit eingezogenem Kopf.

»Augenblick bitte!« Endlich hatte Cornelia die mysteriöse Frau mit den fuchsroten Haaren eingeholt, die wutentbrannt den Pfad im Central Park entlangmarschierte, die Arme zum Schutz gegen die Kälte um den Körper geschlungen, das Kinn an die Brust gezogen. Irgendwas an Lucys Reaktion hatte Cornelias Neugier angestachelt. »Rita, warten Sie!«

Die Frau blieb wie angewurzelt stehen, als hätte man sie auf frischer Tat ertappt. Dann drehte sie sich langsam um. »Kann ich Ihnen irgendwie behilflich sein?«, fragte sie. Sie hatte ein müdes, verlebtes Gesicht, und mit dem Make-up hatte sie es heillos übertrieben.

»Ich suche verzweifelt eine gute Maniküre. Könnten Sie mir vielleicht Ihr Kärtchen geben? Ich würde furchtbar gerne einen Termin mit Ihnen vereinbaren.«

»Ach, ich ... Lucy ist sehr besitzergreifend. Sie möchte nicht, dass ich andere Kundinnen annehme.«

Lucy hat ihre eigene private Maniküre? Und Wyatt glaubt, ich *sei anspruchsvoll*. »Ich verrate es ihr auch ganz bestimmt nicht. Sagen Sie mir einfach, was Sie dafür haben wollen.«

Sesam, öffne dich. Ein Lächeln schlich sich in Ritas Gesicht. »Hier ist meine Nummer, Herzchen«, sagte sie, zog einen Kuli aus ihrer übergroßen Tasche, nahm Cornelias Hand und kritzelte die Zahlen quer über ihre Handfläche.

25

»Ich stehe zur Verfügung«, sagte Emma, »wenn man mich auffordert.«
»Mit wem tanzen Sie jetzt?«, fragte Mr. Knightley.
Sie zögerte einen Augenblick und erwiderte dann:
»Mit Ihnen, wenn Sie mich auffordern.«

JANE AUSTEN, *Emma*

»Reden wir nicht mehr über Eloise und Trip«, sagte Wyatt. »Sonst streiten wir uns bloß. Sie ist eine erwachsene Frau, Lucy. Wenn sie ewig auf ihn warten will, dann ist das ihre Sache.« Mit einer Hand raffte Wyatt den Kragen seines marineblauen Blazers zusammen, und zum Schutz vor der frostigen Februarluft zog er die Schultern nach oben. »Wo ist denn Mark mit unserem Wagen? In einer Viertelstunde beginnt das Dinner, und wir müssen noch bis Soho.«

»Ich kapiere das einfach nicht«, murmelte Lucy, die es nicht schaffte, ihre Verärgerung nicht doch ein wenig durchblitzen zu lassen. Seit Wyatt wutentbrannt aus der Wohnung gestürmt war, köchelte ihr Ärger auf kleiner Flamme vor sich hin. Sie war todmüde nach dem *Townhouse*-Termin am Morgen – weniger wegen des Foto-Shootings an sich als vielmehr wegen der Gewissensbisse, die sie quälten, wenn sie daran dachte, wie sie ihre Mutter abserviert hatte – und wünschte sich nichts sehnlicher als einen gemütlichen Abend auf der Couch mit Eloise und Rita. Aber Wyatt hatte ihr nicht gestattet, ihre Pläne über Bord zu werfen. »Trip sagt, er liebt Eloise. Wie kann er dann damit leben, sie so unglücklich zu machen?«, fragte sie. Der Wind peitschte um ihre nackten Beine, auf denen sich eine Gänsehaut ausbreitete.

»›Männer heiraten, weil sie müde sind‹«, zitierte Wyatt. »Vielleicht ist Trip noch nicht müde. Ich habe *Dorian Gray* auf deine Leseliste gesetzt, stimmt's?«

»Das habe ich schon auf der Highschool gelesen. Bitte, ich weiß doch, dass du kein Zyniker bist. Du wurdest von zwei Turteltäubchen großgezogen. Nicht mal *ich* bin zynisch, dabei war meine Mutter immer etwas ausweichend, wenn es darum ging, wer sie eigentlich geschwängert hatte. Mehr als eine kleine Liste mit potenziellen Kandidaten konnte sie nicht anbieten, darunter zwei, deren Nachnamen sie nicht mal kannte.«

»Hört sich an, als sei das Leben in Dayville wesentlich spannender, als du immer tust«, neckte er sie. »Aber du kannst doch nicht ernsthaft behaupten, es wäre gut, wenn Trip Eloise einen Heiratsantrag macht, obwohl er nicht mit ganzem Herzen dabei ist.«

Entnervt atmete Lucy aus, wobei sie mit ihrem Atem ein kleines Wölkchen in die Luft pustete. »Komm, fahren wir doch einfach mit der U-Bahn. Der Präsident ist in der Stadt – der Verkehr wird die Hölle sein.«

»U-Bahn?« Wyatt guckte gequält.

»U-Bahn. Oder kannst du es nicht ertragen, wenn der gemeine, ungewaschene Pöbel dir so nahe kommt?« Zielstrebig steuerte sie auf die Lexington Station zu. »Vielleicht möchtest du ja lieber auf Mark warten, der irgendwo im Stau steckt, und dann Millimeter für Millimeter Richtung Prince Street kriechen. Sicher hat Mimi kein Problem damit, wenn wir zu Jacks Überraschungsdinner einfach eine Stunde zu spät kommen.«

»Du hast heute Abend eine Laune wie ein gereiztes Stachelschwein.« Missmutig trabte Wyatt hinter ihr her und schüttelte den Kopf. »Hat deine Mom sich in deiner alten Wohnung eingerichtet?«

»Ja. Sie hat sich zwar mit Händen und Füßen gewehrt, Eloise' Wohnung zu verlassen, aber schließlich ist sie doch gegangen.« Von Ritas beinahe katastrophalem Auftritt bei dem Fototermin am Morgen hatte sie Wyatt nichts erzählt. Ganz bestimmt würde er aus dem Hemd springen vor Panik, weil sie damit den Erfolg ihres ganzen Experiments gefährdete. Darüber wollte Lucy lieber gar nicht erst nachdenken.

»Würde sie sich woanders vielleicht wohler fühlen? Wir könnten für sie ein Zimmer im St. Regis buchen oder so was in der Art.«

Lucy wurde ein bisschen warm ums Herz, und sie rannte nicht mehr ganz so schnell im Stechschritt vor, sodass sie wieder nebeneinander gingen. »Das ist wirklich sehr großzügig von dir, Wyatt, aber meine alte Wohnung reicht völlig. Rita hat sich schon häuslich eingerichtet. Außerdem möchte ich nicht auch noch für das St. Reg blechen müssen. Und zudem soll sie es sich erst gar nicht zu gemütlich machen.«

»Sei nicht so streng mit ihr. Du hast doch selbst gesagt, sie hat dir mit dem Kleid für das *Townhouse*-Shooting geholfen, oder?«

Wyatt ergriff Partei für Rita? Verwundert schaute sie ihn an. Bildete sie sich das nur ein oder machte er das in letzter Zeit öfter, genau das Gegenteil von dem zu sagen, was sie eigentlich erwartete? »Komm schnell«, sagte sie, als eine U-Bahn einfuhr, und nahm seinen Arm. »Da kommt eine Sechs, das ist unsere.«

»Danke, dass Sie so kurzfristig einen Termin für mich hatten«, schnurrte Cornelia und streckte die Finger auf dem improvisierten Maniküre-Tischchen aus wie eine Katze, die probeweise ihre Krallen ausfährt. »Ich bin gleich nach dem Shooting hergesaust.« Ritas »Salon«, ein schmuddeliges Einzimmerapartment in Murray Hill, mit Leopardenprint-Stoffen drapiert, bestärkte Cornelia nur in ihrem Verdacht, dass Rita mehr sein musste als bloß Lucy Ellis' Maniküre. Andererseits war Cornelia auch immer zu diesem gruseligen Hairstylisten auf der Lower East Side gegangen, bis sie irgendwann skelettierte Katzen unter seinem Waschbecken entdeckt hatte. »Meine Nägel sind eine einzige Katastrophe. Es ist Tage her, seit sie das letzte Mal lackiert wurden.«

Rita nahm Cornelias Finger in Augenschein und hielt sie so dicht an ihr Gesicht, dass Cornelia ihren Atem spüren konnte. *Iiih*. Na, hoffentlich war die Sache das wert.

»Haben Sie schon mal überlegt, Acrylnägel zu verwenden?«

»Ähm, nein. Das könnte ich nicht behaupten.«

»Sollten Sie aber.« Blitzschnell hatte Rita eine schwarze Plastikbox unter dem Tisch hervorgezaubert. Darauf standen in großen Glitzerbuchstaben die Worte RITAS ACRYLNAGEL-DESIGNS. »Ich habe eine ganze Kollektion davon. Vielleicht gefällt Ihnen das Set mit dem Hollywoodschild?« Womit sie die langen, grünen Nägel hochhielt. »Nein? Wie wäre es dann mit den vielen Gespielinnen von Jack Nicholson? Gerade habe ich erst dieses klapperdürre Gestell Lara Flynn Boyle mit Siebdruck auf den kleinen Finger gebracht.«

»Wie wäre es mit einer stinknormalen Maniküre? Haben Sie den klaren Nagellack von Sheer Bliss?«

»Sie meinen den Langweiler-Nagellack von Sheer Bliss?« Rita tat, als müsse sie ein Gähnen unterdrücken. »Ich bitte Sie. Lassen Sie mich wenigstens Angelica Houston auf Ihren Daumennagel kleben.«

»Dann machen Sie mir doch gleich alle zehn. So eine Sammlung kann man doch nicht auseinanderreißen.« Cornelia wusste, wenn sie sämtliche schmutzigen Details über Lucy in Erfahrung bringen wollte, dann musste sie Opfer bringen. Außerdem, Lucys Fingernägel sahen immer tadellos aus. Wenn die dieser Dame vertraute …

»Eine gute Entscheidung!« Rita klatschte in die Hände wie ein übereifriger Cheerleader. »Ausgezeichnet!«

Cornelia lehnte sich auf ihrem Stuhl zurück. Zeit, ans Eingemachte zu gehen. »Wie haben Sie und Lucy sich eigentlich kennengelernt?«

Rita wirkte ziemlich verdattert. »Lucy und ich? Na ja, ich weiß nicht. Ich würde sagen, irgendwie kenne ich sie schon ewig.«

Cornelia runzelte die Stirn. Diese Frage schien Rita beinahe sentimental werden zu lassen. *Interessant.* Noch ein bisschen weiterstochern. »Dann kennen Sie Wyatt sicher auch ziemlich gut.«

»Aber natürlich. Ein reizender Kerl, dieser Wyatt.«

Jetzt weiß ich, dass sie lügt. »Ach, wirklich? Meinen Sie, da läuft was zwischen den beiden? Ich liebe Lucy heiß und innig, aber Sie wissen ja, wie sie sein kann. Man muss ihr jedes Wort aus der Nase ziehen.«

Rita starrte angestrengt auf Cornelias Daumen. »Das weiß ich nicht. Mir erzählt sie so was ja nicht.« Bildete Cornelia sich das nur ein, oder schien Rita tatsächlich ein bisschen pikiert angesichts ihrer mangelnden Versorgung mit Insider-Informationen? »Lucy Jo ist sehr verschwiegen.«

»Lucy Jo?« *Na, das war doch mal was ganz Neues.*

»Ich meinte *Lucy.*« Rita schien ganz aufgelöst. »Ich habe noch eine andere Kundin, die heißt Lucy Jo – dauernd verwechsele ich ihre Namen. Nettes Mädel, diese Lucy Jo.«

Cornelia wusste zwar nicht so genau, was sie von dieser Frau eigentlich wollte, aber eins war klar, sie bekam es nicht. »Wie lange sind Sie schon in New York, Rita?«

»Noch nicht sehr lange, aber es gefällt mir. Endlich eine Stadt, die nicht zu klein ist für mich!« Womit sie Cornelias Hand packte und zu sich heranzog, um den Nagel mit der Feile aufzurauen, damit der Acryl-Nagel besser haftete. »Und Sie?«

»Ach, hier geboren und aufgewachsen. Aber noch mal zurück zu …«

»Ihre Eltern haben Ihnen sicher alles gegeben, was Ihr kleines Herz begehrte, stimmt's?« Rita unterbrach sich und schien fast ein bisschen wehmütig, ehe sie dann die erste Schicht giftigen, stechend riechenden Kleber auf Cornelias Nagel auftrug. Dann drückte sie den künstlichen Fingernagel darauf, den ein grellbuntes Porträt von Michelle Phillips zierte. »Ein enges Verhältnis, Sie alle?«

»Zu meinen Eltern? Die sehe ich zweimal im Jahr. Die ganze Familie rottet sich jedes Jahr zu unserem traditionellen Frühjahrstreffen zusammen. Und jeden November gibt meine Mutter sich selbst zu Ehren eine ausschweifende Geburtstagsparty und erwartet, dass ich brav antanze, obwohl sie mich den Rest des Jahres mehr oder minder ignoriert.«

Rita nickte tief in Gedanken versunken. »Vielleicht weiß sie ja nicht, was sie machen soll. Vielleicht wünscht sie sich, Sie beide könnten noch mal ganz von vorn anfangen.«

Cornelia konnte es auf den Tod nicht ausstehen, wenn Kosmetikerinnen, die kaum lesen konnten, die Psychotante raushängen ließen. »Tja, na ja, zu spät. Sie war eine hundsmiserable Mutter. Drei Jahre hintereinander hat sie meinem Kieferorthopäden die Pistole auf die Brust gesetzt, damit er mir kurz vor ihrem Geburtstag die Zahnspange rausreißt, nur um sie dann eine Woche später wieder einsetzen zu lassen. Gott bewahre, dass ich nicht absolut perfekt aussah.«

Rita wirkte ehrlich erschüttert. »So was Schlimmes habe ich nie gemacht! Und so teuer.«

»Sie haben also auch Kinder?«

»Oh – nur eins. Eine Tochter.«

Cornelia starrte auf die grässlichen Kunstnägel, die Rita ihr auf die Finger klebte, und betete, die würden sich nachher schmerzloser wieder entfernen lassen als die Zahnspange. Irgendwie musste sie das Gespräch wieder auf Lucy bringen. »Lucy und Jack sind richtig dicke Kumpels geworden, wussten Sie das? Jack Nicholson.« Wen kratzte es schon, ob das stimmte oder nicht? »Wenn die beiden sich sehen, stecken sie die Köpfe zusammen wie Schulmädchen. Bei der letzten Filmpremiere hat sie ihn auf dem roten Teppich begleitet.«

Mit einem Ruck riss Rita den Kopf hoch, starrte sie an und schob heftig den Stuhl zurück. »Ist das Ihr Ernst? Jack Nicholson? Auf dem *roten Teppich*? Aber sie weiß doch, dass er meine Nummer eins unter sämtlichen meiner Lieblingsschauspieler ist! Das weiß sie! Wie konnte sie mir das bloß verheimlichen, mir, ihrer eigenen M…«, abrupt brach sie mitten im Wort ab, »ihrer eigenen *Maniküre*?!«

Und so schlagartig, wie sie eben aufgesprungen war, schien sie in sich zusammenzusacken. Matt sank Rita auf ihren Stuhl. Cornelia guckte sie mit zusammengekniffenen Augen an. Rita *weinte*. Schluchzte vielmehr. Entweder sie hatte ein ernstes Hormonproblem oder sie war …

»Rita«, säuselte Cornelia und tätschelte ihren roten Lockenkopf. »Irgendwas tut Ihnen weh. Sie brauchen jemanden zum Reden. Warum gehen wir nicht zusammen was trinken?«

Zuerst dachte Wyatt, die Mädels Anfang zwanzig, die ihnen gegenüber in der grell erleuchteten U-Bahn saßen, würden ihn anstarren. Aber dann ging ihm auf, dass Lucy das Objekt ihrer Begierde war. Aber natürlich. Sie sah beneidenswert aus in ihrem perfekt geschnittenen Libertine-Blazer und der engen Röhrenjeans. Vermutlich erkannten sie ihr Gesicht aus der *Vogue* vom letzten Monat.

»Ach, das hatte ich ganz vergessen dir zu sagen«, erklärte sie beiläufig. Die Mädels hatte sie gar nicht bemerkt. »Das Büro von Margaux Irving hat angerufen. Sie möchten, dass ich das Kleid zur Versteigerung stifte, das ich zum Forum Ball trage. Du weißt schon, das Kleid, an dem ich mit Doreen und Eloise arbeite. Sämtliche Einnahmen gehen an das Museum. Und ich habe ihnen natürlich gesagt, es wäre mir eine Ehre.«

Wyatts Laune hob sich spürbar. »Das ist ja fantastisch. Stell dir mal vor, du stehst oben auf der Bühne, vor der versammelten Modewelt, in einem Kleid, das du *selbst* entworfen hast …«

»Neben Roben von Ralph Rucci, Vera Wang, Ralph Lauren …« Sie schluckte und schaute ihn plötzlich mit nackter Panik in den Augen an. »Wyatt, das wird da oben der Kampf der Titanen! Was zum Teufel habe ich mir dabei gedacht?«

26

An: mallorykeeler@townhouse.net
Von: cornelia@rockman.net
Dringlichkeit: HOCH
Betreff: komme 20 Minuten später *küsschen-küsschenküsschen*

Eine ganze Stunde hatte Cornelia gebraucht, um ihren Geheimagentinnen-Look zusammenzustellen. Als sie aus ihrer Limousine in die feuchte morgendliche Luft des Berufsverkehrs in Midtown Manhattan trat, klappte sie den Kragen ihres Trenchcoats hoch und stopfte den verräterischen braunen Briefumschlag in ihre Tasche. Darin war mehr Munition gegen Lucy Ellis, als sie je zu hoffen gewagt hätte.

Gerade mal zwei Tage war es her, da hatte sie, nachdem sie die vom Kummer überwältigte Rita dazu überredet hatte, mit ihr ein paar Drinks in der kleinen Bar gleich um die Ecke ihres »Salons« zu trinken, Lucys Mutter – *Lucys Mutter!, das war noch immer zu schön, um wahr zu sein* – dazu gebracht, alles auszuplaudern. Dayville, Nola Sinclair, Wyatts wahnwitziger Versuch, das perfekte Societymädel zu erschaffen – endlich ergab alles einen Sinn, Lucys plötzliches Auftauchen und Wyatts Widerwillen, Cornelia ihren kleinen Lapsus zu verzeihen. *Ich bin zu viel Frau für ihn*, ging ihr jetzt plötzlich auf. Wie es schien, war Wyatt ein kleines Mäuschen lieber, das sich herumkommandieren ließ und brav seinen

Text aufsagte, und in Lucy hatte er allem Anschein nach eine lebende, atmende Gummipuppe gefunden. Am Morgen nach ihrer beschwipsten Plauderstunde mit Rita – es war ein Sonntag – hatte Cornelias persönliche Assistentin online ein bisschen herumgeschnüffelt, um ein diskriminierendes Foto der namenlosen Kellnerin zu finden, die durch Nolas Laufsteg gekracht war – das nun in dem braunen Umschlag steckte. Cornelia hatte immer schon den unbestimmten Verdacht, dass Lucy ihr irgendwie bekannt vorkam, und nun wusste sie auch warum. Man musste sich das Foto zwar mit einer Lupe anschauen, um die Frau eindeutig identifizieren zu können, aber Cornelia war sich sicher, genau das würden die Leser von *Townhouse* auch tun.

Vorsichtig rutschte sie auf den verschlissenen, aufgeplatzten Kunstlederbezug einer der halbrunden Sitzbänke im Midway Diner und rümpfte ihr Fünfzigtausend-Dollar-Näschen, als ihr der aufdringliche Geruch von Ketchup und Spiegeleiern in die Nase stieg.

»Ich habe keine Zeit«, murrte Mallory Keeler, kaum dass Cornelia sich gesetzt hatte.

»Hast du denn meine SMS nicht bekommen, Schätzchen?«, fragte Cornelia. »Der Verkehr war schrecklich in Uptown.«

»Ich komme auch aus Uptown, Schätzchen.«

»Wirklich? Tja, tut mir leid«, flötete Cornelia und lächelte in der Hoffnung, dem Gespräch eine etwas freundlichere Wendung zu geben. Sie hasste Mallory zwar immer noch, weil die sie am Samstag bei dem Fototermin für *Townhouse* vor versammelter Mannschaft heruntergeputzt und diesen dahergelaufenen Eindringling ihr vorgezogen hatte. Es hatte sie eine Menge Überwindung gekostet, und sie hatte ihren ganzen Stolz herunterschlucken müssen, bloß um zum

Telefonhörer zu greifen und Mallorys Büro anzurufen. Aber das war die Sache wert. »Du siehst gut aus, Mal. Das Kropfband ist der Hammer.« Das Kropfband sieht zwar eher aus wie ein geschmackloses Billigteil, das sie für fünf Dollar in der Canal Street gekauft hat, dachte Cornelia, aber das Modegefühl dieser hausbackenen Redakteurin passte ohnehin in einen Fingerhut. Es wollte ihr immer noch nicht in den Kopf, dass Mallory so eng war mit Theo Galt.

»Freust du dich schon auf die Präsentation deines neuen Parfums, Cornelia? Wie ich höre, wird dein Gesicht auf den Reklametafeln am Times Square plakatiert, absolut unübersehbar.«

»Ich weiß. Unglaublich, was? Und in die Geschenktütchen für den Fashion Forum Ball kommt je ein Probefläschchen.«

»Hörte ich, hörte ich. Und du überlegst, eine Realityshow zu machen?«

Cornelia nickte mit geheuchelter Bescheidenheit. »Das ist so verrückt. Ich weiß gar nicht, wie das alles kommt, weißt du? Gerade noch knipst Patrick mich bei einer Party, und im nächsten Moment bin ich, ich weiß nicht, eine *Marke.*«

»Frag doch mal Daphne, deine PR-Tante«, meinte Mallory mit ausdrucksloser Miene. »Die kann dir vermutlich erklären, wie das gekommen ist.«

Diese Zicke! Es war einfach das Letzte, wenn kleine Mauerblümchen ihren Neid nicht im Griff hatten, aber das zog sich ohnehin wie ein roter Faden durch Cornelias Leben.

Eine Kellnerin mit einer alarmierenden Anzahl von Piercings im Gesicht erschien wie aus dem Nichts an ihrem Tisch, den Bestellblock in der Hand. »Noch 'nen Kaffee?«, fragte sie, und Mallory nickte. »Und was bekommst du?«

»Haben Sie Espresso?«

»Sieht das hier aus wie Starbucks?«, fragte die Kellnerin und lispelte um den riesigen Fremdkörper herum, der ihre Zunge durchbohrte, wofür sie vermutlich auch noch Geld bezahlt hatte.

»Ich nehme eine halbe Grapefruit.« Es fuchste Cornelia, dass die Kellnerin sie offensichtlich nicht erkannt hatte, aber das würde sich bald ändern. Für den Bruchteil einer Sekunde, als sie ihr eigenes Silberbesteck aus der Vuitton-Einkaufstasche zog und der verdatterten Kellnerin ihr mitgebrachtes Porzellanschüsselchen reichte – in so einer Absteige hatte sie noch nie gegessen, und sie würde nicht im Traum daran denken, sich auf die Hygienestandards der hiesigen Spülmaschinen zu verlassen –, fragte Cornelia sich, warum ihr so viel daran lag, berühmt zu sein. Doch dieser Gedanke verflog gleich wieder, und ihre ganze Aufmerksamkeit richtete sich wieder auf die anstehende Aufgabe. Sie bedachte Mallory mit einem hinterlistigen kleinen Lächeln und stützte die Ellbogen auf das gesprenkelte Linoleum der Tischplatte.

»Also, was gibt's?« Mallory verschränkte die Arme. »Warum hast du mich herbestellt? Der Laden sieht nicht gerade aus wie dein Lieblings-Frühstückslokal.«

»Ich wollte nicht gesehen werden«, wisperte Cornelia. »Eigentlich sollte ich mich wirklich, wirklich nicht in diese Sache einmischen.« Womit sie ihre überdimensionale Sonnenbrille abnahm. »Aber ich möchte das Kriegsbeil begraben. Du wusstest bei dem Foto-Shooting am Wochenende einfach nicht, was du tust. Lucy Ellis hat dich genauso an der Nase rumgeführt wie alle anderen auch. Also … verzeihe ich dir.«

»Wie großzügig von dir«, brummte Mallory.

Geflissentlich überhörte Cornelia diese sarkastische Bemerkung. »Als ich gehört habe, dass du ein Exposé schreibst über die Hochstapelei, die Lucy abgezogen hat, da dachte ich mir, ich schulde dir ein paar Minütchen.«

»Hochstapelei? Was für eine Hochstapelei?«

»Entschuldige, hattest du gehofft, dein Exposé sei streng geheim? Da muss ich dich enttäuschen, es wird schon getuschelt.«

Mallory seufzte. »Ich habe nicht die geringste Ahnung, wovon du redest.«

»Aber es ist doch schon *das* Stadtgespräch!« Cornelia senkte die Stimme, als könnten die abgerissenen Gäste des Diners Undercover-Agenten von *Town & Country* sein. »Mallory Keelers heiße Enthüllungsgeschichte – alle reden nur noch darüber.«

»Bitte, Cornelia, es reicht jetzt. Ich plane keine Enthüllungsstory, und dein Spielchen nervt. Manche Menschen müssen arbeiten für ihr Geld, weißt du.«

Eine Frechheit. Cornelia brachte kaum ein Wort über die Lippen. Aber dann stellte sie sich das Titelblatt von *Townhouse* vor, mit Lucys hochnotpeinlichem Laufsteg-Foto, und fand ihre Sprache wieder. »Wenn du diesen Artikel nicht schon in der Mache hast, dann solltest du schleunigst damit anfangen.«

Mallory schüttelte bloß den Kopf. »Du hast bereits zur Genüge klargemacht, dass du Lucy nicht ausstehen kannst.« Cornelia sträubten sich die Nackenhaare, aber sie sagte keinen Ton. »Aber das heißt noch lange nicht, dass du einfach fiese Geschichten erfinden kannst…«

»Erfinden?« Cornelia konnte sich nicht mehr beherrschen. »Weißt du was, Mallory? Dein erbärmliches kleines Klatschblättchen hat so eine Riesenstory gar nicht verdient. Schreib du nur weiter schön deine zuckersüßen Kuschel-Geschichten und liebreizenden Home-Storys. Ich gehe mit meiner Story zur *Times.*« Und damit stand sie entschlossen auf und griff nach ihrer Tasche. Wie hatte sie auch erwarten können, dieser käsebleiche kleine Niemand könne die Ungeheuerlichkeit dessen begreifen, was Lucy getan hatte? »Ich dachte, du bist eine seriöse Journalistin. Da habe ich mich offensichtlich geirrt.«

Mallory schaute sie durchdringend an. Dann bedeutete sie Cornelia, sich wieder zu setzen. »Okay, ich höre. Was hast du für mich?«

Das klingt doch schon viel besser. Cornelia ließ sich erleichtert wieder auf die Sitzbank sinken. Mit einem Grinsen schob sie dann den braunen Umschlag über den Tisch.

Dreißig Wohnblocks weiter Richtung Downtown schlug Fernanda in Parkers friedlich ruhigem, in Creme und Anthrazitgrau gehaltenem Schlafzimmer ein Auge auf und schnurrte behaglich. Einen Augenblick genoss sie einfach nur das warme Sonnenlicht, das durch die Jalousien sickerte, das wunderbare Gefühl, wie ihre Beine unter der Bettdecke mit Parkers verschlungen waren, und seinen warmen Atem an ihrem Nacken. Ihre Haare waren verstrubbelt und ihr Gesicht erschreckend ungeschminkt, aber ausnahmsweise machte das Fernanda überhaupt nichts aus.

Sie war verlobt. Na ja, nicht ganz, aber so gut wie. Nach dem Essen am Abend zuvor hatte Parker ihr vor dem prasselnden Kaminfeuer gesagt, er wollte den Rest seines Lebens mit ihr verbringen. Ihr war ein ganzes Gebirge vom Herzen gefallen. Sie hatte nicht mal gleich lostrompetet, was für einen Ring – aufwendiger Cushion-Schliff, mit zwei Saphiren gefasst, und keine Knauserei bei den Karat – sie haben wollte.

»Du bist in Geiselhaft«, murmelte er und rührte sich träge. »Ich denke da an selbst gemachte Blaubeerpfannkuchen, vielleicht einen kleinen Schneespaziergang mit Mr. Fursnickety, und danach zünden wir ein großes Feuer an und kuscheln den Rest des Tages vor dem Kamin.«

»Und ich werde gar nicht gefragt?«, neckte sie ihn, obwohl das wie Musik in ihren Ohren klang. Ihr graute zwar davor, sich schon wieder krankzumelden, vor allem, nachdem ihr Chef bei Sotheby's sich doch noch zu einer Gehaltserhöhung für sie durchgerungen hatte, aber tatsächlich gab es für Fernanda da nicht viel zu überlegen.

»Wenn du möchtest«, meinte Parker, »kannst du auch einen Bananen-Pfannkuchen haben.«

Fernanda drehte sich um und küsste ihn auf den Nacken. »Und was ist mit der Arbeit? Musst du nicht ins Büro?«

»Die Arbeit kann warten«, meinte er entschlossen und setzte sich auf. »Arbeit ist schließlich nicht das Wichtigste im Leben, oder?« Damit drückte er ihr einen Kuss auf die Stirn und schwang dann die Beine aus dem Bett. »So, und du bleibst, wo du bist. Heute Morgen kommt das Frühstück zu dir.«

Ein weiteres dickes Plus für Parker, das ihn nur noch liebenswerter machte, dachte Fernanda, als sie sich wieder in die Decke kuschelte. Er war in der Bank so weit oben in der Hierarchie, dass er nicht mehr ständig seine Nase zeigen oder sich von seinem Chef über die Schulter schauen lassen musste. Er konnte sich ein bisschen Laissez-faire durchaus leisten. Nicht wie die Junior-Investmentbanker, mit denen sie bisher ausgegangen war, die am liebsten im Büro Windeln getragen hätten, um während der Arbeitszeit keine Zeit mit Toilettengängen zu verschwenden. Parker schien die ganze Arbeiten-um-zu-leben-Geschichte rauszuhaben.

Dass er ganze zwanzig Jahre älter war als sie, schien Fernanda nur ein zusätzliches Verkaufsargument, genauso wie die Tatsache, dass er nicht gerade im landläufigen Sinne »gut aussehend« war. Obwohl sie ihn zum Anbeißen süß fand, war Parker für den Rest der Welt einfach bloß ein stämmiger, haariger, o-beiniger Kerl. Er hatte ein markantes Gesicht, wie ihre Mutter sich ausdrückte, aber so markant wie eine Comic-Figur: Knubbelnase, breites, zahnreiches Grinsen, die Augen ein bisschen zu weit auseinander. Fernanda war eindeutig die hübschere von beiden, was ihr nur recht sein konnte. Das hieß nämlich, dass sie die Fältchen und Linien, die ihre Kosmetikerin beim besten Willen nicht mehr verschwinden lassen konnte, nicht ganz so sehr störten. Bei Parker fühlte sie sich jung und begehrenswert.

»Du verwöhnst mich, Park«, rief sie ihm nach und stützte sich auf die Ellbogen. »Womit habe ich diese königliche Sonderbehandlung denn verdient?«

»Da fragst du noch?«, rief er aus der Küche zurück.

Das Glück überlief sie in einer derart gewaltigen Woge, dass es in ihrer Brust zog. Streng ermahnte sich Fernanda, sich nicht zu sehr hineinzusteigern. Noch war sie nicht verheiratet. Es konnte immer noch Komplikationen geben. Schließlich waren noch überall Spuren seiner Ex zu sehen. Kürzlich hatte sie ein altes Fläschchen Wimperntusche im Badezimmerschrank gefunden, und einmal sogar einige verirrte Tampons in einer der Schubladen. Auf der Hälfte der Post, die in Parkers Briefkasten landete, stand noch der Name seiner Exfrau.

Aber es fiel ihr wirklich schwer, nicht wenigstens ein kleines bisschen aufgeregt zu sein. Inzwischen hatte sie die meisten seiner Freunde kennengelernt, und die schienen sie tatsächlich zu mögen. Er hatte ihre Mutter um den Finger gewickelt, was nicht sehr schwer gewesen war, und gab sich große Mühe, Max etwas besser kennenzulernen. Sie hatte ihm geholfen, sich in seiner schnuckeligen neuen Wohnung in Tribeca häuslich einzurichten – wobei sie insgeheim schon ihre triumphale Rückkehr nach Uptown geplant hatte, wo sie von Rechts wegen hingehörten.

Schon vor ihrem Gespräch am Vorabend war die Versuchung, St. James anzurufen – anonym, natürlich – und sich zu erkundigen, ob es dort im kommenden Herbst noch einen freien Samstagstermin für eine Trauung gab, einfach zu groß gewesen. Sie hatte sich gerade noch beherrschen können, nicht schon Hochzeitskleider bei Vera Wang anzuprobieren, aber es hatte sie einige Mühe gekostet. Sollte er ihr einen Antrag machen, könnte sie binnen einer Woche alles bis ins Letzte organisieren, sogar bis hin zu der Schrift auf den mit *Fernanda & Parker* bedruckten Streichholzschachteln. Träge torkelte sie aus dem Bett, tappte nackt durchs Zimmer und nahm ihr Blackberry aus der Handtasche. Nun trennte sie nur noch ein Anruf bei ihrem Chef von einem perfekten Tag mit Parker. Also lieber so schnell wie möglich hinter sich bringen – vorzugsweise jetzt, wo sie ihm die schlechte Nachricht noch mit einer fadenscheinigen Entschuldigung auf die Mailbox sprechen konnte.

Fünf entgangene Anrufe. Vier von Cornelia – ihre Freundin hatte die Angewohnheit, so lange anzuklingeln, bis Fernanda sich irgendwann meldete – und einer von ihrer Mutter. Aber zuerst war ihr Chef dran. Zum Glück erwischte sie nur seine Mailbox. »Martin, hier ist Fernanda. Tut mir leid, aber mir geht es heute nicht so gut, und ich glaube, ich kann leider nicht zur Arbeit kommen.« Ihre Stimme klang noch ganz belegt, so als hätte sie eine schlimm verstopfte Nase. »Ich schaue zwischendurch immer mal wieder nach meinen E-Mails, wenn ich nicht gerade schlafe oder einen Arzttermin habe. Bis morgen.«

»Das Frühstück ist angerichtet«, rief Parker und erschien

mit einem Rattan-Tablett in der Tür, auf dem sich alle möglichen Köstlichkeiten türmten. Pfannkuchen, ein kleiner Glaskrug mit O-Saft und dampfend heißer Kaffee – Fernanda lief das Wasser im Mund zusammen. Kein Wunder, dass sie schon zwei Kilo zugenommen hatte, seit sie sich kannten. Normalerweise hätte sie sich gleich wieder Hals über Kopf in ein Jill-Pettijohn-Cleansing gestürzt, aber Parker behauptete, ihm gefalle sie besser mit etwas Fleisch auf den Knochen – und Fernanda glaubte es ihm sogar.

»Riecht köstlich«, schwärmte sie, hopste wieder ins Bett und zog die Laken hoch. Sie schaute Parker an und lächelte verführerisch.

»Lassen wir sie doch noch ein bisschen abkühlen«, schlug er vor, ließ das Tablett förmlich auf das Nachttischchen fallen und stürzte sich auf sie.

Durch ihr eigenes Gekicher hörte Fernanda das Summen ihres Blackberry. Sie versuchte, es zu ignorieren, verspannte sich aber unwillkürlich – was, wenn ihr Chef versuchte, sie zu erreichen? »Rühr dich nicht vom Fleck«, murmelte sie, schlängelte sich unter Parker raus und aus dem Bett und griff nach ihrem Telefon.

Aber es war Cornelias Nummer, die auf der Anzeige blinkte. »Schon der fünfte Anruf heute Morgen. Ob da was nicht stimmt?«

»Bei Cornelia? Glaub mir, bei der stimmt so einiges nicht.« Parker seufzte. »Aber mach ruhig, geh ran. Wir haben noch den ganzen Tag für uns.«

Fernanda lächelte dankbar, dann nahm sie das Gespräch an und rief: »Hey! Wie geht's, C?«

»Du klingst so fröhlich«, maulte Cornelia. »Hast du eine Ahnung, wie oft ich schon versucht habe, dich zu erreichen?«

»Tut mir leid. Was gibt's denn?«

Als Cornelia dann anfing zu erzählen, klang ihre Stimme so eisig, dass Fernanda unwillkürlich schauderte. »Endlich habe ich sie erwischt, Fern. Die Tussi gibt sich als reiche Erbin aus, dabei ist sie in einem Wohnwagen auf die Welt gekommen.«

»Meinst du Lucy? Was hast du gemacht?« Fernanda lief es eiskalt den Rücken hinunter. Cornelias Rachsucht geriet gelegentlich so außer Kontrolle, dass es einem wirklich Angst machen konnte. Einmal hatte sie beispielsweise eine »illoyale« College-Freundin, ein Mädel, das für die *Glamour* arbeitete und sich wirklich krummlegen musste, um über die Runden zu kommen, auffliegen lassen, weil sie übrig gebliebene Kosmetikartikel über eBay verkauft hatte. Das Mädchen war auf Lebenszeit beim Condè-Nast-Verlagshaus rausgeflogen. Und irgendwann hatte Cornelia das fiese Gerücht in die Welt gesetzt, Mimi Rutherford-Shaw ließe sich monatlich Fett absaugen, und eins über Anna Santiago und ihren Stiefbruder. Sie hatte die Leute von der Klatschspalte in ihrem Kurzwahlverzeichnis. Diesmal hatte Cornelia allerdings etwas richtig Gemeines getan, das konnte Fernanda förmlich spüren.

»Das wird sie in aller Öffentlichkeit derart bloßstellen, dass sie, ehe sie sich's versieht, wieder in ihrem kleinen Kuhkaff an einem Imbiss steht und Burger brät.« Cornelia kicherte wie eine alte Kräuterhexe – vielleicht war es aber auch nur ein Knacken in der Leitung. »Mit einem Strohhalm zwischen den Zähnen und eingeklemmtem Schwanz.«

»Ist das wirklich nötig?« Fernanda schaute Parker an, und plötzlich schämte sie sich dafür, wie bösartig ihre beste Freundin klang. »Ich meine, dann hat sie sich eben hochgearbeitet, was ist denn schon dabei? Vielleicht hat sie es mit der Wahrheit nicht allzu genau genommen …«

»*Hochgearbeitet?* Die Frau ist eine einzige Witzfigur! Warte nur, bis du das Foto von Nolas Show siehst.« Wieder dieses Knacken in der Leitung. »Ich meine, das ist einfach zu gut. Die kleine raffgierige Kröte bekommt bald all die Aufmerksamkeit, die sie sich so dringend wünscht. Bloß nicht ganz so, wie sie sich das vorgestellt hat.«

Fernanda wurde schlecht. Parker schaute sie durchdringend an. »Tu's nicht, Cornelia«, sagte sie leise, wohl wissend, dass bei Cornelia leicht die Sicherung durchbrennen konnte.

»Was hast du gesagt?«

»Tu's nicht. Es ist – ich weiß nicht, es ist einfach so gemein.«

»Gemein? Das soll wohl ein Scherz sein. Die Schlampe hat mir alles weggenommen, was mir wichtig ist…«

Fernanda holte tief Luft und versuchte, ganz tapfer zu sein. »Sie hat dir Wyatt nicht weggenommen. Und außerdem, es wird Zeit, nach vorn zu schauen. In deinem Leben passieren im Moment so viele unglaubliche Dinge, aber du lässt dich von den negativen Sachen runterziehen.«

»Hast du völlig den Verstand verloren?« Cornelias Stimme klang, als wäre sie mit Eissplittern durchsetzt. »Glaub mir, sie bekommt, was sie verdient hat. Und es wird alles in *Townhouse* stehen.«

»Dann hast du Mallory Keeler bequatscht, einen fiesen Artikel über sie zu schreiben…«

»Fies würde ich das nicht nennen. Ich würde eher sagen *wahr*«, erklärte Cornelia erschreckend heftig. »Und soll ich dir mal was sagen? Vielleicht solltest du dir den Kerl, mit dem du da anbandelst, mal lieber genauer anschauen. Einer seiner Freunde aus dem alten Vorstand im Genossenschaftsverband hat mir im Vertrauen erzählt, dass er so gut wie pleite ist. Seine Ex hat das meiste Geld mitgenommen;

seine Investitionen und Angestelltenaktien sind im Keller; wahrscheinlich fliegt er demnächst aus der Firma; er sitzt auf dem Schleudersitz. Hat dein kleiner Traumprinz nichts davon erwähnt?«

»Du weißt ja gar nicht, was du da redest«, gab Fernanda zurück. Am liebsten hätte sie Cornelia durch das Telefon eine schallende Ohrfeige verpasst. *Dass es nur so klatschte*. Es schnürte ihr die Brust zu. Das ganze Zimmer schwankte. Vielleicht hatte sie gerade einen Herzinfarkt.

»Frag ihn doch einfach«, schnaubte Cornelia. »Würde doch passen. Hatte Freud nicht die Theorie, dass Frauen sich zu Männern hingezogen fühlen, die sie an ihre Väter erinnern? Wäre doch folglich nur logisch, wenn du dich in einen Versager verliebst.«

Fernanda sank in sich zusammen. Ohne ein weiteres Wort legte sie auf.

»Ist alles in Ordnung? Was zum Kuckuck sollte dass denn?«, fragte Parker.

»Das willst du gar nicht wissen.« Matt ließ Fernanda sich auf die Bettkante plumpsen. Sie konnte ihm nicht ins Gesicht sehen.

»Was meinst du damit, du hast es ihr noch nicht gesagt?« Dottie, die gerade dabei war, die Stoffquadrate zu begutachten, die ihr Inneneinrichter ihr als Muster für die neuen Vorhänge im Wohnzimmer dagelassen hatte, schaute ihren Sohn fragend an. Wieder einmal war er bei ihr zu Besuch – seit wann machte Wyatt das eigentlich? –, und er wirkte irgendwie etwas ungepflegt, als hätte er nicht mal geduscht, ehe er hier reingeschneit war. »Findet der Ball nicht schon übernächsten Samstag statt?«

»Aber ehe das Buch rauskommt, dauert es noch ein paar

Monate. Es muss schließlich noch ins Lektorat und braucht auch noch ein Ende. Ich habe noch jede Menge Zeit … ehe sie es erfahren muss.«

Die zierliche Dottie richtete sich zu ihrer ganzen Größe auf. Diese Geschichte ging jetzt schon viel zu lange. Ihr Sohn mochte vielleicht in mancher Hinsicht ein brillanter Geist sein, aber offensichtlich sah er manchmal den Wald vor lauter Bäumen nicht mehr. »Du musst das tun, was richtig ist. Um ihretwillen, und um deinetwillen. Ich sehe doch, wie du sie anschaust, wenn sie mit dir in einem Raum ist. Sie ist ein ganz besonderes Mädchen, Wyatt. Wen stört es da schon, dass sie nicht«, sie senkte die Stimme zu einem Flüstern, »aus gutem Hause ist. Mich ganz sicher nicht, und dich hoffentlich auch nicht. Ich möchte bloß, dass du glücklich bist. Offen gestanden scheint es mir, als hättest du mit Lucy sehr viel mehr gemein als mit einigen dieser windigen Partygirls, mit denen du bisher angebandelt hast.«

Wyatt schaute sie an, als hätte sie gerade verkündet, nach Vegas ziehen und sich dem Cirque du Soleil anschließen zu wollen. »Lucy ist mir sehr ans Herz gewachsen, das stimmt, aber das heißt noch lange nicht …«

Dottie seufzte tief. »Du machst dir etwas vor, mein Herz.«

27

WYATTS AUFZEICHNUNGEN:
Da die männlichen Vertreter der in Neuguinea lebenden Laubenvögel optisch eher unscheinbar sind, kompensieren sie dieses Defizit, indem sie kunstvolle, hüttenartige Lauben erbauen, mit deren Hilfe sie potenzielle Partnerinnen anlocken. Diese Nester schmücken sie mit bunten Kunstobjekten – verlorene Federn aus Haube, Flügeln und Schwanz ihres Nachbarn, des Paradiesvogels. Ein eindrucksvolles Eigenheim ist erfolgversprechender als der beste Heiratsvermittler.

Behutsam trug Lucy ihr Meisterstück in Eloise' Wohnzimmer, wo Wyatt auf der Couch saß und der feierlichen Enthüllung harrte. »Ich traue meinen Ohren kaum, dass ich das sage – aber bitte, sei kritisch.« Dank Doreens sorgfältiger Ausführung war das Kleid genauso geworden, wie sie es sich vorgestellt hatte, und für das Motto des Balls, »Fashion Fauna«, wie gemacht. Es war königlich, ohne prinzessinnenhaft zu wirken, und sie platzte beinahe vor Stolz bei dem Gedanken, dass es ihre ureigene Kreation war. *Tout le monde*, die etwas zu sagen hatte – dank Wyatt dachte sie jetzt auch schon wie ein Snob –, würde das Kleid am kommenden Samstag sehen.

Aufmerksam betrachtete Wyatt die Kreation, dann schaute er Lucy an. »Es ist perfekt«, sagte er. »Ich fasse es nicht, dass du das gemacht hast. Du bist …«

Lucy unterbrach ihn mit aufgeregtem Quieken, und zum

ersten Mal seit Tagen löste sich der Knoten in ihrem Bauch. Das Kleid war bereit für den großen Auftritt. Und sie ebenfalls.

»Hör zu«, sagte er und rutschte unbehaglich herum. »Ich wollte schon eine ganze Weile mit dir über etwas reden.«

»Warte, nur einen Moment.« Und damit flitzte sie ins Schlafzimmer, schnappte sich den Umschlag vom Schreibtisch, lief zurück und wedelte damit vor seiner Nase herum. »Ehe ich's vergesse, hier ist das Geld von meinem ersten Auftrag: Nach dem *Townhouse*-Shooting haben Libet und Anna beide bei mir bestellt.« Sie reichte ihm den Umschlag. »Ich habe ziemlich genau Buch geführt darüber, was ich dir schulde, Wyatt. Das ist nur eine kleine Anzahlung.«

Verdutzt schaute Wyatt auf den Umschlag in seinen Händen. »Das kann ich nicht annehmen …«

Mit einem Einwand seinerseits hatte sie schon gerechnet. »Natürlich kannst du das annehmen. Du bist mein erster und bisher einziger Anleger, ohne dich wäre das alles gar nicht möglich gewesen. Ich weiß, dass du Gefühlsduseleien nicht ausstehen kannst – aber du hast viel mehr getan, als mir bloß finanziell ein bisschen unter die Arme zu greifen. Du hast mein ganzes Leben verändert.«

Unbehaglich drehte und wendete er den Umschlag in den Händen. »Ich kann doch nicht die Lorbeeren einheimsen für etwas, das du geschafft hast.«

»Wir haben es beide geschafft. Eine echte Mannschaftsleistung.« Sie lächelte. »Worüber wolltest du denn reden?«

»Hm? Ach, vergiss es. Nicht so wichtig.«

Eloise warf einen letzten prüfenden Blick in Trips Badezimmerspiegel, ehe sie sich ihre Handtasche schnappte und schnell nach unten lief, wo der Wagen und ihr zukünftiger Verlobter schon auf sie warteten.

An diesem Abend musste es so weit sein. Sie wagte es kaum zu hoffen, aber ehrlich gesagt hatte Trip ihr mehr oder minder eindeutig zu verstehen gegeben, sie könne einen baldigen Antrag seinerseits erwarten. Zum einen hatte er angedeutet, Reservierungen für einen »geheimen Ort« gemacht zu haben, zu dem Eloise mit verbundenen Augen gebracht werden sollte. In der vergangenen Woche hatte sie gehört, wie er am Telefon in seinem Arbeitszimmer etwas von einem »großen Schritt« gesagt hatte, und dass er nun endlich so weit sei, sich »endgültig festzulegen«. Sie war einen Augenblick länger an der Tür zu seinem Arbeitszimmer stehen geblieben, als sie eigentlich wollte, weil sie sich einfach nicht losreißen konnte, und hatte ganz genau gehört, wie ihr Freund – ihr Verlobter in spe! – gesagt hatte, er denke »schon eine ganze Weile« darüber nach, aber nun sei endlich »der richtige Zeitpunkt« gekommen. Und außerdem müsste Trip nach ihrem letzten Streit ein erbärmlicher Mistkäfer sein, ihr noch mal völlig falsche Hoffnungen zu machen.

Eloise strich ihr Brian-Reyes-Kleid glatt, ein schlichtes, trägerloses Kleid in Weiß und Beige, das eine schmale Silhouette machte. Mit ihrem Kaschmirjäckchen und der schnörkellosen kleinen Clutch hatte sie sich für diesen besonderen Abend für einen dezenten sexy Look entschieden.

Ihr Blackberry summte. »Schatz?«, sagte sie. »Ich bin gleich unten.«

Als sie aus dem Haus trat, stand Trip vor dem Mercedes, ein Dutzend roter Roten und einen blau-goldenen Hermès-Schal in der Hand. »Und nicht schummeln«, kommandierte er streng, drückte ihr einen ungewohnt langen Kuss auf den

Mund und verband ihr dann mit dem Luxus-Accessoire die Augen.

Das Herz schlug ihr bis zum Hals, als Eloise vorsichtig auf dem Rücksitz Platz nahm. Vielleicht lag es an der Augenbinde, vielleicht an ihrer Aufregung oder daran, dass Trip neben ihr so ungewohnt still war – aber die vermutlich kaum mehr als zehnminütige Fahrt kam ihr vor wie eine Ewigkeit. Endlich hielt Raoul an.

»Sind wir da?«, fragte sie.

»Wir sind da, meine Süße«, erwiderte Trip und nahm sie an beiden Händen. »Kannst du die Spannung noch einen kleinen Moment aushalten?« Lächelnd nickte sie, worauf Trip aus dem Wagen stieg. Einen Augenblick später wurde die Tür auf ihrer Seite geöffnet, und er nahm wieder ihre Hände und half ihr beim Aussteigen.

»Wo sind wir?«, zwitscherte sie und genoss jede Sekunde dieses besonderen Augenblicks, während Trip sie führte. Sie hörte unter ihren Füßen Kies knirschen, und dann wurde die seidene Augenbinde gelöst …

»Überraschung!«, rief Trip, während sie sich verdutzt umschaute und zu begreifen versuchte, wo sie war.

Sie standen am Kai des Boat Basin an der Upper West Side. Eloise kannte die Stelle von ihrer ersten Zeit in New York, als sie ganz in der Nähe gewohnt hatte. »Machen wir eine Bootstour?«, erkundigte sie sich. Es war der perfekte Abend für einen romantischen Heiratsantrag auf dem Hudson River, mit Manhattan auf der einen Seite und einem strahlend orangeroten Sonnenuntergang auf der anderen.

»Wir machen *jede Menge* Bootstouren«, rief Trip begeistert. Und damit zeigte er auf eine strahlend blaue Hinckley, die ganz in der Nähe vertäut war. Eine riesige amerikanische Flagge war an einer Mahagoni-Fahnenstange am Heck gehisst, und in marineblauen und goldenen Buchstaben stand auf die Seite gemalt der Name des Bootes: *Eloise*.

»Da ist sie«, sagte Trip stolz. »Die Hinckley T38. Handgemacht, offen bis nach vorn zum Cockpit. Du und ich, wir könnten diesen Sommer mit ihr nach Nantucket schippern – das wird der Hammer.«

Eloise starrte das Boot, das ihren Namen trug, nur wortlos an. »Das ist meine Überraschung?«, fragte sie ungläubig, wobei ihr plötzlich übel wurde, als sei sie seekrank.

Trip, der sie in freudiger Erwartung hoffnungsvoll angeschaut hatte, merkte plötzlich, was er angerichtet hatte. Seine Miene verfinsterte sich schlagartig. »Babe, ich habe unser Gespräch nicht vergessen. Versprochen. Ich brauche bloß noch ein bisschen Zeit. Ich dachte, du freust dich – El, du bist ganz grün im Gesicht.«

»Du hattest also nicht vor, mir heute Abend einen Antrag zu machen?«, fragte sie.

»El, Liebeskäferchen, wir haben doch schon darüber geredet«, sagte er. Dann schlug er die Autotür zu, damit Raoul, der auf dem Fahrersitz saß und angestrengt nach vorn schaute, sie nicht hörte.

»Also *nein*.«

»Ich dachte, du freust dich mit mir! Ach, komm schon, Schatz, ich führe dich rum, es wird dir bestimmt gefallen …«

»Unter keinen Umständen setze ich auch nur einen Fuß auf dieses Boot.« Eloise hatte das Gefühl, nur Sekunden vor einer alles vernichtenden Explosion zu stehen. »Sag mir jetzt auf der Stelle, Trip, jetzt sofort – heiraten wir oder nicht?«

Trip starrte sie wortlos an. »Das kann nicht dein Ernst sein. Wenn du von mir erwartest, dass ich auf ein derartiges Ultimatum eingehe, dass ich von heute auf morgen mein ganzes Leben auf den Kopf stelle … Du kennst doch meine Einstellung zur Ehe.«

»Und *meine* Einstellung dazu zählt nicht?«, fragte Eloise scharf. Die Krux ihres gesamten Problems, so ging ihr jetzt auf, lag darin, dass Trip nicht bereit war, ihre Bedürfnisse über seine zu stellen. »Was für ein abgewichster Volltrottel denkt sich so was aus«, wutentbrannt warf sie den Hermès-Schal auf den Boden, »und macht dann keinen Heiratsantrag?«

»Tu das nicht, El. Wir sind gerade erst zusammengezogen …«

Der Zorn raubte ihr beinahe die Luft zum Atmen. »Wage es ja nicht zu tun, als wollte ich dich zu irgendwas drängen!« Eloise riss die Autotür auf und ließ sich auf den Rücksitz fallen. »Raoul, fahren Sie mich bitte nach Hause.« Doch dann merkte sie, wie der Chauffeur zögerte, weil er es sich mit seinem Arbeitgeber nicht verscherzen wollte. *Immer dreht sich alles um Trip. Trips Pläne, Trips Gefühle, Trips Entscheidungen.* Sie stieg wieder aus. Es fiel ihr schwer, nicht die Kontrolle über ihren Körper zu verlieren, aber sie schaffte es und lief los, so schnell es ihre Zwölf-Zentimeter-Stilettos zuließen.

»Eloise, warte, bitte!«, Trip rannte hinter ihr her und packte sie am Arm, wodurch sie leicht ins Straucheln geriet.

»Wage es ja nicht, mit mir zu reden, solange du nicht um meine Hand anhalten willst!«, zischte sie ihn an.

Das war aus ihr geworden. Das hatte er aus ihr gemacht.

Sie lief weiter, lief und lief und lief. An den Menschenmengen vorbei, die sich vor den Obstständen des Fairway Market tummelten, über den Bürgersteig, auf dem John Lennon erschossen worden war, an den abendlichen Joggern im Central Park – bis zur Fifth Avenue. Einer ihrer Füße blutete, der andere war voller offener Blasen, aber ihr war alles egal.

Als sie schließlich vor ihrem Haus stand, war die Sonne bereits verschwunden. Eloise war so am Boden zerstört, dass sie nicht einmal weinen konnte.

»Hallo Justine. Hier spricht Alison Pearse, Parker Lewis' neue Sekretärin. Mr. Lewis hat mich gebeten, Sie anzurufen und eine aktuelle Aufstellung seiner Aktivvermögen schicken zu lassen. Letzten Monat ist leider keine gekommen. Vielleicht, weil Mr. Lewis kürzlich umgezogen ist? Ich weiß, dass da alles ein bisschen chaotisch abgelaufen ist. Mhm. Mhm, prima. Könnten Sie das bitte faxen an die zwei eins zwei, fünf fünf fünf, neun acht zwei null? Danke, Justine. Ich sage Ihnen Bescheid, wenn es angekommen ist.«

Kaum hatte Fernanda aufgelegt, hörte sie, wie die Wohnungstüre aufging und Parker den Schlüssel auf den Konsolentisch fallen ließ.

»Parker, bist du's?«, rief sie, fuhr sich mit der Hand durch die frisch geföhnten Haare und versuchte, sich zu beruhigen. Wie leicht hätte er sie in flagranti beim Schnüffeln erwischen können. Sie wurde langsam nachlässig. »Ich bin im Schlafzimmer, Liebling!«

»Hallo, mein Herz. Das ist aber eine schöne Überraschung.« Parker kam in Nadelstreifen-Maßanzug und hellblauer Krawatte, die sie ihm bei Bergdorf ausgesucht hatte, herein und wirkte ziemlich müde, als er ihr zur Begrüßung einen Kuss gab. »Das Essen ist heute Abend um acht, oder?«

»Ja, aber ich habe Nelson und Ava gesagt, wir kommen gegen sieben noch auf einen Drink bei ihnen vorbei. Ist das in Ordnung, Liebling? Hat deine Assistentin dir nichts gesagt?«

Parker warf einen Blick auf die Uhr. Es war schon achtzehn Uhr siebenunddreißig. »Vielleicht hat sie das. Heute war wirklich ein stressiger Tag, Fern. Hast du die Nachrichten gesehen? Die Finanzmärkte brechen zusammen, so was hat es noch nie gegeben …«

Fernanda schwang die Beine über die Bettkante und stand auf. »Armes Häschen«, sagte sie und drückte ihm einen Kuss auf den Nacken. Sie konnte es nicht ausstehen, wenn er Weltuntergangsszenarien über die Weltwirtschaftslage heraufbeschwor. »Ein netter Abend unter Freunden bringt dich sicher wieder auf die Beine.«

Parker wirkte nicht gerade überzeugt. »Wo gehen wir denn hin?«

»Bouley. Helena hat einen Tisch bestellt.«

»Also gut, aber wenn Nelson Miller wieder den achtundachtziger Château Haut-Brion bestellt wie letztes Mal, dann kann er ihn selbst bezahlen. Nach so einem Tag wie heute hebt es meine Laune bestimmt *nicht*, tausend Dollar für ein Abendessen hinzublättern.«

Entsetzt unterbrach sich Fernanda bei der Begutachtung ihres Spiegelbilds, drehte sich auf dem Absatz um und schaute ihren Freund an. »Parker! Sag mir, dass das ein Witz war. Du würdest doch *nie im Leben …*«

Ungerührt schaute Parker sie an. »Ich ziehe mich schnell um, dann können wir fahren.«

»Okay!«, rief sie ihm hinterher, aber da war er längst hinausgegangen. Schnell schob sie den Gedanken an einen hochnotpeinlichen Moment bei der Bezahlung der Rechnung später am Abend von sich. »Ich habe dir was zum Anziehen rausgelegt. Ich dachte, du ziehst sicher nach dem Tag im Büro gerne was anderes an.«

Parker streckte den Kopf aus dem begehbaren Kleiderschrank. »Ich bin zweiundfünfzig Jahre alt, Liebling. Und seit einigen Jahren in der Lage, mich selbstständig anzuziehen.« Er sagte das ganz leicht dahin, aber sie merkte sofort, dass sie den Bogen überspannt hatte.

»Wollte nur ein bisschen helfen!«, rief sie und ließ sich nicht anmerken, dass seine Bemerkung sie gekränkt hatte. Parker hatte heute aber auch wirklich eine miese Laune. Man könnte doch meinen, dass er ihre Mühe zu schätzen wüsste, sämtliche Geschmacklosigkeiten seiner Exfrau aus seiner Garderobe zu tilgen – der Mann hatte mehr Gucci-Slipper, als man an einem Samstagabend im Cipriani finden könnte.

»Das weiß ich doch, Schätzchen.« Parker, nur mit einer Boxershorts bekleidet, setzte sich auf die Chaiselongue in der Ecke und klopfte auf den Platz neben sich. Fernanda hockte sich vorsichtig auf die Kante, um nicht ihr saphirblaues Michael-Kors-Kleid zu zerknittern. »Weißt du, was mir fehlt? Ein bisschen mehr Freizeit zum Entspannen. Es kommt mir vor, als würde ich ständig von A nach B rennen. Ich brauche gelegentlich mal eine Auszeit, ein oder zwei ruhige Abende in der Woche, an denen wir beide alleine zu Hause bleiben und um acht in den Pyjama schlüpfen.« Er lächelte sie an, und Fernanda erwiderte sein Lächeln – auch wenn ihr mehr nach Heulen zumute war. Pyjama um acht? Schon allein der Gedanke an einen ruhigen Abend war unsexy und einfach *zum Abgewöhnen*.

Seit Cornelia ihr diesen fiesen kleinen Floh ins Ohr gesetzt hatte, war sie wie besessen davon, die Wahrheit über Parkers finanzielle Verhältnisse herauszufinden. Sein Blackberry und seinen E-Mail-Account hatte sie sich zuerst vorgeknöpft und sich eingeloggt, wann immer sich ihr die Gelegenheit bot – sein Passwort zu knacken, war ein Kinderspiel gewesen: Fursnickety, diese widerliche kleine Ratte, die seine Frau verständlicherweise beim Auszug zurückgelassen hatte. Abgesehen von dem vagen Schuldgefühl, das Fernanda beschlich, nachdem sie eine Mail an einen alten College-Freund von Parker gelesen hatte, in der er schwärmte, wie glücklich er mit ihr war, hätte sie sich die Mühe auch sparen können. Dann hatte sie allerdings am vergangenen Freitag zufälligerweise die letzten Sätze eines Telefongesprächs mit einer gewissen Justine mit angehört. Als sie ihn daraufhin aufgezogen hatte, er flirte mit anderen Frauen, hatte er ihr erklärt, dass sie seine private Kundenbetreuerin bei JP Morgan war – woraufhin Fernanda gleich die erste sich bietende Gelegenheit beim Schopf gepackt, sich sein Blackberry geschnappt und in seinen Kontakten gesucht hatte, um Justines Nummer aufzuschreiben. Sie hatte aus seiner Wohnung angerufen, damit ihre Nummer nicht in Justines Display auftauchte. Riskant, zugegeben, aber Justine schien keinen Verdacht geschöpft zu haben.

Ob das falsch war? Eine schwerwiegende Verletzung seiner Privatsphäre? Ganz eindeutig ja und noch mal ja. Aber sie war schließlich die Tochter ihrer Mutter, für die Geld das Allerwichtigste war.

»Alles okay, Babe?«, fragte er und strich ihr über die Wange. Er knipste die Lampe neben dem Sofa an, die das Zimmer in warmes, weiches, hellgelbes Licht tauchte. »Ich sage ja nicht, dass wir nicht mehr rausgehen und uns mit Freunden treffen sollen. Aber etwas mehr Balance wäre nicht schlecht. Vielleicht könnten wir ja dieses Wochenende einfach in meine Hütte in den Adirondacks fahren, nur wir beide …«

»Dieses Wochenende?« Fernanda schnappte nach Luft. »Das geht nicht, diesen Samstag ist der Fashion Forum Ball! Mein Kleid hängt schon seit vier Monaten bei mir zu Hause! Cornelia sitzt im Planungskomitee, die bringt mich um, wenn ich nicht …«

»Schon gut, schon gut«, beruhigte er sie, etwas verdutzt angesichts ihrer heftigen Reaktion. Fernanda glaubte, ihn seufzen zu hören. »Dann vielleicht an einem anderen Wochenende. Ist ja nicht weiter schlimm.«

Als er dann schließlich in die Kleiderkammer verschwand, um sich anzuziehen, flitzte Fernanda zum Faxgerät, wo Justines Bericht schon auf sie wartete.

28

Der Countdown läuft, werte Fashion-Junkie-Freunde! Heute Abend steigt die spektakulärste, aufregendste Party des Jahres, bei der Ostküstenaristokratie und alter Hollywoodglamour, schillernde Mode und amerikanische Tradition, Fünf-Sterne-Ruhm und Macht in fünfter Generation aufeinandertreffen. Jawohl, es ist der Fashion Forum Ball, und wir sind natürlich dabei auf dem roten Teppich, damit ihr eure Dosis bekommt.
www.fash-addict.com

»Weißt du jetzt wieder, warum essen so wichtig ist?«, tadelte Lucy, während sie mit dem Nadelkissen in der Hand um Eloise herumging.

Seufzend zog Eloise ihr flachsfarbenes trägerloses Kleid nach oben – raffiniert mit Fasanenfedern und antiken Perlen bestickt und damit goldrichtig für das Motto des Balls, das die Fauna in der Mode würdigte. Das Kleid hatte Lucy entworfen, Eloise' neueste Lieblingsdesignerin, und entstanden war es mithilfe von Doreen, Lucys alter Kollegin aus Nola-Sinclair-Zeiten – doch an Eloise' noch schmaler gewordener Taille saß es nun überhaupt nicht mehr. Seit ihrer Trennung von Trip hatte sie keinen Appetit mehr, und Essen hatte sie durch Kaffee, Schampus und Zigaretten ersetzt. »Du darfst bloß nicht zulassen, dass ich tanze. Das Kleid hängt mir nach dem ersten Refrain auf den Knien. Wobei ich deinen Absteckkünsten natürlich nicht zu nahe treten möchte.« Eloise hob den Saum etwas an, damit Lucy näher herantreten konnte.

Wyatt hatte darauf bestanden, dass die beiden Freundinnen sich in einer hochherrschaftlichen Suite im Carlysle für den Ball zurechtmachten. Es war purer Luxus, aber die einzige idiotensichere Methode, Knitterfalten in den Kleidern zu vermeiden; das Museum war gerade mal drei Häuserblocks vom Hotel entfernt. Seit zwei Uhr nachmittags waren Eloise und Lucy von einer ganzen Entourage von Haar- und Make-up-Gurus umgeben. Eloise musste gestehen, dass die Suite – mit den gerahmten architektonischen Zeichnungen von Piranesi und dem atemberaubenden Panoramablick auf den Central Park – mal was erfrischend anderes war, und in Anbetracht der Tatsache, dass Eloise, seit Trip ihr das Herz gebrochen hatte, in ein und derselben Jogginghose in ihrer Wohnung gehockt hatte, konnte ein Tapetenwechsel ihr nur guttun.

Eloise schnürte sich schon wieder der Hals zu, und sie griff zu ihren Zigaretten. »Und wenn er mit einer anderen Frau auftaucht? Ich meine, wäre doch möglich …«

»Er taucht ganz bestimmt nicht mit einer anderen Frau auf, El. Ich habe doch selbst in Margaux' Büro angerufen. Trip hat nur für eine Person reserviert. Doppelt und dreifach bestätigt.«

»Prima, und wenn er eine mit nach Hause nimmt?«

»Dann werde ich ihm persönlich in den Hintern treten, dass er sämtliche fünfzig Stufen des Museums runterkracht. Macht er aber nicht. Ich meine, immerhin reden wir hier von Trip. Er ist vielleicht ein Idiot, aber ganz bestimmt kein mieses Schwein.«

Eloise atmete tief aus, schien aber noch immer nicht so recht überzeugt. Verzweifelt fragte sie sich, ob dieses flaue

Übelkeitsgefühl irgendwann wieder vergehen würde. »Tut mir leid, dir muss mein Gejammer ja längst zu den Ohren rauskommen.«

»Kommt es nicht. Du hältst dich wirklich sehr wacker.« Lucy lächelte ihrer Freundin herzlich zu, wobei sie der kleinen Rauchwolke auswich, die Eloise gerade ausgepustet hatte, und steckte die letzte Nadel in das Mieder. »So. Du siehst wunderschön aus.«

»Danke«, erwiderte sie und hoffte inständig, Trip möge das genauso sehen. »Du aber auch, Lucy, ehrlich.« Sie wusste einfach, dass Lucys leicht durchscheinendes cremefarbenes Kleid mit den von Hand zartrosa eingefärbten Kanten allen die Show stehlen würde. Durch die weichen Chiffon-Lagen sah es aus, als schwebte sie durch Wolken, und die Korsage schmiegte sich perfekt an Lucys schlanke Silhouette. In dem Kleid spiegelten sich ein Stil und eine Liebe zum Detail, wie man sie sonst nur von einem Pariser Couturier erwarten würde, aber nicht von einem Mädchen aus dem amerikanischen Mittleren Westen. Lucy sah aus wie die moderne Verkörperung der römischen Göttin des Wachstums und der Wildnis, Fauna, angefangen vom warmen olivenfarbenen Teint bis zu den zierlichen goldenen Manolos, deren Bänder sich um ihre Knöchel schlangen.

»Darf ich dir etwas gestehen?« Lucy spazierte zum Fenster und schaute hinaus, wo die Sonne am Horizont über den Bäumen des Central Park zu schweben schien. »Ich weiß, eigentlich sollte ich schon ganz aufgeregt sein wegen der Versteigerung und wie die Presse auf mein Kleid reagiert und weil ich Margaux Irving kennenlernen werde – glaub mir, das bin ich auch.« Sie erschauderte ein wenig bei dem Gedanken. »Bin ich wirklich. Aber mir schwirrt der Kopf vor … ich weiß nicht, *anderen* Gedanken. Ich weiß einfach nicht, wie es nach heute Abend mit Wyatt und mir weitergehen soll.«

Sosehr Eloise auch mit ihrer eigenen Krise zu tun hatte, war sie doch nicht blind und hatte mitbekommen, dass zwischen ihrer Freundin und Wyatt immer öfter die Funken gesprüht hatten. »Hör zu, vor vier Monaten war Wyatt ein veritabler Albtraum, was Frauen anging. Egoistisch, oberflächlich, unnahbar …«

»Hochnäsig und arrogant. Ja, ich weiß …«

»Aber er hat sich sehr verändert. Ehrlich gesagt, mehr als ich es je für möglich gehalten hätte.« Ganz im Gegensatz zu Trip. Eloise goss sich noch ein Glas Veuve Cliquot ein in der Hoffnung, dass der ihre Stimmung ein bisschen heben oder zumindest ihre flatternden Nerven etwas beruhigen würde.

»Aber er ist immer noch Wyatt.« Lucy wedelte abwehrend mit der Hand, wohl um das Thema zu wechseln, das ihr zunehmend unangenehm wurde. »Aber egal, darüber sollte ich mir eigentlich keine Gedanken machen. Ich sollte mich lieber darauf konzentrieren, heute Abend eine möglichst gute Figur abzugeben.«

»Ich auch.« Eloise lächelte matt und trank in großen Schlucken den Champagner aus. Wenn doch die kleinen Blubberbläschen bloß den Schmerz wegpusten könnten, der ihren ganzen Körper zu durchdringen schien. Vielleicht könnte sie dann lächeln und kichern und tun, als amüsiere sie sich köstlich auf dem Ball. »Ich kann es einfach nicht fassen, dass er sich nicht meldet. Acht Jahre lang reden wir jeden Tag miteinander, und dann plötzlich Schweigen im Walde.«

»Ich wünschte trotzdem, du würdest mit uns kommen«, sagte Lucy und schaute sie aufrichtig besorgt an.

Eloise wusste, dass Lucy es nur gut meinte, aber das Letzte, was Eloise jetzt noch brauchte, war, als fünftes Rad am Wagen zu dem Ball zu gehen. »Max gibt bestimmt eine prima Begleitung ab. Schließlich sind wir beide unglücklich verliebt – so was verbindet.«

»Max und ich sind bloß Freunde, Eloise. Zwischen uns hat es nicht gefunkt. Und ich habe schon seit Wochen nichts mehr von ihm gehört.«

Eloise dachte kurz darüber nach. »Ich muss gestehen, die Vorstellung, dass Trip mich an der Seite eines der bestaussehenden Männer von ganz New York reinkommen sehen könnte, hat was für sich. Und Max ist wirklich ein lieber Kerl.«

»Das will ich hören.« Lucy hob ihr Glas. »Auf Trip Peters: Möge er sich in den Hintern beißen vor Eifersucht.«

»Ich meine, *Gott und die Welt* jammern doch, dass ihnen die Exfrau das Fell über die Ohren gezogen hat und dass die Wirtschaft erbärmlich vor sich hin dümpelt. Also bin ich davon ausgegangen, dass Parker sich mehr so, ich weiß nicht, allgemein beklagt.« Fernanda betrachtete ihr Spiegelbild und überlegte, ob die Perlenkette ihrer Großmutter mit dem brillanten- und rubinbesetzten Verschluss besser zu ihrem Kleid passen würde oder eher etwas Schlichteres, Modernes. Schließlich entschied sie sich für die Perlen. »Aber dann hat sich herausgestellt, dass er wirklich pleite ist, genau wie Cornelia gesagt hat, oder zumindest beinahe.«

»Ich kann es einfach nicht glauben, dass Binkie mir nichts davon erzählt hat, ehe es ernst wurde zwischen euch beiden!« Ihre Mutter war außer sich, genau wie Fernanda erwartet hatte. »Binkie kennt ihn seit Jahren durch ihre gemeinsame Arbeit für die Oper. Sie *muss* gewusst haben, dass seine Frau sich alles unter den Nagel gerissen hat.« Geistesabwesend strich Martha Fernandas bildschöne schimmernde Mähne mit der Hand glatt. »Tut mir leid, Liebes, tut mir schrecklich leid.«

Was genau ihr leidtat, sagte Martha nicht – aber die Erwartung, dass Fernanda sich ohne große Umschweife von Parker trennen und ihr Glück anderswo versuchen sollte, stand greifbar im Raum. Fernanda runzelte die Stirn. *Komisch, wo sie doch in den letzten Wochen stundenlang geschwärmt hat, dass sie mich noch nie so glücklich, entspannt und verliebt gesehen hat wie jetzt.*

»Denk heute Abend einfach nicht darüber nach. Amüsiere dich, genieße den Ball, und morgen überlegen wir uns, was wir jetzt machen.« Martha hielt inne und tippte sich mit dem Finger auf die Lippen, als ihr ein neuer Gedanke kam. »Zufälligerweise habe ich erst kürzlich gehört, dass Morgan Wares Ehe auf der Kippe stehen soll. Vielleicht ist er ja heute Abend auch beim Ball?«

»O nein, du drückst dich nicht.« In dieser Sache ließ Wyatt nicht mit sich reden. Der letzte Abend ihres Experiments, die letzte große Prüfung – Trip musste einfach dabei sein, ganz egal, was für einen riesigen Scherbenhaufen er auch aus seinem Leben gemacht haben mochte. Wyatt brauchte ein bisschen Rückendeckung. Augenblicklich war er so nervös, er hätte schier aus der Haut fahren können. Seit über einer Stunde stand er schon fertig angezogen herum, und obwohl er in seinem Turnbull-&-Asser-Frack und mit den lässig-elegant zurückgegelten dunklen Haaren, die sein Großvater in den Zwanziger- und sein Vater in den Sechzigerjahren schon genauso getragen hatte, sehr vorzeigbar aussah, war er noch nie so aufgeregt gewesen.

»Aber das ist Eloise' Terrain, nicht meins. All ihre Chichi-

Modefreunde sind heute Abend da und flüstern ihr bestimmt ins Ohr, dass sie ohne mich sowieso besser dran ist.« Niedergeschlagen starrte Trip sich im Spiegel an. Dann spielte er trübsinnig an der ungemachten weißen Fliege herum, die schlaff an seinem Hals hing. Mit dem Ding kämpfte er nun schon seit zwanzig Minuten. »Sechsunddreißig Jahre alt, und ich kann mich immer noch nicht alleine anziehen.«

»Das tuscheln die sowieso, ob du da bist oder nicht.« Wyatt konnte Trips selbstmitleidiges Gejammer über dieses selbst verschuldete Fiasko einfach nicht mehr hören. Auch wenn er in der Vergangenheit beinahe ein bisschen beeindruckt gewesen war von Trips Heiratsscheu, hatte er – dank seiner Gespräche mit Lucy – seine Meinung inzwischen revidiert und fand Trips Verhalten nur noch kindisch und selbstsüchtig. »Ein Mädchen wie Eloise findest du so schnell nicht wieder, und du hältst sie seit Jahren hin. Ich sage dir das als jemand, dem dein Lebensglück wirklich am Herzen liegt: Reiß dich zusammen, spring über deinen Schatten und mache ihr endlich einen Antrag.«

»Alter, du bist gerade der Richtige, mir zu sagen, was ich zu tun habe!«

Womit Trip natürlich recht hatte, so ungern Wyatt das auch zugab. Er wechselte den Kurs bei seinem unaufhörlichen Herumtigern, spazierte zu dem antiken halbrunden Beistelltisch, auf dem diverse Karaffen standen, und schenkte sich einen weiteren Scotch ein. Die ganze Woche hatte er kaum geschlafen. Er hatte ernsthaft darüber nachgedacht, einen Rückzieher zu machen und den Buchdeal mit Kipling platzen zu lassen – Tag und Nacht hatte er darüber nachgedacht, um genau zu sein. Aber sein Herausgeber schnappte schon fast über vor Begeisterung über und rief ihn jeden Tag an, um sich nach dem Fortgang seiner Arbeit zu erkundigen.

Wenn er jetzt kniff, dann würde er dort nie wieder einen Fuß in die Tür bekommen. Und dennoch, wie konnte er Lucy heute Abend die Daumen drücken, in dem Wissen, dass sie, je höher sie aufstieg, umso tiefer fallen würde?

»Herr im Himmel, würdest du bitte endlich damit aufhören?«, fuhr Trip ihn an. »Du machst mich wahnsinnig.«

»Aufhören, womit?«

»Mit diesem Hin- und Hergetiger! Seit ich hier bin, läufst du ununterbrochen im Kreis! Ich weiß ja, dass du nervös bist, aber das geht einem tierisch auf den Keks!«

»Das ist mein Arbeitszimmer, verdammt, und wenn ich …« Wyatts trotzige Antwort wurde vom Läuten des Telefons abgewürgt. Er nahm den Hörer ab.

»Von mir aus kann es losgehen«, rief Lucy, der man die Aufregung anhörte.

Und wenn sie nun nie wieder mit ihm redete?

»Ich rufe an, wenn ich einen Block vom Hotel weg bin«, sagte er und legte auf.

»Wo steckt Margaret?«, maulte Trip. »Die muss mir dieses gottverfluchte Ding binden.«

29

Margaux Irving
sowie Cornelia Rockman,
Libet Vance, Anna Santiago
und Mimi Rutherford-Shaw
laden Sie ein zur Feier von
»Faunamania«,
dem Fashion Forum Ball
Sonntag, 14. März
19.30 Uhr
Museum of American Heritage
1200 Fifth Avenue
Frack und Abendkleid

Lucy starrte aus dem Fenster der Limousine und umklammerte ihre Minaudière. Während der kurzen Fahrt zum Museum hatte sie kaum ein Wort gesagt, so sehr hatte es sie abgelenkt, dass Wyatt so umwerfend aussah und so dicht neben ihr auf dem Rücksitz saß. Nervös berührte sie ihr Haar, in das sie die wunderschöne Art-déco-Diamanten-Schmetterlingsspange gesteckt hatte, die Wyatt ihr am Nachmittag ins Hotel hatte schicken lassen. »So was habe ich noch nie gesehen«, sagte sie. Die Flügel waren ausgebreitet, als hätte man den Schmetterling im Flug gefangen, und er glitzerte in ihrem dunklen wallnussbraunen Haar.

»Der hat meiner Ururgroßmutter gehört«, erklärte er und

schaute sie lange an. »Ich dachte mir, du möchtest ihn vielleicht gerne haben.«

Wie von der Tarantel gestochen fuhr Lucy herum. »Ihn *haben*? Ich dachte, der ist nur ausgeliehen für heute Abend. Auf keinen Fall, Wyatt, unmöglich kann ich so ein kostbares Erbstück einfach behalten …«

»Es würde mir aber viel bedeuten, wenn du ihn behieltest. Du hast ihn dir verdient, Lucy, und das ist dein Abend. Außerdem steht er dir ganz wunderbar.«

Wyatt klang seltsam ernst. Gerührt von seinem großzügigen Geschenk beugte sie sich zu ihm und küsste ihn auf die Wange. »Ich weiß gar nicht, wie ich dir danken soll, Wyatt«, wisperte sie und verharrte einen Augenblick länger als nötig mit ihm Wange an Wange. »Du hast mein ganzes Leben verändert, genau, wie du gesagt hast.«

Aber diese kleine Geste bewirkte genau das Gegenteil dessen, was sie beabsichtigte. Wyatt stierte stur geradeaus, wie ein kleiner Junge, der einen möglichst großen Abstand zwischen seine Lippen und die von Tante Edna bringen möchte. Entsetzt wich Lucy zurück.

»Dafür kann ich doch nicht die Lorbeeren einheimsen. Du bist der Star«, wiegelte er rasch ab. »So, da sind wir.«

Sie zwang sich zu einem Lächeln. »Schau dir mal die ganzen Pressefuzzis an. Die sehen aus wie Vogelgucker im Central Park. Die wissen ganz genau, welcher der Neuankömmlinge es wert ist, dass sie ihre Objektive herumschwenken. Aber diese Beobachter interessieren sich mehr für die Weibchen der Spezies – und das zu Recht, wenn man die auffälligere, buntere Färbung ihrer Kleidung bedenkt.«

Unter ihrer Robe hatten ihre Knie angefangen zu zittern. »Könnten wir die zoologischen Ausführungen kurz sein lassen?«

»Entschuldige.« Wyatt griff nach ihrer Hand und hielt sie fest. »Nur nicht nervös werden. Das ist dein großer Moment im Scheinwerferlicht. Ich warte dann oben mit dem Champagner. Du schaffst das, Lucy.«

Und ehe sie sich's versah, wurde auch schon die Tür der Limousine für sie aufgerissen. Kaum hatte ihr zweiter Manolo den roten Teppich berührt, hörte Lucy auch schon die Paparazzi – es waren Hunderte, wie es schien – die ihren Namen brüllten wie die Zuschauermassen bei einem Heimspiel der Vikings. *Überwältigend* beschrieb nicht einmal ansatzweise das Gefühl, als sie die ersten Schritte vor den Fotografen machte. Das Blitzlichtgewitter der Kameras wurde zu einer gleißend hellen, blendenden Wand, hinter der nicht mehr zu erkennen war, wer ihr da zurief: *Hierher! Drehen! Lächeln!* Und woher kannten die alle ihren Namen? Es verschlug Lucy beinahe den Atem – sie war ja schon des Öfteren über einen roten Teppich gelaufen, aber so einen Höllenlärm und einen derartigen Tumult hatte sie noch nicht erlebt. Einer der Fotografen streckte doch tatsächlich die Hand nach ihr aus und wollte sie am Arm packen, wurde aber sogleich von einem muskelbepackten Security-Mitarbeiter in Schwarz in seine Schranken verwiesen.

»Danke«, murmelte sie. Sie kam sich beinahe vor wie ein wehrloses Beutetier. Der Security-Mann nickte. *Wow.* Wyatt hatte sie gewarnt, aber man musste schon mit eigenen Augen sehen, mit welch grimmiger Entschlossenheit die Kamerateams sich gegenseitig mit Zähnen und Klauen und Ellbogeneinsatz bekämpften, um ein gutes Foto zu bekommen, um es zu glauben. Sämtliche Objektive waren auf sie gerichtet. Und was noch besser war, auf ihr Kleid.

Jetzt zählt es, dachte Lucy, *das ist der große Moment, mit dem alles steht und fällt. Wenn mein Kleid gute Kritiken bekommt, dann bin ich meinem Traum, Designerin zu werden, wieder einen Schritt näher. Und wenn nicht, dann werde ich für alle Zeiten als geschmackloses Modeopfer gelten.* Sie atmete tief durch, versuchte – Bauch rein, Brust raus – ganz selbstbewusst zu wirken, und lächelte kokett in die Kameras. Ein paar Schritte weiter drängte der Mob gegen schwarze Samtkordeln, die von PR-Mädels und Security-Leuten verteidigt wurden. Etwas eingeschüchtert ging Lucy an der Meute vorbei, den Blick fest auf das eindrucksvolle Museumsgebäude geheftet, das sich über ganze fünf Häuserblocks erstreckte. Auch das Museum hatte sich für den Abend fein herausgeputzt. Purpurroter Teppich war mit militärischer Genauigkeit auf den fünfzig Stufen zum Haupteingang ausgelegt, und gigantische weiße Strahler leuchteten die markante Steinfassade an.

»Lucy! Lucy!«, rief ein junger Kerl mit knabenhaftem Gesicht, den Lucy von der Oscar-Vorberichterstattung auf E! wiedererkannte. Er beugte sich so weit über das samtene Seil, dass sein Oberkörper beinahe parallel zum Boden war. »Was trägst du heute Abend?«, rief er. Sein Kameramann, dessen Assistent ein flauschiges Mikro in die Nähe ihres Kopfes hielt, zoomte sich für eine Großaufnahme an ihr Gesicht heran.

»Meine eigene Kreation«, antwortete sie und genoss jedes einzelne Wort. Diesen Moment hatte sie wochenlang geprobt – mal ganz abgesehen davon, dass sie seit Jahren davon geträumt hatte.

»Moment, soll das heißen, du hast das Kleid *selbst gemacht*, das du heute Abend anhast?« Der jungenhafte Reporter guckte sie ungläubig an. Dann zeigte er mit dem Finger auf sie. »*Dieses* Kleid?«

Zum ersten Mal kam ihr Kamera-Lächeln wirklich von Herzen. »Ganz genau. Ich habe es entworfen, und eine ganz wunderbare Freundin und ich haben es zusammen umgesetzt.« Hut ab und Applaus für Doreen. »Gefällt es dir?«, fragte sie und flirtete ein wenig mit dem jungen Mann.

»Du siehst scharf aus! Meine Stimme hast du für die bestangezogene Frau des Abends!«

Ihr kurzes Gespräch schien bei den übrigen Reportern hektische Betriebsamkeit auszulösen, die plötzlich alle gleichzeitig anfingen, Lucy mit Fragen zu bombardieren. Bei dem ganzen Getöse konnte sie kaum ein Wort verstehen, also winkte sie nur freundlich und spazierte dann langsam über den roten Teppich. Den Paparazzi nie so viel geben, wie sie wollen, hatte Wyatt ihr beigebracht. Sie hoffte bloß, dass er recht hatte, aber bisher hatte sie sich immer auf seine Ratschläge verlassen können. Sie ging noch ein paar Schritte und sonnte sich im Rampenlicht. *Das ist mein großer Moment*, dachte sie, *der Moment, in dem das Leben beginnt, für das ich eigentlich bestimmt bin …*

»Luuuuuce! *Lucy Jo!* Hier drüben, Herzchen, hier drüben!«

O nein, nein, nein, nein, nein.

Ritas Stimme – mit demselben rauen Akzent, den Wyatt Lucy in tagelanger, mühevoller Kleinarbeit abtrainiert hatte – durchschnitt den ohrenbetäubenden Lärm und ging ihrer Tochter durch Mark und Bein. Die Luft schien mit einem *Wuschhhhhh* aus Lucys Lungen zu entweichen, als sie diese Stimme hörte. Noch ehe sie sich bremsen konnte, hatte sie sich bereits umgedreht und ihre Mutter auf der anderen Seite des Absperrseils entdeckt. Rita, in ein grauenerregendes Paillettenkleid gequetscht wie eine Presswurst, hatte sich unter Zuhilfenahme ihrer Ellbogen den Weg durch die Phalanx der Fotografen freigeboxt und schien sich nun ein hitziges Wortgefecht mit der hochgewachsenen PR-Frau zu liefern, die dort Wache stand.

»Sie will mich nicht reinlassen, obwohl ich eine Karte habe!« Mit einer Hand griff sie in ihr ausladendes Dekolleté und fischte eine unverkennbar grün-goldene Einladungskarte für den Ball heraus. Sie sah der erschreckend ähnlich, die Lucy selbst bekommen hatte, und zwar in einem wirklich ungewöhnlichen handgearbeiteten Umschlag aus dicken Blättern und goldenem Garn. Und tatsächlich, den Umschlag hielt Rita in der anderen Hand. Lucy stöhnte gequält auf.

»Ich weiß ja nicht, wen Sie überfallen haben, um an diese Einladung zu kommen«, zischte das PR-Mädel höhnisch, »aber hier kommen Sie ganz bestimmt nicht rein.« Und damit drehte sie sich mit einem gemeinen Lächeln auf dem hübschen Gesicht zu Lucy um. »Ich meine, ich würde so was von margaux-t werden!« Die berühmt-berüchtigte Verlegerin hatte ein eigenes Verb inspiriert, das so viel bedeutete wie jemanden unauffällig, aber gründlich zur Schnecke zu machen.

Tu was, und zwar schnell. Lucy wünschte inständig, Wyatt wäre bei ihr. Der wüsste, was in so einer Situation zu tun ist, und sie könnte wieder fröhlich in die Kameras lächeln. Sie schickte ein Stoßgebet zum Himmel, ihre Mutter möge nicht losblöken, sie sei mit ihr verwandt oder was ähnlich Peinliches.

»Mach schon – sag ihr, dass du mich kennst, Schätzchen! Sag ihr, dass du meine …«

»Rita!«, brüllte Lucy, worauf beide Frauen sie verdattert anstarrten. »Ähm, könnten wir uns vielleicht ganz kurz unterhalten? Irgendwo, wo wir ungestört sind?« Wobei sie dem PR-Mädchen einen Blick zuwarf, den diese hoffentlich interpretieren würde als: »Meine Maniküre hat ganz offensichtlich ihre Pillen nicht geschluckt, aber ich bin so ein netter Mensch, dass ich mir an diesem für mich so wichtigen Abend die Zeit nehme, mich zu vergewissern, dass alles in Ordnung ist.« Perplex zuckte die PR-Frau mit den Achseln.

Anmutig hob Lucy ihr Kleid etwas an, um über das Absperrseil steigen zu können. Dann zog sie ihre Mutter außer Hörweite auf die Stufen zum Eingang. Sie durfte es nicht riskieren, mit ihrer Mutter zusammen fotografiert zu werden. Zum Glück waren gerade Giselle und Tom Brady angekommen, die vorübergehend sämtliche Aufmerksamkeit der versammelten Presse auf sich zogen.

»*Taa-daa!* Ich wette, du hättest nicht erwartet, mich heute Abend hier zu sehen, was?« Ritas Haare waren zu einem kunstvollen Vogelnest hochgesteckt, aus dem einzelne Strähnen wie lange Ranken herunterhingen, und sie trug ein Ansteckstäußchen – ein Ansteckstäußchen, wie zum Tanztee! – am Handgelenk. Sie sah aus wie eine Abschlussball-Königin für Arme. Das krönende i-Tüpfelchen ihres Looks war die klobige Kamera, die an ihrem Hals baumelte, sowie das Päckchen Hochglanzfotos unter dem Arm. »Wusstest du, dass George Clooney heute Abend auch kommt?« Rita wedelte mit einem Foto des Schauspielers herum. »Das lasse ich mir mit einer Widmung unterschreiben: ›Für Rita, eine sexy *Mamasita!*‹ Schnucklig, was? Dieser Ball ist das reinste Promi-Mutterschiff!«

»Rita, was *machst* du hier?« Die Luft war kühler, wenn man nicht mitten im Schlachtengetümmel stand, und Lucy fror. Das schaffte auch nur Rita, ihr diesen großen Moment zu versauen. Das war das Schlimmste, das Egoistischste, was ihre Mutter je getan hatte, und das wollte schon was heißen.

»Ich wollte für dich da sein.« *War Rita tatsächlich auch noch stolz auf sich?* Lucy musste sich auf die Zunge beißen, um nicht laut zu schreien. »Ich war bisher nicht gerade die beste

Mutter der Welt, aber jetzt bin ich für dich da. Ich will dich unterstützen, Herzchen.«

»Wie zum Geier bist du an diese Einladung gekommen?« Lucy war bereits in heilloser Panik. Ihre Mutter hatte es geschafft, eine Einladung zu dieser Veranstaltung zu bekommen, während diverse Top-Manager und Vorstandschefs leider draußen bleiben mussten?

»Diese Information kann ich leider nicht preisgeben«, erklärte Rita mit aufgesetztem Ernst, wobei sie tat, als verschließe sie ihre Lippen und werfe den Schlüssel fort.

»Du kannst nicht hierbleiben«, erklärte Lucy unumwunden.

Rita schien zunächst geknickt, erholte sich aber rasch wieder. »Ich halte mich von dir fern. Ich dachte, du freust dich, dass ich, du weißt schon, *für dich da bin* – dass ich da bin, um dich zu unterstützen ...«

Ich werde mir deswegen kein schlechtes Gewissen einreden lassen. Die Gefahr war einfach zu groß, dass Rita Lucys Tarnung auffliegen ließ. »Das wird hier das reinste Irrenhaus. Warum entspannst du dich nicht ein bisschen drüben im Carlyle?« Lucy gab sich Mühe, nicht zu laut zu werden, aber langsam verzweifelte sie. »Ich habe dort ein Zimmer, und es ist bloß ein paar Blocks von hier. Du könntest dir was vom Zimmerservice bringen lassen, ein schönes heißes Schaumbad nehmen ...«

Rita lachte und schüttelte den Kopf. »Und die ganze Action verpassen? Nur über meine Leiche!« Aber dann wurde ihr Gesicht ganz lang, als ihr klar wurde, was Lucy damit sagen wollte. »Es sei denn, du willst mich nicht hierhaben.«

Nervös warf Lucy einen Blick über ihre Schulter. Libet und Anna waren gerade angekommen und aalten sich in der geballten Aufmerksamkeit der Presse. Ihr selbst riss derweil der Geduldsfaden. Dann wollte sie eben nicht, dass ihre chronisch geschmacklose Mutter Wyatts Wette sabotierte, den Start ihrer bevorstehenden Karriere torpedierte und den wichtigsten Abend ihres Lebens ruinierte – war sie deshalb gleich ein schlechter Mensch? Warum musste Rita sich immer aufführen wie ein kleines Kind, obwohl sie doch die Mutter war? Kein Wunder, dass sie es in den vergangenen drei Monaten so genossen hatte, dass jemand sich um sie kümmerte. Das kannte sie sonst gar nicht.

»Und?«, quengelte Rita.

Lucy schaute wieder zum roten Teppich und dann zu Rita. »Kannst du es mir nicht ausnahmsweise mal gönnen, im Rampenlicht zu stehen?«, zischte sie. »Muss sich denn immer alles um dich drehen und darum, was du willst?«

Ihre Mutter wirkte wie vor den Kopf geschlagen. Sie blinzelte heftig, dann holte sie mühsam Luft. »Dann stell dich doch in dein Rampenlicht.« Ihre Unterlippe fing an zu zittern. »Du hast dich verändert, Lucy Jo. Früher warst du ein gutes Mädchen. Die Familie war dir wichtig. Jetzt erkenne ich dich kaum wieder. Du siehst vielleicht besser aus, aber die alte Lucy Jo hatte wesentlich mehr Klasse.« Womit sie ihrer Tochter einen letzten vorwurfsvollen Blick zuwarf und sich dann durch die Menschenmassen den Weg zur Straße bahnte.

Lucy stand da, so schockiert, dass ihr die Worte fehlten. Im ersten Augenblick wäre sie am liebsten hinter ihrer Mutter hergelaufen. Doch stattdessen drehte sie sich langsam wieder zum roten Teppich um und schluckte den Kloß im Hals herunter. Als sie die Stufen zum Eingang des Museums hinaufstieg, hörte sie, wie ein Fotograf ihren Namen rief, also warf sie ihm mit einem professionellen, aufgesetzten Lächeln einen Blick über die Schulter zu und nahm die Pose ein, die sie so oft geübt hatte. Bald wurde sie für ihre Bemühungen mit einer wahren Blitzlichtflut belohnt, der Supernova des Ruhms. Sie drehte sich ein wenig, damit die Fotografen knipsen konnten, wie die fließenden Lagen ihres Kleids sanfte Wellen machten, wenn sie sich bewegte. Sie posierte, als hinge ihre ganze Zukunft daran. Und das tat sie ja auch.

Ich mache es später bestimmt wieder gut und entschuldige mich bei Rita, sagte Lucy sich immer wieder und schlüpfte dann zur Tür hinein zur größten Party ihres Lebens.

30

Menschenaffen sind ... gute Schauspieler. Laut Frans B. M. de Waal, Professor am Yerkes National Primate Research Center der Emory University, versuchen Schimpansen oder Orang-Utans in Gefangenschaft manchmal, fremde Menschen an ihr Gehege zu locken, indem sie einen Strohhalm durch das Gitter stecken und dabei ihr freundlichstes Gesicht aufsetzen. »Die Leute denken dann, ach, der mag mich, und kommen näher«, sagt Dr. de Waal. »Und ehe man sich's versieht, hat der Affe einen am Knöchel gepackt und versucht zuzubeißen. Eine sehr gefährliche Situation.«

New York Times, 12. Dezember 2008

»Ist das ein Streifenhörnchen?« Lucy zeigte auf einen Birkenzweig, aber noch ehe Parker Lewis den Kopf drehen und hinschauen konnte, war das kleine pelzige Tier auch schon wieder im dichten Blattwerk verschwunden. Bei allem, was Lucy sich ausgemalt hatte, bei diesem gesellschaftlichen Großereignis zu Gesicht zu bekommen – vom Rascheln der Couture-Einzelstücke über die mit Schmuck im Wert eines Einfamilienhauses behängten Damen bis hin zu makellos konservierten Societygrößen – mit lebenden Vertretern der heimischen Fauna hätte sie nicht gerechnet.

»Ich hätte mein Frettchen mitbringen sollen, aber der

Kerl ist nicht stubenrein. Wie es aussieht, mussten die Tiere, die heute Abend hier rumturnen, eine gründlichere Ausbildung absolvieren als so mancher Augenarzt.«

Lucy kicherte, obwohl Parkers Witz eigentlich nur mäßig komisch war, aber ihr flatterten die Nerven. Parker war das erste bekannte Gesicht, das sie beim Betreten der heiligen Hallen des Heritage Museums entdeckt hatte, und sofort hatte sie sich Hilfe suchend an seine Fersen geheftet. Es war offensichtlich kein Witz gewesen, als Wyatt den Fashion Forum Ball als den Super Bowl der Modewelt bezeichnet hatte und als einmalige Gelegenheit für Lucy, auf Tuchfühlung mit der Crème de la Crème der internationalen High Society zu gehen. Er hatte ihr eingebläut, das sei keine Benefizveranstaltung à la »Ein Tisch für zwanzig Riesen für all deine Freunde«, und die Gäste würden sorgfältiger ausgewählt als die Kandidaten für das Amt des Vizepräsidenten. Margaux' Team, das die Aspiranten für den Ball aus den Top-Promis auswählte, hatte die öffentliche Brüskierung zu einer Kunstform erhoben. Was es umso rätselhafter machte, wie Rita an ihre Einladung gekommen war.

»Wo ist denn Fernanda?«, fragte sie der Höflichkeit halber.

»Ach, Cornelia hat sie eben weggezerrt zum Nasepudern.« Er wedelte abwertend mit der Hand. »Nichts Weltbewegendes, es kann sich bloß um ein paar Stunden handeln.«

Den Flügel des Museums, in dem die naturhistorisch-anthropologische Sammlung untergebracht war, hatte man in einen verwunschenen Wald verwandelt, in dem Hunderte seltener Schmetterlinge über den Köpfen der Besucher umherflatterten und sich auf den Zweigen echter Birkenbäumchen niederließen. Allem Anschein nach waren sie von einem kompletten veritablen Ökosystem umgeben, von den

Streifenhörnchen bis hin zu den Singvögeln, die man im Hintergrund zwitschern hörte. *Rita wäre ganz aus dem Häuschen, wenn sie das sehen könnte*, schoss es Lucy durch den Kopf. Ihre Mutter war dazu geboren, über Spektakel wie diese in Verzückung zu geraten, und mit den vielen funkelnden Lichtern überall sah es aus, als sei der ganze Raum verzaubert.

»George Clooney auf zwei Uhr«, wisperte Parker aus dem Mundwinkel.

Wobei sie gleich wieder daran denken musste, wie enttäuscht Rita geguckt hatte. Bei dem Gedanken daran wurde Lucys Herz plötzlich schwer wie Blei. Schnell versuchte sie, sich abzulenken, und suchte in der Menschenmenge nach Wyatt. Als sie ihn schließlich entdeckte, konnte sie, trotz der rüden Abfuhr vorhin im Wagen, den Blick nicht mehr von ihm losreißen. Wie immer machte Wyatt eine tadellos elegante Figur: In dem wie angegossen sitzenden Frack stach er selbst in dieser handverlesenen Gesellschaft hervor. Nicht mal George Clooney konnte ihm das Wasser reichen. Mit lebhafter Mimik erzählte er gerade eine Geschichte. Lucy war so hingerissen, dass ihr erst einen Augenblick später aufging, mit wem Wyatt sich da unterhielt – Margaux Irving.

Lucys Eingeweide verkrampften sich. Margaux war todschick gekleidet und sah wirklich Furcht einflößend aus in ihrer voluminösen Robe mit den gewaltigen Nerz-Applikationen an der Schulter und der passenden Schleppe. Eigentlich war es viel zu früh am Abend, um sich einer derart gewaltigen Herausforderung zu stellen, aber Lucy wusste, sie musste einfach hingehen und Hallo sagen – alle rissen sich um Margaux, also war es eher unwahrscheinlich, dass sich eine zweite Gelegenheit ergeben würde, sie kennenzulernen. Hastig griff sie sich ein Glas Champagner vom Tablett eines vorbeigehenden Kellners und murmelte Parker zu, sie sei gleich wieder da. »Ach – und danke schön«, sagte sie zu dem Kellner, was sie beinahe vergessen hätte.

Wyatt strahlte übers ganze Gesicht, als er Lucy auf sich zukommen sah. »Lucy! Ich hatte gehofft, dass du uns findest. Margaux, das ist Lucy Ellis. Ihr Kleid steht heute Abend zur Versteigerung.«

»Aber natürlich«, raunte Margaux und reichte Lucy ihre lange, schlanke Hand. Ihre Stimme klang erstaunlich – nun ja, menschlich. Weiblich sogar. Und aus der Nähe betrachtet wirkte ihr Teint geradezu grotesk, so makel- und alterslos schien er – so sehr, dass Lucy sich fragte, ob irgendwo auf einem Dachboden womöglich ein verdorrtes Porträt von ihr vergammelte, das statt ihrer alterte. »Meine Zeitschrift hat Fotos von Lucy veröffentlicht, Wyatt – ich weiß sehr wohl, wer sie ist.«

Nicht rot werden. Nicht knicksen. Ihr einfach direkt in die Augen schauen. Eine Begegnung mit Margaux erforderte ein beinahe ebenso strenges Protokoll wie eine Audienz bei Queen Elizabeth, und Wyatt hatte Lucy gut darauf vorbereitet. Das Wichtigste war, ihr den gebührenden Respekt entgegenzubringen, ohne sich anzubiedern. »Ich freue mich sehr, Sie kennenzulernen«, sagte Lucy und ergriff die dargebotene Hand, wobei sie den Drang unterdrücken musste, den gigantischen rosa Diamanten, so groß wie eine Christbaumkugel, am Finger der Verlegerin zu küssen.

Kühl musterte Margaux Lucy von Kopf bis Fuß – begutachtete mit Kennerblick die moderne Grace-Kelly-Hochsteckfrisur, verweilte einen Moment, vielleicht auch zwei, bei dem Kleid, und endete dann bei den filigranen Stilettos. Ihre Miene war vollkommen unbeweglich und verriet nichts. »Wer hat denn Ihr Kleid entworfen? Ich erkenne es gar nicht.«

Nervös räusperte sich Lucy. Der Augenblick der Wahrheit. »Das habe ich selbst entworfen«, erklärte sie, wobei sie all ihren Mut zusammennehmen musste. Unauffällig nahm Wyatt ihre Hand, wofür sie ihm sehr dankbar war. Ihn neben sich zu haben, gab ihr immer eine Extraportion Mumm. Vielleicht auch, weil sie merkte, dass ihm genauso viel an Margaux' Anerkennung und Lucys Erfolg lag wie ihr selbst.

»Sie selbst?«, fragte Margaux und zog die perfekt gezupften Augenbrauen hoch. »Wo haben Sie denn studiert?«

Lucy warf Wyatt einen kurzen Seitenblick zu. »Ich bin Autodidaktin. Schon als kleines Mädchen hatte ich eine Leidenschaft für Mode.« Sie bemühte sich, ganz ruhig und sachlich zu klingen, als sei es etwas vollkommen Alltägliches, mit Margaux Irving über ihre Entwürfe zu plaudern. »Als Teenager habe ich mal ein altes Chanel-Kleid aufgetrennt, um herauszufinden, wie genau es gemacht war, so wie ein angehender Ingenieur vielleicht ein Radio auseinandernimmt.« Was sie nicht erwähnte, war, dass sie das Kleid durch einen glücklichen Zufall in der Kleiderkammer der Heilsarmee gefunden hatte, und auch, dass sie die acht Dollar, die es laut Preisschild kosten sollte, in Raten abstottern musste. »Ich habe immer schon davon geträumt, Modedesignerin zu werden.«

Es folgte eine weitere bedeutungsschwere Pause, in der Margaux tatsächlich einen Schritt auf sie zu machte, um das Kleid aus einem anderen Winkel unter die Lupe zu nehmen. »Und wo haben Sie das machen lassen?«

»In meinem Wohnzimmer.« Lucy hob die Schleppe leicht an. Wochen harter Arbeit hatte es gekostet, dieses weich fließende, vielschichtige Wunderwerk anzufertigen. »Ich habe zusammen mit einer Schneiderin daran gearbeitet, damit es rechtzeitig fertig wird. Und meine Freundin Eloise Carlton –

die, soweit ich weiß, auch schon für Ihre Zeitschrift gearbeitet hat – hat mir bei der Anprobe geholfen.«

Margaux rauschte im Bogen um sie herum und betrachtete sie von allen Seiten. »Ich muss schon sagen …«

Erwartungsvoll holte Lucy Luft – doch noch ehe Margaux ihr Urteil zu der Robe abgeben konnte, stürzte eine hysterische Assistentin auf sie zu. Die Panik stand der jungen Frau ins Gesicht geschrieben. »Margaux! Es tut mir so leid, Sie stören zu müssen, aber wir haben ein kleines Problem mit einigen Demonstranten!«

O *weia*. Das würde jetzt bestimmt hässlich. Lucy tat die Assistentin so leid, die sicher margaux-t werden würde, weil sie einfach reingeplatzt war, dass sie erst mal keinen Gedanken an das noch ausstehende Urteil verschwendete.

Die Chefredakteurin bedachte sie mit einem durchdringenden, vernichtenden Blick. »Das da wäre?«

»Sie haben gerade drei unserer Gäste beim Reingehen mit Farbe bespritzt und gesagt, sie hören erst auf, wenn Sie mit ihnen reden.«

»Ich verhandele nicht mit Terroristen.«

»Ich weiß, aber … wir haben gesteckt bekommen, dass Mary Kate, Kanye und Demi und Ashton eine Runde nach der anderen um den Block fahren, weil sie sich nicht aus den Wagen trauen. Mit der Polizei können wir den Demonstranten nicht drohen oder damit, dass sie eine Nacht im Knast verbringen – die wollen einfach nur mit Ihnen reden.«

Irgendwie ziemlich cool, dachte Lucy, obwohl sie sich egoistischerweise wünschte, diese Nachricht wäre nicht ausgerechnet in ihre kleine Unterhaltung mit Margaux geplatzt. Den Kadaver-Chic hatte sie noch nie gemocht, und sie konnte auch nicht verstehen, wie Designer und deren Kunden einfach die Augen davor verschließen konnten, wenn in China kleine Puschelhäschen oder andere Pelztiere zur Schlachtbank geführt wurden.

»Das reicht.« Mit versteinertem Gesicht wandte sich die herrische Herausgeberin wieder an Wyatt und Lucy. »Entschuldigen Sie mich bitte.« Und dann war sie auch schon davongerauscht, noch ehe einer der beiden etwas sagen konnte – und ehe sie auch nur einen einzigen Ton darüber gesagt hatte, was sie von Lucys Kleid hielt.

Und nun? Frustriert stieß Lucy irgendwas zwischen einem Stöhnen und einem Seufzen aus, worauf Wyatt den Arm um sie legte. »Bestimmt hat es ihr gefallen«, murmelte er. »Ich meine, wie sollte es ihr nicht gefallen haben?«

Auch wenn sie es eigentlich besser wissen musste, kribbelte es doch ein wenig in Lucys Bauch, als sie ihn so unerwartet nahe neben sich spürte. »Im Poker muss die Frau ein Ass sein. Ich meine, der sieht man nicht mal ansatzweise an, was sie eigentlich denkt.«

»Glaub mir, du hast einen neuen Fan. Und es werden noch mehr dazukommen. Du bist so schön …« Die letzten Worte waren ihm so rausgerutscht, und kaum hatte er sie ausgesprochen, ließ Wyatt den Arm auch schon wieder sinken. Wie vorhin in der Limousine schien sich eine finstere Wolke über sein Gesicht zu legen, was Lucy wieder ermahnte, ihre Gefühle lieber in Schach zu halten. Wyatt war bloß ein Freund – ein erstaunlich loyaler Freund, der ihr immer den Rücken stärkte, aber trotzdem bloß ein Freund. »Da drüben sind Parker und Trip«, brummte er und wechselte schnell das Thema. »Mal sehen, ob die beiden bei uns am Tisch sitzen.«

»Das ist Walker Gregory, der Direktor des Museums.« Diskret wies Wyatt Lucy auf den Mann hin, während sie sich den Weg durch den Raum, in dem sich die Menschen drängten, zu ihrem Tisch bahnten. Der Grand Room – nicht bloß eine treffende Bezeichnung, sondern auch der Name der Familie, die ihn gestiftet hatte –, bot einen beeindruckenden Anblick, selbst durch Wyatts abgeklärte Augen betrachtet. Ranken und Laub aus dem Amazonas verbargen Decke und Wände, und die Tische waren mit frisch gestärktem Leinen, schwerem Silber und Meißner Porzellan eingedeckt, was den Eindruck einer Insel der Zivilisation inmitten einer exotischen Wildnis erweckte. Walker saß, wie Wyatt bemerkte, links von Meredith Galt, die dem Fashion Forum erst kürzlich eine großzügige Geldspende hatte zukommen lassen. Er und Lucy saßen ebenfalls auf prominenten Plätzen, wie er mit Genugtuung feststellte.

Und wo er gerade bei Galts war, ein sehr unwillkommener Vertreter der Familie erwartete sie schon, als sie an den Tisch kamen. »Theo, was für eine schöne Überraschung!«, rief Lucy und lief zu ihm hin, um ihm zur Begrüßung ein Küsschen auf die Wange zu geben.

»Schöner Frack«, brummte Wyatt und schüttelte Theo kühl die Hand. Das Ding war Schwarz-in-Schwarz und sah einfach nur billig aus. »Sehr Steven-Segal-mäßig.« Er setzte sich. Wyatt wusste nicht so recht, warum es ihn so aufregte, Theo frech grinsend auf dem Platz gleich neben Lucy sitzen zu sehen – und genauso Lucys Reaktion, als sie ihn gesehen hatte –, aber aus irgendeinem Grund ging ihm das über die Hutschnur. Lieber hätte er einen Tisch in Sibirien bekommen, als einen ganzen Abend lang Theos Anbaggerversuche aus nächster Nähe mit ansehen zu müssen. Außerdem, soweit Theo wusste, waren Wyatt und Lucy *tatsächlich* romantisch verbandelt – wieso also schmiss er sich so an sie ran? Ganz sicher hatte dieser Widerling ausdrücklich darum gebeten, einen Platz neben Lucy zu bekommen – und da das Museum nun bei seiner Familie tief in der Schuld stand, hatte niemand die *cojones*, Nein zu sagen. Nun, mal sehen, wie blöd die guckten, wenn die Hayes-Stiftung im nächsten Jahr ihr Portfolio gemeinnütziger Spenden neu bewertete.

»Alles in Ordnung?«, flüsterte Lucy, als Theo kurz durch einen Freund abgelenkt wurde. »Du siehst aus, als sei dir eine Laus über die Leber gelaufen. War Theo die Laus?«

»Alles bestens«, entgegnete Wyatt. Würde er versuchen, seinen Ärger zu erklären, dann würde es zwangsläufig klingen, als sei er eifersüchtig oder besitzergreifend, und das bei einer Frau, auf die er keinerlei Anspruch erheben konnte. Wyatt warf einen kurzen Blick auf das Programmheft neben seinem Teller. »Sieht aus, als würde die Versteigerung noch vor dem Essen stattfinden.«

»Da bin ich aber froh«, meinte sie. »Sonst könnte ich das Dinner sicher nicht genießen.«

Kaum hatte sie das gesagt, betrat Walker Gregory auch schon die Bühne. Während die Kellner lautlos den ersten Gang auftrugen, verrenkten sich die Leute den Hals, um einen Blick auf den kleinen, vornehmen Herrn zu werfen, der seit Jahrzehnten die wichtige Stellung des Museums in der Kulturlandschaft der Stadt sicherte. Walker begrüßte die Gäste zu dem Ball, dankte diversen Gönnern und Geldgebern und prahlte mit den hochkarätigen Neuerwerbungen, doch Wyatt hörte gar nicht zu. Er hörte, wie sein Name fiel, aber selbst das konnte seine Aufmerksamkeit nicht von der jungen Dame loseisen, die neben ihm am Tisch saß. Erst jetzt ging ihm der volle Umfang dessen auf, was Lucy gleich tun würde, nämlich nicht nur ihr Kleid, sondern sich selbst präsentieren, und das vor den bedeutendsten Modekritikern der Welt, und sich auf dieser öffentlichen Bühne unendlich angreifbar machen, indem sie hier um Anerkennung für sich selbst und ihre Arbeit warb. Nervös griff sie unter dem Tisch nach seiner Hand. Und in diesem Moment dachte Wyatt nicht an sein Buch, das Experiment oder sein eigenes Interesse am Erfolg dieses Abends. Er betete bloß, Lucy möge nicht vor den Augen aller, die für ihre zukünftige Karriere entscheidend waren, demontiert werden. Dafür hatte sie es schon zu weit gebracht und wünschte sich den Erfolg zu sehr.

»Darf ich nun alle Teilnehmerinnen unserer Auktion zu mir auf die Bühne bitten?«, posaunte Walker, woraufhin Wyatt Lucys Hand noch mal fest drückte.

»Autsch!« Sie lachte ein bisschen, als sie aufstand. »Du bist ja noch nervöser als ich, was?«

»Diese Damen haben sich großzügigerweise bereit erklärt, die Roben versteigern zu lassen, die sie heute Abend tragen«, fuhr Walker fort, »und der gesamte Erlös der Auktion kommt dem Museum zugute, um dessen Tradition und die ausgezeichnete Arbeit fortzusetzen.«

Mit gespanntem Stolz beobachtete Wyatt, wie Lucy leichtfüßig an den Tischen vorbeischlüpfte und zu dem Museumsdirektor auf die Bühne stieg. Die anderen Damen, die in einer Reihe neben ihr standen, repräsentierten nicht nur die angesehensten Familien der amerikanischen Gesellschaft, sondern sie hatten sich auch sämtlich für Roben etablierter amerikanischer Modeschöpfer entschieden, wie beispielsweise Ralph Lauren, Michael Kors und Nola Sinclair. Wyatt fand, Lucy wirkte von allen am selbstsichersten und elegantesten, und ihr Kleid passte am allerbesten zu ihr – aber was nur, wenn es niemandem so gut gefiel, dass er oder sie darauf bot?

Vergleiche sie mal mit Cornelia, dachte er, und beobachtete seine Exfreundin, die finstere Blicke wie Pfeile abschoss und in einem meergrünen Kleid von Ralph Rucci und mit aufgesetztem Lächeln gleich neben Lucy stand. Cornelia könnte sich mit Diamanten behängen wie ein Weihnachtsbaum und würde trotzdem nicht so strahlen wie Lucy. Er hatte Lucy Manieren beigebracht, das Savoir-faire – aber sie hatte immer schon einen durch und durch edlen Charakter gehabt. Der zeigte sich in allem, was sie tat, angefangen bei dem Eifer, mit dem sie sich bereitwillig für Mimi Rutherford-Shaws Stiftung engagierte, bis hin zu ihrem unermüdlichen Arbeitswillen, von ihrem wachen Interesse an Kunst und Kultur bis hin zu ihrer unerschütterlichen Bescheidenheit und ihrem gesunden Menschenverstand. Wie er sie dort so auf der Bühne stehen sah, schien er sie zum ersten Mal ganz zu erkennen.

»Kaum zu glauben, dass sie das Kleid selbst genäht hat, was?«, meinte Theo. Er lehnte sich über Lucys leeren Stuhl zu Wyatt herüber und hatte auch noch die Frechheit, ihn anzulächeln, als seien sie beide alte Kumpels. »Die Frau hat echt Talent.«

»Ihre Zukunft sieht rosig aus«, bemerkte Wyatt steif. Er wollte lieber nicht daran denken, dass sein Buch ihre Karriere beenden könnte, ehe sie richtig angefangen hatte.

Der Auktionator von Sotheby's bat die Anwesenden um Ruhe. »Als Erstes haben wir eine Rodart-Robe, die heute Abend von Miss Libet Vance getragen wird. Darf ich um das erste Gebot in Höhe von zehntausend Dollar bitten? Zehntausend von der Dame in Rot. Zwölf? Ich habe zwölftausend von dem Herrn ganz hinten.« Der Auktionator ratterte die Gebote routiniert herunter. »Fünfzehntausend für diese Einzelanfertigung. Zum Ersten, zum Zweiten – und verkauft an die Dame an Tisch zwölf für fünfzehntausend Dollar.« Anna Santiagos Kleid von Nola Sinclair – ein vampiresk anmutendes Gebirge aus schwarzer Spitze, bei dessen Anblick es Wyatt schauderte – ging für respektable siebentausend Dollar an eine neue Besitzerin, und anschließend Cornelias Robe für beeindruckende zwölf.

»Und zu guter Letzt haben wir hier eine traumschöne Robe von«, der Auktionator unterbrach sich kurz, um sich zu vergewissern, dass er sich nicht verlesen hatte, »Lucy Ellis. Ist das richtig?« Lucy nickte mit einem kleinen Lächeln. Die Nervosität angesichts der Tatsache, dass nun ihr eigenes Kleid zur Auktion stand, sah man ihr nicht im Geringsten an. Wyatt kam es vor, als hätte sich ihre Anspannung auf ihn übertragen und gemeinerweise mit seiner eigenen gegen ihn verbündet. Hastig griff er nach seinem Wasserglas, wobei er beinahe den Wein umgestoßen hätte. Er fürchtete, gar nicht mehr hinschauen zu können. »Die Dame trägt ihre eigene Kreation, meine Damen und Herren. Ich beginne mit einem Gebot von fünftausend Dollar. Darf ich bitte fünftausend Dollar hören für dieses atemberaubende Kleid von Lucy Ellis?«

Als wäre es einer von Wyatts schlimmsten Albträumen, blieb es im Grand Room totenstill. Die Gäste hörten sogar auf zu kauen und verharrten wie angewurzelt mit gezücktem Besteck über den Tellern. Eloise, die mit Max am Nebentisch saß, warf Wyatt mit panisch aufgerissenen Augen einen verzweifelten Blick zu. Wyatt selbst hatte aufgehört zu atmen. Die Stille war unerträglich. Er griff nach seinem Nummernkärtchen und wollte schon aufzeigen. Lucy wäre am Boden zerstört, wenn er ihr zu Hilfe käme, aber es war immer noch besser, als dieses undurchdringliche Schweigen noch einen einzigen Moment ertragen zu müssen.

Theos Hand schoss vor und griff nach seiner nummerierten Karte. »Wage es ja nicht!«, zischte Wyatt und stierte ihn finster an. Der Gedanke, Theo könnte Lucys Kleid sein Eigen nennen, war widerwärtig.

»Ich glaube, du verstehst nicht ganz, worum es bei einer *Auktion* geht«, erwiderte Theo. »Und außerdem habe ich mir überlegt, dass ich ihr gerne ein bisschen unter die Arme greifen will. Ihr helfen, ein eigenes Modelabel aufzuziehen.«

»Es gibt schon einen ganzen Schwarm von Leuten, die ihr unter die Arme greifen, ich eingeschlossen.« Er redete, ohne nachzudenken. »Sie braucht deine Hilfe …«

»Ein echtes Unikat, ein Original von Lucy Ellis«, wiederholte der Auktionator. »Sieht sie darin nicht hinreißend aus? Ich möchte gerne fünftausend hören für dieses außergewöhnliche Kleid.«

Noch ehe einer der beiden Männer seine Karte heben konnte, meldete sich eine schüchterne Stimme ganz hinten im Saal. »Fünftausend!«

Wyatt, der zum ersten Mal wieder ausatmete, seit Lucy von ihrem Platz aufgestanden war, erhob sich von seinem Stuhl, weil er wissen wollte, welcher Engel Lucys Kleid kaufen wollte. Fernanda Fairchild saß da und hielt ihre Auktionskarte mit zitternder Hand in die Luft. Wyatt war schockiert und sofort regte sich Misstrauen – warum sollte Cornelias Busenfreundin ihren eigenen Kopf hinhalten, um Lucy zu retten? Aber als er dann zur Bühne schaute und Cornelias Reaktion mitbekam – sah, wie ihr Gesicht sich vor Zorn lila verfärbte und ihre Kinnlade herunterklappte –, da ging ihm auf, dass er gerade Zeuge eines gewaltigen Societyskandals geworden war. Fernanda, so schien es, hatte endlich Rückgrat bewiesen.

Jetzt, wo das Eis gebrochen war, schaute Wyatt mit Entzücken zu, wie plötzlich überall Kärtchen auftauchten, schneller, als der Auktionator die einzelnen Gebote aufrufen konnte.

Jede Frau im Saal schien zu merken, dass Lucys Kleid etwas ganz Besonderes war, und Wyatt wusste, der ganze Raum war voller Frauen, die es gewohnt waren, das zu bekommen, was sie wollten. Wyatt sah Lucy an, und die erwiderte seinen Blick; er kannte sie gut genug, um zu wissen, dass ihr kühles Gesicht nur ihre Freude verbarg. Wenn sie diesen Saal für sich gewinnen konnte, dann konnte niemand sie mehr aufhalten.

»Zwanzigtausend«, verkündete eine Stimme mit vagem britischen Akzent ganz vorn im Raum. Sämtliche Anwesenden verdrehten den Kopf, um zu sehen, wer das ursprüngliche Gebot vervierfacht hatte.

»Margaux Irving! Wir haben zwanzigtausend von der unvergleichlichen Margaux Irving!«, zirpte der Auktionator. Wyatt konnte sich nicht mehr beherrschen; er sprang auf und klatschte. Zum Glück taten es ihm sofort einige andere Gäste nach. Margaux hatte Geschichte geschrieben, als sie ihre Karte hob – in den zehn Jahren, die sie schon am Ball teilnahm, hatte Wyatt noch nie erlebt, dass sie auf eins der Kleider bot. »Ein hohes Gebot von der unvergleichlichen Margaux Irving! Meine Damen und Herren, möchte jemand das überbieten?«

Die Kärtchen blieben unten, während die anwesenden Gäste ihren Wunsch, das Kleid zu besitzen, gegen die Gefahr, die mächtige Herausgeberin zu vergrätzen, abwogen, aber das Stimmengewirr im Saal war ohrenbetäubend. Triumphierend erwiderte Wyatt Lucys Blick, die über das ganze Gesicht strahlte. Cornelia schien derweil neben ihr von leichten Krämpfen geschüttelt zu werden.

Da anscheinend niemand den Mut aufbrachte, ein weiteres Gebot abzugeben, ließ der Auktionator seinen Hammer niedersausen. »Verkauft an Margaux Irving für wahrlich großzügige zwanzigtausend Dollar.«

Sie hat es geschafft! Pure Freude pulsierte durch Wyatts ganzen Körper. Er fühlte sich beinahe schwerelos. Eloise, Theo und Max prosteten sich gegenseitig zu, aber wieder einmal bekam Wyatt von alledem nichts mit, weil er nur Augen für Lucy hatte, die sich rasch einen Weg durch die Menge bahnte, glücklich lächelnd, und hier und da stehen blieb, um sich von neuen Bewunderern beglückwünschen zu lassen. Als sie endlich wieder an ihrem Tisch war, konnte Wyatt sich nicht mehr bremsen – er nahm sie in die Arme, zog sie zu sich und küsste sie; fest, mit all der aufgestauten Leidenschaft, die er schon seit Wochen hartnäckig zu leugnen versucht hatte. Als sie sich an ihn schmiegte, musste er sich zusammenreißen, um sie nicht in den Armen aus dem Saal und geradewegs in sein Bett zu tragen.

Das Buch, schoss es ihm kurz durch den Kopf, und Wyatt zwang sich, sich von ihr loszureißen.

»Wyatt?«, wisperte sie und legte ihm die Hand auf den Arm.

Die Welt drehte sich zwar wieder um ihre eigene Achse, doch alles andere schien verändert. Theo hatte sich, wie Wyatt mit Genugtuung feststellte, an die Bar getrollt, ausgestochen angesichts des Kusses, dessen Zeuge er eben unfreiwillig geworden war. Max und Eloise hatten sich ebenfalls schnell aus dem Staub gemacht. Lucy schaute ihn plötzlich ganz anders an; ihr Gesicht leuchtete hoffnungsvoll und gespannt. In ihren Augen war zu sehen, dass sie diesen Kuss genauso sehr gewollt hatte wie er.

Das Buch, das Buch, das Buch. »Ich – ich muss unbedingt noch was erledigen«, murmelte er und kam sich dabei richtig schäbig vor.

»Was denn, Trip eine lange Nase machen?«, fragte sie, um ihn ein bisschen aufzuziehen. »Lass es gut sein. Es ist für Trip bestimmt schon schwer genug, Eloise mit Max zu sehen. Deinen Sieg kannst du ihm auch morgen noch unter die Nase reiben.«

Sie hat keine Ahnung, dachte Wyatt, der seine Heuchelei keinen Augenblick mehr ertragen konnte. Lucy war ihm viel zu wichtig, um sie so zu verletzen. »Warte nur einen kleinen Moment. Ich bin gleich wieder da.« Und noch ehe sie protestieren konnte, war er auch schon aufgesprungen und zur Tür gelaufen, wild entschlossen, zu tun, was getan werden musste.

»Was zum Teufel hast du dir dabei gedacht, auf dieses Kleid zu bieten?«, fauchte Cornelia so leise, dass nur Fernanda und Parker sie hören konnten. Gleich nach dem Ende der Auktion war sie an ihren Tisch gestürmt, wie von Sinnen vor Wut. »Lucy hat völlig in der Luft gehangen, bis du dein großes Maul aufgerissen hast!«

»Beruhige dich«, sagte Parker bedächtig. »Du übertreibst es.« Fernanda, die noch blasser und hagerer aussah als sonst, sagte kein Wort. Mit verschränkten Armen saß sie da und wich Cornelias Blick aus, wie ein Gefangener, der die kommende Folter fürchtet.

»Übernimmt dieser Troll jetzt auch schon das *Reden* für dich?« Cornelia fühlte die altbekannte heiße Dunkelheit in sich aufsteigen. Die hatte sie das erste Mal mit sechzehn gespürt, als ihre Mutter das Elternwochenende in Groton einfach vergessen hatte und stattdessen mit ihrem Schweizer »Freund« Jacques nach Verbier geflogen war. Es war ein gefährliches Gefühl, wie Cornelia nur zu gut wusste. Als ihre Mutter von der Skipiste zurückgekommen war, hatte sie mit Entsetzen feststellen müssen, dass sämtliche ihrer Freundinnen sich das Maul zerrissen, sie habe sich Chlamydien eingefangen. »Dein Glück, dass deine nette kleine Geste einen Bieterkrieg angezettelt hat, Fernanda. Wie hättest du denn fünf Riesen zusammenkratzen wollen? Du hättest eine Niere verkaufen müssen – wie liegen eigentlich derzeit die Preise für innere Organe alternder, insolventer Societyschicksen?«

»Du hast wirklich ein echtes Problem«, erklärte Parker mit hochroten Wangen. »Hat dir das schon mal jemand gesagt?«

»Ach bitte. Du bist doch echt erbärmlich«, spie sie ihn an. »Blank, kahl, öde – kein Wunder, dass deine Frau dich sitzen gelassen hat. Und was Besseres als Fernanda bekommst du wohl nicht mehr ab.« Sie lachte laut auf. »Hast du auch nur den leisesten Schimmer, wie vielen Männern unsere liebe Fern sich in ihren Zwanzigern an den Hals geworfen hat, in der Hoffnung, einer von ihnen würde eine ehrbare Frau aus ihr machen?«

»Sieh zu, dass du Land gewinnst, du Giftspritze!« Parker sprang auf, während Fernanda weiter teilnahmslos in sich zusammengesunken dasaß, das Gesicht in beide Hände vergraben. Obwohl Parker ein ganzes Stück kleiner war als Cornelia, ließ allein die Wucht seiner Wut sie zurückweichen.

Wobei ihr aufging, dass die Leute anfingen, sie anzustarren. »Du brauchst hier keine Szene zu machen«, zischte sie höhnisch und riss sich mühsam zusammen. Cornelia Rockman würde ganz sicher nicht beim gesellschaftlichen Ereignis des Jahres hysterische Anfälle und einen Nervenzusammenbruch bekommen. Sie würde nicht laut und ausfallend werden. Denn schließlich war sie immer noch *eine Dame*, und diese beiden Nieten waren es *einfach nicht wert*, dass man sich über sie aufregte. Ohne Fernanda eines weiteren Blickes zu würdigen, drehte sie sich auf dem Absatz um und ging, und damit endete einfach so eine achtzehnjährige Freundschaft.

In einer stillen Ecke eines nun menschenleeren Raums, in dem vorhin noch Drinks gereicht worden waren, tippte Wyatt die Telefonnummer ein und betete, die Mailbox möge drangehen. Nach allem, was sie zusammen durchgemacht hatten, blieb ihm keine andere Wahl. Lucy war ein menschliches Wesen, kein zu Studienzwecken eingesperrter Schimpanse. Seine Mutter hatte recht: Es war Zeit, ausnahmsweise endlich mal auch an andere zu denken und nicht nur an sich selbst.

»Wyatt!« Verdammt, Kipling persönlich. Im Hintergrund konnte Wyatt die Geräuschkulisse eines Restaurants ausmachen. »Schön, von Ihnen zu hören, mein Junge, auch zu dieser späten Stunde. Haben Sie …«

»Es tut mir leid, aber ich kann das Buch nicht veröffentlichen«, platzte Wyatt ohne weitere Umstände heraus. Mit jedem Wort wurde es ihm leichter ums Herz.

»El, meinst du nicht, du solltest es langsamer angehen lassen?« Besorgt musterte Lucy ihre Freundin. Nachdem Wyatt so plötzlich verschwunden war und sie nach ihrem Kuss einfach stehen gelassen hatte – etwas schwindelig, atemlos und leicht benommen –, war sie ein wenig herumgegangen und hatte Eloise und Max an der Bar entdeckt. Eloise, die sonst eher souverän und zurückhaltend war, hatte eindeutig zu tief ins Glas geschaut – weshalb sie Lucy in ihrem gegenwärtigen Zustand keine Hilfe war bei der Analyse des Wechselbades der Gefühle, das Wyatts uneindeutiges Verhalten bei ihr ausgelöst hatte – und hatte gerade Max überstimmt und einen weiteren Martini bestellt.

»Ich *feiere*! Mein Mädchen hat gerade die ganze Auktion *gerockt*!« Eloise lehnte sich quer über die Theke und schnappte sich eine der riesengroßen Martini-Oliven. Dann fiel sie auf Lucy und klammerte sich an ihr fest, als gelte es ihr Leben. Schützend legte Max einen Arm um Eloise' zarte Schultern und versuchte ihr dabei zu helfen, aufrecht zu stehen.

»Warum feiern wir nicht bei Brot und Kaffee weiter?« Lucy winkte einen vorbeieilenden Kellner heran und gab ihre Bestellung auf.

»Gute Idee«, murmelte Max über Eloise' Kopf hinweg. »Sie hat den ganzen Abend noch keinen Bissen gegessen.«

»Das habe ich gehört«, kicherte Eloise und lehnte sich gegen Max. »Wie soll ich denn bitte essen, wenn mein Freund mich abserviert hat und jetzt mit so einem Gossip-Girl-Verschnitt rummacht?« Und damit zeigte sie mit dem Finger auf die Tanzfläche, auf der Lucy Trip allerdings beim besten Willen nicht entdecken konnte. Eloise nahm den neuen Martini vom Barkeeper entgegen, der Lucys vorwurfsvollen Blick mit einem Schulterzucken beantwortete. Eloise setzte das Glas an die Lippen, kippte es ein wenig und verschüttete die Hälfte ihres Drinks auf ihr wunderschönes, trägerloses Kleid. Einen Augenblick starrte Eloise reglos auf den sich ausbreitenden Fleck, dann guckte sie mit einem breiten Grinsen im Gesicht wieder hoch. »Wet-Couture-Wettbewerb!«, johlte sie und trank einen Riesenschluck Gin.

Hektisch holte Max eine Serviette und hielt sie vor Eloise' Dekolleté, während der Stoff langsam durchsichtig wurde. »Wir müssen sie nach Hause bringen«, erklärte er entschlossen.

»Nur einen einzigen Tanz«, lallte sie. Dann packte sie Max an der Hand und schleifte ihn hinter sich her zur Tanzfläche. Da er sie schwerlich wie ein Höhlenmensch über die Schulter werfen und hinaustragen konnte, blieb ihm nichts anderes übrig, als gute Miene zum bösen Spiel zu machen.

Lucy war kurz abgelenkt von Wyatts Hand, die sie leicht am Ellbogen fasste; eine kaum spürbare Berührung, bei der sie aber am ganzen Körper erschauderte. »Tut mir leid, dass ich so Hals über Kopf wegmusste. Aber jetzt gehört der Abend uns.« Er lächelte sie an, und seine blaugrauen Augen funkelten, dann nahm er zwei Champagnergläser vom nächsten Tisch und reichte ihr eins davon, wobei er ganz zart ihre Hand streifte. »So.«

Sie lächelte ihn zärtlich an. »So.«

»Die drei Monate sind wie im Flug vergangen, findest du nicht?« Aufmerksam schaute er sie an.

»Du musstest dich ja auch nicht von Grünkohl ernähren und jeden Tag fünf Stunden trainieren«, sagte sie und lachte. Aber er hatte recht. Sie nippte am Champagner. Wyatt umfasste ihre Taille und legte eine Hand fest auf ihren Rücken. Es war ein unglaubliches Gefühl und gleichzeitig das Natürlichste der Welt.

»Für mich ist die Zeit sehr schnell vergangen. Viel zu schnell.« Er beugte sich zu ihr herunter und küsste sie wieder – mit mehr Bedacht diesmal, aber umso köstlicher. *Konnte das alles wirklich wahr sein?* Lucy hatte nie an Liebe wie im Märchen geglaubt – Rita und ihr Auswahlzettel mit Männernamen hatten ihr schon früh sämtliche romantischen Illusionen geraubt –, aber nun sah es zunehmend danach aus, als könnte es tatsächlich ein Happy End geben mit »... und wenn sie nicht gestorben sind ...« und allem Drum und Dran. Jetzt brauchte sie sich nur noch mit Rita zu versöhnen, und alles wäre ganz wunderbar. »Ich will nicht, dass dieser Abend zu Ende geht«, murmelte sie und küsste ihn zwischen den einzelnen Worten.

»Entschuldigt bitte, wenn ich eure Tatschorgie unterbrechen muss«, zischelte Cornelia, die mit geröteten Wangen neben ihnen stand. Die rappeldürre Blondine bedachte sie mit einem klebrig-süßen Lächeln und legte eine Hand auf Lucys Arm, was diese an Wyatts Worte erinnerte: *Lächeln ist für gesellig lebende Tiere mitunter eine gute Methode, die Zähne zu zeigen.* »Das war ja wirklich ein äußerst erfolgreicher Abend für dich, hm? Zu schade, dass deine Mama das nicht miterleben durfte, Lucy Jo. Dabei habe ich alle Hebel in Bewegung gesetzt, damit sie eine Einladung bekommt.«

Cornelia wusste also Bescheid. Beim Gedanken daran, wie brüsk sie Rita abgebürstet hatte, wäre Lucy am liebsten in den Bodendielen versunken. »Wie habt ihr euch kennengelernt?«

»Ach, tja. Rita und ich haben ein bisschen geplaudert.« Cornelia legte den Kopf schief. »Die Ähnlichkeit ist wirklich verblüffend. Die Nase, die Hüften … Sie hat mir erzählt, dass du in der Highschool in einem Trucker-Restaurant gekellnert hast. Wirklich mal was ganz anderes für die Erbin eines gigantischen Holzhändler-Vermögens. Und dann dein Job bei Nola Sinclair …«

Wyatt platzte der Kragen. »Das reicht! Ich weiß nicht, was du eigentlich willst …«

Cornelia lächelte. »Wyatt, Schätzchen, ich glaube, das weißt du sehr wohl. Unsere liebe Lucy ist ein einziger großer Schwindel. Dein kleines Püppchen, das du in die richtigen Kleider gesteckt und mit Schmuck behängt und dem du das richtige Gäbelchen in die Hand gedrückt hast. Erst konnte ich gar nicht begreifen, wie du mich verlassen konntest für, für«, sie wedelte mit der Hand in Lucys Richtung, »die da. Aber jetzt verstehe ich. Mit einer echten Frau warst du völlig überfordert. Du brauchst ein kleines Spielzeug, eine Schachfigur, die du hierhin und dorthin schieben kannst, wie es dir gerade passt.«

Der Grand Room drehte sich immer schneller im Kreis. Lucy bekam kaum noch Luft …

»Und nun wird der Rest der Welt dein kleines krankes Geheimnis erfahren. Nächste Woche bringt *Townhouse* eine Titelstory, die Lucy Jos Lügen eine nach der anderen entlarvt. Heute Abend schreibt Mallory die letzten Absätze des Artikels.« Lucy schnappte entsetzt nach Luft. Die Chefredakteurin hatte sie tatsächlich ganz seltsam angeschaut, als sie ihr während der Cocktailstunde quer durch den Raum zugewinkt hatte. »Ich dachte, du würdest es gerne wissen wollen, ehe das Heft vor deiner Tür liegt.«

»Du bist eindeutig zu weit gegangen, Cornelia«, hörte sie Wyatt sagen, aber seine Stimme klang irgendwie ganz weit weg. »Du hast keinen Grund, Lucy anzugreifen, nur weil es mit uns beiden nicht funktioniert hat …«

Cornelia wieherte hämisch. »Bilde dir bloß nichts ein. Du hast doch immer rumgelabert, ich soll meinen Beitrag zum Allgemeinwohl leisten. Tja, und eine Lügnerin bloßzustellen *ist* mein Beitrag.« Womit Cornelia davonstolzierte und sie in einer beißenden Parfum-Schwade stehen ließ.

Lucy schämte sich so in Grund und Boden, dass sie kaum atmen konnte. Sie kam sich vor, als hätte sie an der Decke am Lüster geschaukelt, sei abgestürzt und auf den Rücken gekracht. Sie brachte keinen Ton heraus. Der Ball, das Museum, alles verschwamm vor ihren Augen. Wyatt hatte ihr die Hände auf die Schultern gelegt und versuchte, sie zu trösten, aber Lucy schaffte es nicht, ihm in die Augen zu schauen. Alles war verloren: Wyatts Wette, die Anerkennung der Menschen, die sie in den vergangenen Monaten kennengelernt hatte, die Karriere, für die sie so hart gearbeitet hatte. Wyatt würde mit ihr zusammen abstürzen. Sogar Rita hatte sie verletzt.

»Alles wird gut, versprochen«, murmelte Wyatt, doch sie wusste, dass er log.

»Ich muss hier raus.« Lucy konnte es nicht ertragen, ihn anzusehen. Tränen brannten ihr in den Augen, hastig raffte sie den Rock ihres traumhaft schönen Kleides, drehte sich um und stürzte nach draußen.

31

»Max?«

»Ja, Eloise?«

Sie lachte, weil er so förmlich war, und lehnte ihren Kopf, in dem sich alles drehte, gegen den feinen Leinenstoff seines Hemds. Sie musste dem Drang widerstehen, die Knöpfe abzulecken. »Tolle Brustmuskeln.«

»Danke.«

»Ich bin so froh, dass du mit mir zu dem Ball gegangen bist. Keine Ahnung, was ich machen würde, wenn du nicht da wärst.«

»Dich völlig um Kopf und Kragen trinken?« Zärtlich lächelte er sie an. »Ich bin aber auch sehr froh. So, wie wäre es, wenn ich dich jetzt nach Hause bringe? Wir könnten unterwegs eine Pizza besorgen, damit du wieder ein bisschen nüchterner wirst.«

»Nur noch ein paar kleine Tänzchen«, meinte Eloise beharrlich und rappelte sich wieder auf. Sie hoffte bloß, dass Trip – den sie zuletzt gesehen hatte, als er gerade mit seiner Begleitung zu »Fly Me to the Moon« die Hüften kreisen gelassen hatte – kochte vor Eifersucht. Verführerisch schlang sie Max die Arme um den Hals und flüsterte: »Und jetzt lässt du mich nach hinten fallen!«, und Max tat eher widerstrebend, wie ihm geheißen. Eloise ließ sich nach hinten fallen, tiefer und immer tiefer, bis Max sie gezwungenermaßen wieder nach oben ziehen musste wie ein pralles Fischernetz voller Kabeljau.

»Eloise, ich bringe dich *jetzt auf der Stelle* nach Hause«, stammelte er, nachdem er sie mühevoll wieder aufrecht hingestellt hatte, und diesmal war ihr klar, dass er ein Nein nicht gelten lassen würde. Er drückte sie an sich, hob sie hoch und trug sie einfach von der Tanzfläche. Erst war es ein wirklich schönes Gefühl, aber dann wurde es ihr schnell eher peinlich.

»Hey!«, schimpfte sie und schlug ihm mit der Faust auf die Brust. Wenn jemand sie sah! Zielstrebig marschierte er nach draußen und machte nicht einmal an ihrem Tisch halt, sodass sie ihre Tasche im Vorbeigehen an sich reißen musste. Wie beschämend! Ihre Begleitung führte sich auf wie ein Neandertaler! Himmel, sie hoffte wirklich, dass Trip das nicht mitbekam. »Lass mich sofort runter, Max!«, kreischte sie, als er sie bis zur Garderobe trug, weshalb das Paar, das vor ihnen in der Schlange stand, sich pikiert zu ihnen umdrehte. Worauf sie ihm noch mal energisch auf den Rücken trommelte, um ihren Worten Nachdruck zu verleihen.

Widerstrebend stellte Max sie auf die eigenen Füße, trat aber so dicht vor sie, dass sie völlig abgeschirmt war. Erst da merkte Eloise, dass ihr Kleid, noch ganz feucht und durchscheinend von dem Martini, den sie vorhin darauf verschüttet hatte, ihr bis auf die Hüften heruntergerutscht war.

»Willst du auch ganz bestimmt so früh gehen?«, fragte Parker, nachdem Fernanda ihm ins Ohr geflüstert hatte, sie wolle lieber nach Hause. Er entschuldigte sich bei Jack Rutherford-Shaw und ging mit ihr ein paar Schritte, bis sie außer Hörweite waren. »Dabei hast du noch gar nicht mit mir getanzt.«

»Mir reicht's für heute«, entgegnete Fernanda. Cornelias Attacke hatte ihr sehr zu schaffen gemacht, aber das hatte sie sich schon denken können, als sie ihr Nummernkärtchen gezückt hatte. Aber nie hätte sie geglaubt, dass ihre Freundin auch vor Parker nicht haltmachen würde. Er hatte ihre verletzenden Bemerkungen einfach mit einem Achselzucken abgetan, aber sie merkte, dass sie ihn getroffen hatten. Und dann hatte Cornelia sich auch noch Lucy vorgeknöpft und sie genüsslich auseinandergenommen.

Parker gab ihr einen Kuss auf die Wange. »Ich will mich nur schnell von ein paar Leuten verabschieden. Zwei Minuten, ja?«

»Ich warte draußen.«

Als Fernanda kurz darauf vor dem Museum an der Fifth Avenue stand und das in sanftes Licht getauchte Gebäude betrachtete, zitterte sie leicht. Mit einer Hand hielt sie den Nerzmantel ihrer Mutter am Hals zusammen, in der anderen trug sie die kleine Geschenktüte, die alle Gäste des Balls bekommen hatten und aus dem ein Fläschchen von Cornelias Parfum »Socialite« lugte. Sie wusste, dieses Zeug würde sie nie im Leben tragen. Ihre Freundschaft, die in den vergangenen beinahe zwanzig Jahren ihres Lebens eine so wichtige Rolle gespielt hatte, war endgültig gestorben.

Dann sah sie, wie ihr Bruder die heftig angetrunkene Eloise Carlton die Museumstreppe hinuntermanövrierte. »Max!«, rief sie. Er schaute auf. »Komm her, du kannst unseren Wagen nehmen. Parker und ich können uns auch ein Taxi rufen.«

Verdutzt zog Max die Augenbrauen hoch. »Sicher? Das ist echt nett von dir.«

»Gelegentlich kann ich auch mal nett sein.« Sie lachte kurz auf. Aber dann ging ihr auf, wie selten das tatsächlich der Fall war, und sie schämte sich. »Ehrlich, du kannst ihn haben. Parker hat bestimmt nichts dagegen.« Mit einer Handbewegung dirigierte sie ihren Bruder zu der wartenden Limousine. Max machte Eloise die Tür auf, die plötzlich keinen einzigen Knochen mehr im Leib zu haben schien, und Fernanda und er mühten sich ab, sie vorsichtig ins Auto zu bugsieren.

»Danke«, murmelte er und ging zur anderen Seite, um einzusteigen. Sie nickte und schaute dem Wagen hinterher, als er losfuhr.

Aber es bedurfte deutlich mehr als einiger kleiner Gesten, damit Fernanda sich nicht mehr so mies vorkam.

»Entschuldige, dass du warten musstest!« Parker kam die Stufen herunter, ein breites Grinsen in seinem Gesicht. Er zog sie an sich und drückte sie. »Ich bin so stolz auf mein Mädchen. Du hast heute Abend genau das Richtige getan, weißt du das?«

»Ich hoffe, du bist mir nicht böse. Ich habe Max unseren Wagen überlassen. Der spielte gerade den Ritter in schimmernder Armani-Rüstung für Eloise Carlton.«

»Nein, gar nicht.« Parker winkte eines der gelben Taxis heran. Mit der anderen Hand hielt er Fernanda fest an sich gedrückt.

Wenn ich diesen Mann heirate, dachte sie, während sie zuschaute, wie die glamourösen Gäste hinter den Panoramafenstern des Museums im Walzerschritt die Nacht zum Tag machten, *dann wird es nichts mit Park Avenue*. Parker, der nicht mehr der dynamische junge Mann von früher war, schien klaglos hinzunehmen, wie sehr seine Lebensumstände sich geändert hatten. *Dann wird es nichts mit Weihnachten in St. Barts. Und den Sechskaräter kann ich mir auch abschminken. Kein Hauskonto in der Madison Avenue; keine Verkäuferinnen, die sich fast überschlagen, sobald ich eine Boutique betrete, weil sie genau wissen, dass ich mehr Geld auf dem Konto habe als die meisten Investmentbanken.*

»Du warst heute Abend die Schönste von allen«, sagte

er und küsste sie auf die Wange. Und sie merkte, dass er das ernst meinte. Fernanda gefiel die Frau, für die er sie hielt. Und in diesem Moment beschloss sie, dass sie diese Frau werden wollte.

»Parker«, sagte sie sanft mit bisher ungekannter Gewissheit. Sie nahm seine beiden Hände und schob den Gedanken an die Reaktion ihrer Mutter in weite Ferne. »Parker, willst du mich heiraten?«

Gegen drei Uhr morgens raffte Lucy ihr Kleid zusammen und machte einen Schritt auf die Rolltreppe, die in die Eingeweide der Port Authority führte, der Hafenbehörde von New York. Die ganze Stadt hatte sie schon durchkämmt auf der verzweifelten Suche nach Rita, die einfach nicht ans Telefon ging – war von den Kellerkneipen, die ihre Mutter mal beiläufig erwähnt hatte, bis zu ihrem Apartment in Murray Hill gelaufen, eine deprimierende Rundreise zu den Stationen ihres früheren Lebens, zu dem sie nur zu bald wieder zurückkehren würde. Mittlerweile waren ihre Füße wund, aber alles vergeblich. Dann musste sie daran denken, wie gekränkt Rita sie angesehen hatte, also machte sie sich auf den Weg ans andere Ende der Stadt, vorbei an der grellen Neonreklame auf dem Times Square, zum Busbahnhof.

Und tatsächlich, da war Rita. Sie saß auf einer Bank vor dem Bildschirm, auf dem die Abfahrtszeiten der Greyhound-Busse angezeigt wurden, flankiert von einem Obdachlosen und einer griesgrämigen älteren Frau mit kurzer, hochgegelter Igelfrisur. Die Wimpertusche war Rita über die Wangen gelaufen, weshalb sie aussah wie eine Mischung aus Alice Cooper und Peggy Bundy, und sie trug immer noch das Minikleid mit den Pailletten. Dazu trank sie irgendwas aus einer braunen Papiertüte – vermutlich einen Alkopop, so wie sie ihre Mutter kannte. Obwohl sie aussah wie eine alternde Bordsteinschwalbe hatte sie etwas Unschuldiges an sich, wie ein kleines Kind, das auf den Schulbus wartet, und Lucy schmolz das Herz, als sie Rita so da sitzen sah.

»Was machst du denn hier?«, fragte Rita, die aufschaute, als Lucy auf sie zulief.

»Wurde aber auch langsam Zeit«, brummte die Frau neben ihr mit starkem bulgarischem Akzent, und der Mann nickte nur. Rita hatte ihren beiden neuen Bekannten offensichtlich brühwarm erzählt, wie unmöglich ihre Tochter sich aufgeführt hatte.

»Rita, es tut mir leid. So hätte ich dich nicht behandeln dürfen.«

»Warum bist du denn nicht bei der Party? Ist was passiert? Du bist ja völlig durch den Wind!«

Machte Rita sich etwa mehr Gedanken darum, was ich *durchmache, als um ihre eigenen Probleme?* Hörte sich ganz danach an. »Es war eine Katastrophe«, gab sie zu, und erzählte ihrer Mutter von Cornelias Rachefeldzug.

»Vielleicht ist es den Leuten egal?«, meinte Rita. Aber so naiv, das anzunehmen, war Lucy nicht. Nach dem Artikel im *Townhouse* hätte sie den Ruf als Hochstaplerin weg, den sie unmöglich je wieder abschütteln könnte. Die Einladungen würden ausbleiben. Niemand würde sie mehr einstellen; niemand würde mit den Klatschspalten in Verbindung gebracht und sich mit einer stadtbekannten Schwindlerin sehen lassen wollen. Wyatt eingeschlossen, dachte Lucy traurig. Sie wusste, er war zu sehr Gentleman, um sie in dieser Notlage einfach im Stich zu lassen, aber sobald die raue Wirklichkeit sie einholte – und sein Name überall in der Klatschpresse in den Schmutz gezogen wurde –, würde er sie bald als unliebsamen Klotz am Bein betrachten, der einem Kopfschmerzen bereitete, mehr nicht. Das alles erzählte sie ihrer Mutter in einer gerafften Kurzfassung.

»Das ist *alles* meine Schuld!« Rita verbarg das Gesicht in den Händen und unterdrückte mühsam ein Schluchzen. Die Obdachlose tätschelte ihr den Rücken, als würden sie sich schon seit Jahren kennen. »Unglaublich, dass ich diesem Mädchen vertraut habe. Ich weiß nicht, was ich mir dabei gedacht habe.« Sie schaute Lucy an, und heiße Tränen der Reue liefen ihr über beide Wangen. »Ich habe dir alles kaputt gemacht, genau, wie du befürchtet hast. Du hast allen Grund, mich zu hassen. Es tut mir so leid, Lucy Jo, ich – ich gehe zurück nach Dayville, damit ich dir nicht noch mehr zur Last falle.«

»Vielleicht komme ich gleich mit. Aber nicht heute Nacht.« Ritas aufrichtiger Kummer brach Lucy beinahe das Herz. Der Obdachlose bot ihr seinen Platz an, den sie dankend annahm. Dann nahm sie ihre Mutter fest in den Arm. »Das ist doch nicht deine Schuld. Ich hätte mich nicht dafür schämen sollen, wer ich bin und wo ich herkomme.«

Schniefend wischte Rita sich die Nase am Ärmel ihres Bolero-Jäckchens ab. »Nein, das hättest du wirklich nicht.« Ihre Stimme klang sanfter, als Lucy es je gehört hatte. »Ich habe das ganz ernst gemeint, als ich sagte, Lucy Jo Ellis hat wirklich Klasse; mehr als jeder andere Mensch, den *ich* kenne. Ich meine, dein ganzes Leben lang kümmerst du dich schon um mich, obwohl ich das«, unter Tränen holte sie mühsam Luft, »gar nicht verdient habe. Du hast hart gearbeitet, um es zu etwas zu bringen. Du hast Talent, nicht wie diese anderen Mädchen, die den lieben langen Tag auf der faulen Haut liegen und nichts tun, als bloß hübsch auszusehen und ihre Zeit zu vertrödeln. Und du bist ein guter Mensch, Lucy Jo.«

»Vielleicht war ich das früher mal.« Inzwischen schien es

ihr fast, als liege der Ball schon Jahre zurück. Der rote Teppich, die Versteigerung, die Küsse – war das alles wirklich passiert? Ihr knurrender Magen holte sie wieder in die Wirklichkeit zurück. Sie hatte den ganzen Abend noch nichts gegessen – oder vielmehr die ganzen letzten drei Monate, wie es ihr vorkam. »Wer möchte eine Brezel?«, fragte sie in die Runde, und sofort schossen drei Hände nach oben. Lucy ging zu dem kleinen Verkaufswagen, gab dem Verkäufer das Geld und verteilte die Brezeln.

»Komm, wir gehen nach Hause«, sagte sie zu ihrer Mutter und nahm den Koffer, der zu ihren Füßen auf dem Boden stand.

»Du meinst ins Carlyle? Hast du nicht gesagt, du hast da ein Zimmer?«

»Nein, gehen wir lieber nach Hause-Hause. Murray Hill.« Es war vielleicht ein bisschen schäbig, die Bodendielen mochten schief und krumm sein, und gelegentlich fand man Käferchen – um nicht zu sagen Kakerlaken – im Badezimmer, aber augenblicklich war das Lucy ganz egal. Sie wollte bloß irgendwohin, wo sie wieder auf den Boden der Tatsachen kommen und sich darauf besinnen konnte, wer sie wirklich war. Morgen konnte sie sich dann überlegen, was sie mit dem Scherbenhaufen anfangen sollte, in den sich ihr Leben unversehens verwandelt hatte.

»Noch besser.« Entschlossen griff Rita nach ihrer Reisetasche und warf sie sich über die Schulter, um dann ihren beiden neuen Kumpels zum Abschied zuzuwinken. »Ich glaube, es wird dir gefallen, was ich in der Bude gezaubert habe.«

Um sechs am nächsten Morgen hob Trip vorsichtig den vogelzarten Arm an, der auf seiner nackten Brust lag. Die klapperdürre Rothaarige, der er gehörte, rührte sich nicht. Wie zum Geier hieß sie noch mal? Trip konnte sich ja kaum an seinen eigenen Namen erinnern. Entgeistert schaute er sich um – mehr Boudoir als Schlafzimmer mit schauerromantisch angehauchten schwarzen Vorhängen und burgunderroten Wänden, wobei erschreckend viele Red-Bull-Dosen überall auf dem Boden verstreut herumlagen. Das schwarze Kleid des Mädchens lag zusammengeknüllt auf dem Boden und erinnerte ihn irgendwie an eine geschmolzene Märchenhexe.

Behutsam rutschte Trip ein paar Zentimeter Richtung Bettkante. *Gut*. Jetzt musste er es nur noch zur Tür hinaus schaffen, ohne das Mädel aufzuwecken, und dann wäre er frei. Sein Kopf schmerzte höllisch, sein Mund war so ausgedörrt wie die Sahara. Mit dem linken Fuß berührte Trip den Boden, wobei er sorgsam darauf bedacht war, nicht an der schwarzen Satin-Bettwäsche zu ziehen. Er wusste gar nicht, dass es junge Mädchen gab, die in schwarzer Satin-Bettwäsche schliefen. Und eigentlich wollte er das auch gar nicht wissen. Dann die linke Hand. Gerade, als er vollends aus dem Bett gleiten wollte, hörte er sie leise grunzen.

Trip erstarrte. Das Mädchen war wieder still. Ganz langsam rutschte er weiter. Sein Frack lag in der Ecke, gleich neben der Hexenpfütze. Allein beim Anblick der achtlos hingeworfenen Klamotten wurde ihm schlecht. Dann fiel ihm wieder ein, wie sie ihn am Abend zuvor aufs Bett geschubst und die Tigerin gespielt hatte. Und dann musste er daran denken, wie Eloise die Arme um Max Fairchilds Hals geschlungen hatte.

»Ach du lieber Gott! Alles *okay*?«, quiekte das Mädchen, setzte sich kerzengerade auf und schob sich die Löckchen aus dem Gesicht. Das unüberhörbare Geräusch, als Trip sich in eine der Geschenktüten übergab, die sie beim Ball in die Hand gedrückt bekommen hatten – das Erstbeste, was er in die Finger bekommen hatte –, hatte seine Bettgefährtin geweckt.

»Entschuldige«, murmelte er matt und machte sich hastig daran, schnell in seine Hose zu steigen und das Hemd zuzuknöpfen. Er musste dringend hier raus. Zu seinem Entsetzen stieg das Mädel doch tatsächlich aus dem Bett und tappte in ihr Satin-Laken gehüllt quer durchs Zimmer zu ihm. »Du kannst, ähm, gerne meine Tüte behalten«, brummte Trip.

»Die Tüte ist mir egal.« Sie tippte ihm mit dem Finger auf die Brust.

»Doch, doch, ich bestehe darauf«, nuschelte Trip und quetschte seinen Fuß in den Schuh, während er die Spucktüte in der einen Hand hielt. Dann schnappte er sich den anderen Schuh und steuerte in Richtung Tür. »Auf jeden Fall, vielen Dank für alles.« Nervös fingerte er am Türknauf herum.

»Clarissa«, sagte sie. »Willst du den anderen Schuh nicht auch anziehen?«

»Ja, richtig«, krächzte er und atmete schon den süßen Duft der Freiheit im Korridor ein. »Im Aufzug!« Er führte sich auf wie ein mieses Schwein, das war ihm klar, aber Trip konnte an nichts anderes denken als daran, möglichst schnell nach Hause zu gehen und den vergangenen Abend zu vergessen.

»Jaaaaack!«, kreischte Mimi Rutherford-Shaw entsetzt aus ihrem Ankleidezimmer in Bedford, wo sie sich gerade zum Reiten fertiggemacht hatte. Der Ball hatte ihr übliches Wochenendprogramm durcheinandergebracht; in den frühen Morgenstunden hatten sie sich von ihrem Fahrer auf direktem Weg vom Heritage Museum zu ihrem Landhaus bringen lassen. »Jack, komm schnell! Du musst dir das ansehen!«

»Was ist denn, Mims?«, rief ihr Mann aus dem Schlafzimmer, der noch im Pyjama war und es sich gerade bei der Lektüre des *Wall Street Journal* gemütlich gemacht hatte. Sie rannte zur Tür, riss ihre Bluse auf und entblößte ihre gewaltigen Doppel-D-Naturgewalten. Schlagartig war Jack hellwach und legte die Zeitung beiseite. Blinzelnd betrachtete er ihre Brust, doch das Interesse schlug rasch in Entsetzen um. Schnell lief er zu ihr. »Wie zum Teufel ist das passiert, Mims? Hast du dich verbrannt?« Beide starrten fassungslos auf die rot-violetten Pusteln, die wie kleine Gebirgsausläufer um ihre beiden Berggipfel sprossen.

Mimi schlug die Hand vor den Mund und griff nach der Geschenktüte, die sie beim Fashion Forum Ball bekommen hatte. »Das war ›Socialite‹! Cornelias Parfum! Ich habe mich ein bisschen damit eingesprüht, und dann ist das passiert!« Empört zog sie den Glasflakon aus der Tute und hielt ihn ihrem Mann unter die Nase. »Ruf Dr. Stone an, Jack, und sag ihm, er muss sich das sofort anschauen!«

»Eau de Cornelia Rockman?«, murmelte Jack, während er das Telefon holte. »Hätte man sich doch denken können, dass das Zeug ätzend ist.«

Mühsam schlug Eloise die Augen auf. Sie sah, dass jemand ihr Kleid ordentlich auf einen Kleiderbügel an die Tür gehängt hatte; ihre Schuhe standen unter dem Sekretär. Auf ihrem Nachttisch wartete eine große Flasche Wasser, nach der sie mit einem leisen Stöhnen griff.

Eloise Carlton gehörte leider nicht zu den Menschen, die an alkoholbedingtem Gedächtnisverlust litten, weshalb ihre Gedanken unablässig, unbarmherzig und kaum erträglich um die Ereignisse der vergangenen Nacht kreisten. Trip, der tanzte. Eloise, die trank. Eloise, die tanzte wie eine durchgeknallte Isadora Duncan, um dann vor den Augen der versammelten New Yorker Gesellschaft von Max Fairchild oben ohne von der Tanzfläche getragen und in ein Taxi verfrachtet zu werden.

Ich ziehe hier weg. Paris. Marrakesch. Irgendwo ganz neu anfangen, um die ganze Welt reisen, in sich gehen. Ein persönlicher Selbstfindungstrip, nur ohne Trip. Und vermutlich auch ohne Essen, was zumindest so lange warten muss, bis ich wieder kauen kann. Vielleicht könnte ich es stattdessen mit Trinken, Heulen und Haareraufen versuchen.

Gerade, als sie es geschafft hatte, sich mithilfe der Kopfkissen im Rücken aufrecht hinzusetzen, klingelte es an der Wohnungstür. Wie der Teufel aus der Kiste fuhr sie aus den Laken hoch und guckte um die Ecke in den Flur. Lucys Schlafzimmer war leer. Sie hoffte, ihre Freundin hatte ihren schwer erkämpften Triumph bis zum letzten Tropfen ausgekostet und Margaux Irvings öffentliche Beifallsbekundung genossen. Als sie Lucy das letzte Mal gesehen hatte, hatte sie gerade an Wyatts Lippen gehangen, und die beiden waren endlich dabei gewesen, sich ihre Gefühle füreinander einzugestehen.

Wieder läutete die Türklingel.

Eloise wusste, dass es Trip war, ohne die Tür aufzumachen. Niemals würde er ihre Beziehung einfach so wegwerfen. Womit auch immer die spindeldürre Rothaarige von gestern Abend ihn gelockt hatte, das war doch nichts gegen lebenslängliche Hingabe und Kameradschaft, die sie ihm bieten konnte. Ein Mann wie Trip wusste, was Klasse war, und er wusste auch, dass es Frauen wie Eloise nicht an jeder Straßenecke gab. Blitzschnell flitzte sie ins Badezimmer und schmierte einen Klecks Zahnpasta auf die Zahnbürste, während sie schon wieder zurück ins Schlafzimmer sauste und etwas zum Anziehen suchte.

»Moment noch!«, rief sie und zog sich einen Pullover über den Kopf. Eilig riss sie sich ihre viel zu weite Pyjamahose vom Leib, schlüpfte in eine Boxershorts und zerrte dann noch schnell die Haarnadeln aus der zerdrückten Hochsteckfrisur, die sie zum Ball getragen hatte. Danach sprintete sie in den Flur, merkte entsetzt, dass sie die Zahnbürste noch im Mund hatte, pfefferte diese über die Schulter irgendwo in die Küche und riss die Tür auf. Ihr Albtraumtrip ohne Trip war zu Ende.

Statt allerdings ihren Verehrer kniend vor der Tür anzutreffen, sah sich Eloise einem gähnend leeren Korridor gegenüber.

»Trip?«, rief sie und überlegte, ob er wohl schon um die Ecke in Richtung Aufzug verschwunden war. »*Trip!*«, schrie sie, obwohl sie damit bestimmt das ganze Haus wecken würde an diesem stillen Sonntagmorgen.

Als Max Fairchild daraufhin leicht bedröppelt um die Ecke lugte, zerbröckelte auch das letzte bisschen Hoffnung, das Eloise noch hatte, zu Staub. Sie musste sich am Türrahmen festhalten.

»Tut mir leid, Eloise, ich … ich weiß auch nicht, was ich mir dabei gedacht habe, so früh am Morgen bei dir reinzuplatzen. Ich habe was zum Frühstücken mitgebracht …« Max verstummte und starrte hilflos auf den Läufer. In der Hand hielt er eine Einkaufstüte. »Ich wollte bloß mal nachschauen, ob bei dir alles in Ordnung ist. Dein Telefon war ausgestöpselt, und dann habe ich es bei Lucy versucht, aber die ist auch nicht drangegangen …«

»Trip und ich, das ist vorbei«, platzte Eloise heraus. So, jetzt war es raus. Sobald sie die Worte laut ausgesprochen hatte, wurden ihr die Knie weich, und der ganze Flur schien plötzlich wie grob gepixelt. »Trip und ich, das ist vorbei«, wiederholte sie. Die hellen Lichtflecke wurden immer größer. Sie merkte noch, wie ihre Finger an der kalten Wand abrutschten.

Zum Glück war Max zur Stelle und fing sie auf.

32

Das Highlight des gestrigen Abends, da werden die meisten Gäste mir zustimmen, war zweifellos Lucy Ellis' selbst entworfene Robe, die für die Rekordsumme von zwanzigtausend Dollar, geboten von Margaux Irving höchstpersönlich, bei der Versteigerung den Besitzer wechselte. Der Tiefpunkt? Nun, sagen wir es mal so: Gekribbelt hat es schon bei denen, die »Socialite«, den neuen Duft von Cornelia Rockman, ausprobiert haben, aber eher unangenehm, weshalb das Parfum auch von unseren Lesern zum unbeliebtesten Geschenkartikel *aller Zeiten* gewählt wurde.

Rex Newhouse, www.rexnewhouse.com

Cornelia konnte sich nicht konzentrieren. Sie hatte kaum ein Auge zugetan, war schon seit dem Morgengrauen auf und wuselte in ihrer Wohnung herum – hatte angefangen, einen kleinen Dankesbrief an Margaux Irvings Büro zu schreiben, nicht zuletzt für die zusätzliche Einladung für den Ball, war dann ins Badezimmer gewandert und hatte sich Crème de la Mer ins Gesicht geschmiert, anschließend hatte sie drei Einladungen geöffnet, ehe sie schließlich den Fernseher angeschaltet und ein paar Minuten von *Access Hollywood* angeschaut hatte, das ihr Festplattenrekorder aufgezeichnet hatte. Es gab eine kleine »Ist sie nun schwanger oder nicht?«-Geschichte über eine Sängerin, die bei Theo unter Vertrag war, aber auch die konnte ihre Aufmerksamkeit nicht lange fesseln.

Es war mehr als eine kleine postkoitale Tristesse, wie Cornelia sie oft nach einem phänomenalen gesellschaftlichen Triumph erlebte. Der gestrige Coup war der größte aller Zeiten gewesen. Gestern Abend hatte sie ihre Nemesis erfolgreich zu Fall gebracht. Letzte Nacht hatten über fünfhundert der einflussreichsten Trendsetter aus aller Welt ihr Parfum in ihren Geschenktütchen mit nach Hause genommen. Warum also fühlte Cornelia sich mieser denn je zuvor in ihrem Leben?

Na ja, zunächst einmal wegen Fernanda. Die hatte ihre beste Freundin verraten und verkauft und war kaum wiederzuerkennen, seit sie Parker kennengelernt hatte. Und dann natürlich wegen Wyatt. Dabei zusehen zu müssen, wie ihr Exfreund Lucy abschlabberte, wurde Cornelia jene Wahrheit unmissverständlich vor Augen geführt, die sie seit drei Monaten mit aller Macht verdrängte: Es gab kein Zurück für sie und Wyatt. Als Rita ihr von dem Experiment erzählt hatte, hätte sie gleich wissen müssen, dass er ein hoffnungsloser Fall war – der alte Wyatt, den sie kannte, legte Wert darauf, wo ein Mensch herkam und wo er hingehörte. Zuzuschauen, wie er ein Mädel aus Missouri oder Montana, oder wo auch immer sie herkam, anhimmelte, war der endgültige Beweis, dass der alte Wyatt auf Nimmerwiedersehen verschwunden war, und sämtliche Intrigen der Welt könnten den neuen Wyatt nicht dazu bringen, Cornelia mit den Augen anzusehen, mit denen er nun Lucy anschaute.

Guckte sie überhaupt noch wer an? Sie blätterte die aktuelle Ausgabe von *Town & Country* durch: Fotos – Fehlanzeige. Und selbst sie konnte nicht leugnen, dass Lucy am vergangenen Abend mit ihrem angeblich selbst geschneiderten Kleid – fraglos auch wieder so eine dreiste Lüge – das Highlight der Auktion gewesen war, und dass Margaux Irving und der Rest der Meute sich einfach nicht von ihr losreißen konnten. Fünfzehntausend Dollar hatte Cornelia für ihr Couture-Kleid von Ralph Rucci hingeblättert, aber bei der Versteigerung hatte es bloß läppische zwölftausend gebracht – hatte ihr Kleid etwa allein dadurch, dass sie es getragen hatte, dreitausend Dollar an Wert verloren?

Zum Glück klingelte in diesem Augenblick das Telefon und riss sie aus ihren trüben Gedanken. »Schlechte Nachrichten«, sagte Daphne zur Begrüßung.

Cornelia legte ihre Zeitschrift beiseite. Ein eiskalter Schauer lief ihr über den Rücken. Daphne war die Königin der Werbemaschinerie – wenn sie etwas als schlechte Nachrichten bezeichnete, musste es schon die reinste Apokalypse sein. »Sag nicht, meine Fernsehshow ist abgesagt worden«, fauchte Cornelia, kurz davor, in Tränen auszubrechen.

»Viel schlimmer. Die Parfumproben, die wir in den Geschenktüten verteilt haben. Die jeder einzelne der achthundertvierzehn Ballgäste mit nach Hause genommen hat. Die Parfumflakons, mit denen du die Crème de la Crème der Modewelt im Sturm erobern wolltest!«

»Ich weiß, wovon du redest! Spuck's aus – was ist passiert?«

Sie hörte Daphne tief durchatmen. »Ich habe gerade mit dem Vorstandschef von Dafinco telefoniert. Scheint, als hätten sie schon den ganzen Morgen empörte Anrufe von empörten Leuten bekommen, sie sich mit dem Parfum eingesprüht und einen *furchtbaren lila Ausschlag* davon bekommen haben. Die Klatschpresse wird das ausschlachten, Cornelia, das wird eine Schlammschlacht.«

»*Aber das ist doch lächerlich!*« Entsetzt sprang Cornelia auf. »Ich habe das Parfum doch selbst schon getragen. Das kann gar nicht sein. Diese Leute wollen doch bloß Geld rausschlagen …«

»Ich habe es selbst ausprobiert, und mein Handgelenk sieht aus, als hätte jemand Säure drübergekippt. Glaub mir, es stimmt.«

Cornelia starrte entgeistert auf das unschuldig wirkende rosarote Fläschchen auf ihrer Kommode. »Also gut, und selbst wenn es stimmt, dann kann ich doch nichts dafür. Ihr Labor ist da schuld! Die waren es doch, die sich aufgeregt haben und meinten, sie machen keine Tierversuche ...«

»Hör zu, Mädel, du kapierst es einfach nicht.« Noch nie war Daphne ihr so unverblümt über den Mund gefahren. Dass ihre Presseagentin ihr ausnahmsweise mal nicht Honig ums Maul schmierte, führte Cornelia mehr als alles andere den Ernst der Lage vor Augen. »Denen ist es wurstpiepegal, ob Dafinco dafür verantwortlich ist oder nicht. Du bist diejenige, an die sich alle erinnern werden. Schließlich hast du dein Gesicht für die Werbekampagne hingehalten.«

»Und was willst du damit sagen?«

»Es bringt alles nichts. Wir veröffentlichen eine Presseerklärung. Aber du solltest den Ball flach halten, bis die ganze Geschichte sich beruhigt hat. Und mit Ball flach halten meine ich, mit niemandem reden. Hast du das verstanden?«

Cornelia stöhnte. Sie hatte sich schon ausgemalt, wie Hollywood bei ihr anklopfte, und stattdessen sollte sie jetzt wie ein unartiges Kind unter Stubenarrest zu Hause bleiben? Das war einfach nicht fair. Irgendwie lief gerade alles schief. »Womit habe ich das verdient?«, jammerte sie. Daphne sagte nichts dazu, also legte Cornelia auf. Seit ihrem siebten Lebensjahr hatte Cornelia keine Träne mehr geweint – damals war sie zu dem Entschluss gekommen, dass sie ihrer Mutter die Genugtuung nicht gönnte, sie weinen zu sehen –, aber in diesem Moment wünschte sie, sie könnte sich daran erinnern, wie das ging. Bei Wyatt abgeblitzt zu sein, gepaart mit dem schrecklichen vorläufigen Ende ihrer Karriere, weckte in ihr den Wunsch, sich aus ihrem Fenster im zwölften Stock zu stürzen. Das Einzige, worauf sie sich im Leben noch freuen konnte, so ging ihr in diesem Moment auf, war die bevorstehende Bloßstellung von Lucy Ellis, dem Mädchen, das Cornelia Rockman inzwischen mit einer Inbrunst hasste, die sogar ihr selbst unheimlich war.

»Wyatt?«, rief Lucy leise und schob die Tür zu seinem Arbeitszimmer einen winzigen Spaltbreit auf. Seit sie ihn kannte, vergrub er sich jeden Sonntagmorgen mit der *Times* und einem Kaffee im Arbeitszimmer. Das war immer einer der seltenen Momente in der Woche gewesen, in denen sie Zeit für sich gehabt hatte, als sie noch rund um die Uhr Wyatts Society-Versuchskaninchen gespielt hatte. Aber andererseits war das ja auch alles andere als ein ganz gewöhnlicher Sonntag. Sie ging nicht gleich auf der Stelle wieder nach draußen. Sein Arbeitszimmer, gänzlich verschont vom kitschig-überladenen Einrichtungsstil des Innenarchitekten, erinnerte sie an die vielen Abende, die sie hier unter seinen kritischen Blicken zugebracht und ihr Bestes gegeben hatte, ihm zu gefallen, sich in jene feine Dame zu verwandeln, auf die er gewettet hatte. Die vielen Übungsstunden – Aussprache, Etikette, Kunstgeschichte, Geografie für Jetsetter; die vielen Abende, die sie Backgammon gespielt und sich was beim Chinesen bestellt hatten. Lucy mochte die deckenhohen Bücherregale ringsum, in denen sich die dicken alten Bände drängten; den Geruch von altem Leder; die unbequem hart gepolsterte Couch; selbst den uralten Orientteppich, der an einigen Stellen schon ganz abgewetzt war von Wyatts unablässigem Auf- und Ablaufen.

Ich war so dicht dran, dachte sie plötzlich mit einem bitteren Geschmack im Mund. *Margaux Irving wollte mein Kleid. Wyatt wollte mich.* Mit einem Kloß im Hals betrachtete sie die Fotos, die an den Wänden hingen. Da der kleine Wyatt auf seinem Pferd … auf seinem Segelboot … auf den Schultern seines aristokratisch eleganten, gut aussehenden, verstorbenen Vaters. Wyatt mit seiner Regattacrew vor seiner ersten *Head of Charles*, die Arme um den Hals zweier Teamkollegen geschlungen. Der Gesamteindruck der kleinen Kollektion wirkte schon fast absurd egozentrisch, aber irgendwie verriet das alles eine Menge darüber, wie fixiert Wyatt auf seine gesellschaftliche Stellung war. Es schien beinahe, als wisse er ohne seine ausgefallenen Hobbys, seine berühmten Freunde, die fantastische Szenerie gar nicht, wer er eigentlich war. Sie schaute sich das grobkörnige Babyfoto von Wyatt an, der bei Nixon auf dem Knie geschaukelt wurde, und den Schnappschuss vom Polospiel in Argentinien. *Ich könnte ihm helfen rauszufinden, wer er wirklich ist.* Zum ersten Mal, seit Cornelia ihr mit der Enthüllungsgeschichte im *Townhouse* gedroht hatte, sorgte Lucy sich nicht mehr darum, welche Konsequenzen die Sache für Wyatt haben könnte. Womöglich wäre eine kleine gesellschaftliche Bauchlandung genau der Tritt in den Allerwertesten, den er brauchte, um endlich sein eigenes Leben zu leben.

Völlig unbeabsichtigt hatte sie einen kleinen Rundgang durch Wyatts Arbeitszimmer gemacht. Auf dem Schreibtisch, gleich neben der Tiffanylampe, stand ein kleiner goldener Bilderrahmen. Lucy beugte sich hinunter, um ihn genauer in Augenschein zu nehmen. Zu ihrem Erstaunen war darin ein Foto von ihr, aufgenommen an dem Wochenende in Palm Beach im Haus seiner Mutter. Ganz entspannt saß sie am Pool, schaute geradewegs in die Kamera und lachte aus ganzem Herzen, und sie sah ganz natürlich aus – sie posierte nicht, wirkte nicht perfekt, war kein It-Girl im hübschen Kleidchen, sondern einfach nur sie selbst. Sie hatte ganz vergessen, dass er sie geknipst hatte. Allein dass dieses Bild hier war, ganz zu schweigen davon, dass es an einem so intimen Ort stand, an dem nur Wyatt es sehen konnte, nahm ihr im ersten Moment fast den Atem.

Dann fiel ihr Blick auf einen dicken Papierstapel auf Wyatts antikem Schreibtisch. *Mit Herz und High Heels* stand in fetten Lettern auf der ersten Seite, darunter Wyatts Name. Hatte er etwa ein Buch geschrieben? Seit sie ihn kannte, hatte er hart an einem geheimnisvollen Projekt gearbeitet, über das er nicht reden wollte. Der Titel schürte Neugier und Angst zugleich. Lucy konnte sich nicht beherrschen, drehte das Deckblatt um und fing an zu lesen:

Das Mädchen unter der Marquise hatte so gar nichts Besonderes an sich – weder Schönheit oder Bildung noch Elternhaus oder Beruf zeichneten sie aus. Um ehrlich zu sein, wählte ich L. gerade deshalb als Gegenstand meines Experiments, weil sie so vollkommen unauffällig war – ein namenloses Allerweltsgesicht, ein Mädchen unter vielen, die aus der Provinz nach New York ziehen, den Kopf voller unrealistischer Flausen.

Lucy wurde ganz flau. Schnell überschlug sie die Seite … Das konnte einfach nicht wahr sein.

Gerade, wenn ich glaube, dass wir Fortschritte machen, trifft mich eine von L.s unbedachten Äußerungen oder Taten wie ein Blitz aus heiterem Himmel, oder sie verblüfft mich mit ihrem Mangel an kultureller Allgemeinbildung. Gestern Abend fragte sie mich allen Ernstes, ob ein Baiser ein Teil des Badezimmers sei.

Es gab keine andere Erklärung als die naheliegende: Wyatt beabsichtigte, ein Buch über ihr gemeinsames Experiment zu veröffentlichen. Lange ehe Cornelia den Namen Rita Ellis gehört hatte, hatte Wyatt bereits vorgehabt, sie vor der ganzen Welt als Hochstaplerin bloßzustellen. Ganz außer sich blätterte sie den Rest des Manuskripts durch, konnte aber durch den Tränenschleier kaum etwas erkennen. Noch nie war sie sich so verraten und verkauft vorgekommen. Für ihn war sie nichts weiter als ein dressierter Hund. Ein Mädchen, das er aus der Masse herausgepickt und als Frau mit Klasse ausgegeben hatte. Nein, noch schlimmer – einen dressierten Hund würde man nicht dem öffentlichen Gespött preisgeben. Wyatt liebte sie nicht – da stand es schwarz auf weiß, unmöglich, davor die Augen zu verschließen –, er fand nichts an ihr »bemerkenswert« oder »besonders«. Für ihn war das Ganze bloß eine wissenschaftliche Spielerei. *Nur ein Thema für ein Buch.* Wyatt hatte vor, sie derart zu blamieren, dass es ihr auch den letzten Rest Würde rauben und ihre Karriere vernichten würde. Offenkundig gab er keinen Pfifferling auf ihre Gefühle. Er war schlimmer als Cornelia – zumindest hatte Cornelia sich nicht als ihre Freundin ausgegeben.

»Lucy!« Sie hatte ihn gar nicht kommen gehört, und als sie aufschaute, stand Wyatt – unrasiert in einem alten Pulli – in der Tür. »Hier bist du! Ich habe dich schon überall gesucht, bei Eloise, im Carlyle …« Er unterbrach sich, als sein Blick auf das Manuskript fiel und er dann ihr Gesicht sah. Mit dem Handrücken wischte Lucy sich die Tränen von den

Wangen, packte den Papierstapel und stürmte zur Tür. Beunruhigt trat Wyatt einen Schritt zurück.

Mit voller Wucht warf sie ihm das Manuskript an den Kopf. Die Blätter stoben über seine Schultern.

»Ich kann dir das erklären …«, setzte er an, in den abgedroschenen Worten aller Männer, die ganz großen Mist gebaut haben.

»Wie kannst du es wagen?« Wutentbrannt trat sie auf ihn zu und stellte sich auf die Zehenspitzen, bis sie nur noch wenige Zentimeter von seinem Gesicht entfernt war. Sie zitterte am ganzen Leib vor Wut. Er starrte sie an wie das Kaninchen die Schlange und traute sich nicht, den Mund aufzumachen. »Du solltest lieber mal *dein eigenes* verkorkstes Leben auf die Reihe kriegen und die Finger von meinem lassen!« Und damit stürzte Lucy zum Aufzug und hämmerte auf die kleinen Knöpfe. Sie hörte, wie Wyatt ihr hinterherkam und nach ihr rief. Die Tür des Fahrstuhls öffnete sich, und sie hastete hinein, als er gerade am Treppenabsatz auftauchte. »Vielleicht bin ich als Kind nicht beinahe an meinem goldenen Löffel erstickt, aber ich weiß, was richtig ist und was falsch. Nie, *niemals* würde ich so tief sinken.« Und dann schlossen sich die Aufzugtüren vor seinem perplexen Gesicht, als er noch irgendetwas stammelte.

Während der Lift sie die neun Stockwerke nach unten in die Lobby brachte, musste Lucy sich zusammenreißen, um nicht einfach in Tränen aufgelöst zu einem kleinen Häufchen Elend am Boden zusammenzusinken. Monatelang hatte sie Wyatts ständige Kritik ertragen, und wofür? Um sich so benutzen zu lassen – um nicht nur ihre Träume, sondern auch ihr Vertrauen restlos zu zerschmettern?

»Ist alles in Ordnung, Miss Lucy?«, fragte Howard, der Portier, und schaute ihr besorgt hinterher, als sie unsicher durch die Lobby tappte. »Nicht so richtig«, antwortete sie, schüttelte aber den Kopf, als er sich erkundigte, ob er ihr helfen könne.

Draußen angekommen atmete sie tief ein. Der erste Hauch des Frühlings lag schon in der Luft, obwohl die Krokusse auf dem Mittelstreifen der Park Avenue die Köpfchen noch nicht hinausstreckten und man noch einen Mantel brauchte. Verzweifelt versuchte sie, einen klaren Kopf zu behalten. Der Himmel half ihr mit seinem unerhörten Blau; einer der Nachbarn hatte feuerrote Geranien in seine Blumenkästen am Fenster gepflanzt. *Wyatt hat die Stadt nicht gepachtet*, schoss es ihr da durch den Kopf. *Wyatt hat die Taxis nicht gepachtet, die gegen den Strom schwimmen wie leuchtend gelbe Fische, oder den Geruch gerösteter Maronen. Er hat die Straßen voller Menschen nicht gepachtet, nicht die Straßencafés, das Hupkonzert, das Hundegebell, die Martinshörner in der Ferne und die Menschen, die mit ausländischem Akzent lachen.* Als sie damals aus Dayville gekommen und aus dem Bus gestiegen war, da hatte Lucy ihren Anspruch angemeldet auf das alles, und es sich zu eigen gemacht. Und es war immer noch da und wartete auf sie, sie brauchte nur die Hand danach auszustrecken.

Ein junges Mädchen ging an ihr vorbei, mit ihrer Mutter und ihrem Beagle. Zart zupfte es an der Hundeleine, und gleich hatte Lucy eine etwas mondänere, »erwachsene« Version ihres klatschmohnroten Mantels vor Augen. Überall um sie herum fand sie Inspiration: wie das Licht zwischen den Häusern auf die Straße fiel, der bucklige Bürgersteig, der Junge auf dem Roller, der an ihr vorbeisauste. New York hatte sie nicht ausgespuckt. Sie würde Wyatt beweisen, dass sie ihn nicht brauchte, um ihre Träume zu verwirklichen. Sie würde nicht einfach nur tatenlos zusehen, wie sich *Townhouse* und

Wyatt ihre eigene Version der Geschichte zurechtsponnen. Und als Lucy dann entschlossen zu Eloise' Wohnung zurückmarschierte, konnte sie die Hoffnung fast schmecken, die in der Luft lag.

33

Twinkie-Biskuits haben eine durchschnittliche Haltbarkeitsdauer von fünfundzwanzig Tagen, und nicht, wie gerne behauptet wird, von sieben Jahren, und schon gar nicht von fünfzig. Trotzdem sind fünfundzwanzig Tage schon eine beachtliche Zeit für die Haltbarkeit einer Backware. Das Geheimnis der Twinkies liegt in ihrem Rezept: Es werden keinerlei Milchprodukte verarbeitet, weshalb Twinkies sehr viel später verderben als andere Backwaren… Der Herstellerfirma Hostess zufolge dauert es fünfundvierzig Sekunden, bis ein Twinkie in der Mikrowelle explodiert.

snopes.com

Während sie in ihrem gemischten Cobb-Salad im Colony Club herumpickte, schnalzte Dottie Hayes voll Mitgefühl für das junge Mädchen, das ihr am Tisch gegenübersaß, mit der Zunge. Lucy Ellis mochte zwar vielleicht nicht den Seiten des Adelsverzeichnisses entstiegen sein, aber Dottie war längst zu dem Schluss gekommen, dass dieses Mädchen, das ihren Sohn mit einer solch gelassenen Anmut ertrug, eine geborene Aristokratin sein musste. Dottie war außer sich, dass Wyatt Lucy nicht schon vor Monaten von dem Buch erzählt – und den Vertrag rückgängig gemacht – hatte. Nein, stattdessen hatte das arme Mädchen selbst darüberstolpern müssen. Dottie war ein Stein vom Herzen gefallen, als Lucy bei ihr angerufen und sie um Hilfe gebeten hatte, und hatte sie auf der Stelle zum Lunch eingeladen. »Es wäre mir eine

Ehre, Ihnen unter die Arme zu greifen, Lucy. Ihre Arbeit verdient eine würdige Bühne. Und außerdem, nach allem, was dieser Holzkopf von meinem Sohn angerichtet hat…«

Lucy lächelte und hob abwehrend die Hand, um Dottie zu unterbrechen. Sie sah frisch und jugendlich aus in ihrem marineblauen Etuikleid, rosig und liebreizend. »Danke. Das ist wirklich außerordentlich großzügig von Ihnen. Wir können uns gar keine schönere Kulisse vorstellen als Ihre Bibliothek.«

Nachdenklich zupfte Dottie an ihrer Serviette herum; sie hatte noch etwas auf dem Herzen. Eins musste man Lucy lassen, bisher hatte sie kein einziges böses Wort über Wyatt verloren. Ob das wohl hieß, dass sie ihm womöglich mit etwas gutem Zureden eine zweite Chance geben würde? Auch wenn er die natürlich nicht verdient hatte, aber ihre mütterliche Loyalität verlangte, diese Frage zu stellen. »Ich habe Wyatt noch nie derart am Boden zerstört gesehen. Wissen Sie, dass er dieses schreckliche Buch eingestampft hat?«

Lucy seufzte, sagte aber nichts. Sie nippte an ihrem Pellegrino. »Es wäre mir lieber, wenn wir Wyatt nicht weiter erwähnen.«

»Ich kann verstehen, dass Sie das nicht möchten.« Doch dann zwang Dottie sich ihrer eigenen Natur und Lucys ausdrücklichem Wunsch entgegen dazu, noch etwas zu sagen. »Es ist bloß so – Sie hatten so einen wunderbaren, guten Einfluss auf ihn. In den vergangenen Monaten, solange Sie bei ihm waren, hat er regelmäßig angerufen und sich nach mir erkundigt. Er wirkte viel ruhiger, *netter* sogar. Eigenartig, nicht? Dass am Ende *er* sich bei seinem kleinen Experiment so verändert hat.«

»Ich bin Wyatt sehr dankbar für alles, was er für mich getan hat, aber ich möchte ihn nicht mehr sehen, Dottie.

Wenn Ihnen das irgendwelche Unannehmlichkeiten bereitet, dann sagen Sie es mir bitte.«

»Nein, nein.« Lucys Worte hatten so endgültig geklungen, dass Dottie nicht wagte, das Thema weiterzuverfolgen. »Wenn hier jemand für Unannehmlichkeiten gesorgt hat, dann war er das, nicht Sie, meine Liebe.« Sosehr sie sich auch wünschte, es wäre anders, musste sie sich eingestehen, dass Wyatt das Mädchen, das da gegenüber am Tisch saß, womöglich gar nicht verdiente. Sie war fleißig, bescheiden, loyal, wissbegierig – alles, was er immer gesucht hatte, und worum Dottie für ihren Sohn gebetet hatte –, aber er hatte sie belogen und betrogen.

Still schaute Dottie sich in dem exklusiven Klub um, der nur Mitglieder einließ und ihr immer wie ein ruhiger, sicherer Hafen erschien und beinahe zu ihrer zweiten Küche geworden war. Die meisten der anwesenden Damen kannten Lucy Ellis, entweder persönlich oder aus den Gesellschaftsspalten der Zeitungen, aus denen sie dank Wyatt inzwischen kaum noch wegzudenken war. Schon in wenigen Tagen würden die Leser alles über ihre wirkliche Herkunft erfahren. Sie würden die fiesen Klatschgeschichten lesen, die dieses schäbige, allgegenwärtige Luder Cornelia Rockman über Lucy verbreitete. Dottie war entschlossen, ihren Teil dazu beizutragen, dass die Leute Lucys angeborenen Charme und ihren Sinn für Anmut und Eleganz erkannten.

Und außerdem klang ihr Plan sehr amüsant. »Wie wäre es, wenn Sie und Eloise morgen vorbeikämen und wir in Ruhe die Einzelheiten besprächen«, schlug Dottie vor. Sie hatte sich immer eine Tochter gewünscht. Und sie würde ganz sicher nicht denselben Fehler machen wie ihr Sohn.

»Och, ich warte einfach hier«, murmelte Wyatt nonchalant und schlenderte durch die Lobby von Eloises Haus auf das kleine Sofa zu, das dort stand. Soweit er wusste, wohnte Lucy noch bei Eloise, und wenn es sein müsste, würde er den ganzen Tag dort campieren und darauf warten, dass sie runterkam und sich seine aufrichtige, von Herzen kommende Entschuldigung anhörte.

»Tut mir leid, Sir, aber das geht nicht.« Der Portier, ein grauhaariger Gentleman Mitte fünfzig, schaute ihn streng an. »Die junge Dame wünscht nicht, Sie zu sehen. Das hat sie mehr als deutlich gemacht.«

Verflucht.

Vielleicht konnte er ja an die romantische Ader des Portiers appellieren. »Ich muss etwas wiedergutmachen. Ich habe einen unverzeihlichen Fehler gemacht, aber Lucy bedeutet mir sehr viel.«

»Nun ja, Lucy ist ja auch eine außergewöhnliche junge Frau. Gibt sich immer Mühe, mich zum Lachen zu bringen.«

»Dann verstehen Sie sicher auch, warum sie mir so fehlt!« Vielleicht klappte es ja. Er war sich nicht ganz sicher. »Ich kann nicht schlafen, nicht essen – ich muss immer daran denken, was ich ihr angetan habe.« Es war irgendwie eine große Erleichterung, einem wildfremden Menschen sein Herz auszuschütten. Der Portier nickte; es schien, als spürte er, welche Höllenqualen Wyatt durchlitt.

»Sie können trotzdem nicht hier sitzen bleiben«, entgegnete er trocken.

»Ach, kommen Sie, Mann!« Frustriert und mit finsterer Miene marschierte Wyatt zur Tür. Der Kloß in seinem Hals schien dicker denn je. Er musste sich etwas anderes einfallen lassen, um Lucy zu zeigen, wie leid es ihm tat.

»Und vielleicht halten Sie sich ein bisschen zurück mit

den Blumen«, rief ihm der Portier hinterher. »Die Damen haben Wichtigeres zu tun, als sich alle zehn Minuten vom Blumenboten stören zu lassen. Das können Sie Ihrem Freund Peters auch gleich ausrichten. Keine Ahnung, was die ganzen Rosen sollen. Er hätte schon vor Jahren um Miss Carltons Hand anhalten sollen.« Gesenkten Hauptes trottete Wyatt aus dem Haus.

»Wyatt klingelt ständig bei mir an«, sagte Mallory und stützte beide Ellbogen auf die verzinkte Schreibtischplatte in ihrem Büro in Midtown. Sie schaute Lucy durchdringend an, die sich gerade neben Eloise in einen der Besucherstühle gesetzt hatte.

»Ach, tatsächlich?« Lucy erwiderte Mallorys Blick, ohne mit der Wimper zu zucken, und ließ sich weder von der Erwähnung seines Namens noch von seinem Einsatz für sie irritieren. »Tja, dann weißt du ja vermutlich auch, warum wir hier sind. Cornelia hat uns von dem Artikel erzählt.«

Mallory runzelte die Stirn und biss sich auf die Unterlippe. »Ich mag dich. Und mir gefällt die Vorstellung, dass du die ganzen eingebildeten Schnösel, die meine Zeitschrift kaufen, an der Nase herumgeführt hast. Aber ich kann dir nur dasselbe sagen, was ich Wyatt jedes Mal erzähle. *Hier geht es ums Geschäft*. Ich muss an unsere Verkaufszahlen denken. Die meisten unserer Anzeigenkunden sind Luxusartikelhersteller, und es ist das reinste Gemetzel da draußen, für die und für uns. Ob es einem gefällt oder nicht – so eine Geschichte kurbelt die Verkaufszahlen an, und das nicht zu knapp.«

Mit genau dieser Antwort hatte Lucy schon gerechnet. »Wir wollen ja gar nicht, dass du den Artikel in der Schublade verschwinden lässt. Wir wollten dich bloß bitten, dass du ihn bis zur nächsten Ausgabe verschiebst.«

»Damit du in der Zwischenzeit das Land verlassen kannst? Tut mir leid, aber ich will nicht, dass jemand die Story vor uns bringt. Das kann ich mir nicht leisten.«

»Bei der Story wird dir niemand zuvorkommen«, versicherte Eloise. »Und du bekommst eine viel bessere Story.« Und damit schob sie eine Einladung über den Schreibtisch, die der Abdruck einer Seite aus Lucys Skizzenbuch zierte, und am Rand von Hand hinzugefügt standen Uhrzeit, Ort und sämtliche Details der Veranstaltung. Preisgünstig, einfach – sie hatten weder Geld noch Zeit zu verschenken – und doch formvollendet, chic und stilsicher. Sie hatten die Kärtchen gerade auf dem Weg zu Mallorys Büro in der Druckerei abgeholt.

»Interessant«, murmelte Mallory und runzelte erneut die Stirn. »Plant ihr das schon länger?«

Diese Frage überhörten die beiden geflissentlich. »Lucy steht kurz davor, der absolute Liebling der Modeszene zu werden«, erklärte Eloise. »Wie du weißt, hat Margaux Irving ihr Gewicht in die Waagschale geworfen und auf Lucys Kleid geboten …«

»Korrigiere.« Mallory räusperte sich vernehmlich. »Sie hat auf das Kleid von *Lucia Haverford Ellis* geboten. Wer weiß, ob sie von der Arbeit eines Kleinstadt-Niemands genauso beeindruckt gewesen wäre. Nichts für ungut.«

»Lass uns eine Woche Zeit«, bat Lucy, bemüht, Mallorys Abwehrmauer zu durchbrechen. »Dann kannst du von mir aus hingehen und darüber schreiben, wie ich allen vorgemacht habe, ich hätte in einem vornehmen Herrenhaus laufen gelernt. Du bekommst von mir sämtliche Details – Fotos von dem Wohnwagen, in dem ich aufgewachsen bin, eine Liste meiner Aushilfsjobs – damit wird die Story noch pikanter. Aber die *echte* Story ist nicht der Societyskandal.

Die echte Story ist, wie jemand es schafft, ganz nach oben zu kommen – seinen Traum zu verwirklichen –, auf die gute, alte New Yorker Art: mit allen erdenklichen Mitteln.«

Mallory dachte einen Augenblick darüber nach. »Der Societyskandal verkauft mehr Zeitschriften als deine Geschichte.«

»Aber mit unserem Vorschlag gewinnt *Townhouse* langfristig neue Leser. Denk dran, du bist die Erste, die die Story bringt – die ganze Story. Dafür ist mindestens der ASME Award der Amerikanischen Gesellschaft der Zeitschriftenverlage fällig, Mallory. Die anderen Printmedien werden nachziehen, sobald die Geschichte raus ist, und dabei natürlich auf dich verweisen. Du bist die Autorität, die Sprecherin für sämtliche Nachrichtendienste, was *Townhouse* und dich selbst in den Mittelpunkt des öffentlichen Interesses rückt.«

»Und ich würde kostenlos das Styling für die nächsten drei Ausgaben übernehmen«, fügte Eloise hinzu, quasi als Sahnehäubchen obendrauf.

»Das würdest du wirklich machen?«

»Klar. Eine Hand wäscht die andere.« Eloise lächelte zuckersüß.

Mallory lehnte sich zurück, spielte ein bisschen mit der Einladung herum und wog die Risiken gegeneinander ab. »Wenn ihr mich aufs Kreuz legt, Ladys, dann sorge ich dafür, dass Cornelia Rockman neben mir aussieht wie eine von den Barmherzigen Schwestern. Eine Woche.«

Mit zusammengekniffenen Augen blinzelte Wyatt in den Himmel, der gerade hell wurde, und setzte sich nervös auf die grüne Holzbank. Hoffentlich tauchte Lucy bald auf, wenn sie ihre allmorgendliche Joggingrunde durch den Park drehte. Er kam sich selbst fast vor wie ein Perverser, ihr so aufzulauern, aber sie weigerte sich immer noch hartnäckig, mit ihm zu reden.

Da war sie! Es schnürte ihm den Hals zu, als er sah, wie sie auf ihn zugelaufen kam, die Stufen zum *Reservoir*-See des Central Park hinauf. Sie bewegte sich leichtfüßig wie eine Gazelle, die Haare ordentlich aus dem Gesicht gekämmt und zu einem Pferdeschwanz hochgebunden. Allein ihr Anblick ließ Wyatts Gefühle hochkochen – es war verrückt, wie sehr sie ihm schon nach ein paar Tagen fehlte. Wyatt guckte kurz nach oben in den Himmel. *Perfekt*, dachte er. *Hätte es selbst nicht besser timen können*.

»Lucy!«, rief er. Sie war ganz in ihrer eigenen Welt und schaute erst gar nicht auf. »Lucy!«

Als sie ihn sah, riss sie erstaunt die Augen auf und blieb wie angewurzelt stehen. Mit großer Geste zeigte er nach oben, wo ein Flugzeug in übergroßen, fluffigen Buchstaben ES TUT MIR LEID an den Himmel gemalt hatte. »Bitte, bitte verzeih mir!«

Sie schaute nach oben. Sie las die Botschaft. Dann drehte sie sich ohne ein Wort zu sagen auf dem Absatz um und sprintete zurück in Richtung Met.

Als Lucy das wohlbekannte Summen hörte, blieb sie kurz stehen und warf einen Blick auf ihr Blackberry. »Ich habe gerade eine SMS von Max bekommen. Er fährt gleich zum Baumarkt und fragt, wie viele Podeste wir bauen wollen«, sagte sie zu Eloise.

»Sechs. Aber kleine. Nur so groß, dass jeweils ein Model darauf stehen kann. Immer vorausgesetzt, dass alle mitmachen.«

Schnell tippte Lucy die Antwort ein. »Ein Glück, dass er so geschickte Finger hat.« Sie schaute auf und sah, wie Eloise rot wurde. »Ich meine, so handwerklich begabt ist. Dottie meinte übrigens, wir können alles gleich bei ihr zu Hause zusammenbauen.«

»Lucy …« Eloise streckte die Hand nach ihr aus und legte sie auf ihren Arm. »Danke, dass du das mit mir machst. Ich … Es ist einfach ein Geschenk des Himmels, dass ich im Moment was zu tun habe.«

»Soll das ein Witz sein? Ohne dich könnte ich das nie im Leben auf die Beine stellen. Du bist das Beste, was Wyatt Hayes mir angetan hat.« Lucy war genauso dankbar dafür, alle Hände voll zu tun zu haben – und endlich ihr Schicksal wieder selbst in der Hand zu haben. Sie hatte überhaupt keine Zeit, über ihre widersprüchlichen Gefühle Wyatt betreffend nachzudenken, was gut war, weil sie gar nicht gewusst hätte, wo sie anfangen sollte. »Wir sind ein fabelhaftes Team.« Untergehakt schlenderten sie zu August, einem stillen Bistro im West Village, wo sie sich mit den anderen Mädels zum Lunch verabredet hatten.

»Also?«, fragte Libet, sobald die beiden um die Ecke kamen. »Was gibt's denn? Eure E-Mail klang so geheimnisvoll und oberwichtig.«

Lucy sah sich den kleinen Schwarm junger Mädchen an, die da in ihren schicken Kleidern zum Lunch beisammensaßen; einige davon in Sachen, die sie nach dem *Townhouse*-Shooting bei Lucy bestellt hatten. *Kein Wunder*, dachte Lucy, *dass Doreen inzwischen bei Nola kündigen konnte, um sich ganz auf meine Kollektion zu konzentrieren*. Alle Mädels am Tisch kannten sie als Lucia Haverford Ellis, die Chicagoer Holzerbin, die dieselben Schulen besucht hatte wie sie selbst, in denselben Komitees saß und zu denselben Premieren und Eröffnungsfeiern ging. Die Frau, die sie kannten, war nicht Lucy; die Frau, die sie kannten, was Wyatts Erfindung.

Fest verwurzelt, wie sie nun mal waren, in ihrer Upper-East-Side-Hamptons-Palm-Beach-Welt, konnten sie sich da überhaupt *auch nur ansatzweise* vorstellen, wie es war, die Tochter einer mittellosen Maniküre aus Dayville, Minnesota zu sein? Oder, um beim Thema zu bleiben, mit so einem Mädchen befreundet zu sein?

»Ladys«, sagte Lucy, zog ihre Frühlingsjacke aus und setzte sich ans Kopfende des Tischs. Dann atmete sie tief durch und schaute Eloise an, die ihr aufmunternd zunickte. »Ich muss euch was sagen.«

Wyatt drückte auf den Knopf der Freisprechanlage und wählte Lucys Festnetznummer. Inzwischen hatte er die Hoffnung aufgegeben, sie selbst ans Telefon zu bekommen. Stattdessen machte er sich auf die unvermeidliche Ansage ihres Anrufbeantworters gefasst und hielt sein Manuskript mit beiden Händen über den Reißwolf.

»Ich habe sämtlich Buchdateien von meinem Rechner gelöscht«, rief er nach dem Piepton. »Und so hört es sich an, wenn der letzte existierende Ausdruck in den Schredder wandert!« Und damit stopfte er ein Blatt nach dem anderen in den hungrigen Schlund des Geräts, das sie mit scharfen Zähnen zerriss, und hoffte, sie mit dieser Geste an den Hörer locken zu können, aber auch diesmal hob niemand ab.

Libet wirbelte durch Eloise' Wohnzimmer. »Das ist einfach so entzückend. Du hast gesagt, ich darf es behalten, ja?«

Lucy nickte mit Stecknadeln zwischen den geschürzten Lippen. »Komm her«, nuschelte sie mühsam, und Libet stand gehorsam still, damit Lucy das Kleid abstecken konnte. Routiniert zog sie den Stoff am knochigen Po des It-Girls zusammen. *Mist.* Libet war rappeldürr wie ein Windhund, und damit das Kleid an den Hüften saß, musste sie es so zusammenraffen, dass es sich an der Taille bauschte. Mit ein bisschen mehr Zeit hätte Lucy das Kleid ganz neu genäht. Aber ihr blieben bloß noch vier Tage, und zwei Outfits musste sie noch den letzten Schliff verpassen. Doreen arbeitete ebenfalls schon auf Hochtouren, mehr konnte Lucy nicht von ihr verlangen.

»Ich finde es so cool, dass du das machst, Lucy«, zirpte Libet. »Ich meine, du bist eine Künstlerin. Genau wie ich, weißt du?« Lucy musste an Libets vergammeltes Obst denken und lächelte höflich. »Ich stehe zweihundertprozentig hinter dir. Auf der Highschool hatte ich auch eine Freundin, die ziemlich arm war, und die war, also, echt *so* toll.«

»Denk dran, du darfst niemandem einen Mucks davon erzählen«, ermahnte Lucy sie, die noch immer mit den Stecknadeln kämpfte. »Libet, ich muss dich um einen Gefallen bitten. Und bitte, versteh mich jetzt nicht falsch.«

»Was immer du willst, Süße.«

»Könntest du vielleicht ... diese Woche ein paar Cheeseburger essen? Ein paar Schachteln Häagen-Dazs? Die Sache ist nämlich die, das Kleid würde perfekt sitzen, wenn du gut zwei Kilo mehr auf den Rippen hättest. Sonst würde das für mich mehrere Stunden Arbeit bedeuten, und ich habe bis Samstag keine einzige Minute mehr Zeit.«

Zuerst starrte Libet sie völlig entgeistert an. Doch dann schien sie das Opfer, das sie gebeten war zu bringen, anzunehmen, denn sie nickte ernst. »*Ich tu's*«, verkündete sie feierlich. »Für dich, Lucy, nehme ich zwei Kilo zu.«

»Wow, Wahnsinn. Vielen lieben Dank.«

»Du hast gesagt, das Kleid darf ich behalten, ja?« Libet legte den Kopf schief. »Hörst du auch die Musik da draußen?«

»Ach, das. Das ist bloß ein Knabenchor, der vor dem Fenster singt.«

»Was?« Libet stürzte hin, um sich das mit eigenen Augen anzusehen. »Da unten stehen zwei Dutzend kleine Jungs auf dem Bürgersteig!«

»Wyatt und ich haben sie letzten Monat bei einer Benefizveranstaltung singen gehört, und ich habe gesagt, wie schön ich das fand …«

»Also hat er sie hergeschickt, damit sie dir ein Ständchen singen? *Du lieber Himmel!* Das ist ja so romantisch!«

Lucy schüttelte bloß den Kopf. »Durch übertriebene Zuneigungsbekundungen wird das, was er getan hat, auch nicht besser. Außerdem habe ich keine Zeit für ein Konzert, ob nun für mich höchstpersönlich oder sonst was. Diese Woche habe ich nicht mal Zeit zu schlafen.«

»Du bist eine harte Nuss«, bemerkte Libet mit bewunderndem Unterton. »Ich würde so was von dahinschmelzen. Ich habe gehört, Wyatt soll total am Ende sein. Mimi hat gesagt, Jack hat gesagt, er hängt die ganze Zeit im Racquet Club rum und jammert allen die Ohren voll.«

»Armes Häschen«, brummte Lucy und steckte die letzte Nadel fest. Aber so ungern sie das auch zugab, mit jedem Tag fiel es ihr schwerer, nicht an Wyatt zu denken. Sie löschte seine Nachrichten, ohne sie abzuhören, aus Angst davor, beim Klang seiner Stimme weich zu werden. Sie musste stark bleiben – er durfte sie unter keinen Umständen von dem ablenken, was wirklich wichtig war, und sie wusste nicht, ob sie ihm jemals wieder vertrauen konnte.

Während Libet wieder in ihre eigenen Klamotten stieg, durchforstete Lucy die Küchenschränke nach einem kleinen Präsent für sie, und wurde fündig: ein Riesenglas Nutella. Vier Tage, noch zwei Outfits.

»Bitte«, flehte Wyatt und lief hinter Rita her wie ein Hündchen, als sie zur U-Bahn-Haltestelle eilte. »Ich muss mit ihr reden, nur ganz kurz, nur eine Minute. Könnten Sie sie nicht überreden, mir nur eine Minute zuzuhören?«

Rita blieb oben an der Treppe stehen, offensichtlich empört, und schaute ihn verächtlich an. »Womöglich könnte ich das, aber ich will es nicht. Und lassen Sie sich eins gesagt sein: Ich habe Ihren kleinen Brief bekommen mit dem Angebot, Ritas Acrylnagel-Design zu ›unterstützen‹. *Eine Frechheit,* Mister. Als wäre ich bestechlich und würde meine einzige Tochter gegen Schmiergeldzahlungen verkaufen!«

Wyatt stöhnte gequält. Er hatte schon vorher gewusst, dass das keine gute Idee war, aber so langsam gingen ihm die guten Ideen aus. »Tut mir leid, Rita, ich bin bloß – völlig *verzweifelt.*« Wyatt konnte kaum fassen, dass er so was sagte, aber es stimmte.

»Was regen Sie sich eigentlich so auf? Ein Kerl wie sie müsste doch an jedem Finger zehn Frauen haben.«

»Aber keine wie Lucy.«

Das schien Ritas Herz ein wenig zu erweichen, wohl auch, weil sie merkte, wie er sich quälte. »Na ja, lassen Sie ihr einfach ein bisschen Zeit. Vielleicht überlegt Lucy es sich ja noch mal, wer weiß.« Wie ein Ertrinkender klammerte Wyatt sich an den Strohhalm der Hoffnung, den Rita ihm hingeworfen hatte, und schaute ihr hinterher, als sie die Treppe hinunterging und dann verschwand.

»Wo zum Teufel sind denn alle hin?« Cornelia betrachtete finster das Telefon, als bei Anna Santiago zum wiederholten Male nur der Anrufbeantworter dranging. Schlimm genug, dass man sie bei Dafinco zur Persona non grata erklärt, ihr Parfum umgehend aus den Läden entfernt und sich bemüht hatte, sämtliche Nachrichten über Hautausschläge unter den Teppich zu kehren, als handele sich um ein zweites Tschernobyl. Schlimm genug, dass die MTV-Produzenten nicht auf Cornelias wiederholte Anrufe bezüglich ihrer geplanten Realityshow reagierten.

Aber was es noch schlimmer machte, war, dass nicht einmal Fernanda sich bei ihr meldete.

Fernandas unverhohlener Illoyalität beim Ball zum Trotz hatte sie sich entschlossen, Gnade vor Recht ergehen zu lassen, als sie von der überraschenden Verlobung ihrer Freundin gehört hatte. Wenn Fernanda mit Parkers mickrigem sechsstelligem Jahresgehalt leben konnte, dann konnte sie das auch. Aber wie sollte sie ihrer Freundin bitte den Rücken stärken, wenn sie sich weigerte, mit ihr zu reden?

Cornelia ging in ihre mit weißem Marmor ausgestattete Küche, wobei sie es peinlichst vermied, in einen der vielen Spiegel zu sehen. Seit dem Ball hatte sie die Wohnung nicht mehr verlassen – das Parfumdebakel und das anschließende Geflüster hinter vorgehaltener Hand, bei dem man sich das Maul über sie zerriss, hatte sie letztendlich beinahe in den Hausarrest gezwungen, und es war erschreckend mit anzusehen, wie schnell ihr sonst so penibel gepflegtes Äußeres den Bach runterging, wenn sich niemand darum kümmerte.

Ihre Haare waren kraus und struppig, die Fingernägel eine einzige Katastrophe, und seit zwei Tagen hatte sie nicht mehr geduscht. Aber irgendwie fühlte es sich richtig gut an, sich mal so gehen zu lassen. *Siebenundzwanzig Jahre lang musste ich immer perfekt sein*, ging ihr plötzlich auf, als sie sich einen Schluck Wodka in eine Kaffeetasse kippte, die sie anstandshalber benutzte, weil es noch nicht mal Mittag war. *Townhouse* würde in ein paar Tagen am Kiosk stehen, womit Lucys Dynastie beendet wäre und sie wieder ihren rechtmäßigen Platz an der Spitze von Manhattans gesellschaftlicher Rangordnung einnehmen würde. Und dann wäre ihr kleiner Urlaub zu Ende.

Rita und Margaret, zurückgekehrt von ihrer kleinen Pilgerreise zum Cosco-Supermarkt in Queens, erschienen in der Tür zu Dottie Hayes' Bibliothek, beide mit Großpackungen in der Hand. »Wir haben die Twinkies und die Minipizza-Bagel-Bites!«, verkündete Rita triumphierend.

»Ihr seid die Besten!« Lucy sprang von ihrem Platz vor der Nähmaschine auf und half ihnen beim Tragen. »Und die Weinschorle und Spritzer?«

»Aber natürlich!«, sagte Margaret. »Wir stellen alles gleich bei Mrs. Hayes in den Kühlschrank. Arbeite du nur ruhig weiter.«

»Du hast ihr schon wieder Blumen geschickt?« Wyatt und Trip saßen an ihrem Lieblingstisch bei Bar & Books, zwischen ihnen eine halb leere Schachtel Dunhills. Seit einer Stunde hockten sie nun schon zusammen, süffelten ihren Scotch und versuchten, irgendwie ihre verkorkste Lage zu analysieren. Lucy war noch immer nicht zu sprechen. Fünf Tage waren inzwischen vergangen. Er hatte alles versucht: hatte ihr wiederholt auf die Mailbox gesprochen und sich derart überschwänglich entschuldigt, dass ihm selbst beinahe die Spucke weggeblieben wäre; hatte sich dann in Zusicherungen hineingesteigert, das Manuskript sei wirklich und tatsächlich in den Schredder gewandert, anschließend verbrannt und dann vergraben worden; hatte die zugeknöpfte Eloise und seine noch zugeknöpftere Mutter angefleht, ein gutes Wort für ihn einzulegen. Seine eigene Mutter hatte ihm schließlich recht streng zu verstehen gegeben, er solle gefälligst »meine Lucy in Ruhe lassen«. Es hatte alles nichts genützt. Er kam sich vor, als sei er in seinem eigenen Leben ins Exil getrieben worden. In den vergangenen drei Monaten war Lucy Ellis der erste Mensch gewesen, mit dem er am Morgen geredet hatte, und der letzte am Abend, und trotzdem verblüffte es Wyatt, wie schrecklich sie ihm schon nach dieser kurzen Zeit fehlte. Ohne sie, beladen mit der Last seiner eigenen Schuld und Überheblichkeit, kam es ihm vor, als hätte man ihm die Luft zum Atmen genommen.

»Klar«, murmelte Trip, der seine eigenen Probleme hatte. »Acht Dutzend rote Rosen. Ein Dutzend für jedes Jahr, in dem ich das unverschämte Glück hatte, Eloise an meiner Seite zu haben. Die schicke ich ihr jeden Tag, und es ist mir schnurz, was der Portier dir gesagt hat.«

Wyatt stöhnte. »Herrje, willst du sie wirklich allen Ernstes immer wieder daran erinnern, wie lange ihr schon zusammen seid?«

Nachdenklich kratzte sich Trip am Kopf. »Vielleicht hat sie sich deshalb noch nicht gemeldet.«

»Oder sie ist unter Rosen begraben und kommt nicht mehr ans Telefon.«

»Anderes Thema, bitte.« Trip drückte seine Zigarette im Aschenbecher aus, der schon beinahe überquoll vor Kippen. »Meinst du, dein Herausgeber gibt dir grünes Licht, über ein anderes Thema zu schreiben?«

»Sieht nicht danach aus.« Kipling war Wyatt nicht böse gewesen, dass er ihm falsche Hoffnungen gemacht hatte; er war bloß zutiefst, bitterlich und womöglich dauerhaft enttäuscht. Der Gedanke an das Buch erinnerte Wyatt an Lucys verletzten Blick, als sie am Sonntagmorgen aus seiner Wohnung gestürmt war. »Sie muss die erste Hälfte überflogen haben und hat sich deshalb so aufgeregt.« Wyatt rieb sich mit der Handfläche über die Stirn. »Es interessiert sie nicht mal, dass ich von dem Buchdeal zurückgetreten bin.«

Trip legte den Kopf schief. »Na ja, du hättest ihr lieber von Anfang an reinen Wein einschenken sollen.«

»Das ist mir inzwischen auch klar«, knurrte Wyatt. »Mensch, ich habe einen Bärenhunger. Dass sich Margaret aber auch ausgerechnet diese Woche krankmelden musste.«

»Zumindest geht Lucy nicht gleich mit Max Fairchild auf die Piste. Der Kerl ist doch unglaublich. Stürzt sich auf Eloise wie ein Aasgeier.«

»Ach was, nur weil er sich an ein Mädel ranmacht, das du acht Jahre lang hingehalten hast?« Wyatt trank sein Glas aus und winkte dem Kellner, ihm einen neuen Scotch zu bringen. »Eloise hat dir mehr als eine Chance gegeben, Trip.«

»Ach ja? Tja, dafür warst du beinahe Tag und Nacht mit Lucy zusammen. Reichlich Gelegenheit, ihr die Wahrheit zu sagen.«

Entnervt vom jeweils anderen und von sich selbst starrten beide wortlos in den bräunlichen Inhalt ihrer Gläser. Dann fiel Wyatt plötzlich etwas ein. »Hey, die schulde ich dir noch.« Und damit zog er seine Armbanduhr aus und schob sie Trip über den Tisch zu. Dank Cornelias Einmischung hatte er die Wette verloren, die abzuschließen er, wie er inzwischen eingesehen hatte, ein Idiot gewesen war.

Sein Freund schubste die Uhr von sich weg. »Nee. Das ist deine, behalte die mal schön.«

»Ich bestehe darauf. Wettschulden sind Ehrenschulden.«

»Ich will sie aber nicht!«

»Du bist wirklich neben der Spur.« Wyatt schaute ihn mitleidig an. »Warum machst du ihr nicht einfach einen Antrag?«

Aber Trip ließ bloß müde den Kopf hängen. »Vielleicht

sollte ich das. Ich … ich weiß nicht. Ich kann mich einfach nicht dazu durchringen.«

Schweigend saßen sie einen Moment da, bis Wyatt schließlich mit der flachen Hand auf den Tisch schlug. »Das ist ja absurd. Wir müssen einen klaren Kopf bekommen und endlich aufhören rumzujammern. Ein bisschen Spaß haben.« Vielleicht konnte er ja mal eine Weile an was anderes denken als immer nur an Lucy. Den Kerl ausgraben, der er war, ehe sie in sein Leben geplatzt war.

»Und wie soll das gehen?«, fragte Trip.

Eloise schaute zu, wie Max in einer Ecke von Dotties Bibliothek herumhämmerte. Sein verwaschenes Springsteen-T-Shirt klebte ihm ein wenig am Rücken; er rackerte sich schon seit Stunden ab. Sie versuchte, sich zu beherrschen und nicht auf seine muskulösen Oberarme zu starren. *Max hat mehr verdient als bloß einen Trostfick, und ich bin noch lange nicht so weit, mich auf eine neue Beziehung einzulassen*, ermahnte sie sich streng. Er griff in die Gesäßtasche seiner Levi's – das krasse Gegenstück zu Trips maßgeschneiderten Jeans, die er in Japan anfertigen und dann sechs Monate lang von einem seiner Assistenten eintragen ließ – und zog ein Paul-Smith-Bandana heraus, mit dem er sich den Schweiß von der Stirn wischte.

Als er merkte, dass sie ihn anschaute, und der Blick aus diesen himmelblauen Augen sie traf, wurde Eloise hochrot und fuhr sich nervös mit der Hand durch die derzeit rabenschwarzen, raspelkurzen Haare. »Ist es so geworden, wie ihr es euch vorgestellt habt?«, erkundigte er sich und wies mit dem Daumen auf die grandiose Minibühne, an der er den ganzen Vormittag herumgewerkelt hatte. Zu ihrem Entzücken und Erstaunen hatte er auf einem Schrottplatz in der

Nähe von Coney Island einen alten Achterbahnwagen aufgetrieben, den er aufgemöbelt und auf Hochglanz poliert hatte, und dann hatte er eine ganze Achterbahn auf den Hintergrund gemalt und um die gesamte Konstruktion einen Rahmen gebaut. Es war einfach *unglaublich*. Saß jemand in dem Wagen, dann erinnerte es Eloise an ein Foto, das während einer rasanten Sturzfahrt auf einer gigantischen Achterbahn geschossen worden war.

»Noch besser, um ganz ehrlich zu sein. Du hast wirklich ein Händchen dafür.« Max hatte nicht nur angeboten, sich Urlaub zu nehmen, um ihnen zu helfen, er war auch ein 1-a-Tischler. Es war irgendwie sexy, wenn ein Mann handwerklich begabt war. Trips größtes Talent – abgesehen davon, gute Geldanlagen herauszupicken – war delegieren. Einmal hatte sie seine Haushälterin doch tatsächlich dabei ertappt, wie sie vor ihm ins Zimmer geflitzt war, um das Licht anzuknipsen. Es war einfach nur peinlich, aber ihn schien das nicht zu stören.

Max grinste. »Ich habe immer schon gerne gehämmert und geschraubt. In einem Paralleluniversum verdiene ich sicher mein Geld als Schreiner. Das liegt mir wesentlich mehr als Finanzen.«

Ganz kurz hatte Eloise ein Bild vor Augen: Max in einem alten Bruchstein-Cottage in Connecticut, in der Garage eine Schreinerwerkstatt, und überall Kinder und Hunde, die ihm um die Füße wuselten. Sie sah sich selbst in der Küche das Abendessen zubereiten, im Weinglas gleich neben dem Herd einen guten Burgunder. Dann verpasste sie sich im Geiste eine schallende Ohrfeige. »Und warum machst du es dann nicht?«

»Du kennst wohl meine Mutter nicht?« Er gluckste und steckte das Taschentuch wieder in die Hose. »Vielleicht wird sie ein bisschen lockerer, jetzt wo Fernanda sich verlobt hat.«

»Du bist dreißig Jahre alt. Zu alt, um noch unter der Fuchtel deiner Mutter zu stehen.« Ihr war klar, dass sie das eigentlich nichts anging und sie sich diese Bemerkung lieber verkneifen sollte – aber nach ihrer Trennung hatte Eloise feststellen müssen, dass es ihr immer schwerer fiel, mit ihrer Meinung hinter dem Berg zu halten.

Max schien sich an ihrer unverblümten Offenheit jedenfalls nicht zu stören, zumindest ließ er sich nichts anmerken. »Du hast vollkommen recht«, brummte er und wechselte den Hammer nachdenklich von einer Hand in die andere. »Vielleicht mache ich das wirklich.«

»Tja, das ist wohl das Mantra der Woche!«, scherzte sie und lachte. Ihr Blackberry summte – die Einkäuferin von Barney's, die, wie sie hoffte, anrief, um zuzusagen – und sie bückte sich, um es aufzuheben.

»Nur um es mal gesagt zu haben, ich finde, Trip Peters ist ein Vollidiot, dass er dich hat gehen lassen«, erklärte Max, ohne den Blick von ihr zu wenden. Er sagte das so ruhig und unerwartet ernst, dass es Eloise durch Mark und Bein ging.

Dottie Hayes schaute sich in ihrer Bibliothek um, die inzwischen kaum wiederzuerkennen war. Lucy nähte noch immer mit heißer Nadel, und Max und Eloise hämmerten eifrig die letzten Nägel ein, aber eigentlich sah alles schon so gut wie fertig aus. Es war kaum zu fassen, wie viel Energie diese jungen Leute hatten, Lucy ganz besonders.

»Na, wie finden Sie's?«, fragte Rita Ellis, die hier und dort herumwuselte und nun kurz neben ihr stehen blieb. »Nicht schlecht für eine Woche Zeit, oder?«

»Nein, wirklich nicht schlecht«, erwiderte Dottie und ging zu dem kleinen Podest, auf dem sie selbst am morgigen Nachmittag stehen und ein Kleid präsentieren sollte. »Rita, darf ich Sie etwas fragen?« Sie winkte Lucys Mutter, ihr in eine etwas stillere Ecke des Raums zu folgen, wo die beiden sich ungestört unterhalten konnten. »Es geht um Lucy. Ich weiß, dass sie sehr strikt ist und sich diese Woche unter keinen Umständen von Wyatt bei der Arbeit stören lassen möchte, wo es noch so viel zu tun gibt. Aber …«

»Ob sie was dagegen hätte, wenn er morgen dabei ist?«

»Nun ja, Sie sagen es.« Dottie war erleichtert, es nicht selbst aussprechen zu müssen. Vielleicht verfügte diese Rita, so geschmacklos und aufgetakelt sie auch herumlaufen mochte, ja doch über eine Portion gesunden Menschenverstand.

Rita schaute zu ihrer Tochter, die am anderen Ende des Raums saß. »Das habe ich mich auch schon gefragt. Ganz ehrlich, ich weiß es nicht. Aber irgendwie scheint es zwischen den beiden doch ordentlich gefunkt zu haben, finden Sie nicht? Sie hätte sich nie so über das Buch aufgeregt, wenn er ihr völlig schnurz wäre.«

»Ich mische mich bloß so ungern ein.«

Rita nickte. »Aber was, wenn das Glück unserer Kinder auf dem Spiel steht?«

Wyatt klopfte mit seinem altmodischen kleinen Adressbuch gegen die Rückseite des Fahrersitzes und versuchte, die gebotene Begeisterung für den Inhalt des Büchleins aufzubringen, während sie in Richtung Downtown rasten. »Ich rufe meine alte Freundin Marietta an. Bikini-Model. Die sorgt schon dafür, dass wir uns heute Abend amüsieren.«

»Super«, brummte Trip und hob krampfhaft eine Faust zur Siegerpose. »Super!«

»Andere Väter haben auch schöne Töchter!«, erklärte Wyatt und schaute zu, wie draußen die Häuser am Autofenster vorbeiflogen. Mal wieder auf die Piste zu gehen, würde sie über ihren Verlust hinwegtrösten, und die Nacht versprach ganze Schwärme von Schönheiten, die nicht mit Reizen geizten. Vielleicht konnten sie sich die beiden, die partout nicht mit ihnen reden wollten, dann endlich aus dem Kopf schlagen.

Trip zog zwei kubanische Zigarren aus der Innentasche seines Jacketts. Eine davon reichte er Wyatt. »Vielleicht nehmen wir das alles auch viel zu ernst.«

»Auf unsere Freiheit!«, pflichtete ihm Wyatt bei. Eigentlich war ihm gerade so gar nicht danach, Zigarre zu rauchen, aber das gehörte wohl dazu, um ein bisschen in Stimmung zu kommen. Er musste daran denken, wie Lucy ihn immer gedrängt hatte, mit dem Rauchen aufzuhören; wie ein nörgelndes altes Waschweib. Er holte sein Feuerzeug aus der Tasche. »Seit ich das letzte Mal unterwegs war, haben ein paar neue Läden aufgemacht. Ich war richtiggehend im Winterschlaf, was?«

Aber Trip, der gerade seine Mailbox abhörte, hörte schon gar nicht mehr zu. Er umklammerte Wyatts Arm, als schüttelte ihn ein Fiebertraum. »Jemand hat mit unbekannter Nummer angerufen, aber man hört nur ein Rauschen. Ich kann nicht verstehen, wer es ist!«

Diese Antwort trug definitiv nicht zur Feierlaune bei. »Hat Eloise eine unbekannte Nummer?«

»Vielleicht hat sie von einer Telefonzelle aus angerufen!« Trip spielte die Nachricht noch mal ab und presste das Handy fest gegen sein Ohr.

Verstimmt runzelte Wyatt die Stirn. »Warum sollte sie?«

Trip machte den Mund auf, um darauf zu antworten, und klappte ihn gleich wieder zu. Machte ihn wieder auf. Nein, noch immer nichts. »Trotzdem, ich sollte sie lieber anrufen, nur für den Fall.«

»Wir wollten heute Abend nicht über die beiden reden, schon vergessen?«, grummelte Wyatt missmutig. Aber da war Trip bereits dabei, Eloise eine Nachricht zu hinterlassen. *Stelle ich mich mit Lucy genauso dämlich an?*, fragte er sich, während er seinem Freund zuhörte, wie er in den Hörer hechelte.

»Ich rufe jetzt Marietta an«, brummte Wyatt, auch wenn niemand zuhörte. Er klappte das kleine, mit Telefonnummern vollgeschriebene Büchlein auf, in das er im Laufe der Jahre umfangreiche Randbemerkungen und Notizen gekritzelt hatte, und setzte seine Brille auf, um die winzige Schrift entziffern zu können. Gleich neben Mariettas Nummer hatte er an den Rand geschrieben: »Hammerkörper«. Hatte er das wirklich da hingekritzelt? Bei dem Gedanken kam Wyatt sich wie ein schleimiger Lüstling vor, aber er wählte trotzdem ihre Nummer.

»Hallo?«, meldete sich gleich eine Schlafzimmerstimme am anderen Ende. Im Hintergrund konnte Wyatt lautes Lachen hören. »Dylan, lass das liegen!«

Da will ich aber hoffen, dass Dylan ein schlaksiges Model aus Fort Worth ist.

»Mami hat gesagt, es ist Zeit ins Bett zu gehen, Dylan, und zwar jetzt sofort.« Dann schien Marietta wieder einzufallen, dass sie ans Telefon gegangen war. »Wer ist da? Dylan, *nein*! Mami hat *Nein* gesagt!«

Heimlich, still und leise legte Wyatt auf. Er drehte sich zu Trip um, der sich nun schon zum vierten Mal die statisch knisternde Nachricht anhörte. *Auch keine Hilfe.* Wieder schlug Wyatt das schwarze Buch auf und las die Namen der Mädchen, die er in seinem früheren Leben gekannt hatte. *Was ist denn bloß los mit mir?* Da hielt er einen Katalog mit den heißesten Frauen der westlichen Hemisphäre in der

Hand und hatte doch nicht die geringste Lust, eine Bestellung aufzugeben.

»Wyatt?« Als er aufschaute, sah er, dass Trip ihn beobachtete. »Tut mir leid, Mann, aber ich weiß nicht, ob ich das schaffe. Ich kann an nichts anderes denken als an Eloise.«

Wyatt nickte. Sie waren einfach nicht bei der Sache. Er beugte sich vor und sprach den Fahrer an. »Mark? Bringen Sie uns einfach wieder nach Hause.«

»Wieso? Haben Sie was vergessen?« Der Chauffeur schien irritiert.

»Leider nicht«, murmelte Wyatt und seufzte leicht. Für den Rest der Fahrt redeten beide kein Wort mehr.

»Ach! Du bist ja zu Hause«, rief Dottie verdattert. »Ich dachte, du gehst heute Nachmittag zum Tennis.«

»Abgesagt.« Wyatt schaute von seinem Schreibtisch auf, wo er gesessen, das gerahmte Foto von Lucy angestarrt und darauf gewartet hatte, dass das Telefon klingelte. Am Morgen hatte er an der Columbia University ein Vorstellungsgespräch für einen Lehrposten gehabt, und man hatte ihm gesagt, man werde sich bei ihm melden. Die Stelle war zwar ein Posten ganz unten in der akademischen Nahrungskette, aber immerhin ein Job – und ihm war klar geworden, dass er Lucy eigentlich nicht bitten konnte, wieder in sein Leben zurückzukehren, solange er kein eigenes Leben hatte.

Die Professoren an der Columbia hatten den Eindruck erweckt, die Stelle, die unerwartet frei geworden war, möglichst bald besetzen zu wollen, und sie hatten versprochen, ihn noch am selben Nachmittag zurückzurufen. Und jetzt war es schon beinahe vier Uhr.

»Nun, auch gut. Ich wollte dir gerade was auf den Schreibtisch legen. Eine Einladung.« Seine Mutter schien irgendwie unsicher. Sie kam an seinen Schreibtisch und legte ihm ein Kärtchen hin.

Er nahm es und las begierig, was darauf stand. »Wie schön für sie«, murmelte er, mehr zu sich selbst.

»Tja, nun ja. Vielleicht möchtest du vorbeikommen.«

Wyatt schaute auf. »Sie ruft mich nicht mal an. Sie will bestimmt nicht, dass ich da auftauche.«

»Das *sagt* sie, aber …«

»Du meinst, sie würde sich vielleicht freuen?«

»Hast du etwas aus dieser Geschichte gelernt? Wirst du Lucy in Zukunft besser behandeln?« Dottie redete mit ihm, als sei er ein kleiner Junge, der Fingerfarbe an die Wand geschmiert hatte. »Sie ist ein ganz besonderes Mädchen. Also lass gefälligst diesen Quatsch.«

Wyatt sprang vom Schreibtisch auf, fiel seiner Mutter um den Hals und drückte sie, womit er sie beinahe von den Füßen holte. »Ich habe meine Lektion gelernt«, versprach er, wobei seine Stimme ein bisschen heiser klang. »Meinst du wirklich, ich soll da hingehen?«

Lucy zog Dotties Kleid aus der Nähmaschine und schnippelte den orangefarbenen Faden von der Spule. Dann warf sie einen kurzen Blick auf die Uhr über dem Kamin in der Bibliothek – gerade mal neun Uhr abends. Sie hatte eigentlich damit gerechnet, noch eine Nacht durcharbeiten zu müssen, um alles fertig zu bekommen, aber zu ihrer großen Verblüffung war alles geschafft und bereit für den großen Tag.

»Hey!« Eloise legte Lucy einen Arm um die Schulter. »Komm mit Max und mir ein Bier trinken. Wir wollten gerade ins Phoenix Park.«

»Ich bilde mir dauernd ein, dass ich irgendwas vergessen habe.«

»Ich weiß, das geht mir genauso, aber wir haben nichts vergessen. Fünf Mal bin ich die Liste jetzt schon durchgegangen. Wir sind tatsächlich *fertig*, ob du es glaubst oder nicht.« Und damit grinste sie Max an, der hinter die beiden getreten war. »Die Show wird der Hammer. Wir haben uns einen Drink verdient.«

»Geht ruhig«, sagte Lucy. Sie wollte nicht stören, was immer sich da gerade zwischen den beiden entwickelte. »Ich gehe lieber nach Hause. Vielleicht kann ich noch ein bisschen schlafen.«

»Echt? Okay. Dann sehen wir uns morgen früh.«

Lucy gab beiden zum Abschied ein Küsschen auf die Wange, und sie hopsten vergnügt nach draußen, während Lucy allein mit den Ölgemälden an der Wand zurückblieb. Nicht zum ersten Mal fragte Lucy sich, ob sie Dottie gebeten hatte, die Show hier veranstalten zu dürfen, weil alles sie an Wyatt erinnerte. Sie griff nach ihrem Blackberry, und als sie die entgangenen Anrufe des Tages aufrief, waren nur fünf von ihm darunter – signifikant weniger als noch am Vortag. *Vielleicht gibt er langsam auf*, dachte sie und stopfte ihre Sachen in die Tragetasche. Bei dem Gedanken wurde sie plötzlich ganz müde – aber vielleicht lag es auch daran, dass sie die ganze Woche kaum geschlafen hatte. Ein letztes Mal schaute Lucy sich in dem Raum um, um sich zu vergewissern, dass wirklich alles perfekt war, und ging dann zur Tür.

34

WIR MÖCHTEN SIE EINLADEN ZUR
DEBÜT-PRÄSENTATION
VON
Carlton-Ellis
SAMSTAG, 21. MÄRZ
DIE PRÄSENTATION BEGINNT UM 16 UHR.
800 PARK AVENUE, PH A

15.45 Uhr

Lucy kauerte hinter einem Kleiderständer in Dotties großzügigem Gästezimmer, das nun als Garderobe herhalten musste. Die Mädels waren so weit, jetzt legten die Spitzenfriseure und Top-Visagisten, die Eloise für diesen Einsatz rekrutiert hatte, noch schnell letzte Hand an. Aus ihrem gegenwärtigen Blickwinkel konnte Lucy nichts weiter sehen als Schuhe – sexy Schlangenleder-Stilettos, rote Samt-Plateau-Schuhe, Ballerinas mit Bändern zum Schnüren – die hierhin und dorthin liefen, dass es aussah wie zur Rushhour im Modehimmel. Sie duckte sich unter das Schlachtengetümmel, außer Sichtweite, unter dem Vorwand, ein Vintage-Clutch-Täschchen zu suchen, das eins der Models verlegt hatte. Aber eigentlich wollte sie nur mal schnell durchatmen.

»Ist da unten noch Platz für mich?«, ertönte eine Stimme, zu der ein Paar Brian-Atwood-High-Heels gehörten, für die man eigentlich einen Waffenschein bräuchte. Eloise bückte sich und erschien in Lucys Blickfeld. »Du hast dich versteckt. Der aufregendste Tag deiner gesamten Karriere – *unserer* gesamten Karriere – und du versteckst dich hinter einem Kleiderständer!«

»Ich wollte bloß mal… du weißt schon, durchatmen. Oder es zumindest versuchen.«

»Du brauchst dir keine Sorgen zu machen, Luce. Die Kulisse ist der Wahnsinn, und die Bude wird gerammelt voll. Machst du Witze? Nach der Versteigerung beim Ball *muss* man einfach hier sein. Deine Kleider sind *umwerfend*. Also komm, steh auf.«

Mühsam holte Lucy Luft und richtete sich auf. In der vergangenen Woche hatte sie so viel zu tun gehabt, dass sie sich nicht erlauben konnte, nervös zu werden. Aber jetzt, so kurz vor Beginn der Präsentation, holte das Lampenfieber sie ein. Womöglich wären ihre Gäste zunächst sehr wohlwollend – zumindest eine Weile. Aber was, wenn die Fashionistas und Gesellschaftsreporter und Margaux Irving merkten, dass sie ihre Inspirationen nicht nur aus Mailand und Paris bezog? Und die Damen, die an der Upper East Side lunchten, vielleicht würden sie der Wahrheit dann auf die Schliche kommen? Und am Ende der Show musste sie sich vor alle hinstellen und… es lief ihr eiskalt den Rücken runter. Einen schrecklichen Augenblick lang, als sie so neben Eloise stand und nachdachte, wünschte sie sich, statt in den Greyhound-Bus von Dayville nach New York zu steigen, sie hätte sich vor dessen Räder geworfen.

»Meinst du, wir sollten anfangen?«

Lucy nickte und strich sich eine dunkle Locke hinters Ohr. »Auf geht's«, rief sie, schaute zu ihrer Mutter, die auf der anderen Seite des Raums stand, und streckte ihr den gereckten Daumen entgegen.

»Mädels, auf die Plätze!«, bellte Rita, die das wortlose Kommando sofort verstand. Wenn es darum ging, eine schnatternde Gänseschar Models im Zaum zu halten, war ihre schnodderige Art sehr von Vorteil, und die Fingernägel der Mädels hatte sie auch toll hinbekommen; sie hatte ihnen rote Krallen verpasst wie Vierzigerjahre-Starlets.

Als sie in die Bibliothek strömten, die, was Größe und Pracht anging, einer altehrwürdigen New Yorker Universitätsbibliothek kaum nachstand, ließ Lucy den Blick schweifen und sog das bunte Gewirr wirbelnder Farben und brummender Energie gierig in sich auf. Drüben entdeckte sie Fernanda, die in einem narzissengelben Kleidchen mit keck ausgestelltem Rock und schmalen Gürtel zum Anbeißen aussah und in der Achterbahnkulisse Platz nahm, die Max eigens entworfen und gebaut hatte; das Haar zu einer Frisur aufgerüscht, die aussah, als hätte der Wind ihre prachtvollen Locken erfasst und spielte neckisch damit. Dottie, in einem königlichen, zart melonenfarbenen Wickelkleid aus Seide, dessen Kragen von einer steifen und doch femininen Rüsche umspielt wurde, nahm ebenfalls ihren Platz ein – als Kundin in einem Supermarktgang, wo sie mit dem Ernst eines griechischen Philosophen die Rückseite einer geöffneten Tüte Käse-Nachos inspizierte. Passend zu ihrem Kleid waren ihre Fingernägel in knalligem Orange lackiert.

Mimi, inzwischen Gott sei Dank wieder ohne Pusteln, trug ein dunkelgolden schimmerndes Kleid aus Leinen und Seide mit handgearbeiteter Perlenstickerei am Ausschnitt. Da sie in ihrem kleinen Szenenbild Schnee schaufeln sollte – eine Hommage an den strengen Winter in Minnesota –, hatte Lucy ihr eine bezaubernde kleine Steppweste in Flachs und Gold zum Drüberziehen genäht. Anna, die in einer purpurroten Robe wirklich einen heißen Anblick bot, lehnte lässig gegen einen Tisch mit rot-weiß karierter Tischdecke im Pizzaladen von Dayville, den Max nach Lucys Beschreibung nachgebaut hatte. Aus demselben klassischen Karostoff wie die Tischdecke hatte Lucy auch Annas Schärpe genäht. Und zu guter Letzt kam Libet, die nun das Mieder ihres weißen Kleidchens perfekt ausfüllte. Sie saß in einer Kulisse, die wie eine abgespeckte Version einer Zuschauertribüne aussah, wo sie sich ein Spiel anschaute, mit einem riesigen Schaumstofffinger an der Hand und einer verkehrt herum aufgesetzten Baseballkappe auf dem Kopf. Über ihren Rücken lief – ein ironisches, uramerikanisches Zitat – eine rote Naht wie auf einem Baseball; dezent und doch unübersehbar. Eloise wirbelte ein letztes Mal um die Mädels herum, richtete Träger und steckte widerspenstige Haarsträhnen fest.

So weit, so gut, musste Lucy sich eingestehen. Alles war viel besser gelaufen, als sie es sich erhofft hatte. Im Laufe der nächsten Stunde sollte Eloise die Einkäufer der großen, exklusiven Kaufhäuser wie Barney's, Bergdorf und Saks herumführen, sich ihre Meinung anhören und, so hoffte Lucy inständig, ihre Bestellungen aufnehmen. Lucy wusste, dass es eigentlich ein Ding der Unmöglichkeit war: Sämtliche anderen Designer hatten ihre Kollektionen bereits vor Wochen präsentiert. Jetzt konnte sie eigentlich nur noch beten, dass die Einkäufer das Unvorstellbare tun würden: ihr nach oben offenes Einkaufsbudget noch ein bisschen strapazieren, um in die Herbstkollektion von Carlton-Ellis zu investieren, weil sie an die Marktfähigkeit der Marke glaubten.

Während Eloise also versuchte, dieses Wunder zu wirken, sollte Lucy ihrerseits etwas ähnlich Unmögliches in Angriff nehmen: Margaux Irving und den Hexenzirkel einflussreicher Moderedakteure einzuwickeln, die sich dazu hatten überreden lassen, ihren Samstagnachmittag zu opfern, um sich die Präsentation anzuschauen. Und was noch viel schlimmer war, ihre wahre Geschichte zu enthüllen, was dazu führen könnte, dass die Einkäufer und Redakteure sich getäuscht und ausgetrickst fühlten, was wiederum bedeuten könnte, dass sie zuerst die Kleider und dann ihre Schöpferin in Fetzen reißen würden. Sollte die Einführung von Carlton-Ellis baden gehen und sämtliche Anwesenden kalte Füße bekommen und das Weite suchen, dann müsste Mallory wie geplant die Enthüllungsstory bringen. Für alles andere war es jetzt zu spät.

»Jetzt geht's los«, flüsterte Lucy und drückte Rita kurz. Und plötzlich durchfuhr es sie wie ein körperlicher Schmerz, wie sehr sie Wyatt vermisste. Wyatt hätte alles genau unter die Lupe genommen, ihr gesagt, sie solle sich gerade hinstellen, hätte ihre Hand gehalten, wie er es immer getan hatte, wenn sie als Lucia Haverford Ellis irgendeinen öffentlichen Auftritt gehabt hatte – sein prüfender Blick war so streng, dass er die meisten Frauen damit in den Wahnsinn getrieben hätte, aber Lucy fand es seltsam beruhigend zu wissen, dass seinem kritischen Auge so leicht nichts entging. Außerdem fühlte sie sich immer viel sicherer, selbstbewusster, wenn sie ihn an ihrer Seite wusste. Und wenn er ihr sagte, er glaube an sie, dann glaubte sie ihm das. Doch Wyatt hatte sie aufgebaut, nur um sie dann wieder zu zerschmettern. Jetzt musste sie auf ihren eigenen Füßen stehen.

»Türen auf!«, rief sie Margaret zu.

Cornelias blutunterlaufene Augen öffneten sich einen Spalt. Halb blind blinzelte sie auf die antike Messinguhr neben ihrem Bett und musste zu ihrem Missfallen feststellen, dass es bereits vier Uhr nachmittags war. Schon wieder hatte sie nach einer weiteren unruhigen Nacht den ganzen Tag verschlafen. Doch dann fiel es ihr siedend heiß wieder ein: *Townhouse!* Mit einem Sprung war sie aus dem Bett. Die Zeitschrift mit dem Artikel über Lucy sollte heute in den Zeitschriftenläden stehen, was hieß, dass Cornelia zum ersten Mal seit einer Woche einen Grund hatte, überhaupt das Bett zu verlassen. Schnell wischte sie sich die Haare aus den Augen und raffte sie mit einem Frotteeband zu einem Pferdeschwanz zusammen. Das Bild von Lucy, die durch Nolas Laufsteg gekracht war und darin feststeckte – ob Mallory das wohl auf dem Titel bringen würde? Die Spannung war kaum auszuhalten. Schnell streifte sie sich das Kapuzenshirt über, das sie seit vier Tagen trug, und schlüpfte in ihre Hose – leicht angeschmuddelt mit Soßenflecken von der Pizza von Domino's Homeservice, aber sie wollte ja bloß zu dem kleinen koreanischen Supermarkt um die Ecke – und flitzte zur Tür hinaus.

»Ein Päckchen Marlboro Lights und die hier, bitte«, keuchte sie, schnappte sich die Zeitschrift aus dem Ständer und wedelte dem Kassierer damit vor der Nase herum. Ganz kirre vor Aufregung starrte sie auf das Cover. Die dicke Mimi, umgeben von rumänischen Waisenkindern? *Wie bitte?*

»Fünfzehn Dollar sechsundfünfzig, bitte«, sagte der Mann an der Kasse.

Cornelia klopfte auf die Kängurutasche ihres Sweatshirts. Kein Portemonnaie, bloß ihr Blackberry. »Tut mir leid, aber ich habe mein Geld vergessen.«

»Okay«, sagte er und stellte die Zigaretten zurück ins Regal. »Ich lege Ihnen die Zeitschrift zurück. Nix Geld, nix lesen.«

»Aber ich komme doch jeden Tag hierher!« Sie bekam kaum noch Luft. »Sie kennen mich, Sie wissen, dass ich immer bezahle!«

»Ich hab Sie hier noch nie gesehen, Miss. Ich kann meine Ware nicht verschenken.«

Mit finsterem Blick stierte sie den Mann an. Dann drehte sie sich brüsk um und blätterte, so schnell sie konnte, die Zeitschrift durch. Wo zum Teufel war dieser verdammte Artikel? Sie warf einen Blick auf Seite drei – auch dort kein Wort über das Lügengebäude ihrer Intimfeindin. Ein böser, dunkler Verdacht beschlich Cornelia. Sie schaute in das Inhaltsverzeichnis. *Gar nichts über Lucy Jo Ellis*. Eine alles verschlingende Wut stieg in ihr auf, die mit ihrem gleißend hellen Licht alles andere ausmerzte, und ihr Kopf fühlte sich an, als wollte er zerbersten. Sie würde Mallory Keeler erwürgen.

»Miss, ist alles in Ordnung?«, fragte der Mann. »Soll ich einen Rettungswagen rufen?«

Cornelia klappte den Mund zu. Sie hatte gar nicht gemerkt, dass sie geschrien hatte wie am Spieß.

»Ihr Handy! Ihr Handy klingelt!«, rief der Mann und schaute sie an, als sei sie aus der Geschlossenen entlaufen. »Vielleicht jemand, der Sie abholen und nach Hause bringen könnte?«

Cornelia zog ihr Blackberry heraus. *Theo Galt*. Sie ging ran.

»Hey, wie geht's«, rief er munter. »Ich hab mir das mit deinen musikalischen Ambitionen noch mal überlegt. Wir sollten uns gelegentlich zusammensetzen. Gehst du auch nachher zu Lucys Show? Vielleicht können wir ja anschließend was essen gehen.«

Cornelia verstand nur zwei Worte: »Lucys Show.« Sie zwang sich, logisch zu denken. »Mhm. Kannst du mir noch mal die Adresse geben? Ich kann sie nirgendwo mehr finden.«

»Achthundert Park. Also … nachher zusammen Abendessen?«

Aber Cornelia antwortete nicht mehr. Sie konnte sich nicht mehr bremsen und rannte bereits so schnell sie konnte zu Dottie Hayes Wohnung.

»Das könnte eine ganz schlechte Idee sein.« Wyatt, der vor den spiegelnden Metalltüren des Aufzugs seine Krawatte richtete, kam es fast vor, als seien er und Trip zwei kleine Jungs auf dem Weg zu einem Highschool-Ball. Das Herz schlug ihm bis zum Adamsapfel. »Eloise und Lucy wollen uns nicht dabeihaben. Ich meine, die reden ja nicht mal mit uns. Vielleicht ist es nicht so gut, wenn wir da einfach uneingeladen reinplatzen …«

»Schnauze!«, kommandierte Trip. Sein Gesicht war aschfahl, aber sein Blick fest und klar. »Das ist unsere einzige Chance. Wir wissen, wo sie sind, und wir wissen, dass sie nicht einfach weglaufen können. Ich brauche nicht mal eine Minute.« Mit Daumen und Zeigefinger wischte er sich über die Mundwinkel, griff dann in seinen Blazer und holte eine kleine Samtschachtel heraus.

»Ist das ein *Ring*?«, fragte Wyatt völlig platt.

»Wenn Eloise das zu ihrem Glück braucht, dann soll sie es bekommen. Ich will bloß, dass sie wieder zurückkommt.« Trip stopfte die Schatulle wieder in die Jackentasche.

Die Aufzugtüren öffneten sich, aber Wyatt packte Trip am Arm und hielt ihn heftiger als nötig zurück. »Wage es ja nicht!« Er sprach leise, aber bestimmt – auf gar keinen Fall würde er zulassen, dass Trip sich an Lucys großem Tag ins Rampenlicht drängelte und ihr die Show stahl. »Du hältst brav den Mund und den Mädels den Rücken frei. Du machst Eloise keinen Antrag. Hier geht es *nicht um dich.*«

Trip stierte ihn böse an, willigte dann aber widerstrebend ein. »Dann frage ich sie erst hinterher, gut. Lässt du mich jetzt bitte los?«

Sie stiegen aus dem Aufzug und kamen in Wyatts altes Zuhause, wo sie gleich die Bibliothek ansteuerten. Dort angekommen konnte Wyatt sich einfach nicht beherrschen und musste den Hals verrenken wie ein Tourist, der mit weit aufgerissenen Augen am Times Square steht, um sich staunend die erlesene Gesellschaft anzuschauen, die sich in dem Raum tummelte. Alle redeten über die prominenten Damen, die Lucys Kleider auf den kunstvollen kleinen Showbühnen präsentierten – sogar Wyatts Mutter war darunter, wie er plötzlich merkte, obwohl sie sich sonst lieber dezent im Hintergrund hielt. Als Dottie ihn sah, zwinkerte sie ihm kurz zu – was genauso wenig zu ihr passte, dachte er, doch er lächelte nervös zurück.

Während er auf das Podest zusteuerte, auf dem Libet Vance stand, ging Wyatt langsam auf, was Lucy hier geleistet hatte – wie viel Liebe zum Detail, Sorgfalt und geniale Ideen in dieser Show steckten, die Lucy und Eloise innerhalb von nur einer Woche auf die Beine gestellt hatten. Sie hatte es geschafft, ihre Kleinstadt-Wurzeln erfolgreich mit der Haute Couture zu verschmelzen, und hatte sich sowohl von waschechten amerikanischen Frauen inspirieren lassen, wie sie sie von klein auf kannte, als auch von den schillernden, eleganten Societydamen, mit denen sie in den letzten Monaten die Nacht zum Tag gemacht hatte. Um ihre Mode in die einschlägigen Zeitschriften zu bekommen, hatten sie und Eloise einen guten Riecher bewiesen und stadtbekannte Medienmagnete als Models verpflichtet – die sie dann in lebenden Bildern inszeniert hatten, die das Leben in den Staaten zwischen Ost- und Westküste abbildeten.

»Sie hat's geschafft«, murmelte Wyatt voller Bewunderung. Schnell schaute er sich nach Lucy um und wurde auch gleich fündig – strahlend, stark, gelassen und selbstbewusst unterhielt sie sich mit Margaux Irving.

Margaux, geschmeidig wie ein Panther in einem schmal geschnittenen Etuikleid von Prada, rauschte heran und blieb vor Fernandas Achterbahnkulisse stehen. Sie starrte das Tableau an, als sei es eine weiße Wand. »Wir haben die uramerikanische Wirklichkeit gekreuzt mit dem Glamour-Leben der oberen Zehntausend«, erklärte Lucy und zwang sich dazu, ganz ruhig zu bleiben, obwohl die herrische Herausgeberin zu ihrem Leidwesen keine Miene verzog.

»Das Kleid ist hübsch«, bemerkte Margaux.

Hübsch? War das jetzt ein Kompliment? Bei Nola Sinclair und ihrer stets auf die neuesten Trends bedachten Meute war *hübsch* ein schlimmes Schimpfwort gewesen. Aber andererseits *sollte* es ja hübsch sein. Lucy entwarf Kleider, derentwegen sie selbst sich anderswo die Nase am Schaufenster platt drücken würde; feminin, luftig-leicht, raffiniert und makellos gearbeitet; die nur so strotzten vor Lebensfreude und guter Laune. Kleider, in denen man sich ein bisschen lebendiger fühlte. Kleider, wie sie die hartgesottene Modefetischistin Margaux nur allzu gerne als mittelmäßigen Mainstream abtat. Lucy führte die unergründliche Herausgeberin zu Mimis kleiner Bühne. »Sie schippt Schnee«, stellte Margaux nüchtern fest und ließ den Blick über die Szene schweifen.

Was sollte das nun wieder heißen? Konnte Lucy aus dieser Bemerkung irgendwas schließen? Ihre Handflächen wurden feucht. Sie schaute zur anderen Seite der Bibliothek – vorbei an Mallory Keeler, die sich hektisch Notizen machte, vorbei an der hochkarätigen Reporterschar – die sich die Ehre gab, weil Margaux Irving sich die Ehre gab –, vorbei an den Societymädels, die dem Ganzen noch ein bisschen mehr Glanz und Glamour verliehen, auch wenn der Raum ohnehin davon schier überzulaufen drohte – hin zu Eloise, die einer Einkäuferin von Saks gerade Annas Kleid präsentierte. Die Einkäuferin schien recht angetan. Aber was würde sie – würden *alle* – sagen, wenn sie erst die Wahrheit über Lucy erfuhren? Lucy wusste inzwischen, wie der Hase lief. Niemand hätte Cornelia diesen unglückseligen Parfum-Deal angeboten, hätte sie nicht Rockman geheißen. Die Modewelt schien wohlwollend auf die ersten Schritte von Lucia Haverford Ellis zu schauen – zumindest waren alle gekommen, um ihr eine Chance zu geben –, aber wären sie Lucy Jo gegenüber ebenso gnädig?

»Die Häppchen sind der Hammer«, schwärmte Rex Newhouse und schnappte sich noch eine Scheibe eines aufgeschnittenen Twinkie-Törtchens vom Tablett. »Du musst mir unbedingt verraten, wer dein Caterer ist.« Dann allerdings fiel sein Blick auf Margaux, und er tauchte nervös in der Menge unter. Die Frau schaffte es, selbstbewusste Männer und Frauen in die Knie zu zwingen, ohne auch nur ein Wort zu sagen oder irgendwas zu tun.

»Würden Sie mich einen kleinen Moment entschuldigen?«, bat Lucy Margaux, die darüber so schockiert war, dass sie tatsächlich eine Grimasse zog. Niemand, so überlegte Lucy, hatte die Herausgeberin je in die Warteschleife geschoben. Aber wenn sie auch nur einen Augenblick länger wartete, würde sie der Mut wieder verlassen. Jetzt oder nie. »Ich muss etwas loswerden.« Sie winkte Eloise zu sich und marschierte nach vorn. Eloise folgte ihr mit kalkweißen Lippen. Lucy war heilfroh, dass sie die Hose mit dem hohen Bund trug, wenigstens konnte man so nicht sehen, wie ihr die Knie schlotterten.

Als sie beide dann vor der versammelten Zuschauermenge vor Dotties übergroßem Kamin standen, entdeckten sie Wyatt und Trip, die gleich neben der Tür Posten bezogen hatten. »Was zum Kuckuck wollen *die* Pappnasen denn hier?«, flüsterte Eloise.

Lucy sah Wyatt an. Ihre Blicke trafen sich, und in dem Moment glaubte Lucy, die wackligen Beine könnten ihr tatsächlich den Dienst versagen. Aber dann riss sie sich zusammen und wandte den Blick ab. Sie durfte sich nicht in den Gefühlen verlieren, die Wyatt in ihr weckte – nicht jetzt, wo ihr Traum an einem seidenen Faden hing. Sie hatte eine Aufgabe zu erledigen – und die war alles andere als angenehm.

»Darf ich Sie alle für einen Moment um Ihre Aufmerksamkeit bitten?«

Mallory Keeler, die in einer stillen Ecke der Bibliothek gerade ein Interview mit Rita geführt hatte, schaute neugierig geworden auf, ebenso die anderen Gäste. »Wir möchten Ihnen allen danken für Ihr Kommen«, sagte sie in das Mikrofon, das sie vom Kaminsims genommen hatte. »Eloise Carlton und ich sind stolz, Sie zum Debüt von Carlton-Ellis begrüßen zu dürfen.« Der ganze Raum applaudierte herzlich. »Einen Augenblick, bitte«, sie hob die Hand, um den Applaus zu unterbrechen, »ich habe Ihnen nämlich ein Geständnis zu machen.«

Wyatts Magen krampfte sich zusammen, weil er wusste, was Lucy zu sagen hatte. Viel zu viele der Anwesenden, so fürchtete er, waren in etwa so loyal wie Klapperschlangen.

»Ich habe schon immer davon geträumt, Modeschöpferin zu werden«, setzte sie ruhig an, obwohl ihr das Herz bis zum Hals klopfte.

Wyatt entdeckte Cornelia Rockman als Erster – fast hätte er sie nicht erkannt, so fertig sah sie aus –, als sie aus dem Aufzug stolperte, und geistesgegenwärtig fing er sie auf dem Korridor ab. So eine dramatische Nachher-Vorher-Verwandlung hatte er nicht mehr erlebt seit Cameron Diaz' Auftritt in *Being John Malcovich* – ihr Gesicht war aufgedunsen, die Haare sahen aus wie ein zerzaustes Vogelnest, und aus sämtlichen Poren verströmte sie einen widerlich ranzigen, leicht alkoholischen Geruch.

»Damit kommt sie mir nicht davon!«, zischte Cornelia. »Und du auch nicht!«

Wyatt zog die Tür zur Bibliothek hinter sich zu. »Schau dich doch mal an«, ermahnte er sie sanft und zeigte auf den Spiegel seiner Mutter aus dem neunzehnten Jahrhundert, der im Flur auf einem kleinen Konsolentisch stand. Das Glas war leicht gewellt, erfüllte aber dennoch seinen Zweck – und Cornelia musste blinzeln, als sie ihr Spiegelbild sah. »Möchtest du wirklich, dass dich alle da drinnen so sehen? Außerdem klärt Lucy die ganze Lügengeschichte gerade in diesem Moment auf.«

Flehend schaute Cornelia Wyatt an. Er konnte beinahe spüren, wie ihr Zorn verrauchte und sie in sich zusammensank. »Ich wollte doch bloß, dass alles wieder so wird wie früher«, flüsterte sie kleinlaut.

Schockiert stellte er fest, dass sie ihm doch tatsächlich leidtat. Es gab eine Zeit, da hatte er sich genau dasselbe gewünscht – wieder in sein altes, vertrautes Leben zurückkehren zu können –, Gott sei Dank war dieser Wunsch nicht in Erfüllung gegangen. »Wir wären nicht glücklich geworden. Du wünschst dir etwas anderes vom Leben als ich.«

Aus dem Badezimmer ganz in der Nähe war lautes Wasserrauschen zu hören, und gleich darauf kam Theo Galt um die

Ecke und machte noch schnell den Hosenstall zu. Entsetzt schlug Cornelia die Hände vors Gesicht. »Guck mich nicht an!«, fiepte sie, rannte zum Aufzug und drückte kopflos auf den Knopf.

Unerwartet bewies Theo echtes Format und eilte, statt panisch das Weite zu suchen, Cornelia zu Hilfe. »Ich bringe dich nach Hause«, sagte er bestimmt und mit einem Hauch besitzergreifender Sorge in der Stimme. Die beiden würden ein hübsches Paar abgeben, dachte Wyatt, als er zusah, wie sie in den Fahrstuhl stiegen – zumindest, wenn Cornelia sich erst mal die Haare gewaschen hatte.

Die Krise erfolgreich abgewendet, schlich Wyatt sich wieder in die Bibliothek, wo Lucy gerade zum Schluss ihrer Enthüllungen kam.

»Bis vor ein paar Monaten habe ich bei Nola Sinclair Reißverschlüsse eingesetzt und acht Dollar die Stunde als Näherin verdient«, sagte sie. »Ich habe keinen Stammbaum …«

»Nur Hunde brauchen einen Stammbaum!«, warf Rita unüberhörbar ein.

»Großer Gott«, flüsterte Rex Newhouse gebannt. Wyatt sah, wie Mallory Keeler hektisch in ihr Notizbuch kritzelte – Margaux Irving dagegen stand stocksteif da wie eine Statue, eine Hand an die Lippen gelegt. Wyatt wusste nicht, wie er es aushalten sollte, dass Lucy so schutzlos und verwundbar dastand. Dottie mit ihrer Nachos-Tüte in der Hand schien die Situation fast genauso mitzunehmen wie ihn selbst. Noch nie hatte einer von ihnen derartige gesellschaftliche Courage erlebt.

»Ich bin eine durch und durch gewöhnliche Frau«, fuhr Lucy fort. »Ich bin im Herzen der USA aufgewachsen, nur dass wir es schlicht Amerika genannt haben, in Dayville,

Minnesota. Ich habe Pizza in mich reingestopft, beim Baseball und Football meine Mannschaften angefeuert. Ich habe zu viel schlechtes Fernsehen geguckt, in den Warteschlangen irgendwelcher Freizeitparks angestanden, endlos viel Schnee geschippt, in Shopping-Centern eingekauft, gekellnert, Coupons ausgeschnitten und bin in eine Kirche direkt an der Schnellstraße gegangen. Das bin ich, und ich hätte nicht vorgeben sollen, jemand anderer zu sein.«

Wyatt wartete darauf, dass sie etwas über ihn sagte, dass sie erklärte, Wyatt Hayes IV. habe sie zu dieser Scharade angestiftet – aber nein, sie übernahm selbst die volle Verantwortung. Es war ihre Geschichte. Immer schon gewesen, wie ihm jetzt aufging. »Diese Welt der Schönen und Reichen, der Mächtigen und Privilegierten kennenlernen zu dürfen, war die beste Lehre, die ich mir als Modeschöpferin je wünschen konnte. Sie strotzt vor Schönheit und Eleganz«, sie sah Wyatt direkt in die Augen, als sie das sagte, »und ich schätze mich glücklich, alle, die heute eins meiner Kleider vorführen, als meine Freundinnen bezeichnen zu dürfen. Aber ich bin auch der festen Überzeugung, dass meine Herkunft, so wenig glamourös sie auch sein mag, es mir erst ermöglicht, Kleider zu entwerfen, wie echte Frauen sie sich wünschen. Unsere Kollektion soll praktisch und elegant zugleich sein; ebenso schmeichelhaft wie modisch. Und ich hoffe, dass Sie da mit mir einer Meinung sein werden, dass uns das gelungen ist.«

Lucy reichte Eloise das Mikrofon, und ihre und Wyatts Blicke trafen sich erneut. Schnell schaute sie weg, ehe er ihr an der Nasenspitze ansehen konnte, was sie dabei empfand, ihn heute hier zu sehen – ehe er auch nur ein kleines Lächeln zustande gebracht hatte, ein Nicken als Bestätigung, irgendwas, um seine Dankbarkeit zum Ausdruck zu bringen. Eloise legte den Arm um Lucy und drückte sie an sich.

Die übrigen Anwesenden schienen jedoch wie versteinert. Man konnte die Grillen zirpen hören.

»Sagte sie eben *Shopping-Center?*«, hörte Wyatt eine der Damen angewidert zu einer anderen sagen.

Die meisten Leute im Raum hatten – all ihren Hochglanz-Mode-Referenzen zum Trotz – die notorisch wortkarge Margaux Irving noch nie reden gehört. Als sie sich zu Wort meldete, klangen ihre Worte klar wie ein Sterlingsilberlöffel, mit dem man gegen ein Kristallglas schlug. »Es ist überhaupt nicht gewöhnlich, wenn jemand über die Fähigkeit verfügt, herausragende Kleidung zu kreieren, die jede Frau, die sie trägt, auf ein Podest stellt«, erklärte sie, und zwar so laut, dass Mallory Keeler am anderen Ende des Raums das seltene Zitat sofort mitschrieb. »Carlton-Ellis wird meine Unterstützung nicht brauchen, aber Sie, Lucy, werden sie trotzdem bekommen.« Dann nickte sie wie zum Segen und rauschte hinaus. Daraufhin brach tosender Applaus los.

Während die anderen Anwesenden – Mallory Keeler, Rex, andere Journalisten, Modepüppchen, die viel zu chic gekleidet waren für einen Samstagnachmittag – um Lucy herumschwirrten, hielt Wyatt sich im Hintergrund. Ihm fiel auf, dass seine Mutter ihn von ihrer Bühne beobachtete. Fast warnend hob sie eine Augenbraue, doch dann lächelte sie ihn an.

»Saks will eventuell im ganzen Land Schaufenster von uns machen lassen«, raunte Eloise ihr im Vorbeigehen zu. Unauffällig klatschte sie Lucy ab und grinste übers ganze Gesicht.

»Unglaublich!« Auch Lucy sprach leise. »*Elle* möchte die Kollektion in ihrer kommenden Reihe über neue Gesichter im Modezirkus vorstellen!«

»Kaum zu fassen. Weißt du, was das heißt?«

Lucy lächelte. »Das heißt … Glückwunsch, Partner, wir

sind im Geschäft.« Es war zu gut, um wahr zu sein. Und es war ein unglaublich gutes Gefühl, wieder sie selbst zu sein, frei von allen Lügenkonstrukten.

»Hast du schon mit Wyatt geredet? Ich gehe Trip gerade aus dem Weg.«

Lucy schüttelte den Kopf. Sie wusste nicht, was sie ihm sagen sollte, und auch nicht, ob sie schon so weit war, ihm zu verzeihen. Nachdenklich schaute sie durch den Raum zu Wyatt, der sich mit Mallory unterhielt. »Was meinst du, wer geplaudert hat? Ich wollte nicht, dass er herkommt. Oder zumindest *dachte* ich das.«

Eloise zuckte mit den Schultern. »Keine Ahnung. Aber ich an deiner Stelle wäre nicht zu streng mit ihm. Ich habe eben gehört, dass er Cornelia an der Tür abgefangen hat, ehe sie eine Riesenszene machen konnte. Und es scheint ihm wirklich aufrichtig leidzutun …«

»Tja, das sollte es auch«, meinte Lucy und schnitt Eloise damit das Wort ab. Aber sie musste zugeben, dass ihre Wut bereits zu verrauchen begann. Noch einmal blickte sie unauffällig zu ihm rüber. Sie musste an die Nachricht denken, die er ihr geschickt hatte: *Du hast mich von Grund auf verändert. Ich will es dir beweisen.* Und schließlich hatte er das Buch eingestampft; ein großes Opfer für ihn – wie er es noch nie hatte bringen müssen.

»Ich sollte mich lieber wieder um die Einkäufer kümmern«, sagte Eloise und nahm Lucy kurz in den Arm.

»Genau! Und ich mich um die Redakteure.« Sie musste jetzt an ihre Karriere denken, die gerade erst begann – zumindest hoffte sie das. Die Modewelt war brutal, selbst mit Margaux Irvings Segen. Sie warf den Kopf in den Nacken und schlug sich alle Gedanken an Wyatt aus dem Kopf. Später war noch genug Zeit, alles wieder ins Lot zu bringen.

»*Eloise!*« Beide erstarrten, als sie Trip rufen hörten. Er kam quer durch den Raum auf sie zu. Eloise starrte ihn mit wachsendem Entsetzen an, doch das schien Trip gar nicht zu merken. Er war ein Mann mit einer Mission. Eloise klammerte sich an Lucys Arm.

»Trip, das ist hier weder der richtige Ort noch die richtige Zeit«, flüsterte Eloise mit einem gequälten Lächeln.

»Ich kann keine Minute mehr warten, um dir zu sagen, dass du das Beste bist, was mir je im Leben passiert ist.« Er nahm ihre Hand in beide Hände und ging auf Dottie Hayes' Aubusson-Teppich auf die Knie. Was wiederum die versammelte Menge interessiert verfolgte, und einige, die um ihn herumstanden, traten einen Schritt zurück, um ihm genug Platz zu lassen.

»Das ist die aufregendste Präsentation, auf der ich je im Leben war!«, hörte Lucy eine Einkäuferin von Bergdorf tuscheln. »Ob das auch zur Show gehört?«

»Ich glaube, ich falle in Ohnmacht!«, rief Eloise' Mutter, die eigens aus Boston angereist war, um ihrer Tochter moralische Schützenhilfe zu leisten.

»Ich habe mich wie ein Vollidiot aufgeführt«, erklärte Trip. »Wenn es dir so wichtig ist zu heiraten, Eloise, dann heiraten wir eben.« Und damit zog er die schwarze Samtschatulle heraus und fummelte ungeschickt daran herum, bis er sie geöffnet hatte und darin ein lupenreiner, siebenkarätiger Diamant im Smaragdschliff zum Vorschein kam, flankiert von zwei kleineren Diamanten an einem klassisch schlichten Platinband. Eloise' Mutter schnappte nach Luft. »Willst du mich heiraten, Eloise?«

»Wir müssen uns unterhalten, Trip« sagte sie leise und ganz ruhig, wobei sie versuchte, ihn auf die Füße zu ziehen.

Aber Trip rührte sich nicht vom Fleck. »Heirate mich, El.«

Lucy vergrub das Gesicht in den Händen und spähte zwischen den Fingern hindurch. Sie konnte einfach nicht hinsehen, es war zu schrecklich. Er hatte Eloise in die Ecke gedrängt und ihr keine andere Wahl gelassen. »Es ist zu spät«, sagte Eloise tieftraurig. Die Zeit schien für einen Augenblick stehen zu bleiben, dann rannte Eloise aus dem Raum.

Trip starrte ihr mit großen Augen hinterher. Er blieb auf den Knien wie ein Linebacker beim Football, dem plötzlich die gegnerische Mannschaft abhandengekommen war.

»Kumpel, wie wäre es, wenn du ihr ein bisschen Zeit lässt, in Ruhe über alles nachzudenken?« Wyatt hatte sich zu ihm durchgekämpft. Lucy hörte den ehrlich besorgten, mitfühlenden Ton in seiner Stimme, als er seinem Freund auf die Füße half. Trip ließ den Kopf hängen, als würde er abgeführt, nachdem man ihn mit einem Betäubungsgewehr zur Strecke gebracht hatte.

»Hat sie gerade Nein gesagt?«, fragte er wie vor den Kopf gestoßen.

»Komm, wir verschwinden«, sagte Wyatt. Er sah Lucy an. So nahe waren die beiden einander nicht mehr gewesen, seit sie ihm das Manuskript an den Kopf geworfen hatte, und zwischen ihnen knisterte es, dass jeder Nerv in ihrem Körper kribbelte. »Es tut mir leid wegen dem – na ja, wegen allem«, sagte er. Lucy nickte bloß, zu benommen von der Heftigkeit ihrer eigenen Gefühle, um auch nur einen einzigen Ton herauszubringen. Wyatt fiel eine Locke in die Stirn, die er gleich wegwischte. »Können wir nachher miteinander reden? Darf ich dich vielleicht zum Essen einladen?«

Sie zögerte kurz. »Klingt gut.«

»Ehrlich?« In seinem Gesicht spiegelten sich ungläubiges Erstaunen und kindliche Freude. »Du wirst es nicht bereuen, das verspreche ich dir.« Gerade wollte er sich schon umdrehen und mit seinem Freund, der sich auf ihn stützte wie auf eine menschliche Krücke, zur Tür gehen, als er noch mal kurz stehen blieb. »Glückwunsch. Ich bin so stolz auf dich, Lucy.«

»Wyatt?«, sagte sie, ein neckisches Lächeln um die Lippen. »Bitte nenn mich Lucy Jo.«

Eine bezaubernde Komödie um Liebe, Mode und zwei Happy Ends!

416 Seiten
ISBN 978-3-442-54674-9

»Fans von Sophie Kinsella werden diese geistreiche romantische Komödie mit großem Vergnügen lesen! Die perfekte Gute-Laune-Lektüre!«
Jolie

Überall, wo es Bücher gibt und GOLDMANN unter www.goldmann-verlag.de

Schnäppchenjagd und Kinderchaos – der neue Shopaholic Roman

464 Seiten
ISBN 978-3-442-54646-6

»Kein Zweifel: Sophie Kinsella
schreibt fantastische romantische Komödien!«
Daily Record

Überall, wo es Bücher gibt, und **MANHATTAN** unter www.goldmann-verlag.de

Die ganze Welt des Taschenbuchs
unter
www.goldmann-verlag.de

Literatur deutschsprachiger und internationaler Autoren, **Unterhaltung, Kriminalromane, Thriller, Historische Romane** und **Fantasy-Literatur**

Aktuelle **Sachbücher** und **Ratgeber**

Bücher zu **Politik, Gesellschaft, Naturwissenschaft** und **Umwelt**

Alles aus den Bereichen **Body, Mind + Spirit** und **Psychologie**

GOLDMANN

Überall, wo es Bücher gibt und unter www.goldmann-verlag.de

Goldmann Verlag • Neumarkter Straße 28 • 81673 München